Tanne
Stall
Reckental
Kl. Reckental
242
Heringstal
Jägerborn
544,4
546,1
Hartebruch
546,0
530,9
525,8
532,4
539,8
Grünegründchen
Schieferkopf
556,5
553,1
555,9
538,7
514,6
511,1
523,3
502,9
498,6
491,0
462,7
531,1
711
712
715
716
717
718
741
742
743
109

For my parents, Creedence Clearwater Revival, and Bach.

Was wir hier von Utopia sahen, das waren nur weite, sich bis an den Horizont erstreckende bewaldete Hügel. Von Menschen oder deren Spuren war nichts zu bemerken.

Robert Havemann, *Morgen*

– Ob ich denn wisse, fragte Frau Bäumchen, daß heute noch ein Abwasserstollen aus der Zeit der Freiheitskriege im Gebrauch sei, die Quellwässer der Trappe abzufangen und gleichzeitig Tullroda mit Trinkwasser zu versorgen, und daß dieser Stollen aus den Tagen E. T. A. Hoffmanns schließlich in einer seiner Verzweigungen – oder besser: verbrochenen und vom Bergdruck zusammengestauchten Strecken ehemaligen Abbaus – zu einem Mundloch aus der Zeit Wallensteins führe, so daß man gewissermaßen im Sozialismus, im Nappian-Neucke-Schacht in den Berg einfahren und durch Gründerjahre und Romantik und Zopfstil bis in den Dreißigjährigen Krieg gelangen könne; und: »... auch ein Gedankenspiel Freuds!« sagte der Doktor, »er entwirft solcherart ein Panorama Roms, der Ewigen Stadt, als Modell des Gewordenseins der menschlichen Psyche!«

Franz Fühmann, *Im Berg. Bericht eines Scheiterns (Fragment, 1983)*

1998

Auf dem College damals studierte ich Geschichte. *Isn't history over?*, fragte ein Freund. *That would be boring*, erwiderte ich.

So sieht es hier aus, nach dem Ende der Geschichte.

Das Dorf Sorge liegt im Tal wie ein am Übergang stehen gebliebener Zug. Gegen Westen hin wird der Nordhang schroffer, Klippen ragen im Wald über die stillgelegte Fernbahntrasse, die noch befahrene Schmalspurstrecke biegt aus einem Seitental quer über die Warme Bode und bildet mit ihrer Brücke den gefühlten Abschluss des Bodetals. Westlich der Eisenbahnbrücke ziehen sich die Waldhänge leicht zusammen, schon die Auen sind von einem undurchdringlichen Grün, wie auf einem gemalten Bild; nur ein Kind will wissen, was hinter einem Bild steckt. Wo verlief die Grenze denn? Wenn ich sie suche, sehe ich sie überall, in jeder Waldschneise. Und sehe doch nichts. Keine Spur des so friedlich beendeten Krieges.

»Da«, sagte Wolfgang, mein Kriegszeuge, mein geschlagener Gegner, »wo der Fluss abbiegt, da fing unser Grenzabschnitt an.«

Soll das etwa der Grenzfluss sein? Er fließt auf einen zu, und man fragt nicht, woher er kommt, er könnte gleich hinter der Brücke der Erde entspringen. Jeder Fluss hat seine Quelle, wer sucht schon danach?

Die Schmalspurbahn fährt am Südhang weiter ostwärts an Häusern und Pensionen vorbei, um dann in den Wald abzubiegen. Auf der Harzhochstraße am anderen Ufer fährt man nach Bad Sachsa, Göttingen und Kassel, als wäre das schon immer so gewesen. Zwischen Fluss und Bahn das alte Sägewerk, einige große Holzhäuser, die nach verlassenen Fremdenzimmern aussehen, ein verwilderter Fischteich, ein Wäldchen. Dann beiderseits offene Hänge, Wiesen drängen den Waldrand an den Horizont.

Am Nordhang, auf der Lindewarte – dahinter ist fast der Brocken zu sehen – endet der Wald über dem Dorf mit einem geraden Schnitt. Aus der gedrängten Reihe lösen sich zwei Tannen, dort, wo der Wiesenweg in den Wald taucht. Dort steht ein Haus, seit zehn Jahren leer. Wegen der Vorfälle von damals, jetzt auf Grund der Eigentumsverhältnisse – beides bis heute ungeklärt.

All das von oben herab. Alles, was *man* so sieht und weiß. Das Dorf gibt wenig preis. Nichts, was mir auffiele. Nach einer langen Wanderung, wenn unten der letzte Bus bald fährt, müsste ich mich gegen Hast und Müdigkeit stemmen und einmal wirklich hinschauen. Von oben herab: wie durchs klare Wasser. Ich selbst bleibe oben, mein Blick taucht.

TEIL I

Kapitel 1
1973

Am ersten Morgen, dem 8. Mai, mit Muskelkater aufwachen. Nicht wissen, wo man sich befindet. Oder: sich im *eigenen Raum* befinden, wieder einmal. Anfangs an einem vergessenen Ort, später im Kleiderschrank, unterm Schreibtisch des Ziehvaters, in der Koje im Heim, in der Kaserne, sich schließlich eine Wohnung nehmen, die leersteht. Dort erst beim Einschlafen spüren, wie sich Raum an Raum, Haus an Haus, Straße an Straße schließt, man selbst sich an die Stadt Berlin. Die zu erobern ist, nur anschließen muss man sich den Eroberern, deren Schritte draußen auf der Straße hallen. Anfangs, auch das vergessen, schritten Bomben die Straßen ab. Später Menschenfüße, fremde Marschmusik. Man lief hinaus auf die Straße, um zu sehen. Die Stadt lag in Haufen wie Bauklötze. Sie baute sich auf – man baute mit. Man will *Eigenes* leisten. Will Belohnung: Eigenes besitzen. Und zwar das, worauf man den geringsten Anspruch hat: einen anderen Menschen etwa. Bei so viel Lust bekommt man fast Angst, Schaden anzurichten. Als könnte man wie eine Bombennacht durch die Straßen ziehen. Lächerliche Einbildung, wo man am Ende selbst den Schaden trägt.

Aber all das blieb nun außen vor. Das war das Entscheidende an diesem Raum: Noch wusste Thomas von nichts. Noch war nichts geschehen.

Er wusste nur, dass er Geburtstag hatte. Feierliche Töne wehten herüber. Er lag auf einer Matratze zwischen Kisten und fremden Möbelstücken. Vorsichtig richtete er sich auf und ging ans Fenster. Hier also. Im Gebirge. So verloren in der Landschaft die Marschmusik. Es klang nach einer niedlichen Prozession, Figürchen, Fähnchen, winzigen Trompeten, die man in den graugrünen Tiefen des Bildes sucht. Frühlings-, ja Kindheitsgefühle:

auf die Straße zu können, wenn Schlimmes vorbei ist. *Tag der Befreiung.*

Kaffeegeruch. In der Küche saß Editha, der blonde Zopf zerfranst vom Schlaf, eine Hand auf dem Bauch, als müsste auch sie sich erst entsinnen, wo sie sei, was das denn alles sei. Aber sie hatte nur auf ihn gewartet; als er sich zu ihr setzte, sprang sie auf, küsste ihn auf den Kopf, schenkte ihm Kaffee ein und machte sich sogleich an die Kartons, zerrte und wühlte.

»Als hättest *du* Geburtstag!«, rief er ihr hinterher.

»So fühle ich mich auch!«

Sie kam in die Küche, eine Kiste auf dem Bauch abgestützt.

»Das geht mir zu schnell«, sagte er, nahm ihr die Kiste ab und stellte sie auf den Tisch. »Lasst uns erst mal in Ruhe frühstücken. Dann kümmerst du dich gefälligst um meinen Geburtstagskuchen, und ich räume hier auf.«

Er wollte neckisch klingen, nicht so: gereizt, launisch. Aber fürs Necken war sie zuständig. »Genauso habe ich mir deinen Geburtstag vorgestellt! Du benimmst dich, als wäre deinetwegen Staatsfeiertag.«

Aber er konnte sich kaum erinnern, seinen Geburtstag jemals gefeiert zu haben. Ein-, zweimal hatte es sich ergeben. Letztes Jahr war er noch allein gewesen. Jetzt hatte er große Lust auf Kuchen. Er atmete auf, es stach in den Rippen. Der zuverlässige Schmerz, der in den letzten Wochen immer wieder aufgetreten war, als er so viel durch die Stadt hetzen musste.

»Ich habe mich gestern wohl verhoben«, sagte er.

Sie saß da, er hatte es so gewollt, und betrachtete ihn. »Du hast Phantomschmerzen. Du bist auch schwanger.«

Er lachte auf. »Ich muss dir etwas sagen«, doch er wusste nicht, was. Sie sah ihn erschrocken an, warum nur, in seiner Gelöstheit. »Ich bin zum ersten Mal schwanger.«

»Ich ja auch!«

»Und ich habe keine Ahnung –«

»Ja?«

»Was eigentlich –«

»Ja?«

»Wie denn –«

»Ach, ich habe auch keine Ahnung. Von Familie und so. Du kennst meine Mutter ja. Ich bin im Grunde auch Vollwaise. Ich habe mich praktisch selbst erzogen!«

»Dann weißt du Bescheid, das ist gut.«

»Es wird schon alles schiefgehen.« Sie stand auf.

Er fühlte sich nun auch zuversichtlich.

»Erst der Kuchen!«, sagte sie, schickte ihn nach den Lebensmittelkisten und machte sich an die Arbeit.

Thomas atmete durch und sah sich um: Der ehemalige Speiseraum mit den Aussichtsfenstern sollte Edithas Bildhaueratelier werden. Hier hatten sie gestern Abend fast all die Möbel deponiert, dort sollten sie bleiben, während er die anderen Zimmer in Ordnung brachte. Das war eine Aktion gewesen. Editha hatte den Umzugswagen organisiert, eine besondere Firma aus dem Sperrgebiet. Der Fahrer, ein mickriger Typ mit Raucherhusten, hatte kaum Kraft zum Lenken. Editha, in die Mitte gequetscht, plauderte beim Navigieren mit diesem Zwerg und rauchte sogar zur Feier des Tages eine mit. Thomas wunderte sich über ihre Seelenruhe; in der betäubenden Rauchwolke schlief er schließlich ein. Als sie Stunden später für die erste Kontrolle anstanden, wurde er wach. Es war schon dunkel. Grelle Lichter, die Beamten leuchteten in den Wust aus verkeilten Möbeln, die Thomas nun fremd und verdächtig vorkamen. Endlich durften sie weiterfahren. Die Scheinwerfer leuchteten krumme Straßen aus, schiefes Fachwerk, uraltes Stroh, das sich aus Rissen löste, Gras am Straßenrand, Baumstämme, zwei riesige Tannen, ein einsames Haus, holzverschalt. Die Umzugshelfer waren noch nicht da. Dafür tauchte nach einer Viertelstunde ein Militärfahrzeug auf – man schaute nach dem Rechten. Als Editha sich Bauch voran aus der Fahrerkabine stemmte, packten zwei Soldaten ungefragt mit an, halfen Thomas, die Möbel auszuladen. Es waren schlaksige Burschen, mit den sauer verdienten Muskeln der Dienstzeit und den so unpassenden Milchgesichtern, disziplinloser Haut voller Stoppeln und Pickel. Sie taten ihm leid, so linkisch und beflissen. Wie er seinerzeit wohl auch. Er vergaß, nach ihren Namen zu fragen.

Was man mit einem unvorhergesehenen Kind alles auslöste. Es blieben nur noch zwei Monate Zeit.

In der Nacht hatte er lange wachgelegen, der Körper, verkrampft, schien sich an den Kanten des fremden Zimmers abzuarbeiten. In Träumen, die er später vergaß, vollzog er immer wieder die gleiche Bewegung, drehte sich im Kreis. Der Krampf hatte sich gelöst, als die Musik ihn ans Fenster rief. Nun stand er vor diesen Möbeln, die zur Hälfte seine waren, und erkannte nichts davon wieder. Alles durcheinander wie beim Trödler. Vor einer Woche hatten sie bei ihm in der Berliner Wohnung gestanden, in einer nun auch im Gedächtnis aufgelösten Ordnung. Er ließ sich jetzt auf das schöne Spiel ein, sie sich aufs Neue beim Trödler auszusuchen.

Unten im Tal fuhren Wagen vorbei, eine ganze Kolonne. Er zwang sich, nicht hinzusehen. Er stellte die Möbel um und um, bis es aussah, als könnte sich hier Leben abspielen.

»Das machst du schön!«, sagte Editha und ließ sich langsam, schwitzend in einen Sessel nieder. »Du hättest dir aber nicht so viel Mühe machen müssen, es ist eh nur provisorisch.«

»Aber es passt doch.«

»Uns gehört das ganze Haus!«

Editha hatte ihm alles erzählt: von der alten Ausflugsgaststätte der Familie, die ihre Mutter Margarethe endlich zurückbekommen hatte. Aber er sah das Haus zum ersten Mal. Einmal nur waren sie in den Harz gefahren, im März nach Elend zur Schwiegermutter (furchtbar, die Schwiegermutterwitze …). An jenem Wochenende war irgendetwas gesperrt – scheinbar eine Alltäglichkeit, schließlich gehörte Elend auch zum Sperrgebiet – und es war nicht möglich gewesen, die paar Kilometer nach Sorge zu fahren, um das Haus zu besichtigen. Ein paar uralte Werbepostkarten wurden hervorgekramt, *Vogts Waldschänke an der Lindewarte*, ein graues Puppenhaus, von Schnörkeln umrahmt. Thomas hatte das Haus bewundern sollen, er war dazu bereit gewesen. Da es niemanden weiter zu irritieren schien, hatte auch er mit den Schultern gezuckt und war auch nicht irritiert und musste doch nichts bewundern, sondern nur höflich sein.

»Ich kann mein Glück wohl noch nicht fassen.«

Wieder diese Marschmusik, wieder zog sie ihn ans Fenster. Aber die Müdigkeit war doch noch da.

Editha stellte sich neben ihn. »Siehst du was?« Er schüttelte den Kopf. »Wir könnten auch hingehen, gucken.«

»Ja, wahrscheinlich sollte man sich blicken lassen.«

»Ach wo – wir sind doch beide verhindert. Außerdem hast du Geburtstag. Aber wenn du willst … der Kuchen muss eh abkühlen.«

»Dann gehen wir mal schauen.«

Sie nahmen die Abkürzung am Waldrand steil hinunter. Der eigentliche Feldweg Auf der Lindewarte führte erst im Zickzack zum Nachbardorf Tanne. Und auch der Waldweg war Editha zu lang. Sie stürzte bergab, übermütig, befreit vom Flachland. Im nassen Gras rutschte sie aus, fing sich, lachte; Thomas, der sie stützen wollte, rutschte aus, fing sich nicht. Als sie die Kreuzung erreichten, begann es stark zu regnen, sie stellten sich unter die Traufe des FDGB-Heims *Sorgenfrei.* Die Musik war nicht mehr zu hören, von einem Umzug keine Spur. Das Dorf war wie ausgestorben. Alle waren dort, wo die Musik spielte, die Kränze lagen. Wo das war, wussten sie nicht. Sie sahen sich an, zuckten mit den Schultern; als der Regen sich legte, liefen sie zurück. Editha zündete die Kerzen auf der Geburtstagstafel an, zupfte die frühmorgens gepflückten, noch nassen Blumen zurecht, goss Thomas Kognak in den Kaffee. Erleichterung kam auf, aber keine rechte Stimmung. Da unten bei den Leuten mochte es nicht anders sein. Die Musik versprach, dass Schlimmes vorbei sei, *der Mai ist kommen, der Winter ist aus.* Dem würde niemand zu widersprechen wagen. Aber *Befreiung* wäre zu viel gesagt. Man wartete ab.

Er zog sie auf seinen Schoß. »Ich bin doch viel zu groß und schwer für dich!«, lachte sie, aber es gefiel ihm so.

Wieder konnte Thomas nicht schlafen. Es ließ ihn nicht los: wie er beim Aufwachen an seinen Geburtstag gedacht hatte, nicht an das Kind. Wie es gleich als Erstes um *seine* alte Geschichte ging. Wenn er sich fragte, wo das Kind denn eigentlich sei, tat sich sofort dieser Raum auf. Und er war allein. Noch war nichts geschehen. Und da sollte es gleich losgehen? Von vorne wieder losgehen?

Im Halbschlaf fiel er ganz und gar auf sich zurück, war in Berlin zurückgeblieben. Er irrte noch immer durch die Straßen. Es hatte so viel zu erledigen gegeben – da wurde alles Unerledigte dringlich. Nach jedem Einkauf, jedem Behördengang machte er einen Umweg durch die wirren Straßen des Zentrums. Langsam, doch immer noch gehetzt, flach atmend, mit gespannten Schläfen und rasendem Herzen, spähte er in die immer gleich aussehenden Hauseingänge, außerstande, die Vorkriegsschriftzüge zu lesen, waren das fremde Schriftzeichen? Er erkannte nur noch die Straßenfluchten. Fluchtwege. Fluchtorte … Ob er nicht doch noch den Ort … Aber es ging nicht um ihn. Es ging ja um sein Kind. Es könnte erst losgehen, wenn das hier erledigt wäre. Erst von vorne los, wenn … Der Ort war unauffindbar. An ihm knarrten Schritte vorbei, Hunde hechelten.

Wer gegangen, was verschwunden ist, ist doch nur verzogen, lebt in einer unbekannten Straße weiter. Wer aus der einen Stadt geht, findet sich in der anderen wieder. Das Einzige, was verschwindet, ist die Wärme der Berührung: Es bleiben Bahnen, Wege, Straßen, die sich im Unendlichen kreuzen. Keine Mauer, die das eindämmt, diese Erinnerungen, Begegnungen, die keine sind, weil aus ihnen das Leben gewichen ist, warum gibt es keine solche Mauer?

Er spürte, wie er hier im Traum, ohne lange unterwegs zu sein, auf Widerstand stieß, ohne sichtbares Hindernis ging es plötzlich nicht mehr weiter.

Draußen kam ein Wind auf, ein langes Einatmen, das seine flache Atmung löste. Er holte tief Luft und stieß sie aus und wartete, dass auch der Wald ausatmete. Lange war nur weitgespannte Stille. Beim nächsten Windzug war er schon ruhig. Er öffnete die Augen und erkannte erleichtert die Ordnung der Möbel. In den Erkerfenstern glommen die Wolken. Editha schlief nackt, und Bauch und Brüste, Schultern, Hüften, Haare, alles Schwer-Geschwungene schwebte, eine üppige Frau in

Kohle gezeichnet mit fester, flinker Hand. Dass es diese Frau wirklich gab. Er atmete tief. Dass sie so seelenruhig schlief. Von allem unberührt. Doch ein Schatten huschte über ihren Bauch: Eine Hand berührte sie von innen. Auch sie schlief nicht. Sie harrte aus.

Was hatte Editha gesagt? *Ich bin selbst im Grunde Vollwaise!* So heiter. Einmal, beiläufig, hatte sie erzählt: Ihr Vater sei an der Front gefallen, alle Großeltern in den Kriegswirren verschollen. Damit schien es sich für sie zu erledigen. Waise spielen Kinder gerne. Sie werden ihre Gründe haben.

Am nächsten Morgen meinte Thomas, aus einer anderen Richtung Musik zu hören, von den Russen, die nach ihrem Brauch den *Tag des Sieges* feierten.

»Aber in Sorge gibt es keine Russen mehr. Die letzten waren hier drin stationiert. Nun gibt es nur noch den Stützpunkt in Aschersleben«, sagte Editha.

»Wie, hier drin?«

»Na, das Haus haben sie nach '45 als Offiziersheim benutzt. Nur bis '49, dann waren es *unsere Leute.*«

»Und was haben sie hier gemacht?«

»Kaffee getrunken. Was weiß ich! Hauptsache, die sind jetzt weg. Denen wurde es hier wahrscheinlich zu zugig.«

Editha hatte befürchtet, hier könnte noch *alter Kram* herumliegen. Selbst ein alter Knopf in der Ecke hätte sie – *angeekelt.* Eine Marotte von ihr, die sie erst in Berlin entdeckte, wo das karge Wohnheimzimmer sie aus Margarethes Bücherhöhle erlöste: So heftig war das Gefühl der Befreiung, dass sie aus allen Wolken fiel, als sie auf dem Wohnheimfensterbrett einen schmutzigen Groschen entdeckte – als faulte etwas dort vor sich hin.

Aber dieser große Raum war kahl, kühl, hell, er roch nach Grundsubstanzen. Bereits Atelier. Lauter Leinwände, die der Farben und Gestalten harrten. Nur die fleckigen Tapeten störten. Waren sie vom Opa? Von den Russen? Von *unseren Leuten*? Sie wollte es gar nicht so genau wissen.

So groß war das Haus nun auch wieder nicht. Winzige

Räume um die alte Gaststube. In der Küche war gerade noch Platz für einen Tisch neben dem Vorkriegsherd und dem Nachkriegskühlschrank. Immerhin: warmes Wasser. Eine schmale Treppe, drei kleine Zimmer unterm Dach, aus dem es leise rieselte, Taubenfedern, tote Spinnen, die Wärme staute sich, der Geruch nach Holz und Moder. »Wo willst du dein Arbeitszimmer haben?«

Er trat ins westliche Zimmer, glaubte, klein, wie er war, sich bücken zu müssen. An der Stirnseite stand der Wald vorm Fenster, linkerhand blickte eine Luke ins Tal. Unter der Luke stand eine Pfütze auf dem welligen braunen Fußbodenbelag. Doch es gefiel ihm hier, im Licht- und Schattengewirr. Also dann: das Schlafzimmer nebenan, und an der Ostseite das Kinderzimmer. Thomas schwieg ungläubig. Ein ganzes Haus. Gerade in seiner Leere schien es noch – schon? – *anderen* zu gehören.

»Ob die versuchen werden, hier noch jemanden einzuquartieren, meinst du? Das sollen sie einmal versuchen! Ich bin Bildhauerin, mir steht doch ein Atelier zu. Wobei, das war schon ein Kampf. Aber wir haben den Bürgermeister auf unserer Seite, mit seinen kulturellen Ansprüchen. Er wird uns einspannen, da müssen wir durch. Die Bürgermeister sind unheimlich wichtig hier im Sperrgebiet, handeln dauernd irgendwas bei denen da oben aus, damit sie ihre Leute bei der Stange halten können. Gar nicht so einfach, so was. Meinetwegen können die Dorfleute herkommen und ich gebe Unterricht, so haben sie auch was davon. Die werden noch froh sein! Dass wir verrückt genug sind, in dieser alten Bruchbude zu leben. Es zieht wie Hechtsuppe und wahrscheinlich spukt es auch noch.«

Sie ließ die Schritte klappern, die Stimme hallen. Nichts war geblieben. Keine Spur von der alten Einrichtung, kein durchgesessener Stuhl, kein Bild: Brocken bei Mondlicht. Nichts von *unseren Leuten*, nichts von den Russen, kein Hauch Stiefel- oder Palekh-Lack. Aber die Leere roch nach dem, was verschwunden war. Was das war, das wusste weder er noch sie.

»Also, ich gehe jetzt einkaufen. Und du hast sicher auch einiges zu tun!«

»Ach«, sagte er, »ich fühle mich gerade so …«

So wohl. Er wollte sich nicht von der Stelle rühren. Als Editha weg war, stand er auf und bog den Rücken durch, um Zeit zu gewinnen. Zeit, die er nicht hatte. Am Montag musste er seine Stelle im *Haus des Buches* antreten. Noch einmal lief er durch die Räume. Vor den Fenstern das Tal, das Dorf, vor dem er zu viel Respekt hatte, um einfach so aus dem Haus zu gehen. Aus *seinem*, er dachte nun doch *seinem Haus*. Egal, wer hier schon einmal war, wer noch kommen sollte, Gastwirte, Gäste, ganze Armeen, so lange war es *seins*. Und er konnte, wenn er wollte, die Wände schwarz anmalen. *Paint It Black*. Schlagzeugeinsatz Charlie Watts! Schnell die Treppe hinunter. Margarethe hatte es zwar nicht einmal aus Elend hergeschafft, aber das Nötigste organisieren lassen, Gips, Mörtel, Farbe, weiß, damit musste er auskommen. Spachtel, Pinsel, Farbroller hatte er mitgebracht. Nur eine Leiter war nirgends zu finden.

Seine erste Aufgabe war: eine Leiter auftreiben. Und damit ging es los.

Er nahm die Abkürzung, das passte gerade, der stolpernde Schwung des Abstiegs. Zur Straße hinunter, dann die paar hundert Meter Richtung Westen, unter der Straße linkerhand die Dächer der großen Bauernhäuser an der Warmen Bode, eingeschmiegt in der Talfalte. Eine Wandergruppe kam ihm entgegen, heitere Grüße, neugierige Blicke, die Urlauber hielten ihn für einen Einheimischen und fragten sich, was man sich so fragt: Wie leben die Leute hier? Als er die Kreuzung erreichte – die Straße ging weiter, aber dort war nichts mehr, man bog links über die Brücke ins Dorf –, war alles schon wieder wie ausgestorben. Die meisten arbeiteten im Betrieb, in Königshütte oder Benneckenstein.

Alles glänzte in der Sonne, im feuchten Grün, frisch gestrichen, große uralte Fachwerkhäuser und welche mit rot-weißer Holzverschalung, das stach angenehm ins Auge, das klare Kreuz und Quere der Balken und Bretter, das Ziegelrot und Schieferglanz der mächtigen Dachstühle. Er betrat den Dorfkern gegenüber vom Sorgenfrei, gestern noch regenverschleiert, als hätte er noch nie ein Dorf betreten. Er kannte nur graue märkische

Straßendörfer. Das hier war ein Bild aus einem Bilderbuch, anno 1900, üppig und linienklar.

Es gibt die eine alte Geschichte: aufbrechen, in die Großstadt ankommen. Und die andere: als müder Wanderer ins Dorf hinuntersteigen.

Er klopfte hier und da an; in einer Remise hörte er schließlich Schritte. Eine zierliche Frau blickte zu ihm herauf, kurze, glatte schiefergraue Haare, blinzelnde Augen, ein schläfriges Vöglein.

»Guten Tag, ich heiße Thomas Grünberg, meine Frau und ich sind gerade in das Haus auf der Lindewarte eingezogen. Könnten Sie uns eine Leiter ausleihen?«

Die braunen Augen blickten argwöhnisch, und ihre Schläfrigkeit schien ihr zu schaffen zu machen.

»Wir würden sie gern auch etwas länger behalten, wenn es geht«, fuhr er verunsichert fort, »wir müssen ja alles ausbessern, streichen …«

»Nee, nee, nee, junger Mann.« Demonstrativ energisch jetzt. »So einfach geht das nicht. Können Sie sich ausweisen?«

Er wühlte in seinen Taschen, immer diese jähe Angst, alles in der falschen Jacke … Er zeigte den Ausweis vor, den Stempel für das Sperrgebiet.

»Soso. Ja, dann wollen wir mal sehen, was wir für Sie tun können. Frau Barthel.« Sie gab ihm die Hand. »Am besten, wir klären das mit dem ABV.«

Der gerade um die Ecke gebogen kam. Thomas musste die ganze Geschichte noch einmal erzählen, und noch einmal, als zwei Freiwillige Helfer der Grenztruppen hinzukamen. Es wurde höflich genickt. Die Sonne fiel Thomas viel zu warm auf den Kopf. Alle vier zogen sich zur Beratung zurück, Frau Barthel bat sie ins Haus, setzte Wasser auf, aber niemand machte es sich gemütlich. Der Abschnittsbevollmächtigte ging telefonieren, ein Freiwilliger lief mit Frau Barthel in den Schuppen, und der andere stand in der Küche und behielt Thomas und den Kessel im Auge. Ein Schrank von einem Mann, mit kurzen sandblonden Haaren. Als das Wasser kochte, goss er auf.

»Bitte schön.«

»Nein, danke.«

»Heckmann.«

»Grünberg.«

»Willkommen in Sorge.« Er sah Thomas scharf an, ob ihm auch nur der Mundwinkel zucken würde. »Wo kommen Sie noch mal her?«

»Aus Berlin.«

»Ah.«

War er damit unten durch? Aber Frau Barthel kam in die Küche und sagte:

»Sehen Sie, da haben wir doch alles geregelt gekriegt.«

Der ABV verabschiedete sich; die Freiwilligen Helfer nahmen die Leiter auf die Schulter und bedeuteten Thomas, er solle vorgehen, als kennte er sich hier am besten aus. Frau Barthel flitzte hinterher. Auf dem Hang – er schlug mit Absicht die Abkürzung ein – hörte Thomas die Männer hinter sich keuchen, er selbst konnte kaum noch Luft holen. Vor Wut. Wie unsäglich peinlich, diese Kreuztragung vor allen Schaulustigen. Editha am Fenster hatte die Hände vor das Gesicht geschlagen und schüttelte sich. Als ihre Blicke sich trafen, hätte auch er lachen können.

»Ich hätte fast die Polizei geholt«, sagte sie an der Tür, »aber das ist ja wohl nicht nötig gewesen.«

Der Rest Geburtstagskuchen stand schon auf Tellern verteilt. Aber der Besuch sah sich so unverhohlen um, dass Editha als Erstes eine *Führung durch die Baustelle* anbot. Oben konnte Heckmann kaum aufrecht stehen; so, leicht gebeugt, schien er umso schärfer in die Ecken zu spähen.

»Es ist gar nicht so groß, wie es aussieht«, stellte er befriedigt fest.

»Ein Märchenschloss war das für mich, als ich klein war!« Die herbe Art der Gäste schien animierend auf Editha zu wirken, sie schlug sofort den entgegengesetzten Ton an. »Ich komme ja aus Elend, aber ich bin manchmal hergelaufen, um das Haus zu sehen. Von unten sieht es wirklich größer aus. Aber ich finde es wunderschön. Und überhaupt – wieder hier im Harz zu sein!«

Die anderen lächelten zögerlich, solcher Arglosigkeit nicht gewachsen. Edithas Bauch stimmte sie letzten Endes gütig. Frau Barthel starrte sie verträumt, betroffen an, unfehlbare Wirkung werdender Mütter auf ältere Damen? Wenn Editha sie anlächelte, sah sie schnell weg. Erst nach dem Kuchen richtete sie einen anderen, spitzen Blick auf Thomas.

»Ich muss jetzt los. Ich muss in die Bibliothek. Ich darf. Vollzeit darf ich nicht mehr arbeiten. Sie sind gekommen, um mich abzulösen.«

»Ach, sind Sie etwa die Bibliothekarin?«

Sie erhob sich. »Wir sehen uns am Montag.«

Die Freiwilligen standen sofort auf, hatten sich schon viel zu lange von ihren Pflichten abhalten lassen. Herr Heckmann mahnte, die Leiter nicht draußen stehen zu lassen, sondern nachts wegzuschließen oder anzuketten.

Thomas flüchtete ins Obergeschoss. Sie hatten doch gleich gewusst, wer er war. Das wusste längst das ganze Dorf. Er begann, Tapeten abzureißen. Die richtige Arbeit für einen Wütenden, der den Gegenstand seiner Wut nicht recht wusste.

»Sag mal, was war das bloß für ein Theater?«, fragte er beim Abendbrot. Er erzählte die ganze Geschichte.

»So sind nun mal die Leute hier. Wenn einer kommt, müssen sie ihn erst mal beäugen, aushorchen, vielleicht ein bisschen aufs Glatteis führen. Es ist nicht bös gemeint. Ich glaube nicht, dass es bös gemeint ist.«

»Aber dieser Aufriss wegen einer Leiter?«

»Ja, wie stellst du dir das denn vor? Du kannst hier nicht einfach mit einer Leiter durch die Gegend laufen! Du könntest über die Mauer klettern!«

Er lachte, bis ihm die Kopfhaut wehtat.

»Ja, ja, das ist lustig hier«, sagte sie. »Das ist echt zum Schießen.«

Ein bisschen betrübt klang sie schon.

Am nächsten Tag kam der Bürgermeister, um sie im Dorf willkommen zu heißen. Er sei bisher mit den Feierlichkeiten zum Tag der Befreiung beschäftigt gewesen, entschuldigte er sich mit einem Nachdruck, der beunruhigte. Als hätten sie, auf sich allein gestellt, wer weiß was alles anrichten können. Eine Gestalt – groß, hager, graubärtig –, die Respekt hätte einflößen müssen, nicht diese seltsame Anspannung. Sie lag auch in der sonoren Stimme, als er seine Freude darüber verkündete, dass ein Mann des Buches sich hier in Sorge niederließ und im Haus des Buches seine Arbeit aufnehmen würde. Er freue sich schon auf den ersten Leseabend, den er mit Thomas gestalten dürfe. Thomas erstarrte: dämmernde Erkenntnis der Rolle, die ihm hier angedichtet wurde.

Beim Abschied drückte der Bürgermeister ihm eine Broschüre in die Hand, die die besonderen Regelungen im Sperrgebiet erläuterte.

»Es ist ja eh alles ausgeschildert«, sagte Editha.

Aber kein Schild wies nach Sorge. Von Osten kommend, passierte man hinter Tanne den Kontrollpunkt. Urlauber mussten das Auto in Tanne stehen lassen. War Sorge einmal erreicht, führten alle Wege nach Osten zurück. Man wanderte nach Mandelholz an der Talsperre, um dort Kaffee zu trinken. Oder, ein Katzensprung, nach Benneckenstein im Süden, ein beliebtes Ziel zum *Finkenmanöver* im Juni. Nach Elend im Norden, dem Nachbarort im Sperrgebiet, gab es keinen direkten Weg, nur den über Tanne. Was weiter kein Problem war, man musste nur den Stempel im Passierschein vorzeigen.

Auf den üblichen Karten fand man weder Elend noch Sorge. Aber sie waren den meisten ein Begriff. Die Berliner Freunde hatten sich kaum halten können: Die Wiege des Sozialismus – zwischen Sorge und Elend. Kennst doch den Witz.

Margarethe Vogt hätte sie schon aufgeklärt, wie sie Thomas aufgeklärt hatte, als er im März zum ersten Mal in ihrer guten Stube saß. Über falsche Herleitungen, Volksetymologien. Dass Sorge so viel wie »Grenze« hieß und Elend »die Fremde«. Sorge: vom mittelhochdeutschen *zarge*, Elend: vom althochdeutschen *eli lenti*, fremdes Land.

Da sie ihn dabei so scharf ansah, als handele es sich um eine heikle Anspielung, sagte er: »Sehr interessant.«

»Was soll daran interessant sein? In Ilsenburg war ein Benediktinerkloster, in Walkenried waren die Zisterzienser. Zwei Klosterbesitze, und hier in der Mitte verlief die Grenze. Die aus Ilsenburg haben hier Rast gemacht, das war ihre erste Nacht ›in der Fremde‹ – ein Tagesmarsch von Ilsenburg. Gerade einmal fünfzehn Kilometer. So beschränkt waren die Menschen damals.«

»Immerhin eine Ironie der Geschichte.«

»Wo ist da die Ironie? Alte Grenzen werden beibehalten: ob zwischen Klosterbesitzen, ob zwischen Fürstentümern. Solche ›Ironien der Geschichte‹ sind zu neunzig Prozent Gesetzmäßigkeiten.«

»Es ist eigentlich faszinierend, was du sagst«, beharrte Thomas mit dem liebenswürdigen Augenfunkeln, womit er vieles zu überspielen wusste, Ärger oder das eigentliche Aufleuchten einer Idee. »Dann ist es wie mit alten Wegen. Wenn sie einmal da sind, werden sie immer wieder benutzt. Indianerpfade.«

»Die Ottonenwege«, sagte Editha.

»Ja, du hast darüber geschrieben, hat mir Editha erzählt, von den mittelalterlichen Straßen, so richtige Hohlwege ...«

»›Geheimnisumwoben‹, heißt es in den Touristenbroschüren. Was ist denn an der Erosion so geheimnisvoll? Ja, die Menschen wollen da lang, wo man schon immer langgegangen ist. Rational gesehen ist das völlig banal. Und was haben die alten Grenzen Großartiges voneinander getrennt? Zwei Lehnsgüter, ein Herzogtum von einem Königreich, einen Reichsgau von einem anderen Reichsgau. Das hier war Hannover. Tanne war Braunschweig. Sorge – das waren mal *die Preußen.* Interessant ist es höchstens heute: Erst jetzt trennt die Grenze zwei grundverschiedene Gesellschaftssysteme voneinander. Den Machtbereich der NATO von der sozialistischen Staatengemeinschaft. Darin kann man als denkender Mensch noch eine tiefere Bedeutung sehen. So lange, bis der Sozialismus sich auch drüben durchsetzt. So lange kannst du die Grenze noch faszinierend finden!«

Thomas kaute am trockenen Zuckerkuchen wie an einem Widerspruch herum. Margarethe hatte keine Zeit zum Backen und holte ihren Kuchen immer mittwochs, wenn sie ihre Vorträge im Feudalmuseum Wernigerode hielt. Er würgte noch mehr in sich hinein, nur um keinen Widerspruch von sich zu geben. Doch Editha sah ihn erwartungsvoll an.

Er formte sein gelenkiges Lächeln. »Erzähle uns doch eine Harzsage.«

»Ach!« Margarethe bellte fast. »Schlag selbst nach. Ich habe Arbeiten darüber geschrieben, unter unterschiedlichen Gesichtspunkten – die Sagen tu ich da nicht nacherzählen.« Sie schüttelte den Kopf und hustete, es war vielleicht auch ein schroffes Lachen.

»Mutti hat mir damals daraus vorgelesen.« Editha hatte ein Buch aus dem Regal geholt: »*Frühkapitalistische Entwicklungen im Spiegel der Harzsage.* Ich habe mir die Märchen dazu ausdenken müssen. Die ganzen Märchensammlungen hast du im Giftschrank versteckt.«

»So ein Quatsch! Du hast nie danach gefragt. Ich dachte, du magst nicht die gleichen alten Märchen lesen wie die anderen Kinder. So ist meine Tochter! Das sollst du ruhig wissen! Nie ahnt man, was in ihr vorgeht!«

Thomas entschuldigte sich: Er müsse auf Toilette.

»Na – so ein moderner Intellektueller«, hörte er Margarethe noch sagen. »Wo hast du den bloß her?«

»Oh, das ist eine lange Geschichte!«

So kokett ihr Ton, beichtfreudigen Berliner Freundinnen abgelauscht. Denn Editha wusste: Mit allem, was nach *Klatsch und Tratsch* klang, konnte ihre Mutter nichts anfangen. Editha schließlich auch nicht. Das war nicht ihre Art, deshalb schwieg Margarethe jetzt so befremdet. Und tat ihr dann doch leid. »Wir haben uns auf einer Ausstellungseröffnung kennengelernt, so am Buffet, beim Krimsekt …«

Margarethe musste nicken, als wüsste sie Bescheid. Und war doch niemals dabei gewesen, hatte Editha all die Jahre über kein einziges Mal in Berlin besucht. *Harzer,* hatte Editha dauernd erklären müssen, *sind Gebirgsmenschen. Jeder hockt für sich in seinem Tälchen.*

Thomas ging vor die Tür. Es dämmerte schon. Der Ort lag wie in einer flachen Schüssel; die Hügelkuppen, niedrig wie sie waren, ließen den nahen Brocken nicht sehen. So spürte man, dass es nicht mehr viel weiter ging. Man war fast oben, wenn auch in kleinem Maßstab. Mitten auf der Wiese stand ja *die kleinste Holzkirche Deutschlands.* Er kam sich vor wie in einer Modelleisenbahnlandschaft. Der Einzige, der begreift, dass das ganze Dorf nur auf einem Tisch steht. Widerwillig berührte er den Schein in seiner Jackentasche: Passierschein für den Arsch der Welt. Der Kuchen stieß ihm sauer auf.

Was war das bloß für eine Frau? Ganz anders als Editha, so klein und hibbelig, so mitteilungsbedürftig, als gelte es, jemanden zu widerlegen. Wen denn, ihn etwa? Sie kannte ihn doch gar nicht. Und hatte keine der Fragen gestellt, auf die er gefasst gewesen war, nach seiner Arbeit (*Bücher schreiben?!*) und Familie, nicht einmal Kaffee und Kuchen angeboten, das hatte Editha aus der Küche geholt, während die Suada über ihn hereinbrach.

Editha stand hinter ihm und sagte: »Sie mag dich.«

»Wie denn das?«

»Vielleicht steht sie auch auf grüne Augen.«

Er lächelte, ob lieb oder böse, wusste er selbst nicht.

»Ich glaube, sie hat sich darauf gefreut, uns das Haus zu zeigen.«

»Den Eindruck hatte ich nicht gerade.«

»Sie ist manchmal so – komisch.«

»Schade jedenfalls. Ich hätte das Haus natürlich gern gesehen.«

Das war nur so dahingesagt. Im Zug hatte ihn eine heftige Erwartung ergriffen, nun fühlte er sich um etwas betrogen. Aber das war es wohl doch nicht.

Erst am nächsten Tag wusste er es sicher, als sie auf den Waldhängen über dem Dorf spazieren gingen. Die Bäume lagen kreuz und quer: Im November hatte der Orkan gewütet, der Wald seiner Vorstellung war brutal gelichtet worden. Als der Weg sich über einen verwüsteten Hang zog, sah er plötzlich meilenweit. Eine endlose weiße Schneise schlängelte sich durch den Wald in der Ferne. Der Schnee blendete, ohne Konturen, Höhen und Tiefen; je länger er hinsah, desto weniger war auszumachen, ein flimmerndes Licht, das alles löschte. Stellte man sich vor, wie eine Figur sich dieser Schneise näherte, ginge sie unter, Schwarz in Weiß, schon bevor sie hinkam, schon vor diesem Licht, das spürbar war, ein Stromfeld. Nicht zu fassen, dass es das gab. Dass jemand über dieses Feld ging.

Er sah die Grenze zum ersten Mal wirklich. Berlin war dafür zu flach. Aussichtsplattformen gab es nur drüben. Er war noch nie auf dem Fernsehturm gewesen. Was für ein Privileg. Hier stehen zu dürfen. Hier sogar sein Leben zu verbringen. *Dich lassen sie da rein?!* Mit den Berliner Freunden hatte er vor kurzem die Bewilligung seines Antrags auf Zuzug ins Sperrgebiet gefeiert. Gefeiert war zu viel gesagt. Darauf getrunken. Die Freunde ratlos, er fühlte sich – hohl. Man hatte ihn durchleuchtet und nichts gefunden. Da konnte man doch von Glück reden.

Jetzt spürte er, was für ein Glück es war. So weit gekommen zu sein, wie es nur ging. Vor ihm der saubere Schnitt. Man stand vor diesem Anblick wie auf einem Caspar-David-Friedrich-Felsen. Und konnte sich hinabstürzen, oder nicht. Das war das Geniale an der klaren Linie. Man musste sich entscheiden. Man entschied sich, als freier Mensch: Ich will leben. *Ganz normal leben.*

Hatte man sich entschieden, und sah man lang genug hin, so stimmte der Anblick fast friedlich. Diese Linie war eine derart vollendete Tatsache. Sie schien ins Unendliche zu führen.

Hier ist schon immer Grenze gewesen. Lang genug, um den Sinn der alten Namen zu überleben. Jedenfalls seit zwanzig Jahren schon dicht. Die Schilder, die ständigen Kontrollen waren lästig. Doch im Wald wirkten sie wie alte Bräuche.

Zurück in Berlin – und schon nicht mehr zu Hause, wo es nur noch um Umzugsvorbereitungen ging –, hatte er versucht, all das Uwe zu erklären, seinem Freund, seinem Lektor. Es klang wirr, Uwe sagte schließlich:

»Ehrlich gesagt, ich verstehe immer noch nicht, warum du ausgerechnet jetzt aus Berlin weggehst.«

Uwe hatte sich mit seiner Meinung zurückgehalten, als der Bekanntenkreis in Aufruhr geriet und es nichts half, vom Haus zu schwärmen, endlich Ruhe zum Schreiben usw.: Berlin verlassen wegen einer Frau! Dorfbibliothekar werden, im Sperrgebiet, bei den Hundertprozentigen! Wer hätte gedacht, dass es Thomas noch erwischt? Hat er nicht den Frauen abgeschworen, nach dieser Geschichte mit der Schauspielerin? Na, der doch nicht! Aber heiraten?

Uwe, selbst lang verheiratet, kannte ihn besser. Die Angst vor der Ehe hielt er für eine faule Ausrede. Der Frau die Schuld geben, wenn man bequem wurde, sich einigelte, lieber die anderen prüfen ließ, ob es stimmte, was der neue Staatschef verlauten ließ: dass es keine Tabus mehr gebe. Dass man jetzt alles sagen dürfe.

»Aber wie du so erzählst, bin ich gespannt, was du daraus machst«, sagte Uwe. »Da gibt es wohl keinen Mangel an Stoff. So ein Ort ist vielleicht wie unsere Welt im Kleinen. Vielleicht kommt man da an die Wahrheit über uns. Deshalb ist das Gebiet ja gesperrt. Man müsste einen Weg finden, sich der Sache zu nähern. So, dass man sie mit anderen Augen sieht. Du sollst dich nicht in Gefahr bringen. Aber was auch immer du schreibst, ich werde versuchen, es durchzusetzen.«

Wieder ganz der Lektor, der gute, gleichaltrige Vater. Beim ersten Buch hatte er sein Bestes getan.

Wo bin ich nur hineingeraten, Uwe?, schrieb Thomas nach seiner ersten Arbeitswoche. Als Mann des Buches im Haus des Buches, der ganze Stolz des Bürgermeisters, gegenüber vom FDGB-Heim. Eine neue Holzbaude, eine Art Skihütte – unter die Dachschräge passen leider nicht allzu viele Bücher, dafür ist der Leseraum hell und luftig. Nur, was ich hier soll, ist unerfindlich. Die Bibliothekarin, Frau Barthel, braucht Entlastung, heißt es, aber das bestreitet sie heftig. Außerdem hat sie schon eine Assistentin, Frau Wiese, die viel eher als ich nach ihrer Stelle trachtet. So bin ich für beide ein Eindringling: Der Patriarch hat hier einen völlig untauglichen Mann reingeschleust. Nach dem Motto: Wie viele Dichter sind hier schon mal auf Durchreise gewesen, Goethe und Heine und Eichendorff. Die Prominenten steigen am liebsten in Schierke ab, aber dem Bürgermeister gelingt es immer wieder, den einen oder anderen für einen Leseabend zu gewinnen. Und nun, ganz unverhofft, will einer hier sein Leben verbringen.

Es ist meine erste ordentliche Arbeitsstelle. Und doch nur der Vorwand, damit ich überhaupt hier leben darf. Das war ja der Hickhack: Die freien Kulturschaffenden, die der Bürgermeister hofieren will, sind tendenziell *asozial*. Halten sich abseits, gucken und kommen auf dumme Gedanken. In Berlin mag das noch durchgehen. Nicht hier.

Ich ergebe mich den Damen, zeige mich lernbereit. Nun sitze ich immer vorne an der Ausleihe, das ist ihnen recht, sie trinken ihren Kaffee im Hinterzimmer und besprechen die nächste Vortragsreihe: Sie machen hier die eigentliche Kulturarbeit. Ich sitze meine Stunden ab, weise tuschelnde Kinder zurecht. Sie gehorchen mir nicht. Ich hab's verstanden. Ich bin nur dazu da, um angeglotzt zu werden. Der Zugezogene. Der *Taugetreckte*.

Aber so kann ich meine eigenen Beobachtungen anstellen. Dass Harzer Männer griesgrämig und zweifelnd sind; Harzer Frauen forsch, aber herzlich. Die Mundart ist eine unerhörte Mischung aus Platt und Thüringisch und jeder spricht sie anders. Oder verwechsle ich Feriengäste mit Einheimischen? Das 300-Seelen-Dorf ist seltsam unübersichtlich im Auf und Ab von Urlaubern und Soldaten …

Der Brief erleichterte ihn keineswegs. Am Montag darauf war ihm sogar, als wäre die Stimmung auf Arbeit noch kühler, als hätten sich seine unqualifizierten Bemerkungen über Harzer Charakter und Mundart in Windeseile herumgesprochen.

Dabei hatte er nichts von dem geschrieben, was ihm wirklich auf dem Herzen lag.

Das nicht: Selbst wenn ich nie im Leben vorhatte, aufs Dorf zu ziehen, so habe ich doch ein Bild: wie ein Fremder abends ankommt, Aufnahme findet, ein Bett und Brot und Wein, und bleibt.

Das nicht: Aber sich fremd und fehl am Platz zu fühlen, gemustert und durchschaut, doch ohne Aussicht auf Verständnis, das war immer die Grunderfahrung, meine Erfahrung, oder geht es etwa allen so? Schlimm daran ist, wie es mich auf mich selbst zurückwirft, wie unfähig ich bin, derart mit mir selbst beschäftigt, über diese Umzingelung hinauszuschauen, zu der eigentlichen Sache, in deren Schatten wir doch stehen.

Das nicht: Wie unmöglich es wäre, das Eigentliche hier überhaupt zu beschreiben, menschlich begreifbar zu machen. Obwohl Menschen hier leben. Und Menschen hierher kommen. Der Tourismus geht so massig vonstatten wie die Truppenübungen. Man kommt hierher, heißt es, wegen der Natur. Doch mir ist, als wäre die Natur hier keine, der Wald nur Tarnung, er verbirgt nicht nur die Anlagen, sondern gehört bereits dazu.

Alles sagen dürfen … kein Mangel an Stoff … Was du daraus machst … »Stoff« war gut. Das war die Wand vor seiner Nase. Abends und am Wochenende widmete er sich den Renovierungsarbeiten, damit Editha gar nicht erst auf die Idee käme, selbst Hand anzulegen. Mit den letzten zähen Tapetenfetzen bröckelte der Putz weg, löste sich in Sand auf, wo er bohren wollte, oder war hart wie Granit. Eine ganze tückische Geologie. Stundenlang nur die Wand. Es atmete draußen ein und aus. Thomas war noch gar nicht richtig im Wald gewesen, und empfand doch keine Unruhe. Die Leere im Kopf störte nur am Abend, als hätte er den ganzen Tag nichts getan. Als gäbe es Engpässe, die den Betrieb lahmlegten – da nahm sich der Arbeiter ein Bier und fühlte sich als Arbeiter. Ist der Körper einmal abgerichtet, überlässt man ihm das Denken. So war es bei der Armee gewesen. Und so war es wohl auch bei Editha, die seelenruhig den Meißel ansetzte, um den hölzernen *Frühlingsfries* abzuschließen, bevor *es losging.* Er wäre in Panik verfallen, verfiel schon in Panik. Dass sie arbeiten wollte, sah er erst nicht ein. Nur den Fries noch. Er war für das Sorgenfrei bestimmt, ein Auftrag vom Bürgermeister. Thomas konnte nicht mehr hinsehen, der Bauch war ihr im Weg, sie schwitzte, im Rücken zitterten die Muskeln. Er musste es hinnehmen. Sonst wäre sie noch auf die Leiter geklettert und hätte alles selbst hergerichtet.

Er glaubte wohl, spottete sie, mit einer falschen Bewegung käme das Kind wie ein Kirschkern ausgespuckt. Wenn das nur so einfach ginge!

Aber die Vorstellung ließ Thomas nicht los: Der zufällige Mensch, um dessentwillen alles geschah, könnte aufschrecken, flüchten, sie mit dem großen Haus allein lassen. Das hätte er verstehen können, bei den hiesigen Umständen.

Erich Honecker, der doch das Ende der Tabus kundgetan hatte, ereiferte sich gerade: Ein Künstler habe *von der Bühne herunterverkündet, die Deutsche Demokratische Republik sei »das langweiligste Land der Welt«.*

Thomas sah durch die Wände hindurch. Winzig und klar: Berge, Meere, Städte. Im Zug sitzen, stundenlang. Ankommen: ein hallender Bahnhof. Fremde Sprache, Ruß, Reklame. Draußen Neonlichter, schwebende Schriftzüge, *Bar* und *Hotel*, erleuchtete Fenster und Autoscheinwerfer. Ahnen: einen großen dunklen Dom. Ahnen: die Berge. Ahnen: das Meer. All das gleich im Dunkeln sehen, den Stadtplan, längst eingeprägt zwischen vier kahlen Wänden, als man auf gepacktem Koffer saß.

Dieses Sehen war wie Bewegung. Immense Geschwindigkeit, kaum merklich durch die Höhe. Im Flugzeug sitzen. Durch den Flughafen laufen mit einem kleinen Koffer. Sprachgewirr. Anzeigetafeln: die Weltstädte. Erst einmal hier sein. Von niemandem erwartet. Nachts mit einem Taxi ins Hotel fahren, Stau, rote Schlusslichter, in Fenster hinaufstarren, immer wieder vier fremde Wände, Lampen, Schatten, selbst sie ganz anders als zu Hause … Woher sollte er das kennen? Das waren seine Gedanken nicht. Keine Gedanken überhaupt. Nur ein Sehen, das außerhalb von ihm stattfand. (Warum niemals im Traum? Er träumte immer nur die Suche nach einem unschönen Ort.)

Es war warm geworden, alles duftete. Manchmal stand Editha lange am Fenster, wanderte barfuß auf die Wiese hinaus, kam nur wieder, um ihre Schuhe zu holen und in den Wald zu laufen. Thomas blieb zurück, es atmete um ihn herum.

Bis sie eines Sonntags sagte: »Komm doch mit nach Elend, es ist so schön gerade, willst du denn gar nicht mehr aus dem Haus?«

Ich bin so müde, wollte er sagen, aber der Gedanke an diese Müdigkeit führte zu weit. *Taugetreckt.* Das Wort schien jemanden zu meinen, der einen langen Weg zurückgelegt hatte. Deshalb bewegte er sich hier so zögerlich. Schon beim Spaziergang bei Elend damals war er ausgerutscht, die gute Hose war ihm am Knie aufgerissen. Er hatte sie vor Margarethes Augen wieder zugenäht, das hatte sie beeindruckt. Niemand ahnte seine Schmach. Er war ausgeglitten im Gefühl der Erleuchtung, oben erhascht, beim Anblick der Grenzschneise. Der blendende Schnee schürfte sein Knie auf, ein kindlicher Schmerz, weg war das erhabene Gefühl. Er hätte sich da gern geschlagen gegeben.

Er kleidete sich immer sehr korrekt, wenn er das Haus verließ, wollte sich in den Arbeitssachen nicht sehen lassen, nicht einmal auf dem Trampelpfad. Aus Trotz. Auch wenn er sich die Stadtschuhe verdarb – da musste er durch, er hatte keine Wanderschuhe. In seinem verbissenen Schuheputzen lag stille Auflehnung. Nun, auf dem Weg nach Elend, bewegte er sich fremd und vornehm wie ein Sonntagsausflügler auf einem Vorkriegsfoto. Aber die Stadtschuhe bewährten sich. Er war bereit. Er holte die Broschüre des Bürgermeisters heraus, die eine liebevoll handgezeichnete Wanderkarte enthielt: »Ich bin der Mann und muss den Weg selbst finden können!«

»Wie du willst.« Editha lief neben ihm und spielte mit seiner Hand. Der Weg stieg sanft wieder ins Freie: der Kahlschlag des Herbststurms. Zersägte Stämme lagen aufgeschichtet am Wegesrand. Umgekippte Wurzelteller ragten über ihre Köpfe, die Erde, gewaltsam aufgeklappt, offenbarte – nichts.

»Siehst du, deshalb wollte ich nicht aus dem Haus. Hier ist mein heiles Naturbild dahin.«

»Eine Idylle habe ich dir nicht versprochen!«

»Wer so was verspricht, dem traue ich nicht.«

»Aber wenn man richtig hinguckt, ist es doch idyllisch. Wildblumen, neue Bäumchen schon – was alles aus dem Boden schießt, wenn plötzlich Sonnenlicht drauffällt. Sie forsten gleich wieder auf. Aber meinetwegen könnten sie die Natur einfach machen lassen.«

»Wo kämen wir da hin!«

»Ja, wo kämen wir da hin?«

Es roch frisch nach Sägespänen, dumpf und bitter nach zerschredderter Rinde. Die Sonne stach zwischen aufgetürmten Wolken. Thomas spähte unentwegt nach Westen, doch die gestürzten Bäume gaben den Blick nicht frei, und der Weg tauchte gleich wieder in den Wald. In der nächsten Bresche – er wusste schon, wie die Grenzschneise aussehen müsste, grasgrün und erdkahl – blickte er linkerhand ins Tal hinab und glaubte, ein Stück Straße zu sehen, ein graues Haus, nichts weiter. Auf der Karte waren westlich des Weges nur zackige Tännlein eingezeichnet, als hörte der Wald im Westen nimmer auf. War das da unten Sorge? Waren sie abgebogen und liefen nun auf die Grenze zu? Zog sie ihn an, wie die Schwerkraft die Schritte ins Tal lenkt? Editha sah nach den Wolken, die sich zusammenzogen, und schien doch von allem unberührt. Als könnte sie immer so weiter – er verlor die Nerven und schlug den nächsten Weg nach rechts ein.

Es ging wieder hinab, in den ungebrochenen Wald. Der immer gesichtsloser wurde, eine zweckmäßige, doch unerklärliche Anlage. Bei diesem Gedanken begann der Regen. Nicht der falsche Weg: der falsche Wald.

»Stellen wir uns doch unter«, sagte Editha.

»Wo denn? Ich denke, es gibt hier keine Hütten.«

»Aber Bäume.« Hier standen die Tannen dicht an dicht, die untersten Äste berührten fast den Boden. Editha zog ihn hinter sich her, wie zwischen nassen schweren Mänteln an einer Garderobe. »Guck mal, es ist ganz trocken, hier kann man gemütlich sitzen.« Schon kroch sie einem Baum unter die Röcke, hielt Thomas den Saum hoch. »Na, komm schon!«

Der federnde Boden duftete wie Anzündholz. Ein Teppich aus abgestorbenen Nadeln, der jedes Geräusch im Keim erstickte. Selbst die Bäume schienen tot, die unteren Äste wuchsen kahl und kraus, tote Nägel, totes Haar. Er rutschte hin und her. Nur um die Stille zu brechen, brach er einen Zweig ab, er wollte Editha gerade etwas sagen, irgendetwas, als er Hunde bellen hörte. Es war, als stürzte etwas ganz nah an ihm vorbei. Und er wollte – hinterher. In die Bresche, hinab. Doch er war gelähmt, gewürgt von der ekelhaft elektrischen Wärme, die ihn untauglich machte.

Schon als Kind, beim Versteckspielen. Er war verschüttet, alle fort, alle gingen vorüber. Doch wenn sie ihn fänden, wäre alles aus. Schon beim Warten war alles aus, noch dachte und atmete es, ein letztes Aufflackern ohne ihn, er war bereits nichts. Die Sträucher wurden zur Seite gerissen, vor ihm stand – ein Freund. Keine Erleichterung, sondern das Schlimmste, was man sich vorstellen konnte.

Stille. Langsam gab es ihn wieder, und jemanden neben ihm, aber er konnte sie nicht sehen, sich nicht zu ihr wenden. Sie musste ihn berühren, dann wäre er erlöst.

Sie berührte ihn nicht. Aber die Erstarrung ließ nach, und er drehte den Kopf. Editha, abgewandt, legte den Arm um etwas. Das Kind. Er hatte das Kind vergessen. Es hatte keinen Laut von sich gegeben. Es war der Bauch, den sie so seelenruhig hielt. Fortgestürzt wäre er, ohne an das Kind zu denken. War das der Sinn dieser Lähmung? Dass er blieb? Aber dann sollte er wenigstens *sie* berühren können.

Editha dachte: Meinetwegen kann es immer weiterregnen. Sie musste an ihren ersten Spaziergang denken, bei Bernau. Als sie Thomas heimlich als Sommerbegleiter auserkor und sich einen Sturm wünschte, der ihn mit ihr in das Unterholz triebe, sie hätte ihn dann aus den Kleidern geschält. Diese zierliche Gestalt mit strammer Haltung. Von hinten wirkte er wie ein Junge, der Krieg spielt, oder nur das Ausharren auf verlorenem Posten; sein kantiges Gesicht war altklug, beweglich. So übersah man die Unlesbarkeit der grünbraunen Augen. An den Schläfen wartete das dunkle Haar darauf, grau zu werden. Das würde ihm gut stehen. Damals bei Bernau hatte sie große Lust auf ihn gehabt; er hatte sie nur behutsam am Ellenbogen gefasst und zum Abschied auf die Wange geküsst. Erst zwei Wochen später hatte er sie zu sich eingeladen, hatte gekocht, Wein eingeschenkt, war immer wieder aufgesprungen, um ein Buch aus dem Regal zu holen und ein paar Zeilen daraus zu lesen – rührende Vorbereitungen, die er für nötig zu halten schien. Sie tat so, als wären sie nötig gewesen, und es wurde eine schöne Nacht. Nun saßen sie endlich zusammen unter einem Baum, sie hatte wieder große Lust, doch es war egal. Es war auch egal, was in der Zwischenzeit passiert war. Alles schon vergessen. Sie musste nicht nach ihm greifen, nicht einmal anschauen musste sie ihn. Sie musste ja auch nicht wissen, was in dem Kind vorging, was es vorhatte, es war einfach bei ihr. Sie ließ ihre Hände auf dem Bauch ruhen, spürte, wie er wuchs, wie sie selbst wuchs, bis sie kaum noch wusste, was sich innerhalb der eigenen Grenzen bewegte.

Genug, dachte sie. Genug der Hormone.

Der Regen hatte aufgehört, das Gebell längst auch. Thomas wurde unruhig, verfing sich in den Zweigen, fluchte. Sie zog ihm einen krummen Zweig aus dem Kragen, schlüpfte mit der Hand hinein und spürte den Widerstand in seinem Nacken. Kurz drückte sie dagegen. »Wollen wir?«

Er nickte.

»Es ist nicht mehr weit.«

Er ging neben ihr und holte die Karte nicht mehr heraus. Sie kannte ja den Weg. Sie führt, dachte er, sie führt mit dem Bauch. Ihr schwerer Schritt verwirrte ihn, als bewege sich eine ihrer Steinfiguren an Edithas Stelle. Mit ihren Fingern streifte ihn etwas Massives. Sollte er ihr von seinen Schwindelanfällen erzählen? Schwindeleinfälle, sagten sie damals bei der Armee. Man hatte ihn untersucht, es hatte nichts gegeben. Immer dieses Nichts. Er wusste nicht, wie er das erklären sollte.

Bis sie Elend erreicht hatten, hatte er sich wieder gefasst. Er war nur noch zermürbt. Aber das Laufen beruhigte. Er dachte: Immerhin haben wir den Weg gefunden. Immerhin wird es bald Kaffee geben. Bald ist das Kind da. Alles entwickelte sich ohne sein Zutun.

Bei Margarethe herrschte exzentrische Geborgenheit, das winzige Wohnzimmer fast, das noch kleinere Schlaf- und Arbeitszimmer komplett vollgestellt, ein wüstes Konstrukt aus Schränken und Aufsätzen, das penible Ordnung barg, Zeitschriftenreihen, Hefte, Zettelkästen, dazwischen das gute

Porzellan, umfassend vier Gedecke. Margarethe war auf höchstens ein Enkelkind vorbereitet. Immerzu schielte sie nach Edithas Bauch, entsetzt, dass sie in ihrem Zustand die sieben Kilometer gelaufen war. Aber sie sagte nichts weiter, sondern traktierte die beiden mit einem Vortrag über Forstgeschichte, in welchem Thomas dankbar unterging.

»... Buchenmischwald. Der ursprüngliche Waldbestand, Herzynischer Wald, wenn man so will. Heute nur noch an geschützten Orten nachweisbar, unzugängliche Orte, wo es sich nicht lohnte aufzuforsten. In den Höhenlagen, tiefen Tälern ...«

»Was für ein Wald?«, fragte Thomas.

»Buchenmischwald.«

»Nein – der andere.«

»Ach, der Herzynische Wald? Kennst du etwa Plinius nicht?«

»Vom Namen her.«

Sie lächelte verschmitzt, als wollte sie ein Märchen erzählen, und holte einen Band aus dem Regal. »*Wie ein Wunder sind die Wälder, die den ganzen germanischen Raum bedecken: in ihnen herrscht eisige Kühle und geheimnisvolles Dunkel ... In dem gleichen Landstrich des Nordens übersteigt noch des Herzynischen Waldes riesige Urkraft, seit Anbeginn der Welt bestehend und durch die Jahrtausende nicht vergehend, mit seinem gleichsam unvergänglichen-ewigen Los den Begriff eines Wunders* und so weiter und so fort.«

»Den ganzen germanischen Raum?«

»Plinius hatte eine lebhafte Phantasie. Das Schlimmste habe ich übersprungen.«

Er blätterte kurz, Fraktur. Lang vergessene Vorstellung: Wie klingen die Geschichtsbücher, deren Geheimschrift man nicht entziffern kann?

Sie tranken den Kaffee aus und traten den Heimweg an. Es gab, außer im Ausnahmefall, keine Sperrstunde, aber man war ungern im Dunkeln unterwegs. Dabei hatte Edithas Eile etwas Beruhigendes, als denke sie an das Abendbrot. Thomas kam der Weg schon bekannter vor, war er doch nun der Heimweg. Wieder Hundegebell – aber es betraf ja nicht sie. Es gab immer

Hunde auf dem Lande, es gehörte zum Heimweg abends, dass sie ihren Schutzinstinkt äußerten und mahnten, alle Schutzwürdigen säßen schon zu Hause.

Und saß man zu Hause, gehörte es zur Nacht dazu, dass die Hunde wachten und Alarm schlugen, mit verzweifelt kippenden Stimmen, als glaubte ihnen niemand, dass da draußen etwas sei. Was würde da schon sein, ein Geruch, ein Schatten, ein vor Angst erstarrtes Tier? All das klang wie aus einer anderen Welt herüber.

In der Nacht fielen Schüsse. Editha regte sich nicht. Immer wieder Schüsse. Thomas sprang auf und ging ans Fenster. Da kam ihre Stimme:

»Das hat nichts zu bedeuten. Es können Jäger sein. Ein Fehlalarm. Das kommt hier öfter vor.«

Jetzt, wo er stand, kam der Schwindel wieder. Und doch: Im entscheidenden Moment sprang er auf und sah hin. Er stützte sich auf das Fensterbrett, zwang sich, dem Schall nachzulauschen. Der Schwindel wich elektrischer Klarheit. Man hört da, sagte er sich, die Entladung eines Feldes. Er sah es sogar, das unsichtbare Licht, er schaute hin und sah doch nur die Wipfel. Dafür gestochen scharf. Als wäre es Sinn und Zweck der ganzen Anlage, einen Musterstreifen Wald dem zersetzenden Blick des Romantikers preiszugeben.

Der Herzynische Wald.

Den Namen, überhaupt den Wald vergaß Thomas gleich wieder. Er hatte das Wort nachts noch festhalten wollen, als könnte es etwas erklären, seiner Entgleisung gar einen Sinn geben. Er hatte an Uwe schreiben wollen, aber nicht gewusst, wie. Er ahnte die Antwort des dreifachen Vaters: dass alles ganz normal sei. Vielleicht *vergaß* Uwe auch zuweilen, dass er Vater war – Thomas wollte es nicht wissen. Er wollte nicht einschlafen, von Berlin träumen, von der Suche, die sinnlos war, weil sie luftleer in seinem Schädel stattfand. Doch der Traum kam nicht wieder: als hätte er sich im Wald entladen.

Die Wände mussten nun gestrichen werden, er tat es mit Editha zusammen. Sie war mit dem Fries fertig und er durfte sie nicht aus den Augen lassen. Wollte *sie* etwa nicht wahrhaben, dass sie schwanger war? *Bleibe doch bitte unten mit deinem dicken Bauch. Halte lieber die Leiter fest!* Oben war ihm schwindelig, normal schwindelig, doch er ließ sich nichts anmerken. Schwerelos war er, brachte die Leiter nicht einmal zum Zittern, fest verankert durch Frau und Kind. (Das Kind nicht vergessen.)

Zu schwungvoll tat er den ersten Strich, unten klatschte es, Editha lachte auf, kehrte ihm Gesicht und Hände voll weißer Farbe zu.

Er folgte ihr, er kam ihr zuvor, er räumte ihr Gegenstände hin und weg, und kümmerte sich um ihren Körper, die fremden geschwollenen Beine, den Bauch voller Knochen. Allumfassend wurde die Sorge um dieses Wesen, das zwei Wesen war. Eine kindlich feierliche Vereinbarung: jemand tat, als sei er noch nicht da, Editha trug ihn durch die Gegend, Thomas lief hinterher und alle taten so, als ob. Nicht Thomas bestimmte, wann das Spiel vorbei wäre. Eines Tages würde es heißen: *So. Das Kind ist da.* Irgendwann mussten sie den Schein des Einsseins aufgeben. Der eine musste den anderen ausstoßen, in einen Raum, in dem er oft allein sein würde. Vielleicht war das Kind jetzt schon einsam. Es hatte sich unter der Decke verkrochen, der Bauchdecke, und Thomas konnte ihm nur hilflos zureden. Das tat er, nachts. Bis ihn ein leises Lachen erschreckte: *Hört auf zu tuscheln, ihr zwei.*

Schwangere Männer waren unmöglich, fand Editha. Ein Glück, dass er bei der Geburt nicht dabei sein durfte. Sie lag vierzig Stunden in den Wehen, da spätestens hätte er sich alles anders überlegt.

Er pendelte zwischen Wernigeröder Pension und Wartezimmer und versuchte, Margarethe aufzutreiben. Sie hatte kein Telefon, er hatte ihr über einen Nachbarn ausrichten lassen, dass Editha nach Wernigerode in die Klinik gekommen war. Am zweiten Tag war weder das Kind noch die Oma da, er erfuhr vom Nachbarn, dass sie *nicht wisse, ob sie kommen könne.* Es war ihm unbegreiflich. Er wusste zwar nichts von Familiendingen, aber hier in der Klinik sah er lauter werdende Omas, die am liebsten alles selbst in die Hand genommen hätten. Auch er hätte alles mitgemacht, war es doch auch *seine Entscheidung gewesen*. Nur gelegentlich durfte er Editha sehen, ihr sagen, dass Margarethe sich nicht meldete. »Ach, lass«, sagte Editha schließlich. »So was verträgt sie halt nicht.«

»So was? Was denn? Das Leben verträgt sie nicht!«

»Lass mal.« Ihr Gesicht war auf einen letzten Rest geschmolzen: Spott, Stolz, Schmerz, auf jeden Fall etwas Hartes, das er nicht unbedingt hätte sehen wollen.

Dann, frühmorgens, durfte er einen Gang entlangtaumeln und durch ein Fenster spähen: ein großer heller Raum, Gitter und weiße Laken und lauter kleine unkenntliche Formen. Hinter der Scheibe wurde ein Bündel hochgehalten, so dass er ein Gesicht erkannte. *Ella*. Er konnte ihr nicht einmal zureden, nur sich selbst: Sie sei nicht allein. Sie gehörte bereits zur Masse. Kurz darauf durfte er bei Editha sitzen, die, wie erwartet, fest schlief.

Im Wartezimmer nickte er ein. Als er aufwachte, schien die Sonne hell. Margarethe stand vorm Fenster und schaute hinaus. So ruhig, diese alte Villa, als würde man immer nur schlafen und stillen. Margarethe passte nicht hierher, tat ihm leid in ihrer ausgeleierten Strickjacke, endgültig zur Oma zusammengeschrumpft. Sie drehte sich um. Hatte sie geweint? Warum denn sonst so zornig? Er fühlte sich als Mann auf eine Weise angeklagt, gegen die er sich nicht wehren konnte.

Aber sie lächelte schwach. »Du hast dich sehr schön um meine Tochter gekümmert. Willst du dich nicht mal ausruhen? Übrigens, wir brauchen noch einen zweiten Vornamen. War das nicht deine Aufgabe? Lass dir was einfallen. Bis morgen gibt's noch Zeit. Ich habe dafür gesorgt.«

Er ging automatisch und verwirrt, verfehlte die Straße zur Pension und stand vorm Volkslichtspiel. Dort lief *Andrej Rubljow*. Das wollte ich doch unbedingt sehen, dachte ein letzter Rest des alten Ichs. In den letzten Berlinwochen war er immer wieder am Russischen Haus vorbeigekommen, wo die Originalfassung lief, und hatte keine Zeit gehabt. Jetzt aber.

Auf der Leinwand sprachen zwei orthodoxe Mönche Deutsch miteinander. Glaubte er. Er konnte die Sprachen nicht mehr unterscheiden. Er schlief ein. Dabei hatte er überhaupt kein Verständnis für Leute, die bei Tarkowski einschliefen.

Mehrmals wachte er auf, hörte Kriegsgewirr, den Namen *Fomá*. Öffnete die Augen und sah weiße Farbe, Wirbel auf einer Wasseroberfläche. Ein Pferd auf der Weide. Fackeln im Wald, sich liebende Menschen: Naturreligion. Vor den Augen des Mönchs fallen Soldaten über die Heiden her. Eine Frau macht sich unbemerkt davon, läuft nackt, tiergleich durchs Unterholz, mit sicheren Schritten in den Fluss und schwimmt fort.

Im Klinikzimmer nahm er seine Tochter auf den Arm und wusste ihr nun nichts mehr zu sagen. Es war so unerträglich, dass Editha ihn wegschickte: Er solle sich ordentliche Stiefel suchen, wo er nun einmal in der Stadt sei.

Es war böig wie ein erster Herbsttag, die Luft so neu und kühl, dass er sich umsah, wo sie denn herkomme. Wenn man sich in Wernigerode umsah, erblickte man gleich den Brocken: Dort lag die Luft, die Sonne und die Wolken, dort kam das Wetter her, dort stand ein Funkmast im Wind, dort, wo es rauschte, wurde gesendet und empfangen. Von dort fiel das Licht in Schauern auf die Stadt. Die Häuser standen aneinandergelehnt wie beim Warten eingeschlafen, das Fachwerk bunt und abgegriffen, die Balken mit frommen Sprüchen versehen.

Was er suchte, war ihm entgangen. Sein Kopf war klar, entlaubt. Er schielte in die Fenster: zugezogene Gardinen, Kakteen, endlich mal ein Schaufenster. Dort blieb er stehen und wunderte sich über die vielen Bücher. Dass es so was noch gab: ein privates Antiquariat. In den letzten Jahren waren die kleinen Läden, die das Straßenbild prägten, nach und nach verstaatlicht worden. Gerade der Schwund der Antiquariate hatte Berlin spürbar veröden lassen: Kleine Welten lösten sich auf. Und hier, in den Bergen, lebte so etwas weiter? Vor- und Nachkriegsbücher, die einander hinter dem Schleier aus Fensterstaub und

Sonne immer mehr glichen. Eines davon kam ihm bekannt vor, auf dem Schutzumschlag eine Berliner Trümmerstraße schwarz auf weiß. *Nach Berlin* hieß das Buch. Er reckte den Hals. Der Autor war – Thomas Grünberg. Das war sein Buch.

Genauso plötzlich, so ohne sein Zutun fertig und ganz war es ihm vor vier Jahren das erste Mal im Geiste erschienen. Er war auf der Dimitroff-Straße entlanggelaufen und hatte es auf einmal vor sich gesehen: wie bereits geschrieben und gesetzt, mit Deckel und Schutzblatt. Wie greifbar war es in jenem Augenblick gewesen.

Nun war es vergriffen. Was es hätte werden sollen, war es nicht geworden. Das war nicht mehr wichtig. Es rührte ihn, dass es da lag und einen bescheidenen Zweck erfüllte. Er drückte die Türklinke, freute sich schon auf die Glocke, die bimmeln musste.

Der Antiquar war ein junger Mann, hochaufgeschossen, langhaarig, mit Lennon-Brille.

»Du bist doch Thomas Grünberg.«

»Ja.« Das *Du* beruhigte und irritierte zugleich.

»Ich habe dein Buch gerade eben ins Fenster gestellt.«

»Ja? Ich hätte gedacht, es steht wohl schon länger da.«

»Es geht bestimmt schnell weg.«

»Ach, bin ich hier etwa« – Thomas brachte sein zerrissenes Lächeln hervor – »ein Begriff?«

»Ich habe dich mal lesen hören. Am Majakowskiring.«

»Gott, ist das lange her. Und das weißt du noch.«

»Nur anderthalb Jahre. Ich schaffe es leider nicht oft nach Berlin, da merkt man sich so etwas. Setz dich doch. Magst du einen Tee trinken?«

Thomas setzte sich auf einen zerlumpten Sessel und nickte. Vormittagssonne füllte den Laden. Er hätte auf der Stelle einschlafen können.

»Sebastian, übrigens«, sagte der Antiquar und reichte ihm die Tasse. »Echt ein schönes Buch. Eins der wenigen Kriegsbücher, mit denen ich wirklich was anfangen kann. Der sowjetische Offizier mit dem deutschen Waisenkind – wer kriegt so was noch hin? Diese Reise nach Leningrad, die Frau im Zug, die

Bahnhofsszene am Ende – kommt der alte Offizier, kommt er nicht? Das sind doch Bilder für ein ganzes Völkerverhältnis. Eine schwierige Freundschaft. Eine schwierige Liebe.«

»Ich weiß nicht, was es für Bilder sind«, sagte Thomas. Ihm war ganz warm geworden. »Ich wollte nur eine Geschichte erzählen.« Die alte Geschichte. »Das Kind, das bin ich.« Plötzlich war er wieder wach. »Das war ich. Jetzt habe ich selbst ein Kind. Seit heute früh.«

Sebastian grinste. »Das ist ja prima! Darauf müssen wir doch einen Schnaps trinken!«

Thomas schüttelte den Kopf und stand auf. Ja, er war wieder wach, mit einem Schlag – wie frühmorgens von einer Erkenntnis. Er war nicht mehr das Kind. »Danke. Ich muss jetzt Wanderschuhe kaufen.«

»Dann vielleicht ein andermal.« Thomas nickte. »Sag mal … könntest du eine Widmung reinschreiben?«

»Dann kannst du es teurer verkaufen.« Das schien Sebastian nicht einmal übelzunehmen.

»Ganz herzlichen Dank. Falls du irgendetwas brauchst …« Er reichte Thomas eine Karte. »Wir bleiben in Kontakt.«

Thomas zögerte noch einen Augenblick. Er hatte zu viel erzählt, im Grunde gelogen. »Übrigens, die Reise nach Leningrad, das habe ich nur erfunden.«

Er bog in Nebenstraßen, redete sich ein, gerade dort könnte es *den* Schuhladen geben, stand doch *das* Antiquariat abseits und unvermutet. Ihm war wohler zwischen den schweigenden Häusern, den zugehängten Fenstern, als könnte er gleich einkehren und sich an den Schreibtisch setzen. Bis spät in die Nacht würde er arbeiten, und niemand wüsste, was er trieb.

Als er sich bei diesem Gedanken ertappte, kehrte er um und ging in die Breite Straße. Dort fand er gleich das Schuhgeschäft. Nur noch ein einziges Paar Herrenstiefel hatten sie, dafür in der richtigen Größe.

»Ich habe aber Glück heute.«

»Sie haben ungewöhnlich kleine Füße.«

Er lief mit den Stiefeln durch den Laden; sie passten. Und er war wieder bei sich. Er wollte keine Siebenmeilenstiefel, sondern welche für die kleinen Schritte. Schließlich lief von nun an seine Tochter mit.

Am Abend erzählte er nichts vom Antiquariat, nichts vom Buch, aber die Stiefelsuche zog er so witzig in die Länge, dass Editha Tränen lachte, und Eli an ihrer Brust schüttelte sich mit, als lache sie sich auch schon ins Fäustchen.

Gestern im Kino war er aufgewacht, weil ein Kind gekreischt, gejauchzt hatte. Er hatte die Augen geöffnet: ein auszumalendes Kirchengewölbe, ein Mönch, ein Bojar, der ein kleines Mädchen auf dem Arm trägt, es quietscht, zappelt, schlägt um sich, bis es dem verblüfften Vater eine schallende Ohrfeige verpasst und kurzerhand davongetragen wird, glucksend, dass die weißen Räume hallen.

Ella Lena.

Kapitel 2

Es war, als sähe er zum ersten Mal einen Säugling: Eli war nicht von dieser Welt. Wie eine Träumerin durchzuckten sie Bewegungen, die sich woanders vollzogen, aber wo? Als er sie zum ersten Mal hielt und das rhythmische Strecken und Krümmen ihres Körpers spürte, war sie fremder als jedes Tier.

Sie hieß von Anfang an nur Eli. Der Name hatte sich wie von selbst gebildet. Irgendwo lief ein Film, knisternd, schwarzweiß, ein Gewölbe, eine Mädchenstimme, russisch; das hier war etwas anderes, Unvorhersehbares. Gott sei Dank. Eine Kraft aus dem Nichts, eine Kernspaltungsreaktion. Er musste lachen. Aber dieses Bild – wenn er wach lag und versuchte, seinen Zustand zu begreifen – gefiel ihm doch. Vor neun Monaten setzte eine Spaltung ein, mit der ersten Zelle zerfiel alles in zwei Teile. Hier lief das Leben an. Woanders lief ein Film weiter.

Er lag schaukelnd wie im Zug, halb schlafend, halb wach, vorm Fenster, schwarz-weiß, ein Nebengleis, ein anderer Zug, der sich ruckelnd entfernte, es ging immer schneller, und das

Land war weit. Er lag wie gelähmt, doch anders als vorher. Er war nicht mehr das Kind. Er spürte die Landschaft vorm Fenster, in die ein abzweigendes Gleis stieß und sich wegbog. Er genoss das Schwindeln, wenn er im Bett lag. Es durfte nicht passieren, wenn er aufstand.

Denn er musste Eli tragen und wiegen und waschen; Editha war Bettruhe verordnet worden, und er ließ sich für zwei Wochen beurlauben. Er wechselte Eli die Windeln und streifte ihr die Söckchen über und sprach zu ihr, leise und beharrlich. Er ging wieder im Handeln auf, war völlig frei vom Denken. Nur dass irgendwann Editha darauf wartete, dass er ihr das Kind abgebe. Sie wies ihn nicht zurecht. Aber eine gedämpfte Schärfe wurde spürbar, die er so von ihr nicht kannte – vielmehr von Margarethe. Bin ich hier etwa fehl am Platz?, fragte er sich, doch fehl am Platz waren seine Grübeleien. Denn es ging ihr nicht gut, das war nicht zu übersehen.

Die Atelierausstattung wurde überraschend früh geliefert. Thomas hatte noch versucht, es hinauszuzögern, denn Editha durfte kaum stehen, geschweige denn auf- und abmarschieren, Kisten aufreißen, aus- und umräumen. Aber sie blieb brav im Bett liegen, sah zum Fenster hinaus, stillte das Kind und drehte sich nicht einmal um, wenn Thomas ins Zimmer kam, um zu fragen, wo die Steinblöcke, die Tonsäcke hin sollten. Sie sprach wie aus dem Schlaf gerissen.

»Ich weiß nicht, was mit mir los ist. Ich komme mir vor … weißt du, als ich in der fünften Klasse Kunstunterricht hatte und wir durften das erste Mal mit Lehm arbeiten – ich wollte gleich große Figuren machen, mit Fahnen, Schwertern. Aber sie sind mir immer wieder zusammengesackt, da war nur noch ein glitschiger Lehmhaufen. Und so komme ich mir jetzt vor. Sag mal, ist das denn normal?«

»Ich hoffe es«, sagte Thomas. »Es ist mir nämlich auch schon so gegangen.«

»Ich habe mich noch nie so gefühlt«, sagte sie verwundert, »noch nie in meinem Leben!«

So unschuldig war diese Behauptung und so wenig überzeugend, dass er sie wirklich als kleines Mädchen sah, und musste lachen und drückte sie. Doch sie war kein kleines Mädchen, sie war groß und schwer und unbeweglich. Ihm war, als müsste er an ihr rütteln.

Erst am nächsten Tag schleppte sie sich ins Atelier. Sie schimpfte nicht auf das Chaos; sie nahm es hin wie eine fremde Ordnung und fasste nichts an.

Wenn Thomas zum Konsum ging, fragte man nach ihr und nach dem Kind. Ob sie Hilfe bräuchten?, fragte forsch eine Mutter mit drei Kindern. Thomas wehrte ab. Sicher so eine, die nur zeigen wollte, wo es langging.

»Genug herumgelegen«, sagte Editha, als er es ihr erzählte. Beim nächsten Mal gingen sie zusammen ins Dorf hinunter, Thomas mit Eli voraus. Editha ließ sich Zeit, noch schmerzte alles, sie kam leicht aus dem Gleichgewicht, als ob Körper und Geist auseinanderschwankten. Als Thomas am Hang hielt, um nach dem Kind zu schauen, blieb auch sie stehen, die beiden im Blick.

Am Wochenende schloss sie sich stundenlang mit Eli ins Atelier ein. Thomas flüchtete aufs Dach. Jedes Mal, wenn er Eli abgab, überkam ihn eine … Erleichterung? Panik? … die nur hier oben auszuhalten war, bei der unmöglichen Aufgabe, das Dach winterfest zu machen. Er kratzte Moos aus den Rinnen, zog die kaputten Dachziegel heraus und fügte neue ein, hörte Eli weinen, dann Edithas Singsang, ein leierndes Zusammenspiel. Mittags saß sie immer noch da. Thomas setzte die Kartoffeln und die Gulaschreste selbst auf. Als es so weit war, klopfte er, hörte nichts, ging hinein. Editha saß über den Tisch gebeugt, mit einem Fuß ließ sie den Kinderwagen wippen. Vor ihr lag ein Holzstock mit einem einzigen Strich: der Horizont. Den starrte sie an, rot im Gesicht, ein überfordertes Kind.

»Es ist mir noch nie so gegangen!«

Das war gelogen, fiel ihr ein. Kein Jahr war es her: Äpfel faulten auf dem Fensterbrett und sie sah ihnen tagelang zu. Sie war nicht einmal in der Lage gewesen, die Äpfel wegzuwerfen. Was für eine ekelhafte Verschwendung war das damals.

Thomas auf dem Hang – als er die neuen Stiefel zuschnürte und, vorsichtig auftretend, das Kind zum ersten Mal ins Dorf hinuntertrug, hatte Editha gedacht: Er fügt sich auf seine Weise. Es ist wichtig, dass er es auf seine Weise tut. In ihr, von Zeit zu Zeit, sprach eine kalte klare Stimme, wie eine böse dreinredende Verwandte, die sie tunlichst ignorierte. Nun, als Lehmhaufen, hatte sie keine Kraft dazu. Du fügst dich auch. Du fügst dich auch auf deine Weise … Also wollte sie das Bild festhalten. Denn es war doch auch groß und ruhig und zärtlich.

»Das ist alles völlig normal. Dass du überhaupt schon arbeiten willst …«

»Ich dachte immer, ich wäre eine echte Bäuerin. Bis in den neunten Monat beackert man sein Feld – hier sind ja auch mehr Steine als Boden –, hockt sich am Feldrain hin, presst das Kind raus, bindet es auf den Rücken und pflügt weiter.«

Am nächsten Tag fasste Thomas einen Entschluss. *Ich nehme den Kinderwagen.* Edithas überraschter Blick bekräftigte ihn nur. Er zog sich ordentlich an, mit Stadtschuhen und weißem Hemd, und zog los. Eli, durchgerüttelt auf dem Waldweg, starrte wild nach Licht und Schatten, und schlief vor lauter Staunen ein. Und das Dorf staunte ihnen hinterher, als er den Kinderwagen am Sorgenfrei vorbeischob. Sie wurden sogar noch »routinemäßig« kontrolliert. Die Beamten musterten das winzige Gesicht, zwinkerten, hatten sich wohl einen kleinen Spaß erlaubt. Thomas kam in triumphierender Laune nach Hause.

Editha, blass am Arbeitstisch, hatte einen zweiten Strich gezogen. »Komisch, ich kann mich auch ohne sie nicht konzentrieren, gerade nicht. Aber ich werde mich daran gewöhnen müssen.«

Er erzählte, wie sie kontrolliert worden waren, und brachte Editha endlich zum Lachen.

Das hätte er niemals gedacht. Dass sie in ein Loch fallen würde, während er auf einmal berauscht war. Von den alltäglichsten Dingen. Vom frischen Geruch der Wandfarbe. Vom Pfeifen des Teekessels in der sonnigen Küche. Vom Klirren der Flaschen am Boden des Kochtopfs. Von der Wäsche, die er draußen auf der Wiese aufhängte, wo der Wind sich in Edithas

Kleidern räkelte. Von den winzig kleinen Socken, die er jedes Mal musterte, um sich das Wesen vorzustellen, das solche trug. Vom gleichzeitigen Gewicht dieses Wesens auf seinem Rücken. Von der lallenden Stimme, die ihm bereits verständlich schien, zumindest sinnhaft. Wie in einem fremden Land waren seine Sinne geschärft. Das Brot auf seinem Teller war unübersetzbar, Brot nicht gleich *bread* nicht gleich *pain* nicht gleich *хлеб*. Mutter-Vater-Kind unübersetzbar. Was hatte er sich mit fünf Jahren vorgestellt? War es dies? Er erinnerte sich nur an das Bild eines Zoos. Mutter und Vater ohne Gesichter. Ohne Gesicht auch jetzt – weil man es selbst war. Das eigene Gesicht nur im Spiegel sah: in diesem winzigen.

Das auch Edithas war. Editha, in das Loch gefallen. Während er wieder Boden unter den Füßen fühlte, spürte, was er hier geleistet hatte. Zwar schien seine Gegenleistung noch nichtiger als zuvor. Doch er war hier. Nicht wegzudenken. Er hatte das Haus zu einem Zuhause gemacht. Er hatte Editha ... eine qualvolle Wandlung durchmachen lassen, sie lag nun nur noch als Mensch da. Kein Marmorbild mehr. Etwas Unumkehrbares: ein Anfang. Man hatte sich ja kaum kennengelernt.

Da musste er schon zurück an seinen Arbeitsplatz, wo er immer wieder vor allen Leuten einschlief. Und siehe, man lächelte ihm zu. Ihm als Vater, gesellschaftlich anerkannt, allgemeinmenschlich.

Seine Hilflosigkeit ließ Frau Barthel erweichen. Ihre eigentliche Gegnerin war Frau Wiese, die sich über ihr Chaos beschwerte: Bücher wurden falsch einsortiert, Unterlagen verschwanden. Frau Barthel kam vormittags immer später, Frau Wiese nutzte die Zeit, um alles wieder in Ordnung zu bringen. Wenn Frau Barthel eintraf, gab es im Hinterzimmer eine leise Auseinandersetzung, dann trat sie steif und würdevoll in den Leseraum und begann wieder zu sortieren, flink und geschickt, wie Thomas fand – gelegentlich schielte sie nach ihm, wie zur Bestätigung.

Kurz vor Schluss kam Editha, Thomas übernahm Eli, während sie einkaufte und Abendbrot machte. Meist wurden sie schon von Frau Barthel abgefangen und ausgiebig bewundert:

»Nach der schweren Geburt schon wieder fleißig bei der Arbeit, und man merkt Ihnen gar nichts davon an!«

Thomas schon. Edithas Ruhe war Verbissenheit. Auf dem Weg zum Konsum wurden, eine nach der anderen, ihre Holzfiguren aufgestellt. Diese Gnome und Hexen gehörten zu den geheimnisvollen Bedingungen für ihr Hiersein. Sie wolle gern mit Holz arbeiten, auch damit hatte sie ihren Antrag auf Zuzug begründet, auf einen Wink vom Bürgermeister hin, nun hatte er eine ganze Reihe Holzskulpturen bestellt. Ein Teufelspakt, der Bürgermeister als melancholischer Mephisto. War selbst Editha hier nur *taugetreckt*? Und musste sich beweisen, mit großer Geste etwas hinzaubern? Oder war sie schon immer so gewesen?, fragte Thomas sich, während er die Stunden an der Ausleihe absaß und sie dort oben schuftete, das Kind buchstäblich umgebunden. *Mehr Steine als Boden.* Weinte sie, fluchte sie?

Am Abend vergaß er solche Fragen. Es gab immer Geschirr abzuspülen. Es gab immer schmutzige Wäsche. Er erledigte sie gern. Besonders gern hängte er sie auf und sah dabei ins Tal hinab. Zum Haus hinauf, seinem Haus. Entdeckte Stellen, die er ausbessern musste. Dann lauschte er beim Arbeiten ins Haus hinein, hörte drinnen die zwei Stimmen, schlief fast und fiel durch die Wände hindurch, die licht wie die Laken im Wind wehten. Jeden Tag nur dies zu tun war nicht zulässig. Warum eigentlich? Einfach leben, Mann und Frau, befreit aus alten Rollen, denn für alles war gesorgt. Frieden leben, einen ewigen Alltag. War das denn nicht der versprochene Zustand?

Mit Eli fühlte er … Klarheit wäre zu viel gesagt … jedenfalls lief er mit ihr im Kreis und kam trotzdem voran. Aber wenn er sie übergab, tat Editha erleichtert, und er tat auch erleichtert.

Man lächelte über ihn, wenn er seine Runden mit dem Kinderwagen zog, so unpassend schön zurechtgemacht, wie er auch zur Arbeit erschien. Manchmal trank er einen Kaffee im Sorgenfrei. So, mit dem Kind, wurde er von den Dorfleuten auch mal angesprochen. Schon erzählten sie den Urlaubern, er sei der Berliner, der Schriftsteller. Was er schreibe, wisse man nicht. Aber ihm wurde eine gewisse Anerkennung zuteil, weil er so im großen Stil den Fremden gab, die große Welt, die kam und blieb.

Der Fernseher im Aufenthaltsraum, sperrige Holzkiste zwischen Gummibäumen, zeigte die Weltfestspiele der Jugend. »Da können Sie froh sein, dass Sie von Berlin weg sind. Bei all dem Trubel!« Aber Sehnsucht klang mit. Da war wirklich was los, jede erdenkliche Hautfarbe, Nationalkostüme, Fasching traf auf Woodstock. Sie zögen bald wieder ab, die wilden Völker, die Gott sei Dank Freund und nicht Feind waren, diese Delegationen Außerirdischer verschwänden wieder ins Weltall. Über den Besuch einer außerirdischen Schönheit freuten sich auch die Sorger, wenn deren schwarzer Nimbus die Schwerkraft überwand und der schlanke Körper fast abhob: Ja, auch sie wollten insgeheim die Haare der Angela Davis berühren.

Vor fünf Jahren waren Leute von der Uni geflogen, weil ihr gelöstes Haar einen falschen Frühling ankündigte und ihre Jeans, die ja zum Dreckigmachen waren, den Aufstand. Weil sie in ihrer Aufmachung so ernste Sprüche von sich gaben. Von Dubček. Sozialismus mit menschlichem Antlitz. Den Russen und *was Freundschaft eigentlich bedeutet.* Die so geredet hatten, waren abgestürzt, Thomas hatte sie weinend in den Kneipen gefunden ... hatte er Uwe wirklich so gesehen? Alles in Alkohol ertränkt, Haare geschnitten, Klamotten gewechselt.

Wenn er sich da vor dem Fernseher erinnern wollte, was in den letzten Jahren, was in der Spanne seines Lebens passiert war – es war fast unmöglich. Rein theoretisch strebte man den Zustand der Geschichtslosigkeit an. Hatte er also endlich den Zustand seiner Gesellschaft erreicht? Oder sie gar den seinen? Denn er hatte einen neuen Menschen geschaffen. Und um die neuen Menschen ging es.

Sie traten bereits wieder auf, Blumenkinder wie vor fünf Jahren, und niemand behelligte sie. Als sei alles vergessen, alles verziehen. Zwanzigtausend langhaarige Gestalten tummelten sich bei den Weltfestspielen. Im Sorgenfrei wirkten die Leute leicht befremdet. Dass *unsere Jugend* nicht nur im blauen Hemd auftrat, sondern in Bluejeans. Das trugen auch die Schwarz- und Braunhäutigen, alle sahen sie aus wie Amerikaner. Und die

Jugend zog nicht nur in Reih und Glied durch die Straßen der Hauptstadt, sondern fläzte sich en masse auf dem dürren Rasen vor dem Fernsehturm und stieg in den Neptunbrunnen. Und Erich Honecker lächelte der Jugend zu: Da sage einer *langweiligstes Land der Welt*! Er lächelte, als traue er sich nicht hinab.

Aber das junge Volk war in der Augusthitze sichtlich träge. Ihre Blicke schwer, scheu, lasziv. Wie sie die Wiesen bevölkerten. Wir sind mal so frei! Wie sie schläfrig im Abendlicht Kampflieder sangen: ein einziges Happy-End. Aus einem Film, in dem die kleinen Leute siegen und sich im Sieg bescheiden, nichts beanspruchen als ein *normales Leben*; und ins *normale Leben* ziehen sie sich nach dem Abspann zurück, ab von den öffentlichen Plätzen.

Waren sie jetzt zufrieden? War das die Zukunft der Jugend?

Eli würde Jeans tragen dürfen. Das war zu begrüßen. Jeans waren praktisch, hielten einiges aus. Vielleicht würde sie am Alex in die S-Bahn steigen und immer, immer weiterfahren. Durch eine ganz normale Stadt.

Mitten in den Festlichkeiten starb Walter Ulbricht. In den zwei Jahren seines wohlverdienten Ruhestandes war es still um ihn geworden. Man rieb sich die Augen, atmete tief durch – *in Trauer vereint* –, und feierte weiter. Es sei ja *der Wunsch von Genosse Ulbricht, dass das Festival – das so großartig und eindrucksvoll begonnen hat – erfolgreich zu Ende geführt werden sollte, falls das Schlimmste für ihn selbst einträte.*

Das war herrlich gleichgültig. Genosse Honecker mischte sich unter das junge Volk, seine Gleichgültigkeit traf auf die ihre. Dann fuhr die Jugend nach Hause, der Alex verwaiste. Verwüstete Rasenflächen. Müllsäcke. Der Berliner spürte Heimweh nach der Stadt des Morgens danach. Immer wieder das Gefühl, jetzt passiert etwas. Und – nichts. Oder? Jetzt traute er der Stadt wieder alles zu. Dass dort die Hoffnung, mit der man Schindluder trieb, doch noch siegen konnte.

Wie sähe denn die hoffnungsvolle Stadt aus? Weiße Kästen, grüne Bäumchen, bunte Menschen. Alle Spuren beseitigt, kein Riss zu erkennen. Nirgends schlüpfte man in alte Straßen, um zu suchen, was nicht mehr zu finden war. Was für ein Mensch suchte so was? (Er träumte den Traum nicht mehr.) Was für ein Mensch fand es schal, wenn in der weißen Stadt kein alter Gram mehr ans Licht kam? In so einer Stadt könnte einmal seine Tochter leben.

Das Haus des Buches gehörte bereits dazu: der lichte Raum, das helle Holz, Plakate mit bunten Figuren und sauberer Geometrie. Ein beschaulicher Hort, die Kinder taten erwachsen, die Erwachsenen kindlich mit ihrer Wissensgier, ihren Hobbys (Botanik, Erdkunde, Raumfahrt).

Frau Barthel lud ihn nun nach der Arbeit zu sich ein, auf einen Holunderwein, der ihm immer gleich zu Kopf stieg. Sonst hatte sie kaum Gäste. Man mochte sie, selbst Frau Wieses Strenge war eher töchterlich. Doch sie zog sich zurück, und das Dorf sich vor ihr. So trifft sie mich hier im Abseits, dachte er beim zweiten Glas. Oder lud sie ihn wegen Eli ein? Frau Barthel war großmütterlicher als seine Schwiegermutter, die Eli vorsichtig hielt, altjüngferlich, und mit ihrem Latein bald am Ende war. Eli war kapriziös. Wo auch immer sie war, quengelte sie, als wollte sie endlich nach Hause, selbst wenn sie zu Hause war, wollte sie nach Hause. Ja, Mädel, denkst du, ich kenne das nicht? Aber Frau Barthel kannte ein paar Tricks. Ihre scheuen Katzen flitzten immer im richtigen Moment vorbei – *Schau, die Miez!* Dass es so leicht geht, einen Querulanten zum Schweigen zu bringen.

Wenn er angeheitert nach Hause ging und Soldaten mit Ausgang vorbeiliefen, schielte er nach ihnen: war da einer der beiden, die beim Umzug geholfen hatten? Es war so schwer, sich Soldatengesichter zu merken, das machte ihm zu schaffen.

Wenigstens könne man jetzt schlafen, sagte Frau Barthel eines Nachmittags nach langem Schweigen, im Sommer höre man die Hunde nicht vor Kälte weinen, aber sie seien wohl noch da. Sie habe schlecht geschlafen, seit es die große Grenze gebe.

»Die große Grenze?« Thomas traute sich kaum zu fragen, wollte sie zu keiner Indiskretion verleiten, wenn sie nicht ganz nüchtern war.

Sie war nicht nüchtern, aber ihr Blick. »Sie haben letztes Jahr die Anlagen ausgebaut, erst seitdem gibt es die Hunde dort. Die armen Tiere. Es heißt, dafür kämen die Minenfelder weg. Sie mussten das wegen Helsinki, da haben sie was unterschrieben. Aber wer weiß das schon. Wer weiß, was sie da gemacht haben.« Sie ließ seinen Blick nicht los. »Der *Schutzwall.* Aber wissen Sie, die Minenfelder gab es nur auf unserer Seite. Nur auf unserer Seite.«

»Woher wollen Sie das wissen?«, stammelte er.

»Ich hab's im Fernsehen gesehen.«

»Das wird nicht unbedingt ...« Er fühlte sich hilflos, nutzlos, wie von fremdem Leid betroffen.

»Doch, doch«, sagte sie ruhig.

Es würde schon so stimmen. Man spürte längst Bewegung, Lockerung hier, Festigung dort. Dialektik. Was blieb unterm Strich? Der Anfang des Zerfalls – oder ein Ende des Zerfallens in zwei Teile, zwei Länder unter Ländern? Ein Krachen – oder nur das Ächzen eines alten Hauses?

Anfangs hatte er die Grenze noch gespürt, das Knistern und Flimmern. Und dann lange nicht mehr. Nur die Kasernenstimmung, das menschliche Treiben, das reiner Selbstzweck schien. Zwischen Elend und Sorge fuhr die Bahn kilometerlang am Zaun entlang. Alle verstummten, schielten aus dem Fenster. Er beim ersten Mal auch. Das war nicht *der* Zaun, erklärte Editha hinterher. Sondern nur der erste Zaun, dahinter gab es wohl noch einen zweiten. Die Dorfleute wussten es vom Hörensagen, die Touristen wussten es nicht. Zückten ihre Kameras, wenn die Transportpolizisten nicht hinschauten. Seitdem sah Thomas aus dem Zugfenster, als gäbe es dort nur Bäume. Und manchmal bemerkte er den Zaun tatsächlich nicht mehr. Er wollte Eli nicht die Schuld dafür geben – gerade ihretwegen durfte er nicht schlafen –, doch seit Wochen sah er ohne zu sehen, spürte ohne zu spüren. Irgendwo lief ein Film, liefen Schienen. Davor lag ein unsichtbares Feld. Was man nicht betreten konnte, sah man bald nicht mehr. Und doch staute sich alles an dieser Sperre.

In dieser Nacht wachte Thomas immer wieder auf, warum denn, er wusste all das schon, auch dieses Hochschrecken kannte er, seit er denken konnte, die Bewusstwerdung des dürftigen Verstecks innerhalb feindlicher Mauern, ja, dachte er, beim dritten oder vierten Mal, Bewusstwerdung, nicht einmal Angst, es war, als hätte er einfach genug geschlafen.

Eine klare Sicht auf die Sache ... daran hatte er sich beim Anblick der Grenzschneise festhalten wollen. Das hatte ihm eine Ruhe verschafft; als er, zurück in Berlin, sie Uwe erklären wollte, wurde er erregt und wirr.

Erregt und wirr: Das war überhaupt der Berliner Geisteszustand. Man lebte an tausend absurden Dramen vorbei, *schaut auf diese Stadt*, wenn man auch nur S-Bahn fuhr, war man ein Politikum, hüben wie drüben, kam sich unheimlich wichtig vor, unheimlich schlau ... Ständig wurde einem vorgegaukelt: *Es tut sich was. Da ist was.* Draußen. Nebenan. Richtung Zentrum. Drüben. Das Drüben war ein Fremdkörper, ein Phantomglied, man meinte, auch *jene* Stadt als Stadt zu kennen, weil eine Stadt immer auch ein Ganzes ist, im Gedanken immer wieder zusammenwächst. An dieser Stelle juckt es und man kratzt und denkt kaum darüber nach.

Alles wuchs in der Gewöhnung zu einer einzigen grauen Gegenwart, einer lärmenden grauen Stadt. In den Wald gehen, so hatte er gedacht. Aufatmen – ausgerechnet hier. Er hatte gewusst, wo Sorge liegt. Wohl geglaubt, in der wilden Natur würde die Grenze einem die Laune nicht so verderben. Sie wäre immerhin grün und nicht grau.

»Du flüchtest«, hatte Uwe bei ihrem letzten Bier gesagt. »Wovor denn? Bald kann man die Dinge beim Namen nennen.«

Aber wenn man die Dinge beim Namen nennt, wird alles gleich politisch. Diese Küchengespräche der Intelligenz, Aufregung über jeden neuen Film, jede neue Zeile, die *das Schweigen bricht*, Euphorie, Pessimismus, Prinzipienreiterei, Verfolgungswahn – mir vergeht die Lust. Politisch ist alles, auch gegen die Politik zu sein ist politisch. Unpolitisch zu sein ist politisch. Ich bin also nicht gegen die Politik. Ich bin nicht unpolitisch. Ich weiß nur, alles, was politisch ist, läuft auf eines hinaus: Bist du Freund oder Feind? Gehörst du mir noch? Hörst du mich?

Was kann man denn schon beim Namen nennen, Uwe? Wovor ich flüchte? Wohin? Das geht keinen etwas an!

Er hatte Uwe wirklich so angeschnauzt und schämte sich jetzt noch. Man behält so viel für sich, warum nicht auch die Erbitterung? Warum die arglosen Freunde damit vor den Kopf stoßen? Gerade Uwe, der als Lektor so viel wegstecken musste, jedoch niemandem grollte.

Hatte Uwe die *Flucht* wortwörtlich gemeint? War das die bange Frage gewesen? Für eine solche Flucht war Thomas doch untauglich. Man hatte ihn durchleuchtet und nichts gefunden.

Es war zu spät, sich zu entschuldigen. Für seinen Wutausbruch oder sein langes Schweigen. Uwe hatte auf seinen bislang einzigen Brief gleich geantwortet: Spannend, diese ersten Eindrücke. Sicher werde der Ortswechsel noch weiterführende Erkenntnisse bringen, die den Rahmen eines Briefes sprengen würden. Sicher werde Thomas einen Weg finden, diese in eine künstlerische Form zu gießen. Es war, als ob Uwe in Chiffren schrieb, die Thomas zwar verstand, aber nicht mehr beherrschte.

Jetzt schrieb er: Ich will ein Buch schreiben. Um mich der Sache zu nähern.

Nur zu!, antwortete Uwe.

Wovor, wohin die Flucht – die Frage erledigte sich im Sperrgebiet von selbst. Das Drüben lag hier noch ferner als in Berlin. Ein dunkler Fleck Wald. Ein Flimmern, schwarz-weiß. Was sich aufdrängte, war das *Hier*. Diese Welt im Kleinen.

So etwa könnte ich beginnen: T. verließ das Haus, lief dreihundert Meter Richtung Westen und stand vor dem Schild, das am ersten Zaun hing:

Grenzgebiet
Sperrzone!
Betreten und Befahren
verboten!

Denkbar wäre es. Die Landschaft beschreiben, jede Vorschrift, jede Vor- und Einrichtung. So akribisch, als klärte ich einen Menschen aus der Vergangenheit, aus der Zukunft auf. Meine Tochter. Erst einmal so tun, als dürfte ich das.

Doch schon das Waldstück vor seinem Fenster machte Thomas kirre. Er starrte hinein, hangelte sich von Stamm zu Stamm, überall Halt und kein Hindernis. Man hatte sich an die Wege zu halten. Doch er wollte ohne sie auskommen.

Er verließ den Schreibtisch und lief um das Haus herum. Vorm Waldrand hing die Wäsche. Er schlüpfte durch die Laken, als riefe eine Mädchenstimme: Komm doch. Diesmal war er allein. Diesmal war es wirklich verboten. Sogleich legten sich Fäden über sein Gesicht; er wich zurück, fuchtelte mit den Armen, stieß einen Laut aus. In jedem noch so hohen Raum waren Netze aufgespannt. Er drang vor. Die Zweige griffen nach ihm, lästige Berührungen, die er abwenden musste. Darüber verlor er den Boden aus den Augen, der uneben war, auf dem alles durcheinanderlag. Er stolperte; der Gedanke daran, was er alles zerknickte, zerriss, zermalmte, ließ ihn innehalten. Er schaute auf seine Spur zurück, das sollte ein Weg sein? Er hörte Eli schon fragen, wo es langging.

Er kehrte zurück – das Haus war noch zu sehen –, unterwarf sich dem gleichen Prozedere noch einmal, wankte, strauchelte, fuchtelte und brach aus den Bäumen hervor. Editha stand im offenen Fenster.

»Hast du Brombeeren gefunden?«, fragte sie.

»Brombeeren!«, stieß er aus.

Sie verschwand vom Fenster, ohne eine Miene zu verziehen.

Der Weg ist doch eine sinnvolle Einrichtung. Wo es keinen Weg gibt, ist man nur damit beschäftigt, ihn zu finden. Er nimmt einen voll in Anspruch, und man ist blind für die Welt. Hält man sich dagegen an den vorgeschriebenen Weg, hat man den Kopf frei. Man bewegt sich aufrecht, wird zu keinen hilflosen Gesten genötigt, erkennt sich jederzeit wieder.

So betrat Thomas den Wanderpfad nach Elend. Eli auf seinem Rücken trällerte vor sich hin. Editha hatte zum Abschied nur genickt, kurz und fest: Ihre Tochter zumindest wüsste den Weg.

So vergnügt war das Kind, als wüsste es wirklich Bescheid. Aber Thomas verriet es nichts.

Sich an die Wege halten war eine Wissenschaft für sich. Er prägte sich Abzweigungen ein, mit dem neuen Kompass übte er das Einnorden. Es faszinierte ihn, wie die Nadel unbeirrt nach Norden zeigte, man aber eigentlich nie nach Norden ging, sondern sich höchstens danach richtete. Es ging darum, einen feinen oder groben Keil zwischen sich und den Norden zu treiben, ein solcher Keil war jeder Weg. In der Bewegung brachen sich die Richtungen.

So merkte er nicht, wie er eingeholt wurde.

Heckmann lüftete die Mütze. Er trug die Armbinde der Freiwilligen Helfer der Grenztruppen, so auch die zwei älteren Bauern, die oft mit ihm zusammen im Dorfkrug saßen, immer still und umsichtig, als hätten sie es mit scheuem Vieh zu tun. Sie schielten dezent nach dem Kompass, Heckmann grinste breit: »Tolle Erfindung, was?«

Immer wieder: die eigene Verdächtigkeit, der Hohn, den sie auslöste. Nach dem Motto: *Da müssen Sie sich aber was Besseres einfallen lassen.* Als wäre man selbst der Schwachkopf, der von solch abstrusen Delikten phantasierte.

»Ja, in der Tat eine geniale Erfindung.« Verdammt, seine Stimme zitterte. »Als Stadtmensch bin ich damit etwas überfordert, deshalb übe ich erst einmal dort, wo ich mich nicht verlaufen kann.«

Heckmann lachte und klopfte Thomas auf die Schulter. Er war gar nicht erst ernsthaft in Verdacht gekommen. Er hätte mit Militärkarten, Kletterseil und Leiter durchs Unterholz stürzen können, und sie hätten ihm nur nachsichtig hinterhergelächelt. Die Bauern hätten geduldig geglotzt, wie nach einem bockigen Pferd, das sich bald wieder beruhigen würde.

»Üben Sie doch. Und wenn Sie so weit sind – wir nehmen Sie gern auf.«

Sie verabschiedeten sich an der nächsten Kreuzung; Thomas lauschte ihren Stimmen nach. Selbst ihr Lachen war ruhig und sachlich, auch im Dorfkrug am großen Stammtisch, wenn er sie belauschte. Sie sprachen von ihrer freiwilligen Tätigkeit wie von der Jagd oder Forstarbeiten, sie lasen den Wald wie eine Zeitung. Auch ich, dachte Thomas da, war einst des Waldes kundig. Als ich klein war, war ich Forschungsreisender, Partisane, Schamane. Nur das böse Schicksal hat mich meiner Bestimmung entrissen.

Aber er durfte nichts blicken lassen von seinem alten Können. *Wir nehmen Sie gern auf.* Hatte er sich verhört? Das war natürlich eine Möglichkeit *ranzukommen.* Die einzige vielleicht. Die Freiwilligen hatten ihre Wege, die bis an den ersten Grenzzaun führten. Sie sprachen in eine Sprechanlage, hieß es, und man ließ sie durch. Denn sie kehrten immer zurück. Man sprach von ihnen als von den wahren Kennern der Grenze. Soldaten und Offiziere wechselten sich ab, Generation für Generation; die Autochthonen blieben und gaben ihre Weisheit weiter.

Das war doch kein ernsthaftes Angebot. Heckmann wollte ihn nur verarschen. Er atmete auf. So musste er ausharren: in dieser lächerlichen Pose. In aufrechter Haltung, gerade das war die hilflose Geste, gerade darin erkannte er sich wieder. Ein bunter Hund. Ohne Spürsinn.

Er holte den Kompass wieder heraus. »Lach nicht über mich, Eli, wenn ich mich dumm stellen muss.«

Diese Angst war kein haltbarer Zustand. Diese frommen Sprüche. *Die Maßnahmen zur Sicherung und zum Schutz unserer Republik haben die Etappe der Zerschlagung des deutschen Militarismus, des Todfeindes der Menschheit, eingeleitet.* Der stoische Ton des einfachen Mannes: die reinste Hysterie. Gewährleistung der Sicherheit und Ordnung, Streifendienst, Brand- und Seuchenschutz, Massenwachsamkeit. Eine historische Groteske in einer endlosen Reihe von Grotesken. Es wäre ein Fehler, sie nicht festzuhalten. Denn die Zeiten änderten sich. Jetzt schon guckte Eli ungläubig, als wollte man sie auf die Schippe nehmen.

Immer öfter saß Thomas auf dem Barhocker im Dorfkrug und lauschte dem fachmännischen Gemurmel, als säße er im

Hochsitz, als wären die Fachmänner das Wild, das in unzugänglichen Waldbezirken umherstreifte. Immer deutlicher, ihre Unruhe, in den knappen Feststellungen, angedeuteten Vorsichtsmaßnahmen gegen Einbrüche. Was alles entwendet wurde: Seile und Drahtzangen, Messer und Sägen, Essen und Wasser. Fremde Menschen erschienen schattenhaft am Dorfrand, Menschen, die *hier nichts zu suchen haben*, wie oft löste sich die Fährte in Luft auf, *dann wird es wohl nichts gewesen sein*, dachte man, *das kann alles Mögliche gewesen sein*, was das für Leute waren, wurde nur dunkler, je öfter man auszusprechen wagte: *Spione, Menschenschieber*. Je öfter eine Festnahme gelang und bekannt wurde, was man bei *solchen Leuten* beschlagnahmt hatte: Schlagringe, Brechstangen, Ätherfläschchen, Tarnkleidung, sogar ein Jagdmesser mit der unbeholfen eingeritzten Inschrift »U.S. Army«. *Was für ein Mensch trägt so was bei sich?!* Im nächsten Grenzabschnitt habe man schon Messer mit *ganz anderen Symbolen* konfisziert, ja, einmal gar ein preußisches Paradeschwert.

Das waren auch nur die Stümper, die sich an die Wege und die menschlichen Behausungen hielten, planlos in Scheunen einbrachen, Wäsche von der Leine klauten, Wanderstiefel von der Fußmatte – und ihre Stadtschuhe im hohen Bogen über die Hecke warfen. Andere aber kannten den Wald und bewegten sich dort unbemerkt, an allen menschlichen Bauten vorbei, an den Posten, ja selbst an den Hunden. Solchen Menschen, den niemals Gesehenen, zollte man Respekt. Es gab welche, hieß es, die kamen und gingen. Ausspäher. Schieber. Oder *einfach so aus Spaß*.

Etwas gleitet im Gestrüpp vorüber. Eine Frau läuft ganz selbstverständlich immer weiter. Sie hat es geschafft. Sie sitzt im Zug, fährt tagelang. Sie sitzt im Flugzeug. Sie sitzt vor einem Café auf einem großen Platz in einer alten Stadt in den Bergen, am Meer, in der Wüste. Vielleicht jetzt. Jetzt, oder in zwanzig Jahren. Das könnte Eli sein. Rüberspaziert, rübergefahren, rumgefahren mit Rucksack, Studenten im Sommer. Budapest, Prag, Rom … Denn die Geschichte findet doch noch statt. Und alles wird irgendwann anders.

Das kann man doch keinem erzählen. Thomas hatte geglaubt, Geheimsprachen zu beherrschen, zuletzt mit Uwe. Aber sie erwiesen sich als untauglich, Schuljungenzeugs. Überwach am Arbeitsplatz zeichnete er Schnörkel auf einem Zettel, um nicht vor allen Leuten loszureden. Auf einmal stand da: *Я Я Я …*

Я. Ja. Ich. Eine Letter, die verkehrt aussah. Eine Affirmation, die hin- und herschwang.

Der Anfang eines Berichts, eines Briefes.

Frau Wiese hielt ihm die Zettel hin, als er gehen wollte. »Sie sind Slawist«, sagte sie vorwurfsvoll. »Sie wissen doch, dass wir einen neuen Leiter für den Russischzirkel suchen.«

»Muss ich auch noch der Dorfslawist sein?«

»Du musst etwas fürs Kollektiv tun.« Edithas Ton, bedauernd, unerbittlich, reizte ihn. So würde sie irgendwann mit Eli reden. »Besser das, als …«

»Russisch, das passt gerade nicht, das ist mir zu viel …«

»Ach, es macht doch nichts, wenn dein Russisch etwas verrostet ist, für *Erzählen Sie mir von den Sehenswürdigkeiten Moskaus* wird es schon reichen.«

»Russisch ist meine Muttersprache.« Seine Stimme war gepresst, zuckte Editha ein bisschen? Das stand alles in seinem Buch. Wobei: Er hatte getan, so gut es ging, als hätte die Geschichte, so allgemeinmenschlich, nichts mit ihm zu tun. Abgründe trennten das Öffentliche und das Selbst – wollte er gern glauben. In Wirklichkeit verlor man nur den Überblick darüber, was öffentlich war und was nicht. Editha hatte keine dummen Fragen gestellt. Das hatte ihm gefallen. Die ganze leidige Geschichte hatte er ihr nicht erzählt. Er hatte erzählen wollen, aber sie hatte nicht zugehört. Oder sie hatte doch gefragt, und er wollte nicht … er wusste es nicht mehr. »Das Kind in meinem Buch, das war ich. Der Offizier, der mich fand, hat mich auch erzogen, bis ich neun war. Dann kam ich nach Berlin ins Heim und die Brauns haben mich adoptiert.«

Er sah, als er sprach, dass sie keine Fragen stellen würde. Er sprach, fiel ihm ein, wie Herr Braun, dessen seltene Aussagen zu schlicht und deutlich gewesen waren, als dass sie Fragen zuließen. Eher versiegelten sie das hermetische Schweigen im weißen Kasten, den sie bewohnten.

Editha sah ihn nur noch fest an. Ja, was denn nun?, dachte sie. Bin ich jetzt dran, das Richtige zu sagen? So etwas wie: *Wenn du darüber reden willst, rede ruhig.* Welch unnütze Phrase. Da war die alte Unlust wieder. Männer mit ihren Geschichten.

Das Haus des Buches hatte nicht einmal ein ordentliches Russisch-Wörterbuch. Er könnte zu Sebastian fahren, fiel Thomas ein. Seit Wochen hatte er das Dorf nicht mehr verlassen. Er hatte Editha ja auch versprochen, ein paar Einkäufe zu erledigen. Gleich Freitagnachmittag setzte er sich in den Zug. Alles fiel weg, er schloss die Augen, um nur noch zu riechen, Rauch, Sonne auf den Kunstledersitzen, und öffnete sie, um Bäume zu sehen.

Sebastian erkannte ihn sofort wieder. Er schenkte Tee ein – er hatte einen richtigen Samowar – und drehte das »Geöffnet«-Schild um. »Ich wollte eh gleich schließen. Machen wir es uns gemütlich. Warum hast du denn kein Wörterbuch, du bist doch auch Übersetzer?«

Thomas zuckte mit den Schultern. »Ich habe mit Russisch abgeschlossen. Hab all die russischen Bücher vor dem Umzug verkauft.«

»Wegen –?« Wie kam er darauf, was sollte das? »Wegen Prag damals?«

»Ach. Nein, nein. Nein, es hing, es hing mit dem Schreiben zusammen. Übersetzen und Schreiben, das geht schlecht.«

Schon schlug ein Alarm. Jemand lief gegen einen Draht. Er wohl, denn er spürte den Strom. Nein, nichts, ein kurzer Schreck, wie denn nicht, wenn einer so mit *Prag* herausplatzte? Es war Sebastian, der zu weit ging.

»Was hast du noch mal für Leute übersetzt?«

Thomas nannte widerwillig ein paar Dichternamen. »Aber nur interlinear. Die Nachdichtungen haben echte Dichter gemacht. Wenn du mich als Übersetzer kennst, dann bist du jemand, der aufs Kleingedruckte achtet.«

Das sei ja oft gerade das Wichtige! Und vom Kleingedruckten schwang sich Sebastian zu einem gewaltigen Wortschwall auf, auch das offenbar eine verkannte Eigenschaft dieses Bergvolks. Der arglose Fremde löst den Erzählstau. Die Russen würden uns immer voraus sein, behauptete Sebastian, bei ihnen finde die Geschichte statt – Solschenizyn, Sacharow … »Bei uns noch Winterstille und dort – das ist wie ein tausend Kilometer langer Fluss, wenn der Eisgang einsetzt, es kracht, es kracht wie Schüsse.«

Wolfsjagd. Erregend und befremdlich, solche leichtsinnigen Reden. Ach, die Russen mit ihrer Landschaft, ihrer Seele, ihren Liedern. Die edlen Wilden. Heldenhaft, wie sie gegen sich selbst aufstehen und sich selbst niederschlagen. Ich bin es leid. Fern und fremd, die Musik, die herüberweht, der leichte Lackgeruch.

»Das tut alles nichts zur Sache«, unterbrach er. »Ich soll ja nur einen Russischzirkel leiten.«

»Du solltest lieber schöpferisch arbeiten. Das ist doch ein Jammer, wie man Talente zu jedem Kollektivschwachsinn verdonnert. Das hat natürlich Programm. Da muss man sich auch mal wehren.«

»Vom Schreiben kann ich sowieso nicht leben.«

»Das lässt sich alles regeln, man muss nur den richtigen Hebel finden. Und es muss nicht immer gleich die große Literatur sein. Man kann nebenbei auch andere Sachen schreiben. Ich habe da so meine Kontakte. Sie sind doch heilfroh, wenn hier am Arsch der Welt einer aufkreuzt, der schreiben kann. Kleinigkeiten – Berichte, auch nur Beobachtungen …«

»Ich kann nicht auf Bestellung schreiben … auf Termin … unter Druck.«

»Du kannst es dir überlegen.«

»Ich glaube, es hat keinen Sinn«, sagte Thomas und schwieg, unangenehm lange, wie aus Sturheit, dabei war er nur ratlos. Er ging zum Regal mit den russischen Büchern und fand gleich sein altes Wörterbuch. Weiter oben standen die Griechen und Römer, er blieb stehen und suchte die Reihen ab: Plinius.

Schon am nächsten Tag, als das Kind früh schrie, kam ihm die Szene wie erträumt vor, von einer gespenstischen Peinlichkeit. Er hängte Wäsche auf und blickte ins Tal. Das Bild schillerte in letzter Zeit, spannte sich.

Eine zweite Tonspur, eine Stimme, die in den Schlaf drang.

Я …

Ich bin Mitglied der Grundorganisation der Deutsch-Sowjetischen Freundschaft.

Ich gratuliere herzlich zum Jahrestag der Großen Sozialistischen Oktoberrevolution.

Ich gehe gern gemeinsam mit meinen Eltern zur Demonstration.

Ich interessiere mich für utopische Literatur.

Der Russischzirkel bestand zur Hälfte aus jungen Strebern, zur Hälfte aus Rentnern und Offiziersfrauen, die aus Gründen der Taktik oder Überzeugung solches Strebertum nachholten. Die Sprache war ein Mittel, um auf der richtigen Seite zu stehen. Die Seite der Opfer, die Seite der Macht. Was man durchdeklinierte, war der große Ursprungsmythos. Man gedachte der deutschen Kommunisten, die damals im Moskauer Exil ausgeharrt hatten, im *Hotel Lux*, Herberge der Komintern, wo *in einem einfachen Zimmer ohne jeden Pomp* der rastlos wirkende Wilhelm Pieck die internationale Volksfrontpolitik ersann. Man schloss sich ihm an, die *Sehenswürdigkeiten Moskaus* bestaunend, strahlende Alleen, die hoffnungsvolle Stadt, man versetzte sich an die kühne Spitze der Bewegung zurück, solidarisch stand man denjenigen bei, denen es gewährt worden war, die Zeichen der Zeit zu erkennen und sich dem deutschen Verhängnis zu entziehen.

Wie du weißt, Uwe, wurde ich von solchen sagenhaften Ex-Exilanten erzogen. Ob ich meine Schüler damit beeindrucken könnte? Freilich weiß ich nicht, ob die Brauns mit Wilhelm Pieck unter einem Dach gewohnt haben. In ihrem Berliner Wohnzimmer hingen verblasste Moskau-Bilder, war auch das Hotel Lux dabei? Später schwebte mir ein solches Bild vor Augen, später, als ich mehr erfuhr. Wie die guten Kommunisten in ihrem goldenen Käfig festsaßen, der Gestapo entronnen, dem

NKWD ausgeliefert. Es war ein Leichtes, das Vertrauen des Beschützers zu verspielen. Man hätte ja schließlich Spion sein können. Im Hotel Lux schlief man angezogen, wartete auf das nächtliche Klopfen an der Tür. Die Türe der Verschwundenen waren morgens versiegelt. Die anderen taten so, als wäre nichts gewesen. Auch Jahrzehnte später tat man so. Die Brauns mit ihren Teeritualen voller schüchterner Sehnsucht nach einer warmen Küche in einem eiskalten Land. Ein Glück, wenn in diesem Zirkel niemand solche Sehnsucht kennt.

Ein weiterer Brief, den er nicht schrieb.

Я Я Я – bei diesem Anfang blieb es. Frau Wiese hatte ihn erwischt, ein Schuljunge mit Geheimcode. Nicht, dass man ihn für wert hielt, entschlüsselt zu werden. Man hatte nur gleich gemerkt: Der Junge driftet ab. *Я, Фома. Ich, Fomá.*

Vor ihm, immer wieder, schwebten Blicke hinauf von den Büchern in die Leere – und schnellten zurück, sobald sie den Seinen trafen. Als ob er sie verpetzt hätte.

Dieses *Я*, dieses Ich, das sich aus der Reihe meldet, das da wegtritt, raus aus dem Kollektiv, das ist doch nur ein kleines aus sich selbst heraus geschaffenes Ding, *ich* kann alles sein, *Я, Фома,* ich, Thomas, wie es sich eben schickt, ein Ding des Geschicks, zart und wendig kann es überall hineinschlüpfen. Vorhut, Aufklärer, nein, friedlicher Bote. So, möglicherweise, trifft man erst die anderen. An einem Punkt im leeren Raum.

Ich-Sucht? Der nackte, vergnatzte Individualismus? Nein, *Ich* muss der Ort sein, wo ich mich nicht mehr vor Augen habe.

Der Holzschnitt, längst fertig. Thomas, stehen geblieben am Hang. Das Dorf unter ihm schien über seinem Kopf zu hängen. Er war klein und schmächtig, das Kind mit weißem Deckenschweif ein Gespinst, das er flüchtig festhielt, und sein Mund war verzerrt wie vor Angst oder Hunger: sein Lächeln. Sah er wirklich so aus? So finster und kantig? Die Figur legte eine beinah absurde Anspannung an den Tag, sie stemmte sich gegen die Linien der Landschaft. Gegen die Arbeit, gegen die Aufgabe in der Volksgemeinschaft! Sie gehörte nicht dazu und wollte es wahrscheinlich auch gar nicht. Sie grinste böse. Als ob ein Vorwurf käme.

Zum Beispiel, warum er sich vor dem Leseabend drückte. Frau Wiese saß mit aufgeschlagenem Kalender da und wollte ihn für den September eintragen, während er herumeierte: Er müsse sich erst wieder reinlesen, er sei völlig aus dem Stoff raus … Sie sah ihn ungläubig über ihre Brille an und trug ihn für den Anfang des Monats ein. Destruktive Launen waren zum Wohl des Künstlers selbst keine Sekunde lang zu dulden.

Nach dem Abwasch setzte er sich zum ersten Mal wieder an seinen Schreibtisch. Die vertraute Arbeitsplatte, aus allen Zusammenhängen gerissen, war eine Planke auf dem Meer, es zog an ihm von unten, vom Erdgeschoss, wo Editha Eli stillte. Vor ihm sein Buch, *Nach Berlin*, wie angeschwemmt. Das Öffentliche an ihm. Was hatte es hier zu suchen? Er stand gleich wieder auf. Ging leise die Treppe hinunter, trat aus dem Haus, unschlüssig. Schließlich lief er den Hang hinauf, wo das Feld auf den Himmel traf. Es war nicht weit, aber er war bisher immer zu erschöpft gewesen. Er war auch jetzt erschöpft, ihn schwindelte vor Schlafmangel, es war, als steige er auf einen Gipfel. Da lag das Feld schon flach vor seinen Füßen und über dem Waldrand erhob sich der Brocken. Seit Wochen, unten im Tal, hatte er ihn nicht mehr erblickt. Und noch nie so klar, der weißliche Glanz der Spitze. Der Schwindel wurde bodenlos: Hatten die sanften Linien des Massivs getäuscht, war das in Wirklichkeit Hochgebirge?

Schritte im Gras, Editha, allein: »Das wollte ich dir längst zeigen. Den geheimen Brockenblick.«

Er legte einen Arm um ihre Taille. Ihr hier zu begegnen, ohne Kind, ohne Bauch, ihren unbeschwerten Körper wieder an sich zu ziehen, war angenehm verwirrend. »Sag mal, liegt denn schon Schnee auf dem Brocken?«

Es zuckte in ihr, sie lachte leise. »Dort haben doch die Russen ihre Abhöranlage. Das ist die Betonmauer drum herum.«

Bei der Lesung hatte er das nagende Gefühl, dies sei genau das falsche Publikum – im Speisesaal des Sorgenfrei, Dorfleute, Urlauber, Soldaten, Offiziere –, das allerletzte Publikum, das das

Buch verstehen könnte. Aber das war bei Lesungen immer so, diese Angst beruhte auf arroganter Vergnatztheit.

Schau, die Uniformen, die sich abwechseln. Zivilisten, denen nichts anderes übrigbleibt, als Dankbarkeit und Ehrfurcht zu bezeugen. Denen das auch gar nicht schwerfällt. Egal, wer sich in welchen Uniformen durch den Wald robbt. Hauptsache, man darf sie die Unsrigen nennen. Niemand durchschaute die Lügen der Völkerfreundschaft. Zu stark war die Sehnsucht, Kinder *eines* Vaters zu sein. So lange es bei einem schönen Bild blieb. Man den fernen Vater nicht wirklich kennen musste, ihn groß und stark auf einem Podest sah, über alles Leid erhaben.

Eli schrie, Editha stand auf und trug sie hinter den Stuhlreihen auf und ab. Man lächelte wohlwollend, aber Edithas Gesicht war rot und grimmig. Schließlich verließ sie den Saal. Einen Moment lang sah Thomas sie wie ganz am Anfang, von hinten, über all die Menschen hinweg, knapp über ein Jahr war das her, und ihn schwindelte, und ihre Gestalt kippte, mit Kind, ohne Kind, die Jahre und die Räume kippten ineinander.

»Wie war es dann noch?«, fragte sie beim Frühstück.

»Keine große Diskussion, Gott sei Dank. Nichts von der deutsch-sowjetischen Freundschaft. Ein Offizier hat meine militärischen Kenntnisse gelobt, sehr schmeichelhaft.«

»Gab es wenigstens Sekt?«

»Es gab Sekt.«

»Das Leben zieht an mir vorbei.«

»Der gute Rotkäppchen.«

»Sag mal – der russische Soldat, der das Kind in den Trümmern findet – dich … Das war eine Aufgabe an der Kunsthochschule: ein Kriegsdenkmal entwerfen. *Rotarmist mit Kind.* Ich bin nicht auf den Gedanken gekommen, dass es so was wirklich gegeben hat. Aus Bronze sollte es sein, dreißig Meter hoch, wie in Treptow. Heute würde ich es ganz anders machen. Nicht so heldenhaft. Sondern eher – wie du.«

Er schwieg.

»Helden sind langweilig – sagst du doch auch immer!«

Aber der sozialistische Held, dachte sie, war nicht nur monumental. Es gab ja auch den kleinen Mann: scharfzüngig, drahtig, aufrecht. Den Berliner.

»Du siehst aus, als hättest du etwas mit mir vor.«

»Das mache ich wirklich! Ihr sollt mir Modell stehen. Bald ist ja der 30. Jahrestag der Befreiung, es gibt lauter Ausschreibungen. Einen Versuch wäre es wert. Eine einfache menschliche Darstellung. Also: ohne Schwert!« Er mit dem Kind auf dem Arm. Obwohl, vielleicht würde Eli gar nicht mitmachen. Vielleicht würde sie schreien. Egal! Es ging wieder, es ging doch.

Ihre Holzhexen standen aufgereiht, sie war zufrieden. Der Bürgermeister auch, und saß ihr im Nacken: Das ganze Dorf sähe er gern mit solchen Wesen bevölkert. Aber sie hatte nicht vor, eine Überproduktion von Lokalkolorit zu verwalten. Den Anschluss zu verlieren, wie die Berliner Kollegen unkten. Mit Holz arbeiten, gut. Vielleicht auch mal mit Kettensäge. Totholz sammeln. Aber man lief immer Gefahr, bequem zu werden. Während der Arbeit am Holzschnitt hatte sich eine Irritation von ihr gelöst, eine stille kalte Stimme schwebte, nur mehr Form – und Form war schön. Was die Stimme gesagt hatte, wusste sie nicht mehr. Aber sie ahnte, dass ihre beste Arbeit so entstanden war. Also: Den Stachel braucht man wohl. Gilt es dann, fest zuzupacken?

Er konnte kaum etwas einwenden, wo es ihr doch wieder besser ging. Sie lachte über sich selbst, wie sie Strich für Strich zeichnete, vor Müdigkeit lallte, ihr fiel das Glas aus der Hand, und sie kicherte wie betrunken, als sei dies ein Rausch, den man ausschlafen konnte. Sie schlief, wenn sie schlief, wieder fest. Ihm war kalt. In Treptow war es kalt gewesen. Der Wind schlug ihm ins Gesicht und weckte ihn. Das wollte er nicht. Was tat man in Treptow? Man schwieg vor der gewaltigen Größe. Wenn er den Mund aufmachte, würde es *politisch* werden. Er machte den Mund nicht auf. Zur Sprache kamen: die geregelte Arbeit, die Wäsche an der Leine, das Brot auf dem Teller, die leichte Last auf dem Rücken. War das denn nicht die richtige Sprache?

Er wollte nicht zersetzen. Er wollte Editha die künstlerische Freiheit geben. Ihr diese Geschichte zu überlassen war eine minimale Gegenleistung. Die Illusion: *dass es so was wirklich gegeben hat.* Er sah schon, von ihm losgelöst: ein einfaches menschliches Bild. Es stand in einem Park in der hoffnungsvollen Stadt.

Noch sahen die Skizzen nach nichts aus, sollten nur in etwa das Format zeigen. Mehr Vorarbeit wollte Editha ohne Auftrag nicht leisten. So bemühte sie erst einmal ihre Kontakte, schrieb Briefe und Entwürfe. Sie schwitzte beim Phrasendreschen, wurde stumpfäugig.

»Das ist das Allerschwerste!«, sagte sie. »Steinhauen ist nichts dagegen.«

Es rührte ihn, wie sie rang.

»Schlichter Ideengehalt und volksverbundene Formensprache geben dem Monument den besonderen Charakter ... die menschliche Gestalt des Sowjetsoldaten, der schirmend ein Kind umfängt ...«, flüsterte er ihr ins Ohr. »Ein starkes Werk der realistischen Kunst, das dem Siegervolk zum Ruhme gereicht und zur Aussöhnung mit dem großen Bruderland aufruft ... Dem Heldenmut und der unbesiegbaren Kraft, dem gleichsam lautlos ertragenen Leid bleibende künstlerische Gestaltung zu geben ...«

»Das machst du aber gut! Ich stelle dich sofort als Sekretär an.«

Da wird deine Sache verhandelt.

Verhandelt hatte er die Sache längst selbst, am Küchentisch, später mit Uwe – Uwe hatte verhandelt, mit Verlagsgutachtern, mit Instanzen, die undurchsichtig blieben. Herausgekommen war ein Objekt, das in seiner Glätte reibungslos reproduzierbar war, ja selbst nur Abguss eines Vorbilds in Treptow: eine allgemeinmenschliche Darstellung.

Dabei bin ich schon einmal auf das eigentlich Allgemeine gestoßen, das diese glatte Oberfläche zu sprengen droht – das doch nur ein Übergehen von Nichts in Nichts ist, ich müsste heilfroh sein, dass es nicht weiterwuchert, Rumbula, Naliboki, Kolyma. Dass ein Kind, das heute auf die Welt kommt, nichts davon wissen muss.

Dass es *keine Tabus mehr* gibt, ist nur ein Spruch. Und es ist noch viel schlimmer: Was verboten ist, würde auch so niemals gelingen.

Was wüsste man zu sagen, wenn man alles sagen dürfte?

Wie denn das Hier und Jetzt beschreiben? Das Abseits beschreiben, das Nirgendwo, das Nichts? Das doch grün und geregelt wuchert? Es kommt ganz sicher nicht darauf an, wo genau der Schlagbaum stand. Das ist auch alles so unendlich öde.

Wie war das noch mal mit dem Wald?

Wie ein Wunder sind die Wälder, die den ganzen germanischen Raum bedecken … Plinius wollte nichts anderes als die Welt beschreiben. War das denn nicht auch das Hier?

Von null anfangen. Wie Editha es nun tat. Sogar schöner war sie geworden, schwerer und zäher. Ihr Gesicht war seit der Geburt leicht gefurcht und glich nun dem ihres Vaters Hans, von dem es nur ein Bild gab; Margarethe hatte behauptet, es verlegt zu haben, aber Editha hatte es gefunden. Als sie das erste Mal mit Eli in Elend gewesen waren, und Editha sich noch mit dem Holzstock abquälte, hatte sie genauso beharrlich Margarethes Schubladen durchsucht. Sie hielt das Bild hoch, musterte Margarethe, musterte Eli. In ihrem Gesicht regte sich nichts, ihre eigene Geste schien für sie ohne Wirkung. Aber Thomas sah die Ähnlichkeit. Das starke Profil, das Stolze, Strenge. Begann man mit dem ersten Kind, den eigenen Eltern endgültig zu gleichen?

Woher er kam, was er vorhatte, was er von der Welt wusste, war getilgt worden, er hatte es so gewollt … aber wie sollte er Eli die Welt erklären, wenn er den Dingen nie auf den Grund gegangen war? Zwar hatte er noch keinen Plan. Aber kann es falsch sein, von einem Autor auszugehen, der das ganze Wissen seiner Zeit mit all seinen Irrtümern in sich vereint?

Schließlich ist man selbst genauso größenwahnsinnig.

Thomas nahm Plinius mit in die Bibliothek und schrieb besonders schöne Passagen ab, zunächst verstohlen, Buch und Schreibheft auf dem Schoß. Doch gerade das erregte Argwohn:

der Blick nach unten, die Bewegung des Schreibens in den Schultern. Die Besucher schielten von ihren Tischen hinüber. Da legte er mit großer Geste alles auf den Tisch und setzte seine Arbeit fort. Der Mann des Buches bei seiner Tätigkeit. Manch einer fragte, worum es denn gehe, und Thomas las flüsternd vor. Von wie vielen entsetzlichen Dingen wusste Plinius nicht zu berichten. Stattdessen von schwimmenden Inseln, von tanzenden Inseln, von Inseln, die sich aus dem Meer erheben; von brennenden Seen; von brennenden Bergen; von Flüssen, die sich in der Erde verlieren. Wie unverbraucht war dieser staubige Bericht; denn die Welt war damals viel jünger gewesen. Und dieser helle Holzraum sah abgelebt aus, nach Möbelfabrik und Nadelwaldplantage.

Auch die Mönche hatten an Plinius gesessen – Margarethes großes Thema: die Klöster mit ihren emsigen Schreibsälen, *Rationalisierung der Produktion.* Sie schrieben ihn ab, gelegentlich falsch, verfassten Glossen, malten Bildchen an den Rand, Fratzen, Fabelwesen, nackte Frauen … und träumten dabei, haderten mit Plinius, lachten über ihn, machten sich die Augen kaputt und starben jung und waren namenlos, und doch war Plinius auch *ihr* Werk und erzählte auch, fremd wie er war, von ihnen, fremd wie sie waren. *Tua res agitur.*

Und jetzt bist du der Mönch! Eine Kleinmädchenstimme, gebieterisch.

Auch hämisch? Der weibliche Körper nachts neben ihm war unberührbar geworden – durch die steinerne Müdigkeit, oder er war unfassbar, weil unfassbar war, dass ein zweiter Körper sich aus ihm gelöst hatte. Beunruhigend: Wie natürlich, wie vertraut war dieser keusche Zustand. Ganz normal, das gibt sich wieder, hätte Uwe gesagt. Glaubte er. Die dringenden Fragen konnte er ihm nur in einem endlosen imaginierten Tresengespräch stellen. Ob es überhaupt möglich sei, *politisch zu schreiben*? Ein Monolog, wie er ihn am Tresen schon oft gehalten hatte, so benebelt, dass keine noch so heiß erwartete Antwort zu ihm durchdrang, er sah nur Uwes Lächeln.

Uwe war nach wie vor zuversichtlich, auch heikle Themen durchzusetzen, glaubte Thomas aus seinen Briefen herauszulesen. Es gab diskrete Hinweise auf Kollegen, die ebenfalls *neue Wege wagten.*

Die Kollegen gab es bei Sebastian als Bückware. Die Irritation des letzten Gesprächs, gerade sie, zog Thomas wieder hin. Er musste ja nichts sagen, einfach nur abnicken, wenn Sebastian so penetrant von diesen Leuten schwärmte, die *zwischen den Zeilen* den Grenzgang blicken ließen. Diese Einblicke, wie heimlich geschossene Fotos, erschienen ihm verwischt und wenig sagend. Das private Leid als Politikum. Als zu beziehende Stellung in diesem stickigen kleinen Stellungskrieg. Wenn man an der vordersten Front war, warum fühlte man sich wie am Rande der Welt? Man müsste noch viel weiter gehen.

»Ach, ich bleibe lieber bei meinem Plinius«, pflegte er dann Sebastian zu sagen.

»Soso. Ein Eskapist bist du. Ein Epigone!«

»Aber hör doch, was er schreibt! Es ist immer noch aktuell. Die Erde ist keine Scheibe, sondern eine *vollkommene Kugel,* sie hat *kein Ende und keinen Anfang in all ihren Theilen,* und man *befindet sich überall in der Mitte.*«

»Das«, sagte Sebastian, »hätte ich nicht gedacht.«

Er musste den richtigen Abstand finden. Sich von allem lösen, was Aussagen erpresste, anders als beim ersten Mal.

Aufhören, Zeitung zu lesen. So schnell war die Stimmung der Weltfestspiele verschwunden. Neue Massenszenen vor neuer Kulisse: Militärputsch in Chile. Im Nahen Osten brodelte es wieder. Er hatte alles, was sich nach Elis Geburt gestapelt hatte, fieberhaft überflogen, um nicht etwas verpasst zu haben, was sich auf dem dunklen Grund bewegte, im Bodensatz *Gemischtes,* zwischen Felsbrocken flitzte … aber auszumachen waren nur diese düsteren Blöcke Zeitgeschehen, Großereignisse, die wirkten wie einbetoniert nach irgendeiner spießigen Vorstellung von Naturgewalt, versunken in der Ereignislosigkeit, auf deren Fläche nur langsam wachsende Ringe auszumachen waren, die hier, am Rande, dumpf ausliefen, bloß spüren ließen, dass es eine Mitte gab, Zentren um ein Zentrum:

Wernigerode
Magdeburg
Berlin
Moskau

Darauf lief es hinaus. Er sah so deutlich wie nie zuvor, erst hier bei Plinius. Als schwebe er immer höher – bis er den Blick nach Belieben in die Landschaft richten konnte, immer tiefer eintauchen. Was sich da auftut. Wenn man die Oberfläche verlässt.

Abends, wenn er aus dem Fenster sah, schien das Dorf im Tal im Herbstdunst zuzuwuchern. *Geheimnisumwoben,* wie es in den Touristenbroschüren heißt. Wie ein noch nie betretener Ort. Lässt sich der Bann so einfach brechen? Und was ist dann? Wenn dahinter keine nackte Wahrheit steht? Wenn das Dorf keine Geheimnisse hat, keine Geschichte? Keine Zukunft. Nur Normalität. Wenn ich mich umhöre, erfahre ich nur, dass hier seit fast tausend Jahren ein paar hundert Menschen leben und sterben. Dass es gelegentlich Streit gab, gelegentlich Krieg. Eine Scholle, immer wieder abgeerntet, umgepflügt. Die Leute werden nicht müde zu erzählen, wie es damals viel schlimmer, wie es damals nicht nur schlimm, wie es schon immer so gewesen sei. Meist geht es um das Wetter.

Eines Nachmittags nach dem Holunderwein begleitete ihn Frau Barthel ein Stück. Es war, als wollte sie ihn nicht loslassen, dabei waren die Gespräche mit ihr in letzter Zeit verlegen geworden; sie schien zerstreut, fragte dreimal das Gleiche. Er hatte das Gefühl zu stören, doch sobald er gehen wollte, geriet sie in Panik. »Aber Sie sind doch gerade erst gekommen!«, hieß es immer wieder. »Sie müssen auch den Wein mal kosten!« Sie füllte sein Glas auf und wusste dann nichts mehr zu sagen; er fragte nach den alten Zeiten. Aber sie antwortete ausweichend, dachte so lange nach, bis die dumpfe Angst in ihre Augen stieg.

Jetzt blieb sie stehen und sagte klar und beschwingt: »Ah, sehen Sie, da ist der Mönchsweg!«

Eine Furche, die die Straße begleitete, dann ins Feld stach. Eine Furche voller Brennnesseln führte nach Westen.

»Das hat mein Vater erzählt. Damals war alles Wald, die Mönche mussten sich solche Wege anlegen.«

»Wo führt er hin? War das der Weg – in Ilsenburg war doch ein Kloster, oder? Von Ilsenburg nach Walkenried?«

Obwohl er es selbst sah: Der Weg führte zu einer Senke, dort wälzte sich ein Pferd auf den Rücken und wand sich genüsslich.

Sie lächelte kess. »Das war der Weg nach Rom!«

Sie drückte seinen Arm, hängte sich aus und lief flotten Schrittes die Straße hinunter.

Thomas schaute noch hin: Brennnesseln, Pferdeäpfel, die Mondabdrücke der Hufe im schwarzen Dreck. Das strampelnde Tier kam in einer einzigen Bewegung auf die Beine. Und er sah das nächste Buch vor sich: ein Brocken. Der Weg dorthin stand ihm vor Augen, wie auf einer Karte, die man nicht im Laden bekommt.

So käme er ran.

So könnte er noch *viel weiter gehen.*

Bruder Thietmar.

Bruder Thietmar verließ das Kloster Ilsenburg im Morgengrauen.

Der nächste Tag würde ihm in der Fremde dämmern.

Kapitel 3

Am Anfang ist: das Betreten eines unendlichen Raumes. Nicht mehr und nicht weniger. Die Lust aufs weite bunte Land. Unterwegs in die Ewige Stadt.

Kein Raum ist unendlicher als irgendein anderer. Keine Zeit ist grau, während eine andere Zeit bunt ist. Keine Stadt ist ewig. Wo liegt dieses Land, wenn nicht *hier*? Und dennoch diese Lust. Wie der Blick auf einmal so tief hinabtaucht.

Thomas kündigte einen historischen Roman an.

Interessant, kam Uwes Antwort. Ob Thomas z. B. den Kriegsstoff wieder aufnehmen wolle? Mit *Nach Berlin* sei er ja seiner Zeit voraus gewesen, es sei inzwischen möglich, gewisse Aspekte – die sie damals besprochen hatten – näher zu beleuchten.

»Das soll ein historischer Roman gewesen sein? Ist meine Kindheit etwa schon Geschichte?«

Sebastian beruhigte ihn: Gewisse Zeiten seien schlicht und einfach *historisch.* Eine solche Zeit habe er nicht erlebt, er erwarte auch nicht, eine solche zu erleben. Nun finde die Geschichte gerade nicht oder überhaupt nicht mehr statt.

Thomas schrieb Uwe, er denke vielmehr an eine Art Ritterroman.

Auch das, so Uwe, stehe durchaus im Zeichen der Zeit, wie der utopische Roman biete diese Form Raum für neue Entwürfe, um Probleme der heutigen Gesellschaft konstruktiv zu reflektieren.

Konstruktiv sollte man sein? Immer noch?

Man könne es auch so sehen, meinte Sebastian: Dem heutigen Menschen fehle die Geschichte. In der Kunst wie in seinen privaten Beziehungen suche er Dramen, wenn kein Drama um ihn herum stattfinde. Da würden die Krisen einer Arbeitsbrigade keinen Hund hinterm Ofen hervorlocken. Lüstern würde man sich in Westkrimis, Dystopien, historische Epen stürzen, um mit den Problemen zu ringen, *die es hier ja nicht mehr gibt.*

»Und was ist mit dir, Margarethe? Wie stehst du zum historischen Roman?«

»Als ob ich so was lesen würde!«

Dann eben nicht. Von seinem Vorhaben brauchte sie nichts zu erfahren. Er saß am Wochenende immer öfter bei ihr, weil Editha sich übernommen hatte und dankbar war, wenn er mit Eli den Pflichtbesuch abstattete. Und er saß letztlich gern bei Margarethe, die so gar nicht großmütterlich war, keine Ratschläge erteilte, keine Kinderlieder kannte, sondern sofort ins Dozieren kam: von der machtpolitischen Bedeutung der Jagdpfalz Bodfeld – ebendiese Gegend – im frühen Mittelalter.

Schließlich sei Heinrich III. 1056 im Jagdhof bei Königshütte »in den Armen von Papst Viktor II. gestorben«, warf sie ein mit der schneidenden Ironie, mit der sie jede menschlich interessante Tatsache begleitete. Und wechselte sofort in Jagdstatistiken über. Oder es ging, immer wieder, um die Klöster. Ihre einzige Klage gegen die Zustände: dass sie nicht an das Archiv in Walkenried kam, denn Walkenried lag im Westen. Und ein Glück. So viel Stoff, wie sie schon hatte, so dröge, wie sie ihn darstellte. Jeder Vorgang zerlegt in Schritte, die kein Schreiten spüren ließen. Sie hatte sich der einzigen erzählbaren Sage gewidmet, dem Marxismus – aber *der gesellschaftliche Fortschritt* stockte schon durch die Erzählweise, die Geschichte löste sich auf. Beunruhigend: Ihr Mitteilungsdrang war dabei genauso groß wie seiner.

»Verstehst du da überhaupt was?«, fragte Sebastian. »Die ganze Dialektik und so?«

Mit der Geschichte hatte Thomas sich in der Schule zunächst schwergetan. Als ob ihm als Waise schlicht der Sinn für menschliche Zusammenhänge fehlte. Für die Geschichts- und Gesellschaftsgesetze. Wiewohl er, elternlos, mit ihnen in unmittelbarstem Zusammenhang stand: Gezeugt hatte ihn die Geschichte an sich, die Gesellschaft an sich war sein Vormund. Er verstand unter Geschichte etwas anderes, als man in der Schule lernte. Ob größer oder bunter oder schöner oder schlimmer. Nachts hatte er wirre Vorstellungen, derentwegen man ihn bestraft hätte – aber vor allem ausgelacht, um deutlich zu machen, dass die Strafe nicht der Kühnheit, sondern der Dummheit galt.

Gerade als Vater verfiel er diesem dumpfen Schülergefühl. Nichts zu wissen. Dann auch wieder: nichts wissen zu wollen.

In der Zeitung ging es seit Tagen nur noch um Literatur. Im Dorf, im Tal, im ganzen Land verfolgten Kumpels und Forstleute am Frühstückstisch die Ergebnisse des VII. Schriftstellerkongresses, wo eine Debatte über Eskapismus tobte. Es ging um ein wildes Buch und einen wilden Film, *Die Legende von Paul und Paula*, *Die neuen Leiden des jungen W.* (beide hatte Thomas verpasst). Die Antieskapisten schrieben sich auf die Fahnen: *Ich bin gegen Leiden und Legenden.*

Ich habe mit Eskapismus nichts am Hut, ja ich rufe geradezu den Antieskapismus aus. Realismus liegt mir aber erst recht fern. Welche Gesinnung hier reflektiert werden soll, kann ich nicht sagen. Der Protagonist (*Held*?) ist Mönch. Dabei geht es mir nicht um Religion, ich will sie weder anprangern noch verteidigen. Über die Christen weiß ich dafür viel zu wenig. Der Roman spielt in der *Feudalzeit* – aber sind solche Begriffe überhaupt sinnvoll, kann man Zeiten wie Staaten so abstecken? Keiner der gängigen Begriffe vom historischen Roman stellt mich zufrieden. Ich will keine gute alte Zeit beschwören – doch auch keine unerlöste, die des Heils der Gegenwart harrt. Erst recht keine Gegenwart im Faschingskostüm, bei dem die Armbanduhren aus den Ritterrüstungen hervorschauen. Ganz einfach eine andere Zeit. Ähnlichkeiten sind zufällig. Unähnlichkeiten sowieso. *Aber die Grenze ist schon immer dagewesen.*

Er bereute den Brief, sobald er im Briefkasten verschwunden war. Er hatte sich wieder einmal um Kopf und Kragen geredet, seine eigenen Argumente nach und nach widerlegt, bis er plötzlich wieder am Anfang stand. Uwe würde von Unentschlossenheit sprechen, als gelte es nur, *seinen Weg zu finden* – aber das *war* sein Weg. Die versuchte Abkürzung, bei der er eine Spur der Verwüstung im Unterholz hinterließ. Hatte er das wirklich geschrieben? *Die Grenze …*

Er bereute, überhaupt irgendeinen Roman irgendwem gegenüber erwähnt zu haben. Was war bloß in ihn gefahren? Wer hatte ihm das alles aus der Nase gezogen? Uwe mit seinem stillen Vertrauen? Sebastian mit seinen Vorstellungen, was Schriftsteller so tun? Margarethe? Editha etwa? Der Bürgermeister? Nein, er hatte seine Pläne mehr als freiwillig enthüllt. Nur um endlich einen Mucks von sich zu geben. Was hätte er noch alles ausplaudern können, von Frau Barthel, von den Minen womöglich, von dem Mönchsweg, er hätte wer weiß wen auf wer weiß welche Spuren bringen können. Wer weiß was vereitelt, verraten.

Nach der Arbeit fing ihn der Bürgermeister ab und überreichte einen Brief vom *Kreis schreibender Arbeiter* an der Gießerei Königshütte: Er möge sich und sein gegenwärtiges Vorhaben vorstellen.

Müßig zu fragen, wie man von einem Vorhaben erfuhr, das noch gar nicht existierte. Es war schlicht und einfach registriert worden, wie das Motorengeräusch eines unangemeldeten Fahrzeugs.

Thomas saß den ganzen Nachmittag an einer Antwort: Noch gebe es wenig vorzustellen, und Zeit habe er leider auch wenig. Zum einen sei der Rechercheaufwand bei einer literarisch bisher kaum bearbeiteten Thematik erheblich, zum anderen widme er sich als moderner Ehemann auch dem Haushalt und der Erziehung seiner Tochter, ja, es sei ihm ein Anliegen, das tradierte Rollenbild in Frage zu stellen, wozu gerade der historische Roman reizvolle Möglichkeiten …

»Was saugst du dir da alles aus den Fingern?«, fragte Editha. »Trink doch einfach einen Kaffee mit ihnen, vielleicht sind sie ganz nett.«

»Ich will meine Ruhe haben vom Literaturbetrieb. Was denkst du, warum ich überhaupt hier bin?«

Am Ende fuhr er nach Königshütte, in den Kulturraum der Gießerei. Sein Brief hatte die Kollegen umso neugieriger gemacht. Es waren vor allem junge Frauen aus dem Betrieb, ein paar ältere Herren, Meister, Lehrer. Nichts hatten sie von einem Roman geahnt, gefragt hatten sie, weil es selbstverständlich war, dass man arbeitete. Nun wollten sie wissen, welche seine kaum bearbeitete Thematik sei und welche Rolle *die Frau* nun bei ihm spiele, denn *die Frau* sei eine Frage, die auch sie sehr umtreibe. Die älteren Herren lächelten gönnerhaft.

Die Frau, die Frau … na ja, der Held sei Mönch. Also, Frauen seien schon, ja, eine Frage. Aber unversehens würde eine auftauchen, woher, sei zunächst unklar. Es solle sich herausstellen … dass sie einem uralten matriarchalischen Volk angehört, das sich tief im Wald versteckt. Zuflucht für geschlagene Ehefrauen, mutmaßliche Hexen und abtrünnige Nonnen. Ja: So, durch diese Frau, gerate das Weltbild des Mönches ins

Wanken. Das solle aber keine Liebesgeschichte werden! (Enttäuschte Blicke.) Viel zu einfach sei es, die Macht der Frau auf das Erotische zu reduzieren. Ihre Macht, jede Ordnung lächerlich erscheinen zu lassen. Wie wenn seine Frau auf seine Schreibtischordnung herabschaute.

Da lachten sie auf, die Frauen am lautesten, es war nicht bei Kaffee geblieben, sie hatten Kognak ausgeschenkt und Thomas hatte das Stichwort zum gemütlichen Teil des Abends geliefert. Nach dem dritten Kognak erklärte ihm ein Herr Fischer allen Ernstes, die matriarchalischen Stämme des Harzes seien ihm ein Begriff, darauf habe sich schon Goethe bei der Walpurgisnacht bezogen.

Als er in den Nieselregen hinaustrat, spürte er sein erhitztes Gesicht, einen leichten Schwindel wie das Begreifen eines Fehlers: Hatte er zu viel preisgegeben? Im Bus spiegelte sich sein Gesicht in der nassen Scheibe, ausdruckslos, und er empfand eine gewisse Genugtuung: den Leuten alles erzählen zu können.

»Lass dich ja nicht reinziehen«, meinte Sebastian. »Von wegen: Schriftsteller in die Betriebe, Schreibbrigaden bilden. Und sei froh, dass du noch nicht im Verband bist. Zeitverschwendung. Vereinsmeierei. Ich habe zu oft gesehen, wie sie Talente verschleißen mit Arbeitsgruppen, Auftragsarbeiten …«

»Du wolltest mir auch schon mal eine Auftragsarbeit andrehen.«

»Ich? Na wenn, dann keine Berichte vom Schriftstellerkongress. Keine braven Interviews in der *Volksstimme*.«

»Leider habe ich das Interview bereits zugesagt.«

»Sei bloß vorsichtig, was du erzählst! Sie werden dir noch das Engagement aus der Nase ziehen.«

»Das überlasse ich Editha. Sie will jetzt einen Kunstzirkel an der Gießerei bilden.«

»Schreibende Gießer, gießende Künstler … dass es das noch gibt!«

»Wieso soll's das nicht geben? Wir leben in einem Arbeiterstaat.«

»Ach … bleib lieber bei Plinius, bleib bei den Mönchen! Ein Auslaufmodell ist das alles.«

»Was denn?«

»Die Arbeit.«

»Das hört man gern.«

»Sag das bloß nicht. Als du zur Welt kamst, hattest du nichts. Und jetzt? Hast du irgendwelche Bedürfnisse, die nicht befriedigt wären?«

»Na ja …«

»Ich meine, einen Fernseher braucht man nicht unbedingt.«

»Allerdings.«

»Dann könnten wir aufhören, immer die Produktion anzukurbeln. Sonst schießen wir noch übers Ziel hinaus. Die Grenzen des Wachstums.« Er sah Thomas scharf an, als sei das eine Anspielung, die er verstehen müsste. »Manchmal vermute ich: Man hat es sogar bei uns kapiert, die Produktion wird mit Absicht gedrosselt, hier ein Engpass erzeugt, da ein Ausfall. Sonst ginge alles viel zu schnell. Das ist das Problem, das man mit keinem Wort erwähnen darf: Das Ziel ist erreicht. Keiner weiß, damit umzugehen. Man lässt zwar die Kumpels zur Feder greifen. Noch aber traut man sich nicht weiter: Lasst die Kumpels sich festschreiben, lasst das Förderband stehen. *Das* müsste Aufgabe der Kulturarbeiter sein: die Welt ohne produktive Arbeit zu entwerfen. Das Leben ohne Arbeit vorzuleben. Vorpreschen sollt ihr!«

»Ja, wohin denn? Worüber lohnt es sich denn zu schreiben?«

»Ach … schreib doch über die Liebe!«

»Es geht mir um die Produktionsverhältnisse«, erklärte er der Berichterstatterin der *Volksstimme.* »Um den uralten Menschheitstraum, die Aufhebung der entfremdeten Arbeit.«

»Und die matriarchalischen Stämme?«

»Ja, das hängt am Ende alles zusammen …«

Er verfluchte die matriarchalischen Stämme. So würde er das Buch nun ganz sicher nicht schreiben. Sie fragte nicht weiter nach, wollte nur wissen, wie sein Arbeitstag aussehe, ob er sich zum Beispiel immer zur gleichen Zeit an den Schreibtisch setze.

»Selbstverständlich, das ist eine Arbeit wie jede andere, ja mit Überstunden, wenn es um die Planerfüllung geht, der Rechercheaufwand kommt hinzu, das ist, als müsse der Arbeiter auch noch das eigene Material anschaffen, Kies und Kali und Erz …«

Glaubte man dem Artikel, hatte er *den* sozialistischen Historienroman angekündigt.

Kein Wort davon ist wahr, schrieb er, als er Uwe den Zeitungausschnitt schickte. Dass sie einem so was abnehmen: *Es geht um die Produktionsverhältnisse.* Ein Auslaufmodell ist das! Das Arbeiterleben mit dem ehrlichen Schweißgeruch.

Er hatte Plinius durch, zeichnete wieder Schnörkel, von den Bibliotheksbesuchern beobachtet. Als sei er die Maschine, die die Regale hier zu füllen hatte. Unter ihren Blicken fiel ihm kein einziges Wort ein. Außer *Я Я Я.*

Ich interessiere mich schon seit langem für Geographie.

Ich sammle Ansichtskarten von Städten, weil ich mich für ihre Geschichte interessiere.

Ich wurde in diesem Jahr zum Agitator gewählt.

Ich bin auf dem Land aufgewachsen, deshalb will ich Agronom werden.

Ich möchte … werden, weil dieser Beruf sehr gebraucht wird.

Ich liebe meine Heimat und bin stolz auf sie.

Neben dem Russischzirkel drohte sich der Kreis schreibender Arbeiter um ihn zu schließen. In Königshütte müsse der Zirkelleiter nächstes Jahr aufhören, erwähnte der Bürgermeister immer wieder. Die Bezahlung sei auch nicht schlecht für die paar Abende im Monat. *Eine Arbeit wie jede andere*: Es galt nur, die Stunden vernünftig einzuteilen: für die Ausübung der erworbenen Fertigkeit und für die Vermittlung dieser Fertigkeit an andere. Wie hätte er sagen sollen, dass er als Allerletzter wusste, wie so was ging, das Schreiben?

Nach dem Abendbrot wusch er ab, bemüht, seine Eile nicht durchblicken zu lassen, aber Editha zog sich schon mit Eli zurück, leise vor sich hinsingend. Beidseitiges Feingefühl: Sie entließ ihn ins Arbeitszimmer, er sie ins Kinderzimmer.

Ein, zwei Stunden stand Bruder Thietmar unentschlossen. Eine dunkle Gestalt am Waldrand.

Thomas wusste nichts von ihm. Er sah die Kutte, die Tonsur. Er wusste nicht, was Thietmar sah, was er glaubte, welcher Arbeit er nachging.

Vielleicht musste er nichts wissen. Vielleicht war all das genauso unwichtig wie die Frage, wo der Schlagbaum stand. Es reichte vielleicht dies:

Eine Gestalt (könnte jeder sein) taucht in den Wald ein (auf einem der vielen Wege) und geht über die Grenze (irgendeine).

Irgendwann im Mittelalter, unwichtig, wann, macht sich Bruder Thietmar vom Kloster Ilsenburg, ein Benediktiner oder ein Franziskaner, auf den Weg nach Rom. Zuerst muss er durch das gefährliche Grenzgebiet, unwichtig, welches Land dort angrenzt, jenseits des Herzynischen Waldes, da muss man erst einmal hindurch ... Hier gilt keine Karte, den Weg darf man keinesfalls verlassen, doch er bedeutet nur die Hoffnung auf ein Ziel. Er bietet keinen Schutz vor den Menschen im Wald, falls das Menschen sind; was das für Menschen sind, weiß man nicht, Wegelagerer, Räuberbanden, wenn es nur das wäre, vielleicht sind es Hexen, Hexen und Geister, Geister und solche, die Geister rufen, Heiden, Wilde, Menschenfresser.

Aber er geht doch hinein. Er will unbedingt nach Rom.

Er geht nach Rom mit der Bitte um Hilfe. Um Beistand und Schutz. Weil die Zustände hier nicht auszuhalten sind. Die ständige Angst. Das Warten am Waldrand auf Schlimmes. Da muss einer hindurch.

Nach Rom … Und ich, will ich dorthin? In den Westen jenseits des Westens? Die Mitte, die Macht, die Herrlichkeit?

Die Ewige Stadt. Da hat jeder ein Bild – eine Karte, gezeichnet mit kindlicher Akribie. Bilder, die man glaubt, beiseite legen zu müssen, um erwachsene Bücher aufzuschlagen.

Neulich, auf der Arbeit, war er von seinen Schnörkeln aufgesprungen, um lange vorm Regal mit den Geschichtsbüchern zu stehen. Alle Augen folgten ihm: Nach welchem Band er wohl greifen würde? Warum denn nicht nach *Rom*? *Er recherchiert*, würde man feststellen, das Wort klang nach Alibi, zugleich zu wichtig und zu harmlos. Wie es beim ersten Roman gewesen war, hatte er gern vergessen. Eifrig in Militärbüchern blättern, endlich erwachsen, sich die großen Zahlen einprägen und zwischen den Zeilen lesen. Wie bitter die Befriedigung, als der Krieg der Kindheit dem wahren Krieg weicht.

Einer fragt: *Was suchen Sie?*, und ich antworte widerwillig – weil ich es gern für mich behalten würde? weil ich es selbst nicht weiß? –, nenne Stichwörter, Titel, die sogleich Verdacht erregen: Was will er denn, was führt er im Schilde? Oder aber: Doch nur ein Stümper. Ich stehe vorm Regal, seine Augen im Rücken, ich lese, und er hört mich umblättern, wohin mein Blick fällt, weiß er nicht, aber meine Suche spannt seine Sinne an. Mir ist, als würde er daraus schlau. Sogar eher als ich.

Nun saß Thomas am leeren Schreibtisch, vorm Fenster der winzige Ausschnitt Welt. Der Dorfkern im Tal: Kirche, Bahnhof, Haus des Buches. Hätte er nur eine Bibliothek, griffbereit. Ein Buch, das alle Bücher enthält – das man als Kind immer gleich aufzuschlagen glaubt.

Bruder Thietmar scharrte mit den Füßen. Thomas vernahm einen Weihrauchgeruch und, unverkennbar, Schweiß. Der Mönch atmete schwer. Erschöpft, schon vor Antritt seiner Reise.

Plinius schrieb:

Wir wollen hier keine Märchen erzählen, die doch keinen Glauben fänden. Doch das folgende ist wahr und verbürgt: Durch den gegenseitigen Druck der einander treffenden Wurzeln wölben sich Erdhügel auf, und dort, wo das Erdreich dem Drucke nicht folgt, bilden sich Wurzelbögen, die bis zur Höhe der Äste reichen und miteinander zu ringen scheinen: offene Tore, durch die ganze Reitergeschwader hindurchreiten könnten.

Besonders wuchtiger Hochwald wächst nicht weit vom Land der Chauken, zumal als Rand und Rahmung zweier Seen. Hart an den Ufern steht üppiger Eichenwald. Von der Flut des Wassers unterwühlt werden einzelne Bäume, vom Sturmwind erfasst, auf den See hinausgetrieben. In ihren breit ausladenden Wurzeln entführen sie ganze Inseln, die ihnen das Gleichgewicht geben: So treiben sie aufrechtstehend dahin. Ihre gewaltigen Äste, die in der Nacht wie das Takelwerk eines Schiffes erscheinen, haben schon oft die Besatzung unserer Flotten in Schrecken versetzt, wenn eine solche Bauminsel, wie von Menschenhand gesteuert, von der Flut gegen unsere nächtlich ankernden Schiffe getrieben wurde und unsere Leute in ihrer Hilflosigkeit eine Seeschlacht gegen Bäume führten.

Oder ist es Angst, die ich da rieche? Was zögerst du, Thietmar? Sei ein Mann! Fass Mut! Trau dich hinein! Ich will die Seen und Inseln erblicken, die Stätte der Chauken, Kelten und Sueben, ich will den Auerochsen sehen und den Wisent.

Ferner gibt es dort den aus Skandinavien stammenden Achlis, den man noch nie in unseren südlichen Zonen gesehen, von dem man aber schon so viel erzählt hat. Er gleicht dem Elch, kann aber seine Hinterbeine nicht beugen und deshalb nicht liegen: er lehnt sich zum Schlaf an einen Baum. Will man ihn fangen, so stellt man ihm durch Ansägen des Baumes eine Falle. Im übrigen wird seine Schnelligkeit gerühmt. Seine Oberlippe ist überaus groß: deswegen geht er beim Fressen rückwärts, damit er beim Vorwärtsschreiten nicht darüber falle.

Klingt das denn nach tödlicher Gefahr? Die Römer haben von keinen Unwesen berichtet, nur von seltsamen Tieren und deutschen Menschen. Das ist die Angst, um die es mir geht. Des Menschen vor dem Menschen.

Des Christen …

Wer denkt heutzutage noch an die Christen? Sie haben nur mehr etwas Peinliches, ja es ist, als weiche man vor diesem Geruch zurück, der süßlich ist, oder steril, allzu rein. Sie riechen nicht mehr menschlich, ja sie stinken nicht einmal ehrlich. Hätte ich vor hundert Jahren gelebt, alle hätten so gerochen, alle, außer mir. Immer wäre ich der Unbekehrbare gewesen, der ins Ewige Feuer kommt. Ein Glück, dass man *hier* das Ewige Feuer, das Ewige überhaupt abgeschafft hat. So sind die Verdammten immerhin mit dem Tod erlöst. Doch damals – drüben, überall, wo Kirchenglocken läuten, jede Kirche gegen jede andere – glaubte man an das Höllenfeuer für die anderen. Was für eine Alltagsgrausamkeit, ein gedanklicher Massenmord.

Was mir alles aufgeht, wenn ich an diesem Bruder rieche. Ich frage mich, ob ich seine Nähe ertrage. Aber hinter jemandem zu stehen und seine Angst zu riechen, erzeugt eine seltsame Schuldigkeit. Freilich: Der Mann, in seiner grausamen Frömmelei, hat keine Sympathie verdient. Er hätte panisch auf jeden geschossen, der ihm im Wald begegnete. Vielleicht ist mein Wunsch die naivste Form von Notwehr – aber ich will diesen Mann von seiner Angst erlösen.

Neun Tage dauert sein Weg durch den Wald und jeden Tag trifft er auf einen Menschen, der eine seltsamer als der andere, doch allesamt arglos. Der Menschenfresser mit dem ergrauten Löwenhaupt - ein einsamer Greis, tapsig und bang. Die Hexe eine spinnerte alte Frau, die durch den Wald irrt. Und die Wilden? Die Zottelhaarigen? Das sind die jungen Leute, die sich des Lebens freuen, die nackt gehen und sich auf die Wiesen legen und s i c h e r k e n n e n. Sie flechten sich Blumen in die Haare, klettern in die Bäume und treiben auf den Inseln dahin.

Thomas setzte sich in die Bahn und fuhr nach Elend. So ging das nicht, mit seinem Halbwissen, einen Meyers-Mönch in einen Plinius-Wald schicken, das ging nicht. Wie denn, was denn Margarethe fragen?

Margarethe, erzähle mir doch von dem geheimnisumwobenen Mönchsweg.

Margarethe, sag, wovor haben Mönche Angst?

Bei jenem Geruch würde Margarethe sicher die Nase rümpfen. Als hafte er gleich Thomas an, ausgerechnet ihm. Da wollte er den Bruder fast in Schutz nehmen. Nur Bücher wollte er, keinen Vortrag über Aberglaube und Fanatismus, und wie viel fortschrittlicher man selbst war. Er erfand einen Ausflug nach Ilsenburg, zu der Klosterruine. Ob Margarethe etwas zu den … Franziskanern empfehlen könne?

»Franziskaner! Ich bitte dich! Es waren Benediktiner«, fügte sie hinzu, um Milde bemüht, und ließ sich über den protosozialistischen Ansatz der Benediktinerregel aus, die doch den Kapitalismus hervorgebracht habe. Was aber auch nur folgerichtig und keine Ironie sei! Sie holte ihr drittes Buch aus dem Regal, *Ilsenburg und Walkenried. Zwei Klosterkonzerne im Vergleich*, mit einer Fülle von Flurkarten, Grundrissen, Schaubildern mit Eisenerz, Holzkohle und Fischteichen, all der Reichtum der Mönche liebevoll mit der Hand gemalt, dabei habe sie Editha das Zeichnen beigebracht.

Alles, das sei das Schöne, alles bei den Mönchen diente einem Zweck. Der Gesang: der sozialen Ordnung. *Ora*: der Erfindung der Stunden. *Labora*: der Entstehung der allerersten Arbeiterschaft.

Sie vergaß die Häme, wenn sie sprach. Diese fand man im ideologischen Beiwerk ihrer Texte wieder: das Von-sich-Weisen der peinlichen Mystik. Den Gottlosigkeitsbeweis. Verdächtig, diese Distanzierungsversuche.

»Sie hat's aber wirklich mit den Mönchen, das Fräulein Vogt!«, sagte Sebastian. »Warum denn wohl? Hat sie überhaupt noch einen Mann gehabt?«

Thomas zuckte mit den Schultern. Hatte sie nicht, so viel hatte Editha angedeutet. Er empfand keine Schadenfreude. Er wusste letztlich überhaupt nicht, was er einer Frau in ihrem Alter gegenüber zu empfinden hatte. Frauen in ihren Sechzigern waren herzlich, herb, derb, aber immer auf Sie. Professorinnen, Sekretärinnen, Verkäuferinnen, irgend wessen Tanten, Mütter, aber darunter konnte er sich gar nichts mehr vorstellen. Frau Braun, der nichts einfiel als die Rolle einer hilflosen fernen Verwandten. Alleine schienen sie dazustehen, Überlebende. Standen da und konnten für nichts. Sollten sie einem leid tun? Sie wussten Bescheid.

Fast noch mehr als Margarethe schien Frau Barthel Bescheid zu wissen. Gerade weil sie kein Buch geschrieben hatte. Kein Vorwort, um Abstand zu nehmen. Weil sie so oft schwieg, zunehmend grüblerisch. Er musste es gelassen hinnehmen, dann war sie friedlich wie die alte Katze, die einfach *da* war. Und fing an zu erzählen: von Bergmönchen und Wanderkaisern, dauernd nach Rom unterwegs. Kryptisch, unlogisch, stolz und empfindlich, so berichten Menschen mit Familien von ihrer Sippschaft. Es geht um das, womit sie leben. Frau Barthel lebte mit Katzen, die nach den Kaisern hießen.

Mönchroman - Entwurf
Stand November 1973

Wir schreiben das Jahr 1130. Bruder Thietmar vom Benediktinerkloster Ilsenburg macht sich auf den Weg nach Walkenried. Jahrhundertelang herrschten die "schwarzen Mönche" des mächtigen Benediktinerordens hier ohne Konkurrenz; nun ist die neue Reformbewegung der Zisterzienser von Frankreich bis nach Walkenried vorgedrungen. Längst haben sich die Benediktiner vom Ideal des einfachen Lebens, vom "Beten und Arbeiten und Lesen", entfernt. Sie lassen andere für sich arbeiten, häufen Kapital an und mischen sich in die feudale Politik ein. Die Zisterzienser, die "weißen Mönche", leben von eigener Hände Arbeit und halten sich von der Machtpolitik fern.

Und schon, unwiderstehlich, hat man einen Widerspruch. Schwarz-Weiß. Dialektik!

Der Abt von Ilsenburg befürchtet, die Zisterzienser könnten das Volk für sich gewinnen und gegen die Benediktiner aufbringen.

Ich sehe Margarethe schon heftig mit dem Kopf schütteln. Das geht zu weit. Den heutigen fundamentalen Antagonismus zweier grundverschiedener Gesellschaftsentwürfe, den bedeutendsten Konflikt der Menschheitsgeschichte, derart in die Vergangenheit zu projizieren!

Bruder Thietmar soll sich als Laie verkleidet unter die einfachen Menschen mischen, sie aushorchen und Zweifel über das "utopische" Projekt der Zisterzienser säen. Zuerst jedoch muss er durch das gefährliche Grenzgebiet hindurch - den Herzynischen Wald ...

Utopisch? Das Wort gab es damals nicht. Der Volksmund kannte das Schlaraffenland ... aber das Schlaraffenland der Arbeit? Im Westen, ausgerechnet. Aber dafür kann ich doch nichts. Und immer besser gefällt mir mein Held als schwarzer Mönch, als Mann der Reaktion. Einer, der die alte Ordnung immer noch vertritt. Vertreter einer neuen Ordnung sind meist einfach gestrickte Figuren, die sich in Rätseln ausdrücken. Menschen, die Recht haben, sind uninteressant. Warum nicht einem, der Unrecht hat, ein klein wenig Recht geben? Das kann man sich leisten, hat man doch Recht im Überfluss.

... den Herzynischen Wald. Dort trifft Thietmar auf eine junge Frau, eine Kräutersammlerin, barfuß im Leinenhemd, die den Kaiserweg ganz ohne Furcht beschreitet. Als hieße Armut Macht - das alte unhaltbare Versprechen, das man in Walkenried beschwört. Steht am Ende schon die neue Ordnung hinter ihr? Thietmar fragt vorsichtig nach. Aber sie kennt nicht einmal den Unterschied zwischen weißen und schwarzen Mönchen. Er soll ihn ihr erklären, doch ihre schlau-naiven Fragen bringen ihn durcheinander. Was ist Armut, was ist Reichtum? Was ist d i e W e l t , was ist die Abkehr von ihr? Was war das Ideal, und wer ist davon abgefallen?

Wo kommt denn diese *Frau* her? Aus einem Tarkowski-Film, könnte ich antworten, oder: Ich beziehe mich auf Goethe. Das Wort *Frau,* derart betont, höre ich im Tonfall weiblicher Ironie. Das, was übrigbleibt, nachdem ein kleines Mädchen, das einst bestimmte: *Du bist der Mann, ich bin die Frau, oder nein, ich bin der König und du bist das Pferd, oder nein …* nun erwachsen ist und nur noch feststellen kann: Die Rollen sind von fremder Hand verteilt, und man erkennt sich darin nur sehr bedingt wieder.

Der Entwurf ging leicht von der Hand. So flott sucht sich ein Bächlein den Weg des geringsten Widerstands. So leicht hatte er Editha Denkmalfloskeln eingeflüstert. Er formulierte alles noch unpräziser – und schickte es ab: Er trifft auf eine junge Frau, die sein Weltbild ins Wanken bringt ...

"Ich muss dich nun verlassen. Du kommst allein zurecht." Und die Frau lief den Hang hinauf, der schon die schroffe Schulter des Brockens war.

"Aber dort oben im Hochmoor gibt es keinen Weg", rief Thietmar. "Schon viele haben sich in den Felsen verirrt, die Geister haben sie in die Irre gelockt, schwarze Pfühle haben sie verschluckt, Winde in den Abgrund gerissen."

Man stürzt sich in Verderbnis, in Verbrüderung. *Ora et labora et lege*: Sogar das gefällt mir. Doch was heißt denn *beten*? Gibt es das noch – gibt es das *hier*? Es heißt: sich an jemanden richten. Und wenn niemand da ist? Umso besser: steigt das Wort nicht in Gottes Ohr, dann ins Ewige. Wenn man sich so an Niemanden richtet, hört man selbst nie und nirgends auf.

Und auch *hier* lebt man in Askese, selbst im Überfluss würde man in Askese leben, in der Entsagung gewisser Gelüste, in der Trauer darüber, im Wissen: Ich bin glücklicher so, sicher glücklicher ohne solche Lust…

»Jetzt«, sagte Editha, »jetzt will ich mit dem Denkmal anfangen, du musst mir Modell stehen, du hast es mir versprochen!«

Sie heizte im Atelier und er stand nackt da, damit sie Skizzen machen konnte, denn jede Figur sei zunächst nackt.

»Warum zierst du dich? Ich habe dich schließlich schon mal nackig gesehen!«

Wie schwer es ihm im Heim gefallen war, sich vor anderen auszuziehen. Doch er musste es immer wieder, im Schlafsaal, im Duschraum. Und immer kam jemand und holte ihn, wenn er am Schreibtisch saß oder im Bett lag und sich Geschichten erzählte. Man holte ihn aus seinen Geschichten, so dass seine Lust an ihnen zu Scham wurde, es waren Lügen, die ihn entblößten, wie keine Ehrlichkeit das könnte. Man hatte es gut mit ihm gemeint. Aber man holte ihn, so schien es, damit er sich ausziehe, und da blieb nur Angst übrig: um seine schönen Lügen. Eine angestammte Angst, nackt aufzufallen, wehrlos, als das, was er wirklich war.

Er stand da und sträubte sich. Es war Herbst, es zog. Er sah Lew Lwowitsch nicht ähnlich, der damals so eindeutig nicht sein Vater war. Nie hatte er ihn nackt gesehen: nur die Uniform hielt seinen Ziehvater zusammen. Und er wollte sich nicht vorstellen, wie man Lew Lwowitsch seiner Uniform entledigte. In dieser Angst waren sie einander ähnlich. Aber sie half ihm nicht, die gewünschte Haltung einzunehmen. *Eine einfache menschliche Haltung. Unbesiegbare Kraft aus lautlos getragenem Leid.*

»Wie stramm du stehst!« Editha legte ihm Eli in den Arm. Hals und Rücken beugten sich. Das war seine Linolschnitt-Haltung. »So ist gut.«

Du bist der Mann. *Du* bist das Waisenkind. Eli auf seinem Arm: ein fremdes Kind, elternlos. Er: kindlos. Eli schrie auf, er klammerte sich viel zu fest an sie. Und erinnerte sich an den Körper seines Ziehvaters, der sich knochig an ihn drückte, Halt suchte.

»Das geht so nicht«, sagte er. Er suchte nach einem Einwand. »Sie ist zu klein.«

»Wie, zu klein?«

»Sie hält das nicht aus. Und ich hätte es nicht – ich war damals vielleicht schon zwei. Sonst hätte ich niemals überlebt.«

»Dann halte doch eine Puppe.«

»Eine Puppe? Ich soll eine Puppe halten? Verstehst du überhaupt, worum es hier geht?« Sie schüttelte langsam den Kopf. »Es geht um Wahrheit«, sagte er, legte Eli ab und zog sich an.

»Wahrlich«, sagte Editha. »Ein Mann der Prinzipien. Wir warten damit. Dann zeichne ich erst einmal nur *dich*. Als *du*.«

Sie sahen sich stumm an. Er zog sich wieder aus.

Danach lagen sie im Bett in der Nachmittagssonne. Der Stolz auf seinen Körper hatte sich schnell wieder eingestellt. Er war übrig geblieben, heil und schön. Die Spannung hatte sich entladen, und er musste über das Wort lachen, das hehre Wort *Wahrheit*, mit der er seine Erregung begründen wollte. Als wäre diese knochige Wahrheit erwünscht – ja er wünschte sie sich selbst nicht. Er bekannte sich zu heilen Körpern, zu der Sonne auf dem Laken, zum Wuchern der Bilder im Kopf.

"Du, zum Beispiel." Die Stimme klang noch in seinem Ohr. "Wie bist du denn zu den Zisterziensern - entschuldige, zu den Benediktinern gekommen?"

"Ich?" fragte Thietmar verwundert. "Ich – ich war ein Findelkind. Arme Krämer ließen mich vor der Klosterpforte zurück."

Ich sehe das Körbchen auf einer ausgetretenen Schwelle liegen. Ich sehe die Pforte. Ich sehe die Mauern, den klaren Grundriss: Zellen schließen sich an Zellen, schließen einen Kreuzgang ein, Gras im Quadrat mit einem Brunnen in der Mitte. Einfriedung aus Einfriedungen. Verschachtelt wie die Städte, die ich als Kind zeichnete: Alles hatte seine Ordnung und war doch unerschöpflich. Das war der Frieden, den man sich ausmalte, ein alter Frieden inmitten dieses neuen grauen. Für das Kind auf der Schwelle geht eine Tür auf. Ein Kind ist Neuanfang, ist Zukunft. Ist unschuldig, kann für nichts. Es kann überall hineingeraten. Niemand – gnädig, gnadenlos – fragt nach den Eltern. Die Ordnung macht sie überflüssig.

Die Tage waren kurz, und Schlaf füllte die Nacht: Eli schlief durch. Und sorgte für das frühe Aufstehen, wie es sich auf dem Land gehört. Trotzdem war der Tag immer gleich wieder vorbei. Die paar täglichen Wege, bei Windböen und Schneeregen, fraßen alle Kraft auf; sobald Thomas im geheizten Zimmer war, wollte er dort nur noch verharren. Aber zu Hause zog und tropfte es. Er stopfte am laufenden Band Risse und heizte die Dauerbrandöfen. Im Atelier stand ein Kachelofen, nur dort wurde es wirklich warm, dort zog es sie zusammen, Mutter, Vater, Kind. Editha arbeitete abends; er konnte nicht schreiben, während er auf Uwes Antwort wartete. Er vertraute auf die Ungenauigkeit des Entwurfs. Uwe würde das Notwendige herauslesen. So lange lebte Thomas zwischen den Zeilen des Alltags. Ganz *hier* sein. Um von *hier* auszugehen. Von Eli, die in einem noch unerlösteren Zustand ausharrte: Sie musste sich ihre Geschichte überhaupt erst einfallen lassen. Er schützte sie vor Verzweiflung: Hunger, Machtlosigkeit, Langeweile. Die Aufgabe schien groß, weil er sie so selten übernahm. Er trug sie im Zimmer auf und ab und entdeckte mit ihr die Musik wieder, dieses allerschönste Verzweiflungsmittel. Editha hatte gute Jazz-

Platten. Aber Eli wollte nur Bach hören und Creedence Clearwater Revival. Editha konnte Bach nicht leiden, fühlte sich da *wie in der Kirche*, aber was sollten die Leute denken, wenn immer nur diese Gammler-Musik ins Dorf hinunterwehte? Es tut mir leid, Herr Heckmann, mein Kind schläft sonst nicht ein, Sie wissen ja, wie das ist! Vor allem ein Lied wollte sie immer wieder hören: *Have You Ever Seen the Rain?* Ein Lied, zu dem man sich immer weiter im Raum drehen konnte, und immer wieder fielen die warmen, traurigen, trotzigen Akkorde.

»Ich habe dich sonst niemals tanzen sehen!«, rief Editha, und kam zu ihm und Eli und sie tanzten alle zusammen.

Der Schnee kam und hörte nicht mehr auf. Thomas verbrachte Tage damit, ein paar Wege freizuschaufeln. *Da fällt einem irgendwann schon die Decke auf den Kopf*, meinte Editha, aber weil es ihm so neu war, fühlte er sich seltsam befreit. Man ging durch schulterhohe Schneewände, in weiße Tunnel, stieg in eine andere Welt hinein. Ins Hochgebirge.

Frau Barthel hatte von einer Familie erzählt, die vor zehn Jahren rübergemacht hatte. *Der Grenzzaun war drei Meter hoch. Es lagen vier Meter Schnee.* Sie waren einfach über den Zaun gelaufen.

Weihnachten war alles noch eingeschneit. Margarethe war krank, Geschenke überflüssig. Sie blieben zu Hause. So, zugeweht, war es endlich warm geworden.

Es waren schöne Abende. Aber beim Aufwachen öffnete Thomas die Augen nicht gleich. Er lag in der Berliner Wohnung, es war Sommer, alle Fenster standen offen. Niemand war da. Auf ihm lag die Sonne, und die Lüfte zogen, und die Stadt lärmte. Er wollte sich recken und die Arme ausbreiten und dieses Weite Helle Warme, diese laue Leere an sich ziehen. Die nichtvollzogene Bewegung blieb den ganzen Tag in seinem Körper, bis die Musik eine Lösung bot und er Editha an sich zog.

Die Stille, wenn sie einkehrte, war klar und dünn wie Eis und mit einem feinen Sprung. Geräusche waren weithin vernehmbar im Winter, man hörte die Hunde weinen. Die Schüsse, die fielen. Waren wirklich so viele *Grenzverletzer* unterwegs?

Und kamen auch durch? Denn von so vielen Toten müsste man doch etwas mitbekommen.

All die Menschen damals, schrecklich, sagte Frau Barthel, schon angetrunken, die durch den Wald gehetzt sind, ganz abgemagert, ohne Schuhe. Was für Menschen?, fragte Thomas, und sie schwieg, verlor den Faden, Hirngespinste, dachte er.

So einer wie Heckmann wurde nicht etwa ruhiger, wenn die Schneedecke ungebrochen war, keine Spuren zu sehen, nichts als Wildwechsel, jedes Geräusch zu hören, und man nur die vertraute Maschinerie vernahm. Es blieb die Ahnung der flüchtenden Gestalten, ihrer Wege, und fand keinen Anhaltspunkt mehr. Die Stille war eine glatte Fläche, nur innerlich gerissen.

Wenn Eli schrie, wenn er das kreischende Bündel auf und ab trug, sagte Thomas sich, dass sie ihre Stimme bildete. Und konnte es doch nicht glauben. In der Wärme, in der penetranten Süße von Brei und Urin schien sich alles zurückzubilden, Welt und Sprache schrumpften auf einen Punkt, wie sollte Eli dagegen ankommen? Oder er. Er dachte dann an den Geruch der Bücher, des Tabaks, und sehnte sich nach der männlichen Brutwärme bei Sebastian.

Er vergaß jedes Mal, wie sehr Sebastian ihm auf die Nerven ging. Immer politischer wurde er. Wollte unbedingt Wyssotski-Platten vorspielen. »Diese ewig verstimmte Gitarre«, sagte Thomas, »das kann ich nicht mehr hören!«

Im Oktober war es dauernd um Israel gegangen, wo der Krieg gerade wieder aufgeflammt war.

»*Die Sowjetunion unterstützt den Befreiungskampf der arabischen Völker, da dieser Kampf ebenso gerecht und heilig ist wie der Befreiungskampf der Völker der UdSSR, Frankreichs oder Jugoslawiens im zweiten Weltkrieg gegen die Okkupation des Hitlerfaschismus*«, las Sebastian aus dem *Neuen Deutschland* vor. »Ist diese Sprache nicht hochinteressant? Aber ich kann sie nachvollziehen. Ich bin auch von den Juden enttäuscht. Die besten Sozialisten, ein tüchtiges Volk zieht ins Gelobte Land, und dann? Nichts als der alte Heimats- und Blutskram. Das haben sie doch von uns! Dass sie nicht anders sind als wir – das nehme ich persönlich!«

»Ach Gott, was geht mich das an?«

»Die Juden gehen uns an! Seit sie weg sind, ist Deutschland nicht mehr Deutschland. Sie waren die besten Deutschen. Diese Selbstzweifel, diese Unruhe … Wir waren bloß zu feige, um damit zu leben. Und haben uns gleich selbst abgeschafft.«

»Wir, wir, wer sind *wir*?«

»Siehst du, wir wissen es nicht mehr! Dieser Blick fehlt uns, der Blick des ewigen Außenseiters. Sag mal, dein Mönch könnte doch ein Jude sein, oder?«

»Wie bitte?«

»Weil er immer unterwegs ist, meine ich. Er könnte auch ein Hausierer sein, ein Kesselflicker.«

»Ich könnte auch ein ganz anderes Buch schreiben.«

»Das ist doch ein herrlicher Archetyp: der ewige Wanderer.«

»Du meinst sicher: Ahasver, der Ewige Jude? Hochinteressant! Du denkst in denselben Bildern wie die Nazis!«

Unmöglich, nicht auszurasten. Sebastian schwieg dann wie ein getretener Hund, aber irgendwie befriedigt. Das ärgerte Thomas doppelt. Vielleicht auch deshalb erzählte er Editha nichts von Sebastian.

Sie hatte ihn schon gefragt, ob er in Wernigerode etwa eine Liebschaft habe. Aber sie scherzte, und sie konnte das, seit sie wieder eine tierische Lust aufeinander hatten. So kam man gegen die Stille an. Auch wenn das Kind danebenlag, gaben sie sich keine Mühe, leise zu sein, schrie Eli doch auch, sollte sie doch wissen, dass auch später die Stimme nicht nur für Sprache gut sei.

Also, ganz so war es nicht, wie Sebastian es sich wohl vorstellte; er empfing Thomas jedes Mal mit der Wärme des Mitleids: Was machen Sorge und Elend? Aber man nimmt sich die Wärme, wo man sie findet. Wenn irgendwo ein Licht aufscheint, lenkt man die Schritte dorthin, spürt dunkel und deutlich die Kraft, die das eigene Kreisen antreibt – und dass ihr größere Kräfte gegenüberstehen, größere Kreise, ein sehr großer Mond, der aufgeht und einen vor Angst erstarren lässt.

Als Thomas Mitte Februar ins Antiquariat trat, drehte Sebastian gleich das »Geöffnet«-Schild um.

»Hast du gehört? Solschenizyn ist ausgewiesen worden. Er ist nach Frankfurt am Main geflogen.« Darüber hatte Thomas keine Lust zu reden, sagen zu müssen: Das habe ich doch kommen sehen. »Was meint dein Lektor wohl dazu? Er hat doch diese Russen-Reihe, oder? Er hat Sachen gebracht, die *dort* nicht erscheinen konnten.«

»Uwe«, sagte Thomas widerwillig, »Uwe ist immer zuversichtlich.«

»Ach?«

»Er glaubt an gewisse Zyklen. An eine Dialektik. Die harte Linie erzeugt ihre Antithese. Womöglich bei uns. Ja, man sieht sogar, dass *wir* etwas weiter sind, *wir* haben aus unserer Geschichte gewisse Schlüsse gezogen. Wir haben noch Tabus. Ausbürgerung – da denkt man gleich an '33.«

»Sicher«, sagte Sebastian, »bei uns wäre so etwas nicht denkbar.«

Nicht denkbar war aber gleich gedacht: Solschenizyn im Flugzeug nach Frankfurt. Draußen im kalten All wurde ein Lichtchen aus der Bahn geworfen, ein Brocken Stein.

Aber das war alles weit weg, diese einsamen Wölfe, die tausendkilometerlangen Flüsse und das Krachen.

Ob du jemals ankommst. Es heißt doch, im Westen kommt man nie wirklich an. Und du aus Russland auch noch, ein Waldmensch wie ihr alle …

Ich sei ausgereist, ab in die Ferne,
Meine Freundinnen schrien ach und weh,
Spuckte jetzt meine Sonnblumenkerne
Auf das Pflaster der Champs-Elysées.

»Deine Frau im Zug«, sagte Sebastian plötzlich. »Von der würde ich gern mehr wissen. Sie müsste doch die Hauptfigur sein.«

»Wovon redest du?«

»Die Frau in deinem ersten Buch. Die Russin, die dem Erzähler gegenübersitzt. Die immer alles in Frage stellt. Wo man das Gefühl hat, das könnte doch viel weiter gehen. Bis es richtig wehtut. Warum schreibst du nicht ein Buch über sie?«

»Ach – die Frau war ein reiner Kunstgriff. Eine Erzähltechnik. Ziemlich platt. Da ist nichts zu holen. Das würde ich heute ganz anders lösen.«

Es gelang ihm, dabei überheblich zu lächeln.

Es ist zwar alles heikel im Moment, schrieb Uwe ein paar Wochen später, aber dein Buch ist, glaube ich, weniger problematisch. Über Umwege kommt man doch besser ans Ziel.

Der Vertrag lag bei.

Kapitel 4

Es war Frühling. Auf dem Land ist man ihm näher, dem tauenden Boden, dem Hochwasser, den ersten klebrigen Knospen. Aber es ist schwerer, sich einzubilden, der Frühling bedeute mehr als das.

Frau Barthel kam immer später zur Arbeit und ging immer früher. Manchmal blieb sie ganz aus. Auf Arbeit, auch zu Hause, kam ihr alles Mögliche abhanden, *irgendwer*, behauptete sie, verlege Dinge hinter ihrem Rücken. Der Bürgermeister riet ihr vom Holunderwein ab, es half nichts. Frau Wiese verlor zunehmend die Geduld mit ihr. Anfang des Jahres hatte sie eine eigene Assistentin herangeholt, Thomas musste nicht einmal den Kaffee kochen. Er durfte den Russischzirkel auf den Nachmittag verlegen, während seiner Arbeitszeit, das war Frau Wiese recht. Sonst saß er, nur sporadisch tätig, am falschen Schreibtisch, vor allen Leuten. Lief die Regale ab – Industrie und Landwirtschaft, Flora und Fauna, Goethe und Heine: Heimat.

Er hielt vorm Regal mit den Lexika, es war ihm nun egal, wer nach ihm schielte, griff nach Meyers Band 3, *Cajam-Drent.*

Deutschkonservative Partei

Deutschmeister

Deutschnationale Volkspartei
Deutsch-Ostafrika
Deutschrömer
Deutsch-Russische Luftverkehrsgesellschaft
Deutsch-Sowjetischer Nichtangriffspakt

Langsam las er alle Stichwörter noch einmal von vorne. Und die auf der gegenüberliegenden Seite auch noch, als könnte er sich geirrt, das Alphabet verlernt haben.

Deutschland gab es wirklich nicht.

Er begann zu grinsen und konnte nicht aufhören. Es ging ihm auf. Was sang- und klanglos aus dem Bewusstsein verschwunden war, lächerliche Kleinigkeiten. Er eilte zum Schreibtisch, erschrockene Blicke. Briefmarken – er kramte sie aus der Schublade. *DDR*. Stand vorher nicht *Deutsche Demokratische Republik*? Er konnte sich nicht einmal erinnern.

Die Nationalhymne – obwohl es in diesem Land Chöre genug gab, war neuerdings nur die Instrumentalversion zu hören. Wann wurde sie das letzte Mal gesungen? *Deutschland einig Vaterland*?

Freilich, wer hörte schon hin.

Beim Abendbrot fragte er beinah Editha: Ist dir aufgefallen …?

Sie würde es vielleicht witzig finden. Oder – sie flugzeugte Eli gerade Spinat in den Mund – ihn nur verständnislos anschauen. Was daran sei?

»Fehlt was?«, fragte sie.

»Salz.«

Bei Frau Barthel trank er sich anderntags Mut an.

»Ist Ihnen etwas aufgefallen in den letzten zwei, drei Jahren?«, fragte er. »Eine kleine Änderung bei den Briefmarken? Das neue Arrangement der Nationalhymne?«

Sie starrte ihn an. Wie erwischt. Aber so ängstlich, abwartend, worum es ihm denn ginge. Dabei wollte er ihr nur klarmachen, dass man über alles reden konnte, ja sogar auf die leichte Schulter nehmen.

Das Wort Deutschland kommt aus der Mode, es wird ausrangiert, abgekürzt, verschwindet sang- und klanglos, gesummt statt gesungen, wer fragt denn noch, wofür das erste D in DDR steht?«

»Ach so, das meinen Sie? Ja, genau, natürlich, ja!«

Kein Zufall also. Dass es eine deutsche Arbeiterbewegung gab, deutsche Literatur, ja Deutsch-Ostafrika gab es noch, aber Deutschland nicht.

Seit September wehten zwei neue Fahnen vor der UNO in stolzer Redundanz, schwarz-rot-gold und schwarz-rot-gold. Es war offiziell. Zwei Länder wie alle anderen. Ja, die zwei langweiligsten Länder der Welt. Nichts anderes verband sie. Vorbei die Zeiten, als die Nachbarn nachts bang lauschten – *wenn die Deutschen sich auch nur im Bett umdrehen, bricht der nächste Weltkrieg los.* Die Deutschen grapschten nicht mehr nacheinander. Keine Übergriffe der Sehnsucht, keine Nötigung mehr. Jeder wälzte nun für sich. Mit getrennten Betten war die *nationale Frage* gelöst, zusammengeschrumpft auf zwei Fähnchen, das Beharren auf gleichen Farben. Absurde Geste, man lacht, fast befreit. Der Außenseiterblick, das trifft es doch nicht schlecht. Die Geschichte gehört mir nicht. Aber niemand sonst will sie haben.

Zu Margarethe gehen, ihr diese unerwünschte Geschichte abnehmen? *Historische Romane? So was lese ich nicht!* Nein, er wollte nicht über sein Buch reden. Er dachte mit Grauen an die letzten Besuche bei Sebastian. Da wollte er nicht mehr hin. Übers Schreiben zu reden war überhaupt schrecklich.

Editha fragte nicht danach. Er verfiel gern der Vorstellung, dass sie alles gleich wieder vergaß.

Sie sagte es selbst: »Ich habe meine Mutter ganz vergessen! Wir müssen irgendetwas einführen, so feste Elendssonntage, wie kann man die eigene Mutter so aus den Augen verlieren …«

»Sie könnte auch mal zu uns kommen. Kein einziges Mal ist sie hier gewesen!«

»Ach«, sagte Editha so schnell, dass er wusste, es wurmte sie auch, »das sind die Kriegsschicksale – wäre sie April '45 in die andere Richtung geflüchtet, alles würde ganz anders aussehen. Es hat sie nach Elend verschlagen zu den Hannoveranern, sie schimpft nur noch auf die Preußen in Sorge. So sind die Leute hier. Was denkst du, wie schwer ich es in Sorge habe, als gebürtige Elenderin?«

Solche Erklärungen konnte man nur hinnehmen, wie: Nachts hat man lieber nicht im Wald zu sein – man würde ja das Wild stören.

So ging es sonntags nach Elend im Gefühl der diffusen Kränkung, um Margarethe in ihrer geheimnisvollen Kränkung zu besänftigen.

Sie habe leider alle Hände voll zu tun, erzählte Editha Margarethe, arbeite zehn Stunden am Tag.

»So, deswegen kriegt man dich gar nicht mehr zu sehen.« Aber Margarethe fragte ausgiebig nach der Planung für das Denkmal. Editha wollte die Plastik in Königshütte gießen lassen, auch wenn sie dort sonst nur Maschinenteile gossen, sie könnte doch ein paar Leute dazu ausbilden, wäre das nicht auch im Sinne der Kunst im Betrieb …

Hier unterhielten sich zwei Sachverständige für den Gesellschaftsapparat. Editha bemühte sich immer mehr, als Fachfrau aufzutreten. Er wollte ihr sagen: Das ist nicht dein Fach. Er sagte nichts. Bei solchen Gesprächen driftete er ab. Aber die Bücherwand verhinderte, dass der Laie sich davonstahl. Die offizielle Geschichtsschreibung, ordentlich gemauert, glatt, ohne Halt … da fiel ihm ein Wort ins Auge. Er legte den Kopf zur Seite. *Wanderkaiser*. Das hatte er für Frau Barthels Wort gehalten. Margarethe wurde still und errötete, als wäre sie selbst der Gegenstand des Blickes.

»Thomas hat jetzt einen Vertrag für seinen Mittelalterroman!«, sagte Editha. Er senkte schnell den Blick. »Er geht immer zu Frau Barthel – du kennst sie doch von damals, oder? – und lässt sich von den alten Zeiten erzählen. Stell dir vor, ihre Katzen heißen alle nach den Kaisern!«

»Sophie! Dass sie immer noch … ja, ich kenne sie, wir waren in einer Klasse«, sagte Margarethe schroff, erhob sich und begann, den Tisch abzuräumen.

»Warum hast du das erzählt?«, fragte Thomas auf dem Heimweg.

»Was denn?«

»Dass ich einen Roman schreibe.«

»Du schreibst ja einen Roman.«

»Trotzdem braucht man das nicht gleich allen Leuten zu erzählen.«

»Das steht doch in der Zeitung! Und du schreibst nicht etwa über … du schreibst ja nur einen Mittelalterroman. Meine Mutter weiß schließlich alles über das Mittelalter, du brauchst sie nur zu fragen.«

»Aber für Literatur hat sie kein Verständnis.«

»Das kann dir egal sein! Frag sie einfach. Sie freut sich.«

Er blieb stehen. »Es reicht doch. Es reicht, dass es in der Zeitung steht, dass der Bürgermeister es weiß, der Kreis schreibender Arbeiter, alle Leute in sämtlichen Dörfern.« Er wollte sich vor sie stellen, als hätte er etwas unendlich Wichtiges zu sagen. »Das ist meine Angelegenheit. Das geht niemanden etwas an.«

Sie drehte sich weg, beschleunigte ihren Schritt, scheinbar mühelos, wie nur sie das konnte, auch mit Eli auf dem Rücken. Er folgte langsam, ließ ihr den Vorsprung. Weinte sie? Ihm war übel. Es schien ewig zu dauern, bis er wieder in Hörweite war.

»Es tut mir leid«, sagte er. Sie schwieg. »Ich weiß nicht, was mit mir los ist.« Er lief fast neben ihr, roch sie, roch Eli, es fehlte nur, als müsse er immer fehlen, ein halber Schritt, um in die abgewandten Gesichter zu sehen. »Ich stehe sehr unter Druck gerade.« Sie sah sich um, und er hätte die Worte gern zurückgenommen, denn sie waren absurd. Aber sie sah ihn an, als wäre nichts gewesen, ihr Gesicht war ruhig, errötet von der Sommerwärme.

Beim nächsten Besuch stand ein Stapel Bücher neben seinem Teller, so liebevoll aufgeschichtet wie der trockene Kuchen auf dem Servierteller, der lästig war, das Gäbelchen, mit dem man in der schwiegermütterlichen Nahrung stocherte, alles, was sie anbieten konnte, alles, was ihr einfiel, im schwiegermütterlichen Kuchen war all die Beschränktheit, die man aus Familiengefühl schlucken musste, der großmütterliche Kuchen wollte gegessen werden.

»Danke«, sagte er, »das ist lieb von dir.« Flüchtig las er die Titel … Chiliasmus und *Renovatio*, Montankrise, Agricola, Harzer Wasserregal, Grangien, *Germania slavica* … »Ach, genau das Richtige, genau darum geht es mir«, und begann schon zu grinsen, weil er sich nichts, aber auch gar nichts darunter vorstellen konnte. Von seinem Appetit überrascht packte er auch den Rest des Kuchens ein, trockene Brocken, die zerpflückt werden sollten, um eine Spur zu legen.

Der Archivar erzählte die ganze Nacht hindurch. Anfangs noch gespannt, wurde Thietmar unruhig, als der Archivar immer wieder vom *rechten Weg* sprach und nicht den Waldweg meinte, den Thietmar würde finden müssen, sondern den wohlbekannten Weg des rechten Denkens. Der Archivar schien wenig von der Welt da draußen zu wissen, nur dürftige Geschichten von Dingen, von denen Thietmar bald selbst würde berichten können. Besser und brauchbarer, hoffte er, wenn er die Gefahren bestand, gegen die ihn diese Schauermärchen keineswegs wappneten. Er sah zum Fenster, ob es schon hell sei, und immer wieder zur Tür, durch die er in ein, zwei Stunden hinaustreten würde, um alles selbst zu sehen, den rechten Weg, die Irrwege, er spürte nichts als Ungeduld.

Frau Barthels Geschichten, immer gleich und immer anders, waren sicher alle unwahr. Aber von ihr erwartete er niemals *Auskunft*. Was sie hatte, war *Wissen*. Er glaubte es wie ein Kind vom Erwachsenen.

In einer Pause fragte er nach Margarethe, schnell und verhaspelt, weil die Frage gleich indiskret schien. Aber sie kam bei

Frau Barthel gar nicht erst an. Sie schwieg nicht freiwillig, das Schweigen drückte sich um sie; und was durchdrang, waren andere Fragen, als er stellte.

»Das schöne Eis!«

»Bitte?«

»Das Eis in Wietfeld«, sagte sie ungeduldig. »Ach, Sie sind wohl nicht von hier!« Sie hatte neuerdings eine komische Art, ihn zu necken. »Das Alte Forsthaus, Richtung Elend, hinter den Kuxlöchern. Mit der Meierei. Wir haben oft Ausflüge gemacht. Da war immer viel los, die große Wiese, da unten die Warme Bode und oben das große Haus, der Kaisersaal, die Tische unter der Kastanie, da gab's frischen Käse und Quark, und Eis am Wochenende, wir durften die Kurbel drehen, und Hans erzählte Geschichten …«

Sie starrte vor sich hin, als stünde sie erschöpft an der Lichtung, am anderen Ende die Kastanie, der Tisch mit frischem Brot, Quark und Leinöl.

»Man kommt nicht mehr hin«, sagte sie, besann sich, sah Thomas an und zuckte zusammen. Sie setzte ihr Glas ab, es fiel um, Thomas wischte den Fleck weg und wechselte das Thema. Obwohl ihm vor lauter Schreck kaum etwas einfiel. Sie vertraute ihm nicht. Er stand als Fremder da.

Wietfeld fand er auf Edithas alten Karten. Auf den neuen Wanderkarten war über Wietfeld, über der ganzen Grenze die *Legende* platziert. Und die besten erhältlichen topographischen Karten (Ausgabe für die Volkswirtschaft, unterm Ladentisch zu erwerben) endeten an der Bahnlinie oder kurz hinter ihr, vor einer weißen Fläche. Dort tat sich ein Meer auf. Wietfeld war versunken.

»Frau Barthel hat so schön erzählt von Wietfeld, von einer Meierei, wo man Eis auf der Wiese aß …« Am Küchentisch, beim Abendbrot, ließ er mit solcher Beiläufigkeit den Satz fallen, dass es ihn kalt anlief. Er hatte noch nie bei Editha nachgefragt, nach Geschichten.

»Das muss vor meiner Zeit gewesen sein. Als ich klein war, waren es nur ein paar Häuser im Wald. Eine schöne Waldgaststätte im Alten Forsthaus, die Konkurrenz, viel größer als das hier, meine Großeltern müssen sie damals gehasst haben. Das Forsthaus stand aber in den 50ern schon leer. Das gehörte alles zu Elend, aber ich war nur zwei-, dreimal dort, Pilze suchen. Meine Mutter ging überhaupt nicht gern in die Richtung. Und '65, da habe ich schon studiert, haben sie dort alles geräumt wegen der Grenze. Die Leute umgesiedelt, die Häuser abgerissen. Nur das Forsthaus haben sie stehen lassen. Meine alte Lehrerin erzählte mir, da würde die Stasi drinsitzen, eine Agentenschleuse sei das jetzt.«

»Und?«

»Ach, man hört manchmal Geschichten. Von irgendeinem netten Nachbarn, angeblich Buchhalter, der die Vorhänge immer zuzieht und immer wieder ein paar Tage weg ist. Obwohl sein Wagen noch vorm Haus steht. Und man will ganz genau wissen: Er ist mal wieder nach Wietfeld! Ich frage nicht weiter nach. Irgendwo müssen sie sitzen. Ihre Leute schleusen. Ihre Buchhalter. Es ist doch wurscht, wo. Oder willst du darüber ein Buch schreiben? Ich glaube, es ist gar nicht so interessant, wie man sich das vorstellt.«

»Der große Buchhalterroman … kein schlechter Einfall.«

»Bleib lieber bei den Mönchen. Oder ist es dasselbe?« Sie lachte laut und klar. »Die Männekens in ihren dunklen Kammern!«

»Machst du dich lustig über mich?«

»So meinst du es doch mit den Mönchen, oder?«

Damit setzte sie sich auf seinen Schoß, um zu zeigen, dass es nicht gegen ihn gemeint war; das Gespräch war beendet, ohne dass er hätte sagen können, ob sie sich verstanden hatten. Aber sie hatte gleich das Wort gefunden. *Die Männekens.* Auf ihren dunklen Wegen.

Und das stellst du dir interessant vor?

Unnachahmlicher weiblicher Spott.

Von den Menschen im Wald fing Frau Barthel wieder an, *die armen Leute, die da langhetzen müssen.*

»Was für Leute? Die in den Westen gehen wollen?« Er winkte.

»Sie sind gekommen, von dort unten gekommen.« Ihre Hand zuckte schreckhaft in die andere Richtung.

Er fragte lieber nach Wietfeld. Bunte Eisbechergeschichten. Das Gasthaus wuchs zu einem Jagdschloss, ja einer Trutzburg, mit einer großen Treppe, Türmchen und dem *Kaisersaal*, wo in düsterer Pracht edle Gestalten thronten: Deren Geschichten gab sie wieder. *Sie* waren dauernd nach Rom unterwegs, marschierten ein, wurden mit Blumen empfangen, ließen sich krönen, wurden wieder fortgejagt, rückten wieder über die Alpen, zündeten die Stadt an, ließen sich krönen. Und immer wieder zog es sie in den Osten. Doch dann schwieg Frau Barthel verängstigt und griff nach dem Holunderwein. Er fragte sich, ob er das verantworten könne.

Es war unversehens Sommer. Die Fenster standen offen. Wenn Thomas die Augen schloss, lag die Sonne auf ihm, und die Lüfte zogen. Niemand war da, und vor dem Fenster lag die Stadt. In der Stadt träumte man weit hell warm vom Wald.

»Und?«, fragte Editha. »Ist sie groß genug?«

»Wer?«

»Eli. Für das Denkmal.«

Sie war nicht groß genug. Er sah nicht aus wie Lew Lwowitsch. Aber darum ging es nicht, sondern um *irgendein* Soldatenbild. Hier herrschte ein großes Bedürfnis danach, wie nach einer herben, aber besonders gesunden Speise. Saubere Tragik junger Männerkörper. Es drückte auf die Drüsen, wenn ein Soldat sich warm und menschlich zeigte. Ein Kind *schirmend umfing*. Möbel schleppte.

Nicht noch einmal der Querulant sein. Warum nicht nackt in der Sonne stehen und ein schönes Bild abgeben? Etwas aus sich machen lassen, irgendein männliches Ideal. Ihn faszinierte, wie schon im Winter, mit welcher Selbstverständlichkeit Editha nach ihm griff, ihn teilhaben ließ an ihrem Tun. In einer idealen Welt stünde er da und ließe sich abbilden, derweil er Editha Geschichten erzählte … das wiederum würde sie abbilden, und er erzählte ihre Bilder. Hatte sie sich das so vorgestellt, *das große Haus, endlich etwas Eigenes, Raum und Ruhe, zusammen leben und arbeiten*?

Was denn erzählen? Noch war nichts als *Bruder Thietmar bricht auf.* Die ersten Schritte immer wieder, bis der Weg so handfest ist wie der Weg von der Haustür. Darin liegt etwas, was man nur in der Bewegung wahrnimmt. Das *noch nicht.* Reicht das nicht schon als Geschichte? *Jemand bricht auf.*

Mönchroman - Kap. 1
Stand August 1974

Bruder Thietmar schritt hinein in den Wald. Gleich zu Anfang die Abkürzung durchs Unterholz, seiner Angst zum Trotz und weil er allein war. Noch hüllte ihn seine Kutte in den Geruch von Gemäuer, Wein und Rauch, in den Nachhall des Geflüsters: das laute Denken der Einstimmigkeit, die Arbeit am Dogma, das Lenken der Freunde, das Fluchen der Feinde, warnende Stimmen: Seid wachsam!

Lieber sich gleich dem lauernden Teufel stellen. Und sei der Teufel nur die eigene Angst.

Nur tausend Schritte, hieß es, müsse er durch den Wald tun, seinem westwärts strebenden Schatten nach, dann träfe er auf den Kaiserweg. Plinius hatte maßlos übertrieben. Keine Wurzeln rangen wie Schlangen, wölbten sich zu Pforten, keine Bauminseln trieben im Sturm. Der Wald war licht, der Boden federnd. Thietmars Schatten legte sich auf Mooskissen, weicher, als sein Körper kannte, wessen Werk war das? Blattwerk, Spinnweben, Gras und Moos, Kette und Schuss, ein Stoff, der am Webstuhl wuchs, das Ächzen der Lade, das Klappern des

Schiffchens. Tausend Schritte. Nirgends ein Schnitt im Gewebe. Er stand still. Die Stimmen hatten ihn verlassen. Leises Werkstattgeräusch, Gott wob weiter, wenn das Gott war. Hatte längst Thietmars Schatten eingeflochten, keinen eigenen Schatten warf das Bäumchen Mensch im Wald. Es war frei, sich zu bewegen, aber den rechten Weg zu finden war ihm nicht gegeben. Auch den sicheren Tritt nicht. Thietmar krachte durchs Dickicht wie ein Untier.

Zweitausend Schritte ...

2200, 2220, 2222 ... Eli streckte sich in seinen Armen. Als müsste bald etwas passieren. Bewegungen am Rande des Gesichtsfelds. Frauengestalten, Lehm und Gips und Holz. Bald im Grünen stehen, im Park, ein blasser Arm, ein Rücken zwischen Bäumen, immer nur im Augenwinkel.

Es war Herbst und Eli lief, stürzte sich gierig ins gelbe Laub hinein. Jeder Hang war ein Drachenhort, Eli stapfte so hastig hinauf auf den Goldhaufen, als könnte man ihr alles wegnehmen.

Thomas nahm sich ein Beispiel an ihr. Zog am Wochenende los, es lag am Herbst, hätte er gesagt, hätte man ihn gefragt. Die Wachposten fragten nicht, kontrollierten nur, so skeptisch, als wüssten sie aus der *Volksstimme*, dass er in jeder freien Stunde am Schreibtisch zu sitzen vorgab. Auch das hier, hätte er gesagt, ist mein Arbeitsplatz. Sie hielten es aber für ihren Arbeitsplatz. Er wollte beweisen, dass er dorthin gehörte. *Wurzellos*, er grinste hämisch, das ist ein deutsches Unwort, dabei übt man sich im Deutschsein, wenn man wandert, nichts ist deutscher als die Unruhe, hinübergerettet aus der Völkerwanderung. *Taugetreckt* sind sie alle. Als die Sachsen und die Franken sich niederließen, gebaren sie die Wanderkaiser. Es waren Zeiten, die andere Völker dankbar vergessen. Doch der Deutsche wandert weiter, endlich unschuldig.

Ganz unschuldig, auch wenn die Grenzer dies bezweifeln mochten, Thomas behauptete es einfach, arglose Wanderlust. Und siehe, sie stellte sich ein. Er glaubte, weiterzukommen – vorwärts konnte er nicht sagen, immer bogen sich die Wege und einer schließlich wurde zum Heimweg. Er trat sie immer tiefer aus, immer tiefer lag auch der Ausgangspunkt. Unterwegs sah er, wie alles beieinander lag, Hang am Bach, Klippe an der Wiese, Höhenzüge, Kinderrücken, Mutter, Vater, wüste Felder, Baumgruppen, Stümpfe, Cherusker, Chatten, Chauken, Römer, Rodung, Waldung, Siedlung, Haus, Hain, Gottheit, Goethe. Was sich hier auftat, das ahnten die Burschen nicht. Muster, nur von oben sichtbar, die er durchstreifte. Nirgends lag ein Buch, lagen Karten, die man aufschlagen konnte, um alles vor sich zu sehen, was an die Grenze stieß.

Er suchte die Schneisen, die der Orkan geschlagen hatte, aber der Blick nach Westen war immer versperrt, durch einen Holzstapel, ein Knäuel Baumwurzeln, eine neue Pflanzung. Und was war da überhaupt? Zorge, Hohegeiß, Braunlage. *Zonenrandgebiet*, sagte man im Westen. Arsch der Welt, abgehängt, alles stagnierte außer Militär und Grenztourismus, aufgepeitschten Emotionen, Hetze und Paranoia: *ideologisches und militärisches Aufmarschgebiet*. Also im Grunde … genau dasselbe wie hier?

Gern ging er abends zum Brockenblick hinauf. Von hier sah man auch den Wurmberg im Westen. Die Berge standen sich gegenüber und horchten: Auf beiden Gipfeln stachen die Abhörantennen vorm blassgelben Himmel hervor.

Auf Arbeit überflog er die Monografien, deren Hauptzüge im Ganzen gesehen ein Massiv zu bilden schienen. So, wenn man den Brocken erblickte, ahnte man erst das Gebirge als Ganzes. Die staubtrockenen Bände rochen so schön wie Laub, wo er so herbstlich klar im Kopf war. Er sah deutlich, was sich abspielte. Dass Margarethe ins Feld gezogen war, um gegen das reaktionäre Geschichtsbild zu kämpfen. Gegen die Projektion bürgerlicher Klassenziele in die Feudalzeit. Gegen den Spuk, das Geisterheer.

Frau Barthel wusste nichts von ihrer Gegnerin, vom Aufgebot an schwerem Geschütz. Schüchtern sagte sie die Namen auf:

Otto, Edgitha, Heinrich der Vogler, unaufhörlich unterwegs. Ob sie von Kaisern oder von Katzen sprach? Die Katzen streiften draußen, wie alle Katzen aller Dörfer. Fährt man mit dem Bus durch die Landschaft, schaut man genau hin, sieht man mitten auf jedem Feld eine Katze, genau eine, die zielstrebig durchs Gras läuft oder still sitzt und alles überblickt. Sie haben die Welt unter sich aufgeteilt und laufen unermüdlich ihre Reichsgrenzen ab. Die Wanderkaiser ebenfalls: Das Zentrum, um das sie kreisten, war ganz genau *hier*.

Nun glaubte er ihrem Wissen wie dem Wissen eines Kindes: Elis Wissen, fremd und unheimlich. Tieferes Wissen. *Die Erde hat kein Ende und keinen Anfang und überall befindet man sich in der Mitte.*

Doch erstaunlich genug: Margarethes Auskunft lief auf das Gleiche hinaus. Gerade *hier* hatten sie ihr Unwesen getrieben. Ihre Pfalzen hießen Goslar, Halberstadt, Nordhausen, Wallhausen, Quedlinburg, Allstedt, Pöhlde, Tilleda. Hier, ließ Margarethe wissen, hatte ein Verhängnis eingesetzt, das einem noch im Nacken saß. Hinter der Front lauerten nicht nur die NATO-Truppen, sondern auch die Revanchisten, die rechten Harz-Vereine. Und der Wurmberg lauschte weit über die Oder hinaus. *Der alte Drang nach Osten ist noch nicht beerdigt.* Da strebte ein Staat *die Wiederherstellung des deutschen Reiches in den Grenzen von 1937* an. Es war das *Denken*, das drohte, das man eindämmen musste, mit allem zu findenden Material. Nur schien alles Material so marode, so erschöpft – das war das eigentliche Verhängnis.

Mitte Oktober ging es das erste Mal nach Königshütte. Editha hatte große Augen bekommen, wie ein Kind, das mit den Erwachsenen mit darf, ja sogar eine Aufgabe hat. Es ging endlich los mit der Gießerei: Sie würde eine Kunstgießbrigade ausbilden. Und, im breiteren Kreis, einen Kunstzirkel. Sie sollte zwei Mal in der Woche nach Königshütte fahren, die Arbeitsabläufe kennenlernen und den Zirkel vor Ort leiten. *Ein Abenteuer.* Sie hatte Thomas überredet, beim ersten Mal mitzukommen, auf Eli aufzupassen, während sie die Brigade kennenlernte.

Er dürfte die Gießerei besichtigen, so etwas sollte man sich nicht entgehen lassen, vielleicht würde man sogar zusehen dürfen, wie die Teile gegossen wurden.

»Um Gottes willen, das hat mir damals schon der Leiter des Schreibzirkels angeboten!« Er erinnerte sich ungern an den doch so angenehmen Abend bei den blassen Arbeiterinnen, voller Tatendrang, die glaubten, er könnte ihnen helfen. Das schlechte Gewissen ließ ihn seitdem auch nur das Wort Königshütte meiden. Und doch zog es ihn auch an – bei Königshütte lag Ottos Jagdburg.

Sie bestiegen den Frühbus mit den Arbeitern, die zur Schicht fuhren und Sorge den Soldaten und Urlaubern überließen. Es waren ein paar Dorfkrug-Bekanntschaften dabei. Thomas erkannte sie erst, als sie ihm zunickten. Auf einmal war er überwach. Dieser Aufbruch frühmorgens – *Abenteuer* hätte er nicht gesagt, eher *Ausnahmezustand*, als wäre gerade etwas passiert, was ließ die Menschen sonst so auflaufen, so benommen? Anderer Leute Alltag war der Ausnahmezustand. Aufstehen und ab in den Sog immer größerer Menschenströme, die Schlange an der Haltestelle, der dichte Block im Bus, die Masse, die sich durch die Fabrikpforte schob. Alle schienen noch zu träumen, was ging in ihnen vor? Schon beim nächsten Traum, schon wieder ohne Vorgeschichte. Man muss erst aufwachen, um den zurückgelegten Weg zu ahnen. Bis dahin – sich dem Sog hingeben. Er wollte an die Burg denken, doch wie unpassend war das nun, entweder den Bus gab es wirklich oder die Burg…

Durch das halbe Werksgelände mussten sie laufen, um den Leiter zu finden, durch den ersten Schnee, der seit gestern lag, schon schwer und schmutzig. Man empfing sie breit grinsend. Es war wohl Sitte, Neuankömmlinge erst durch die Wüste zu schicken. Das kannte er irgendwie aus Filmen. Er war alles leid. Dieser exemplarische Ort. *Das Hauptaugenmerk gilt dem Wirken der ökonomischen Gesetzmäßigkeiten mit der Entwicklung der produktiven Kräfte und der Produktionsverhältnisse …* Er wollte den albernen Schutzhelm nicht aufsetzen, Schwerarbeiter spielen. Lieber auf den Rundgang verzichten, auf Eli aufpassen – aber mit dem gleichen schadenfrohen Grinsen vertraute der

Werkleiter Eli der Sekretärin an. Thomas setzte den Helm auf und lief durch die Hallen.

Dort herrschte ein solcher Lärm, dass kein ironischer Abstand mehr möglich war, kein eigenständiger Gedanke. Die Arbeiter mit geschwärzten Gesichtern (waren Bekannte darunter?) schienen verzweifelt gegen etwas anzukämpfen: schwebende Lasten, lodernde Flammen.

Erst der Einblick in die Produktionsverhältnisse erschließt das objektive Verständnis der Prozesse der Ausbeutung …

Als in dem kriegswüsten Raum ein Schmelztiegel kippte und seinen roten Inhalt zeigte, stand er gebannt.

Erst als sie wieder draußen standen – Editha setzte Eli in die Trage und sagte »Bis Mittag bin ich fertig, du kannst auch in der Kantine warten« –, erinnerte er sich wieder, warum er eigentlich gekommen war:

»Ich laufe noch eine Runde.«

Oben auf der anderen Talseite musste die Burg stehen, über dem Zusammenfluss der Warmen und der Kalten Bode. Er lief durchs Dorf darauf zu, an der Kalten Bode entlang, und stellte sich den anderen Fluss rot vor unterm Schnee, als jene allesverzehrende Glut, die er hatte sehen dürfen … oder als Kühlwasser, das aus den Eingeweiden der Eisenhütten dampfend abfloss. Aber die Warme Bode war kalt wie immer. Mit zäher Kraft drängten die beiden Flüsschen die Schneedecke zur Seite und vereinten sich in der schmalen grauen Talsperre. Dass schon so tiefer Schnee lag. Das Wetter würde wechseln, es würde noch milde Tage geben. Aber die Mahnung kam frühzeitig: Man wäre monatelang eingeschneit. Er lief über eine kleine Holzbrücke und nahm den nächstbesten Weg den Hang hinauf. Hier konnte man sich frei bewegen, ja geradezu anarchisch war es außerhalb des Sperrgebiets. Man durfte sich sogar verlaufen.

Was er auch gleich tat. Unvorstellbar, dass er vor einer Stunde noch in der dröhnenden Halle geschwitzt hatte. An der Kälte spürte er den zurückgelegten Weg, sie gaukelte ihm vor, es gäbe kein Zurück … immer weiter ins Weiße hinein. Aber nach einer halben Stunde glaubte er nicht mehr, dass es immer weiterginge, er glaubte nicht einmal mehr an die Kälte, alles schien gleich wieder aufhören zu wollen. Er spürte schon, wie er im Bett lag, wie er die offenen Augen noch einmal öffnen musste, um vier morgengraue Wände zu sehen – da lichteten sich die Bäume, ein roher Kamin ragte vorm Himmel, breit, krumm und bröckelnd wie reingeschmettert in den Wald, denn der Boden schlug Wellen: zwei abgeschliffene runde Wälle, zwei Gräben tiefen Schnees.

Im Turm lagen Asche, Bierflaschen, Kippen.

Thomas lehnte sich draußen gegen eine Mauer.

»Eli«, sagte er, »Heinrich III. ist vor neunhundert Jahren hier gestorben. Man nannte ihn den Friedensbringer, den neuen König David. Aber vor allem hieß er der Bußkaiser. Beim Begräbnis seiner Frau, nach jedem Sieg und jeder Niederlage ging er barfuß vor dem Volk und warf sich weinend nieder. Ob das echt war, Eli? Was hat ihm denn so leid getan? Die Zerstörung von Krakau? Die Kriege mit Böhmen?«

Sie schlief.

Er sah Schnee und roch Metall. Der Blick fiel ins Tal, und, als sei dies der Zweck der Anlage, geradezu auf die Gießerei. Er war gekommen, um einen Raubritterblick auf die gegenüberliegenden Türme zu richten, wo seine Frau saß.

Wenige Striche, schwarz auf weiß, der Mittelpunkt: das Werk.

»Das war doch alles Wald.« Es klang unglaubwürdig.

Eli war wieder wach und trommelte mit den Füßen gegen seine Beine, matt und verdrossen. *Hier gibt es nichts zu sehen.*

Beim Abstieg war die Kälte kaum auszuhalten, noch weniger die Gewissheit, sich nicht mehr verlaufen zu können. Pünktlich um zwölf trat er in die warme Kantine, wo an einem langen Tisch die Brigade um Editha saß.

Sofort rückten sie zusammen und machten Thomas neben dem Werkleiter Platz, der ihn aufgeräumt begrüßte: »Wir haben gerade von Ihnen gesprochen! Sie waren doch im Gespräch, den Kreis schreibender Arbeiter zu übernehmen. Jetzt ist es leider schon zu spät, sie haben schon jemanden, einen ganz hervorragenden Krimischreiber!«

»Es ist schon gut so«, rief Editha, »ich brauche ihn zu Hause, er soll auf das Kind aufpassen!« Die Runde lachte auf, Mann passt auf Kind auf, war das prinzipiell ein Witz? Und wer war die Witzfigur? Der Mann, der im Notfall tölpelhaft einspringt, die Milch anbrennen lässt, die Mütze vergisst, oder der, der den Kinderwagen so geschickt schiebt wie die Frau? Nein, sicher lachten sie *mit* ihm. Was für eine Heiterkeit gerade, nachdem der Betrieb sich so lange argwöhnisch verhalten, Editha von Pontius zu Pilatus geschickt hatte. Nun, wie in den Betriebsromanen, sollte jedes Missverständnis sich in Wohlgefallen auflösen.

Ach, das Kind, meinte der Werkleiter, auf das Kind könne die Kollegin aufpassen, das lasse sich alles regeln, man könne eben einen zweiten Zirkel bilden, Lyrik oder so was. Ernsthaft um eine Lösung bemüht, redete er noch lange auf Thomas ein. Bedauerte ihn wohl, wie er, kirre gemacht von seiner Frau, umständliche Ausreden machte ... unheimlich gern, aber der Verlag rechne mit ihm, irgendwann, ja, warum nicht, wenn der Roman fertig sei ...

Im Bus nach Hause döste die Frühschicht. Der Werkleiter würde den Nachmittag jetzt fröhlich durchsaufen, sich an kein »unheimlich gern« von Thomas mehr erinnern. Und Thomas würde gleich einnicken, wie alle hier im Bus, erst am Kontrollpunkt wieder wach werden und an das Werk denken, an den Lärm, die vielen Menschen, an Kantinengeruch und Geschirrklappern, *Normalität*, seltsam also, dieses Gefühl, endlich anzukommen, die Erleichterung wieder, den Kontrollpunkt zu passieren, alle stürzten sich wieder in den Ausnahmezustand, in den Schlaf. Editha schlief. Eli träumte in ihren Armen. Und er sah sie auf dem Arm der Sekretärin. Mit welch großspuriger Geste die Frau sich mit ihr wegdrehte, wie verschwörerisch sie das Gesicht neigte: Komm, ich zeig dir was, wenn du groß bist, darfst du hier auch ... In siebzehn, achtzehn Jahren wäre die Frau immer noch da. Und Eli – würde studieren, warum nicht, weggehen, nach Halle, Leipzig, Berlin? Er konnte es sich auf einmal nicht vorstellen, sondern nur diese Frau, herb und herzlich, wie sie wartete, und nicht umsonst. Eines Tages würde ein

Mädchen, noch halb im Schlaf, zu seiner ersten Schicht antreten. Wer sagte, Eli würde studieren dürfen?

Es war längst dunkel, als er sich wieder an den Schreibtisch setzte. Er musste das Fenster aufmachen, um sich zu vergewissern, dass der Wald noch da war, er sah freilich nichts, aber er roch ihn.

Wer sagte, dass in siebzehn Jahren das Werk noch stehen würde? Er lächelte. Man konnte sich alles vorstellen. Morsches Gemäuer, darin Asche, Bierflaschen, Kippen. Draußen Schnee und Stille und ein Wanderer, bemüht, sich eine Burg vorzustellen. Hinter ihm, bewaldet oder beackert, schwarz oder weiß, sein Tal.

Frau Barthel begann, ihre Katzen einzusperren, denn Heinrich war verschwunden. Sieben Tiere streiften im Wohnzimmer herum, die vorher nicht zu zählen waren, denn sie waren immer unterwegs gewesen.

»Das tut mir aber leid«, sagte er, aber sie rief: »Heinrich! Runter vom Tisch!«

Thomas wusste nichts zu sagen. Sie reagierte empfindlich, wenn man sie korrigierte.

»Sie glauben wohl, ich werde senil? Ich hatte zwei Heinrichs. Heinrich der Vogler und Heinrich der Löwe. Und Heinrich der Vogler kommt nicht mehr wieder.«

»Wann haben Sie ihn das letzte Mal gesehen?«

Sie zögerte und sagte: »Vor zehn Tagen.« Aber er sah, dass sie es nicht wusste. »Er ist immer weit gelaufen. Ist ja eine halbe Wildkatze. Einmal war er eine Woche weg.«

»Dann wird er wohl wieder auftauchen. Aber ich kann mich umhören.«

Sie schüttelte fast panisch den Kopf. »Es hat keinen Sinn, alles breitzutreten. Ich weiß, wo er gern hingeht. Am Tal entlang, hinter der Eisenbahnbrücke. Irgendwo kommt er an den Hundeanlagen vorbei. Er ist zu klug, um sich mit den Hunden anzulegen.«

»Dann ist er vielleicht in den Westen gegangen.«

»Sie schießen doch auf Katzen.«

»Ganz sicher nicht … das wäre sicher vorschriftswidrig.«

»Ich hab's gehört. Sie machen sich ein Spiel draus.« Sie zog Heinrich den Löwen auf ihren Schoß. Er wand sich, trat sie in den Bauch und stürzte davon.

Thomas ließ Eli auf den Teppich herunterklettern, da sie die Arme nach den Katzen ausstreckte, noch nie war sie ihnen so nahe gewesen. Er bereute es sofort. In neuer Erregung strebten die Katzen auf sie zu. Otto der Große hielt das Gesicht hin, Eli die Hand, beide angespannt vor friedlicher Absicht. Die Luft knisterte, ein Funken sprang von Elis Hand zum Pinselohr – Otto wich zurück, die Katzen stoben auseinander, Eli heulte los. Thomas hatte es kaum ausgehalten, wie sie sie umlagerten, Wildkatzen, grobknochig, zottig … Eli hatte keine Angst. Die Katzen aber vor ihr. Was Eli nie und nimmer verstehen würde.

Thomas nahm sie auf den Schoß, aber sie bog den Rücken durch, wand sich und trat, bis er sich entschuldigte und auf den Weg machte. Er lief immer schneller, nicht, weil er sich wegen Elis Gekreische schämte, nein, er eilte durchs Dorf damit, als müsste er die Leute aus den Häusern zusammentrommeln. Schaut her, was hier vorgeht, *sie schießen auf Katzen*, soll das ein Witz sein, er polterte mit dem Kinderwagen über das Pflaster, und die Leute grinsten ihn an, als wäre das, ja, ein Witz.

Margarethe prangerte die *Ewiggestrigen* an. Menschen mit unzureichend gefestigtem Standpunkt fielen leicht auf romantische Bilder herein. Viele seien sich über die Zusammenhänge nicht im Klaren. Da reiche aber der Blick nach Drüben in die Umtriebe der westdeutschen Ostmediävistik. Dort florierten die sogenannten »Ostforschungsinstitute«, die nicht anders als *damals* die Ostexpansion als deutsches Schicksal predigten. Nur dass diesmal die rechten Bestrebungen mit Phrasen der Europa- und Abendlandideologie kaschiert würden. So dienten diese »Institute« willfährig der revanchistischen Bonner NATO-Politik. Darauf liefen die bunten alten Sagen hinaus!

Nach Frau Barthel selbst fragte Margarethe nie. Aber sie wurde ganz still, als Editha erzählte, wie ihr Gedächtnis zu leiden schien.

»Ich sehe sie nicht so oft wie Thomas. Ihn kennt sie noch. Aber neulich, als ich sie auf der Straße traf, sah sie mich an wie ein Gespenst.«

»Ein Gespenst?«, fragte Margarethe scharf.

»Das sagt man so, Mutti, komm nicht immer mit deinem Rationalismus. Als ob sie mich für jemanden anders hielt.«

»Hat sie das gesagt?«

»Nichts hat sie gesagt.«

Margarethe grübelte, als bliebe sie jemandem eine Antwort schuldig. Aber niemand hatte eine Frage gestellt.

»Mutti ist eifersüchtig«, sagte Editha, als sie auf die Straße traten.

»Wie?«

»Du hast ihr einen Ausflug nach Ilsenburg versprochen.«

Es fiel ihm schlagartig wieder ein. »Einen Familienausflug, habe ich gemeint, und du hast immer keine Zeit!«

»Na, hättest du was gesagt!«

Glaubte man Editha, so war er derjenige, der *mit anderen Dingen beschäftigt* war, während sie die ganze Zeit schon all die schönen Ecken hier aufsuchen wollte, *als Familie*, sie kannte das alles schon, aber ihre Tochter sollte langsam wissen, wo sie zur Welt gekommen war.

»Nicht einmal an der Elendsburg sind wir gewesen! Du kannst es ja nicht wissen, aber das sind die Erinnerungen, die ein Kind prägen. Sonntagsausflüge. Die Burg. Der Wasserfall. Die Waldschenke. So spießig das klingen mag, ich habe begriffen, seit ich selbst eine Tochter habe, wie wichtig das ist. Und wenn die örtlichen Sehenswürdigkeiten noch so bescheiden sind – für ein Kind ist das *die* Burg. *Der* Wasserfall.«

Der Appellplatz. *Die* Offizierskantine. *Der* Trümmerberg. »Wenn das Spießigkeit ist – nur her damit!«

Sie liefen durch das Dorf zurück zum Elendstal, da floss die Kalte Bode vom Brocken her, sagte Editha zu Eli, von Schierke, wo all die Hexen wohnen! Die Oma wolle nichts wissen von Hexen, warum eigentlich, war sie selbst eine gewesen und ihr war das jetzt peinlich? Ja, als die Oma jung war, sei sie immer hier langgeflitzt auf dem Besen, nach Schierke, zum Brocken hoch!

Hier schlüpfte man durch Elends flache Hügelkulisse: Das war eine richtige Schlucht. Ein richtiger Wald, keine Plantage. *Buchenwald. Der ursprüngliche Bestand.* Es ging gleich den rechten steilen Hang hinauf. Eli sah zu den Bäumen hoch wie zu Menschen. Ja, Buchen haben etwas Menschliches. Die silberne Haut, die Muskulatur, die Äste, wie Arme ausgestreckt, ganz oben erst, so entstehen hohe lichte Räume. Der wilde Wald ist wie gemacht, den Menschen zu gefallen. Eli torkelte mit einer erstaunlichen Geschwindigkeit.

»Sie wird bald selbst fliegen!«, sagte Editha.

Felsbrocken ragten zwischen den Buchen – Bollwerke, Bastionen … nein, nur Steine.

»Wie weit ist es noch zur Burg?«

»Das ist die Burg.« Die Felsen standen im Ring um sie herum. Moos lag auf ihnen wie alte feuchte Teppiche. Eli schien sich gleich einrichten zu wollen. »Schau, Eli, das hier war einmal eine große Festung, dort, wo du stehst, war die Pforte, da ritten die Ritter auf ihren Pferden durch, und die Mönche kamen zu Fuß aus Ilsenburg und schliefen hier das erste Mal in der Fremde, fremd, *eli*, wie du, und *lenti*, Land. Also: Hereintreten, Fremde!«

Eli lauschte gebannt, schien durchaus zu verstehen, sie standen einander gegenüber wie zwei Mädchen, ein kleines und ein großes, denn so hatte Editha zu erzählen begonnen: mit dem Hochmut derer, die das Spiel erklärt. Das war die den Mädchen eigene Macht. Es gab doch eine Zeit, in der sie in jeder Hinsicht überlegen waren, kühner, klüger, fast hellseherisch. Ein Menschenalter, sieben, acht. Ein paar Jahre nur; später wurden sie langweilig, zickig, doch gefügig. War ihnen die Macht entrissen worden? Oder übten sie sie nunmehr heimlich?

Ich bin die Zauberin. Du bist mein Diener. Das ist dein Haus. Hier hast du ein Schwert.

»Ein großes Feuer brennt, da wird ein Kalb gebraten für die Leute, sie sind müde und hungrig und müssen noch ganz weit, vielleicht bis nach Rom, aber jetzt sitzen sie da und trinken Bier und erzählen Geschichten. Komm doch rein! Erzähl doch was!«

Eli schwankte hin und her, den Kopf zur Seite geneigt, lächelte immer breiter – und stürzte davon. Editha hinterher. Sie unterhielten sich schon. Er sprach andauernd zu Eli, aber doch nicht *mit* ihr. Na wie denn?, hätte Editha gesagt. Sie kann ja noch nicht mitreden – aber das wird sie viel schneller, als dir lieb ist!

Jetzt hörte er nur noch ihre Stimmen. Auch er bekam Lust, irgendwohin zu verschwinden. Hochzuklettern, herabzuschauen. Er hatte einen Turm besteigen wollen. Von dort hätte er Wietfeld sehen müssen. Die Auen. Die Schleuse – das Wort schillerte, schlimm und schön.

Aber auch dieser Turm lag in Trümmern: Schon vor Urzeiten hatte man alles unternommen, sein Vorhaben zu verhindern.

Thietmar stand am Fenster der Elendsburg und blickte ins Tal hinab. Das frühe Licht streifte die Wipfel, grüne Höhen warfen lange Schatten auf grüne Tiefen, Wipfel wie Gipfel, Berg der Berge, jedes Blatt ein Hang. Die Sonne stieg, er glaubte, das Gebirge als Ganzes zu ahnen, ein Körper, der atmend dalag, ein Gesicht, das sich abwandte. Die Fremde.

Verheißung. Nein, Blendung!

Er stieg ins Tal hinunter, das bald in eine flache Mulde auslief, in deren Mitte ein paar Hütten standen. Ob hier bereits Fremde lebten? Die den eigenen Leuten in allem glichen, nur, dass sie ein anderes Bild vor Augen hatten, ein Bild, das dem eigenen so lange glich, bis man in die Schatten spähte: Der Teufel steckte im Detail.

Allein sein, alles aufschreiben. Ich weiß, wie es weitergeht. Auf dem Rückweg ging Thomas voller Ungeduld voraus, während

Eli den ganzen Weg laufen wollte, an Edithas Hand. So leicht zu begehen ist der Urwald, und harrt im Tal, als nähme er kein Ende. Doch schon tritt man in die Sonne, enttäuscht, erleichtert. Parkplatz, Picknicktisch, Kleinfamilie, Hund. Leberwurstgeruch, der Kaffee dampft. Man grüßt, verwirrt. Weil man wieder am Ausgangspunkt angelangt ist. Dort steht ein Wegweiser, aus dunkelbraunem Holz gezimmert, rustikal, will, wie der Picknicktisch, Teil des Waldes sein.

In Ilsenburg ging Eli voraus. Man ließ sich führen, selbst die Oma, die vorerst keinen Vortrag hielt; Editha erzählte von ihrer Kindheit, von irgendeinem Jungen, mit dem sie am Forellenteich gespielt habe, und hängte sich bei Margarethe ein. Thomas ging nebenher, sah Eli nach. Sie wandte sich immer wieder um, wie um *ihnen* alles zu zeigen. Wortlos lief sie auf die Klosterpforte zu, sagte nicht einmal mehr *Da!* Margarethe lief schweigend neben Editha, endlich langsam, die Vogts, nicht mehr im Stechschritt. Alter Neid auf Kinder, die Hand in Hand mit ihren Eltern gehen. Ein ferner Schmerz, der sich umkehrte, und süß war. Thomas überholte sie, sah nur Eli vor dem hohen Gemäuer, das in der Sonne stand und Wärme wiedergab. Sich nichts vorstellen, nichts denken, als: Hier könnte man leben.

»Die Renaissance-Fassade«, begann Margarethe nun doch, »muss man sich natürlich wegdenken.«

»Und das Schwimmbecken«, sagte Editha. Nun war ein Erholungsheim eingezogen. In der Mitte ragte ein Brocken von Kirche, grob und kantig wie ein Fels, oben holzverschalt. Neunhunderteinundsiebzig Jahre alt. Margarethe erzählte vom *Dormitorium* und *Refektorium*, wie ein Mädchen, das sich Dinge ausdenkt, Unmögliches von einem Haufen schlecht verputzter Bauten behauptet.

»Ach, Ilsenburg«, hatte Frau Barthel gesagt. »Dort haben wir immer so schön Picknick gemacht.«

Er wollte Margarethe nicht danach fragen, ihr nicht die selten gute Laune verderben. Allein schon das Wort *Picknick*. Wenn sie sein Lächeln sah, wie er sie sich als kleines Mädchen vorstellte – aus allen Wolken würde sie fallen. Er sah sie die Picknickdecke ausbreiten, hinter dem Kloster, wo die verwilderten Fischteiche waren, die geschwungenen Wege, die Wiesen mit den großen alten Eichen, der Park, der unmerklich in den Wald überging, im Sommer.

Wie oft wäre man denn noch hier? Drei-, viermal dem Alltag abgetrotzt – später würde man sagen: Wir sind immer zum Kloster Ilsenburg gefahren.

Unten am Hang, hinter einem Felsbrocken, zog Thietmar die schwarze Kutte aus. Aus seinem Reisebeutel nahm er Hemd und Hose. Ein Glück, dass sein Kopf bereits kahl war: Keine Tonsur verriet ihn. Er versteckte die Kutte unter einem Felsvorsprung, damit sie heil blieb, bis er wiederkam.

Ohne sie war er so klein, so leicht, eine Buchecker aus der Hülle gelöst, dem Wind ausgeliefert, drei Schritte bergab und schon glitt er aus, rollte. Ein unsinniges Glücksgefühl, einen Augenblick lang, dann blieben die Füße hängen, der Oberkörper schlug um, er lag mit einem Schmerz im Rücken, als hätte ihn ein Riese übers Knie gebrochen.

Tagelang lag er, hilflos wie das Kind im Körbchen. Er sah die Pforte vor sich, die Mauern, den Kreuzgang, den Fleck Grün: das Kloster im Kleinen, eine Rosenkranzperle, an die er sich klammerte. Geräusche gingen ineinander über, sein schwaches Wimmern, der Atem eines Vorübergehenden, der ihn nicht sah, Schritte, Stimmen, Rascheln im Laub, der Aufprall loser Steine. Bis er aufgehoben wurde - und vor Schmerz endgültig das Bewusstsein verlor.

Ein weißer Raum. Als hätte er seine Zelle nie verlassen, das Kloster nie so klein und fern gesehen. Die Sonne stand hoch, Laudes und Terz vorbei, niemand war gekommen, ihn zum Gebet zu holen. Er wollte sich aufrichten: bleierne Schwere, zäher Schmerz. Im Krankensaal lag er wohl ... doch nein, diese Felssteinkammer roch nicht nach Kloster. Sie roch nach Welt. Und er erinnerte sich: der Wald, der Felsen. Luft nun am Nacken; hinter ihm stand ein Fenster offen. Er drehte den Kopf, ein knirschender Mühlenstein.

Vorm Fenster lag eine Wiese, kein grünes Quadrat zwischen Mauern. Das hohe Gras wuchs fast ins Fenster hinein, der Mohn tastete am Sims. Insekten, Vögel stürzten nach oben, als wäre der Himmel zum Greifen nah. Aber der dunkle Waldrand schloss all das Lichte ein, wuchs scheinbar an diesem Emporsteigen. So spürte Thietmar, wie tief im Wald er lag.

Man konnte es nicht mehr mit ansehen, Frau Barthel in der Katzenschar, unter Tieren, die nur noch Streife liefen im Raum, jedes für sich, Armlehne-Fensterbrett-Schreibtisch-Anrichte, sie wichen einander aus oder schlugen sich mit jäher Wut, verfehdete Geschwister. Nur die Mutter hockte reglos da, die achtzehn Jahre alte Adelheid.

Sie werden den Heinrich doch fangen und essen.

Wer denn?

Die Leute im Wald. Sie sind ganz abgemagert. Wir haben sie gesehen.

Wann denn?

Im Frühling.

Wo haben Sie sie gesehen?

Bei Braunlage.

Braunlage ist doch drüben.

Die Wilde Jagd im Wohnzimmer, an der Spitze Friedrich Barbarossa, hinter ihm Heinrich der Löwe, Ludwig das Kind, Konrad, Edgitha und Theophanu. Frau Barthel wiederholte die Namen, alles, was sie noch wusste, und die Schatten rasten im Kreis.

Der rote Friedrich entkam als Nächster, wurde auf einem Feld bei Tanne gesichtet, wie er *Richtung Kyffhäuser* lief, versicherte Heckmann, ohne eine Miene zu verziehen, *nach Westen keinesfalls.* Er war extra gekommen, um es ihr zu erzählen. Um Thomas und die halbleere Flasche verkniffen anzugrinsen, als wollte er sagen: *Es wird langsam Zeit, dass du aufbrichst. Was erzählt die Alte sonst noch für einen Unsinn!*

»Lassen Sie Ihre Katzen doch wieder laufen. Sie werden schon wiederkommen. Denen passiert doch nichts.«

»Ja, ja«, sagte Frau Barthel. »Ich lasse sie gleich wieder raus.« Ihr war anzusehen, dass sie log.

»Sie werden nicht mehr wiederkommen«, meinte Heckmann hinterher zu Thomas, »so wie sie sie einsperrt. So geht man nicht mit Tieren um.«

»Barbarossa ist in den Kyffhäuser abgehauen!« Editha erzählte immer vergnügter, bis Margarethe den Kopf zu schütteln begann, ein nervöses Abschütteln, dann langsam und eisig. Dass die Tochter nicht merkte, was ihre Mutter so reizte … oder wusste sie es ganz genau?

»Die Sophie! Unglaublich, diesen Mief wird man nicht los, wozu haben wir das Feudalmuseum aufgebaut, wozu halte ich meine Vorträge, man erzählt von unfassbaren Grausamkeiten, von Aberglaube, Willkür, Versklavung, wir haben extra im Museum den Folterwerkzeugkeller eingerichtet – und genau das wollen sie am Ende.«

»Sie kann sich an nichts erinnern«, sagte Thomas müde, »das sind für sie nur Namen aus Märchen.«

»Märchen!« Aber sie schien endlich zu begreifen, wie unnütz

diese Strenge war. Ihr ging die Luft aus, sie konnte nur noch hechelnd zusehen, wie Frau Barthel auf einem unbekannten Weg verschwand.

»Übrigens«, Editha war schon wieder woanders, »du hattest doch ein anderes Buch über die Kaiser. Nicht die trockenen Dinger, die du Thomas immer mitgibst, mit keinem einzigen Bild drin. Da war doch eins mit den schönen Jugendstilbildern.«

»Meinst du diesen Schinken hier?« Margarethe knallte ihn auf den Tisch.

Des schlafenden Kaisers Bart breitete sich über den Einband, überwucherte die Vorsatzblätter, die Überschriften trieben aus, selbst die Farbdrucke schienen in geilem Wachstum begriffen. Das konnten die Menschen damals: sich der grauen Vernunft widersetzen, die grauen Gestalten von sich weisen. Man konnte das Buch kaum aus den Augen lassen, so wie es seine Triebe ausschickte.

Editha vergaß gleich wieder, was sie ins Haus geschleppt hatte. Sie war viel zu sehr mit der Gießerei beschäftigt. Das Buch blieb auf ihrem Nachttisch liegen und Thomas wanderte auf ihre Seite des Bettes. Sie lächelte nachsichtig.

»Damals im Heim«, sagte er, »haben sie mich bestraft, wenn ich im Bett las.«

»Keine Angst, ich schlage dich nicht.«

Wie lebt doch die Schrift auf, der Schmöker, der Schwulst, wenn man in Erwartung der Strafe liest!

Thomas träumte. Mit langen Schritten lief er Richtung Kyffhäuser. Ja, mit jedem Schritt hob er ein wenig ab, so leicht lief es sich außerhalb des Sperrgebiets. Siebenmeilenstiefel. Er schaute nach links und nach rechts, meilenweit. Kein Blatt, kein Halm blieb ihm verborgen. Endlich der Blick auf die Landschaft. Die Goldene Aue zwischen Harz und Kyffhäuser. Er hielt nach dem Kaiser Ausschau, dessen Flucht ins grüne Hinterland man ihm nachsehen musste, nur musste er eingeholt werden, er war eine Gefahr *vor allem für sich selbst.* Den Drang zur Flucht verstand Thomas nur zu gut, wenn man so mühelos über den federnden Boden lief, in den warmen Wind, ins Licht hinein, in dem nichts verborgen blieb – aber man konnte sich leicht überschätzen, wusste Thomas und machte sich Sorgen um den Kaiser.

Der nirgends zu sehen war. Er hatte sich in seine Höhle verkrochen. Thomas blieb vor dem Felsen stehen. Die Anstrengung der Jagd holte ihn endlich ein. Aber er drückte sich durch den Spalt. Kämpfte sich verzweifelt durch, denn er wusste, Friedrich bewegte sich hier viel schneller. Auf einmal stand er in einer großen Höhle. Hier musste er sein. Es gab keinen anderen Ausgang. Ein alter Bretterweg durchquerte den Boden, Baulampen hingen an der Wand.

»Friedrich Barbarossa!«, rief er.

Hier war nichts, kein Tisch, kein Stuhl. Nur rohe Wände und Geröll.

»Friedrich Barbarossa!«

Da vernahm er ein Geräusch aus der dunklen Ecke. Friedrich lag zwischen Felsbrocken. Er hatte sich eingezwängt, oder sich verletzt verkrochen. Denn sein Fell war blutverklebt. Nur noch atmen konnte er, kein Stöhnen, kein Wimmern, nur ein flaches Atmen, umso schlimmer. Thomas begann die Steine beiseite zu räumen. Er wusste, Friedrich würde ihm die Hände blutig beißen.

»Wie ein kleiner Junge sitzt er da im Bett und liest!« Editha konnte es sich nicht verkneifen.

»Ich habe ein besseres Märchen für einen kleinen Jungen.« Margarethes Stimme zitterte. »Stell dir vor, der Rabe des Kaisers fliegt vom Kyffhäuser über die Goldene Aue. Am Rande des Harzes, keine dreißig Kilometer südlich von hier, steht das malerische Städtchen Nordhausen. Bei Nordhausen gibt es auch große Höhlen, doch von Menschenhand gemacht, riesige Bergwerkstollen. Im letzten Krieg, unendlich lange her, hat man dort unter der Erde die Geheimwaffen gebaut, die Deutschland retten sollten, weil der Kaiser doch nicht aufgewacht war. 60.000 Sklaven mussten an der *Wunderwaffe* bauen. Lager

Dora, so hieß das. Dort starb jeder Dritte. Die noch am Leben waren, als der Feind anrückte, wurden nach Norden *evakuiert*, quer über den Harz – diese wandelnden Skelette durften nicht in die Hände des Feindes fallen. Hat Sophie dieses Märchen erzählt?«

»Ja«, sagte Thomas, »hat sie.« Er traf ihren Blick – erschrocken? Wütend? Er wusste es nicht. Er wusste nur, sie würde gleich aufstehen und abräumen.

Im ersten Moment hatte er nichts gedacht als: Ich hab's raus! Als hätte er die ganze Zeit an einem Splitter herumgepult, und hätte ihn nun zwischen den Fingern, sähe befriedigt den Eiter, der austrat.

Bei Frau Barthel sammelte er verkrustete Tellerchen ein. Die Tiere bettelten, sie fiel jedes Mal darauf rein und stellte wieder Futter hin. Das Wasser vergaß sie zu wechseln. Thomas wusch ab, wechselte den Sand im Katzenklo, der Gestank war nicht mehr zu vertreiben. Er werkelte in der Verwahrlosung. Sie klagte darüber, dass Leute kamen, wenn sie schlief, und Unordnung machten und Sachen klauten. Schließlich saß sie nur noch stumm da. Schämte sich und wusste nicht warum und schämte sich noch mehr. Das musste doch nicht sein. Er begann irgendetwas zu erzählen, als ließen ihn lustige Einfälle herumgeistern. Sie lächelte wieder, nachsichtig: Wo nehmen Sie nur die Energie her! *Ideen* verstand er erst. Es machte nichts. Er berichtete von Friedrich, Heinrich, Otto, die im ewigen Galopp vorbeipreschten.

Er sträubte sich, Eli mitzunehmen. Es war schlimm, wie wohl sie sich hier fühlte, im beißenden Geruch der Katerkönigreiche, unterm Jaulen der Weibchen, zwischen verfettenden, sich im eigenen Dreck suhlenden Leibern, ja sie wollte sich auch im Dreck suhlen, am liebsten irgendwo hinscheißen, um es den Großen zu zeigen. Wie fremd war sie dann. Ein Wolfskind.

Aber Frau Barthel sah sie so gern. Einmal sagte sie: »Ganz der Vater.«

»Finden Sie wirklich?« Sie hatte seine Augen, seinen zarten

Bau. Aber vor allem glich sie Editha, mit dem offenen Gesicht, den rosigen Wangen, den blonden Locken.

»Ja, ja. Sie ist Hans wie aus dem Gesicht geschnitten.«

Der Name stürzte ihn in die Tiefe. Edithas Vater, mit dem edlen, gefurchten Kaisergesicht – ja, *so* stellte er sich die Gesichter des Kaisersaals vor. Er fragte nicht weiter nach. Sonst gäbe es noch einen Sturz und noch einen. Ihre Angst, der Schreck, der immer neu war, vor den Menschen im Wald, vor sich selbst, die jähe Scham: sich nicht zu erinnern. Der unentrinnbare Augenblick. Das war nicht auszuhalten. Er erzählte, damit sie nichts mehr preisgab, nichts von Wietfeld, keine alten Geschichten, er war dran. Als könnte man von Neuem von diesem Ort ausgehen, ihn roden und beackern und wirtlich machen.

Thietmar konnte sich nicht mehr vom Fenster wenden. Wer ihn pflegte, sah er nur flüchtig. Männer, Frauen, sie taten ihre Handgriffe gut und leicht wie ein Klopfen auf die Schulter und weg waren sie. So gelang es ihm nicht, danke zu sagen. Waren das Engel? Sie verhielten sich so. Oder: w i e d i e L i l i e n a u f d e m F e l d . Sie kamen und gingen, holten Milch in Tonschalen und setzten sich ins Gras, sprachen miteinander, kein Wort war im Lärm der Wiese zu verstehen, manchmal sangen sie. Allein, zu zweit, zu dritt, in kleinen Gruppen. Wie viele waren es? Wo lebten sie? Unmöglich zu sagen. Sie ästen hier und schwanden. Wenn das nicht Engel waren ... So unterschieden sich die Dinge von den Bildern. Den Wald stellt man sich anders vor. Der Teufel bleibt aus. Fratzen nur im Augenwinkel. Die Herrlichkeit im Augenwinkel.

Als eines Tages vor seinem Fenster zwei Engel sich zu Boden warfen und rangen, dass alle Kleidung von ihnen abfiel und ihre Glieder sich im Himmelssturz verrenkten - da staunte er nicht schlecht. Bis die Blendung wich: Es war doch nur menschlich.

Nun sah er, was das für Menschen waren. Was sie draußen auf dem Feld taten. Kaum einmal dieselben zwei zusammen. Zwanzig, dreißig mochten es insgesamt sein. Jemand trieb die Kühe vorbei und abends trieb sie ein anderer zurück. Arbeit gingen sie als Kinderspiel nach. Keine Ordnung war erkennbar. Das Haus verfiel. Die Menschen vertierten. Im Winter würden sie übereinander herfallen, oder einfach absterben, ihre Seelen ungesegnet. Alles löste sich auf. Also war er schon drüben. Schon in der Wüste, von Dämonen umgeben, die nur wenig von Menschen unterschied, und das nicht etwa, weil sie böse waren, sondern weil sie vom Bösen nichts wussten. Sie taten, wie ihnen lustig war. Streiften an seinem Fenster vorbei. Ein Mann lief dorthin, wonach sein Glied sich richtete. Eine Menschenschar folgte dem Bratengeruch abends, der in der Nähe des Hauses bei Geschwätz und Gelächter sich verbreitete.

Aber sie pflegten ihn. Sie brachten ihm vom Braten.

Wo er denn sei, fragte er. Sie lächelten. Er fragte nach Ilsenburg, nach Walkenried. Sie zuckten mit den Schultern. Ob sie wüssten, wer jetzt Kaiser sei? Sie lachten nur.

Bald musste Thomas die Katzen füttern, denn Frau Barthel wusste nicht mehr, worum sie bettelten oder wo sie es herholen sollte. Otto stemmte ein Fenster auf und drückte sich durch den Spalt. Edgitha sprang so lange an die Türklinke, bis die Tür aufging. Dass *etwas* fehlte, das wusste Frau Barthel, aber sie kam nicht drauf, so oft sie die huschenden Schatten durchzählte.

Da schritten die Nachbarn ein. Sie hatten sich längst verständigt, hatten getan, was sie konnten, allein Thomas war es nicht aufgefallen, er allein kam nicht auf die Idee, darüber zu reden, Hilfe zu holen. Hatte ihnen schon stumm vorgeworfen, Frau Barthel den Rücken zu kehren. Ihre Scham und Angst waren spürbar, vor ihr, ihretwegen, als wäre das ansteckend: sich so schändlich zu vergessen, sich so schändlich zu erinnern. Aber sie war doch eine von ihnen. Man ließ sie nicht im Stich.

Auch Heckmann nicht. Er lud Thomas zum vertraulichen Kaffee ein, schwadronierte von gesellschaftlichem Engagement und dem Zusammenhalt der Dorfgemeinschaft. Er war nämlich dabei, in Absprache mit dem Bürgermeister, eine Pflegebrigade für Frau Barthel zusammenzustellen. »Aber Sie brauchen sich nicht mehr zu kümmern. Sie haben schon genug getan. Und die langen Gespräche, der Holunderwein, das regt sie zu sehr auf.«

Noch einmal ging Thomas mit ihr spazieren. Sie war noch gut auf den Beinen, lief schneller als er. Seit Monaten hatte sie das Haus kaum noch verlassen. Nun wirkte sie befreit, er musste sie an der Hand halten, damit sie nicht davonstürzte. »Sehen Sie den Mönchsweg?«, fragte er. Sie zog ungeduldig an seiner Hand, da war nur eine Senke im Schnee, uninteressant für ein kleines Mädchen. Nichts mehr mit Rom. Sie dachte nur ans Eis.

Thietmar glaubte draußen am Feuer die Stimme der Frau zu hören, der er bei Ilsenburg begegnet war. Am Morgen lief sie knapp an seinem Fenster vorbei. Welke Blätter hingen in ihrem Haar, ihr Kleid war verrutscht und sie lächelte vor sich hin – spürte aber das offene Fenster wie einen Blick und sah

Thietmar scharf an, bevor sie wieder verschwand. Eine Einladung.

Er konnte ihr nicht folgen. Er war nicht böse, und er hatte keine Angst um seine Seele. Er war nur traurig. Gescheitert wie ein Novize an der Askese. Daran, dass ihm nichts gehören sollte, nicht einmal die Illusion, dass ihm jemals etwas gehören könnte. Nichts als das, was alle teilen. Was man Sünde nennt, ist nichts als das Teilen bis zur letzten Konsequenz. Er war nicht zu stark dafür, sondern zu schwach.

Mühevoll erhob er sich und ging hinaus, kleine Schritte wie ein Kind, das laufen lernt, nur war er so unendlich schwer. Er trat hinaus auf die Wiese. Wo war sie? Wo waren sie alle hin? Das Feld wogte und ließ ihn taumeln. Wie sollte er Fuß fassen? Er taumelte hinein. Fast wollte er fallen, im hohen Gras liegen bleiben. Er war schwer und seine Füße sanken in den Boden, bis Wasser, kühl-warm wie Luft, sich um seine Knöchel schloss. Das Gras wogte schulterhoch, er sah das nahe Haus nicht mehr. Sank bis zu den Knien.

Die Katzen sollten ein neues Zuhause finden; nur die alte Adelheid blieb und schlief bei Frau Barthel auf dem Kanapee. Thomas durfte Heinrich den Löwen mitnehmen und die schwarze Theophanu. Das habe ihr gefehlt, meinte Editha, ein Haus ohne Tiere sei doch kein Zuhause.

So löst sich alles auf.

Wie bitte?

So löst sich alles in Wohlgefallen auf.

Als die Katzen das erste Mal aufs Feld hinausliefen, geduckt und ungläubig, den Gestank von sich streifend, torkelte Eli hinterher, fiel hin in den Schnee, lachte, krabbelte in ihren

Spuren. »Was, wenn sie nicht wiederkommen?«, fragte Thomas. »Was machen wir dann?« Aber sie kamen immer wieder.

Fast ironisch schauten sie, wenn man sie rief. Die Namen, für die sie nichts konnten, trugen sie mit Würde.

Ich habe ein weihnachtliches Gefühl, schrieb er an Uwe. Kennst du das? Ich kenne es nur aus Büchern. Sehr deutsch, sehr dunkel. Das hat etwas von alten Göttern. Und mitten drin: das lichte Jerusalem, fremd und frierend. Hierher verschleppt von Barbarossas Kreuzrittern. Wie Bernstein von den Slawen, wie Kupfer aus dem Berg. Alles, was ihnen fehlte. Da hocken sie neidisch um Licht und Wärme, und unheimliche Kräfte werden in ihnen wach. Weil alles im Widerspruch steht. Da reibt es und da klafft es. Und die Kräfte, die dabei wach werden, sind nicht schön. Schön, vielleicht, aber schlimm. Aber man hockt daneben und will daran teilhaben.

Thomas reichte einen Antrag auf Beurlaubung ein – ein Stipendium wurde ihm in Aussicht gestellt. Mit Frau Wieses Zustimmung würde er wohl immerhin rechnen können.

Editha wollte endlich einmal Weihnachten feiern mit Baum und allem Drum und Dran, *so wie ich es nie erleben durfte, mein Kind ist kein Kriegskind, warum soll sie verzichten?* Margarethe seufzte auf, setzte sich aber mit Eli hin und zeichnete und schnitt nach präzisen Mustern Engel, die Eli wild anmalte. Ging mit Editha in die Küche und ließ sich Anweisungen geben, während Thomas mit Eli im Wohnzimmer spielte und nach zwei Glas Glühwein merkte, dass alles irgendwie funktionierte. Editha hatte sich endlich eine Pause gegönnt, er auch, und Margarethe gab sich alle Mühe. Sie hatte sogar ein altes Lebkuchenrezept hervorgekramt. Ein entsetzliches Geräusch kam aus der Küche, wiederholte, dröhnende Schläge. Thomas ging zur Küchentür und sah, wie Margarethe den holzbraunen Teig immer wieder in die Luft riss und auf die Tischplatte schleuderte. Dann nahm Editha das Nudelbrett und schlug kreuz und quer darauf und walkte die Masse auf einen Viertelzentimeter. Die Plätzchen waren unheimlich scharf und unheimlich zäh. Sie schmecken genauso wie damals, sagte Margarethe stolz.

Am Morgen des Heiligen Abends zog sie Stiefel und Mantel an, nahm die Axt und sagte zu Editha: »Komm mit.« Zwei Stunden später war ein Poltern in der Diele, ein Geraschel und Geschleife. Thomas sprang auf und packte den kalten klebrigen Stumpf einer Fichte, die Schnee und Wind ins Haus schleppte und mit den Ästen um sich schlug. Eli fing zu heulen an. Was für ein komischer Brauch, dachte er.

Natürlich hatte Eli noch nichts sehen dürfen, aber als abends der Baum verwandelt strahlte, staunte sie und freute sich gehörig. Sie kroch dahinter und blieb dort.

Es war die Zeit der Wilden Jagd, fiel ihm ein, bratenbetäubt auf dem Sofa. Die Katzen waren nur Vorboten gewesen. Er sah sich immer öfter notdürftig versteckt im Gebüsch am Rande des Geisterwegs: Mit mörderischer Wucht preschten die Gestalten vorbei. Sie jagten ihn nicht. Noch nicht. Doch wenn sie ihn sähen, im Zentrum ihres Reichs … es war dieselbe Angst, die ihn auf dem ersten Waldspaziergang hatte fast ohnmächtig werden lassen.

Mit dem *Herzynischen Wald* hatte alles angefangen. Ein Wort aus einem Buch in Fraktur.

Margarethe wusch gerade ab. Er sah noch deutlich, vor welchem Regal sie gestanden hatte, mit welchem Gesichtsausdruck sie das schlanke Heft hielt; er fand es sofort. Velhagen & Klasings deutsche Lesebögen Nr. 225, »Cäsars Germanisches Tagebuch. Mit ergänzenden Berichten aus Strabo, Plutarch und Plinius«, 1938. Mit Abbildungen, so etwa:

Germanenkopf.

(Ausschnitt aus einem Relief der Trajansäule in Rom)

Ein wahrer Charakterkopf: nicht überfeinert, sondern naturnah, nicht geistreich, sondern klug, nicht spitzfindig und hinterhältig, sondern offen und ehrlich. Ein Mann, der von der Scholle kommt und die Scholle verteidigt, ein sippenstolzer und heimattreuer Kämpfer.

Das also war der Germane. Den kannte man sonst nur vom Hörensagen, ihn hatte man doch in das Dickicht gejagt, aus dem er einst hervorgekrochen war.

Editha, die mitlas, kicherte.

»Editha, da wird mir der Spiegel vorgehalten, ich bin überfeinert, geistreich und spitzfindig. Ich komme nicht von der Scholle und habe keine Sippe. Aber das wusstest du doch, als du mich geheiratet hast.«

»Ja«, sagte sie seelenruhig.

»Ich bin Russe. Ich heiße Fomá. Ich bin am 8. Mai geboren.«

»Ja.« Sie zog seinen Kopf an sich heran und ließ ihn wieder los. Sie schmuste nicht gern vor ihrer Mutter, die mit rotem Gesicht in der Küchentür stand.

»Das –«, Margarethes Stimme zitterte vor Wut, »– das ist keine wissenschaftliche Ausgabe.«

Editha musste noch lauter lachen. »Keine … das kann man schon sagen.«

»Kannst du haben, Thomas. Hätte ich längst aussortieren müssen.«

Sie sah hilflos aus in ihrer Wut. Während Thomas, der um Atem rang, eine wilde Kraft spürte, die Gewissheit, dass dies die einzige richtige Reaktion war, überhaupt, immer wieder, so ein Lachanfall. Und das konnte niemand besser als Editha. Er drückte sich dankbar an sie. Eli sah sie entsetzt an. Das wirst du irgendwann verstehen, dachte er.

In der Nacht wachte Thomas auf und wollte wieder lachen. Aber Editha half ihm nicht. Sie schlief. Lachen kann man nicht unaufhörlich. Man würde tot umfallen.

Abb. 17. Germanischer Reiter. Modell der Landesanstalt für Volkheitskunde, Halle an der Saale.

Er, ja, *er* ist im Wald unterwegs. Kein Freiwilliger Helfer will ihn gesehen haben. So edel ist seine Gestalt, dass man sie nicht beschreiben darf. *Wagemutig, auf seine Tüchtigkeit vertrauend. Eine heroische Kämpfernatur.* Das Lachen bleibt einem im Halse stecken. Das Schlimme ist: Man kennt den Reiz des Sagenhaften. Des Sagens. Der kindlichen Behauptung: Dies ist der Held. So sieht er aus.

Verbrennen hätte man deine Sagenbücher müssen: Darin ist er der holde Märchenprinz. Doch wenn er uns schnappt, dich und mich, wird er uns bis auf die Knochen verzehren, und von uns bleibt nur Asche übrig.

Komm trotzdem mit, sprach eine Stimme, nicht Editha, denn sie schlief. Wir sind schlauer als er. Wir verkleiden uns.

Abb. 28. Elch. In Ostpreußen hat der Elch sich bis heute erhalten; die Zahl der Tiere hat sich in den letzten Jahren dank der Maßnahmen des Reichsjägermeisters Göring wieder erheblich vergrößert.

Kapitel 5

Noch einmal schlug Thomas in Meyers Lexikon nach, um sich zu vergewissern: Deutschland gab es wirklich nicht.

Welche Erleichterung! Und es schien vieles zu erklären. Warum Frau Barthel im Nebel schwand, Margarethe sich nunmehr ausschwieg, als gäbe es das Fach Geschichte nicht, als hätte sie keine Bücher zu verleihen, als wären das hier doch gar nicht ihre Bücher. Nur noch von häuslichen Dingen sprach sie, die so stolz darauf war, eine schlechte Hausfrau zu sein. Eine schlechte Schauspielerin war sie übrigens auch. Dennoch: In diesem *So tun als ob nichts wäre* erinnerte sie an Frau Barthel. Die gleiche dumpfe Panik, die überdrehte Gefälligkeit, mit der Frau Barthel so lange wie möglich ihre Gedächtnislücken kaschiert hatte.

Von Margarethe hatte er schon genug erfahren. Hatte begriffen, worum es hier ging: ihr, und in diesem Land überhaupt. Man blickte zurück, um eine verhängnisvolle Entwicklung zu konstatieren. Und dass all die Heuchelei, Grausamkeit und Zerstörung notwendig gewesen seien, denn das Endergebnis war *unsere Gesellschaft.*

Zu Hause blätterte Thomas immer wieder in der unwissenschaftlichen Ausgabe. Ihre Irrtümer, ihre Lügen, ihre Unverschämtheit reizten ihn, den Spitzfindigen.

Überfeinert und wurzellos wie ich bin, bin ich wie durch ein Wunder freigestellt. Das teilte mir der Bürgermeister mit. Er scheint meine Beurlaubung für fragwürdig und leichtsinnig zu halten, was nicht heißt, dass er sie nicht mit bewerkstelligt hat. Er hoffe, umso schneller das Ergebnis meiner künstlerischen Auseinandersetzung mit diesem besonderen Ort zu erfahren, welches nicht nur er, sondern die ganze Dorfgemeinschaft mit Spannung erwarte. Will sagen: zu erfahren, ob er sich in mir verschätzt hat. Bei ihm klingt *hoffen* wie *zweifeln*. Auch wenn seine Augen ob seiner Pläne so kindlich leuchten. Wenn das ein Mephisto ist, dann einer, der an sich selbst leidet. Der stets das Gute will …

Man muss ihn nicht gleich an die Wand malen, schrieb Uwe.

Aber Thomas fühlte sich – vogelfrei. Hielt man ihn schon für leichtsinnig, wollte er auch leichtsinnig sein.

Er fuhr wieder zu Sebastian.

»Bei deiner Schwiegermutter hast du also gesteckt. Übertreibst du es nicht ganz schön mit den Familienpflichten? Ein paar Mal habe ich ihre Vorträge besucht, Fragen gestellt – ehrlich gesagt, ich habe sie ein bisschen provozieren wollen. Du glaubst nicht, wie sie mich hat abblitzen lassen, mit was für einer knallharten Linie, beeindruckend, wirklich. Was hast du davon? Schmeckt der Kuchen wenigstens?«

»Es geht mir nur um die Information. Aber was ich suche, das rückt sie nicht raus.«

»Frag lieber mich. Was suchst du eigentlich?«

»Alte Schinken.«

Thomas beschrieb das Buch mit dem Jugendstileinband.

»So was habe ich doch kistenweise! Vor Jahren angekauft, über drei Ecken, ein Nachlass wohl. Eigenartige Geschichte – haben irgendwelche zwielichtigen Typen angeblich in einem alten Haus gefunden. Das werde ich nie los – um ganz ehrlich zu sein, so viel geballte bürgerliche Dekadenz darf ich gar nicht erst ins Regal stellen. Aber so lange … bitte schön.«

»Du hast noch kaum was an mir verdient.«

»Ach, ich bin froh, wenn ich jemanden zum Plaudern habe …«

Es war, als hätte Thomas sich rar gemacht, damit Sebastian mit seinen Schätzen rausrückte. Das war nicht seine Absicht gewesen. Aber es hatte perfekt funktioniert! Er lächelte in der Bahn vor sich hin. Er konnte es sich nicht leisten, sich ganz zurückzuziehen, Kontakte wie Sebastian musste er pflegen. Außerdem: Die Reibereien fehlten ihm. Er war schließlich ein vergnatzter Widerspruchsgeist.

Beim nächsten Mal winkte Sebastian ihn ins Hinterzimmer. Hier war es noch wärmer als vorne, wegen des gekachelten Herds, auf dem noch Bratpfannen standen. Ein Tisch, ein Sessel, ein paar Stühle, ein Kanapee mit zerwühlten Decken. Drei Bücherkisten vor dem Sessel aufgestellt – *eine wahre Goldschnittgrube!*, sagte er. Was Thomas, um Margarethe zu ärgern, beim nächsten Familienbesuch ins Gespräch einfließen ließ.

»*Das* ist dein Verhältnis in Wernigerode!«, sagte Editha.

»Was, der langhaarige Gammler-Typ, der bei meinen Vorträgen immer herumprovoziert?«

Thomas verschwand hinter Jugendstilbüchern, totem Kitsch. Er musste heilfroh sein, dass der Kitsch so tot war. Dass des Kaisers Bart nicht mehr wuchs, die Schwerter nur noch mystisch in der Luft schwebten und die nackten Lichtgestalten mit ihren stechend hellen Augen an ihm vorbeistarrten. Es war nicht begreiflich, dass man ernsthaft diesem Tand verfiel. Nur: Er wollte es begreifen. Irgendwo in der Verlogenheit lag Schönheit. Er war ihr in seinem ersten Buch auf der Spur gewesen. Einer Lösung auf der Spur, oder doch nur einem Bild … und er hatte es nicht gedurft, er hatte es nicht gekonnt … ein Bild hatte er aufgehoben, um es mit jemandem zu teilen, wie die Auflösung langer, schmerzhafter Gespräche … es entglitt ihm. Ihm fehlte das Alleinsein. Ihm fehlte der Gesprächspartner.

»Das Mittelalter scheint in der Luft zu liegen!« Editha las gerade die Zeitschrift des Künstlerverbands. »Mein alter Prof … der ›Meister‹, weißt du, wir nannten ihn immer so … er soll uns doch besuchen kommen, überhaupt müssen wir mehr Zeit finden, die Freunde herholen, sie könnten wenigstens nach Schierke ins Ferienheim … Jedenfalls: Er malt in Brandenburg zum 1000. Jahrestag ein Slawenaufstand-Panorama. Ein Monumentalgemälde – zehn Jahre hat er dafür eingeplant! Ihr solltet euch austauschen …«

Thomas' Nackenhaare stellten sich auf. Was immer öfter geschah: Ob er auf Kitsch stieß, auf einen wahren Abgrund, auf wahre Schönheit, das Schaudern war dasselbe.

Bruder Talimil aus dem Slawenland ...

Bruder Talimil, bekehrter Wende ...

Schwach und taumelnd, wie eine Seele, die aus dem Körper weicht, trat Talimil hinein in den Wald. Seit Wochen hatte er gelähmt auf seiner Pritsche gelegen, hatte das Singen und Flüstern der Brüder vor seiner Zelle gehört und gewusst, dass sie voller Ehrfurcht seines Todes harrten. Das verbitterte ihn. Er hätte nur zu gern geglaubt, er stürbe.

Schon das Wort *Panorama*, Uwe. *Monumental.* Scheint da nicht alles in Posen zu erstarren? Aber ist es nicht denkbar, dagegen anzuschreiben? Den Moment vor der Erstarrung zu ergründen. Und den Wunsch nach Erstarrung, nach dem *entscheidenden historischen Moment*, welchen festzustellen die Menschen so befriedigt, nach dem Scheideweg, der aus irgendwelchen mit Fellen behangenen Hominiden »Menschen« und aus den anderen »Unmenschen« macht. Den Bann des Wortes *Jahrtausend.* Und *Jahrtausendwende*: Steht sie uns nicht bevor? Als unbewegtes Bild: als weiße Stadt ohne Widersprüche, ohne Unterscheidungen, weil in ihr die richtige historische Entscheidung gefallen ist.

Mönchroman - Entwurf
Stand Januar 1975
1003 u.Z.

Nach der Grundsteinlegung des Klosters Ilsenburg tritt Bruder Talimil die Pilgerfahrt nach Aachen an, um das Grab des Kaisers Otto III. zu besuchen.

Mit der Klostergründung war Talimils alter Traum in Erfüllung gegangen. Vor zwanzig Jahren wurde sein heimatliches Kloster Calbe an der Milde im Aufstand der heidnischen Slawenstämme zerstört. Dem sogenannten Lutizenbund gelang es damals, die Deutschen, die sie jahrelang mit Feuer und Schwert missioniert hatten, bis ans westliche Ufer der Elbe zurückzudrängen. Talimil, selbst bekehrter Wende, war seitdem immer wieder im Slawenland unterwegs, um unter größter Gefahr die Mission fortzuführen. Denn kurz vor der Jahrtausendwende fiebern die Christen der Endzeit entgegen, die laut Matthäus erst eintreten könne, wenn "das Evangelium vom Reich in der Welt zum Zeugnis für alle Völker gepredigt wird": wenn alle Völker zum Christentum bekehrt sind.

Unermüdlich hat Talimil sich bei den Feudalherren für die Gründung neuer Klöster eingesetzt: Umgeben von diesen "Wachtürmen" soll der Harz als "Glaubensbollwerk" den Heiden trotzen. Vor allem hatte er auf Otto III. gehofft, der blutjung die Renovatio des Heiligen Römischen Reiches anstrebte. In ihm wollte man den F r i e d e n s k a i s e r der Endzeit erkennen. Doch als Otto im Jahr 1000 mit seinem Heer nach Rom zog, um den

Friedensthron in Anspruch zu nehmen, wurde er von den Römern verjagt. Kurz darauf starb er 21-jährig an einer Fiebererkrankung. Und sein Nachfolger Heinrich II. verbündet sich bereits mit den heidnischen Lutizen gegen den Christenbruder Mieszko von Polen.

So verspürt Talimil bei der Grundsteinlegung keine Freude. An der Seele erkrankt, bricht er zusammen. Doch eines Tages steht er auf und erklärt, nach Aachen pilgern zu wollen, um zum Segen des Klosters ein Andenken des verstorbenen Kaisers zu besorgen.

In Wirklichkeit ist es Talimil gleichgültig, ob er überhaupt in Aachen ankommt. Achtlos schlägt er den schwersten Weg nach Westen ein - durch den Harzwald. Dieses "Bollwerk" hat er selbst kaum einmal betreten. Gleich verirrt er sich, verfehlt die erste Raststätte, die Elendsburg ...

Um ernsthaft arbeiten zu können, handelte Thomas ein Arrangement mit Sebastian aus. Er durfte die Bücher ausleihen, mit nach Hause nehmen, nach und nach abkaufen. Dafür blieb er freitags nach Ladenschluss zum Plaudern. Es war ihm recht. Auch wenn Sebastian nicht der Gesprächspartner war, der ihm fehlte. Er ließ sich auf dem durchgesessenen Kanapee nieder und lehnte sich zurück. Gezwungenermaßen, denn Sebastian beugte sich immer weiter vor.

Es gab Dringendes zu verhandeln. Alles war eschatologisch zur Zeit. Es ging um *Samisdat*, um im Stillen wirkende Propheten, kurz davor, die Welt zu bekehren. Um schlanke Bändchen aus Berlin oder Leipzig, Lyrik oder *experimentelle Prosa. In Hunderterauflage erschienen*, und Sebastian hielt das Buch auf den Handflächen hin, ihm und neunundneunzig anderen in der Republik erschienen wie die Heilige Jungfrau. Die Pik-

Dame. Denn gleich zauberte Sebastian die nächsten Bücher hervor und legte sie wie Spielkarten auf den Tisch. Obendrauf, als sei er der von der Welt Abgeschnittene, im eigenen Saft Schmorende, kamen Fragen, die Thesen, und Thesen, die Fragen waren, subversiv schon durch Unverständlichkeit. Sebastian sah eine neue Romantik aufkommen. Eine ganze vor Erstickung halluzinierende Generation. Jeder alte Spuk fände neue Gestalt. Umso gewaltiger ob des äußeren Drucks. Es wären herrliche Zeiten für die Literatur – geradezu beten müsse man, dass der politische Zwang sich verstärkte. Erst aus zermalmtem Erz flösse Silber.

Sebastian erwartete immer eine Stellungnahme. Aber Thomas gab sich delphisch, zunächst aus Verlegenheit, dann gnädig, milde gestimmt vom Wein. Irgendwann kam ein Schweigen auf, gemütlich, bis Thomas das Gesagte zu rekonstruieren versuchte und es nicht mehr konnte. Was ihn beunruhigte – aber warum? War es so schade drum? War man zu weit gegangen? Oder nicht weit genug?

Wenn Thomas freitags bei Sebastian ankam, kurz nach 14 Uhr, herrschte auch immer eine seltsame Verlegenheit. Zuerst schloss Sebastian vorne ab und verschwand ins Hinterzimmer: »Warte mal, ich mache ein bisschen Ordnung da hinten.« Thomas stand unschlüssig vor der Ladentür – was hieß unschlüssig, er war ja drin und kam nicht mehr raus. Auf dem umgedrehten Schild stand nun »Geöffnet«, er sann jedes Mal über den Widerspruch nach. Und jedes Mal drückte er prüfend die Klinke. »Ich wollte sehen, ob du ordentlich abgeschlossen hast«, hätte er notfalls erklärt. Kein einziges Mal ging die Tür auf. Er stand schuldbewusst zwischen den Büchern und musste über sich selbst lachen, Ali Baba, gefangen in der Räuberhöhle. Im Hinterzimmer klapperte und rumpelte es, Sebastian bekam scheinbar nie Besuch, so hektisch waren seine Aufräumversuche – und immer lugten noch Papiere und Kleidungsstücke unter dem Möbel hervor. Thomas wollte Sebastian dann die Unsicherheit nehmen. Gönnerhaft lobte er den Wein, auf dem der Staub der guten Gläser schwamm, und lehnte sich zurück.

Mit der zweiten Flasche Wein begann Sebastian, über Frauen zu reden. Dann schlug er ganz andere Töne an. Freilich schwieg er auch mal und Thomas war dran, zu übertrumpfen oder sich übertrumpfen zu lassen. Aber Sebastian musste es hinnehmen: Thomas, der biedere Ehemann, erzählte keine Frauengeschichten. Auch von Editha erzählte er ungern. Ein wenig von ihrer Arbeit, notgedrungen. Sebastian bohrte nach. Sie musste wirklich in den Betrieb gehen?

»Sie muss nicht, sie will. Warum soll sie nicht wollen? Wie kann sich da der Künstler von der Arbeit abschotten? Was soll überhaupt die künstliche Trennung zwischen der einen Arbeit und der anderen?«

»Künstlich! Künstlich ist die Aufhebung der Trennung. Das sieht man allein an dem Aufwand, mit dem sie den Leuten weismachen, dass industriell gleich ideell ist, produktiv gleich produktiv – alles Produkt. Nicht anders als im Kapitalismus! Es sind zwei Seiten derselben Medaille. Die geistigen Arbeiter in die Betriebe schicken, damit sie's am Ende selber glauben, am liebsten in Arbeiterkluft und Schutzhelm am Schreibtisch sitzen würden. Darum geht es doch am Ende! Die Künstler sind schon immer unters Volk gegangen, um ihre Skizzen zu machen, ließen die strammen Burschen sich nackig ausziehen. Heute wird das zum gesellschaftlichen Imperativ erklärt und besser noch, der Künstler darf sich endlich als einer von *ihnen* sehen, minderbemittelt zwar, aber immerhin ein richtiger Kerl, der stinkt, ein Weib, das Bier trinkt mit den Kerlen. Lass dich ja nicht reinziehen! Du hast da nichts verloren.«

Talimils Füße sanken in den Boden, bis Wasser sich um seine Knöchel schloss. Das Gras wogte schulterhoch. Er war endlich wieder ins Freie gelangt, aber auf dem freien Feld wurde das Gehen immer schwerer. Seine Schritte schmatzten, doch es roch grün und frisch, nicht nach Sumpf, er hörte Wasser, und es machte ihm Durst. Er blieb stehen, um zu horchen. Vor ihm musste ein

Fluss liegen, ahnte er, und hörte nur das Gras. Lief dort jemand? Er sah nur das Gras.

Produktiv. Schön wär's. So euphorisch der Aufbruch, so zäh ging es voran. Die Strafe fürs Verlassen des offiziellen Weges. Wie hieß es doch in einem der Avantgarde-Gedichte, die Sebastian aus dem Gedächtnis vortrug? – *ihr habt mir einen weg gebahnt / ich schlag mich / durchs gestrüpp seitlich des wegs* – Thomas hatte selbst einmal mit *Formalismus* experimentiert. Seitdem unterstellte er den Avantgardisten gewollte Undurchschaubarkeit. Aber sie konnten nicht anders: Die Unwegsamkeit zwang ihre Sätze in die Kleinschreibung, drückte sie an- und ineinander. Die allmächtige Behauptung: Auf dem offiziellen Weg gehe man aufrecht und frei.

sagtet ihr man soll allein gehen / würde ich gehen / mit euch

Dafür gingen Briefe längst leicht von der Hand. Warum hatte er damals so gekämpft, die innere Ansprache zu Papier zu bringen, einen Geheimcode zu rekonstruieren, der vielleicht so nie existiert hatte? Nun schrieb er sich frei, die Ansprache bahnte sich ihren eigenen Weg, vielleicht nicht einmal wirklich an Uwe gerichtet, aber Thomas war sicher: Uwe verstand sie. Und nur er.

Wollen wir uns nicht endlich treffen?, schrieb Uwe. Alles lässt sich besser persönlich besprechen, dann hast du auch nicht den Aufwand mit den ganzen Briefen. Ich weiß nicht, was du da noch für Pflichten hast, hast du nicht ein bisschen mehr Luft jetzt? Es kann dir doch niemand verübeln, wenn du nach Berlin zum Lektoratsgespräch fährst …

Da stockte der Brieffluss wieder: Ach, Uwe, wollte er sagen, ich finde es gerade so schön hier, ich will gar nicht mehr weg.

Ach, Uwe, wäre ich wieder in Berlin, ich würde gar nicht wieder weg wollen.

Er schrieb, dass er sich Mühe geben werde, aber nichts versprechen könne.

Im Februar stellte Edithas Zeichenzirkel in der Betriebskantine aus. Bei der Eröffnungsfeier erkannte Thomas einige Gesichter wieder: die schreibenden Arbeiterinnen. Er wich ihren, so schien ihm, fragenden Blicken aus, widmete sich den Bildern. Das Leitmotiv: der Blick ins Tal von der Königsburg, die Gießerei als Mittelpunkt des Bildes. Das hatte er von dort oben gesehen. Es war gewesen, als stünde einer neben ihm und zeigte mit der Hand. Zwei winzige Figuren in der Landschaft, der andere war Caspar David Friedrich. Oder im Wandbildformat, zwei riesenhafte Profile, und der, der zeigte, war Genosse Honecker oder sogar Towarischtsch Stalin. Das Bild war bekannt, die menschliche Situation sofort nachvollziehbar. Ich komme oft hierher, sagt der Freund, nirgends sonst hat man einen so herrlichen Blick auf die Gießerei: Das, mein Lieber, das muss man malen!

(Schneegeruch. Ein Mönch vorm wilden Tal. Ein Satz, der sich bildete. `Bruder ... Thilo stand vor der Jagdburg. In der Nacht war Heinrich gestorben.`)

Nicht Editha hatte ihre Schüler zu dieser herrlichen Aussicht geführt. Jeder war von selbst darauf gekommen, von seiner Stube aus, der Blick ein rein ideeller – die Perspektive stimmte nicht, der Betrachter schwebte über dem Tal. So stellten die Arbeiter in potenziell unendlicher Ausführung ihren Betrieb her. Ihr Werk. Keineswegs schön, nur mehr oder weniger normgerecht. Immerhin erstaunlich handfest.

Wer Editha mit den Arbeitern beim Bier sah, musste sagen: Diese Frau blüht auf. Doch blühte sie nicht immer und bei jedem Wetter? – Nein. Jetzt erst richtig. Was war das denn bis jetzt gewesen? Bloß nackte Zweige, ringende Wurzeln? Umgepflanzt kann nur werden, was Wurzeln hat. Wer keine hat, der merkt nicht, wie die des anderen greifen. Der denkt: Was steht, steht. Aber ein Stoß womöglich, und sie wäre umgefallen. Eine Dürre, und eingegangen wäre sie. Sie hatte am Anfang zu kämpfen gehabt. Thomas dachte jetzt erst wieder daran.

Nun war sie der Baum, den zu züchten man träumte, von einem Überfluss träumte man, der *Arbeit* zu einer beiläufigen

Handlung machte … trüge nur jeder so üppig und ließe seine Früchte fallen, man könnte sich vor Fallobst kaum retten. Von einem solchen konnten viele zehren.

Warum reichte es nicht? Oder warum reichte es zu nichts als einem Raum voller Aquarelle? Nicht nur die gedämpften Farben, die schweren Striche, selbst das immer gleiche Bild war Ausdruck der Müdigkeit, wenn die Gedanken kreisen und sich von einem Gegenstand nicht lösen können. Die er allzu gut kannte. Was hätte er den Schreibenden beibringen können, wenn selbst Editha nur das endlose Kreisen betreute?

Sie stand am improvisierten Tresen, hinter dem der zweite Themenkomplex hing, die Aktstudien. Das Modell, eine sehnige Kleine, kaum zwanzig, stand in der Ecke und beobachtete verstohlen die Gesichter. Aber das hätte genauso gut Editha sein können, so schwer und glatt waren die Figuren geraten. Selbst die Frauen hatten die reinsten Männerphantasien gemalt. Ein schimmernder, stets unberührt scheinender Leib. Man denkt, alles prallt an ihr ab. So stand sie am Tresen: wie er sie ganz am Anfang gesehen hatte. Und nun wie ein Bild, das Bilder abwarf.

Sie merkte nicht, dass sie schön war. Sie glaubte, alle seien schön. Aber sie waren es nicht, die drahtigen alten Männer, die bulligen jungen Burschen, die stockgeraden jungen Frauen. Diese Menschen, von denen es hieß: Von *ihnen* habe man zu lernen, *deren* Leben gelte die *Imitatio*, sie seien die Musen, die erlösenden Gestalten. Ihre zähe Kraft saß schlecht in den Sonntagskleidern, ja selbst in der Arbeiterkluft, wie sie für Porträts in Kohle posierten; man sah, dass sie missbraucht wurden. Man sah den Mangel. Es zog sie zu Editha, weil sie nichts von Mangel wusste – und so stand sie da, umschart von Menschen, von Bildern, die nicht schön waren, die eine Schönheit anstrebten, die nicht wahr war.

Auch Edithas Bilder waren nicht das, was sie mal waren … ihre Leistung konnte nur nachlassen bei diesen Busfahrten in der Dämmerung, bei der ätzenden Luft, dem Lärm, der einem lange in den Knochen saß, bei der sperrigen Stoßbrigade, deren Überproduktion Editha verwaltete. Es wäre kein Wunder gewesen, wenn sie gar nichts mehr zustande brächte – doch sie schuf doppelt so viel wie vorher. Sie zeichnete nebenbei mit, lief die Runde, sah ihren Schülern über die Schultern, ermunterte und kritisierte; kam sie wieder an ihren Platz, sah sie kurz zum Modell, ihre Hand bewegte sich auf dem Blatt, und schon lief sie weiter, ein lauernder Gang, um den Gegenstand und seine Abbilder von allen Seiten zu erfassen. Was sie wortlos Blatt für Blatt ablegte, trieb ihre Schüler an, umso hoffnungsloser, umso eifriger, weil Editha *einfach machte*. Achtlos verstaute sie die Blätter abends in ihrer Mappe, achtlos lagen sie bei ihr im Atelier herum, doch jede Woche entstanden aus ihnen ganze Grafikreihen, als stünden ihr lauter Gehilfen zur Seite. Aber diesen Bildern fehlte etwas, als ob in der Tat nicht Editha selbst den Stift führte.

Hatte er ihre Arbeit bloß für gut befunden wie das, was in ihrem Garten wuchs? Er hatte sie auf der Eröffnung einer Gruppenausstellung kennengelernt und irgendetwas über Kunst geredet, aber er hatte kein Bild vor Augen, nur, wie sie nach seiner Lesung ein, zwei Wochen später am Tresen stand, er ihren prächtigen Rücken sah und wusste, dass sie seinetwegen gekommen war … aber in ihrer Arbeit musste er etwas gesehen haben.

Entrückung, vielleicht. Ein Aus-der-Zeit-Fallen. War solche Entrückung denn nur ein Schmelz, der stumpf wurde? Oder war sie genau das, was er jetzt an den Bildern bemängelte? Nicht die Bilder entzogen sich dem Betrachter – diesen Figuren, diesen Bauten, dieser Landschaft war etwas entzogen worden. Und festgehalten wurde dies so achtlos, wie Fotos, die man längst ohne Absicht knipst und ins Album klebt ohne zu merken: Das Haus ist verwackelt, die Wiese ausgeblichen, die eine schaut weg und der andere hat bereits seinen Platz verlassen.

Nichts reichte an den Horizont heran, für den sie zwei Striche gebraucht hatte – zwei Tage für zwei Striche. Und er hatte sich darin erkannt gefühlt, im zerrissenen Anfang seines Lächelns, an dem sie ebenfalls tagelang gesessen hatte … Sie hatte gespürt, dass etwas fehlte, sie hatte damit gerungen. Und nun war sie Gott sei Dank längst aus der Krise heraus.

Sein Abbild in Gips stand mitten im Atelier, denn das Denkmal sollte bald gegossen werden. Er sah es eines Tages durch die Tür und erschrak: In der rohen Form erkannte er sich selbst. Leise trat er von hinten heran, als wollte er dem, der da stand, genauso einen Schreck einjagen. Der aber ließ sich nicht stören, staubig und schwindend am Ende seines Weges. Dort gab es nur das Kind, das die Arme ausstreckte, den Rücken durchbog, dem Offizier fast entglitt, so dass er sich unsoldatisch bückte. Darauf hatte Thomas bestanden, kein Säugling, keine Puppe, sondern ein schon halbbewusster Mensch – und Editha hatte etwas daraus gemacht.

Wie schwer es gewesen war, Eli zu halten. Nun war sie noch größer, noch unruhiger, immer entglitt sie seinen Armen, er kam ihr auch gedanklich nicht hinterher. Dass sie so viel schon sprach, überraschte ihn immer wieder, Nonsensmonologe, die er glaubte, verstehen zu müssen. Er war selbst schuld.

»Es liegt an dem blöden Buch, Eli«, sagte er. »Ich schreibe es schnell zu Ende, dann bin ich ganz bei dir.«

Sie antwortete ausführlich; wenn er sie richtig verstand, war alles in Ordnung: sie, er, Editha, das Buch, das Denkmal. Er musste sie nicht tragen, sie lief ihm hinterher, *ein Papakind*, sagte Editha.

Später spähte er wieder durch die Ateliertür: wie Editha sich zu der stolpernden Gipsgestalt beugte, mit welch starken, staubigen Händen.

Alles funktioniert, die Abläufe, das System, woher denn ein Verrücken, Entrücken, Ausrücken? Dennoch ist es da, und zwar massenhaft inzwischen. Das System erzeugt folglich die Leere, es sind die Abläufe, die die Zeit aufheben, das System hebt folglich sich selbst auf.

Die Geschichte findet nicht mehr oder gerade nicht statt, hatte Sebastian gesagt.

Sebastian war nicht auf den Kopf gefallen. Schade nur, dass er die Anzüglichkeiten nicht lassen konnte. *Die strammen Burschen … ein Weib, das Bier trinkt mit den Kerlen.* Thomas erzählte ihm kein Wort mehr von Editha, niemals von ihrem Aufblühen, den Kalbsblicken der Arbeiter, den Aktbildern … es reichte, dass er sich auf Sebastians Frauengespräche einließ, die die allerletzte Geistigkeit vertrieben, als müssten *die Frauen* wirklich jedes höhere Streben zunichte machen, *die Männer* auf den Boden der Tatsachen herunterholen (nach der zweiten Flasche Wein hieß es *in den Dreck ziehen*). So über Frauen zu reden war ihm nicht geheuer. Die Männer machten seit jeher die Frauen zu Objekten, hieß es, um so über sie verfügen zu können. Doch nicht einmal über Objekte verfügt man. Man kann Menschen abbilden, entblößen, in sie eindringen, man kann sie verstauen und wieder hervorholen, verbannen, verschwinden lassen – doch mit welchem Aufwand, wie stümperhaft. Der Laie, der seinen Willen durchsetzt, ist noch lange kein Meister.

Aber auch solche Typen wie Sebastian musste es ja geben. Gescheiterte Intellektuelle, die ihre Verkopfung mit Schlüpfrigkeit kompensieren. Die zersetzen, weil sie nichts aufzubauen vermögen. Ihre eigenen Beziehungen haben sie vermasselt, sie haben es nicht zu mehr Erkenntnissen gebracht als zu abgeschmackten Allerweltsweisheiten. Verbreiten Unruhe, erwecken unangenehme Phantasien, die nichts anderes sind als Phantasielosigkeit, die Bereitschaft eines jeden, der abgedroschenen Zote eher zu trauen als der eigenen verworrenen Erfahrung.

Niemand eignete sich weniger für eine Arbeiterzote als Editha. Die Vorstellung war lachhaft, gerade weil sie allen anderen womöglich längst nahelag. Er, trotz der allseitigen fremden Beanspruchung seiner Frau, glaubte, sie besser zu kennen als das. So richtig zu begreifen, was er an ihr hatte. Hätte er das ahnen können, damals vor drei Jahren?

»Um diese Zeit haben wir uns doch kennengelernt«, sagte er. Sie tranken gerade ihr gemeinsames Gläschen Gotano, Abschluss des Abendrituals, nachdem er Eli schlafen gelegt und Editha abgewaschen hatte.

»Ja, im März vor vier Jahren.«

Vor vier Jahren. Recht hatte sie.

»Auf der Ausstellungseröffnung«, sagte er, aber er konnte sich kaum daran erinnern, nicht einmal, welche Arbeiten sie dort gezeigt hatte. Er hätte sie jetzt fragen können, hätte es ihm nur nicht derart zu schaffen gemacht.

Damals war er ihr gleich aufgefallen: Er stammte nicht aus ihren Kreisen und gab sich keine Mühe, nicht fremd zu wirken. Vom Andrang ans Buffet hielt er sich fern. Sie brachte ihm ein Glas Krimsekt und sagte:

»Trauen Sie sich doch.«

Er zog eine Augenbraue hoch – eine Geste, wie man sie halbbewusst vorm Spiegel übt, das gefiel ihr –, nahm das Glas und stieß mit ihr an. Er hätte sich sehr wohl an die belegten Brote getraut: Bloß kannte er das alles schon.

Ursula stürzte sich auf sie. »Das ist Thomas – ein hoffnungsvoller junger Schriftsteller.«

»Komisch«, sagte Thomas, »ich habe *hoffnungslos* verstanden.«

Und schon wurde Editha von einem Kulturfunktionär entführt, für den sie einen Springbrunnen entwerfen sollte. Sie verlor Thomas aus den Augen. Bis sie gegen Mitternacht vor ihrem bronzenen »Mädchen mit Ball« stand, mit einem Maler aus Minsk, der eifrig auf sie einredete. Sie konnte seinem Russisch nicht folgen, aber nicken. Seit es mit ihr so aufwärts ging, ließ sie sich mitreißen, lächelte und war dankbar und verstand, was zu verstehen war, das war meist auch recht simpel. Dieser Russe jedoch gab sich nicht zufrieden.

Da war Ursula wieder zur Stelle: »Thomas, tu doch mal was für die Völkerverständigung – Thomas kann nämlich perfekt Russisch.« Sie hielt ihn an der Schulter gefasst, drückte noch einmal drauf, um ihn ordentlich anzubringen, und verschwand. Thomas sah die beiden trotzig an, gekränkt, dachte Editha, weil Ursula ihn hatte stehen lassen, oder war er prinzipiell gekränkt. Aber dem Russen hörte er aufmerksam zu.

»Er sagt: Das Mädchen verlässt uns. Sie hat mit uns nichts am Hut. Er sieht sich schon lange diese Menschenbilder an, die in den Parks und auf den Plätzen, auf den Dächern und überall stehen, diesen Verdacht hat er längst und Ihr Mädchen hat ihn bestätigt. Schauen Sie doch, wo sie hinguckt. Nirgendwohin. Aber was sie dort alles sieht. Nichts, was wir uns vorstellen können. Sie scheint in sich zu ruhen. Aber sie sammelt sich nur. Morgen wird sie weg sein. Er selbst malt abstrakt. Deswegen.«

»Das ist doch ein herrliches Bild. Sonst sehen alle immer das Gleiche. Wer sieht denn so was? Etwas, was ich selbst nicht gesehen habe. Aber es ist da. Auf einmal ist alles anders. Sagen Sie ihm, dass mich das sehr rührt.«

Der Russe bekam feuchte Augen, Editha strahlte, Thomas musterte sie. Dann wankte der Russe davon, er war völlig hinüber.

Editha sah auf die Bronzefigur hinunter, beugte sich, um ihrem Blick zu begegnen. »Mädel«, sagte sie, »wo willst du denn hin?« Und lachte begeistert.

Sie sahen sich danach öfters. Ihm rutschten keine Bemerkungen mehr über Hoffnungslosigkeit heraus. Was sie schade fand; er hatte eine recht preußische Offiziershaltung, die hätte man gern mal gebrochen gesehen. Sie mochte zierliche Männer, nichts Monumentales. Und dunkle, düstere. Er schien sich gegen etwas zu versteifen. Sicher war er gebunden.

Als er aus seinem Roman las, ging sie hin, um mehr herauszufinden. Vom Roman bekam sie wenig mit. Seine Lesestimme war tief, wie vor Rührung, aber ganz trocken. Die Diskussion ging vor allem um die deutsch-sowjetische Freundschaft. Er fühlte sich dabei sichtlich unwohl. Nach der Lesung schmiegte sich keine Frau an ihn. Aber Editha nahm er kaum wahr, er wirkte matt und böse, als wäre es eine Zumutung, lesen zu müssen.

Von Frauengeschichten wusste niemand zu erzählen. Irgendetwas mit einer Schauspielerin, doch das war länger her. Homosexuell war er nicht, das spürte sie. Vielleicht doch ein Frauenheld. Keiner, der jedes Mal mit einer anderen Blondine am Arm den großen Auftritt macht, sondern einer, mit dem man sich von der Feier fortstiehlt. Statt sich ein Taxi zu teilen, läuft man stundenlang durch die Nacht nach Hause …

Später, als sie sich zusammen zeigten, sagte eine Freundin, er sehe gefährlich aus.

Editha zuckte mit den Schultern: »Für sich selbst, vielleicht.«

Dann war er auf einmal weg gewesen.

Ob das so weitergeht? Sobald irgendein Bruder T. den Urwald betritt, taucht eine Frau auf. Unbemerkt zunächst – ein Schatten im Dickicht, ein Zittern der Blätter – doch ihre Spur kreuzt seinen Weg, schnurstracks ins Unwegsame. Er lernt, auf das Blätterschimmern zu achten, das leichte Durcheinander, das sie hinterlässt. Ab und zu erblickt er sie, sie schaut nach ihm, einfach so, um festzustellen, dass er nicht mitkommt. Nicht einmal, um ihn dies spüren zu lassen, aber er weiß, wie wenig er hier taugt, wie unfähig er ist, seinen Weg zu finden. Verzweiflung ergreift ihn. Ihretwegen: Sie geht ins Verderben. Sie hat schon Thietmar, nun auch Talimil in die Irre geführt. Wer ist sie denn diesmal? Eine Priesterin des Svantovit, eine heidnische Slawenschwester?

Ich will den Mönch doch nur quälen. Und das verschafft mir offenbar Befriedigung.

Sie schweigt. Aber ihr Dasein wäre nur berechtigt, wenn sie spräche. Provozierte, wühlte, unerwartete Fragen stellte. Kein Bild: ein lebendiger Mensch.

Thomas hätte *sie* gern ein paar Dinge wissen lassen: Deinen Urwald gibt es doch gar nicht. Das liest man zwischen den Zeilen von Margarethes Büchern, wo das Hauptaugenmerk auf den Produktionsprozessen liegt, wo nur trockene Fakten stehen und man deshalb den Wald vor lauter … wo bestimmte Dinge zu selbstverständlich sind, um der besonderen Erwähnung zu bedürfen: Im Mittelalter schon war alles abgeholzt. Seit ich mit Thilo ins Tal blickte, weiß ich das genau. Heinrich III. starb, und die Jagdpfalz wurde aufgegeben. Es wurde gerodet, gebaut, Eisen verhüttet. Nichts blieb vom alten Bannwald. Der Regen zerfurchte die Hänge, floss über Gräben hinab ins Bergwerk, trieb *die bergmännische Kunst* an: Wasserräder, Fahrkünste, Pochwerke. Es stank nach Köhlermeilern und Schmelzhütten.

Immer wieder träumte er von der Gießerei. Nie von Mönchen, Kaisern, nie von der Landschaft, wie er sie beschrieb und nicht kannte.

Einmal schien er an einer Führung teilzunehmen, vor der er sich nicht drücken konnte. Obwohl er allein war. Es ging in einen riesigen Saal, er wollte sich nicht beeindrucken lassen, von dem hohen Raum, der Feuerglut. Was würde Heinrich dazu sagen? Hätte er dies für einen Thronsaal gehalten, einen Dom sogar? Hätte er geglaubt, vor einen mächtigen Sieger zu treten, einen Zauberer, der seine dunklen Kräfte vorführte? Nein, Heinrich wüsste sofort: Dieser Monumentalbau, Mittelpunkt eines jeden Orts, war nur eine Fabrik, wie er sie kannte. Er würde lachen, halluzinierend auf dem Sterbelager, mit seiner Büßer-Weisheit: Je mehr die Kräfte wachsen, desto gemeiner werden die Ziele.

Thomas wollte Heinrichs Häme teilen, aber sie löste sich in Nichts auf. Es war still, und auch der Raum hatte sich aufgelöst, oder Thomas war in einen anderen, älteren Bereich des Werks getreten, hier standen nur Backsteinmauern, bescheiden verziert, durchlässig, sanft in Geröll übergehend.

Was wollte Heinrich büßen, Uwe? Das Schlachten im Osten, damals schon ein endloser Erschöpfungskrieg? Oder hat er vorgesühnt für die nächsten tausend Jahre? Egal: Es ist 1056 u. Z., und Heinrich will sich als Büßer vervollkommnen.

`Heinrich nimmt Bruder Ekkehard - einen Meister der Askese - aus Ilsenburg auf die Jagdburg mit, und Bruder Thilo begleitet ihn.`

`Thilo, der immer von Pilgerschaft träumte, hat Ilsenburg nie verlassen. Ekkehard dagegen wollte nie in die sündhafte Welt ziehen. Den Aufenthalt im Bannwald des Kaisers nimmt er auf sich, doch diese Fleischkammer ist ihm widerwärtig. Der Wald liegt vor ihnen wie ein Bildteppich mit ewig wiederkehrendem Muster: der springende Hirsch,` der wühlende Eber. Der Kaiser kommt blutfleckig von der Jagd, die Kadaver füllen die Kellergewölbe, die Wildschweine drehen am Spieß, aber Heinrich isst nur Brot. Nachts betet er mit Ekkehard und zieht sich aus bis aufs härene Hemd.

Der Verbreiter des Glaubens, der gerechte Weltherrscher, der a u c t o r p a c i s hat dem Volk den Gottesfrieden gebracht. Doch es rumort im Osten. Darüber wollte er sich mit Papst Viktor beraten, hier auf der Burg. Als er plötzlich erkrankte und in seinen Armen starb, achtunddreißigjährig.

Bußkaiser, Uwe, was für ein schönes Wort! Tun sich da nicht Welten auf? Das ist ein *historischer Widerspruch*, will ich sagen – doch das wäre ein Missbrauch des Fachbegriffs, ich sehe meine Schwiegermutter schon böse gucken. Dennoch: Die Widersprüche ziehen mich an.

Wunderbar, Thomas, du weißt, wie wichtig die *zu lösenden Widersprüche* sind.

Ich will aber die nicht zu lösenden Widersprüche.

Thomas stand in der Halle, neben ihm Editha, kaum wiederzuerkennen mit Schutzhelm und -brille, wie sie schrie und gegen den Lärm nicht ankam. Aber die Männer verstanden sie, oder sie wussten, was zu tun war. Sie gossen das Soldatenbild.

Und das war kein Traum, Uwe. Das hätte ich mir nicht träumen lassen. Soll ich doch ins Werk gehen? Doch den großen Betriebsroman schreiben, den man vorher nicht schreiben durfte? Aber ich könnte ihn schon nicht mehr als sozialistischer Autor schreiben, sondern nur noch als mittelalterlicher Mönch, nein, Mensch wollte ich sagen, als einer, dem all das schwarze Kunst ist.

Als die Plastik sich aus der Form schälte, war sie ganz stumpf und dunkel – aber sie sah mir und Eli so ähnlich, und eine

Weile lang war sie noch körperwarm. Und ich dachte: Aus uns haben sie neue sozialistische Menschen gemacht. *Ich* kann alles sein. Deutscher. Russe.

Als die Plastik in Aschersleben eingeweiht wurde und die Russen in die deutsche Kaserne kamen, eine Delegation Offiziere und eine Kapelle und die Offiziersfrauen, erkannte er alles wieder, die Musik, die roten Backen der blutjungen Musiker, nur die Plastik war nun gänzlich fremd, seine Gestalt und Elis, die Oberfläche nun glatt und glänzend. Es stieg ihm in die Kehle, das ironische Wort, an dem er sich festhielt, *der sozialistische Mensch, vor allem ein Mensch, Menschenschicksal, Menschenleben*, er schluckte, und der Schwindel setzte ein. Zum ersten Mal seit Jahren, mit diesen Stimmen im Ohr, dieser Sprache, dem singenden, klingenden Baum im Kasernenhof, was hatte er jahrelang alles geschluckt und es dehnte sich in ihm und er, schmelzend, dehnte sich – nein: Schon war er wieder fest, weich und warm. Es war vorbei. Er war nicht in Ohnmacht gefallen, vor all den Soldaten, hatte sein Augenweiß nicht gezeigt. Es schlug um, er hatte sich in der Hand, in diesem altbekannten Nachglühen.

Was würde Heinrich III. zu dieser Bußveranstaltung sagen? Er würde der sozialistischen Feierlichkeit wenig abgewinnen können. Ihre Askese erschiene ihm kleinlich, ihre heidnische östliche Größe fremd. Die große Kälte des Treptower Ehrenmals, die Kälte, die den Krieg gewann.

Gläser glitzerten in der Sonne, Parkett mit seinem besonderen Geruch: russisches Holz, russischer Firnis. Nach der Einweihung waren sie in die sowjetische Kaserne übergesiedelt, in der Offizierskantine waren lange Tische aufgestellt, Wein- und Wodkaflaschen, Blumensträuße und Fähnchen. Pralinen mit vertrauten Bildchen: Bären, Schwalben, Zuckerbäckertürme mit weihnachtlichem roten Stern. Schon verfiel er dem Ritual, dem Gestus der Gastfreundschaft, der guten Stube, klein und warm.

»Geht es dir gut?«, fragte Editha und griff nach seiner Hand.

»Manchmal – bei so vielen Menschen – wenn die Stimmen

so durcheinandergehen, dreht sich bei mir alles im Kopf – aber es ist eigentlich angenehm.«

Fast wollte er ihr von seinen Schwindelanfällen erzählen. Aber hatte er das nicht längst erzählt, begann er sich zu wiederholen? Es fiel ihm auf, dass sein Tischnachbar auch ratlos dasaß, der hagere russische Oberst, der während der ganzen Zeremonie streng, fast böse dreingeschaut hatte, nun aber den Blick über die langen Tische gleiten ließ und schüchtern lächelte.

Auf jedem Teller lag eine Souvenirpostkarte des Denkmals, das nun endgültig aussah wie jedes andere, und allen so gefiel. Der Oberst betrachtete die Postkarte eingehend. Genauso wie Lew Lwowitsch: Er hatte Feiern geliebt, ließ sich gern einlullen vom Brausen des Gesprächs, noch lieber raffte er sich zum Anstoßen auf, aber selbst war er außerstande, ins Gespräch zu kommen, und beschäftigte sich klaglos mit dem Essen und der Tischdekoration. Und dieser hier sprach wohl kein Deutsch. Also drehte er die Postkarte hin und her.

Eto ja, sagte Thomas. Das bin ich.

Er hatte Editha gebeten, seine Geschichte nicht zu erwähnen, *um mich nicht in den Vordergrund zu stellen*, bei seinem ersten Buch sei er auch so vorgegangen. Aber während ihrer kleinen Rede hatte sie ihn immerzu angeschaut, als sie von dem Soldaten und dem Kind sprach.

Der Oberst musterte ihn so mild und verlegen wie vorhin die Postkarte und sagte, ja, ihm sei schon aufgefallen, dass das kein russischer Mensch sei, er verbesserte sich, dass das Kind Thomas sehr ähnlich sehe, und es sei wohl die Kleine, die gerade unter dem Tisch verschwunden war.

Ja und nein, er habe mit ihr Modell gestanden, aber er meine etwas anderes …

Der Oberst spürte seine Aufregung und fiel ihm ins Wort, er sah, dass Thomas etwas Wichtiges mitteilen wollte, was ihm vielleicht nicht gelingen würde, aber er verstand und wollte ihm helfen: *Aber Ihre Tochter wird, Gott bewahre, niemals dieses Kind sein. Denn einen solchen Krieg wird es niemals wieder geben.*

Thomas unterhielt sich den ganzen Nachmittag mit dem Oberst, hinterher konnte er sich nur erinnern, dass er Russisch sprach, als hätte er nie etwas anderes gesprochen, zwischendurch hatte er für Editha übersetzt, von dem Slawenaufstandsdenkmal erzählt, und später, sie hatten schon sehr viel getrunken, fragte der Oberst immer wieder, *Warum gibt es Krieg?*, empört und beharrlich. Thomas gab sich ganz und gar der Illusion hin, so einer könnte, dürfte sein Vater sein. Mit allem, was das bedeutete, das hieß: eines Tages *ihn* zu beschützen und zu trösten. Der Oberst wunderte sich nicht, warum Thomas fließend Russisch konnte. Hatte Thomas denn alles erzählt? Oder hatte er nur das Puschkin-Gedicht aufgesagt, das er noch auswendig konnte:

Mein Freund, es ist so weit! Das Herz verlangt nach Ruh' –
Die Tage fliehen vorbei, und jede Stunde raubt
ein Stückchen Existenz. Und du und ich, zu zweit,
wir planen uns ein Leben – und plötzlich sterben wir.

Auf Erden ist kein Glück, doch Freiheit gibt's, und Frieden.
Längst schon träumt mir ein beneidenswertes Los.
Längst schon, müder Sklav', ersinne ich die Flucht
in eine ferne Klosterzelle, die reine Freude Arbeitszucht.

Thomas schlief den Rausch aus. Und wachte im Gefühl des Durchbruchs auf. Alles Unvereinbare versöhnt, alle Widersprüche gelöst, er selbst befreit – egal, wodurch, ob Wahrhaftigkeit oder Kitsch, Puschkin oder die Blaskapelle. Eine Zellteilung war vollzogen, Gebilde schwebten auseinander, jedes für sich heil und geschlossen. Geschlossen das Bild der Russenkaserne, des Offiziers, des Kindes. Des Russen, des Deutschen. Geschlossen längst das Bild der Frau. Erinnerung abgelöst. Erinnern als Vergessen: altbewährte Technik. Der Technik trauen. Alles nur Bilder. Wer, wenn nicht er, dürfte mit ihnen spielen? Wer, wenn nicht er, dürfte sie, sich selbst, ja alle … *erlösen*, dachte er, gerade weil das ein unzulässiges Wort war.

(So gefährlich ist Zynismus. Weil er irgendwann in *so was* umschlägt.)

In diesem Sommer soll mein Kind endlich das Meer sehen! Drei Wochen waren sie auf Rügen, am Nordstrand. Die Ruhe haben wir uns aber reichlich verdient!, sagte Editha. Thomas aber wollte nur noch arbeiten, nicht nach Schicht und nicht nach Plan, so exzessiv, dass es jedes System sprengte, dass man einsehen musste, welch stümperhafte Vorstellung vom Müh und Streben der ganzen Schwemme von Arbeiterliteratur zugrunde lag. Er lag am Strand und sah noch, wie durchs umgedrehte Fernglas, den Brocken und die kleinen Städte und Menschen an den Waldhängen, schön sah das aus, abgeschlossen, eine Welt für sich, und auch die Außenwelt, das hatte er vergessen, war groß und schön, Schiffe zogen vorüber. Er war eingetaucht wie in einen Stollen – irgendwo würde er schon auftauchen, in einem ganz anderen Land … und man würde ihn bejubeln, die Zeiten hätten sich geändert, man hätte nur darauf gewartet, dass endlich einer diese Grenze überwand, die man zu errichten niemals die Absicht gehabt hatte … Er sah einen Sektempfang in einem veränderten Berlin, Erich Honecker würde ihm die Hand geben müssen, oder Honecker wäre bereits gegangen, noch leiser als sein Vorgänger, aber Angela Davis wäre da, und Thomas würde all die Länder bereisen, überall wären die alten Onkels abgetreten, übrig wäre nur junges Volk geblieben, lässiges, zeltendes, sich fläzendes Volk…

Wenn er die Augen aufmachte, sah er nur seinen und Edithas nackten Körper und die ausgeblichenen Äste, die sie vor dem Wind schützten, und zwischen den Ästen das Meer, den langen Bogen der Ostseeküste, den Finnischen Meerbusen und den Hafen von Leningrad, und hinter ihm sprach Eli in ihrer eigenen Sprache vor sich hin.

Auch die Ostsee war einmal Wald gewesen. Während der Eiszeiten ein Wechsel von Waldung und Gletscherzungen. Die letzte, drückende Eisschicht zog sich vor 10.000 Jahren zurück, hinterließ ein Gewässer, einen Meeresgrund, der sich immer weiter hebt, seit die Last des Eises schwand. Und jeder Sturm wühlt Bernstein aus dem Grund, Harz eines Waldes im Obereozän, vor 35 Millionen Jahren.

Ein Argument gegen den Urlaub war die Heimkehr. Bei der Ausweiskontrolle begannen seine Hände zu zittern. Ich habe auf meinem Posten geschlafen, dachte er, als der Grenzer ihn endlich durchwinkte, man darf den Aufwand nicht unterschätzen, mit dem man die eigenen Schutzmaßnahmen aufrechterhält.

Um auch nur ins Haus des Buches zu gehen, zweimal in der Woche, und den Russischzirkel zu leiten. Man fragte dauernd nach dem Roman, nicht mehr mit der Neugier, die er damals nicht zu schätzen gewusst hatte, es war, so schien ihm, ein neidisches Sticheln. Sie hatten schon immer geahnt: Er hielt sich für etwas Besseres, und war damit schon ein Gescheiterter. Der helle Leseraum hatte etwas Vorwurfsvolles, er hatte sich damals unsäglich gelangweilt, und das stand ihm ins Gesicht geschrieben. Einige Zirkelmitglieder beschwerten sich, dass er die Unterrichtsthemen (Unterschiedliche Sportarten ... Mitarbeit in Massenorganisationen ... Ein Dorf in unserer Republik ...) nicht mit Überzeugung zu vermitteln verstand, und blieben weg. Aber Frau Wiese war offen und kollegial, seit er ihr nicht mehr jeden Tag im Weg herumsaß. Er nahm seinen Mut zusammen und beantragte eine Verlängerung seines Stipendiums.

Es wurde Herbst und Winter und »Erzähl doch mal von Berlin!« bat Sebastian immer öfter. Ob er den gekannt habe, oder die, ob sie im echten Leben so seien wie sie schrieben, so radikal, so listig, oder doch so menschlich. Wie denn die Verlagsmaschinerie von innen aussehe, die Gutachter, die Lektoren, die alles glätten und anpassen würden, auch und gerade *die Szene*, nicht wahr. Und wie sah denn nun diese *Szene* aus, wo lagen da die Grenzen, das könne wohl nur einer erzählen, der dabei gewesen sei.

Thomas machte es sich auf dem Kanapee bequem, wo er am Nacken die Ofenhitze spürte und im Gesicht den leichten Luftzug von der Ladentür. Es rüttelte beim leisesten Wind, draußen war etwas Ungeduldiges, das immer gegen die Tür stieß, bis es nicht mehr unruhig, sondern ruhig stimmte: Es blieb und blieb draußen.

»Ja, Berlin, was soll man zu Berlin sagen.« Er sah nur eine weiße Fläche. Umrisse. »Ja, mein Gott, *die Szene*, was ist das eigentlich, irgendwelche Hinterhof-Feten, Cliquen, viel heiße Luft, viel Alkohol, war ich da überhaupt involviert ...«

Sebastian sah ihn vorwurfsvoll an. Wie arrogant Thomas klang, so richtig berlinerisch.

»Gut, die Szene gibt es schon. Dorther kenne ich meinen Lektor, Uwe. Also: Infiltriert der Betrieb die Szene? Ich weiß nur: Er hat es nicht einfach. Und er ist mein Freund.« Sebastian nickte besänftigend. »Ich habe ihn am Lagerfeuer kennengelernt. Auf einem alten Fabrikgelände, eine Weile lang wurde dort abends immer gefeiert.« Das sagte er und empfand nichts dabei. Nur, dass es ein schönes Bild war.

Es ging also doch. Aus diesem Abstand von achthundert, neunhundert Jahren konnte er wieder an Berlin denken. Erzählen, dass selbst Sebastian den Hut ziehen musste. Von den wilden Zeiten, schrägen Vögeln, seinetwegen auch von Frauen, von der Schauspielerin, die ihn jahrelang an der Nase herumführte, ja, später könne man lachen darüber ... Ein Reigen, Gestalten, die ineinander verflossen, rehäugig, langhaarig, langgliedrig, die Schauspielerin, immer im Aufbruch, wenn er gerade irgendwo ankam. Auch im Grunde ein schönes Bild.

Sebastian sog alles in sich auf. So aufmerksam guckte auch Eli bereits, Thomas konnte ihr alles Mögliche erzählen, sie verstaute es irgendwo, und wenn sie richtig zu sprechen anfinge, würde er sehen, was sie daraus gemacht hatte. Dabei war es unheimlich, was schon ein erwachsener Mann aus seinen Geschichten machte. Sebastian grübelte nach, um Thomas beim nächsten Mal mit Fragen zu überschütten, ob diese geheiratet, jene sich getrennt hatten, ob die Talente belohnt und die Bösewichte enttarnt wurden. Zuckte Thomas ratlos mit den Schultern, so wurde Sebastian verdrießlich, als hätte *er* eine ganz genaue Vorstellung.

Thomas sah Sebastians Frauengeschichten nun mit anderen Augen. Sicher war Sebastian ein gut aussehender Mann. Aber solche Geschichten waren immer Märchen. Gerade Sebastians. Als sei hier am Fuße des Brockens ein reines Hexenlager,

Sebastian von Frauen umschwirrt wie der Leibhaftige. Manchmal geriet er in einen derartigen Strudel, dass Thomas sich fragte, ob nicht diese Windsbräute überhaupt nur Einbildung seien. Am Ende saß Sebastian immer nur allein zwischen Büchern, man hätte ihm die Hand reichen müssen – aber Thomas war es leid.

Er erzählte von den Feten der Szene und den Ausstellungen der Szene und den Kneipen der Szene, bis er sich unter dem Wort nichts mehr vorstellen konnte – er sah nur die Mietskasernen mit ihren Restgesichtern, einzelne Giebel und halbe Balkone. Straßenfluchten, so gerade und dabei so weich und brüchig, so still, als hätte nichts überlebt, doch das Bröckeln und Rieseln war das Zeichen, dass sich etwas darunter regte. Sein erstes Bild von Berlin: ein Dschungel voller Papageien. Zoologischer Garten. Da war er fünf gewesen und wollte dorthin nach Hause. Er kam schließlich hin, ins Heim.

»Da habe ich zwanzig Jahre lang versucht, die Stadt zu erobern. Angefangen mit den Trümmerbergen. Aber auf einmal merkst du: Was du da suchst, ist nicht zu finden. Und wo gehst du dann hin?« Sebastian riss den Mund auf. »Ja, es gibt noch ein zweites Berlin. Aber es wäre nur wieder dasselbe. Man kann dann nur noch aufs Dorf ziehen. Am besten, man bleibt gleich dort, wo man ist! Denk gar nicht erst daran, nach Berlin zu gehen!«

Sebastian schaute skeptisch und vorwurfsvoll, als wollte er sagen, dass Thomas nur in den Zug steigen musste, um abends schon in der Volksbühne zu sitzen mit all den bekannten Gesichtern und am nächsten Tag, warum nicht, im Tiergarten zu spazieren, wer wusste schon, was er für einer war. Als sei sein Aufenthalt hier eine kosmopolitische Laune. Angenehm, die Vorstellung, dass es darum gehen könnte. Um den Siegeszug aus dem Exil geradewegs in die Akademie der Künste. Sektempfänge, Intrigen, Devisen, Auftritte im Westen.

Als er zu seiner Frau und seiner Tochter zurückkehrte, lächelte er über diese Hirngespinste. Das war nur der Stachel, den er brauchte, weil er es sonst viel zu gut hatte.

»Du, Thomas, wir können auch gern mal nach Berlin fahren, du hast noch so viele Freunde da, es wäre alles kein Problem, du könntest dich mit Uwe treffen, ich würde ein paar Ausstellungen besuchen.«

»Um Gottes willen, mir fehlt das alles gar nicht, Uwe und ich schreiben uns dreimal die Woche, wir hatten uns noch nie so viel zu sagen, was da als Kultur durchgeht, darauf kann ich verzichten und auf die intellektuellen Schnapsnasen auch, außerdem habe ich keine Zeit für so was.«

So nahm Editha an, dass Thomas inzwischen hier angekommen war. Es war schwer zu sagen. Im Zug, als sie das erste Mal in den Harz fuhren, hatte er ganz still, mit wachsamem Blick gesessen – und schien immer noch so zu verharren. Vielleicht war das der Blick der Waise. Daran hätte sie denken müssen beim Kriegsdenkmal. Man hätte dem Kind ansehen müssen, dass es nicht heil davongekommen war. In eine heile Welt. Aber für das Kind hatte Eli gesessen ... gezappelt ... und wenn sie Eli so sah und sich vorstellte: Trümmerhaufen, Trommelfeuer, Scharfschützen in ausgebrannten Dachstühlen, da dachte sie nur: Das Kind lebt! Lebt! So, um ehrlich zu sein, war es doch eher das geworden, was sie an der Kunstschule gelangweilt hatte: Kind als Menschheit und nicht als Mensch. Man muss wohl den Krieg bewusst erlebt haben, hatte sie beim Studium gedacht, damit solch banale Kindesdarstellungen einen derart bewegen. Aber man musste nur Mutter werden.

Letztendlich hatte sie schlicht keine Zeit gehabt; *die* Arbeit des Jahres hatte sie zwischen Tür und Angel erledigt. Es war so vieles dazwischengekommen. Aber auf die Brigade hätte sie nicht verzichten wollen. Sie konnte es sich nicht mehr vorstellen, immer nur in ihrem Atelier zu arbeiten, im eigenen Haus zu sitzen, *was für ein Luxus* zu denken, allein am Fenster, wenn draußen ihr Mann mit dem Kind an der Hand ging oder ihre Stimmen oben in Elis Zimmer klangen oder Editha mit simpler Sprache und großen Gesten sich mit dem Kind in der Küche unterhielt und ihr Mann in seinem Arbeitszimmer hin- und herlief, dass die Dielen knarrten.

Was er für Strecken zurücklegte. Als schraubte sich sein Weg weit hinauf – oder hinab, sie konnte das Geräusch immer schlechter verorten. Sie konnte nicht einmal sicher erkennen, ob das *seine* Schritte waren, hinter der Wand und unendlich weit weg. Eine lange Pause, dann wieder Schritte, nun müde und widerwillig, er kam zurück, *das* erkannte sie, bald käme er nach unten, aber er wäre noch lange nicht ansprechbar. Inzwischen lauschte sie nach dem Klang dieses Rückwegs – kürzer als der Hinweg, doch scheinbar unangenehmer –, denn sie wollte nicht bei ihm anklopfen, nicht einmal nach ihm rufen, bis sie wusste, dass er zurück war. Ihr war, als könnte sie sonst die Tür öffnen und er wäre nicht da und käme niemals wieder … Ja: Es machte sie wahnsinnig, immer hier im Haus zu sitzen! Sie hörte die Schritte, selbst wenn er nicht da war.

Es täte wohl auch ihm gut, unter Menschen zu sein, nicht nur beim verschrobenen Antiquar zu hocken. Worte wie *Brigade* oder *Kollektiv* mochte er belächeln, aber es ging doch nur darum, mit anderen Menschen zusammen etwas auf die Beine zu stellen. Er traute sich einfach nicht, hatte sich noch nie getraut. Die lächerlichen Bibliotheksintrigen, die traurige Geschichte mit Frau Barthel, und schon verkroch er sich wieder. Aber die Zeiten, wo man den verschrobenen Einsiedler spielen konnte, waren vorbei. Das wusste er doch. Und dass alles auch auf sie zurückfiel.

Freilich wollte sie nicht die Art von Frau sein, die immer besser weiß, was für ihren Mann gut ist. Aber vormachen konnte sie's ihm. Man kann hier doch ganz normal leben! Das sind ja auch alles nur Menschen! Man hätte sich einiges anders wünschen können. Aber sie zumindest lebte freiwillig hier. Man stellt sich dem Leben, wie es ist, oder man stellt sich eben nicht … Man muss nur an sich glauben – und an den anderen. Die Gießerei hatte sich geöffnet. Menschlich, sozusagen. Sie hatte nie daran gezweifelt. Wenn man selbst nur menschlich auftrat, unbeirrt, ja, optimistisch – das war eine Geheimwaffe, die sogar bei den Grenzern wirkte. Sie hatten selbst nur eine pubertäre Angst, die man ihnen nehmen musste … jedenfalls hatte Editha sogar schon mal ihren Ausweis vergessen, er steckte in der anderen Jacke, und sie hatten sie durchgelassen. Die Grenzer kannten sie natürlich, sie kannten jeden und mussten trotzdem kontrollieren – Editha war selbst überzeugt, dass es *nicht so schlimm* war, lustig eigentlich, und das war es dann auch, durchgezwinkert wurde sie. »Versuch's lieber nicht selbst!«, sagte sie Thomas. »Ich habe Glück gehabt. Aber lächeln, Augenkontakt, sich Namen merken … das bringt doch was.«

Ungläubig sah er aus. Oder doch nur, als verstünde er davon nichts. Als spräche sie aus Erfahrung von Hunden oder Pferden.

Selten war er mit im Betrieb gewesen, hatte sich abseits gehalten, als handele es sich hier um Fremde mit fremder Sprache. Die schreibenden Mädels ließ er geradezu abblitzen. Er erwähnte die Gießerei nie, dabei fragten die Leute dort dauernd nach ihm. Er war völlig – befremdet? Überfordert? Wovon denn? Von der Erkenntnis, wo die Maschinenteile herkamen? Aus wessen dreckigen Händen? Es reizte sie. Also sprach sie abends vom Betrieb, als wäre nichts dabei. Es war auch nichts dabei! Und er hörte zu. Mit wachem Blick, abwartend.

So erzählte sie mehr, als sie wollte, als im März ein Spion im Betrieb vermutet wurde. Schleierhaft, was der Mann erreichen wollte. *Betriebsgeheimnisse. Sabotage.* Es hatte angeblich Indizien gegeben, seltsame Schäden, unerklärliche Ausfälle. Auch nur das Gefühl, bei der Arbeit beobachtet zu werden. Der Zeichenzirkel musste – *vorübergehend, bis sich die Lage beruhigt* – das Skizzieren in der Werkhalle unterlassen, denn das, so hieß es, würde die Kollegen nervös machen. So durften sie nun, was ihnen sonst nicht gegönnt war, Phantasiebilder malen. Sogar Abstraktes. Was für ein Glücksfall! Eine Farbexplosion, Sommerlandschaften, phantastische Tiere, Hexen und Geister. Derweil man ihr bisheriges Werk sichtete und einige Bilder beschlagnahmte. Ein einziges Rätseln: Hatten sie zu viel gezeigt? Was war zu viel? Welche jeden Tag gesehenen Gegenstände, Handgriffe?

»Das gefällt dir!«, sagte sie.

»Ja«, gab er zu. »Das gefällt mir.«

Da entdeckte sie zufällig, was er für Bücher in seinem Zimmer hortete: Umriss der Eisenverhüttung im Harz, Entwicklung des Montanwesens, 1000 Jahre Köhlerei im Bodfeld …

Da war Margarethes halbe Bibliothek ausgewandert. Das ganze Ausmaß war ihr nicht klar gewesen.

»*Du* bist der Wirtschaftsspion!«

Er errötete ängstlich und stolz.

»Und meine eigene Mutter spielt dir alles zu!«

Margarethe spielte natürlich längst nicht mehr mit. Gott sei Dank hatte sie die Abhandlungen zum Bergbau noch rechtzeitig rausgerückt. Gott sei Dank verbargen diese die hintere Bücherreihe, Sebastians Goldschnittgrube.

Auch Editha hatte ihre Betriebsgeheimnisse. Eine kleine Tonschale in ihrem Atelier, auf die Thomas bei der Suche nach einem Bleistift stieß, voller himmelblauer, glasig-gischtiger Brocken.

»Na! Schenkt dir dein Liebhaber Türkis?«

»Das? Ach, das ist mittelalterliche Eisenschlacke. Hat mir einer aus der Brigade geschenkt.« Schön hatte das ausgesehen auf der schwarzen Handfläche. »Das Bodetal ist voll davon. Man braucht nur zu buddeln.«

Mönchroman - Entwurf
Stand April 1976

1249 u.Z.: Bruder Tankward reist vom Kloster Ilsenburg nach Walkenried, wo die Zisterzienser gerade ihre Blütezeit erleben. Durch ihre Rückbesinnung auf Fleiß und gemeinschaftlich verrichtete Arbeit konnten sie das Brachland schnell urbar machen; sie betreiben Ackerbau und Viehzucht und errichten immer stattlichere Kapellen und Klosterbauten. Legendär sind ihre Fischteiche, 365 an der Zahl. Nun wollen auch sie die reichen Bodenschätze des Harzes ausbeuten und treten in Verhandlungen mit dem im Montanwesen vorherrschenden Kloster Ilsenburg. Tankward soll den Verkauf einer stillgelegten Silbergrube - ein "alter Mann" - an die Zisterzienser abwickeln. Als er in der Elendsburg Rast macht, trifft er auf einen sogenannten "Venediger" - einer jener Fremden aus dem Welschland, die hier als Zauberer gelten. Tankward überwindet seine abergläubische Furcht und kommt mit dem Mann ins Gespräch. Er sei den Einheimischen durchaus wohlgesonnen, habe sogar in jungen Jahren an Friedrich Barbarossas Kreuzzug teilgenommen. Nun sei leider Zwietracht unter die Völker gekommen.

Als Belohnung für Tankwards Vertrauen berichtet der Venediger, im "alten Mann" liege noch ein reiches Silbervorkommen, welches die Walkenrieder mit einer nur ihnen bekannten Technik befördern wollten. Er will Tankward die versteckte Ader zeigen. Der Venediger schlägt nicht den üblichen Weg zur Grube ein: Er folgt einem Bächlein zurück zu einer Felsenwand. Im feuchten Stein steht das eingeritzte Zeichen eines Fisches ...

Genau *darum* geht es mir, schrieb Thomas, da Uwe nun doch zu fragen begann, wie alles zusammenhinge und worum es hier eigentlich gehe. Darum, dass es keinen Zusammenhang gibt. Nicht den, den man gern gesehen hätte. Ich arbeite doch mit System! Denn jedes System hebt sich auf. Darum geht es. Man muss es nur auf die Spitze treiben. Weiß gegen Schwarz spielen. Bis weiß schwarz und schwarz weiß wird. Aus Askese Reichtum, aus Reichtum Mangel. Wie leicht doch alles aufzulösen geht. Ein Bild in tausend Bilder. Wir leben im Überfluss, auch wenn man's nicht sehen, auch wenn man's verbieten will. Kein einzelnes Bild gelingt uns mehr, kein zusammenhängendes, kein Fließband bewältigt diesen Überfluss und verpackt diesen Stoff, von dem keiner so genau wissen will, woraus er besteht. Wenigstens weiß ich das!

Du schreibst also einen experimentellen Roman.

Nein. Was heißt das? Ich suche. Was ich suche, verrät mich. Verrät, was mir fehlt. Also: was ich nicht bin. Also: was ich bin. Siehst du, ich will zum Beispiel wissen, woher das kommt, was wir Arbeit nennen, *labora*, weil ich nicht weiß, wie das ist, etwas zu schaffen. Denn was bin ich: überfeinert, geistreich, spitzfindig und hinterhältig. Ich will wissen, was der Wald war, der doch niemandem gehört, den Faschisten nicht, uns doch nicht … ich will wissen, was ist das hier. Denn was bin ich …

Er warf den Brief in den Ofen.

Warum soll ich nicht mit dem Stoff spielen? Der Stoff ist herrlich und die Menschen hier wissen nichts damit anzufangen. Da muss erst ein Fremder kommen. Weißt du: Im Mittelalter kamen Italiener in den Harz. Was kannten die Leute hier? Feudalismus, Pest, Silber und Eisen. Aber in Venedig war schon Renaissance. Mit ihrer Stofflehre kamen also diese *Venediger* und schürften, und wo sie fündig wurden, ritzten sie *Walenzeichen* in den Stein. Sie suchten Mangan und Kobalt für die Glasherstellung. Die Hiesigen, arme, einfache Menschen, verstanden nicht, was das für Schätze sein sollten, sie verstanden nur Gold und Silber. Unmengen an Gold und Silber unter ihren Füßen, die nur diese Fremden zu finden wussten – Zauberer, vor denen sich die Felsen öffneten, die kamen und gingen, kamen und gingen. Seit zwei Jahren schon liegen diese Bergmannssagen bei mir. Die hat Margarethe herausgegeben – im VEB Deutscher Verlag für Grundstoffindustrie, da verging mir gleich die Lust. Jetzt aber! Und es ist, als müsste ich nicht mehr selbst graben, als stieße ich auf alte Gänge und könnte immer weiterlaufen, unter allen Bergen. Lies nur mal diese Sage:

Die Reise nach Venedig

Im Bodetal am Brocken sah ein Mann, der in der Nähe wohnte, wie ein Venediger an einer Quelle ein Sieb unter das Wasser hielt und dann Perlen aus dem Sieb in einen Ranzen tat. Dabei fielen mehrere Perlen auf die Erde, ohne dass der Venediger sie beachtete. Der fremde Mann wusch sich dann die Hände und sprach dabei: »Im Bodetal, da wasch' ich mich, und in Venedig, da trockne ich mich.« Danach verschwand der Fremde.

Der Harzer las die verschütteten Perlen auf und sagte dann auch den Spruch, den er von dem Fremden gehört hatte. Kaum war dies aber geschehen, da sah sich der Harzer in einer fremden Stadt, die von vielen Wasserstraßen durchzogen war und in der er sich nicht zurechtfinden konnte. Als er nun nicht wusste, wohin er sich wenden sollte, stand vor ihm ein Mann und fragte ihn, wie es denn zugehe, dass er hierhergekommen sei. Weiter fragte er, ob er ihn denn nicht erkenne. Schließlich sagte er, dass er der Venediger sei, den der Harzer im Bodetal getroffen und belauscht habe.

Der Venediger nahm den Harzer mit in seine Wohnung und wies ihm ein Nachtlager an. Am anderen Morgen musste der Harzer sagen: »In Venedig, da wasch' ich mich, und im Bodetal, da trockne ich mich!« Als er dies gesagt hatte, befand er sich wieder im Bodetal.

Freudig eilte der Harzer nach Hause. Dort aber erfuhr er zu seinem Schreck, dass er nicht nur eine Nacht, sondern viele Jahre von seiner Heimat fort gewesen war.

Du musst nicht spielen, schrieb Uwe. Man kann jetzt Tacheles reden. Man kann jetzt viel weitergehen, ich sag es dir.

Je deutlicher er den Weg gewahrte, desto handfester wurden auch die Hindernisse. Er sah alles von oben, bis zum immer weiteren Horizont – der Rhein, die Alpen, Rom, Venedig –, und zugleich nur den Pfad vor seinen Füßen, immer schmaler und beschwerlicher. Die Landschaft verdichtete sich, indem er sie beschrieb. Widerstand, der bewies, dass er der Sache näher kam. Nichts spürte er so deutlich wie die langsamen Schritte, mit denen er schließlich zum Stehen kam. Erst im Stillstehen sah, hörte, roch er: den nassen Grund, in den die Füße sanken; oder eine Mulde voller Brennnesseln; oder das Geröll, hausgroße Brocken, unter denen ein Fluss verschwand.

Eines Morgens Anfang Mai wurde Frau Barthel festgenommen, als sie versuchte, die Bahngleise nördlich von Sorge zu überqueren und in den Sperrstreifen zu gelangen. Man hielt sie zwei Tage fest, was im Dorf für erhebliche Unruhe sorgte. Würde man sie gleich in ein Heim einweisen? *Das bringt sie doch um.* Schlimmer noch: Man hielt ihre Krankheit für simuliert, als ob sie etwas im Schilde führte. Hatte sie doch behauptet, nach Wietfeld zu wollen. Aber das war ja absurd! Da hätten schon die Grenzer merken müssen, dass die Frau dement war, hätten sie nur zurück ins Dorf fahren müssen. Heckmann machte sich Vorwürfe, dass er sie nicht persönlich abgefangen hatte, zumindest hätte er bei den einschlägigen Stellen eindringlicher auf ihren Zustand hinweisen müssen … aber er hätte sich nicht denken können, dass es zu einem derartigen Missverständnis kommen würde.

Wenn er von einem Missverständnis sprach, schwiegen andere mit trotzigem Blick. Ein Verdacht griff um sich: Man wollte an Frau Barthel ein Exempel statuieren. Anders war die absurde Aktion nicht zu erklären, denn als eine Botschaft an das Dorf. Das hatten die Sorger nicht verdient – bei dem, was sie sonst mitmachten.

Scheinbar kommunizierte sich dieser Unmut: Heckmann und der Bürgermeister vermittelten mit Erfolg, Frau Barthel kam nach Hause, es gab kein Nachspiel. Von offizieller Seite aus tat man, als ob nichts gewesen wäre.

Thomas staunte, sie wiederzusehen, als er sie mit einer Nachbarin vorm Konsum traf. Als hätte sie es hinüberschaffen müssen – bewegte sie sich doch auf ganz anderen Wegen. Aber nicht einmal ihr war es gelungen. Wie sah sie ihn bloß an? Als kannte sie ihn gar nicht. Als hätte man das so vereinbart, für den Fall der Fälle. *Der? Der hatte mit der Sache doch nichts zu tun.* Damit war sie alleingelassen und ihr Blick schien ihn zu bestrafen.

Ja, das Spazieren *beunruhigt sie zu sehr*, stellte man bedauernd fest. Sobald sie an die Luft trat, lebte sie auf, mit erstaunlicher Kraft zerrte sie ihn Richtung Bahngleis. Es war ernst geworden mit der Fürsorge, man teilte sich so ein, dass sie nie allein war. In ihrer guten Stube zu sitzen, mit ihr Karten zu spielen (das konnte sie so gut wie immer), während sie immer wieder aufsprang, drei-, viermal hektisch im Zimmer umherging, um schließlich nach ihrem Mantel zu greifen, das hätte Thomas nicht ausgehalten. Und niemand hätte es von ihm erwartet.

Es war warm geworden und alles duftete. Alles rückte näher, was man roch, und man roch auf einmal meilenweit. Man roch Wietfeld, man roch Rom. Als könne man morgen früh aufbrechen, und mittags wäre man da.

»Wietfeld!«, rief Margarethe. »Was wollte sie in Wietfeld?«

»Eis essen, wahrscheinlich«, sagte Thomas.

»Hat sie das erzählt? Was hat sie denn erzählt?«

»Das es dort eine Meierei gab«, sagte er widerwillig, »man konnte Eis essen auf der Wiese, das war so eine Ausflugsgaststätte, als sie klein war.«

»Als sie klein war.« Margarethe hielt inne, so erregt, als wäre Frau Barthel immer noch auf freiem Fuß, und nur Margarethe könnte ihr noch auf die Spur kommen; sie hatte aufrichtig Angst um Frau Barthel, Angst, sie könnte es geschafft haben, auf einem unbekannten Weg.

`Unterirdisch liegen die Grenzen anders, sagte der Venediger.`

»Bleiben wir doch hier«, sagte Thomas, als wieder von der Ostsee die Rede war, »ich komme gerade endlich weiter.«

»Das hast du letztes Jahr auch gesagt!«

Ein Jahr war das schon her …

Auch Editha erschrak darüber, auch ihr hatte damals am Strand etwas vorgeschwebt, so greifbar, sie hatte seitdem alles Mögliche geschafft, bloß *das* nicht. Eli ging schon halbtags in die Kinderkrippe, es war sonst nicht machbar alles, aber sie fremdelte, sogar zu Hause, in sich gekehrt und überwach. Das Hin und Her machte ihr zu schaffen. Es war besser, jetzt auf Reisen zu verzichten. So ließ Editha sich überzeugen.

Ein Sommer für Arbeit und Erholung. Das Projekt *Familienausflug* wieder in Angriff nehmen. Heimatkunde. Thomas überließ ihr die Planung und machte alles mit. Alles war Stoff für ihn.

Ja, bei den wildesten Abenteuern, in die Editha sie stürzte, im Halberstädter Dom, als sie abends eingeschlossen wurden, auf dem Hohnekamm in Regenböen, dachte er an seinen Schreibtisch und blieb ruhig. Selbst wenn sie immer öfter den falschen Weg im Wald einschlug, und, fing man sie ab, im großen Stil die strohdumme Blondine gab, um sich hinterher vor Lachen zu schütteln, mit Wachposten und Kontrolleuren frech wurde und jedes Mal ungeschoren davonkam. Thomas verstand sie. Man will der Macht einmal ins Gesicht sehen – und sieht doch nichts als diese pickligen Milchgesichter. Er nahm sich schon vor, den Soldaten *menschlich zu begegnen.* Sie hatten schließlich das Wissen, das ihm fehlte. Sie, von ihren Türmen aus, hatten den Überblick. Dabei glaubten sie sicherlich, gar nicht durchzublicken. Egal, er konnte sie nicht fragen. Vor ihnen war er gelähmt, voller Mitgefühl und Abscheu. Ein Soldat ist eine scharfe Mine, all der Druck einer unausgegorenen Seele, gezäumt und gelenkt. Davon wusste Editha nichts. Wenn sie sich aufspielte, wurde Thomas zum hilflosen Zuschauer. Aber immer löste sich alles in Wohlgefallen auf, und er sagte nichts, um keinen Schrecken zu zeigen, um den lächerlichen Schrecken vergessen zu können.

Nach diesen Familienausflügen hatte er Muskelkater, saß in seinem Zimmer und genoss die Ruhe.

»So still!«, sagte sie. »Ich ahne es – gleich schlägt er zu, der Saboteur! Gleich sieht man sein Werk der Zersetzung!«

»Ja, was erzählt man im Betrieb vom – Spion? Ist man mir schon auf die Schliche gekommen?«

»Das sage ich *dir* doch nicht!«

Das Getuschel im Betrieb ging ihr inzwischen auf die Nerven. *Wachsam* sollte man sein, als lauerte überall der schlaue starke Gegner. In Wahrheit ging es nur darum, wer möglicherweise abhauen wollen könnte – dabei waren das angeblich die erbärmlichsten Typen, erkennbar an Arbeitsbummelei,

Labilität, Trunksucht, Problemen in der Ehe. Und meine Ehe?, fragte man sich. Wie sieht sie denn von außen aus? Es gab Eheleute, die dauernd krachten. Es gab welche, die kaum ein Wort wechselten, weil sie zu einem einzigen Wesen geworden waren. So waren die Brauns, hatte Thomas einmal erzählt, als ob er das schlimm fand. Nein, so wollte man nicht sein. Aber wie denn? Da war irgendein Maß angelegt, bei dem alle dauernd versagten, mit einer unmäßigen Angst, wie bei den Sicherheitsmaßnahmen im Betrieb, als ob jede Auflösungserscheinung gleich die Katastrophe bedeutete – dabei war es gerade diese Angst, die alles sabotierte.

Und? Was macht dein Mann? Wie kommt er mit seinem Buch voran?

Alles bestens, danke.

Oft saß er stundenlang da, bevor er zu arbeiten anfing, und stundenlang, nachdem er aufhörte. Das Fenster stand offen. Die Jahreszeit, die man sonst nur im Wechsel riecht, roch er immer noch. Die Nähe der Ferne. Wie fremde Haut. Immer wieder etwas Brenzliges, schon länger, schon immer?, ein Hauch nur, zu alltäglich, um es zu benennen, zu schnell verflogen, um es auch nur zu verorten, ob draußen, im Zimmer, im Papier, im Staub. Schon wieder weg. Er atmete ein und alles floss zusammen, Nordstrand, war das schon ein Jahr her, ein Picknick am Wegrand, wir sind immer nach Ilsenburg gefahren – atmete aus, vorsichtig, doch alles blieb, diese Greifbarkeit, die jede Frage aufhob, wo, wann war das eigentlich? Im Sommer war jeder wieder drei Jahre alt, die Erinnerung setzte ein und war doch nichts als Hier und Jetzt. Wann, wo, setzte sie bei Eli ein? Editha fand es unerträglich, dass Eli, die doch ein einziges Aufnehmen war, sich an all die schönen Tage nicht erinnern würde. So schleppte sie immer die gute Kamera mit, und den Zeichenblock – aber Eli wollte nicht stillhalten, sah nicht ein, warum das wichtig war. Wo, wann, war egal: Es war Sommer.

Kapitel 6

Im Sommer waren alle Sommer, war überhaupt alles, aufgehoben. Dennoch – deshalb – kam immer wieder der Gedanke, dies könnte der letzte Sommer sein. Der letzte, bevor – was? Was, war egal. Das war der Schatten des Sommergefühls. Die Ahnung des Wechsels in jeder Jahreszeit.

Und immer wieder die Zugfahrt durch die Berge nach Wernigerode. Da atmete Thomas auf. Kein Kind verlangte Stellungnahme, kein ungebärdiges Weib verriet ihn. Kommentarlos ließ man ihn passieren. Aussteigen am Mittelaltertor der Stadt am Waldrand. Immer, so schien ihm, war sie licht und verregnet: Die ersten Hänge, in die die Stadt auslief, gleißten schwer gold-grün, lieblich angemalt vor dem Wetter, das blau und schwer auf dem Brocken hockte, Thomas verbieten wollte, jemals wieder in die Berge einzudringen. Im Osten die Börde, schlichte Flächen, grün, braun, rapsgelb, offen bis nach Berlin. Feierabendgefühl auf dem Weg zum Bahnhof, es schien ein Leichtes, sämtliche Bücher zuzuklappen und wegzugehen, den offenen Weg aufs flache Land. Als wäre all das nur Zeitvertreib, dieses Sich-im-Wald-Herumschlagen. Selbst Editha, selbst Eli stand dann klein und fern am Hang, wie Klippen, die bei Tageslicht die Macht verlieren, zu erschrecken, zu täuschen, den Weg zu versperren.

Da wollte er immer gleich in die Berge zurück.

Eines Tages kam Editha aus Königshütte und trat in sein Arbeitszimmer, ohne auch nur zu klopfen. Er drehte sich verwundert um, das musste irgendeine große gute Nachricht sein, so dringlich, dass sie strahlte. Aber Eli weinte, wand sich, weil Editha sie viel zu fest hielt. Die ebenfalls erstaunt dastand, als hätte sie nicht erwartet, Thomas wirklich anzutreffen.

»In Zeitz hat sich ein Pfarrer verbrannt.«

»Wie bitte?«

»Vor der Kirche. Er hat zwei Transparente aufgestellt. Die Kirche klagt den Kommunismus an. So etwas in der Art. Dann hat er sich mit Benzin übergossen und angezündet.«

Sie ließ Eli endlich los, die zu Thomas rannte und seine Beine umklammerte. Er streichelte über ihren Kopf, sie weinte wegen Edithas Aufregung, die sie nicht verstand. Er teilte diese Aufregung und verstand sie dennoch nicht: was Editha mit dieser Nachricht in sein Zimmer platzen ließ. Sie war noch nie so aufgewühlt zu ihm gekommen, und er musste sie beruhigen. »Sicher war er geisteskrank…«

»Krank!« Ja, falsch, der Mann war nicht krank. »Er hat Rosen geschnitten für den Frühstückstisch. Nach dem Frühstück hat er seine Tochter gebeten, sein Lieblingsstück auf dem Klavier vorzuspielen. Seine Familie wusste von nichts. Er hat die Transparente ins Auto gepackt und ist losgefahren. Macht das ein Kranker? Konnte er nichts dafür? Was ist mit seiner Frau, was ist mit seinen Kindern? Was ist mit den Menschen, die zusehen mussten? Hat er sich überhaupt Gedanken gemacht? Oder muss man das nicht, wenn man krank ist? Er ist einfach weg und hat sie mit allem zurückgelassen.«

Sie nahm Eli an die Hand und ging.

Das Fenster stand offen. Die Ahnung vom *letzten Sommer* … war dies die Erklärung? Der Gedanke an den Pfarrer war entsetzlich und lustvoll. Der gewisse Geruch. Sich selbst zu opfern – welch allergrößte Selbstsucht. Der Pfarrer wollte Erlösung. Eine reine starke Flamme. Doch er hinterließ Menschen, die im Dunklen tappten.

Bruder Theobald ...

Die Maschinerie lief weiter.

Bruder Theobald sah hinab in die Schlucht. Nie sollte er die Pestkranke vergessen, die sich beim ersten Anzeichen des Fiebers heiter auf den Weg zum Ilsestein machte, um von dort in die Tiefe zu springen: um einmal fliegen zu können. Unter ihm kreisten zwei Wanderfalken.

Thomas ging in die Küche hinunter. Editha wäre jetzt schon wieder ruhig. Sie würde nicht sagen, wovor sie Angst hatte – also konnte er ihr die Angst nicht nehmen. Er konnte ihr helfen, Kartoffeln zu schälen. So war es gut. Die Hintertür stand offen. Und er dachte: Es soll nicht umsonst gewesen sein, das Schlimme, und die schöne Ahnung.

Jetzt nimmt die Sache Form an, schrieb er Uwe, der längst nicht mehr drängelte. Im Frühjahr hast du den Anfang. Die ersten Kapitel. Ein Drittel, vielleicht die Hälfte.

Mönchroman - Entwurf
Stand August 1976

Herbst 1351. Die Pest wütet im Harz, und Bruder Theobald pilgert von Ilsenburg nach Walkenried, wo das Zisterzienserkloster eine Reliquie der Dornenkrone zur Anbetung ausstellt. Ein Versuch, ihr verlorenes Ansehen wiederherzustellen: Längst steht Walkenried wegen Verschwendungssucht und Liederlichkeit in Verruf. Nicht ohne Schadenfreude haben die Benediktiner in Ilsenburg den Sündenfall der selbstgefälligen Idealisten und den Abstieg des einst so prunkvollen Klosters beobachtet. Seit hundert Jahren beherrscht Walkenried das Harzer Montanwesen; nun jedoch sind die Gruben erschöpft. Schadenfreude kann sich allerdings niemand leisten. Im ganzen Harz stagnieren Hüttenwesen und Ackerbau; jetzt ist auch die Pest gekommen. Allerorts setzen die Klosterherren auf Zinswirtschaft als einziges noch rentables Geschäft. Zugleich wird der Glaube beschworen, um der gebeutelten Bevölkerung Trost zu spenden. Theobald soll die Zisterzienser überzeugen, die Reliquie für einen feierlichen Umzug über die halbwüsten Dörfer und Städte nach Ilsenburg herzugeben. Angesichts des im Blut Christi getränkten Dorns sollen die Menschen ihr Leid vergessen und neue Hoffnung fassen. Sicher werden die Walkenrieder bereit sein, gemeinsame Sache zu machen.

Doch schon in der Elendsburg trifft der schwarze Mönch auf einen weißen Mönch ...

Kapitel 1

Drei Jahre lang war Bruder Theobald durch die Dörfer gezogen, um den Pestkranken die letzte Ölung zu geben. Anfangs noch in der festen Überzeugung, morgen oder in einer Woche selbst darniederzuliegen. Fieber und Schmerz könnten ihm das letzte Gebet, ja selbst den Glauben rauben. All das hatte er gesehen. Aber er lebte. Angesichts der Kranken in ihrer Qual fühlte er sich gesund wie nie zuvor. Er hielt es anfangs für ein Wunder und dankte Gott unter Tränen, dass er seiner Arbeit weiter nachgehen durfte. Doch die Wochen vergingen, die Menschen starben ihm unter den Händen, und er begann, sie zu verachten - wie gefügig waren sie, schwächer noch als ein kleiner dicker Mönch. Vergebens sagte er sich, er müsse sie beneiden, denn sie standen nun vor Gottes Herrlichkeit. Gierig wärmte er sich abends am Feuer und konnte sich keine größere Herrlichkeit vorstellen. Waren die Menschen nicht selbst schuld, wurden sie nicht wegen ihrer Sündhaftigkeit heimgesucht – und jammerten dann und bedurften der Hilfe, und alles kam zum Erliegen wegen ihres endlosen Sterbens?

Theobald verfluchte die Kraft, die ihn leben ließ: Sie war des Teufels. Von diesem neuen Auftrag versprach er sich nun Heilung.

Schlimme Entwicklungen sind auch erlösend, man redet lang und gern darüber. »Krank war der Pfarrer nicht«, meinte Sebastian. »Er wusste genau, was er tat. Ich sage dir, die Kirche kommt wieder. Die Christen sind nicht totzukriegen. Lange sieht alles harmlos aus, ökumenische Begegnungen, Kaffeekränzchen … Aber die Kirche wird jetzt kommen, und wie. Denn sie weiß, was fehlt: die Märtyrer. Da kann der Sozialismus nicht mithalten. Liebknecht und Luxemburg, Che, Allende, Angela Davis – das zieht nicht, das ist alles lange her und weit weg … und da fackelt sich so ein Pfarrer ab. Dem Sozialismus fällt nichts mehr ein. Und die Kirche fängt wieder von vorne an. Im Kellergewölbe! Wie die Urchristen bei den altersschwachen Römern. Bei den altersschwachen Kommunisten fängt die Kirche an zu fackeln. Das ist die Dialektik, ich sage dir, du denkst, es passiert gar nichts mehr, aber es geht doch immer schneller, der Maßstab ist kleiner, Jahrzehnte statt Jahrhunderte. Wer kann sagen, wie's in fünf Jahren aussieht. Na, du weißt das alles am besten, mit deinen Päpsten und Zisterziensern. Das hat was, nicht? Engel und Teufel! Das würde ich fast schon gern erleben. Auch wenn ich bei denen keine Chance hätte. Bei meinem Lebenswandel! Da komme ich gleich auf den Scheiterhaufen. Auch du, Thomas, du brauchst dir gar nichts einzubilden. Auch du bist des Teufels!

»Die Sache mit Biermann«, sagte Sebastian wenige Wochen später, atemlos, so schnell war er zur Tür gerannt, um abzuschließen, »das bestätigt nur meine Theorie.«

»Was ist mit Biermann?«

»Stimmt, du hast ja keinen Fernseher. Er ist öffentlich aufgetreten. Das erste Mal seit elf Jahren. In Prenzlau, in einer Kirche.«

»Aber er –«

»Ist Jude, ja.«

»Ich wollte sagen, er hat mit der Kirche doch nichts am Hut.«

»Aber sie vielleicht mit ihm. Die Kirche braucht die Juden. Wir brauchen die Juden. Wir haben sie Schmarotzer genannt, in Wirklichkeit war es umgekehrt. Immer mussten sie uns retten. Für unser Seelenheil sterben, unsere Schulden auf sich nehmen, die Schulden der Feudalherren decken. Sie haben uns das Kapital gegeben und den Kommunismus. Wir würden noch in den Bäumen leben ohne ihre Schaffenskraft. Und sie glaubten wohl an uns. Denn sie waren immer unsere Gläubiger.«

»Biermann ist sicher kein Gläubiger.«

»Er glaubt eben nur noch an uns! An keinen jüdischen Gott mehr! Ja, man fragt sich da, was heißt das überhaupt: *Er ist Jude*? Nichts mehr eigentlich. Nur: Er darf nicht dazugehören. Er darf es. Nicht dazugehören. Da kann man fast neidisch werden. Nur so einer kann uns retten!«

Thomas grinste, immer breiter, er konnte nicht aufhören, obwohl es wehtat. »Und ihr?«, fragte er. »Glaubt ihr an die Juden? Sind sie nicht vielmehr eine Erfindung, eine Metapher, ausgedacht zu irgendeinem Zweck, was habt ihr euch bloß dabei gedacht? Oder: Haben sie *euch* ausgedacht?«

Der Herbst setzte ein, zunächst nur als Klarheit. Im Herbst weiß man wieder sein Alter, man kommt in der Zeit an. Als wenn Frau Barthel den Weg aus der Wirrnis zurückfände.

Am Schreibtisch war er wach. Überall sonst herrschte Schlaf. Selbst Editha und Eli traf er meist schlafend an. Eli verbrachte den halben Tag in der Krippe, Editha fuhr nach Königshütte und ging immer früher ins Bett, und er arbeitete bis spät in die Nacht. Das Glas Gotano fiel aus. Vor dem Abendbrot spielte Thomas ein Stündchen mit Eli, nach dem Abendbrot brachte er sie ins Bett. Sie bestand darauf.

Man kann sich kaum weigern, einen Menschen in den Schlaf zu wiegen. Ein Kind vor allem. In ihren ersten Monaten, den durchwachten Nächten, war er gern wach gewesen, hatte gespürt, wie gern Eli wach war, wie sie ununterbrochen da sein wollte. Bis ihr dämmerte, dass er da war, und sie ihm das alles überließ, das Da-Sein. Jetzt schlief sie ein und weg.

Man schläft selbst so und kann es keinem Menschen verübeln. Auch Editha bot ihm gern den Rücken, wenn er ins Bett schlüpfte, sie seufzte, reckte sich einer Katze gleich, die Liebkosung fordert, um der Liebkosung zu entgleiten. Streichle mich, damit ich dich vergessen kann. Da kann man sich kaum weigern. Einem Rücken kann man nichts abverlangen. Man streichelt über ihn und gerät, wenn man Glück hat, in Selbstvergessenheit. Die Hände lernen schnell, nichts zu fordern, keine Unruhe zu verbreiten. Wenn sich die Unruhe doch nicht stillen ließ, drehte Thomas sich sachte um. Editha fiel dann wie gelöst auf den Bauch. Sie atmete immer tiefer, jeder Atemzug zog an ihm, wo er doch schon schaukelte, er hatte einmal nach ihr geschlagen, sich dann für seinen unruhigen Schlaf entschuldigt, aber er hatte nicht geschlafen, er hatte seine Unruhe teilen wollen. Sie schlief gern, er konnte es ihr nicht verübeln. So wälzte er sich ganz leise, drückte mit dem Knie gegen die Matratze, fuhr mit der Hand über das Laken wie über einen Rücken, der sich ihm entgegenreckte, den er nicht in Ruhe ließ, bis der Rücken sich endlich wandte, aufging wie eine Tür und er ins Haus fiel.

Während sie auf dem Bauch lag mit einer Hand zwischen den Beinen. Immer lag sie so, dass ein Fuß ihn berührte, er den Fuß zumindest streifte, wenn er sich wälzte. Sie berührte ihn an einem Punkt und sich selbst an einem Punkt und bewegte sich fast nur innerlich. So hatte sie das gelernt als Mädchen, als sie diese Stelle fand, die so unauffällig war, die in keinem Buch stand, die vielleicht noch nie jemand entdeckt hatte. Man berührte sie, als ob man mit dem Finger zeigte, wohin? Nach innen. Und was war da? Ein Gefühl, das man für sich behielt, auch wenn es einen sprengte.

Die Klarheit spannte sich, spannte sich – und zeigte lauter Sprünge. Wegen eines Kinderbuchs wurde jemand aus dem Schriftstellerverband ausgeschlossen. Von Verhören, Hausdurchsuchungen, Beschlagnahme von Manuskripten schrieb Uwe zwischen den Zeilen, erzählte Sebastian lang und breit. Aber ich bin doch zuversichtlich, schrieb Uwe. Aber ihr werdet euch das nicht gefallen lassen, sagte Sebastian.

Und dann das Unverhoffte: Biermann durfte ein Konzert in Köln geben. Einfach so. Eine versöhnliche Geste? Zuckerbrot nach Peitsche? Ein Handel mit dem Westen? Oder nur ein Ablenkungsmanöver? In Berlin gab es sicher schlauere, raffiniertere, wildere Theorien, Informationen aus angeblich erster Hand. Man säße zusammen am Küchentisch. In Berlin sein, gerade jetzt ... aber er wollte sich ja nicht reinziehen lassen. Das bange kollektive Rätseln machte das Kollektiv zu lauter Gläubigen und die da oben zu rumorenden Göttern. Er verließ Sebastians Laden und dachte: Weckt mich, wenn's vorbei ist. Aber er schlief so schlecht. Der brenzlige Geruch verfolgte ihn, kaum Geruch zu nennen, eine beißende Trockenheit in der Nase. Überall knisterte es, diese Sprünge, oder waren es doch phantastische Kristalle, eine tausendfach wuchernde Klarheit?

Eines Morgens sah man sie vor sich: strotzende neue Klarheitsgebilde.

»Biermann ist ausgebürgert worden«, sagte er. All die wachen Nächte liefen nur darauf hinaus: die vor Wichtigkeit zitternde Stimme des Mannes, der am Frühstückstisch Zeitung liest; die Frau, die abwäscht, hat keine Zeit dafür.

»Warum denn das?«

Er musste weiterlesen: »Er ist in Köln aufgetreten und hat behauptet, die Arbeiter in der DDR würden am Arbeitsplatz klauen.«

»Aber das weiß doch jeder.«

»Es ist nur ein Vorwand. Sie wollten ihn loswerden. Sie haben's darauf angelegt. Jetzt ist alles klar.«

Sie hielt inne, ihr Blick entglitt, konzentriert sah sie aus. Aber nur, weil sie ein Gähnen unterdrückte.

»Vielleicht hat er's drauf angelegt«, sagte sie, und drehte sich wieder zur Spüle.

»Aber er hat doch Frau und Kinder.«

»Es gibt alles.«

»Hör mal, das hätte sich niemand denken können. Solche Nazi-Methoden. So war das also gemeint: *keine Tabus mehr*!«

Ihr Rücken erinnerte ihn an Margarethe. Über ihre Arbeit gebeugt schien sie immer mehr zu schrumpfen.

Er ging in den Flur und zog Mantel und Stiefel an. Wenn er sich beeilte, schaffte er den nächsten Zug nach Wernigerode. Er würde es bereuen, mit Sebastian zu reden. Aber er konnte nicht mehr so tun, als ob er die Wahl hätte.

Noch deutlicher als sonst spürte er den Widerspruch, als der Zug das Sperrgebiet verließ. Erst die unsinnige Erleichterung, draußen zu sein. *Es geschafft zu haben.* So unerhört schien das, so folgenreich, dass sofort die Angst aufkam: Und wenn sie mich nicht wieder reinlassen?

Das war nun denkbar. Dass er sich hier aufhalten durfte, lag ja wohl an einem Versehen, an Schlamperei, oder schlimmer, an Nachsicht. Das müsste irgendwann bestraft und berichtigt werden. Würde ein Außenstehender verstehen, warum er davor Angst hatte? Hier rauszufliegen. Einfach weiterzufahren, immer weiter. Nach Berlin.

Weil er hier Frau und Kind hatte – das musste jeder einsehen.

Und wenn er sie wegdachte?

Unvorstellbar.

Doch. Es war allzu leicht, sie wegzudenken. Unvorstellbar war vielmehr, dass er hier Wurzeln schlagen durfte. Allzu leicht, sich frei zu denken, vogelfrei. Hinter sich die Zelle, vor sich der Wald.

Er erinnerte sich: August, sein Arbeitszimmer, alle Fenster offen, und Editha stürzte herein mit wildem Blick, als glaubte sie, ihn nicht mehr anzutreffen.

Sebastians Laden war geschlossen. Das geschah neuerdings immer öfter. In der Eckkneipe bestellte Thomas einen Kaffee, der ihm Magenschmerzen machte. Er hatte keine Zeit für so was, am Nachmittag musste er Editha ablösen, doch davon bekam er keine solche Übelkeit. Es war, als hätte er kein Zuhause, als könnte er nirgendwohin, als wäre seine einzige Kontaktperson verschwunden. Solange er hier saß, war alles möglich. Eine Stunde würde er warten, er konnte nur hoffen, dass dann die Normalität wieder einkehrte, so wenig erquicklich sie auch war. Sebastians Redeschwall, der alles aufgeblasen erscheinen ließe, Spinnereien für die Zugfahrt nach Hause, und dann das liebevolle Schimpfen des Weibs, das ihn auf den Boden der Tatsachen zurückholen würde.

Nach einer Stunde hatte der Laden wieder geöffnet. Sebastian fragte nur, ob Thomas einen Tee wollte. »Einen Kräutertee vielleicht«, sagte Thomas, aber den hatte Sebastian nicht. Thomas saß auf dem Kanapee mit schmerzendem Magen und Sebastian schwieg hinter seinem Schreibtisch. Blass, zappelig, als ob er auf jemand anderen wartete, der seine Fragen beantworten könnte.

Und sagte dann kleinlaut: »Das hätte ich jetzt nicht gedacht. Dass sie mit solchen Methoden …«

Endlich einmal wollte Thomas etwas sagen: »Was hast du da alles erzählt von wegen die Kirche kommt wieder, von wegen Gläubiger und Juden, dass ›wir‹ die Juden brauchen, die beneidenswerten Juden, wer sind ›wir‹ eigentlich, was meinst du mit ›brauchen‹, da sieht man, was die Deutschen damit meinen …«

»Ja, das war wohl ein bisschen daneben«, sagte Sebastian tonlos.

»Aber nein doch! Du hast vollkommen richtig gelegen. Das ist doch kein Zufall – gerade Biermann …«

»Ja, die Geschichte wiederholt sich manchmal doch.« Sebastian hatte nichts mehr zu sagen, sah ihn ergeben an. Thomas sollte wie der Pfarrer Wahrheit sprechen. Triumphieren. Heute hatte er endgültig Recht. Aber er wollte nicht Recht haben.

»Das Konzert wird heute Abend wieder ausgestrahlt, um elf«, sagte Sebastian schließlich. »Wenn du gucken magst … du kannst auch hier pennen.«

»Nein«, Thomas stand schon auf, »das geht nicht, das geht doch alles nicht, meine Frau wartet auf mich.«

Es war schon wieder dunkel, als der Zug in Sorge hielt. Es kam ihm viel später vor, das Dorf halb schlafend, halb wachsam. Er bog in die Straße Richtung Sorgenfrei und sah Editha, sie hatte Eli vom Kindergarten abholen müssen, obwohl er heute dran war. Eli spähte andauernd ins Gebüsch – sie suchte *ihn*. Gleich würde er sie einholen, schnappen, Editha würde laut schimpfen, weil er ihr einen solchen Schreck eingejagt hatte, würde vor allen Leuten rufen: Mein Mann ist Schriftsteller und braucht wohl keine Uhr! In Ordnung. Auf der anderen Straßenseite drängelte sich eine Reisegruppe vorm Sorgenfrei in Erwartung von Kaffee und Kuchen, die übliche Heiterkeit schien gedämpft, nur ab und zu klang ein schrilles Kichern. Editha und Eli sahen hin.

Er packte Eli von hinten und schwang sie auf seine Schultern – schon in der Luft wusste sie, wer er war und gluckste vor Freude. Editha fuhr herum. Gleich würde sie schimpfen. Im Gegenlicht sah er nur den hellen Haarschleier, das Gesicht im Schatten; dann trat sie vor ihn, forschte in seinem Gesicht, das Licht fiel auf ihres, da war eine solche Erleichterung, entsetzlich, was musste sie gedacht haben. Sie sagte nichts, vor Eli, vor all den Menschen, sie hängte sich ein und ging, als ob nichts wäre.

Erst, als sie den Feldweg einschlugen, sagte Editha etwas, was er nicht verstand, weil Eli lauthals sang. Er beugte sich zu ihr. Sie schwieg noch eine Weile. Dann sagte sie in einem anderen Tonfall: »Die Soldaten haben heute Ausgangssperre. Und es gibt lauter Kontrollen …«

Eli rannte gleich nach oben. Sie hatte in ihrem Zimmer immer öfter zu tun. Man musste sie zum Essen rufen. War das normal? Mit drei? Er nahm Editha den Mantel ab, hängte ihn auf und spürte in ihm, wie etwas Längstvergessenes, ihre Körperwärme. Was hatte sie vorhin gesagt? *Ich dachte, du kommst nicht wieder*. Er folgte ihr ins Atelier, das jähe Bedürfnis war so stark, dass er zitterte, Herzrasen schon den ganzen Tag, bei ihr auch, es war sofort klar, er schlüpfte wie in ihren Mantel hinein. Sie krallte sich an seinen Rücken, es tat erst später weh, so stark war die Lust. Aber gerade in dieser unerhörten Heftigkeit stand er neben sich und fragte, was das für ein Bedürfnis sei, es verzehrte ihn wie eine Pflicht, wem gegenüber, ihr, sich selbst: hier zu sein, das Verlangen: hier sein.

Nach dem Essen, nach Elis Gutenachtgeschichte, nach dem Gläschen Gotano ging er ausnahmsweise gleich mit Editha ins Bett. An Arbeit war heute nicht zu denken. Aber schlafen konnte er nicht. Gegen ein Uhr begriff er, warum. Editha zog die Vorhänge niemals zu, es war ihr egal, stand sie meist schon vor der Sonne auf. Aber ihn störte das schwächste, auch das nur eingebildete Glimmen. Er ging ans Fenster und sah, dass im Dorf noch Licht brannte, hier und dort, flackerndes Fernsehlicht.

Am nächsten Tag war Eli krank. Man hätte es ahnen müssen, so aufgekratzt, wie sie gewesen war, so versponnen.

»Ich kümmere mich«, sagte Thomas, denn Editha schimpfte nicht einmal, sie sagte gar nichts, und das war noch schlimmer. Sie fuhr einfach nach Königshütte.

In der Zeitung stand, abgesehen von einer Stellungnahme der DKP, nichts zum Thema. Eli griff immer wieder nach der Zeitung. Er durfte ja nicht lesen, wenn sie nicht lesen konnte, wenn ihr der Brei nicht schmeckte, statt zu essen schlug sie mit dem Breilöffel auf die Zeitung. Du bist doch ein großes Mädchen, muss ich dich füttern wie ein Baby? Er nahm den Löffel und führte ihn an ihren Mund und sie öffnete brav, in den tränenfeuchten Augen war ehrliche Mühe, sie schluckte schwer. Und wieder: Wut, Verzweiflung, kläglicher Triumph, sie spuckte mitten hinein in die *Nachrichten und Korrespondenzen.* Heute gönnte er ihr alles. Heute ging es nur noch um die Frage, was man schlucken konnte, ohne zu spucken.

Bis Mittag hatte er's: Tomatensuppe. Gestärkt, mit geröteten Wangen, ging Eli an die angenehme Arbeit des Krankseins. Sie nahm ihn an die Hand und führte ihn in ihr Zimmer. Den Mittagsschlaf verschmähte sie, die Erzieherin hatte sich beschwert. In der Krippe tat Eli nun so, als ob. Hier musste sie das nicht. Thomas saß auf dem Fußboden, selbst fast am Einschlafen, sie trippelte hin und her und erzählte etwas in ihrer Sprache, stellte ein Schwein vor ihn hin, nahm es wieder weg, holte eine Puppe aus dem Bett und stopfte sie ins Regal, legte Bücher säuberlich auf einen Stapel und verteilte einen Haufen Bausteine über den Fußboden. Das war ihre Art, für Gäste aufzuräumen. Wie seltsam, dass ein Kind ein eigenes Zimmer hatte. Sich einrichtete, werkelte, hantierte. Da saß er wie bei den Zwergen zu Gast. Folgte ihr, nahm entgegen, was sie reichte. Erinnerte sich erst spätnachmittags, dass er Uwe schreiben musste. Er nahm Eli mit an seinen Schreibtisch. Ihm fiel kein Wort ein. Und das angenehme Kränkeln war vorbei. Eli zitterte, als hätte er sie an die kalte Luft getragen mit ihrem Fieber, aber die warme Umarmung vertrug sie auch nicht, sie schlug um sich. Hastig kritzelte er ein Fragezeichen aufs Papier, nichts als *?*, und stopfte es in einen Umschlag.

Editha kam spät nach Hause und brachte Eli sofort ins Bett, ohne auch nur ein Wort zu sagen, er fühlte sich zurechtgewiesen. Eli sicher auch; von seinem Schreibtisch aus lauschte er, ob sie heulen würde. Aber offenbar war sie sofort eingeschlafen, denn Editha klopfte schon bei ihm an: »Ich mache deine Suppe wieder warm.«

Sie hatte es nicht geschafft einzukaufen. Aber innerhalb von zwanzig Minuten den Tisch schön zurechtgemacht mit Resten.

Sie verschlang verbissen den ersten Teller Suppe, seufzte und sagte: »Lächerlich, wir mussten alle zu so einer Sondersitzung und eine Stellungnahme zu Biermann unterschreiben. Ich frage dich, wen interessiert so was?«

Nach dem Essen kam er nicht zur Ruhe, dachte an den Brief, an Uwe. Er schlüpfte in den Mantel und rief zu Editha, die schon Zähne putzte, dass er noch zum Briefkasten müsse, lieber jetzt als morgen früh, er wolle ja ausschlafen … Er hatte seine Mütze vergessen, aber es gefiel ihm so. Es gefiel ihm, draußen zu sein, wenn auch nur kurz, zum Briefkasten und dann ins Bett, was, wenn Editha auf ihn wartete? Doch sie schlief immer sofort ein. Er könnte stundenlang im Dunkeln laufen, nach Mitternacht erst heimkehren, sie würde es niemals wissen. Dachte er und stand auf der Straße, auf der man nur in einer Richtung weiterkam. Von den Anlagen schien er heute mehr

Licht, mehr Stimmen als sonst zu vernehmen. Unsinniger Gedanke: Sie seien von den eigenen Scheinwerfern geblendet, von den eigenen Stimmen betäubt, und würden ihn hier nicht sehen. Nicht hören, was ihm in diesem Moment so peinlich vorkam, das Geräusch eines so gut wie leeren Umschlags. Da er ihn eingeworfen hatte, lief er so schnell er konnte den Hang hinauf.

Editha schlief.

Er ging nach Mitternacht ins Bett, da schien längst kein Licht, lief längst kein Fernseher mehr im Dorf.

Er wachte vom Schlucken auf. Mit Mühe drehte er den Kopf, sah Editha, die gerade mit dem Fieberthermometer aus Elis Zimmer kam.

»Dich hat's also auch noch erwischt«, sagte sie. »Mund auf.« Er musste lachen: Ins Lachen hinein, mütterlich unzart, drang das kalte Thermometer. Sonst hätte er gesagt: Eigentlich mögt ihr Frauen kranke Menschen. Sie brachte ihm das Frühstück schön zurechtgemacht auf einem Tablett. Kaffee, Grießbrei, die Zeitungen.

Heute stand gar nichts drin. Vielleicht hatte er alles nur geträumt. Auch den Brief? Er konnte nur abwarten. Wenn Uwe den Brief erhielt, dann hatte es den Brief wirklich gegeben. Und ferner – es befriedigte ihn, zu welchen logischen Folgerungen er trotz Fiebers imstande war – würde er aus Uwes Antwort schließen können, ob das Ganze ein Witz oder eine ernste Angelegenheit gewesen war. Ja, insofern hatte er den Brief, sollte er ihn wirklich geschrieben haben, sehr klug formuliert. Er musste nur warten. Schlafen – aber dafür gefiel er sich gerade zu sehr. Er war außerordentlich klar im Kopf. Ärgerlich, dass er nicht arbeiten konnte. Aber es war vielleicht klug, mal einen Tag auszusetzen, nur sinnen, spinnen. Er nickte weg, einen Augenblick nur, und sah schon ein wimmelndes Monumentalbild, nickte wieder weg, jedes Mal tat sich ein neues Kapitel, eine ganze Geschichte, eine Welt auf.

Es klopfte, Editha steckte den Kopf herein und sagte: »Ein Herr Fischer vom Kreis schreibender Gießer möchte dich sehen.« Er fragte sich, warum sie so leise sprach, aber es begann bereits in seinem Kopf zu pochen, selbst ihr Flüstern war zu laut gewesen. »Geht's dir gut? Soll ich ihn wieder wegschicken?«

Er schüttelte mit dem Kopf, eine reine Abwehrgeste, aber schon ging sie wieder, um den Kollegen zu holen. Es war doch richtig, dachte er, doch klug. Ihn wieder wegzuschicken wäre ein Fehler gewesen, möglicherweise fatal.

Es war der ältere Herr, der damals von den matriarchalischen Stämmen erzählt hatte. Eine Sekunde lang – so rasten Thomas' Gedanken – schien es möglich, er könnte im Zusammenhang mit seinem Buch gekommen sein, mit den unerhörten Leistungen von vorhin. Der Roman, der sich selbst schrieb … er müsste erklären, dass es doch nicht ganz so weit sei, er sei ja leider krank – aber vielleicht war Herr Fischer gerade deswegen gekommen. So besucht man den kranken Kollegen, ohne dessen Heldenleistungen die Brigade zu scheitern droht.

All das, während Herr Fischer sich zögerlich auf dem äußersten Rand des Sessels niederließ; Thomas hatte kein Wort gesagt, und der Herr wollte sich weder unaufgefordert setzen noch stehen, wenn jemand vor ihm im Bett lag. Sie hatten den braven Mann zu diesem Besuch verdonnert.

»Es tut mir aber wirklich leid, es ist mir sehr unangenehm, wenn wir gewusst hätten, dass Sie so krank sind … Ich komme nämlich im Auftrag …«

Die Kopfschmerzen wurden stärker, sie wuchsen aus dem Hals heraus, wo etwas wühlte und würgte.

»… es geht ganz schnell, eine Kleinigkeit, eine Unterschrift nur …«

Thomas drehte sich um, lehnte sich über den Bettrand und kotzte in den Papierkorb.

Herr Fischer entfernte sich unter Entschuldigungen.

Danach ging es Thomas besser. Er richtete sich im Fieber ein. Und Eli sich bei ihm, sie wollte ihm helfen, krank zu sein, mit all den Büchern, Tieren, Bausteinen, die sie ins Bett schleppte. Editha sollte sich keine Sorgen machen, *wir kommen schon zurecht.* Aber sie machte sich wohl doch Sorgen, denn Eli durfte ausnahmsweise bei ihnen schlafen. Es wurde unerträglich warm im Bett, die Kranken streiften die Decken von sich und Editha deckte sie zu. Es war nicht einfach, aber doch selbstverständlich, sich so miteinander einzurichten.

Am Morgen war Eli brav und ließ Thomas Zeitung lesen. Sie spielte mit einer Puppe und schielte nur neugierig nach dem großen Papiervogel, mit dem die Erwachsenen morgens rangen, den sie auf Armlänge hielten, manchmal angeekelt wegschleuderten.

Auf Seite 3 stand die dreispaltige Schlagzeile:

Wir sind es gewohnt, mitzudenken

Stellungnahmen und Erklärungen von Künstlern und Kulturschaffenden unserer Republik zur Aberkennung der DDR-Staatsbürgerschaft Biermanns

Wir sind es gewohnt ... Fieberflink tat sich da was auf: Sie hatten es endlich alle satt, die Künstler und Kulturschaffenden und Zeitungsredakteure und Drucksetzer und unsere Republik überhaupt und sie nahmen Stellung und erklärten in großen Lettern, dass das Blatt sich gewendet hatte ... Eine Sekunde lang verweilte er bei der Klarheit dieses Bildes.

Das sich, als er weiterlas, in lauter Verrenkungen auflöste. *Entschieden wiesen sie die in diesem Zusammenhang entfaltete Hetzkampagne gegen die DDR zurück.* Dichtgedrängt auf einer ganzen Zeitungsseite, fuchtelnde Hände, aufgerissene Münder.

Und doch ... Einige Schriftstellerkollegen, hieß es, *haben es für angemessen oder erforderlich gehalten, sich in Sachen Biermann an die Regierung unseres Landes zu wenden, zu protestieren und gleichzeitig um gelassenes Bedenken anzusuchen.* Umso größer die Empörung. Einer warf diesen Kollegen vor, seinen Namen missbraucht zu haben. Einer wollte überrumpelt worden sein.

Eine *offene und ehrliche Debatte* also.

In der *Volksstimme* stand unter vielen Stellungnahmen auch die des Schreibzirkels.

Eli beobachtete ihn. Als wüsste sie alles; es ging sie nichts an, aber dass es ihm wichtig war, ließ sie gelten. Sie konnte sich ihm nicht anschließen – aber er sich jederzeit ihr und ihrem Spiel. Gerade weil sie sich kein Urteil erlaubte, fühlte er sich beschmutzt. Er legte die Zeitung weg wie ein Märchen, das nichts für Kinder ist.

Am nächsten Tag hielt das Fieber an, erstreckten sich die Erklärungen auf Doppelseiten *aufgrund der Vielzahl der Zuschriften.* Noch wilder die Verrenkungen. Bedenken? Biermann müsste bedenken! Sich selbst müsste er kritisieren! Er hatte sich selbst ausgebürgert, die Maßnahme über sich selbst verhängt. Vor wen hatte man sich schützend zu stellen, vor Biermann oder vor den Staat? Denn Biermann hetzte gegen die Republik. Er strafte das Land, das er zu lieben vorgab. Biermann diskriminierte den Staat!

Was für eine Fiebergestalt, dieser Biermann, ein Titan, der so mit der armen gehetzten Republik rang. War man nicht auch so groß, war der Staat nicht so klein – Thomas wollte sich aufrichten, da schwindelte ihm schon … zu seinen Füßen ein kleiner Fleck …

Dort, leise und beharrlich, rief es nach ihm.

Die Tür ging auf.

»Dein Verhältnis aus Wernigerode ist da, aber ich schicke den charmanten jungen Mann doch einfach wieder weg, oder? Ich habe ihm schon erzählt, wie schlecht es dir bei deinem Kollegen vom Schreibzirkel ging.«

Alles ein guter Witz, wollte sie ihm weismachen, aber ihr Ton war überspannt und drohte zu kippen. Wohin – der Schwindel wieder.

»Nein«, brachte er heraus, »schicke ihn hoch.«

Und er hatte es schon bereut, als Sebastian die Tür öffnete, so selbstverständlich wie seine Ladentür, ein Glöckchen schien zu klingeln, er grüßte atemlos und lief im Zimmer hin und her. Mit unruhigem Blick, zuckenden Fingern, als würde er gleich versuchen, aufzuräumen.

»Setz dich doch«, sagte Thomas, schwach und mild kam es heraus.

Sebastian zögerte und ließ sich genau wie Herr Fischer am Rand des Sessels nieder.

»Ich kann nicht lange bleiben«, sagte er und kramte schon in seiner Tasche. »Du hast sicher von diesem Brief gehört?«

Schlecht hektographiert, Thomas konnte nur die Worte *gelassenes Bedenken* ausmachen.

»Du liest doch nicht etwa Zeitung? Kein Wort sollst du glauben … du hast es sicher selbst gemerkt, sie machen sich in die Hose vor Angst, wozu sonst die ganzen Erklärungen! Du kannst davon ausgehen, wer da nicht in der Zeitung steht mit seiner schäbigen Stellungnahme auf der lächerlichen Doppelseite, der hat den Protestbrief schon unterschrieben. Oder unterschreibt ihn demnächst, er macht überall die Runden, ein Lauffeuer ist das. Nicht nur die Schriftsteller, die Künstler, die Liedermacher – die Gießer, die Eisenbahner, alle haben es satt!«

Thomas bemühte sich, den Brief zu lesen.

»Dein Lektor hat übrigens auch unterschrieben.«

»Woher weißt du das?«

»Ein paar Leute aus der Szene kenne ich schon.« Er lächelte kokett, als würde er gleich Samisdat-Schriften aus der Schublade kramen. Überhaupt, als wären das hier *seine* Schubladen. »Frag ihn doch selbst.«

Wieder stach es im Hals, wieder wühlte es, aber diesmal schloss sich alles schmerzhaft. Thomas schüttelte den Kopf, was nicht unbedingt *nein* hieß, sondern nur, dass er nicht in der Lage war, etwas von sich zu geben.

»Du kannst es dir noch überlegen«, sagte Sebastian, enttäuscht. Und, kokett wieder, an der Tür: »Aber lass die Kollegen nicht allzu lange warten!«

Eli, die alles mit kühler Neugier beobachtet hatte, las ihr Bilderbuch weiter. Als wäre nichts gewesen. Niemand hier als er und sie. Er schloss die Augen. Sebastian hier? Uneingeladen? Im Schlafzimmer?

Uneingeladen im Sperrgebiet?

Wer hatte ihn überhaupt reingelassen? Da war er wieder wach. Und hörte unten Stimmen. Sebastian war immer noch da, unterhielt sich mit Editha, die einmal laut auflachte. Endlich knallte eine Tür, war das die Haustür oder hatte Sebastian zum Beispiel die Ateliertür hinter sich geschlossen, so achtlos wie seine eigene? Thomas lauschte, zitterte fast vor Anstrengung, bis er draußen Schritte hörte, unterm Fenster am Haus vorbei. Sebastian kannte die Abkürzung.

Genug der Schwäche. Thomas stand auf, zog sich Morgenmantel und Hausschuhe an. Er war noch wackelig, aber sein Kopf war klar, eine endgültige Klarheit, das spürte er.

In der Küche spülte Editha zwei Kaffeetassen. Sie sah ihn erstaunt an. »Wir kriegen nicht so oft Besuch«, sagte sie, »da kann man auch einen Kaffee anbieten.«

»Ja? Was erzählt er denn so?«

Sie lachte so überspannt wie vorhin. »Sag mal, was ist das für einer? Er wollte nur *vorbeischauen*, sagte er, so dass du weißt, er verarscht dich, und er weiß, dass du es weißt, aber ganz charmant. Na, und ich frage, wie kriegt man das so, einen Passierschein zum Vorbeischauen, gerade die letzten Tage lassen die hier nicht gerade jeden rein. Und was erzählt er? Dass er in jedem Dorf eine gute Freundin hat. Wenn ich das richtig verstanden habe.«

»Mein Gott, glaubst du das wirklich?«

»Warum nicht, alles gibt's, er ist doch ein gut aussehender Mann. Er gefällt mir, wirklich! Wahrscheinlich hat er auch die Wachposten veräppelt, das muss man können.«

»Ich weiß, was das für einer ist.«

»Ja, was denn? Was hast du denn für Freunde?«

»Ach, auch nur ein armes Arschloch.«

Er saß noch lange am Küchentisch. Sich wieder verkriechen kam nicht in Frage. Er holte die *Volksstimme.* Da war er schon wieder so müde und glotzte nur blöd auf die Titanenschlacht, die in den Spalten tobte … blechern klang das, als nähme Eli ihre Puppen und knallte sie gegeneinander, um den Krieg darzustellen, Glieder verrenkten, Köpfe verdrehten sich, es klapperte und knirschte.

Hätte er nur den Brief von Uwe bekommen. Dann wäre es glaubhaft: das besonnene Wort. Die ruhige Hand des Erwachsenen fährt dazwischen. Warum kam nichts von Uwe? Denn Sebastian – er wusste, was Sebastian für einer war.

Doch es war vielleicht egal, wer das Lauffeuer verbreitete.

Einige Tage später kam ein Brief von Uwe. Da stand nur:

.

In der Zeitung ging es tagelang nur noch um den herannahenden 30. Jahrestag der Grenztruppen. Schließlich druckte das *Neue Deutschland* einen Beschluss der Parteiorganisation der Berliner Schriftsteller, zum ersten und letzten Mal wurden sie namentlich erwähnt, die abtrünnigen Kollegen.

Wir haben das Verhalten der Mitglieder unserer Parteiorganisation – es folgten die Namen –, *die sich in Sachen Biermann an imperialistische Nachrichtenagenturen gewandt und damit objektiv der antikommunistischen Hetze unserer Gegner gedient haben, prinzipiell kritisiert und verurteilt. Wir haben sie aufgefordert, ihr unparteimäßiges Verhalten zu revidieren.*

Und?

Nichts weiter.

Uwe, *ich muss wirklich protestieren*, was du sagst, *unterschreibe ich gern*, würdest du mir nur *einen aufrichtigen Brief zukommen lassen…*

Wer war schuld, wenn man in diese lächerlichen Chiffren verfiel? Wenn man nicht mehr wusste, ob der andere, ob man selbst scherzte oder um Hilfe schrie? Wer, wenn nicht Thomas, mit seinem komischen Fragezeichen?

Er warf den Brief auf dem Weg zu den Feierlichkeiten der Grenztruppen ein. Bleib doch zu Hause, sagte Editha, ich sage den Leuten, du bist noch krank. Nein, er wollte sich zeigen. Er blickte finster drein, kränkelnd vor der ewigen Ordnung. Doch sobald die Musik ertönte, stand er stramm. Fühlte sich *heiter und ernst.* Unsterblich. Einen Augenblick – ein letzter Anflug Fieber, und er stand neben sich, stand darüber, der Aufmarsch verlor sich in der weißen, schwarzen Landschaft. Er dachte: Es ist vielleicht das letzte Mal. Und lächelte, ernst und heiter, weil sie ihm leidtaten. Eli grinste die Soldaten an, als würde sie alles gleich lustvoll durcheinanderwerfen.

Wieder bei Kräften, fuhr er nach Wernigerode mit dem Gedanken, dass er Sebastian Unrecht tat. Er wusste nicht, was er für einer war. Und wenn … er konnte einem auch nur leidtun. Es schien ein Leichtes, zu sagen: Ich weiß Bescheid. In wessen Auftrag du Briefe verbreitest. Mir ist es egal, ihr oder die Deutsche Post. Ich steh darüber. Gib mir den Brief, ich unterschreibe.

Er kam im Schnee an, große nasse Klumpen, wie von bösen Klassenkameraden den Kragen heruntergestopft. Auf dem Schild stand »Geschlossen«. Aus lauter Verzweiflung, oder weil er das Schild von seiner paradoxen Seite kannte, drückte er die Klinke. Die Tür ging auf. Die Glocke klirrte. Im Hinterzimmer lief Cembalomusik. Es war sehr warm. Er tastete sich durch die dunklen Bücherreihen und stieß die angelehnte Tür auf.

Auf dem Kanapee, wo er sonst immer saß, lag eine Frau, der Wand zugewandt, den Kopf am angewinkelten Arm gebettet, der Körper an die schräge rote Lehne geschmiegt. In der Düsternis flimmerte der weiße Rücken, eine braune Locke glitt von der Schulter. Thomas schmolz der Schnee am Kragen, er sickerte ihm den Rücken hinunter: Jener Rücken lag ungeschützt und unbekümmert, als sei Kälte nur eine Mär. Thomas ging, leise, obwohl die Musik seine Anwesenheit ohnehin auslöschte, und schloss die Tür hinter sich, das Klingeln vielleicht würde in den Traum eindringen, aber er war schon weg.

Er lief zum Bahnhof und wusste, dass es das letzte Mal war, nach Wernigerode würde er so bald nicht wieder fahren. Er hatte Recht gehabt, er hatte geahnt, was Sebastian war, doch er hatte sich täuschen lassen, gerade weil er Sebastians Geschichten für verlogen hielt. Es gab wirklich diese Welt, in der Sebastian alle mühelos verführte, ihm alle Türen offen standen. Aus dieser Welt war Thomas ausgeschlossen. Es war gut, sagte er sich, nicht verführen zu können und nicht verführt zu werden. Diese Welt nicht zu kennen. Dass sie so warm war.

Und – nichts weiter.

Er erhielt einen Brief vom Verlag. Von irgendeiner Sekretärin: Das russische Programm werde gerade neu konzipiert, man sei auf der Suche nach Übersetzern und würde sich freuen, ihn als Mitarbeiter für diese noch fortschrittlichere Reihe zu gewinnen.

Er schrieb nur noch, er schrieb blind. Wollte den Termin im Frühjahr einhalten, auch wenn kein Wort von Uwe kam.

Es war klar, was hier passierte: Jene andere Welt hatte sich aufgetan und schluckte ihre Briefe, er stellte sich vor, wie sie sich in Sebastians Schublade stapelten, im gedämpften, überheizten Raum.

Das war die banale, logische Erklärung. Aber schon kam sie ihm unglaubwürdig vor, Verfolgungswahn, Märtyrertum. Vielleicht hatte Uwe den Punkt nun einmal so gemeint, einen endgültigen Punkt, und Thomas musste wissen, warum … oder Thomas hatte etwas Falsches gesagt, Uwe hatte ihn falsch verstanden und wandte sich von ihm ab. Es wäre unbegreiflich, aber das Unbegreifliche passierte.

Anfang Februar kam eine Postkarte. Das Bild: ein Städtchen im Wald. »Grüße aus …« Irgendein …heim, nichtssagend. Billig-grelle Farben, eine miefige Eisenbahnmodellstadt. Doch man sah sofort, dass sie *drüben* lag. Drei Kilometer entfernt, dreißig, dreihundert. Er hatte es bisher unterlassen, sich ein Bild davon zu machen. Nun schien er von oben herabzuschauen, Hügel im Regen, Wäldchen, Städtchen, vertraut, fremd. Und doch auf einmal fassbar, obwohl er so weit oben war. So weit, dass auch die letzten fünf Jahre verschwanden.

Endgültig ist nichts, so lange man lebt.

Er drehte die Postkarte um, es war ihm egal, was Editha sah, dort oder in seinem Gesicht geschrieben, so egal, als stünde er weit entfernt auf dem Marktplatz in jener fremden Stadt.

Sie kam von Uwe.

Lieber Thomas,

vermutlich hast Du meine Briefe nicht bekommen. Was soll ich sagen. Ich muss hier neu anfangen. Ulrike und die Kinder bleiben. Es war für uns alle eine schwere Zeit. Euch geht es hoffentlich gut. Melde dich, ich würde mich sehr freuen. Oder nicht, wenn du nicht kannst oder willst, versteh ich. Du sollst wegen mir keine Schwierigkeiten haben. Von dir hat man nichts zu befürchten, das habe ich immer wieder betont.

Den Menschen die Angst nehmen, nicht wahr? Mein Nachfolger wird sich bei dir melden. Ich freue mich auf dein Buch. Es wird doch alles irgendwie gehen, hüben oder drüben.

Dein Uwe

Es folgte eine Adresse.

»Ja«, sagte Thomas, »er ist einfach weg und seine Frau und Kinder bleiben hier.« Editha sah demonstrativ aus dem Fenster. »Du kannst sie ruhig lesen, sie ist wohl vor allem für die Mitleser gedacht.«

Sie nahm sie mit spitzen Fingern. »Keine Schwierigkeiten … das hätte er sich vorher überlegen können.«

»Oder ich.«

»Oder ich. Ich ahnte schon, dass du ein zwielichtiger Typ bist.«

Beim Frühstück sagte sie: »Was ich schon länger fragen wollte: Rauchst du heimlich?«

Thomas ging ans Küchenfenster. Davor die Eibenhecke, der Trampelpfad im Schnee, überall Elis gewühlte Wege, als wären Dutzende Menschen hin- und hergelaufen. Schnell zog er sich an, fröstelte schon, lief ums Haus in den langen blauen Morgenschatten und spähte ins Eibendickicht. Hinter den Büschen war ein Geheimweg, da könnte sich ein Kind verkriechen, war das die Erklärung, weshalb Eli immer wieder verschwand?, oder ein schmächtiger Mann könnte sich hineinzwängen, er könnte, wenn nicht gerade bequem, neben dem Küchenfenster stehen. Thomas bückte sich, Äste schlugen ihm ins Gesicht, er tastete vor seinen Füßen. Kippen. Auf dem Schnee, im Schnee, unterm Schnee, bis in die Erdschicht des vergangenen Sommers, schon aufgelöst, aber der fade beißende Geruch stieg an der Küche, an seinem Arbeitszimmer vorbei.

Als er sich herauszwängte, stand Editha schon mit Eli auf dem Arm, die erschrocken und schuldig aussah.

»Geh lieber nicht da hinein, Eli, da gibt es ekelige Sachen.« Er hielt einen halbgerauchten Stummel auf der Handfläche hin.

»Westzigaretten auch noch«, sagte Editha. Stand dann ratlos da, als hätte sie etwas anderes sagen müssen und könnte es jetzt nicht mehr. »Ich muss los, ich muss Eli in die Krippe bringen, ich muss nach Königshütte.«

Sie lief unsicheren Schrittes den Schneepfad hinab, und Eli sah über ihre Schulter, blass, hilflos, ihr Versteck war aufgeflogen.

Thomas setzte sich an den Schreibtisch. Die linke tiefe Schublade ließ sich kaum mehr öffnen, er hatte immer nur geschrieben und die Blätter hineingelegt, geschrieben und versteckt, geschrieben und versteckt. Er nahm den ganzen Stoß heraus, blätterte, tastete. Etwas Feinkörniges, Staub oder Asche? Ein fader Geruch. Er las darin und fand nichts von dem, was er noch vor Augen hatte. Alles war bereits vor einem fremden Blick verblasst.

Feuer machen im Dauerbrandofen, das Morgenritual ging leicht von der Hand, guter Zug, trockenes Holz, die Flammen setzten den Harzduft frei, wie schon die Sonne auf den Dielen. Und so bereitwillig fing das Papier Feuer, als er es in kleinen Stößen erst hineintauchte, dann als Flammenblüten hineinsinken ließ. Es dauerte länger, als einen einzigen Brief zu verbrennen, war aber genauso einfach. Was man so tut. In einer halben Stunde ist so wenig Zaudern, oder so viel, wie in einer halben Minute. Ich tue genau das Richtige. Ich tue genau das Falsche. Es hob sich auf. Alles war leicht und stieg in die Luft, ein blauer Rauch, ein Flimmern überm Schornstein.

Als seine Hände leer waren, hielt er sie hin, diese so natürliche Geste gegenüber dem Feuer, das man erzeugt.

Schritte auf der Treppe, nicht zögerlich, nicht hastig, jemand, der sich hier zu Hause fühlte.

»Sebastian«, sagte Thomas, als die Tür aufging, doch es war ein Fremder, ein älterer Herr im grauen Anzug, der kurz irritiert blickte, er hatte Thomas' Wort im Knarren der Tür nur halb erhascht. Schon lächelte er, selbstgewiss und gütig und als ob man sich kannte. Ja, das Gesicht kam Thomas nun doch bekannt vor, wie es öfters im Dorf geschah, oder auch bei Sebastian, man sah bestimmte Gesichter gelegentlich wieder und konnte sie doch nicht einordnen.

Der Herr setzte sich in den Sessel, Staub stieb in die Sonne. Thomas rückte seinen Stuhl herum, um ihm gegenüberzusitzen.

»Schade eigentlich, das hätten Sie sich ersparen können. Ich habe mir überlegt, soll ich jetzt schon zu ihm hochgehen? Aber ich wollte Ihnen keinen Schreck einjagen.«

»Richtig so, ich lasse mich ungern bei der Arbeit unterbrechen.«

Der Besucher nickte anerkennend. »Zigarette? Nein? Es sind doch die Guten – die Kollegen hier bringen immer wieder welche mit. Ja, von uns aus, wie gesagt, hätten Sie Ihre Arbeit, Ihren Roman, meine ich, oder wie Sie das nennen wollen, auch gar nicht unterbrechen müssen. Es war dann doch alles im grünen Bereich. Wir hatten zeitweise einen ganz anderen Eindruck bekommen, dieser Briefwechsel mit Ihrem Lektor, das wurde ja immer wilder, wir dachten: Hallo, soll das wirklich ein Ritterroman sein oder will er sich da *einer ganz anderen Sache nähern*?

Ehrlich gesagt, wir waren ganz heiß darauf, das wäre für uns wirklich brauchbar gewesen. Wie ist denn die Stimmung hier vor Ort? Was haben die Leute für Bilder im Kopf, von unserem *Schutzwall*? Keine einfache Lebenssituation hier, wie wirkt sich das aus, emotional, psychisch? Das kriegt man nicht so leicht raus, wie man denkt. Klar sind tausend Geschichten im Umlauf, ein richtiger Sagenschatz, den wir ja auch irgendwie pflegen, ich sehe das fast als Beitrag zur Volkskultur. Aber da fehlt natürlich der analytische, synthetisierende Zugang, den ja ein Schriftsteller hat. Und schließlich ist die Situation für die Leute hier derart selbstverständlich geworden, dass sie kaum noch darüber nachdenken, oder ihre Eindrücke nicht in Worte fassen können. Da hilft vielleicht der Außenseiterblick, dachten wir.

Wir hatten uns einiges versprochen, sind aber bei Ihnen nicht recht fündig geworden. Manche Kollegen haben da herumanalysiert, nach irgendwelchen Chiffren gesucht, Geheimtinte, einer wollte sogar die Dielen aufreißen, als Sie im Urlaub waren, um das *eigentliche* Manuskript zu suchen. Ja, ich fand das auch ein bisschen lächerlich, hab gesagt, Jungs, die beste Erklärung ist oft die einfachste. So leid es mir auch tut: Hier sieht man nur, dass alles viel zu gut funktioniert, die Schere im Kopf, das ist das falsche Bild, finde ich, oft ist es eher die Logomanie, wo man den Wald vor lauter Bäumen, ha, ha. Manchen Kollegen erscheint das immer gleich verdächtig, weil sie nicht durchblicken, das ist aber meiner Ansicht nach sogar ganz in unserem Sinne, die Spinnereien, auch der Vergangenheitskitsch. Das ist ein Sicherheitsventil, wie sie im Westen ein Riesengeschäft daraus machen, Unterhaltungsmedien, Drogen, Esoterik, was weiß ich. Finde ich persönlich viel schlauer, als diese harte Linie gerade … Entschuldigung, man kommt so vom Hundertsten ins Tausendste. Eigentlich wollte ich Sie nur beruhigen. Ich kann mir vorstellen, dass Sie in letzter Zeit ziemlich mit den Nerven runter sind, das sind ja viele gerade. Aber so langsam bekommen wir alles in den Griff.«

»Vielen Dank«, sagte Thomas, da der Mann auf irgendeine Reaktion zu warten schien, und erhob sich. Sie gaben sich die Hand, und der Fremde verließ das Zimmer. Thomas öffnete das Fenster und lauschte nach Schritten im Schnee. Er hörte nichts. Lief durch alle Räume, nichts. Der Mann hatte wohl den Waldweg genommen, oder den Wiesenweg nach Tanne. Im Arbeitszimmer stand das Fenster noch offen und vom Tabak, vom Streichholzschwefel blieb nur ein Hauch. Die Kippen hatte der Mann in den Ofen geworfen. Der Schreibtisch, die offene Schublade war leer. Eine blanke Fläche breitete sich aus, auf sie blickte Thomas nun herab.

Er gab dem Mann Recht. Er gab ihm gern Recht. Wie viele fremde Leser es gegeben hatte, war egal. Denn das Eigentliche war darin gar nicht erst erfasst gewesen – jeder Versuch, es zu bezeugen, rückt es in die Ferne. Es ist nicht zu erfassen, und deshalb nicht zu leugnen, und deshalb nicht zu vernichten. Und was man doch zu vernichten fertig bringt, geht in die Luft, in den Boden ein.

In der Leere wendeten sich schemenhaft die alten Blätter, oder waren es schon neue:

Von diesem neuen Auftrag versprach Theobald sich nun Heilung. Nicht einmal vom heiligen Dorn. Nein, er hatte grimmige Lust auf den Weg durch den menschenleeren Wald. Seit seiner Kindheit war er nicht mehr dort gewesen. Doch der erste Tagesmarsch führte durch kahle Täler, nur Gesträuch und Gräser, Kräuter und Blumen. Hinter der Elendsburg musste der Wald liegen. Es war längst dunkel, als er ankam.

Ein seltsamer Mensch, der weiße Mönch am Feuer. Er kehrte den anderen den Rücken zu, den paar Händlern, die ihrerseits Theobalds Blick scheu mieden, so dass er sich zu seinem weißen Bruder setzte. Ihn schließlich fragte, was ihn in die Berge verschlagen habe.

Der weiße Bruder suchte ein Wäldchen, um dort als Einsiedler zu leben. Er sei schon zwei Tage unterwegs und habe keins gefunden. Theobald wollte ihm nicht glauben, der weiße Bruder ihm nicht, dass auch zwischen hier und Ilsenburg die Berge kahl seien. Also stiegen sie beim ersten Tageslicht auf den Kamm.

Hügel und Täler lagen vor ihnen ausgebreitet. Der Himmel war klar, sein Blau ungebrochen, nur am Horizont lichter, ein verschlissener Rand. Theobald sah diesen Himmel wie zum ersten Mal; noch vor wenigen Jahren war er verschleiert gewesen. Nach Gottes Pech und Schwefel hatte es gerochen. Nach menschlichem Fleiß und dem Schweiß des Angesichts. Bei seiner Aufnahme ins Kloster hatte Theobald die Berge von den Hohneklippen aus überblickt: Die kahlgeschorenen Hänge wimmelten, es kroch aus ihren Löchern, die Wege schlängelten sich; Baumstämme, zu Gefährten und Gerätschaften gefügt, vollzogen ungewohnte Bewegungen, auf und ab, hin und her, oder schichteten sich in Kohlenmeilern; das Wasser floss die gefurchten Hänge hinab, die trüben Bäche schwollen an, Rauch stieg aus allen Tälern, unzählige Säulen, die den steinernen Himmel trugen.

Er hatte sich damals vorgestellt, durch all diese Emsigkeit würden diese Berge nach und nach abgetragen werden, diese hässlichen Berge, die Ebene läge offen, man würde Gärten pflanzen.

Nun war alles still, er roch nichts, lediglich hinter ihnen, aus dem Tal, stieg ein wenig Rauch aus der Elendsburg. Theobald suchte den Horizont von einem Ende zum anderen ab, auch die Täler, die in ungewohnter Klarheit dalagen, doch alles war kahl. Ganz im Norden stieg eine einsame Wolke auf, das musste Ilsenburg sein. Zwischen diesen schwachen Säulen schien der Himmel mit seiner ganzen Pracht auf die Erde einzustürzen.

Am Abend hatte Theobald dem weißen Bruder von seinem Auftrag erzählt: Man müsse den Menschen wieder Hoffnung geben. Sie sollen den Neuanfang wagen, die Städte wieder aufbauen; Wüstung und Abwanderung, das Verbluten des Landes solle verhindert werden. Doch seine Worte klangen stumpf, und so stumpf fühlte er sich innerlich.

Der Bruder hatte nur milde gelächelt: "Lass sie abwandern, lass das Land verwüsten. Denn Gott will, dass wir in die Wüste gehen."

Nun sagte er nach langem stummen Schauen: "Gut. Der Wald wird schon wieder wachsen.".

Thomas spürte eine große Erleichterung, denn nun hatte er unendlich viel Zeit. Er war auf dem richtigen Weg. Den Wald gab es schon. Er war kein Hindernis, sondern die Abkürzung. Er war der endlose Raum dieser Grenze, und der Raum, in dem es keine Grenze gab. Nichts als ein Flüsschen: Schuhe ausziehen, ins kühle Wasser schreiten, mit den Zehen nach den Steinen tasten. Gelänge man nur in den richtigen Wald. Den Wald *vorher*. Kein Märchenwald. Denn Märchen werden von Menschen erzählt. Eher noch die rein wissenschaftliche Betrachtung. Doch wo stünde der Betrachter? Nein: Der Wald lag *davor*. Vorm Erzähler, vorm Erzählten, vorgeschichtlich.

Tacitus hatte geschrieben:

Über die Suionen hinaus liegt ein anderes, träges und fast unbewegtes Meer. Dass dieses den Erdkreis umgürtet und abschließt, wird dadurch beglaubigt, dass der letzte Glanz der schon untergehenden Sonne bis zu ihrem Aufgang mit solcher Helle fortdauert, dass er die Sterne verdunkelt. Dorthin setzt die Sage – und das mit Grund – die Grenze der Natur. Weiter wohnen nun am rechten Ufer des suebischen (baltischen) Meeres die Stämme der Aestier. Sie verehren die Göttermutter. Bei den Sitonen hat eine Frau die Herrschaft. So sehr sind sie nicht nur von der Freiheit, sondern sogar von der Knechtschaft herabgesunken. Das Meer durchstöbern sie und sammeln allein von allen den Bernstein in Untiefen und unmittelbar am Ufer. Wie in den abgelegenen Gegenden des Morgenlandes Bäume Weihrauch und Balsam ausschwitzen, so gibt es auch auf den Inseln und Küsten des Abendlandes fruchtbare Waldgegenden und Haine, wo Baumsäfte, durch die Strahlen der nahen Sonne ausgetrieben und flüssig werdend, in das nächste Meer abfließen und durch die Gewalt der Stürme an das gegenüberliegende Ufer antreiben.

Diesen Wald, 35 Millionen Jahre alt, wähnte Tacitus schon am anderen Meeresufer.

TEIL II

Kapitel 7
1980

Eli sah keinen Grund, in die Schule zu gehen. Nach der Einschulung in Benneckenstein lag die Zuckertüte lange unberührt in ihrem Zimmer. Hebst du sie für die schlechten Zeiten auf?, fragte Editha. Sie ist viel zu schön zum Anfassen, sagte Papa. Editha hatte sie selbst bemalt, wie ein echter Blumenstrauß, und Eli hatte sie erst nicht berühren wollen. Es kam ihr vor wie ein Trick in einem Märchen. Und wie im Märchen *musste* sie das Wunderding nehmen, damit die Geschichte weiterging, das hieß: Alles ging schief. Es war ein schrecklicher Tag mit viel Herumstehen, Reden und Singen in der Sonne. Und alle Kinder hatten diese Tüten, bloß ihre Tüte war anders. Da waren fremde Kinder aus den anderen Dörfern, und alle glotzten: Dieses Zauberding war zu schön. Aber die Erwachsenen aus Sorge sagten: Ach, das hat die Mutti sicher selbst bemalt! Eli schüttelte jedes Mal heftig den Kopf. Sie lächelten so bescheidwisserisch. Worüber, das begriff Eli nicht. Klar war ihr nur, dass sie nicht hierhin gehörte.

Deshalb, obwohl Eli nicht blöd war, verstand sie anfangs nicht, dass sie hingehen *musste.* Natürlich wusste sie, was die Schule war. Sie verstand nur nicht, was sie mit ihr zu tun hatte. Sie wusste, was ein Schulbus war, aber am dritten Tag stand sie mitten auf dem Hang und sah zu, wie er ohne sie wegfuhr. Dann lief sie zur Straße hinunter, einfach so – wenn sie nicht in die Schule ging, und auch nicht mehr in die Krippe, hatte sie den ganzen Tag für sich allein und konnte herumlaufen. Das war ein Fehler, denn Herr Heckmann fuhr gerade vorbei und dachte, sie hätte den Bus verpasst. Er fuhr sie in die Schule, brachte sie auch noch ins Klassenzimmer, er wusste wohl, dass sie sonst abhauen würde. Aber er lächelte, als wäre das ein kleines Abenteuer. Sie wollte vor

Scham im Boden versinken. Nun konnte sie erst recht nicht mehr hingehen.

Als sie wieder zu Hause war, wussten Papa und Editha alles schon von Herrn Heckmann. Er hat wohl nichts Besseres zu tun!, sagte Papa. Sie waren nicht böse. Passiert halt!, sagte Editha. Eli wagte also zu sagen, dass sie von nun an zu Hause bleiben würde.

Denn zu Hause war das Eigentliche, immer schon gewesen.

Sie war zwar jeden Tag in die Krippe gegangen, aber Papa hatte sie während seiner Mittagspause abgeholt, und die anderen Kinder mussten bleiben, weil ihre Eltern den ganzen Tag im Betrieb arbeiteten, Papa dagegen im Haus des Buches, gleich um die Ecke. Eli sah die anderen Eltern nur nachmittags, wie sie vorne aus dem Bus stiegen, und hörte das Geschrei der Kinder, als sie aus der Krippe entlassen wurden. Es klang ganz anders, als wenn sie mitten drin war, mittags in der Pause. Immer dann kam Papa. Er kam schön gekleidet, schöner überhaupt als die anderen Eltern, aber leise, und im richtigen Moment, so dass kaum jemand auf ihn achtete. Ganz anders war es, wenn Editha sie abholte. Sie kam in ihren Arbeitssachen, voller Farbe und Gips, aber sie schritt herein wie eine Königin, grüßte die Erzieherinnen und Kinder, zu fröhlich und zu laut, und führte Eli vor ihren glotzenden Augen davon. Aber Papa nahm Eli einfach an die Hand und verschwand mit ihr.

Vom Haus des Buches bis zur Brücke zählte sie ihre Schritte laut. Sie glaubte, die Brücke sonst nicht überqueren zu können. Zwar standen da keine Soldaten, wie zum Beispiel am Kontrollpunkt hinter Tanne, vor denen Eli immer ein wenig Angst hatte. Sie waren da, um sie zu schützen, sagten die Erwachsenen. Nur Papa nicht, er sagte: Sie sind einfach da. Eli glaubte, sie hätten schon immer dagestanden. Immer dieselben zwei Soldaten, ihr ganzes Leben lang. Aber Papa sagte, sie wechselten sich immer ab, bloß sahen alle gleich aus in Uniform. Und jeder diente nur anderthalb Jahre, dann durfte er sein Leben weiterleben. Das waren fünfhundert Tage, erklärte er. Aber so weit konnte Eli nicht zählen.

Der Zaun verlief vorne an der Bahnlinie, dahinter war die *Sperrzone*. Was das hieß, sah man nur flüchtig, wenn der Zug den Wald verließ und ins Tal bog, auf Sorge zu: offene Auen, ferne Fahrzeuge, Figuren mit Feldstechern, wie verlorenes Spielzeug. Dahinter Waldhänge, die schon *drüben* waren. Von der Straßenbrücke aus sah man nichts davon. Auf den Auen vor dem Eisenbahnviadukt spielten die Kinder und badeten im Fluss. Nur untertauchen durfte man nicht. Denn manche behaupteten, das Wasser sei vergiftet, es komme ja vom Klassenfeind. Gerade weil man nichts recht wusste, weil die Sperrzone kaum anders aussah als hier, hatten schon diese Auen etwas Verbotenes, weshalb es so aufregend war, dort zu spielen. Sie waren wie ein noch nie betretener Ort, so schön und wild wuchsen sie. Und schon die Brücke, von der man diesen Ort sah, schien kaum betretbar. Deshalb zählte Eli ihre Schritte. Und Papa freute sich, weil sie so gut zählen konnte.

Sie vergaß das Zählen ganz, wenn sie zum Wasser hinunterblickte. Zu den Wirbeln, die immer gleich waren, und immer anders. Immer kam das Wasser auf sie zu, von dort, wo man nicht hinkam, und hörte niemals auf. Das war das erste richtige Spiel des Tages, ein Spiel, bei dem niemand etwas falsch machte. Dann stiegen sie den Hang hinauf und der richtige Tag fing an.

Jetzt war sie eingeschult und lag im Bett und heulte. Auf einmal konnte sie sich an die Krippe kaum noch erinnern. Jetzt, wo es vorbei war, wusste sie nicht mehr, was sie dort gemacht hatte. Da war ein klebriger Geruch, Milch und Eintopf. Ein Raum, von irgendwem eingerichtet, der glaubte zu wissen, was Kinder schön fanden, Kinder, die das schön zu finden schienen, Regeln, ein lautes volles Nichtzuhausesein, wie im Ferienheim. Nicht das richtige Leben. Sie fand es deshalb nicht komisch, dass es aufgehört hatte. Bloß schlimm, dass sie sich nicht erinnern konnte.

An das Eigentliche aber. Angefangen mit ihrem Bett, wenn sie aufwachte, Heinrich der Löwe, der zu ihren Füßen schlief, ihr Zimmer, die Treppe, wo Papa oder Editha sie hinabtrugen oder -führten, oder wo Eli allein hinabstieg, weil ihre Stimmen riefen, oder weil Eli viele Stimmen hörte, wenn im Salon gefeiert wurde. Sie erinnerte sich an all die Spiele, für Drinnen und Draußen, für sich, für Editha und für Papa. Sie verstand nicht, wie das aufhören konnte. Natürlich wirst du noch Zeit zum Spielen haben!, sagte Editha. Aber Eli heulte trotzdem heimlich, weil sie spürte: Etwas hörte auf. Und wurde auf einmal ruhig und fragte sich: Womit hatte es angefangen? Sie war schon sechs Jahre alt. Konnte sich aber an keine *sechs Jahre* erinnern, ein Jahr so und ein Jahr so. Es gab immer nur das *immer.*

Zum Beispiel: immer mit Papa Schmalspurbahn fahren. Immer zur Oma nach Elend. Was hieß *immer*? Zehnmal? Hundertmal? Manchmal fuhr Editha mit. Manchmal fuhren sie woanders hin. Trotzdem dachte sie so: immer mit Papa zur Oma nach Elend.

Und Oma trug Kuchen auf, der immer angebrannt war. Sie buk selbst, seit sie in Rente war. Sie schaute zu, wie Eli aß, und sagte: »Das Angebrannte kannst du mir geben, wenn es dir nicht schmeckt.« Aber es schmeckte Eli und Oma freute sich. Papa und Oma unterhielten sich über *die Geschichte* und auch Eli konnte über *die Geschichte* reden und Oma freute sich. Oma sagte, mit ihrer Tochter habe sie noch nie über *die Geschichte* reden können, *Wissenschaft* und *Dialektik* hätten Editha nie interessiert, sie habe immer nur *Flausen im Kopf* gehabt, und jetzt scheinbar überhaupt keine Zeit für ihre Mutter.

»Ich habe ja auch zu tun, so ist es nicht. Aber von wegen Zuzug aus Familiengründen, von wegen arme alte Mutter, um die sie sich kümmern muss. Da sitzt sie im Nachbarort fest und findet nicht einmal die Zeit, gelegentlich meine Vorträge zu besuchen. Schickt stattdessen Mann und Kind mit Einweckgläsern als Alibi. Als würde ich hier auf dem letzten Loch pfeifen. Wie kommt sie überhaupt dazu, am laufenden Band Kompott zu machen? Für so was habe ich keine Zeit gehabt. Das ist im Grunde asoziales Verhalten, ein primitiver Hamstertrieb. Ich kenne das aus den Kriegsjahren. Aber darüber sind wir doch längst hinweg! Für unsere Bedürfnisse wird gesorgt. Was macht sie da mit meinen Kochbüchern? Die sind doch aus Kriegszeiten! Die müsste man verbrennen!«

Unterdessen aßen Papa und Eli Edithas Kompott auf, das schmeckte, als würden die Früchte im Glas noch praller und duftender werden.

»Immerhin hat sie letzte Woche nicht nur die ganzen Kirschen eingeweckt«, sagte Papa, »sondern auch das Eichendorff-Denkmal fertiggestellt.«

»Ach … es kommt aufs Gleiche raus. Ihre Art, sich aus der Affäre zu ziehen. ›Sich um die Mutter kümmern …‹, dass ich nicht lache, ich soll mich um euch kümmern, darum geht es, so war sie immer, was sie alles für Tiere aus dem Wald angeschleppt hat, Nestlinge, angefahrene Igel, Frösche, Schlangen. Dann wieder vergessen und ich durfte sie versorgen.«

Aber auch das war nicht das *Eigentliche*, sondern die Fahrt dorthin und zurück. Das war es, sagte sich Eli, was sie nie vergessen würde. Bei gutem Wetter stand sie mit Papa draußen am Ende des Zuges, Rauchschwaden zogen an ihnen vorbei und verschwanden in den Ästen. Papa hielt ihre Hand so fest, dass es wehtat. Er wollte sie immer auf dem Arm tragen, wie als sie klein war. Sie wollte immer stehen. Also stand sie. Er presste ihre Knöchel zusammen, und sie drückte mit ihrer freien Hand die Glieder der schwingenden Kette ineinander. Hinter der Kette sprangen die Schwellen hervor, zu beiden Seiten rückte der Wald an. Auf einer Seite der Zaun. Sie waren jedes Mal aufgeregt. Auf halber Strecke griff Papa Elis Hand noch fester und sagte leise: »Wietfeld.« Und einmal: »Da müsste er sein, der Herzynische Wald.«

Damit war der Wald ein anderer.

Hatte damit alles angefangen?

Oder damit:

Einmal vor langer Zeit hatte Papa gesagt: Die Frau, mit der wir leben, ist nicht wirklich meine Frau und nicht wirklich deine Mutter.

Oder sagte er: Was wäre wenn …?

Sagte er: Stell dir vor …?

Ihre Mutter sei nach drüben gegangen, bevor Eli auf die Welt kam. Sie habe ihn mit Eli alleingelassen.

Nur *einmal* hatte er das erzählt. Eli wusste nicht mehr, wann oder wie. Es war, als hörte sie seine Stimme ohne Worte, und verstand ihn doch.

Sie wusste noch, wie sie sagte: »Vielleicht dachte sie, wir kommen nach.« Und er lächelte.

Eli stellte sich das so vor: Die Mutter hatte sie abends ins Bett gebracht und war aus dem Haus gegangen, in die große Stadt Berlin hinaus. Am nächsten Morgen kam Papa, hob sie aus dem Bett und brachte sie in die Welt. Eine Straße, weiße Türme, Sonne auf Fensterreihen, eine Straßenbahn kreischte. Nun waren sie hier und eine andere Frau war da, die sie jeden Tag mit Papa in die Welt brachte, den Hang hinunter, ins Dorf, in die Schule. Vor der sie stand und sich nachbilden ließ. Diese Frau machte etwas aus ihr. *Kunst.* Ihre Mutter hatte sie nur gemacht. Und war gegangen.

So erzählte sie sich die Geschichte. Papas Worte wusste sie nicht mehr. Nur dass er am Ende schwieg und dann sagte:

»Eli, das hätte ich dir nicht erzählen dürfen. Sag lieber, sie ist gestorben … sag es lieber keinem weiter …«

Das wusste sie noch, die Sätze, mit denen er aus der Geschichte fiel, ihre seltsame Ängstlichkeit, aber gerade diese Sätze missachtete sie.

»Das ist nicht meine Mutter«, erklärte Eli in der Krippe. »Meine Mutter ist gestorben, bevor ich auf die Welt kam.«

Editha lächelte nur: Das Kind habe eine lebhafte Phantasie. Auch sie habe eine Weile lang behauptet, adoptiert zu sein.

Editha versuchte, dem Kind anhand der Vögel, dann der trächtigen Theophanu klarzumachen, dass ein Körper aus dem anderen hervorgeht, und zwar aus dem weiblichen. So sei es für eine Frau unmöglich, vor der Geburt einfach zu verschwinden. Es wollte Eli nicht einleuchten.

Eli war nämlich kein Vogel und keine Katze, das wiederholte sie in heller Aufregung.

»Aber wir sind doch auch wie die Vögel«, sagte Editha.

»Sind wir nicht! Wir sind keine Vögel!«, heulte das Kind.

»Warum bist du denn so böse? Weil wir wie die Vögel sind oder weil wir es nicht sind?«

Sag es nicht weiter, Eli. Frag mich nicht mehr weiter. Erzähle du mal, wenn es sein muss. Es ist nur ein Spiel. Aber trotzdem. Ein harmloses Spiel. Harmloser, als. Besser das, als. Irgendwie muss ich doch. Und es stört sie nicht einmal. Editha. Sie findet nichts dran. Sie versteht das nicht. Sie weiß es doch nicht mehr. Es ist ihr egal. Aber trotzdem. Das bleibt unter uns, Eli.

Eli schwieg von da an über ihre Mutter. Nur mit Papa sprach sie, sie sagte ihm, was ihr alles zu der Mutter einfiel und er stimmte ihr in allem zu.

Warum machte dieses Spiel Spaß? Machte es überhaupt Spaß? Nein, das war das falsche Wort. Das Spiel war wichtig. Als Papa ihr von Mama erzählte, hatte Eli etwas verstanden. Und Verstehen war besser als Spaß haben. Sie hatte verstanden, dass etwas nicht stimmte. Papa war anders und Editha war anders und Eli war anders als die anderen im Dorf. Sie wusste jetzt fast, warum. Warum etwas fehlte, etwas nicht passte. Sie hatte die Lösung gefunden und das war dieses Spiel. Das war noch besser, als wenn von vornherein alles stimmte. Wenn nichts fehlte, war es langweilig, gab es nur langweilige Spiele wie in der Krippe. Schreckliches musste sein, dann erst gab es eine richtige Geschichte. Wenn jemand in Gefahr war, eingesperrt, verzaubert, entführt, dann musste man sich auf die Suche machen, auf eine lange Reise, die schlimm war und doch das eigentlich Schöne.

Dieses Spiel machte Spaß – nein. Dieses Spiel war schön, weil Eli das fand, was fehlte. Es war schön, *weil* etwas fehlte. Denn wenn sie daran dachte, sah sie ein großes Land, von dem sie vorher gar nichts gewusst hatte. Das Drüben.

»Drüben hat Mama ein ganz großes Haus.«

»Ja, bestimmt.«

»Das ist nämlich kein Haus, sondern ein Boot.«

»Ein Hausboot.«

»Mit einem großen Garten mit einem Baum.«

»Und am Baum hängt eine Schaukel.«

»Mama spielt im Garten. Sie hat ganz lange rote Haare.«

»Sie hatte mal schwarze Haare. Aber jetzt hat sie rote Haare.«

Sie zeichnete Mama mit roten Haaren. »Eine blonde Mutti ist dir wohl zu langweilig«, sagte Editha. »Und das? Bist du das? Du magst wohl auch nicht mehr blond sein.«

»Nee.«

»Dann bist du eine Hexe, und deine Mutti ist auch eine Hexe. Denn Hexen haben nämlich rote Haare.«

Und zum Spaß malte Editha die Haare der Holzfigur, die gerade fertig geworden war, rot an. Die Holzfigur stellte ein Mädchen dar, das zeichnete. War es schlimm oder schön, dass Editha mitspielte? Das hätte sie Papa fragen können. Aber wenn sie mit ihm ein Geheimnis hatte, warum nicht auch mit Editha? Sie wartete, was Editha noch sagen würde. Aber Editha sagte nichts mehr. Sie konnte mit den Haaren nicht aufhören, sondern begann, alles bunt zu malen. Sie arbeitete bis tief in die Nacht und merkte nicht, dass Eli gegangen war.

An solchen Abenden aß Eli ihr Abendbrot bei Papa im Arbeitszimmer. Papa schrieb. Und sah sie manchmal an, nicht so, wie wenn sie »Mama« spielten und er gespannt darauf wartete, was sie sagen würde, sondern fast böse. Und wenn sie etwas sagte, war es immer falsch. »Ich bitte dich, wenn der Papa schreibt, bist du mit deinen Geschichten nicht dran.«

Heinrich sprang auf den Sessel neben ihr, drehte sich um und um und machte aus sich einen großen goldenen Knoten. Riesenvieh. Theophanu war schwarz und scheu. Editha schloss sie aus dem Atelier aus, weil sie überall hochkletterte und Terpentingläser von den Regalkanten stieß. Sie kam gern in Papas Arbeitszimmer und stieß Bücher um, was ihm egal war. Sie wollte sein, wo Menschen waren, und ließ sich doch nicht anfassen, hockte auf dem Türsims wie eine Krähe. Eli kraulte Heinrich und wollte nichts lieber, als dass Theophanu zu ihr auf den Schoß käme. Das kann man nicht erzwingen, hatte Papa gesagt, als sie Theophanu fangen wollte. Sie muss von alleine kommen. Sie ist wie ein wildes Tier.

Eli wollte jemand sein, zu dem die wilden Tiere von alleine kamen.

Sie zeichnete oder nahm sich eins von Papas Büchern und las, so nannte sie es. Sie fuhr mit dem Zeigefinger über die Zeilen und bewegte die Lippen dabei wie Papa: *pspspspspspsps.*

»Machst du dich lustig über mich?«, fragte er vom Schreibtisch, hob die Brauen und grinste.

Manchmal, wenn sie fast schon schlief, legte er seinen Stift zur Seite, sah sie erwartungsvoll an, wie beim Mama-Spiel, und las vor, was er geschrieben hatte. Das war wie eine Gutenachtgeschichte, wie die Märchen, die sie immer wieder hören wollte. Diese aber, so oft sie sich wiederholten, ergaben keinen rechten Sinn, es waren wie Märchensätze,

Im Bodetal, da wasch' ich mich,
In Venedig, da trockne ich mich,

die sie auswendig kannte, aber nicht verstand. Es war, als wären Papas Geschichten für jemand anders gemeint, als wäre sie selbst jemand anders, selbst in einer Geschichte, und darüber schlief sie ein.

Talimil litt an einer Krankheit der Seele, der schwersten Sünde, A c e d i a . Daran war noch nie jemand gestorben. So stumpf-verzweifelt lebten die Slawen und waren nicht unterzukriegen. Die Slawenmission war gescheitert. Möglich, dass jedes andere Heidenvolk bekehrt war und schon der Endzeit harrte, die eintreten sollte, wenn die ganze Menschheit sich zum Christentum bekannte. Aber das Ende kam nicht, denn die Slawen in ihrer Sturheit hatten sich bis zuletzt geweigert – die Deutschen hatten versagt. Doch wer sprach jetzt noch davon, im Jahr 1003? Schon nahm man das Wort "tausend" in den Mund, als setzte es lediglich die menschliche Zeitrechnung fort. Dabei hatte Talimil sein Leben lang geglaubt, nun in der Unendlichkeit zu leben - vielleicht noch in den Umwälzungen, doch immerhin verwandelt und staunend. Er hatte Unvorstellbares erwartet ... aber dass das Unvorstellbare ganz und gar ausbliebe? Es hatte Zeichen gegeben, zur Zeit des Slawenaufstands - der neue Stern am Himmel, die Pilzvergiftungen, die marodierenden Wölfe in Nordthüringen. Aber solche zweiköpfigen Kälber kannte man doch *ad nauseam* aus der Geschichte und ebenso das Unheil, das eintrat. Das konnte es doch nicht gewesen sein. Er hatte noch gehofft, nach diesen gemeinhin vertrauten Zeichen kämen neue, noch nie gezeigte Zeichen und dann schließlich das Noch-nie-Gezeigte, kein Zeichen nun, sondern -

Und schon war er vom Weg abgekommen ...

Manchmal zitterte Papas Stimme, als sei etwas ganz besonders wichtig, gerade dann verstand Eli keinen Satz, aber er, als er fertig war, schien zufrieden. Schwieg eine Minute lang, öffnete die Ofenklappe und legte die Blätter hinein.

»Das bleibt unter uns«, sagte er dann. Das klang schöner als: Nicht weitersagen. War es Editha, die nichts wissen durfte? Ein paar Mal hatte es Streit gegeben, nein, keinen Streit, denn alles blieb ganz leise, aber besorgt, gespannt, und Editha sagte immer wieder: Dein Buch.

»Es geht nicht um Editha. Sie weiß eh mehr, als sie sagt. Sondern darum, dass jeder Geheimnisse braucht. Ich sitze den ganzen Tag vor allen Augen. Niemand weiß, was in mir vorgeht. Das Leben wäre nicht lebbar, wenn alle immer alles wüssten. Ich öffne mich nicht jedem. Sonst hätte das keinen

Wert. Jedem Menschen geht es so. Nur sieht man es erst, wenn man ihm nahekommt. So soll das auch sein.

Und *nahekommen* hat nichts mit räumlicher Entfernung zu tun. Selbst der Raum, den man braucht, muss nicht räumlich sein. Ich muss die Tür nicht verschließen. Jeder kann hier reinspazieren. Mit diesem Gedanken musste ich erst kämpfen. Stell dir vor, ein Fremder geht in dein Zimmer, wenn wir aus dem Haus sind. Er spielt mit deinem Spielzeug, blättert in deinen Zeichnungen, legt sich auf dein Bett. Abends steht er unterm Fenster und lauscht. Er nimmt dir nichts weg, er bringt nicht einmal deine Ordnung durcheinander. Wie würdest du das finden?«

»Schlimm.«

»Ja, es ist schlimm. Und es sollte nicht sein dürfen. Aber was solche Leute finden ist nie das Eigentliche. Ich habe einmal reinen Tisch gemacht, keine Spur hinterlassen. Ich hätte es gar nicht tun müssen. Aber so schnell wächst alles wieder.« Er blickte um sich: Bücherstapel, Hefte. »Erschreckend fast, es ist zu viel, das kann kein Mensch erfassen. Alles könnte er ablichten, aber der Sinn des Ganzen würde ihm entgehen. Der ist nämlich hier drin.« Er tippte sich an die Stirn. »Wenn überhaupt. Was ich doch einmal festzuhalten schaffe, das lege ich in den Ofen. Obwohl ich es genauso gut lassen könnte. Offen liegen lassen. Es würde genauso untergehen. Wahrscheinlich will ich gerade das nicht.«

Davon verstand Eli wenig. Aber wenn er mit dem Schreiben fertig war, erzählte er Dinge, die leichter, wenn auch nicht ganz leicht zu verstehen waren. Er wollte, dass sie lernte. Er nahm sie auf den Schoß und zeigte, was in den Büchern stand, in denen er suchte, und die Notizen, die er machte.

»Vor vielen tausend Jahren hat es einen ungeheuer großen Wald gegeben, sie nannten ihn den Herzynischen Wald. Dieser Wald war so groß, dass er nicht nur ganz Deutschland, sondern halb Europa bedeckte.«

»Was ist Europa?«

»Ich zeige es dir auf der Karte. Aber damals, vor tausend Jahren, gab es keine richtigen Karten von Europa. Es gab auch nur wenige Menschen, die weit weg von zu Hause gingen. Als sie heimkehrten, mussten sie erzählen, was sie alles gesehen hatten. Das hat man immer weiter erzählt, und so konnte man sich ein Bild machen.«

Er zeigte ihr eine Karte nach der anderen, die man gezeichnet hatte, ohne recht zu wissen, wie Europa wirklich aussah, nur dass *weit im Norden ein Meer liegt* oder *der Fluss einem unüberwindlichen Berg entspringt.* Hier also war Land, und Wasser drum herum. Das kannte Eli, spielte sie doch in Pfützen, sprang dort von Insel zu Insel. Nichts anderes war das, und nicht anders als im Wegeschlamm flossen die Formen. Inseln wurden zu Landzungen, Meere verschwanden, Flüsse wanderten, Berge wuchsen, die ganze Masse krümmte sich, wirkte plump und ungelenk, weil die Leute noch nicht wussten, wie Europa aussah. Aber sie lernten langsam, die Dinge zu vermessen: Was zu groß zum Sehen war, konnte doch abgebildet werden. Wenn auch niemals ganz genau. Schließlich war einer geflogen, ganz weit oben im Raumschiff, Juri Gagarin hieß er, und sah von oben, dass es wirklich so war.

Und so war es: Papa breitete die neue Karte aus, die in ihrer Genauigkeit nicht anzuzweifelnde Form.

»Westeuropa«, sagte er und trennte mit einem Finger lauter Köpfchen und Beinchen von der großen Masse ab. »Siehst du das?« Er zeigte aufs unterste, zappelnde Bein, auf das Knie. »Da ist eine Stadt: Rom. Vor zweitausend Jahren war all das Rom.« Sein Finger kreiste halb Europa ein, das Meer. »Das Römische Reich. Das gibt's nicht mehr. Aber die Stadt gibt es noch.«

»Und jetzt?«

Der Finger fuhr nach rechts, nach oben. »Moskau.« Der Finger kreiste langsam.

»Was ist *da*?« Rechts breitete sich die Landmasse aus, ungebrochen, wuchtig, bis an den Bildrand.

»Da geht es noch viel, viel weiter. Da fängt Asien an. Europa ist ja nur ein Klecks.« Am Klecks endete nun der Bogen des Fingers, er krümmte sich und schlängelte sich durch die Umrisse, trennte vorsichtig die Windungen. »Und hier sind wir – genau in der Mitte.«

Hier?

Hier ruhte Papas Finger auf einem großen grünen Blatt auf einem Schreibtisch am Fenster und draußen vorm Fenster war Grün und das da draußen war

hier

war das Waldstück und der Waldweg und der *alte Bahndamm* und das Stück Straße, das noch weiterging, bis zur Schmalspurbahn nach Elend und der Weg zurück nach Tanne und die Soldaten, die so taten, als kannten sie Eli nicht und der Feldweg *Auf der Lindewarte* und die zwei Tannen vor dem Haus und hinter dem Haus der Trampelpfad hinunter zur Straße, die bis zur Schmalspurbahn führte, und die Brücke, an der man immer abbog, obwohl es noch ein Stückchen weiterging, *da kommt man nirgendwohin*, da floss nur die Warme Bode und

hier

ging es nach links über die Brücke ins Dorf hinauf, rechts die Touristenbusse vorm Sorgenfrei und links die großen alten Häuser und weiter oben die Kirche und der Bahnhof und der Friedhof und die Bibliothek und der Bachweg nach Benneckenstein und vorher rechts der *Mönchsweg*, da geht's nach Rom, und Rom war

hier

kannte sie die Wege, sie wusste, was als Nächstes kam, wo man abbog, aber manchmal kam sie durcheinander und vergaß etwas oder es ging viel schneller oder dauerte doch viel länger als sie dachte, oder sie glaubte,

hier

sei sie noch niemals gewesen, aber auch Papa kam manchmal durcheinander und sogar Editha, aber nur, wenn sie weit weg von zu Hause fuhren, nicht

hier

kannte Eli die Wege *erstaunlich gut für so ein kleines Kind*, aber sie wusste nicht, wie sie wirklich aussahen. Wie sie *auf der Karte* aussahen, Karten, die die Erwachsenen immer herauskramten und ausbreiteten oder selbst auf irgendwelchen Zetteln kritzelten.

»Du wirst schon lernen, Karten zu lesen. Es ist anders, als Bücher zu lesen.«

Sie starrte auf die Karte und atmete schwer, wie immer, wenn sie nachdenken musste und *mit dem Kopf weit weg war*, sie atmete wie jemand, der schläft, und die anderen Kinder machten sich darüber lustig. Papa machte sich nicht lustig. Aber sie hielt den Atem an und begann lautlos zu atmen wie im Wald. Er saß ruhig da und sah ihr zu, als ob er wissen wollte, wo sie mit dem Kopf war.

»Es ist, als ob du ein Vogel bist. Und du steigst immer weiter hoch. Du siehst unser Haus von oben. Wie dein Puppenhaus. Der Feldweg nach rechts, nach Westen, der Trampelpfad nach Süden. Und weiter hoch. Das Dorf, ganz langgestreckt am Fluss. Kannst du dich an die Modelleisenbahn im Museum erinnern? Das kleine Dorf auf dem Tisch und der kleine Zug, der durchfährt?«

Sie nickte.

»Und der Wald drum herum. Von oben sieht er dunkel und weich aus, wie Moos. Und wenn du noch weitersteigst, kannst du die Grenze sehen. Die Grenze ist, was die Soldaten schützen. Man sieht sie nur von oben. Eine Schneise durch den Wald, und kleine Zäune und Türmchen. Auf der anderen Seite ist Wald und sieht genauso aus, hier und da gibt's Felder und Dörfer. Und die Grenze läuft viel weiter als man sehen kann. Du steigst weiter und siehst das ganze Gebirge, das sieht aus wie … ein dunkles Tier, das daliegt. Und da siehst du die Grenze wahrscheinlich schon nicht mehr, du kannst sie dir nur denken. Aber so hoch kann kein Vogel mehr fliegen. Also, jetzt bist du Juri Gagarin. Und unter dir sieht es jetzt *so* aus. Du siehst, wo die Grenze anfängt und wo sie aufhört.«

Sein Finger fuhr von der blauen Pfütze hinunter durchs Grüne.

»Und immer weiter.«

Er holte den Globus. Dort war auch eine Masse mit Köpfchen und Beinchen, ein bunter Klecks wie auf der Karte, doch alles drehte sich.

»Denn die Erde ist rund und hat keinen Anfang und kein Ende.«

Sie atmete tief und langsam, als ob sie schliefe. Sie hatte fast verstanden, sie hatte es sich fast gemerkt. Und dann. Als wäre sie da oben und stürzte, ging alles durcheinander. Sie sah nichts mehr klar. Nur ein großes grünes Blatt auf dem Schreibtisch am Fenster und vorm Fenster war Grün und das da draußen war

hier

und das da drin auf dem Schreibtisch auf dem Blatt der winzige Punkt unterm Finger war

hier

aber *hier* draußen war viel größer als *hier* drinnen und

hier draußen waren die Wege, die nicht nur gekritzelt waren, auf denen man stundenlang ging und wenn der Weg anfing sah man nicht, wo er aufhörte und wenn er aufhörte sah man nicht mehr, wo er anfing und überhaupt

hier ging doch viel weiter, als man hinkam, denn

hier stand man an der Brücke beim Sorgenfrei und sah flussaufwärts, Bäume und Auen, voller ferner Geräusche, Stimmen und Gebell und Motoren. Aber das war noch nicht die Grenze, denn noch ein Stück weiter kam man

hier mit der Schmalspurbahn über die Auen und über den Fluss, und sah flussaufwärts, *rechts biegt der Fluss ab und ist dann die Grenze,* doch man sah nicht, wie er abbog, wo er herkam, man sah nur die Auen, zugewachsen

hier bog die Schmalspurbahn nach rechts ab und fuhr dort lang, wo man nicht mehr hinkam aber noch keine Grenze war, fuhr durch den Wald am Zaun entlang und

hier ist Wietfeld

Eli sah hin durch die Bäume und sah nichts und was hieß denn

hier?

Rom war
hier
und Moskau war
hier bei den Russen
und Aschersleben war bei den Russen und manchmal kamen sie hergefahren. Sie trugen immer Uniformen, andere als *unsere*, und einmal tanzten sie auf einer Bühne und trugen bunte Trachten. Russisch klang wie bunte Tracht und Uniform. Auch Papa sprach Russisch.
Und eigentlich bin ich Russe.
Bin ich dann auch Russe?
Nein, dann bist du Russin.
Und Mama?
Ja, Mama auch.
Russland war also
riesig und dunkel und bunt
Russland war also
dort drüben?
Nein,
dort drüben,
das ist was anderes.

Und Rom war
hier und
hier war der Weg nach Rom, sagte Papa immer und einmal sagte Eli,
Dann gehen wir doch da lang.
Und Papa lachte und hob sie an den Zaun. Sie sah hinunter auf die Weide und sah die Furche, die abbog. Papa kletterte auch auf den Zaun. Dann sagte er, *da steht doch ein Bulle auf der Weide.* Eli sah nur Kühe, aber auch vor Kühen konnte man Angst haben. Also kletterten sie wieder hinunter. Und Papa sagte, *eigentlich geht das nicht wirklich weiter, eigentlich kommt man da nirgendwohin.* Das war vor sehr langer Zeit eine richtige Straße und die führte am Ende nach Rom, das war aber weit weg.
Rom war doch
hier, wo das Beinchen ins Wasser stach, also sehr weit weg,

aber auch Schierke zum Beispiel war weit weg, hatten Papa und Editha gesagt, als Eli einmal nach Schierke laufen wollte, das ist doch drei Täler weiter, da würde man den ganzen Tag laufen. Und Eli sah durch den Zaun auf die Furche und stellte sich vor, den ganzen Tag zu laufen und – sie atmete schwer und dachte an die Karte – auf Wasser zu stoßen, ein See, und in den See stach eine Landzunge wie an der Müritz, wo sie zelten waren.

Sie wollte die Beine ins Wasser tauchen.

Ist Rom dort drüben?

Ja … aber eigentlich meint man damit etwas anderes.

Eli verstand vieles, weil sie so viel spielte. Spielte sie etwas, so musste sie nicht danach fragen. Spielen war nicht: fragen. Spielen war: sagen.

Mama hat ein großes Haus.

Mama hat ein schwarzes Pferd.

Mama singt.

Mama tanzt.

Mama lädt viele Leute zum Essen ein in eine kleine Wohnung. Nicht weitersagen, Eli!

Spielen war: sagen und nicht weitersagen.

Spielen war: unter uns.

Spielen war: vieles auf einmal. So sagte sie laut zu Editha Mutti.

Und spielte auch Edithas Spiele.

Eli spielte Else von der Tanne.

Editha las ihr das Buch vor. Es ging um ein Mädchen, das allein mit ihrem Vater im Wald lebte. Sie waren vor dem Krieg geflüchtet und mussten sich verstecken. Das Mädchen wuchs auf und spielte mit den Tieren. Das war bei Elend, vor dreihundert Jahren.

»Ich hab's immer nachgespielt«, sagte Editha. »Da bin ich in den Wald gegangen und wollte den Ort finden, wo sie gelebt haben. Ich habe gesucht und gesucht und dachte mir: Hier war's. Und hab dort gespielt. Als ich größer war, hab ich dran gedacht und bin wieder hin und hab gesehen, da hätte niemand leben können. Es kann nicht dort gewesen sein. Aber schön war's.«

Eli ging in den Wald und wollte den Ort finden. Sie suchte und suchte und dachte sich: Hier war's. Und spielte dort. Es war im Waldstück vorm Haus, denn weiter durfte sie nicht, nicht außer Sichtweite. Editha stand am Fenster und sah sie und rief: »Spielst du auch Else von der Tanne?«

»Spielst du mit?«, fragte Eli, aber Editha lachte und sagte: »Nein, jetzt bist du dran.«

Also spielte sie, weil Editha nicht mehr spielte. Sie musste spielen, weil Editha und auch Papa es nicht mehr konnten. Sie musste es besser können als die anderen.

Nun saß sie in der Schule und überlegte verzweifelt, wie das noch gehen sollte.

»Natürlich hast du Zeit zum Spielen!«, hatte Editha gesagt. Sie hatte Eli einen Stundenplan gezeichnet und gezeigt, wie viel Zeit noch zwischendurch übrigblieb. Sie malte die Spielzeitkästen bunt aus, als würde das nach mehr aussehen, aber so waren sie wie Spielblöcke, die verstreut auf dem Boden lagen und nicht mehr in hohen Türmen standen. Sondern die weißen Kästen türmten sich auf, Schule und Hort. In den Hort musste Eli auch noch.

»Du bist ja groß genug«, sagte Editha. »Du sollst auch mal mit den anderen Kindern spielen.«

»Das ist nicht das Gleiche.«

»Ja, deshalb musst du das lernen.«

Eli heulte. Und Editha sagte zu Papa: »Das war unser Fehler, sie hätte lieber ganztags in die Krippe gehen sollen. So leid es mir auch tut.«

Papa sagte nichts. Eli sah ihn nicht, weil sie unter das Sofa gekrochen war, aber wahrscheinlich nickte er. So war das bei diesen Streiten, er saß stumm da, oder er ging weg, als sei das eine Sache zwischen Eli und Editha. Da heulte Eli und schrie vor Wut. Aber auch Editha war sauer, wenn Papa ging, obwohl sie ganz ruhig und langsam und immer schwerer sprach, wie beim Bergaufgehen. Eli wollte da nicht mit hinauf. Es hatte mit ihrer Zuckertüte angefangen, die aussah wie ein echter Blumenstrauß, als sollte das ein Spiel sein, und war doch das Ende der Spiele. Was auch immer Editha sagte, es war klar: Sie wollte den Spielen ein Ende setzen. Und Eli glaubte zu verstehen, warum, und hatte dann ein Gefühl, das sie wiederum nicht verstand, das doch nicht Wut auf Editha war. Auf Papa war sie aber sauer, weil er nichts sagte, dabei wusste er ganz genau, was hier los war.

Er musste zum Beispiel wissen, dass es mit dem Stundenplan so nicht ging, mit den kleinen Spielkästen und den großen Türmen Schule und Hort. Denn da musste sie erst hoch und runter, langsam und immer schwerer, wie auf langen Treppen. Wenn sie nicht aufpasste, würde sie dabei die Spiele vergessen, wie überhaupt die ersten Jahre ihres Lebens. Man musste immer spielen, oder gar nicht.

Das erste Jahr war sie nicht gut in der Schule. Sie konnte sich nichts merken. Nicht einmal ordentlich malen konnte sie. *Und das, wo deine Mutter doch Künstlerin ist!*

Eli sagte nicht, dass das nicht ihre Mutter war. Was sie sagen und nicht weitersagen durfte, das wusste sie. Das war nur ein Spiel, das konnte sie am besten. Viel besser als die anderen Kinder. Wenn Eli spielen wollte, was auch immer, sie machten es mit. So war das immer gewesen.

Immer? Na ja, manchmal. Manchmal ging Eli über die Straße, was sie nicht durfte, zu den Auen. Die Kinder sahen sie an, als wäre sie fremd, sie staunten so sehr, dass sie alles mitmachten, wenn Eli dann sagte: Spielen wir *Seefahrer* oder *Kreuzzug* oder *Silbermine.* Denn ihr fiel nichts anderes ein, was sie mit ihnen reden konnte. Sie machten neugierig mit. Deswegen dachte Eli beides: Sie spielte immer mit den anderen. Und immer allein.

Die Kinder hatten ein Lieblingsspiel, keiner konnte sich erinnern, auch Eli nicht, ob sie es ausgedacht hatten oder die anderen Kinder vor ihnen, die jetzt die Erwachsenen waren. Es hieß *Zone* und man musste ein Feld überqueren, oder auch nur ein Stück Weg oder eine Einfahrt, fünf, sechs Kinder gingen nebeneinander und versuchten, dieses Feld zu überqueren. Aber das Feld war verzaubert. Eli stand daneben und sagte laut, was geschah:

Der Boden tut sich auf!

Und der Boden tat sich auf.

Schlangen kriechen aus dem Boden!

Und Schlangen krochen aus dem Boden.

Große Flammen! Große Wellen!

Aus dem Nichts stiegen Flammen und Wellen. Eli beschrieb alles genau. Und jedes Mal erwischte es ein Kind oder zwei, sie fielen zu Boden und zeigten, wie sie in den Abgrund stürzten oder sich in Flammen wanden oder von den Wellen weggeschwemmt wurden. Man wusste einfach, wen es erwischt hatte, man stritt sich nicht darüber. Am Ende hatte es ein Kind geschafft. Aber eigentlich machte es fast noch mehr Spaß, erwischt zu werden, am Boden zu straucheln und keuchen und lachen und zeigen, wie man ewig lange stürzte. Das Ansagen machte am meisten Spaß und das musste Eli immer, weil sie das am besten konnte. Was sie sagte, glaubte man.

Krieg oder *Banden und Vopos* spielte Eli auch mit, das waren keine Spiele, die irgendwer sich ausgedacht hatte, sondern man hatte sie wirklich immer gespielt, die älteren Kinder und die noch älteren und sogar die Eltern vor langer Zeit. Aber jetzt waren sie dran. Und wenn Eli dabei war, dachten sie sich bessere Verstecke aus und Fluchtwege und Hinterhalte, und wenn geschossen wurde, stritt man sich nicht darüber, wer tot war, man starb einfach.

Umso weniger mochten die Erwachsenen diese Spiele. Einige guckten schon böse, wenn sie Krieg oder Banden spielten und mit ihren Holzpistolen aufeinander schossen, sie regten sich auf und sagten, sie hätten selbst den Krieg erlebt und die Kinder wüssten nicht, was Krieg sei, sie könnten nichts dafür, aber dass die Eltern ihren Kindern Waffen schenkten, das sei ein Unding. Das verstanden die Kinder nicht, sie hatten sich die Waffen selbst gewünscht oder gebastelt und die Soldaten trugen ja auch alle Waffen und an den Häusern hingen die bunten Medaillen der Schützenvereine – trotzdem: Nicht alle Erwachsenen sahen Waffen gern. Sie hatten den Krieg erlebt.

(Aber jetzt sind wir dran.)

Eli hatte nur ein Pappschwert bekommen, von Papa, weil es historisch war. Auch er sah Schusswaffen ungern, und Editha sagte, das sei Spielzeug für doofe Jungs.

Eli schoss also nur mit Daumen und Zeigefinger und konnte selbst damit besser schießen als alle anderen. Es war aber doch irgendwie doof und langweilig, da machte *Zone* viel mehr Spaß.

Aber gerade *Zone* konnten die Erwachsenen nicht leiden. Am Anfang der 1. Klasse rief eine Mutter einmal den Arzt, als alle sich am Boden wanden. Der Arzt war dann sauer und die Mutter war ganz besonders sauer, weil ihnen doch nichts Schlimmes passiert war. Sie nahm alle mit ins Haus und fragte streng, was das denn für ein Spiel sei. Und die Kinder guckten sich an und einer sagte »Flöhe« und die anderen stimmten zu und erzählten, dass sie spielen mussten, als ob es überall juckte, und dann zu Boden fallen.

Die Erwachsenen sahen es trotzdem ungern. Vor allem die Lehrerin Frau Kiepert.

Und Eli saß in der Schule und dachte sich neue Spiele aus. Die anderen Kinder könnten sonst aufhören, über sie zu staunen, sie könnten aufhören, neugierig zu sein, und sie wüsste dann nicht, was tun mit ihnen.

Sie spielten in der Pause und nach der Schule und irgendwann gingen alle nach Hause und Eli spielte zu Hause für sich. Sonst unterhielt sie sich nicht viel mit den anderen, und hatte keine beste Freundin und keinen besten Freund. Das störte sie nicht, aber die Erwachsenen schien es zu stören. Dass sie zum Beispiel in so einem schönen großen Haus wohnte, aber die anderen Kinder dort nicht spielten. Manchmal buk Editha Kuchen und lud sie ein und sie spielten auf der Wiese, aber damit hatte sich das, die Kinder kamen nicht von selbst. Eli war das recht, aber es störte zum Beispiel Frau Kiepert, die auch in Sorge lebte und sich immer wieder zum Kaffee einlud, um mit

Papa und Editha zu sprechen, weil Eli in der Schule nicht gut war. Sie war sehr jung und hatte eine liebe Stimme und lächelte, als wollte sie sich entschuldigen. Aber sie hörte deswegen nicht auf, sich einzuladen.

Nachher sagte Editha immer, dass sie in der Grundschule auch nicht so gut gewesen sei und nicht einmal ordentlich malen konnte, nur Tortendiagramme, was Margarethe ihr gezeigt habe, und aus denen, die in der Schule am besten malten, seien keine Maler geworden, sondern langweilige LPG-Leiter und Kreisparteisekretärinnen. Was man in der Schule lerne, das könne sie aus eigener Erfahrung sagen, bedeute so gut wie nichts für das Leben, nur Kopfrechnen solle man können, um nicht übers Ohr gehauen zu werden. Aber gute Noten solle man trotzdem bekommen, das mache das Leben viel einfacher. Und Papa sagte, was man in der Schule lerne, sei eigentlich alles Quatsch, nur Lesen, das sei wichtig: *Wer lesen kann ist immer frei und kann sich eine eigene Meinung bilden und mit dem Kopf reisen.* Sie sei ein hochbegabtes Mädchen, kein Zweifel, nur die Maßstäbe stimmten nicht. Aber gute Noten solle man trotzdem bekommen, um später studieren zu können.

Eli sollte studieren, da waren sich Papa und Editha einig. Eli verstand nicht, warum, wenn Studieren wie Lernen war. Es hieß, so könne man später tun, was man wolle, und Schriftstellerin oder Künstlerin oder Physikerin oder Kosmonautin oder Botschafterin oder Archäologin werden. Sie wusste nicht, was das alles war, und wollte auch nichts werden, sondern so bleiben, wie sie war. Aber wenn sie nicht studierte, würde sie wahrscheinlich in der Gießerei arbeiten müssen, wie die meisten Kinder hier.

Warum das schlimm sein sollte, verstand sie nicht, denn Editha arbeitete auch dort, einmal in der Woche machte sie Kunst mit den Gießern und alle paar Monate hingen die Bilder in einem großen Saal und es gab Reden und Musik und die Leute feierten – so kannte Eli die Gießerei.

Oder von Ferne, von der Jagdburg. »Hier war ich mit dir, als du ganz klein warst«, sagte Papa immer, »aber daran kannst du dich nicht mehr erinnern.«

Das ärgerte sie, und sie sagte einmal: »Doch.«

»Ja, wirklich? Also, was habe ich dir damals erzählt?«

... Heinrich der I., Otto der I., der II., der III., alle frönten den Freuden der Jagd in dieser Einöde. Dem ersten Heinrich waren die Vögel zugeflogen. Diesem, dem Hageren, stoben die Tiere davon. Aber Thilo kannte Geschichten von Tälern, wo die Tiere keine Menschen kannten und keine Angst. Von Tälern mit fremden Wesen, halb Mensch und halb Tier. Oder waren es Heiden, oder waren es Ketzer? Dann müsste man sie zum Glauben bekehren. Oder jagen. Jeden Tag war die Jagdgesellschaft später heimgekehrt, immer müder und ruheloser. Hatten sie diese Täler gesucht? Oder war es die reine Unrast dieser Herrscher?

Was hatte Papa erzählt? Er erzählte dauernd, und sie wusste nicht mehr, was wann wie. Es war gemein, dass Erwachsene Fragen stellten, wenn Eli keine Antwort hatte, und sie wussten es; es war gemein, dass sie sich erinnerten, wie sie klein war und selbst hatte sie keine Erinnerung und sie wussten es. Das konnte sie jetzt nicht ertragen und sie überlegte hin und her und sagte: »Du hast mir gesagt, das ist ein Geheimnis!«

»Ja, das sieht ihm ähnlich!«, sagte Editha und lachte, und Papa wurde rot und sein Lächeln verdrehte sich wie kein anderes Lächeln, halb nach oben, halb nach unten, als sei etwas gleichzeitig gut und gemein. Eigentlich will man sich erwischen lassen. Wie die Kinder, die sich auf dem Boden wanden. Neuerdings erwischte sie Papa gern. Dass er wusste, was sie werden sollte, das war gemein.

»Wenn ich erwachsen bin, werde ich in der Gießerei arbeiten, mein ganzes Leben lang.«

Seine Lippen drehten sich nach oben, nach unten. »Das sagst du nur, um mich zu ärgern.«

»Nein, wirklich. Ich will dort arbeiten. Ich will die großen Maschinen sehen.«

»Aber du liebst doch den Wald.«

»Na und?«

»Sag nicht immer ›na und?‹.«

»Habe ich mit sechs auch immer gesagt«, sagte Editha.

»Wie dem auch sei. Das Werk und der Wald sind Feinde.«

»Warum denn das?«

»Sag nicht immer ›warum denn das?‹. Doch, sag immer ›warum‹, aber nicht so zickig. Sondern so, als wolltest du es wirklich wissen. Noch mal.«

»Warum denn das?«

»Weil Fabriken schlechte Luft machen, das macht den Regen sauer wie Essig und vergiftet die Bäume. Und der alte Wald, der hier stand, der noch viel schöner war, den haben die Leute gefällt und in den Fabriken verbrannt, um die Maschinen anzutreiben.«

»Dann werde ich Betriebsleiterin und mache alles besser.«

»Betriebsleiterin!«

»Thomas«, sagte Editha, »was wolltest du werden, als du sechs warst?«

»Generalleutnant.«

»Na also.«

Aber Papa machte sich Sorgen: Wenn sie nicht lernte und nicht studierte, wenn sie in der Gießerei arbeiten müsste, würde sie keine Zeit zum Spielen haben. Sie würde immer müde sein und die Sonne niemals sehen.

Dabei war es doch nur ein Spiel, das mit der Gießerei. Es war ja nicht so, dass sie, wenn sie das eine Spiel spielte, das andere nicht mehr spielen konnte. Denn Spielen war: vieles auf einmal.

Zum Beispiel immer in der Ferne eine Stadt, hohe Mauern, hohe Türme.

So groß wie der Turm hier?

Noch viel größer.

Thilo hatte sein Leben lang von Pilgerschaft geträumt: von einer himmlischen Stadt am Ende des Weges, von einem Dom, von goldenen Türmen. Niemals freilich von den Strapazen unterwegs: die schlechte Verpflegung, das Lagerfeuer, das im Regen nicht zündet, die Stiefel, die drücken, Geräusche im Gebüsch, das Zücken des immer schwerer werdenden Schwertes, tausend Meilen von zu Hause. Doch zu Hause waren die Kaiser überall und nirgends. Wie wäre dieses Reich sonst zu halten? Immer unterwegs. Von Tilleda nach Aachen. Von Goslar nach Pavia. Und stießen immer weiter vor. Prag. Rom. Sizilien. Eines Tages vielleicht Jerusalem. Und am Ende der längsten Wanderung gäbe es keine Rast, am Ende der Pilgerschaft keine Andacht, sondern man müsste sich zur Schlacht rüsten. Vor den Mauern der goldenen Stadt, eine letzte Schlacht und dann Ruhe. Auch nach diesem Sieg hätte sich Heinrich niedergestreckt und geweint und gebüßt.

Dazu würde es nun nicht mehr kommen. In dieser kleinen grauen Burg war Heinrich III. gestorben. Die Jagdpfalz würde aufgegeben werden. Die Zeiten änderten sich. Man würde hier roden. Und Bruder Thilos Reise war schon zu Ende, drei Tagesmärsche von Ilsenburg entfernt. Jäh empfand er den Verlust des Weges vor ihm, den Verzicht auf die Schmerzen: Erschöpfung, Verlorenheit, der Anblick der Stadt am Horizont.

Bruder Ekkehard vollzog die Bußübung: Er warf sich in den Schnee mit kreuzförmig ausgestreckten Armen und weinte.

Bruder Thilo zog seine Schuhe aus. "Ich werde barfuß weiter nach Rom pilgern."

Die Jagdburg war aufgetürmt wie ein Fels im Wald, und die Erde schlug Wellen um sie. Man konnte hineinkriechen, wo es dreckig war, und sich vor Feinden verstecken. Weit oben sah man ein wenig Licht und den Ast eines Birkleins, das auf dem Gemäuer wuchs, und man hockte da und draußen waren Licht und Bäume und Feinde. Draußen in der Ferne war der andere Turm, die Gießerei. Dahinkommen, da reinschlüpfen, von innen sehen.

»Eine feindliche Burg«, sagte Papa.

Gemein, dass er es auch dachte! Gemein und gut.

Aber Editha sagte: »So schlimm ist es doch auch nicht! Gut, ich will das nicht ewig machen ... aber warum nicht, wenn man den Leuten eine Freude machen kann? Sie entwickeln sich auch schön. Und seit mein Salon läuft, habe ich nicht mehr das Gefühl, in der Provinz zu versumpfen, den Maßstab zu verlieren ...«

Inzwischen kamen nämlich Kollegen zu Besuch, auch *prominente Künstler*, die in Schierke Urlaub machten und sich freuten, dass in der Nähe eine Künstlerin lebte, die obendrauf gern feierte. Und der Bürgermeister freute sich, wenn Prominente nach Sorge kamen, und er feierte auch gern, zumindest war er gern auf Feiern, auch wenn er immer traurig aussah. Fast jede Woche kamen welche, Editha kochte oder machte Häppchen. Endlich gönnte man sich die schönen Dinge des Lebens. Das Kind war ja schon so selbstständig und kam mit Erwachsenen – wenn sie nicht spießig waren – hervorragend klar. Man gönnte sich das Essen und Trinken und die guten Gespräche, man tanzte sogar zwischen den Steinfiguren im Atelier.

Diese Erwachsenen sagten manchmal auch, dass die Schule nicht so wichtig sei, aber gute Noten solle man trotzdem bekommen. Vielleicht musste Eli lernen und studieren, um so zu werden wie sie: Die Frauen trugen schöne Kleider und alle tranken und tanzten und sangen und breiteten Papier auf dem Boden aus und malten. Eli spielte gern mit ihnen. Aber es war nur ein Spiel, das sie jetzt spielen musste. Es hatte, wie die Schule, nicht wirklich mit ihr zu tun oder mit dem, was sie werden würde. Denn was Eli werden würde, wusste niemand, in der Schule aber ging es um das, was jeder wusste.

Um die Arbeit zum Beispiel und die Arbeiter. Um bunte Bilder, nicht so gut wie Edithas, sondern Bilder für Kinder, wo alles flach und kantig und lustig war, wie aus Buntpapier geschnitten. Die Arbeiter fuhren Bagger und hatten Helme aus gelbem Papier auf und andere trugen weißpapierene Kittel und hielten Röhrchen und dreieckige Gläser. Das waren alles die anderen Kinder. Sie gingen in Fabrikgebäude mit hohen Türmen, aus denen weißpapierene Wolken stiegen. Einige Bilder zeigten eine Fabrik von innen, und Eli sah ganz genau hin. Vielleicht war das eine Gießerei, vielleicht auch nicht, die Maschinen sahen aus wie unter der Motorhaube eines Autos oder hinter der Tür des Kesselraums in der Schule. Die Arbeiter guckten und lächelten und hoben die Hände. Eli konnte nicht erkennen, was sie eigentlich taten, und dachte dann an die Bäume. Papa hatte erzählt, dass man dort Bäume verbrannte.

Sie meldete sich und fragte, wo die Bäume waren, die man doch in der Fabrik verbrannte, ganze Wälder.

Frau Kiepert lächelte und sagte, dass man heutzutage nur mit Kohle heize, das kenne sie sicher von dem schönen Kachelofen zu Hause, oder vielmehr von dem Kesselraum im Keller, wo man aber nicht hineindurfte. So konnten die Wälder schön wachsen und man machte Möbel und Häuser und Spielzeug daraus, fürs Heizen waren sie viel zu schade!

Die anderen Kinder lachten, lauter als nötig.

Eli sagte Papa, dass er Unrecht hatte, dass man keine Bäume in der Fabrik verbrannte. Er lächelte sein anderes, unendlich gewisses Lächeln.

»Das war im Mittelalter«, sagte er. »Da haben sie mit Holz geheizt und mit Holzkohle. Heute heizt man mit Braunkohle. Aber Braunkohle war auch einmal Wald, vor sehr, sehr langer Zeit. Die Bäume fielen und kamen unter der Erde zu liegen und wurden zusammengedrückt und schwarz und das ist es, was wir Kohle nennen.«

Eli meldete sich in der Schule und sagte: »Aber Kohle ist auch Bäume«, aber sie war nervös, weil die Kinder beim letzten Mal gelacht hatten, und konnte sich nicht mehr erinnern, was Papa noch gesagt hatte. Sie wiederholte nur: »Kohle ist doch auch Bäume«, und Frau Kiepert lächelte schief. Und die Kinder lachten laut und länger als nötig. Wenn sie spielten, mussten sie Eli immer glauben, in der Schule aber nicht: Das wollten sie ihr auch zeigen.

An diesem Tag ging Eli nach der Schule gleich nach Hause, um Papa alles zu erzählen. Um zu hören, dass sie alle *keine Ahnung* hatten, *keine Ahnung*, wiederholte sie, es prickelte in der Nase und drückte in der Kehle, aber sie heulte doch nicht etwa, andere Kinder heulten. Ihr schlug eine Welle entgegen, wimmelnde Wärme, der grüne Hang, Ahnung, Ahnung, wiederholte sie mit ihren Aufwärtsschritten, was war das, Ahnung? Nur noch das Wort war geblieben, sie blieb damit stehen, atmete tief und schwer. Das Haus stand schon über ihr am Hang. Die Atelierfenster standen offen, Stimmen, heute war wieder *Salon*. Und sie stand hier unten mit einem Wort, das da oben alle kannten, aber hier noch keine Bedeutung hatte. Sie setzte sich hin. Es war schön hier. Sie saß da mit ihrem Wort und hatte schon vergessen, wo es herkam, ach ja. Die anderen Kinder, die gelacht hatten, die jetzt ohne sie spielten, halb so gut ohne sie. Es war ihr egal. Sie hatten keine Ahnung. Was war *Ahnung*? Stimmen und kein Wort, das sie verstand. Der Druck hatte sich gelöst, die grüne Welle war sanft und stark und trug sie. Sie saß auf halber Höhe und die da unten und die da oben, die hatten mit ihr nichts zu tun.

Ein Schwanken im Gras, Theophanu schlich sich heran, erstarrte vor Eli, die nur zurückschaute, bis die Katze den Kopf herausstreckte und ihren Atem an Elis Hand spüren ließ. Dann stürzte sie davon.

Er ahnte den Wald, das Gebirge als Ganzes, ein Gesicht, das sich zu ihm wandte.

Sowieso sind gleich Sommerferien. Sie fragte, was das hieß. Acht Wochen. Anfang Juli bis Ende August. Sie konnte es sich nicht merken und fragte immer wieder. Das weißt du doch, im Sommer fahren wir weg, das haben wir die letzten Jahre immer so gemacht. Ja, doch, sie wusste das: dass es Zeit und Freizeit und Arbeitszeit gab. Das Jahr und das Schuljahr. Stunden und Mathestunden. In welchen Zeiten und Stunden man *frei hatte, weg konnte.* Wir fahren nach Ahrenshoop, endlich wieder ans Meer! Dass man im Sommer ans Meer fuhr, nach Mecklenburg, ans Wasser, ja, so war das. Eine Zeit war eine bestimmte Art von Ort. Sommer war der Ort, an dem man spielte. Sie hatte sonst überall gespielt.

So war das, sich auf den Sommer zu freuen.

Und man erinnerte sich an den Sommer, als die Schule wieder anfing. Daran, fremd unter fremden Kindern zu sein. Am Meer war das egal, im Sommer waren alle in alle Winde zerstreut, alle Kinder unter fremden Kindern, alle Kinder fremd. Hatte sie in den Ferien gedacht. Aber als die zweite Klasse anfing, war es so, als wäre nur Eli weg gewesen und alle anderen Kinder hiergeblieben. Die anderen taten, als wäre sie hier neu. Aber so, wie sie taten, war es doch klar, dass sie sie kannten. Sie kicherten und sahen Eli an. Erwartungsvoll guckten sie. Als wüssten sie, dass etwas mit ihr passieren würde. Sie wussten es, weil sie es beschlossen hatten.

Oder sie wollten nur spielen.

Eli weigerte sich. Die ganze erste Woche ging sie nach der Schule gleich nach Hause. Sie spielte für sich in dem Waldstück, stundenlang. *Das* hatte mit ihr zu tun. *Das* würde immer weitergehen.

In der Schule hieß es, sie würden jetzt Heimatkunde lernen, denn sicher fragten die Kinder sich, wie die Menschen hier vor hundert oder tausend Jahren gelebt hatten oder warum die Berge so hießen, wie sie hießen, oder die Dörfer so komische Namen hatten wie Sorge und Elend.

Eli wusste es schon.

Vielleicht, weil das Leben damals so schwer war, der Boden

war karg, jeder war auf sich selbst gestellt, es gab keine LPGs und keine Maschinen, um die steinigen Hänge zu beackern. Deshalb gingen viele zu den Bergleuten, auch Kinder, und arbeiteten unter Tage, das war sehr schwer und sehr gefährlich. So tief unten war die Luft schlecht, man musste Kanarienvögel mitnehmen, sie warnten, wenn die Luft zu schlecht wurde. Und es gab ein paar Reiche, die Fabriken besaßen, Eisenhütten oder Webereien, und alle anderen im Dorf mussten für sie schuften, zwölf oder vierzehn Stunden am Tag. Die armen Leute waren aber auch erfinderisch. Sie züchteten Kanarienvögel und schnitzten Käfige. Sie steckten die Vögel in kleine Käfige, die man stapeln konnte, und die Frauen packten sie auf den Rücken und gingen zu Fuß nach Hamburg, wo es einen großen Hafen gab, und stiegen in ein Schiff nach Amerika. Die Überfahrt dauerte Wochen. In Amerika verkauften sie die Kanarienvögel und fuhren wieder heim. So begehrt war der Harzer Roller. Aber reich wurden die Menschen davon nicht. Und überhaupt. Der Harz war schon immer reich, an Silber und Eisen und anderen Bodenschätzen, aber nur ein paar wenige Menschen wurden reicher und die anderen umso ärmer. Das sah man auch heute, in Afrika zum Beispiel, wo es am meisten Öl oder Diamanten gab, da ging es den kleinen Leuten am schlimmsten. Aber damals, musste man sagen, war das Leben in Deutschland überall schwer, also warum zum Beispiel Elend Elend hieß, das hatte noch einen anderen Grund, und das war eine lustige Geschichte.

Da hörten die Kinder wieder zu, damit sie rechtzeitig lachen konnten.

Im Mittelalter gab es dort nämlich eine Burg, wo Reisende übernachten konnten. Und damals war es nicht so, dass die Leute immer in den Urlaub fuhren oder zur Kur oder auf Dienstreise, es gab keine Züge und keine ordentlichen Straßen, dafür Räuber und Raubritter, besonders im Wald und in den Bergen. Deshalb blieben die meisten Menschen einfach zu Hause. Wenn sie das erste Mal weg von zu Hause übernachteten, war das für sie schon ein fremdes Land. Und das hieß in dem Dialekt *eli lenti*. Daraus hatte man dann *Elend* gemacht. Aus *eli lenti* – fremdes Land.

Da fing schon das Gelächter an. Nicht, weil die lustige Geschichte zu Ende war und die Kinder lachen mussten. Nein, sie lachten, verstohlen zuerst, weil sie sich nicht helfen konnten, und dann laut, weil sie unbedingt wollten, sie drehten sich nach Eli um und prusteten: *eli lenti.*

»Ruhe!« Frau Kiepert lächelte Eli zu. »Eli kommt von Ella.« Sie dachte nach. »Und Ella heißt: hell. Ella heißt: eine schöne Frau.« Und blickte in die Runde, als müssten alle neidisch gucken. Aber die Münder zuckten, formten die Worte nach, Ella helle, Eli ist 'ne schöne Frau, bis sie wieder lachen mussten. Frau Kiepert sah Eli erschrocken an. Eli sah aus dem Fenster.

Am nächsten Tag kam Frau Kiepert vorbei und trank Kaffee mit Papa und Editha. Sie hatte Papa beim Kochen und Editha beim Arbeiten gestört und beide hatten schlechte Laune. Erst fragte Frau Kiepert, ob Eli nicht draußen spielen wollte bei dem schönen Wetter, aber Eli setzte sich dazu und Papa und Editha zuckten nur mit den Schultern. Eli hatte ein komisches Gefühl: dass die Lehrerin eigentlich nett war und ihr helfen wollte, ihr ganz besonders. Dass Eli aber aufpassen musste, jemand könnte etwas Falsches tun, aber wer, sie oder Papa und Editha oder sogar Frau Kiepert? Die erst einmal sehr lange von der Einrichtung eines Schulgartens sprach. Dann kam sie auf Elis Namen zu sprechen, tat aber so, als wüsste sie nicht, wo er herkam. Eli fand, dass Frau Kiepert etwas Falsches tat, aber sie sagte nichts. Frau Kiepert lächelte sie an, als wäre das ihr Geheimnis, was gestern in der Schule passiert war.

»Das ist ein alter Familienname«, sagte Editha, »meine Mutter wollte ihn nicht haben, deswegen haben wir ihn unserer Tochter gegeben.«

»Aber Sie sagen doch nicht –«

»Ella«, sagte Papa, »von altgriechisch *elein*, hell, wie Helena, die Schöne von Troja, daher *Lena*.«

»Aber Sie sagen nicht Ella, sondern Eli, warum?«

»Um Gottes willen, keine Ahnung, wer hat damit angefangen, warst du das, Thomas, oder Mutti? Warum, warum denn nicht?«

Frau Kiepert war nun auch aufgeregt und erzählte von Elend

und *eli lenti*, und Papa und Editha sahen Frau Kiepert an und schwiegen, und sie brachte alles durcheinander, die Geschichte von den Menschen, die von zu Hause weggingen, es war nun keine Burg mehr, sondern ein Hotel, und Papas Augen funkelten, lieb oder böse, und Frau Kiepert rief schließlich: »Muss ein Kind gleich *fremd* heißen?«

Editha stand auf, groß und stark und schön wie eine Königin, sie stand auf, wie sie im Sommer aus dem Meer stieg: als ob das Wasser von ihrem nackten Körper troff und an ihren Füßen zog. Und räumte die Teller weg. Auf einmal standen alle, Papa suchte Frau Kieperts Sachen zusammen und redete auf sie ein: Spannend, was sie erzählte, toll, dass sie sich so tiefgehend mit der Geschichte beschäftigte und das den Kindern auch zu vermitteln verstand. Dann war sie weg und Editha sagte: »Das geht auf keine Kuhhaut!«

`Ein Gesicht, das sich von ihm abwandte. Die Fremde.`

Die nächsten Tage sah Frau Kiepert Eli traurig an, als wüsste sie, was Papa und Editha hinterher über sie gesagt hatten. Nämlich: Sie solle lieber einen Mann finden und eine eigene Familie gründen, als irgendwelche unerfüllten Muttertriebe an ihren Schülern auszuleben. Sie tat Eli leid. Als sollte Eli ihr helfen, obwohl Eli selbst das Problem war. Und die Kinder sahen Eli erwartungsvoll an und sagten *Eli, Elend, fremdes Land, Eli ist 'ne schöne Frau* und guckten, als müsste Eli nun etwas tun. Weil sie es beschlossen hatten. Aber Eli tat nichts.

Nach der Schule sagte Frau Kiepert zu Eli: »Weißt du noch, wie du gesagt hast, dass Kohle auch Bäume ist?«

Eli nickte.

»Eigentlich hattest du Recht.«

Eli sagte nichts, denn sie wusste das ja.

»Vor ganz langer Zeit wuchsen Bäume, sie sind dann verrottet und das wurde Kohle. Das hätte ich vielleicht erklären sollen. Aber es wäre für die anderen Kinder zu kompliziert gewesen.« Sie sah Eli an, als müsste Eli sagen, dass sie alles richtig gemacht hatte. »Das hätte die anderen Kinder verwirrt. Eigentlich bist du in vielen Dingen schon weiter als sie, habe ich Recht? Deine Eltern bringen dir vieles bei, es sind kluge Menschen. Eigentlich bist du ein ganz kluges Mädchen – Lena, darf ich Lena zu dir sagen?«

Erwachsene fragten sie nie, ob sie etwas durften, oder wenn, dann nur als Scherz. Aber Frau Kiepert sah ernst aus und wartete. Eli begann tief und schwer zu atmen. *Lena* hatte noch niemand zu ihr gesagt. *Ella* kam von Editha und *Lena* wohl von Papa, aber auch er benutzte diesen Namen nie. Oder *Lena* kam von Mama, dachte sie. Der Name stand unberührt da, wie für später. Er gehörte ihr. Er gehörte der, die sie werden würde. Sie konnte sagen, ob man ihn benutzen durfte.

»Das ist doch dein richtiger Name. Und es klingt wie Helena, die Schöne von Athen, ein wunderschöner Name für ein schönes Mädchen, nicht wahr?«

Eli musste genickt haben, oder zitterte ihr Kopf nur mit den tiefen Atemzügen? Jedenfalls nannte Frau Kiepert sie fortan Lena und sagte allen, dass sie ein schönes und kluges Mädchen sei. Und Eli sagte nichts. Wie hätte sie erklären sollen, dass es egal war, ob man Eli oder Ella oder Lena zu ihr sagte, ob der Name *fremd* oder *schön* hieß? Wenn die Kinder sich lustig machen wollten, war *schön* so schlimm wie *fremd*. Es ging nicht darum, ob der Name wirklich komisch war, genauso wenig wie es darum ging, ob Kohle wirklich Bäume war und Eli wirklich Recht hatte. Papa fand es wichtig, Recht zu haben, aber darum ging es nicht. Sondern wenn die Kinder beschlossen, dass *Eli* komisch war, dann war es das auch, egal, was es bedeutete, und was sie sagte, war komisch, egal, ob sie Recht hatte. Und selbst wenn sie *alle keine Ahnung hatten*, es war egal. Aber so was verstanden die Erwachsenen nicht.

Frau Kiepert sagte also immer Lena, und ihr gelang damit, was Eli beim Spielen gelang: dass alle mitmachten. Frau Kiepert sagte es sogar Papa. Davor hatte Eli Angst gehabt, sie wusste nicht warum, aber sie war sicher, dass es Papa nicht gefallen würde. Und auch Frau Kiepert schien ein bisschen Angst zu haben, denn sie sagte nicht, dass es ihre

Idee gewesen war, sondern: Das hat sich bei uns in der Klasse so eingebürgert.

Papa sagte einen Moment lang nichts. Wie wenn jemand etwas *unglaublich Ignorantes* sagte, er wurde rot und schwieg. Dann lächelte er, ein kleines fernes Lächeln. Als ob Eli weglief und er ihr hinterhersah.

Lena lernte besser als Eli. Sie konnte nicht mehr weghören, denn Frau Kiepert sah sie ermutigend an. Es ging doch. Es war ein Spiel, es hatte nicht wirklich mit ihr zu tun. Gute Noten bekam sie nun trotzdem. Die anderen Kinder lachten nicht mehr über sie. Jedenfalls nicht so laut. Vielleicht war es nicht egal, wie sie hieß. Vielleicht hatten die Kinder vergessen, dass sie sie komisch fanden. Eli hatte nicht vergessen. Sie wollten auf einmal Gespräche mit ihr anfangen, über Eltern oder Märchenfilme. Eli wusste nicht, was sie sagen sollte. Die anderen glotzten sie blöd an. Spielten ohne sie, Banden und Krieg und Zone. Nicht mehr richtig, nicht mehr gut. Den Ansagern fiel nichts ein, die auf dem Feld fielen nicht richtig hin. Bei Schießereien stritten sie sich darüber, wer tot war. Während Eli von der Bushaltestelle nach Hause lief. Sie zählte ihre Schritte nicht mehr.

Sie spielte nur für sich. Und nicht etwa schlechter, weil sie jetzt ordentlich lernte. Nein, sie gab sich nun besonders viel Mühe. Jedes Spiel hatte einen Namen und eine Zeit und einen Ort. Und all das wusste nur sie. Sie spielte auch noch mit Papa. Wobei, er war ja erwachsen.

Und er mochte das Mama-Spiel nicht mehr. Er wurde rot, wenn sie es spielen wollte, und sie fürchtete, er würde böse werden, aber er sagte dann immer mit besonders tiefer, warmer Stimme, dass sie lieber lernen solle, etwas Richtiges, denn in der Schule lerne man nur ödes Zeug, das mit der Wirklichkeit nichts zu tun habe, dieser Wirklichkeit müsse man sich langsam stellen. Er las dann vor, seine bunten Geschichten, die sie nicht verstand, die aber mit der wirklichen Geschichte zusammenhingen.

Bruder Tankward träumte von den 365 Fischteichen in Walkenried: An jedem Tag im Jahr wurde ein Teich abgefischt. In Ilsenburg lachte man missmutig darüber. Die armen Fische, die ein Jahr lang im eingekreisten Todestag schwärmten! Im Traum jedoch hatte er sie schon immer sehen wollen, er ritt immer schneller, bis er auf den Kamm gelangte und vor ihm das Tal lag, ganz und gar mit Wasserspiegeln ausgelegt, ein Reliquiar aus Quarzgestein. Und die glänzenden Flächen begannen zu sieden, die silbernen Fische schwärmten und sprangen verzweifelt, als koche es schon in 365 aneinandergefügten Kesseln, es wimmelte, dass es das Gefüge zu sprengen drohte.

Papa erklärte, was er damit sagen wollte: dass die Mönche es verstanden, wie kaum jemand zuvor, *der Natur eine Ordnung aufzuzwingen.* Den Tag teilten sie in Stunden, die Flusstäler in Fischteiche, sie fällten den Wald und bauten Gärten an. So zogen viele Menschen nach, auch sie fällten die Bäume und teilten die Hänge in Felder und die Berge in Zechen, denn sie waren voller Schätze. So war das bis heute, auf der Goldenen Aue grub man nach Kupfer und Kali, und der Wald war verschwunden. *Die Ordnung hat auch ihre dunkle Seite.*

Sah der Reichtum der weißen Mönche anders aus als der eigene? An ihren Früchten sollt ihr sie erkennen. Waren die Obstbäume anders gepfropft? Die Flüsse anders begradigt? Das Bier anders gebraut? Deckten die Bullen die Kühe anders? Oder alles genauso: nur dass jeder seinen Teil an dieser Zucht und Ordnung hatte. Denn die Zisterzienser behaupteten, gerechten Reichtum zu erwirtschaften.

Den Reichtum der schwarzen Mönche verstanden die Menschen nicht. Wo er herkam, da die Benediktiner selbst keine Arbeit verrichteten – vor allem aber welcher Art der Genuss war. Der einfache Mann vermutete im Mönchsgemäuer Gold und Zechgelage. Aber: Was glänzte, war das Dogma. Das war das Kapital und der Gewinn, den man scheffelte. Der einfache Mann begriff nicht, dass der Reichtum der Ordnung entsprang, der allumfassenden, in der die schwächste Hand stark, die leerste Stunde voll, der versumpfte Fluss Mensch begradigt wurde. Wie denn erst verstehen, dass aller Reichtum zurück in die Ordnung floss?

Sie lernten viel zusammen, besonders, wenn Editha unterwegs war, und das war oft, denn Editha hatte *unheimlich viele Aufträge.* Die Leute, die zum Salon kamen, kannten andere Leute, die sagten: Hier auf dem Dorfplatz soll ein Denkmal stehen, im Park ein *Spielendes Kind*, vor der Bibliothek ein *Kind mit Buch.* Kinder sah man nämlich gern. Obwohl, wenn man selbst irgendwo spielte oder sich einfach mit einem Buch irgendwohin setzte, war es immer falsch. Oder war das nur in Sorge so, weil alles besonders ordentlich sein musste wegen der Grenze? Woanders lebte man im Sommer vor sich hin und *hatte frei*, es war die Zeit und der Ort, wo man spielen durfte, ein fremdes Kind unter fremden Kindern.

Eigentlich war Eli immer woanders – denn die Kinderfiguren, die Editha auf Strandpromenaden aufstellte, vor Schulen und an Mühlenteichen und mitten in Springbrunnen, das war alles sie. Sie stand gern Modell. »Nur wenn du willst«, sagte Editha immer. Es fiel ihr nicht ein, nicht zu wollen. Es hatte seine Zeit und seinen Ort. Sie sprachen nicht dabei. Sie sahen einander nur an. Editha war die Königin und konnte mit den Händen zaubern. Eli konnte nur still stehen. Aber das sehr gut. Sie verwandelte sich selbst in Stein, sie kannte das Zauberwort vom Zonenspiel. Sie stand schon jetzt woanders, an einer Baumallee, am Marktplatz vorm Kino, im Schloss zwischen Spiegeln und Lüstern. Ein fremdes Kind. Und fremde Kinder kamen und setzten sich zu ihren Füßen, kletterten ihr auf die Schultern. Nur durfte sie sich nicht bewegen. Manchmal, wenn Editha fertig war, blieb Eli immer noch da stehen. Eli erklärte es ihr: Editha sollte so tun, als sei sie wirklich eine Steinfigur. Das tat Editha aber nur so lange, bis das Essen fertig war. Und sagte zu Papa:

»Du, das Kind ist mir manchmal unheimlich.«

»Und du hattest damals Sorgen, ob sie alles mitmacht.«

Sie war gern bei Editha, aber es war immer ein bisschen traurig, weil Editha nicht ihre richtige Mutter war. Weil Papa nicht mehr darüber reden wollte, sich zu schämen schien. Weil Editha nichts davon wusste, so schön und stark war. Eli war gern bei ihr, konnte man gern traurig sein?

Papa war gern traurig, aber Eli war nicht traurig bei ihm. Denn wenn man lernte, erklärte er, kam man aus sich heraus, war nicht mehr nur man selbst. Das war das Kopfreisen. Er wollte ja nicht *flüchten*, sagte er. Er wollte den Dingen auf den Grund gehen.

Unterirdisch liegen die Grenzen anders, sagte der Venediger. Keine Berge, Hügel, Ebenen - die Landstriche, die wir dort betreten können, sind Hohlräume. Bis unter den Kyffhäuser käme man, wo der Kaiser schläft, vierzig Meilen entfernt, doch der Raum ist mit üblichem Maßstab nicht zu messen. Den Kaiser findet man nicht. Keinen Himmel, keinen Horizont, kein oben und unten, keinen Unterschied sieht man, als stecke man in einem Stein, der durch die Luft wirbelt. Aber es zieht nach unten, man stürzt leicht, es lastet auf einem, je tiefer man hinabsteigt, ein unerträglicher Druck im Kopf.

Doch sind das auch nur die Landschaften, die vor uns offenliegen; die größeren liegen verschlossen, massiv im Massiven, Granitkämme, die sich durch Schieferwolken ziehen, Basaltebenen unterm roten Sandstein, all das kann man nur vermuten, niemals sehen, niemals fassen. Mit der Spitzhacke erzwingt man sich den Weg, ohne zu ahnen, was einen umgibt.

Und es gibt Gebilde, mit keinen Landschaften zu vergleichen, die sich durchs Gestein ziehen oder dem Zwischenraum Gestalt geben. Wäre das Erdreich durchsichtig wie Luft oder Wasser, sähe man sie wie silberne Bäume, die sich unbändig in jede Richtung winden, nicht auszumachen, was Geäst und was Wurzel.

Und da soll einer seinen Anteil abstecken?

»Man ist irgendwo, wo man gar nicht hingehört«, sagte Papa. »Sagen wir – wie ein Spion in einer feindlichen Burg. Nur dass man da hineingeboren wurde. Als Fremder. Und keiner weiß es. Man liegt sein Leben lang in Deckung. Man sucht die dunkelste Ecke der Burg, die allerschlimmste Ecke. Man sucht den Schatz. Und bringt ihn dann ans Licht.«

»Wer ist der *Mann*?«, fragte Eli, sie sah immer den Mann aus Papas Buch, den *Bruder*, aber schon wusste sie es besser: »Bist du der Mann?« Er grinste. »Ist das gefährlich?«

»Nicht lebensgefährlich. Die Zeiten sind vorbei.«

Dann verstand sie nicht, was das Ganze sollte, es war ein bisschen langweilig. Aber Erwachsene mochten ja keine Spiele, bei denen man starb.

»Die Geschichte ist schlimm«, sagte er, »aber sie findet ja nicht mehr statt.«

Die Geschichte war also nicht langweilig und deshalb las er gern darüber.

»Man kann die Geschichte langweilig machen«, sagte er immer, »auch und gerade das Schlimme, dann muss man nämlich nicht darüber nachdenken.«

Das sagte er einmal zu Oma, die sich aufregte. »Es ist doch wurscht«, sagte sie, »ob die Geschichte langweilig oder interessant ist, man soll doch nichts aus ihr *machen*, die Zeiten sind vorbei. Ich halte mich da lieber an die Wissenschaft, danke sehr.«

Aber Wissenschaftler trugen doch weiße Kittel?

Es hatte Zeiten gegeben, da hatte Oma Papa Bücher geliehen, über die er schmunzelte, weil sie so langweilig waren. Sie hatten keine schönen Bilder, nur hier und da hatte jemand einen Kreis gezeichnet, aufgeteilt wie eine Torte, oder etwas wie einen Stapel Bauklötze, wie für kleine Kinder, was sollte das? Papa hatte viel schönere Bücher, versteckt hinter den langweiligen, zwei Fächer voll. Manche sahen aus wie Goldbarren, aber Papa schlug sie auf, und Eli sah schöne Bilder und eine Schrift wie Krallen und Dornen, eine Geheimschrift, die sie heimlich übte.

»Der Goldschatz«, sagte er. »Ich vermute, Margarethe hat noch schönere im Giftschrank. Einmal aufgeschlagen und ausgewertet und wieder in den Kerker. Oder gleich verbrannt?«

»Ist die Oma eine Hexe?«, fragte Eli.

Papa lachte. »Die Oma ist eine Antihexe. Das Gegenteil von einer Hexe. Oder wie stellst du dir eine Hexe vor?«

Nicht wie die Oma. Und nicht wie die Bilder im Märchenbuch. Sonst hätte er nicht gefragt.

Wenige Tage später auf dem Weg von der Bibliothek – sie hatte Papa dort abgeholt, das Schuljahr war fast vorbei, und sie dachte an die Bücher, die sie für ihre *Freizeit* brauchen würde – trafen sie eine alte Frau, die Eli schon einmal am Fischteich gesehen hatte. Sie saß in einem Rollstuhl und Frau Zimmer schob sie vor sich her. Sie kamen auch gerade an der Brücke an und Frau Zimmer sagte: »So, weiter geht's nicht!«

Papa blieb stehen. »Das ist eine schöne Überraschung!«, sagte er, seine Stimme war zu laut.

»Ja«, sagte Frau Zimmer, »wir haben endlich einen Rollstuhl

aufgetrieben, jetzt geht's wieder los mit Spazieren, nicht, Frau Barthel?«

Aber die alte Frau schaute Papa und Eli nur an, und ihr Blick machte, dass der Boden sich auftat, dass man zu Stein wurde, die Frau zauberte nicht mit Worten, mit Händen, sie schaute nur, weder glücklich noch traurig, ein Blick wie schweres Atmen.

»Guten Tag, Frau Barthel, erinnern Sie sich noch an mich? Thomas Grünberg.« Er sprach sehr langsam, war sie taub? »Meine Tochter Eli kennen Sie doch auch, aber sie war damals ganz klein.«

Wer einen so ansah, den musste man nicht anbrüllen. Dann glitt der Blick vorbei und über die Brücke. Die alte Frau streckte die Beine, die den Boden nicht berührten, bog den Rücken durch, wollte wie ein kleines Mädchen vom Stuhl rutschen.

»Nee! Frau Barthel! Hier geht's nicht weiter. Jetzt gehen wir ins Sorgenfrei und trinken ein Käffchen.«

Als sie weitergingen, sah Eli, dass Papa rot geworden war.

»Wer war die Frau?«, fragte sie.

»Das ist Frau Barthel. Als du klein warst, war sie meine Chefin in der Bibliothek, und ich habe oft Kaffee mit ihr getrunken. Sie hat mir Geschichten erzählt. Zum Beispiel von dem Weg nach Rom. Wir haben die Katzen von ihr bekommen, weil sie krank wurde und sich nicht mehr um sie kümmern konnte.«

»Krank?«

»Du hast doch gesehen, dass sie komisch ist.«

»Das spielt sie doch nur.« Sie war sicher, dass die Frau wusste, was sie tat.

»Sie kann sich an nichts mehr erinnern. Das passiert manchmal, wenn man alt wird. Sie kann sich nur noch an die Kindheit erinnern. Aber dass wir sie vor fünf Jahren besucht haben, dass du mit den Katzen gespielt hast, das weiß sie nicht mehr.«

Eli fand das nicht seltsam. Sie konnte sich ja auch nicht erinnern, bei dieser Frau gewesen zu sein. Andere Leute wussten, was Eli erlebt hatte, als sie klein war. Jetzt wusste sie es selbst. Aber wann begann das Jetzt?

Wenn sie sehr alt war, wüsste sie es immer noch. Das Jetzt. Das Hier. Aber sie würde später etwas werden, würde sie das danach nicht mehr wissen? Dafür das, was sie jetzt nicht mehr wusste?

»Wenn man sehr alt ist, vierzig«, fragte sie Papa am nächsten Tag, »kann man sich dann erinnern, wie es ganz am Anfang war?«

Sein Mund drehte sich nach oben, nach unten. »Ich bin doch bald vierzig.«

Er tat selbst immer so, als wäre vierzig sehr alt.

»Mit hundert, vielleicht«, sagte er. »Aber wer weiß. Frag mich in ein paar Jahren noch mal. Ich würde es gern wissen. Wirklich gern.« Dann schwieg er eine Weile. »Nein, das ist gefährlich. Ich will es nicht wissen, nicht so. Denn dann würde ich alles andere nicht wissen. Ich würde von dir nichts mehr wissen. Wenn ich endlich an den Anfang käme, gäbe es dich nicht mehr für mich. Noch nicht. Das wäre doch schlimm, oder?«

Eli atmete langsam und schwer.

»Das kommt vor: dass Eltern sich an ihre Kinder nicht erinnern. Genauso wenig, wie ich mich an meine richtigen Eltern erinnern kann. Die Eltern werden wieder Kinder und haben keine Kinder – die Kinder werden Eltern und haben keine Eltern. Das hat wohl seine Richtigkeit. Trotzdem – ich will es lieber anders wissen oder gar nicht.«

»Warum kannst du dich an deine Eltern nicht erinnern? Weil sie im Krieg geblieben sind?«

»Im Krieg geblieben? Habe ich das gesagt? Komischer Ausdruck, nicht? Weißt du überhaupt, was er bedeutet?«

Das sagten die Leute immer, über Opas vor allem. Es klang schon komisch. *Im Krieg geblieben.* Als hätte es den Opas dort besser gefallen.

»Lassen wir das mal«, sagte er, »das sind die falschen Worte, überhaupt ist das ein verlogenes Wort. Ich will dir nichts Falsches sagen. Ich sage dir einfach: Ich weiß es nicht.«

Er war sehr aufgeregt. Er sah sie an, als könnte das schlimm sein, aber sie fand es nicht schlimm. »Weil du dich nicht erinnern kannst?«

»Ja«, sagte er, »weil ich mich nicht erinnern kann.«

»Kannst du dich an alles erinnern, was dir passiert ist?«, fragte sie Editha.

»Um Gottes willen, ich ganz sicher nicht, ich war schon immer vergesslich.«

»Aber du kannst dich daran erinnern, wie du klein warst?«

»Ja, das schon.«

»Papa sagt, das passiert, wenn man alt wird, man kann sich nur an die Kindheit erinnern.«

»Dann bin ich schon senil! Nein, so ist das nicht. Aber ich erinnere mich vor allem an die schönen Dinge, und die Kindheit ist halt schön. Vielleicht geht es allen Leuten so, deswegen.«

»Kannst du dich an alles erinnern, was dir passiert ist?«, fragte sie die Oma. »Kannst du dich erinnern, als du klein warst?«

»Was hat das Kind denn?«, fragte die Oma.

»Ja, was hat sie?«, fragte Editha. »Sie hat mich gestern das Gleiche gefragt.«

»Wir haben zufällig Frau Barthel getroffen, mit Frau Zimmer. Sie haben einen Rollstuhl für sie aufgetrieben, so kommt sie wieder raus.«

»Endlich«, sagte Editha, »sie wollte doch immer nur raus, das war schrecklich damals, wie sie immer abgehauen ist. Nach Wietfeld wollte sie.«

»Nach Wietfeld?« Da kannte sich Eli aus. »Nach Wietfeld kommt man nicht hin!«

»Das war ja das Problem.«

»War da nicht was mit Wietfeld, Mutti? Irgendeine alte Geschichte?«

»Die *Agentenschleuse*?« So böse klang die Oma auf einmal. Die Antihexe.

»Nein, von früher.«

»*Früher?*«

»Ach, ja, das Eis! Sie wollte dort Eis essen.«

»Eis!« Oma wippte in ihrem Stuhl. »Ja, ja. *Mädels, gehen wir Eis essen!* Du meine Güte. Und?«, fragte sie, als Editha gerade den Mund aufmachte. »Erzählt sie immer noch ihre Kaisergeschichten?«

»Frau Barthel erzählt überhaupt keine Geschichten mehr.«

Oma hörte wieder auf, im Stuhl zu wippen, hatte Papa sie erschreckt mit seinem scharfen Ton? Jetzt wippte sie mit dem Fuß. Sie würde gleich etwas sagen, etwas Falsches, das wusste man, zum Beispiel in der Schule wenn ein Kind drauf und dran war, die falsche Antwort zu geben, nur selbst wusste man es immer erst hinterher.

»Barbarossa! Das werde ich nie vergessen!«

»Das war nur –«

»Ein Name aus einer Sage. Oder was hast du damals gesagt, Thomas? Ein Märchen, nicht? Und das Märchen kennst du doch auch?« Er schwieg, als wäre das eine Fangfrage. »Der Kaiser, der unter dem Kyffhäuser schläft und erwacht, wenn Deutschland in Not ist. Eine schöne Sage, oder? Das kann man kleinen Mädchen erzählen, nachmittags beim Eis unter der Kastanie!« Weinte die Oma? Sie ist dazu nicht in der Lage, sagte Editha immer, jetzt aber, so klein und wütend, wie man weint, wenn man Unrecht hat, und Papa war plötzlich so wütend, wie man wird, wenn der andere, der Unrecht hat, weint. »Und dann? Was haben sie gemacht aus dem Märchen? Wie hieß das dann '41, der glorreiche Feldzug der Herrenrassen gen Osten? Lernt man das nicht in der Schule?«

»MARGARETHE, WAS WILLST DU, WAS HEULST DU HIER RUM. ÜBER UNTERNEHMEN BARBAROSSA HABE ICH EIN BUCH GESCHRIEBEN. MEIN ERSTER ZIEHVATER WAR RUSSISCHER OFFIZIER UND JUDE. UND ALLER WAHRSCHEINLICHKEIT NACH BIN ICH SELBST JUDE.«

Oma starrte ihn an. Ob sie noch weinte, noch böse war, sah Eli nicht, auch sie sah nur Papa an.

Er war –

Sie hatte es nicht verstanden. Er hatte so schnell und so laut gesprochen. Jetzt saß er da mit geschlossenem Mund. Margarethe stand auf und ging nach hinten. Editha räumte die Kaffeetassen weg und sagte: »Ich mache mich dann langsam ans Essen« und nahm Eli mit in die Küche. Sie wollte ja immer mitkochen und durfte es selten und bei der Oma erst recht nicht. Die Oma kam bald selbst in die Küche und Eli durfte Kartoffeln schälen und sogar ein wenig reiben. Sie hatte bei Papa bleiben wollen. Denn die anderen taten so, als hätte *er* etwas Falsches gesagt. Oder etwa nicht? Oma und Editha rangen mit dem Braten, Oma schimpfte, wenn das Fett spritzte, wenn sie sich in den Finger schnitt, die Knöchel an der Reibe aufschlug, aber so stellte sie sich immer an. Eli dagegen war ruhig und fleißig und spähte immer wieder durch die Tür, ob Papa sah, wie sie für ihn kochte. Er saß einfach nur da, hatte sich selbst versteinert mit seinem Zauberwort.

Als Editha den Braten auftrug, sagte er: »Ah. Schweinebraten mit Sahnesoße.« Mit schiefem Lächeln. Editha sagte, dass Eli Kartoffeln für die Knödel gerieben hatte, und er aß alles brav. Editha und Oma unterhielten sich über Knödelrezepte, von der alten Gaststätte oder von Omas Tante, Knödel mit Brotwürfeln und ohne, Knödel, die sich auflösten und die gelangen, und Oma lächelte, sie freuten sich, weil der Streit vorbei war. So war das, wenn Eli *Krawall machte* und Stubenarrest hatte und dann *wieder lieb* war und an den Esstisch durfte und *alles löste sich in Wohlgefallen auf*, in der warmen Küche klapperten die Gabeln lauter als die Stimmen und man aß mehr als sonst und Eli war dann immer gleich müde.

Editha trug sie aufs Sofa und sie döste, während die anderen mit einem Kräuterschnaps dasaßen und schwiegen.

»Lasst uns doch nach Berlin fahren«, sagte Papa auf einmal.

»Wie bitte?«

Er hatte wieder so schnell gesprochen, aber Eli verstand es im Halbschlaf. Nun spähte sie durch die Wimpern.

»Lasst uns nach Berlin fahren.« Seine Stimme war nun ruhig und tief. Wenn er so sprach, zu Eli abends am Schreibtisch, dann *war* es so. Auch jetzt sprach er zu Eli: Editha verstand nicht, sie kannte Berlin nicht. Obwohl sie manchmal selbst hinfuhr, allein, wegen der Arbeit. Das war irgendein anderes Berlin, nicht Papas, nicht Elis, nicht dort, wo sie herkamen, wo es einen Raum gab in einem Haus, aus dem man hinaus in die Welt ging, auf die Straße, wo die Straßenbahn kreischte.

Aber Editha rief: »Ich will doch längst mit dir! Du willst immer nicht!« Sie rief es laut. War sie sauer, nein, sie freute sich. »Es sind ja gleich Sommerferien. Ende Juli habe ich dort eine Tagung. Dann fahren wir halt alle zusammen. Wir können ja auch ins Theater und mit Eli in den Tierpark und ordentlich einkaufen, du trägst ja immer noch dieselben Stiefel …«

Tierpark, hatte Papa nicht erzählt, dass der Tierpark ein Bahnhof war, fuhren die Tiere Zug, fuhren sie durch den Wald? – nein, Wald nicht, den hatte man weggemacht für die Stadt, da gab es nur Betonkästen und Steinruinen. Also wie Halle-Neustadt? Nein, viel größer, sagte Papa immer, und Großstadt ist Großstadt, es gibt Prachtstraßen, die meilenweit ins Zentrum führen, das ist überhaupt das Zentrum des Universums, und in Berlin gibt's alles gleich zweimal, zwei Zoos, zwei Unis, zwei Opern, zwei Riesenkaufhäuser, drüben alles noch mal und noch schöner, bloß da kommt man nicht hin.

»Es geht mir aber um etwas anderes. Ich will zur Jüdischen Gemeinde. Etwas über meine Familie erfahren.«

Editha sagte nichts. Sie schien noch an den Tierpark zu denken. Aber Eli dachte: *Ich* verstehe. Dachte es so schnell, wie man nickt, um nicht dumm dazustehen. Aber sie wusste wirklich: Es ging um den *Anfang*.

»Es gibt dort sicher ein Archiv …«

Editha lächelte, sanft und fern, als denke sie an Löwen und Robben, Affen und Wölfe. »Und wenn du nichts findest? Man findet nicht immer was.«

»Dann finde ich nichts. Das ist nicht schlimm.« Er lächelte auch, ein richtiges, kein schiefes Lächeln.

Aber Oma wippte immer doller mit dem Fuß und stand und räumte auf, trug an der Bratenplatte, als ob es sie schmerzte, aber so stellte sie sich immer an, sie ertrug auf einmal die Unordnung nicht, den Essensgeruch, weg damit, die anderen sprangen auf und halfen, aber es half nichts, sie zuckte zusammen, wenn sie in der Küche zusammenstießen, aber sie weinte nicht, sie hatte einen festen Antihexenblick. Sie warf alle Fenster auf und ging in ihr Arbeitszimmer.

Es wurde kalt, Editha und Papa hatten schon alles abgewaschen.

»Mutti!«, rief Editha. »Wir müssen los, es wird schon dunkel!«

Hatte Oma doch wieder geweint? Nein, sie kam mit trockenen Augen herein. Mit einem Stapel Bücher, den sie auf den Tisch legte. »Hab ich damals gerettet«, sagte sie. »Frag mich nicht, warum.« Obendrauf lag ein Zettel. Sie machte alle Fenster zu, wartete nicht ab, ob Papa sich über die Bücher freute. Dabei waren es teilweise schöne Bücher, mit Gold. Papa stand da und seufzte, als wüsste er nicht, wie er sie tragen sollte.

Er saß im Zug mit dem Bücherstapel auf den Knien. Eli, gegenüber, hatte den Kopf auf Edithas Schoß. Sie träumte, war aber wach. Papa sah so groß aus, die Bücher sahen so groß aus, schwere Scheiben Gold. Papa saß einfach so da mit dem Goldschatz auf dem Schoß. Er gehörte nicht hin. Keiner guckte. Alle guckten aus dem Fenster. Das machte der Goldschatz, das war sein Zauber, keiner sah ihn. Eli musste die Augen schließen.

Editha gähnte und fragte: »Was ist das für ein Zettel?«

»Sie hat mir die Adresse des Archivs herausgesucht, von der Jüdischen Gemeinde. Wirklich nett von ihr.«

»Ja, klar, sie kennt doch alle Archive.«

Eli öffnete die Augen wieder. Papa sah nicht mehr groß aus und die Bücher sahen nicht mehr groß aus und doch nicht mit Gold und der Zug war voll von Menschen, die sich unterhielten und nicht hinguckten. Papa schob den Zettel rasch unter einen Buchdeckel, dabei schaute er aus dem Fenster, als würde dann keiner den Zettel sehen. Und es sah auch keiner hin und das war gut. Denn obwohl er doch nicht so groß war und die Bücher doch nicht mit Gold, war er immer noch der Spion, der Mann, der nicht hingehörte. Und man hätte das gesehen, so wie er aus dem Fenster schaute. Das sollte ablenken und verriet ihn doch nur. Aber Eli konnte ihm nicht sagen, was er jetzt zu tun hatte. Sie sah nur hin. *Nicht lebensgefährlich*, hatte er gesagt. Er schaute, als sei er schon lange unterwegs und wisse nicht mehr, wo er sei.

Rechterhand muss Wietfeld sein
und da irgendwo der Herzynische Wald.

Aber Eli konnte die Augen nicht mehr öffnen und Papa nicht mehr sagen, wo sie sich befanden. Es war auch viel zu spät, sie waren schon ewig lange unterwegs, der Zug wiegte sie sanft, aber sie schlief nicht, und wusste genau, wohin sie fuhren. *Wir fahren nach Berlin.* Steinruinen, Betonkästen, ein Raum und ein Bett und Mama kam und trug sie hinaus in die Welt.

Aber es war Papa, der sie trug. Er legte sie ins Bett und es war ihr Bett in dem Haus auf der Lindewarte. Sie war wach, wirklich wach, sie wusste, dass sie noch nicht in Berlin war, aber sie würden bald fahren. Sie wusste es und fragte trotzdem: »Fahren wir zu Mama?« Nur, weil sie es hören wollte. Er würde sich doch jetzt nicht schämen?

Papa sagte nichts. Sie sah ihn nicht. Sie konnte die Augen nicht aufmachen. Vielleicht schlief sie schon und hatte ihn nicht gehört. Denn sie lag schon ewig lange. Er war aber auch noch da. Auch er schlief, neben ihr.

TEIL III

Kapitel 8
1950

Mann und Kind in einem Bett. Lew Lwowitsch und Fomá. Dorthin zurückkehren, zum ersten erinnerlichen Ort. Das Denkmalbild verschwinden lassen. Die Bronzefiguren stürzen, liegen lassen wie Trümmerteile, atmend und stöhnend, jeder für sich. Das Denkmal all denen setzen, die zu eng, all denen, die alleine lagen.

Nach dem Krieg war man froh, irgendwo ein Plätzchen zu finden, man klammerte sich an einen Koffer, an ein Kind. Erwachsene krümmten sich in Schutzhaltungen, hielten fest, was sich nicht wehren konnte. Sobald sie schliefen, schlugen sie um sich, wehrten sich selbst. Wogegen, das wusste das Kind nicht, zusammengekrümmt in den rudernden Armen des Mannes, der beschlossen hatte, sein Vater zu sein. Was ihn dazu bewog, konnte der Junge kaum erahnen. Mut und Verblendung, dachte er jetzt, selbst Vater, sich an seine Tochter klammernd. Da trifft das Denkmal doch.

Nicht äußerlich. Lew Lwowitsch war groß, grobknochig, hager. *Löwe* hieß er, und lief steifgliedrig auf und ab mit gehetztem, witterndem Blick. Räudige alte Raubkatze. Die Offiziershaltung war seine Rettung, so konnte er in der Öffentlichkeit aufrecht und geschmeidig gehen. Allein mit Thomas – mit Fomá – ging er aus dem Leim. Schlotterte im eigenen Leib, warf Dinge um. Ihm rutschte die Hand aus, sie zuckte, schlug daneben. Aber niemals nach Fomá.

Nein, Lew Lwowitsch versuchte, mit Fomá vernünftig zu reden, wenn er seine Heulanfälle bekam. Dazu ging er in die Hocke, legte seine schweren Hände auf die Schultern des Knaben, Stimme und Hände begannen zu zittern, sobald er nicht mehr stramm stand. Darüber erschrak Fomá, vergaß seine Tränen.

Einmal fiel er hin, schrie wie am Spieß. Lew Lwowitsch stellte ihn auf die Beine und blieb vor ihm hocken.

»Das reicht«, sagte er. Seine Stimme zitterte nicht mehr, sie war scharf und kalt. »Jetzt hör gut zu. Du wirst nie wieder ohne Grund weinen. Was ein Grund zum Weinen ist, das weißt du nicht einmal. Ich könnte heulen, Tag und Nacht, vor allen Leuten. Es geht nicht. Verstehst du? Es geht nicht.«

Fomá nickte.

Aber er war vollends verwirrt, denn Lew Lwowitsch weinte ja. Er weinte jede Nacht, wenn er träumte. Er klammerte sich an Fomá und verstieß ihn, drückte sich an die Wand, stöhnte, Tierlaute, die Fomá tagsüber kläglich nachahmte. Durfte man denn nur weinen, wenn man schlief? Er wagte nicht zu fragen. Und weinte nie wieder. Wenn er sich stieß, wenn zu viele Leute um ihn waren oder zu wenig, wenn er etwas nicht konnte, nicht verstand, und heulen wollte – er hob es auf. Für später. Für den Schlaf. Aber im Bett verging es ihm. Das Weinen seines Ziehvaters schüchterte ihn ein. Es war Erwachsenensache.

Erste Erinnerungen: das Weinen, die Enge, das schmale verschwitzte Bett. Anfangs in Kaliningrad. Als er sechs Jahre alt war, wurde Lew Lwowitsch nach Wünsdorf versetzt. Das Stück Russland, das Kaliningrad hieß, war in der Erinnerung nichts als eine Kaserne, eine Kulisse, die der Wünsdorf-Kulisse wich. Vor seine Kindheit schob sich ein Idealbild, wie aus der *Volksstimme*, von der Einweihung in Aschersleben: eine ernste, fröhliche Veranstaltung. Blutjunge Burschen, weise Familienväter, Blaskapellen und Fahnen.

In Kaliningrad war er – Fomá Lwowitsch Dumesch, er trug den Namen seines Ziehvaters – das Regimentsmaskottchen. Anfangs das einzige Kind dort. Offiziere und Soldaten reichten ihn herum wie eine kostbare Puppe. Als Erwachsener würde man sagen, sie hatten an ihm eine kindliche Freude – doch dem Kind war auch sie Erwachsenensache. Sie schwangen ihn in die Luft und setzten ihn auf die Panzer und hängten ihm ihre Jacken um und ließen ihn marschieren. Das Kind freute sich, ohne zu wissen, warum. Die Erwachsenen kannten die

Gründe, sich zu freuen. Er sollte sie lernen. Die Gründe zum Weinen verschwiegen sie ihm.

Wenn man ihn zu lange herzte, verfiel er in Heulanfälle und musste sich verstecken, um sich wieder zu beruhigen. Weigerte sich, den Kleiderschrank zu verlassen. Dass Lew Lwowitsch ihn nicht schlug, verstand niemand. Aber Lew Lwowitsch Dumesch sah man vieles nach. Man achtete ihn. Jeder hier hatte eine Jacke voller Orden. Mehr Auszeichnungen als Lew Lwowitsch hatten nur die Generäle – und er trug sie anders, nicht wie bloßen Schmuck.

Deshalb, so schien es, hatte er Fomá behalten dürfen. Als müsste man jemandem, der Heldentaten geleistet und alles verloren hatte, mehr bieten als bunte kleine Bandschnallen. Man musste ihm das Kind lassen. Zumal er behauptete, es sei ein russisches Kind, in den Armen einer toten Ostarbeiterin gefunden. Sinnbild der Zukunft des russischen Volkes, das aus Schmach und Niederlage aufersteht. Man machte eine Ausnahme, aus Menschlichkeit oder Willkür oder im Glauben an das Schicksal.

Fomá *wisse nicht, was ein Grund zum Weinen sei* – an diese Mitteilung schloss sich die Geschichte, die sie aufhob. *Hör gut zu. Das darf nun niemand wissen. Die Wahrheit darüber, wie ich dich gefunden habe.* Nicht in den Armen einer toten Russin. Sondern *in einer Kammer mit doppeltem Boden*, mitten in Berlin. Fomá sei *nemez*, er sei *jewrei*. Das dürfe niemand wissen. *Nemez*, Deutscher, das war der Feind, der Besiegte. *Jewrei*, war das etwas noch Schlimmeres? Sein Ziehvater erklärte das Wort nicht, lächelte nur das irre Lächeln des Schicksalsglaubens. Denn er hatte gerade erfahren, dass er nach Wünsdorf bei Berlin versetzt werden würde. Fomá käme in seine Heimat zurück. Sein Ziehvater sah darin eine tiefere Bedeutung, deshalb der Drang, dem Kind Unverständliches mitzuteilen. Fomá schluckte es, wie er das Weinen schluckte.

Es dehnte sich in ihm aus, er selbst dehnte sich, die Luft wurde dünn, alles kreiste. Erstickung im Versteck, Schwindel und Ohnmacht. Das beeindruckte die Soldaten. Einer zeigte ihm, wie er dabei aussah: Mund offen, Augen weiß. Wegen so was fliegt man aus der Armee, sagte er. Fomá trieb es dann nicht mehr so weit. Er hob es auf.

Der bunte Film wird brüchig und blass, zu oft heruntergespult. Schlamm, Kälte, Angst schimmern durch. Und eine Landschaft da draußen, Weite, Wind, Wald, endlose Bahngleise. Große, alte Städte. Habe ich sie gesehen?, fragte Thomas sich viel später. Auch ich in Leningrad, ich in Riga, ich in Rumbula. Lew Lwowitsch muss die Orte noch einmal aufgesucht haben, ich muss dabei gewesen sein. Geblieben war nur das Bild der Kaserne. Und das Bild einer einzigen langen Zugfahrt, im Grau des Lebens oder eines alten Films.

Es ging nach Deutschland, ihm war, als ginge es zu seinen Eltern. Der Gedanke machte ihm zunächst Angst. Unter Eltern konnte er sich wenig vorstellen. Die Offiziere hatten nach und nach ihre Familien zu sich geholt. In Wünsdorf, als er zur Schule ging, fiel es ihm erst auf. Dass ein Kind saß oder lief und links und rechts war jemand da, ein Mann und eine Frau. Und er traute sich nicht, hinterherzuschauen. Das könnten seine Eltern sein. Sie könnten kommen und ihn suchen. Wie sollte er sie nur erkennen? Sie trügen Zivil. Keine Abzeichen, nichts, wonach sie sich einordnen ließen. Sie wären anders: wie er. Sie waren das Wort, das er nicht wusste. Mit traurigem Blick würde Lew Lwowitsch ihrem Lächeln weichen. Dann ginge alles sehr schnell. Fomás ganzes Kasernenleben in Wünsdorf erwiese sich als eine rasch im Flüsterton geklärte Angelegenheit. Es ginge nach Berlin. Sie liefen zusammen zum Bahnhof. Sie säßen im Zug, rechts die Mutter und links der Vater. Er konnte sich kein Bild machen. Eine Verlegenheit, über die ihm die Eltern hinweghalfen. Sie zeigten ihm Berlin. Unter den Linden, eine Straße viermal so breit wie jede andere Straße, gesäumt von Linden, viermal so hoch … ein Fluss so breit wie ein See, Kanäle und Paläste, eine Admiralität mit goldener Spitze … nein, das war Leningrad. Da kam Lew Lwowitsch her, die Stadt stand Fomá vor Augen, wenn sein Ziehvater davon erzählte. Auch von Berlin erzählte er. Dort gab es mehr Bäume als Häuser (die Häuser waren kaputt), und eine Straßenbahn und lauter Autos, und einen Fluss mit Dampfern und Kähnen. Und nicht nur einen Bahnhof, sondern einen für jede Richtung, so groß wie Schlösser, einer hieß sogar *Zoologischer Garten.* Im Zoo gab es Tiere, die sonst nur in Büchern standen, Elefanten und Nashörner. Wie aber sah ein *Bahnhof Zoo* aus? Über diese Frage schlief Fomá ein. Palmen wuchsen bis ins Glasgewölbe, die Giraffen reckten die Hälse, Züge voller Affen fuhren ein und aus. Irgendwo waren die Eltern.

In Wünsdorf war er nicht mehr das Regimentsmaskottchen. Mit den kleinen Jungs spielte er Krieg aus Pflichtgefühl. Sie glaubten, es besser zu können als er. Ihn ödete alles an. Seine *Heimat* war auch nur eine Garnison. Und Garnisonen waren armselig, grau und gerade. Das Große, der Krieg, war vorbei, nur die Märsche hallten nach, die Fahnen wehten. Solche Städtchen waren wie Lager, aufgeschlagen im Hinterland. Was war an dem Krieg so großartig, wenn er solche Ärmlichkeit, was war so schrecklich, wenn er solche Langeweile hinterließ?

Irgendwo war das Leben bunt und schön, Tiere sprachen, Menschen flogen, das wusste er aus den Geschichten, die Lew Lwowitsch vorlas. *Irgendwo* oder *irgendwann*? *Es war einmal,* hieß es. *Einst lebte …* Oder: *Im dreimalneunten Zarenreich, im dreimalzehnten Staat …* Das Wort *Märchen* sagten Erwachsene so abfällig, und lasen doch Märchen vor und verfielen bei diesen Anfangsformeln in einen Singsang.

Lew Lwowitsch las besonders gern die Sätze, mit denen so viele Märchen schlossen:

Als sie heirateten, gab der Zar ein großes Fest. Auch mich luden sie ein, ich trank Bier und Wein, der Bart hat alles abgefangen, der Mund ist leer ausgegangen.

Erwachsene Schlauheit. Jeder Anfang war listig. Jedes Ende war fies. Doch es fing gleich wieder von vorne an – man musste nur weiterlesen. Fomá las selbst weiter. Vertrieb die Zeit, bis seine Eltern kamen. In der Mitte eines Märchens kann man unendlich viel Zeit verbringen. So viel bleibt dort unerklärt. Was ist *eine Stadt ganz aus Gold*? Man muss es sich ausmalen. Städte malte er am liebsten. Uneinnehmbare, ummauerte, getürmte … bald nur noch eine einzige Stadt, keine Stadt *aus* einem Märchen, sondern die Stadt war zuerst da und in ihr spielten sich alle Geschichten ab. Sie lag auf einem Berg und im Tal und hatte hohe Mauern und Tore und tausend Kanäle und Parks so groß wie Wälder und lag am Meer und lag an einem großen Fluss. Er zeichnete einen Stadtplan. Er saß dabei gern vor dem Haus, vor dem graubraunen Block in der schnurgeraden Straße.

Eines Tages stand auf einmal ein Mädchen neben ihm. Er zeichnete weiter. Ihm war klar geworden, wie groß der Plan noch werden musste, wie viel noch zu tun war, wie die Straßen liefen und sich kreuzten und Plätze bildeten …

»Wie heißt die Stadt?«, fragte das Mädchen.

Er hatte sich keinen Namen ausgedacht. »Berlin«, sagte er.

Die Mädchen blieben sonst unter sich. Aber er hatte sich vor den anderen Jungs verdrückt, warum sie sich vor den Mädchen? Oder war sie gerade erst angekommen, von weither, aus Russland? Um mit ihm zu spielen.

Sie sah noch ein wenig zu und sagte dann: »Komm mit.« Er ließ sich ungern stören und ungern herumkommandieren. Aber er war neugierig. So fingen Geschichten an, mit selbstverständlichen Befehlen. Jemand wurde ausgewählt: der Richtige für dieses Abenteuer.

Sie ging schnurstracks auf das Wäldchen zu, das hinter der Kaserne lag. Er sagte nicht, dass er dort nicht hineindurfte. Oder durfte er das? Sein Ziehvater hatte kein Wort gesagt. Aber er mochte den Wald nicht. Nahm lieber den Umweg als den Waldweg. Auch und gerade bei Sonnenschein, im Sommer, wenn man den Moderboden roch, sträubte sich Lew Lwowitsch kaum merklich, ein Baum, der sich in der Windstille schüttelt. Erwachsene fühlten sich in den geraden Straßen wohler. Am Stadtrand stand der Kiefernwald immer überraschend, wie eine geschlagen geglaubte Armee.

Hier würde sein Ziehvater stehen bleiben. Fomá trat hinein.

Das Mädchen setzte sich auf den Boden, also musste er das auch. Und musste seinen Stadtplan noch einmal vorzeigen und alles erklären. Sie nickte dazu, als hätte sie von alldem schon einmal gehört. Sie hatte nicht gefragt, was das für eine Stadt war. Sie hatte gefragt, wie sie hieß. Das hier war wichtig, nur deswegen hielt er es auf dem Boden aus. Er spürte plötzlich die Nässe am Hintern, als hätte er sich in etwas reingesetzt. Sich sogar in die Hose gemacht, wollte sie ihn hereinlegen? Aber sie selbst saß achtlos da, als sei das nichts Schlimmes, auch der Geruch nicht. Er sog ihn ein.

Wie sein Schwindelgefühl: ekel-, dann lusterregend. Und dieser Raum, wenn man hineintrat, fächerte sich auf, die Stämme schwankten, fielen auseinander, öffneten den Blick auf etwas Ungeahntes, fielen wieder zusammen. Hier, irgendwo, befand sich die Stadt, *Berlin*, oder wie auch immer sie hieß. Hier waren Tausende weitere Welten. Das Mädchen Lena kam überall hin. Sie behauptete, man sei irgendwo, und dort war man dann auch. Sie behauptete Sachen, auf die die Jungs niemals gekommen wären.

Fomá kam zum ersten Mal spät nach Haus, und Lew Lwowitsch roch, wo er gewesen war. Aber er sagte nur: »Gut, gut, dass die Kinder draußen in der Natur spielen. Aber tritt vorsichtig und fass keine Metallteile an.«

Lena sagte, wo es langging. Sie war sieben, wie er, aber in diesem Alter waren Mädchen älter. Anfangs, da er ein Junge war, mussten sie Feinde sein.

Sie sagte: Der Weg ist ein Fluss. Ich bin der Angler. Du bist der Fisch.

Sie sagte: Du bist der Dschungelforscher, ich bin der Kopfjäger.

Sie sagte: Du bist der Deutsche, ich bin die Partisanin.

Er sagte noch nicht, dass er wirklich Deutscher war.

Sie erzählte ihr Lieblingsmärchen: *Der Tontlawald*. In diesem Wald verlief sich ein Mädchen, das zu Hause unglücklich war, weil sie eine böse Stiefmutter hatte. Dort traf sie auf *menschenähnliche Wesen*, die in einem schönen Haus lebten, auch ein Mädchen, das einen Tropfen Wasser in einem Schächtelchen bei sich trug. Sie goss ihn aufs Gras und er wurde zum Meer. Sie spielten zusammen, und das Menschenkind wollte nicht mehr nach Hause. So durfte sie bleiben, aber nicht für immer …

Dass ein Wald einen Namen hatte. Das war wie *menschenähnliche Wesen* – schaurig und schön. Die allerschönsten Märchen seien das, *estonskie skaski.* Lena brachte das Buch mit. Aus welchem Land waren sie? Na, aus *Eston.* Und so hieß das Land, in dem sich ihre Spiele abspielten, unendlich weit und zusammenhängend. Wer erfand das Land? Niemand. Sie entdeckten es gemeinsam, niemals gab es Streit darüber, wo ein Berg stand oder ein Hafen lag. Die Dinge *waren* einfach. Wenn auch immer wieder anders. Fomá zeichnete immer neue Landkarten. Es passte niemals alles zusammen.

Eine Stadt muss befestigt und verteidigt werden, das taten sie nun gemeinsam, nicht Fomá war der Feind, sondern der Feind war eine ganze gesichtslose Armee. Man kämpfte mit dem Schwert, wie in früheren Zeiten. Fomá verteidigte ganz ohne Beistand eine Brücke, einen Turm. Zack-zack, rechts und links stürzten die Leichen der schweigenden, blutlosen Feinde. Manchmal wachte er von diesem Rausch auf, kämpfte sich frei aus einer Enge. Andere Kinder führten den Erwachsenenkrieg weiter, mit seinem schweren Gerät. Er war nicht so schön, wagte Lena zu sagen. Ja, er war langweilig, sagte Fomá mit Erleichterung.

Im Unterholz rosteten Patronen, Metallrohre, verbogene Bleche. Lena hatte alles ausgekundschaftet. Da war nichts, versicherte sie, was man nicht anfassen durfte. Keine Handgranaten, keine Sprengsätze. Ein paar Granatensplitter, die sie in den Händen hielten und sich wunderten, dass so dickes schwarzes Metall zerspringen konnte. Sonst empfanden sie eine lähmende Enttäuschung. Alles Schrott. So hässlich und kaputt.

Lena bewegte sich äußerst umsichtig durch das Terrain. Sie stammte ja von Samojeden ab. Sie spähte alles aus, bis auch Fomá wie ein Nachttier alles deutlich sah. Vor Quicksand und Abgrund, Lawine und Vulkanen hatte sie bei aller Vorsicht keine Angst. Im Kampf war sie unerschrocken, bewaffnet mit einem Jagdmesser, Holz und Silberpapier. Aber sie wusste Kämpfe zu vermeiden. Es ging ihr nicht um die Gefahr – sie wollte bloß immer weiter ins Land, weg von diesem Schrott, irgendwohin, wo sie ihre Ruhe haben konnte. Oft saßen sie stumm beisammen am Lagerfeuer in den Bergen, in der Räuberhöhle, im Turm und betrachteten die Landschaft: friedliche Stunden, in denen der Kampf immer ferner und das dadurch Errungene immer handfester erschien.

Wenn man etwas immer näher zu kommen schien, oder immer tiefer hineinzugeraten, in ein Land, das schöne und ehrenhafte Kämpfe kannte, vor allem aber in einen Frieden, der nicht langweilig war, ein Bauen und Festefeiern und Karawanen- und Schiffsverkehr, laut und lebendig, doch nicht störend in der endlos wachsenden Landschaft – wo lag denn dieses Land? Irgendwo weit weg? Dann käme man mit dem Flugzeug hin, meinte Fomá, und man hätte es nicht mehr nur für sich. Nein, es lag in der Vergangenheit. Das konnte nicht sein, so Lena, denn in der Vergangenheit durften Frauen all die Dinge nicht, die sie hier tun durfte. Also in der Zukunft? Oder alles und nichts? Und wo war man selbst? *Auch mich luden sie ein, ich trank Honigbier und Wein! Ich ging von ihrem Feste heim, stolperte und brach mir's Bein, nun fällt mir leider nichts mehr ein.*

Lew Lwowitsch las ihm auch deutsche Sagen vor. Er hatte Deutsch studiert. *Sage*, erklärte er, kommt von *sagen*, wie *skaska* von *skasat.* So sieht man, wie sehr die Sprachen und Völker doch verwandt sind. Er sagte die Sagen, aber ungern auf Deutsch. Als schämte er sich: Er las still ein paar Sätze und sagte sie dann auf Russisch. Da verfiel er in keinen Singsang, sprach stockend, verhedderte und verbesserte sich, deshalb schienen diese Geschichten *wahr.* Fomá konnte ihnen nicht folgen und wollte sie doch verstehen. Auch Lena war neugierig auf die Deutschen. Sie waren der Feind gewesen, hieß es. Nun waren sie Freunde, zumindest die guten Deutschen, im demokratischen Sektor. Aber man traf sie nicht. Fomá brachte Lena die Märchenbücher mit, aber er konnte die Schrift nicht lesen. Das war nicht die normale deutsche Schrift, die Lew Lwowitsch ihm beibrachte, sondern die alte Schrift, diese Bücher waren vielleicht tausend Jahre alt! In den alten Schriftmauern standen Bilder wie Fenster. Klare geschwungene Linien, solche Landschaften, Städte, Burgen, Frauen, wie er sie schon immer hatte zeichnen wollen. Die Geschichten dazu musste man sich selbst ausdenken.

Und er nahm andere deutsche Bücher mit, aus denen Lew Lwowitsch nicht vorlas, weil es Geschichtsbücher seien und Fomá langweilen würden. Was war der Unterschied zwischen *Geschichte* und *Geschichten*? Diese Bücher hatten genauso schöne Bilder. Er las sie Lena vor, stockend holte er die Geschichte aus der unlesbaren Schrift. So musste die Welt da draußen sein, das besiegte Land, das ihm irgendwie gehören musste, weil er aus dem Land kam, und doch auch unter den Siegern war. Wo lag das Land? *Draußen.* Wann würde er hinausdürfen, wann?

»Und, was spielt ihr da so im Wald?«, fragte Lew Lwowitsch ab und zu. In seinen besseren Zeiten, im Krieg, hatte er seine Männer wohl so ermuntert, mit einem warmen, kindlichen Lächeln, das inzwischen haltlos flatterte.

Aber Fomá zuckte nur mit den Schultern. Sein Ziehvater drängte ihn nicht. Als wüsste er, dass er dem Jungen eine sinnlose Information abverlangte. Nur einmal blieb er dabei und sagte dann nach einer Pause: »Bei dem Dorf, wo meine Eltern herkamen, gab es so eine schöne Stelle.«

Sein Mund zappelte, ein abgetrennter, kurz noch lebender Körperteil, neuerdings wollte Fomá am liebsten die Hand draufdrücken.

Hätte Fomá nur *irgendetwas* gesagt. *Ja, ja, wir spielen immer so schön Indianer.* Dann wäre die tapfere Normalität seines Ziehvaters wieder hergestellt gewesen. Lew Lwowitsch stand so starr am Fenster, wenn er zu spät und zu ruhig wieder auftauchte. Schien sich bei Fomás kindlicher Ruhe immer schwärzer auszumalen, was einem kleinen Jungen alles passieren kann. Hätte Fomá nur sagen dürfen, dass er alle erdenklichen Gefahren schon überstanden hatte … Lena hatte es ihm verboten. Das ging ihm gegen die Offiziersehre. Man hatte keine Geheimnisse.

»Doch. Hat man. Das ist wie im Untergrund. Keine revolutionäre Zelle weiß von den anderen.«

Wenn sie mit ihren Eltern an ihm vorbeilief, tat sie so, als kannte sie ihn nicht. Das war wohl auch so eine revolutionäre Zelle. Aber ihre Eltern kannten Lew Lwowitsch. Und die Erwachsenen hatten einen falschen Begriff von der Konspiration: Sie zwinkerten, während die Kinder meisterhaft Desinteresse vorspielten. Galina Ossipowna aß gern mit Lew Lwowitsch im Kasino. Sie war Kampffliegerin gewesen, war abgestürzt, ihre linke Hand war zu einer Kralle geschmolzen. Lena betrachtete sie voller Ehrfurcht und Verzweiflung. Fomá wünschte, Galina Ossipowna würde ihn und Lew Lwowitsch einmal zu sich einladen. Aber sie spielte Lenas Spiel mit: Sie ließ die Kinder machen.

Fomá fand es langsam albern, im Wald immer so zu tun, als gäbe es das echte Leben nicht. Lena hielt sich für etwas Besseres. Kein gewöhnliches Mädchen, das abends zu den Eltern nach Hause musste. Sondern sie verwies auf Mächte im Hintergrund, die sie zwangen, heimzukehren, sie tagelang bei sich behielten, von Geiselnahme sprach sie, von Hexerei und Zauberbann. Schließlich erklärte sie ihm, sie sei Waise.

Wenn sie behauptete, Partisanin oder Schamanin zu sein, war es nicht gelogen. Aber das nun –

»Du lügst«, brüllte er. »Ich bin die Waise.«

Endlich hörte sie zu. Er hatte ja ein echtes Geheimnis. Sie ahnte es wohl, war bloß zu stolz, um nachzufragen. Das war der Sinn dieses dummen Spiels. Erzählen sollte er, wie es wirklich war, als Waise. Erfahren wollte sie – er wusste nicht recht, was. Er erzählte, was er konnte, spürte, dass es nicht reichte: Ich lag in einer Kammer mit doppeltem Boden in einer Wohnung in Berlin. Lew Lwowitsch fand mich dort.

Lena nickte ernst.

Das heißt, ich bin Deutscher.

Sie war beeindruckt.

Und ich bin *jewrei*. Deswegen haben mich meine Eltern versteckt.

Sie wusste genauso wenig wie er, was das war, aber fragen würde sie nicht. Sie war nicht enttäuscht; sie kannte nun ein neues Wort. Sie lauschte und lauschte. Er kam aus Berlin, es gab die Stadt wirklich. »Wollen wir nicht hinfahren?«, fragte sie zaghaft, und er, nun der Bescheidwisser, sagte: »Ja, das tun wir irgendwann.«

So verstrich noch ein Jahr, so, aber anders.

Überhaupt war alles anders gewesen, als er es später in Erinnerung hatte. Ein vertrautes Gesicht hatte er vergessen, ja, das Allervertrauteste. Wenn er sich zu erinnern zwang, war ihm, als hätte es ihn angelächelt, mit den braunen Augen gezwinkert, als hätte er diese Gestalt überall gesehen. Vor der Schule wartend im langen schweren Mantel, weit entfernt die Allee hinabschreitend: Immer sah sie ihn an. Doch es waren nur die Bilder, die überall hingen. Ein freundlicher Schnurrbart, freundliche Falten, aber das Gesicht war wie Keramik, Metall, mit dicker Farbschicht, so glatt und hart wie der Name Stalin.

Das Gesicht änderte sich nicht in diesem Jahr 1952. Lew Lwowitsch aber, oder Fomás Blick auf ihn. Fomá sah zum Beispiel, wie er Stalin anschaute. Andere Offiziere sahen Stalin an, als hätten sie mit ihm gekämpft, zusammen in einem Panzer, einem *Jak*, und er, mit seiner Schlauheit und Dreistigkeit, hätte sich und sie vor dem sicheren Tod gerettet. Auch Lew Lwowitsch sah Stalin an, als kannte er ihn, und wurde dabei ganz still, anders still als sonst, kein Strammstehen.

Lew Lwowitsch traf sich öfter mit Lenas Eltern, fast jeden Sonntag, wenn die Kinder zusammen spielten. Der Spieß war umgedreht: Sie wollten die Kinder nicht dabeihaben. Es war den Erwachsenen auch egal, was sie draußen spielten. Die Kinderkonspiration sah sich ohne Auftrag. Lena schlug einen neuen Kurs ein. Nun traten sie offen als Freunde auf, wollten die Erwachsenen aus der Deckung locken. Sie schlichen sich in Lenas Wohnung, um die Erwachsenen beim Reden zu erwischen. Die saßen aber ebenso still da mit ihren Teetassen, dem harten Teegebäck.

»Etwas stimmt nicht«, sagte Lena. Sie klaute Zeitungen und las sie im Wald, während Fomá sich unsäglich langweilte.

»Es gibt Krieg«, sagte sie. Sie zeigte, wie oft vom Feind die Rede war.

»Kein richtiger Krieg. Das sagt man nur so.« Dass sie immer so wichtig tat.

»Da passiert wirklich was«, sagte sie anderntags: »*Die Aufrüstungspläne der amerikahörigen Bonn-Regierung* ...« Aber sie klang unsicher, und Fomá sagte:

»Ach, das steht doch immer so drin.«

»Wenn das kein Krieg ist, was ist es dann?«

Das war der Frieden, um den man gerade kämpfte. Der Frieden knisterte und summte. Es war *friedlich* im Wald – aber man stellte sich vor, wie es krachte. Man spielte Krieg, Strapazen, Katastrophe. Es war schwer, Frieden zu spielen, obwohl das das eigentliche Ziel war: das Bauen des Nachtlagers, das stumme Beisammensein, weit ab von allem. Schon kaum mehr vorzustellen war das bunte, wimmelnde Märchenland.

Nun interessierte sich Lena nur noch fürs Bauen: ein Haus, eine Burg, eine Jurte, in der sie Zeitung las.

»Mama sagt, man muss eigentlich zwischen den Zeilen lesen.«

»Was soll das denn heißen?«

»Das wollte sie mir nicht sagen. Und ich darf es eigentlich keinem erzählen.«

Beunruhigend, wie die Eltern ihr Tun duldeten, sie *in Ruhe spielen* ließen, *erwachsen wird man schnell genug*, umso mehr drang das Erwachsene auf sie ein. Das Weinen des Ziehvaters nachts. War das Weinen schlimmer geworden oder war Fomá inzwischen zu alt dafür? Tagsüber achtete er auf das Zittern des hageren Körpers, das schlimmer geworden war, den nächtlichen Weinkrämpfen ähnlicher. Nachts wachte er über ihn. Nachmittags, unausgeschlafen, döste er neben Lena in der Waldhütte, am Fuße ihres liebsten Kletterbaums, im entlegensten Winkel des Wäldchens, erreichbar nur durch verzweigte Tunnel im Gestrüpp. Er legte immer mehr Äste drauf, sie schützten sie bis weit in den Herbst hinein.

Dann wurde es doch zu kalt. Sie saßen bei Lenas Eltern, wie er es sich einmal gewünscht hatte. Galina Ossipowna kochte für sie, einhändig. Sie war die halbe Samojedin: klein und schlitzäugig, schwarz und stolz. Sie schien einen riesigen Schatten zu werfen, in dem sie ihre linke Hand verbarg, in dem selbst ihr Mann sich duckte. Zwischen ihr und Lena herrschte ein Krieg, von dem man nicht sprach. Vielleicht durfte Lena die Zeitung nicht mehr lesen. Jedenfalls las sie im Wohnzimmer mit Fomá nur Bücher. Spielen wollte sie nicht vor allen Leuten. Es herrschte summender Frieden. Fomá war gern bei ihnen.

Er las weiterhin keine Zeitung. Aber eines Tages im Januar passierte etwas, wovon er auch so in der Schule erfuhr. In Moskau kam ans Licht, dass die Ärzte der höchsten Parteiführer Terroristen waren. Sie behandelten ihre Patienten falsch. Reichten Gift statt Medizin. Den Genossen Shdanow hatten sie bereits umgebracht. Diese Ärzte-Saboteure wurden als *jewreiskie nationalisty* entlarvt. Die Kinder lauschten, das Bild an der Wand prüfte ihre Gesichter. Und lächelte beruhigend: *Ich lebe.*

Nach der Schule ging Fomá Lena aus dem Weg. Er wusste nur ein Versteck, und das war auch das Ihre. Vielleicht käme sie im Winter nicht darauf. Die Hütte war ja kaum noch zu finden. Dafür war sie, intakt unter der Schneedecke, wieder warm, geschützt. Und es schneite. Seine Spuren verschwanden. Er wollte sich nicht verstecken, er hatte ja nichts getan. Er wollte nachdenken: das Wort *jewrei,* was er war und warum er sich versteckte, wenn er nichts war und nichts getan … Seine Gedanken kreisten. Warum kam Lena nicht?

Vorsichtige Schritte, ein Zweig knackte. Sein Atem stand und dehnte sich in ihm, ein Schrecken, der nicht schwand, als Lena durch die offene Schneetür raubtierhaft auf ihn zukroch. Er konnte nur auf den erlösenden Schwindel warten.

Sie baute den Eingang wieder zu. »Durch Schnee kann man atmen«, erklärte sie. Ein Streichholz flammte auf, sie zündete eine Kerze an, es war dunkel geworden. »Das sieht man von außen nicht.«

Der Schwindel blieb aus, oder: Fomá schluckte ihn, eine unangenehme Leichtigkeit ging ins Blut ein.

»Du hast mir gesagt, dass du *jewrei* bist«, sagte sie in der gleichen leisen, sachlichen Stimme.

»Ich habe mit der Geschichte doch nichts zu tun!«

Sie nickte. »Was in der Zeitung steht«, sagte sie noch leiser, »das ist alles gelogen!«

»Woher weißt du das?«

»Ich darf es nicht sagen. Du kannst hier nicht bleiben. Du musst flüchten.«

Sie sprach die Wahrheit aus, die er in diesem Moment begriff, und doch sah er, dass sie träumte, sie spann. Wie sie da hockte, mit Rotznase, wirren Haaren, und die Flamme mit den Händen schirmte: Sehr klein kam sie ihm vor, und er sich noch kleiner.

»Wo soll ich denn hingehen?«

»Nach Berlin«, sagte sie. »Du hast doch gesagt, dass wir nach Berlin fahren.«

»Ja, aber…« Ihre verheulten Augen berührten ihn unangenehm.

»Ich will auch von hier weg. Du hast doch vom Bahnhof Zoo erzählt. Das liegt im Westen. Sie werden uns dort niemals finden.« Sie, wer waren sie? Für ihn die Tscheka. Für Lena die Eltern. Sie hatte sich mit ihnen gestritten. Kleinmädchenkram. »Es sind zwei Stunden mit dem Zug. Wir müssen nur zum Bahnhof und uns im Güterwaggon verstecken. Ich habe etwas zu essen mit.«

Unglaublich. Sie hatte den Zwieback vom Teetisch geklaut. Er glaubte, lachen zu müssen – und das wäre das einzig Richtige, sie wären befreit, alles würde sich in Wohlgefallen auflösen.

»Wir können deine Eltern suchen«, sagte sie leise und flehend. Das war fies. Dass sie mit seinen Eltern kam. Dabei wurde ihm gerade klar, dass er nicht einmal wusste, wie sie hießen. »Wir haben keine Zeit zu verlieren! Sie werden uns bald suchen kommen. Wir müssen ja nur durch den Wald nach Süden und über die Straße, da kommen wir fast schon am Bahnhof raus.«

Und sie hatte die Kerze gelöscht und ging schon geduckt durchs Gesträuch. Er hinterher, atemlos auf sie einflüsternd, es reiche, sie solle nach Hause, er wolle nicht mit, hörte sie ihn überhaupt? Er glitt im Schnee aus, sie zischte ihn an, er solle keinen Krach machen. Noch nie war es ihm gelungen, sich indianergleich zu bewegen, auch jetzt nicht, als es um Leben und Tod ging. Er stolperte weiter mit einem nie gekannten Grauen: Dass es um Leben und Tod ging, war keine Garantie, dass es klappte.

Vor ihnen lag die Straße, die sie noch nie allein überquert hatten. Sie verharrten erst noch im Gebüsch. Ein Zug fuhr vorüber, ein sich endlos ausrollender Lärm – und Fomá floh nicht mehr nur, er wollte *wohin.*

Jenseits der Straße war eine offene weiße Fläche, dann Bauten, Zäune, flirrende Lichter. Vor diesem Terrain versagte Lena. Ihre Augen, ihre Nüstern waren weit, sie nahm alles in sich auf, dieses kaum begreifliche Angstgelände, und ging mit stillen sicheren Schritten. Aber es reichte nicht. Auf einmal standen sie an einem Zaun, an einem Postenweg. Ein Offizier schritt auf sie zu, so kalt und zornig, wie man im Film Deserteure oder deutsche Agenten darstellte.

Sie wurden nach Hause gefahren von zwei Soldaten, die Witze rissen. Fomá wünschte sich, der Offizier hätte sie gleich erschossen, das wäre besser gewesen als solcher Hohn. Es ging doch nicht um Leben und Tod. Aber etwas war ihnen ein für alle Mal genommen geworden – Berlin? Er wollte nach Berlin. Nur *so* nicht. Wenn er einmal groß war, könnte er jederzeit in den Zug steigen und dorthin fahren. Was war es denn, was hatte man ihnen genommen? Als das Straßenlicht durchs Auto glitt, sah er sein Gesicht in der Scheibe gespiegelt, ernst und blass, sah sich, wie andere ihn sahen und fand sich hässlich, erbärmlich. Er traute sich nicht, Lena anzusehen.

Lew Lwowitsch wies Fomá schweigend auf seinen Platz im gemeinsamen Bett und legte sich neben ihn. In jener Nacht weinte Lew Lwowitsch nicht, das hieß: Er schlief nicht.

Am nächsten Abend baten Lenas Eltern Lew Lwowitsch und Fomá zu sich. Sie wollten der Sache auf den Grund gehen. Wer war auf die Idee gekommen?

»Ich«, sagte Lena, »ich wollte nach Berlin, er wollte nicht, dass ich gehe, er ist mir nur hinterhergelaufen und hat die ganze Zeit geflennt, *Ich will nach Hause!*«

»Du lügst«, brüllte Fomá, »es war meine Idee, ich wollte nach Berlin, du sollst nach Hause, habe ich gesagt.«

Lena grinste, *hooligany*, schimpfte der Vater, Lew Lwowitsch seufzte, Galina Ossipowna sah mit unbewegter Miene in die Runde. So unergründlich, so furchteinflößend sah Lena manchmal aus – bevor sie wild zu lachen anfing. Ihrer Mutter zuckten die Mundwinkel, sie sagte:

»Es ist unwichtig, wer hier wen zu Dummheiten überredet, jeder muss selbst wissen, was er tut. Wir haben dir immer viel Freiheit gegeben. Aber wo die Grenzen liegen, das weißt du doch. Du weißt, warum. Ihr seid nur Kinder, ihr wollt nur spielen. Aus dem Spiel wird leider schnell Ernst. Gerade jetzt.«

»Das sollte kein Spiel sein«, zischte Lena.

»Dann nimm die Konsequenzen hin.«

Lew Lwowitsch – seine Stimme und Hände zitterten, als sei dies die schlimmste erdenkliche Strafe – erteilte Fomá zwei Wochen Stubenarrest. In die Schule durfte er nicht, er blieb im Wohnzimmer und schlief auf dem Sofa. Es war nicht schlimm. Er schlief besser allein. Musste nicht hilflos im fremden Albtraum liegen. Er war dafür zu alt. Und schon sah alles anders aus, auch, im Nachhinein, die Flucht. Die Angst, die ihn getrieben hatte, schien absurd. Alles nur ein Witz, das Wort *jewrei*, die verlogene Geschichte. Wichtig war ihr Ziel: die Stadt. Es gab sie wirklich und der Zug fuhr hin. Das Bild Stalins spähte nach ihm, kurzsichtig, wie es schien. In seinem Wohnzimmer, in Lenas, war es nur ein kleines Bild, wie von irgendeinem Onkel. Die Uhr tickte. Es war Fomá ganz recht, dass sein Ziehvater selten zu Hause war – er verbreitete nur Unruhe, ging auf und ab, kam ins Wohnzimmer, um etwas zu suchen, wobei er sich immer entschuldigte.

Fomá konnte nur warten. Was er absaß, hatte er verdient. Die vier Wände hatte er verdient und so gefielen sie ihm. Er hatte jetzt etwas gut, und zwar je mehr, je länger er in der Stube saß. Lenas Strafe war sicher schwerer und sie noch gelassener als er. Bald würden sie sich wieder zusammentun, noch klüger als zuvor, und über kurz oder lang das einfordern, was ihnen entglitten war.

Schon nach einer Woche kniete Lew Lwowitsch vor Fomá, der auf dem Sofa saß. Nun war Lew Lwowitsch nicht mehr auf Augenhöhe, wenn er kniete, sondern Fomá sah auf seine dünnen wirren Haare herab. Lew Lwowitsch sagte, dass Fomá nach Berlin in ein Kinderheim käme.

War das die eigentliche Strafe, grausam vorenthalten, wurde sie so erteilt, mit flehendem Lächeln?

Er selbst, erklärte Lew Lwowitsch, sei versetzt worden, er dürfe nicht sagen, wohin.

Fomá saß stumm da. Er fand zu seinem Erschrecken, dass er gar nicht anders konnte. Nur dazu hatte diese Woche seltsamer Seelenruhe gedient.

Lew Lwowitsch stand auf, er schien zu baumeln, leicht und leer. Solch einer Hülle konnte Fomá keine Fragen stellen. Nicht warum und nicht wer schuld war. Nicht, ob es seine eigene Schuld war. Ob es an jenem Wort lag? – doch das Wort war ein Witz, eine Lüge.

Während der Hektik der nächsten Tage strich Lew Lwowitsch ihm immer wieder über die Haare, klopfte ihm auf die Schulter, aber es war, als berühre er ihn gar nicht.

Bevor der Zug fuhr, kamen Lenas Eltern.

»Und Lena?«, fragte Lew Lwowitsch.

»Vorhin weggelaufen.«

»Um Gottes willen, Galina Ossipowna …«

»Ich weiß, wo sie ist«, sagte Fomá.

Er lief die Pfade entlang, Lew Lwowitsch hetzte hinterher – eine Viertelstunde, mahnte er, eine Viertelstunde nur – an all ihren Orten vorbei, und versuchte doch, nicht hinzuschauen, nicht zu erkennen zu geben, welche Orte es waren. Der Schnee war geschmolzen und schmutzig und zeigte keine Spuren. Lew Lwowitsch sah gar nicht erst hin. Er mochte den Wald ja nicht. Aber er bewegte sich dort so behände wie Lena. Im letzten Dickicht kam er Fomá so schnell und still hinterher, dass diesem angst wurde: Was saß ihm da im Nacken?

Lena hatte die Hütte zertrampelt. Und hockte hoch oben in der Astgabelung, die nur sie erreichen konnte. Sie machte keine Anstalten, herunterzukommen.

»Wo warst du?«, fragte sie.

Als ob sie das nicht wüsste. »Ich hatte Stubenarrest.« Lew Lwowitsch nickte dazu bekräftigend. Fomá konnte nicht erkennen, ob es sie auf irgendeine Weise beeindruckte. Er wollte sie aber beeindrucken. »Ich fahre nach Berlin.«

Sie ließ sich nach vorne fallen, als wollte sie sich doch herunterschwingen. Aber sie drückte sich an den Ast, wehrhaft, und schaute nur. »Komm herunter«, sagte er, »ich gebe dir meine Adresse, wir können uns schreiben.«

Sie sah ihn nur fest und fremd an, tiergleich.

»Blöde Zicke!«, schrie er.

»Komm, komm, lass doch …«, murmelte Lew Lwowitsch nervös.

Kapitel 9

Nach Berlin. Schon saß er im Zug, von einem stummen Soldaten begleitet. Ihm war so schlecht wie in jener Nacht, als er Lena hinterhergetaumelt war. Rettung war ihm geboten worden, er eilte ihr entgegen – um *Halt!* zu rufen. *Noch nicht!* Es würde nun nie anders sein, diese erste Reise nach Berlin. Nie mit seinen Eltern, nie würden sie seinen Ziehvater würdevoll ablösen. Ein festes Bild war das gewesen: Mutter, Vater, Kind und Koffer.

Lenas Eltern hatten noch in der Wohnung gewartet, steif am Teetisch. Lew Lwowitsch setzte sich dazu, Fomá auch, sie senkten die Augen und schwiegen eine Minute lang. Das machte man so vor einer Reise. Aber die anderen kamen nicht mit zum Bahnhof. Beim Abschied des Nichtvaters vom Nichtsohn waren Eltern fehl am Platz.

Der gesichtslose Soldat löste Lew Lwowitsch ab. Niemand zeigte aus dem Fenster, niemand nahm teil an dem, was Fomá sah. Der Soldat schlief. Nie würde es anders sein. Es ging im Schritttempo weiter. Und *Halt* konnte er nicht mehr rufen. *Noch nicht.*

Die grauen Vorstadtquader wurden dichter. Der Zug fuhr über einen Kanal, der schnurgerade die Landschaft offenlegte. Kein Schnee lag mehr. An den Ufern standen – was denn? Schon schob sich ein kümmerliches Waldstück vor das Fenster, dann eine rote Ziegelmauer, sieben, acht Stockwerke, mit Türmchen und Zinnen. Dahinter ragte ein Schornstein mit Sprossen bis nach oben, bis oben hin wäre Lena geklettert, den Blick auf den Punkt gerichtet, an dem der Turm in den Himmel mündete. Dort hätte sie allein gesessen, allem entkommen, und alles läge ihr zu Füßen. Die Stadt mit ihren unvorstellbaren Bauten. Fomá presste sich ans Fenster, die rote Wand wuchs ihm über den Kopf, nur noch eine Masse, in deren Schatten der Zug fuhr.

Hinter ihr war nichts. Sie stand frei in einem Ziegelmeer. Der Schornstein stand wie ein Leuchtturm vor der Steilküste. Er drehte sich im Sitz um, wollte sich alles einprägen. Diese weite rote Wüste war ein Gebäude gewesen. Wie groß musste es gewesen sein, wie hatte es ausgesehen, wie sah es in jener Nacht aus, als … Die Wüste nahm kein Ende. Eine Straße führte durch sie hindurch, eine Straße ohne Häuser, ein Hohlweg. Und dann: ein ganzer Brocken, höher noch als die erste Wand. Von einer Seite ein unförmiger Turm mit Türmchen, auf der anderen Seite hing alles heraus, dicke und feine Stränge, ganze schlaffe Böden wie schmutzige Federbetten. Ekel stieg in ihm auf, und Fomá ließ den Blick in die Weite schweifen, über die leer geräumten Sandflächen und die Dünen aus längst nicht mehr kenntlichen Steinen. Vielleicht war das noch gar nicht Berlin, sondern – der Boden, aus dem die Stadt sich erst erheben sollte. Und sie erhob sich, unverkennbar: Häuser auf Häuser bis an den Horizont. Keine, wie er sie kannte, wie sollte es anders sein: keine Würfel, keine Kästen, nur Schrägen und Spitzen, ein Auf- und Auseinanderstreben, durchbrochene Fassaden, freischwebende Türme, Säulen und Bögen. Dann verstand er: Alles war kaputt, so weit das Auge reichte. Er sah das Innere, das nach außen hing, und würgte.

Er wollte nicht hinsehen, nicht hingesehen haben … aber er sah hin und wurde ruhig. Oft hatte er sich mit Lena durch das Unterholz geschlagen, es galt, noch vor dem Feind die Stadt zu erreichen, um sie in der letzten Minute zu retten. Manchmal gelang es ihnen. Manchmal sagte Lena: *Da unten brennt es.* Und sie saßen am Waldesrand und blickten hinab, traurig und seltsam befriedigt. Lena sagte: *Wir sind zu spät gekommen.* Sie würden den Rest ihres Lebens im Wald verbringen müssen.

Hier schien sich der Ton auszuschalten. Das erste Jahr in Berlin war in Thomas' Erinnerung stumm. Er war stumm. Er war eine von vielen, eine von hundert (tausend, zehntausend) Waisen und die einzige, die ihre Sprache nicht sprach. Etwas verstand er, aber etwas verstehen war wie nichts verstehen. Thomas Grünberg hieß er nun. Das stand in seinen Papieren. Das musste sein wahrer Name sein, er glaubte es sofort. So deutsch und fremd, er musste von seinen Eltern sein. Und er bekam ihn nun zurück, weil er wieder in Berlin war. Aber nicht von den Eltern bekam er ihn, sondern von fremden Leuten, wieder einmal welche, die besser wussten als er, wer er war. Wenn er den Namen hörte, erstarrte er, wie um irgendwohin zu verschwinden, wo er mit ihm allein sein könnte, er stellte sich taub und stumm. Die Erzieherinnen waren geduldig. Die anderen Jungs verprügelten ihn ein paar Mal, er gab dabei keinen Laut von sich. Damit verdiente er sich ihren Respekt. Und was sich so lautlos abspielte, schien gar nicht wehgetan zu haben.

Draußen spielte sich einiges ab, Schreckliches erfuhr man. Wenige Wochen nach seiner Ankunft starb Stalin. Die Trauer war unermesslich. Und etwas Brenzliges war spürbar, war das Angst? Im Juni gab es fast Krieg in der gigantischen, unfertigen Allee, die nach Stalin hieß. Sie lag unweit des Kinderheims als einziger wahrgewordener Traum von Stadt. In jenen Tagen ging man nicht auf die Straße, hörte die Schüsse und die Panzer. Es klang wie eine Übung, wie er sie in der Garnison hundertmal miterlebt hatte. Aber er hörte Menschen schreien: Es war der Ernstfall, für den sie geübt hatten. Sie schlugen den Feind in Berlin. (War er nun der Feind? Er war Deutscher. *Jewrei.*) Die anderen Kinder weinten, er war still, als wäre er wirklich taubstumm. In Wirklichkeit drang alles auf ihn ein und war so laut, dass er nichts hörte. Während dieser Monate der *Trauer* und *Empörung* und des *Sieges* rang es in ihm, Angst und etwas Brenzliges, war das Lust? Er konnte nicht sprechen und wachte davon auf und alles war nur ein Traum gewesen. Die Panzer zogen ab. Sie waren nicht seinetwegen gekommen.

In all den Wirren verschwand Stalins Gesicht, sein Bild hing nur noch klein hier und dort. Als die Normalität sich einstellte, war vieles vergessen. Wie ging das Vergessen?, fragte er sich viel später. Nichts verschwand: Alles stand ihm vor Augen, alles auf einmal, wie Bilder, die immer an der Wand hingen, unmöglich, genau hinzusehen. Fülle, Druck im Kopf, der selige Taubheit versprach.

Das Spiel mit der Erinnerung war Teil des Vergessens. Es machte das Damals schwer zu sehen und das Hier und Jetzt einfacher. So kam Lena nachts, die blöde Kuh, als wäre nichts gewesen, aber sonst hatte er niemanden zum Spielen, das wusste sie. Und er wusste, dass sie niemanden hatte. So kam und ging sie in den ersten Jahren, oder er machte sich auf zum heimlichen Treffpunkt. Anfangs vermisste er den Wald, den Wald in der *skaska*, den Wald in *Eston*, wie hieß er denn noch? Wie fing die Geschichte an? *Ein Mädchen flieht vor der bösen Stiefmutter in den Wald* … Damit konnte Thomas schon gar nichts mehr anfangen. Kleinmädchenkram. Da war nichts gewesen, als ein Wäldchen voller Schrott.

Lena wollte mit ihm Waise sein. Das machte ihn wütend, immer noch. Wie stellte sie sich das vor? Wohl als Spiel, welches ihnen erlaubte, frei zu sein, ganz für sich, in Berlin. Seine Eltern zu suchen: Sie könnten alles sein. Lena hatte keine Ahnung.

Er erklärte ihr nachts: Meine Eltern sind tot. Ich wusste es, als ich die kaputten Häuser sah. Ich bin die Waise, habe ich damals gesagt. Da wusste ich es schon, ohne es wirklich zu wissen.

Hier war das Waisendasein so selbstverständlich wie die eigene Geburt. Wie es dazu gekommen war, wurde genauso schamhaft verschwiegen. In seine Taubheit drang das Wort *Russenkind*. Er war gemeint – und drei, vier andere. *Priwjet*, sagte er leise zu ihnen, das erste Wort seit Monaten, ein Gruß, der nicht erwidert wurde. Die Russenkinder liefen davon. Sie waren jünger als er und verstanden seine Sprache nicht. Sie hatten Angst vor ihm, dabei war er der Einzige, der zu ihnen freundlich war. Paare kamen ins Heim und suchten sich Kinder aus, aber niemals Russenkinder. Ihre Väter waren Russen, ihre Mütter wollten sie nicht haben. Mehr erfuhr man nicht, das allein war eine Schande, aber weshalb, sagte niemand.

Vor solchen Rätseln bot das Heimleben Zuflucht. Seine Regeln waren klar und begreiflich. Thomas erklärte sie Lena lang und breit. Nun war er der Bescheidwisser, und sie nickte ermunternd und half ihm in allen Dingen. Sie musste ihn Thomas nennen. Er sprach immer öfter Deutsch mit ihr, so dass sie im Nachteil war, denn er war ja deutsch und das war seine Sprache. (Sie war auch viel einfacher als Russisch, sagte Lena, die manchmal aufmuckte.) Er lernte sie, zum ersten Mal lernte er so bewusst und gern. Das war, als ob er baute, entlang langer klarer Linien, kristallener Fälle mit ihren schnörkellosen Beugungen, er baute sich ein Haus, eine Allee, eine Stadt.

Er wollte in die Stadt hinaus, aber es gab nur den Schulweg, den Ausgang in Gruppen. Und doch geriet man hinein, in den Wiederaufbau, ins Knirschen der Baumaschinen. Sand zog sich über alles, als wären die Spaten auf das Meer gestoßen. All das Treiben konnte der Ruinenlandschaft wenig anhaben. Thomas ging darin unter, ein loser Stein, den man auf einen neuen Haufen legte, für einen neuen Zweck vorsah. Aber die Haufen wucherten zu, ein solcher stand hinter dem Heim, man konnte darauf spielen. Er sprach nun mit den anderen Kindern. Die Berliner sprachen ein herrliches Deutsch. Er kannte die geraden Alleen, sie spielten in den Sprachgassen, wo es am schönsten war.

Das stumme Spielen nachts wurde peinlich. Die Geschichten nahmen überhand, gewollter und ungewollter zugleich, auf Effekte hin erzählt, von einem heftigen Gefühl bewegt, das zwischen die Dinge fuhr, nirgends passte, nur störte, verrückt machte, alles verzerrte, ihn und Lena zwang, absurde Dinge zu tun, etwa sich im Traum zu schlagen. Lena passte nicht. Sie war ja nur ein kleines Mädchen. Von einem Tag zum Nächsten hörte er auf damit. Er spielte nur noch mit den Jungs.

Alle wollten am liebsten raus in die Ruinen. Wenige Straßen weiter hatten zwei Kinder, wie es hieß, ein ganzes Haus zum Einsturz gebracht und *konnten nur noch tot geborgen werden.* An ihnen war ein Exempel statuiert worden. Was man mit einem Fehltritt alles ausrichten könnte. Umso sehnsüchtiger standen sie auf dem Trümmerhaufen und schauten zu den Häuserhüllen, die als verkehrte Welt über ihren Köpfen schwebten. Die Welt war eine Wand, auf der Alltägliches im Jenseits haften blieb. Türen mit Guckloch und Briefschlitz. Kleiderhaken. Fliesen, ein Duschkopf. Ein Fenster, aus dem die Gardinen wehten. Thomas sah, dass hinter der Wand nichts war. Dennoch suchte er eine versteckte Tür, die in einen Raum hineinführte.

Die anderen erzählten Blödsinn. *Stell dir vor, da kommt einer durch die Tür. Und schwupp! Stell dir vor, da steht eine nackte Frau unter der Dusche!* Es waren immer die Erwachsenen, die hier in die Falle gerieten, der Lächerlichkeit, dem Tode preisgegeben. Die Erwachsenen rächten sich. Auch an den Häusern wurde ein Exempel statuiert: Nach und nach wurden sie abgerissen. Thomas zwang sich, zuzuschauen. Seine Angst zu verbergen: In dem Haus könnte noch jemand sein, versteckt, vergessen.

Dafür gab es nun die angekündigten Wunder: gerade Linien. Ebene Flächen, ungebrochene Fluchten. Häuser, die nichts zu verbergen hatten, noch nie jemanden geborgen hatten, aus denen noch niemand geborgen werden musste. Schlichte Würfel. Nichts, was herausragte, dazu einlud, abgeschlagen, umgestürzt zu werden. Er war enttäuscht. Hatte er etwa erwartet, man würde ihm die Märchenstadt nachbauen mit ihren luftigen Bögen und Zinnen, eine Stadt, in der kein Haus dem anderen glich? Er träumte immer noch davon, und vom Zoo und von den Bäumen, es war fast eine Erlösung, im Schlafsaal aufzuwachen mit den schlichten geraden Linien, den Betten, die einander glichen.

Dass für jeden ein Platz vorgesehen sei, wurde den Kindern ständig vor Augen gehalten: Strichmännchen und

-frauchen, die Bagger fuhren, Wurst schnitten, Arztkittel trugen, Reagenzgläser hochhielten, locker und sauber gezeichnet. Auch wenn es draußen nicht danach aussah. Eher sah es aus, als müsste man, wollte man Baggerfahrer werden, den Bagger selbst aus Pappkartons und alten Schnürsenkeln zusammenbasteln. Aus dem unerschöpflichen Müll, der herumlag, müsste man etwas zurechtschustern – was dann das Leben wäre. Das hatte etwas für sich. Nur, er wollte keinen Bagger basteln, und er hatte keine Lust, mit den anderen Jungs Baggerfahrer zu spielen. Er wollte, wenn er groß war, keinen Labor- oder Fleischerkittel tragen. Für das, was sich in seinem Kopf abspielte, war kein Strichmännchen erfunden.

Er öffnete sich weit, um mehr aufzunehmen als die anderen. Wie ein leeres Gefäß. Er lernte schneller als sie, und verstand schneller, dass es nicht nur ums Lernen ging. Sondern ums Sein. Ums *sein wie*. Wie Kinder auf Bildern und in Büchern, klug und fleißig, ordentlich, sauber, munter und mutig, Worte, die er aufgriff. Er lernte, *lebensfroh* zu sein, indem er im richtigen Moment lächelte, zunächst schüchtern, dann mit verwegener Zuversicht, ein Lächeln, das jeden mitriss, selbst ihn, wenn er sich im Spiegel beobachtete. Die Erzieherinnen hätschelten ihn, er ließ es über sich ergehen. Er wusste, wie schnell man als Maskottchen wieder überflüssig wird.

Aber sein Lächeln versagte, als endlich auch er einem Ehepaar vorgestellt wurde. Herr und Frau Braun wollten gerade ein Russenkind adoptieren, erklärte die Heimleiterin, und zwar eins, das Russisch konnte.

Er konnte kein Wort von sich geben. Die oft erträumte Szene spielte sich falsch und zu spät ab. Ein Mann und eine Frau um die vierzig, gut gekleidet, vorzeitig gealtert, so müssten seine Eltern aussehen, er hatte noch kurz und wirr gehofft, sie könnten es sein. Aber es waren fremde Leute, die wie angewurzelt dastanden, ihn prüften, aber nichts an ihm erkannten.

»Na, sag doch was, Thomas«, sagte die Leiterin, »du kannst auch ruhig Russisch reden.«

Er schwieg; dass sie ein Russenkind wollten, das glaubte er nicht mehr, sie schienen sich vor ihm zu sträuben.

Frau Braun beugte sich zaghaft vor. »Wie heißt du denn?«, fragte sie auf Russisch.

»Thomas«, sagte er. Sie sprach die Worte so komisch aus, und warum fragte sie etwas, was sie doch schon wusste? Was sie von ihm hören wollte, war ihm schleierhaft.

»Er ist etwas schüchtern«, sagte die Leiterin, »aber sonst ganz fleißig und munter.«

Da hätte er lächeln müssen und konnte es nicht.

Wer will mich schon, dachte er, als die Leiterin ihn gleich darauf wieder wegschickte, und er stellte trotzig fest, dass er erleichtert war.

Eine Woche später hatten sich die Brauns für die Adoption entschlossen.

Auch später fragte er sich vergebens: Wer von den beiden hatte den Wunsch verspürt? Wer hatte wen überredet? Wahrscheinlich war es eine stille Übereinkunft. Denn dieses Ehepaar war wie ein einziges zusammengewachsenes Wesen.

Er stellte seinen Koffer im Wohnzimmer ab und sah sofort ein vertrautes Gesicht. Stalin, den man überall sonst wieder abgehängt hatte. War das die Erklärung? Glaubten die Brauns, dass Stalin sein Freund sei? Oder wussten sie, dass Stalin sein Feind war? Vom ersten Moment an war er auf der Hut. Diese Menschen sollten ihn wohl bestrafen – oder rehabilitieren. So oder so viel zu spät.

Nach dem ersten Abendbrot saßen sie im Wohnzimmer beisammen. Frau Braun murmelte, die russischen Worte kaum zu verstehen, dass er sich einen Keks nehmen solle, er dankte auf Deutsch. Sonst schien es den Brauns zu reichen, dass der Raum auf ihn einwirkte, der wie sie gut ausgestattet war und doch schon alterssteif, obwohl in einem neuen Wohnblock unweit des Kinderheims.

Hinter Glasscheiben standen russische Bücher, armselige Andenken aus Holz und Stroh, seltsam aufgehoben in den schönen neuen Wandschränken. Herr Braun bildete mit sichtlicher Mühe, doch dann einwandfrei, einen russischen Satz. »Wir sind '33 nach Moskau gegangen.«

Vielleicht war Thomas da, damit sie sprächen. Frau Braun, die Lehrerin war, übte mit ihm Deutsch, jeder Satz des Alltags war Lerngegenstand, zu wiederholen, bis alle Fehler schwanden. Seinen Akzent galt es während des Sommers zu tilgen, bevor er an die Oberschule kam. Das fand er logisch. Er wollte ja nicht auffallen. Trotzdem war es unheimlich, wie gründlich sie gegen die Sprachmelodie vorging, die sie so liebte.

Herr Braun kam meist spät von seinem Ministerium, sie saßen nach dem Essen im Wohnzimmer, tranken Tee und Kognak und sprachen Russisch, Frau Braun zumindest. Sie fragte Thomas, was er in der Schule gemacht hatte oder ob er am Wochenende ins Kino gehen wollte. Er wusste kaum zu antworten, es schienen reine Übungssätze, aber etwas schwang mit, Sehnsucht, Angst, glaubte sie, er könnte jetzt *ihren* Akzent tadeln? Ab und zu sagte Herr Braun, wie schön Moskau sei, wie herrlich der Aufbau damals, über Nacht sei Moskau zu einer modernen Stadt geworden, der modernen sozialistischen Stadt schlechthin, aus dem Zentrum strahlten neue *bulwars*, noch prachtvoller als die Stalinallee, die hinausführten zu neuen Hochhäusern wie riesige, sterngekrönte Kremltürme. Beteuerungen wie aus einer Fibel, die Frau Braun in ihrer Erregung beruhigten, den beiden als Reminiszenz ausreichten. Thomas sprach die Sätze, die anfielen, Fragen wusste er nicht zu stellen. Seine Verschlossenheit hatte scheinbar für ihn gesprochen. Ein Kind mit *offenem Wesen* wäre eine fatale Störung gewesen. In ihrer Wortlosigkeit verstanden die Brauns sich.

Meine Eltern, ein angelerntes, ihm immer fragwürdiger scheinendes Wort, so nannte er die Brauns in der Öffentlichkeit. An der neuen Schule galt es, sich nicht anmerken zu lassen, dass er auf irgendeine Weise anders war. Er war in allen Fächern gleich fleißig und gut. Er wollte wissen, wie die Welt war. Er wollte die Geschichte wissen. Und las nur Jahreszahlen, Stammbäume, Schlachten ohne Ende. Alles nach den immer gleichen Regeln. Sie leuchteten ihm nicht ein. Alles sollte jetzt besser werden.

Die Zukunft strahlte. Deshalb war die Vergangenheit grau und blutrot. Aber: Wenn es schon immer so gewesen war, warum sollte es jetzt anders werden? Was er selbst werden wollte, wusste er nicht. Das fanden die Lehrer bedenklich. Aber er wollte auf alles vorbereitet sein. Hauptsache, ein großartiges, womöglich schlimmes Schicksal. Welches keinem der gängigen Vorbilder entsprach. Parteigenosse? Vielleicht kämen wieder die Zeiten, da würde man *im Untergrund* kämpfen, sich im Geheimcode verständigen, im Versteck überleben müssen.

In Moskau. Was das heißen konnte, las er in den Biografien der Parteiführer: das Leben im Untergrund, die Flucht nach Osten, eine lange Zugfahrt in die Weiten, die Freiheit und Frieden versprachen, prachtvolle Heldenstädte, belagert, doch niemals eingenommen. Abenteuer, wie er sie mit diesen ausgemergelten *Eltern* in keinen Zusammenhang bringen konnte. Aus der Gefahr, die seine wahren Eltern vernichtet hatte, mussten sie sich freigekämpft haben. Und waren doch so stumpf, so matt. Sie kränkelten, lagen abwechselnd mit Schwächeanfällen darnieder, Frau Braun pflegte Herrn Braun, bis sie ihn auf dem Kanapee ablöste. Thomas kochte Suppe, las vor, war sanft und still. Sie waren so gelähmt, als wäre der Gefahr in Wahrheit nirgends zu entfliehen, nirgends in all den leuchtenden Weiten.

Vor ihnen hatte er keine Angst mehr. Er hatte befürchtet, dass sie von Lew Lwowitsch wussten. Jetzt wünschte er es. Wenn sie es nicht wussten, dann wollte er erzählen können. Vielleicht könnten sie ihm helfen, Lew Lwowitsch zu finden. Aber es war unmöglich, danach zu fragen, nach Zusammenhängen, die zwischen Kognakgläsern untergingen, unmöglich, zwischen zwei Gesichtern falscher Väter, Stalin und Herr Braun, einen anderen Vater heraufzubeschwören.

Weil sie dann wüssten, dass sie keine wahren Väter waren? Dass er sie nicht liebte? Aber Lew Lwowitsch, den er liebte, war auch kein wahrer Vater. Und seinen wahren Vater liebte er nicht, weil er ihn nicht kannte. Alles stimmte hinten und vorne nicht. Wenn er so grübelte, schien Lena wieder da zu sein, nur noch ein stummer Jemand, stumm auf eine Weise, die ihn reden ließ, er fragte und fragte und rätselte nachts. Und manchmal schreckte er aus dem Schlaf hoch und hörte, wie ein Laut verklang, viel tiefer als seine Knabenstimme. Niemand sonst hörte es. Die Brauns wären in Ohnmacht gefallen. Die Kinder hätten ihn fertiggemacht. Das durfte nicht sein. Wo er es endlich geschafft hatte, nicht aufzufallen. Aber immer wieder weckte ihn das Jammern einer Stimme, die scheinbar ihm gehörte. Das ging ein paar Monate, dann hörte er sie nicht mehr. Dafür meldeten sich seine Knochen. Plötzlich wuchs er aus den Kleidern und wachte nun von diesen Schmerzen auf. Bis auch sie wieder schwiegen. Irgendwo war noch die Stimme, waren die Knochen und hatten mit *ihm* doch nichts zu tun, sie steckten nur in ihm.

Und was dann im Schlaf kam, um den Schlaf zu sprengen, das war noch abartiger, das musste sich erst recht bald wieder legen. Was in den Schlaf dringt wie Lärm aus der Außenwelt, der im Traum Gestalt annimmt. Diese Störung, zu der man *Lust* zu sagen lernt. Man lernt, dass man Lust hat. Aber das *hatte* er doch nicht, es war nichts ihm Eigenes, keine Selbstbehauptung, kein Anspruch, oder wenn, dann von außen, auf ihn.

Die Stadt war ein anderes Außen und er konnte sich darin nun freier bewegen. Die Brauns hätten ihn zwar gern in der FDJ gesehen, in seiner Freizeit sinnvoll beschäftigt. Er gab vor, sich lieber nützlich zu machen, erledigte Einkäufe und dehnte dabei jeden Weg aus. In der Stadt, die noch halb in Ruinen lag, kam man nicht weit, und so erschien sie endlos. Selbst das Revier, das man mühsam zu Fuß abstecken konnte, war nicht überschaubar. Zwischen der Schule und dem nächsten größeren Platz lagen sieben Berge, sieben Meere, sieben Zarenreiche. Gerade wo es hieß, *da ist aber auch gar nichts mehr*, wucherte das ungestaltete Gelände und ließ eine Herrlichkeit erahnen, die der Aufbau nur schmälerte. Wege wurden geebnet, Hindernisse abgetragen, Verbindungen und Knotenpunkte hergestellt, ein Geflecht zog sich straffend durch Masse. Der sagenumwobene Platz rückte in erreichbare Nähe, Züge schälten sich heraus. Die Züge einer Stadt, die bewohnbar war, und weiter nichts. Vier weiße Wände, immer wieder. Sollte es das gewesen sein?

Aber da die Wege geräumt und man selbst fast schon groß war, konnte man aufbrechen, um die Herrlichkeit zu suchen. Mit vierzehn, in den Sommerferien, geriet Thomas in schlechte Gesellschaft: Jungs, die immer woanders sein wollten als dort, wo sie gerade waren. Nicht von seiner Schule, er traf sie beim Herumstreunen. Sie hatten den Platz erobert, lungerten herum und zählten schicke Autos. So oft es ging, schloss er sich ihnen an, gab zu Hause vor, im Jugendclub den Philatelisten-Zirkel zu besuchen. Sie trieben immer weiter die Allee entlang, Richtung Zentrum, Alexanderplatz, Unter den Linden. Dort, nach kurzem verschüchtertem Schweigen, gerieten sie außer sich. Ein jeder gab sich großspurig, als zeige er den anderen, Provinzlern, *seine* Stadt. Über die mickrigen Linden sahen sie hinweg – dafür nahmen sich die großen Ruinen umso imposanter aus. Schöne Ausflüge waren das. Aber am Ende war es den Jungs auch hier zu öde. Selbst die Autos passten ihnen nicht.

Dann doch *Zoo*. Hier war es schwer, so zu tun, als seien die anderen die Provinzler. Aber die Begeisterung war umso größer, wenn auch irgendwie verkrampft. Wussten sie doch, dass es großartiger nicht ging – wer wagte da schon, enttäuscht zu sein. Thomas war enttäuscht. Aber er hatte schon vergessen, warum. Da betrank er sich zum ersten Mal. Sie saßen vor dem Bahnhof, jemand besorgte Bier, das immer trostloser schmeckte, das gute Westbier, als müsse es einem erst schlecht gehen, damit der Abend käme, die Lichter angingen. Und er vergaß seinen Missmut vor lauter Staunen. Über die Stadt, die zum Vorschein kam, wenn die Häuser zu Schatten wurden: anstatt Wänden Licht, blinkend, glühend, Leuchtspuren, die Schriftzüge bildeten, Flaschen, Lippen, Palmen, Tiere, erleuchtete Fenster einfingen.

Diese Stadt war ein letzter Rest Dschungel, mit allen Raubtieren, allen Seuchen. Das wusste man aus der Zeitung. Das meiste darin war stinklangweilig, aber am Sensationellen blieb das Auge doch hängen: an Verbrechern, Mördern, Altnazis und Faschisten. Über die Faschisten hatte man in der Schule gelernt. Seltsam abstrakt blieb alles, was man so erfuhr. Sogar langweilig auf die Dauer. Die Faschisten hatten den Krieg vom Zaun gebrochen. Schuld an der Vernichtung waren die *Nazis.* Was für ein Wörtchen, lächerlich und hässlich. An Hampelmänner dachte man. An böse kleine Hunde. Und das seien die Ungeheuer, die immer noch ihr Unwesen trieben. Unmenschen, die Untaten begangen. Bei solchen Unworten wollte man mehr wissen, und dann doch wieder nicht. Man würde sowieso nichts Richtiges erfahren, das war irgendeine Verarschung.

Märchen bekam man erzählt, vom Bösen, das nur da war, um vom Guten besiegt zu werden. Große, ja gigantische Geschichten. Doch sie ließen zu viel unberührt: Innen lebte ein dunkles grelles Gewirr unbeschrieben weiter. Wie diese andere Stadt: Eingekreist hatte man sie mit fetter dunkler Schrift, und mit einem ebenso fetten Stift (so sah das in den anschaulichen Zeitungsbildern aus) beschriftet und markiert. Doch wenn man sich hineinbegab, mitten hinein in das so endgültig Markierte, war nichts mehr mit Klarheit: Über die schwarzen Zeitungsworte fielen Leuchtschriftzüge, die in schwarzen Ästen untergingen, durch die die Fenster brachen, und Thomas sah in die Fenster hinauf, hinter denen, wie es hieß, Mörder lebten, und sehnte sich nach *zu Hause*, denn *zu Hause sein* versprach das böse Leuchten des Dschungels am Zoo. Er wusste nicht mehr, warum.

Vor ihnen am Zoo lag eine unbewohnbare Stadt. Oder ihr ausgeschütteter Inhalt, der an den Hauben der Autos, am nassen Asphalt, im Regen zerrann.

Er kam kurz vor Mitternacht nach Hause. Frau Braun lag auf dem Kanapee. Herr Braun, erstarrt auf dem Stuhl neben ihr, sah Thomas erschrocken an. Thomas ging auf die Toilette und kotzte.

Fremde Jungs, erklärte er am nächsten Tag, hätten ihm auf dem Nachhauseweg ein Bier angeboten. Danach könne er sich an nichts mehr erinnern. Um keinen Preis sollten sie vom *Zoo* erfahren. Er wollte es für sich behalten: das dunkle Gefühl, fast zu Hause zu sein. Er fürchtete keine Strafe, dafür waren die Eltern zu schwach – ihre Schwäche war die Strafe.

Thomas müsse sich in Acht nehmen, erklärte Herr Braun. Er solle ja studieren, wie sie gern studiert hätten, es als Arbeiterkinder aber nicht durften. Alles verdankten sie der Arbeiterpartei, die jungen Menschen wie Thomas die Gelegenheit bot, ihre Fähigkeiten auszubilden und für den Aufbau des Sozialismus einzusetzen. Er habe noch nicht begriffen, was das für ein Privileg sei und wie leicht man es verspielen könne. Wie leicht überhaupt, das Vertrauen zu verspielen, das in einen gesetzt sei.

Was das hieße, sagte er nicht. Es war, als müsse Thomas es selbst wissen. Angst-Lust, strahlende Weiten, dunkles Gewirr, nirgends zu durchschauen. Gleich legten sich beide Brauns hin, Thomas kochte Kräutertee, legte ihnen nasse Tücher auf die Stirn, war sanft und still und etwas dehnte sich in ihm und staute sich in seiner Kehle. Er verstand jetzt, sofern er es jemals verstehen würde, warum sie ihn adoptiert hatten: Sie wollten ein normales Leben führen. Vater-Mutter-Kind im lichten weißen Kasten. Alles richtig machen. Er verachtete sie dafür. Und wollte doch dasselbe. Und sie taten ihm leid. Er konnte sie nicht lieben und sie konnten dies nicht spüren. So sehr, dachte er damals, glaubten sie an das gesellschaftlich Richtige, das sie hier aufgebaut hatten.

Er ging nicht wieder nach Westberlin mit. Die Stadt, die er abends am Zoo gesehen hatte, war schließlich unbewohnbar, eine Vision, nach der man nicht greifen konnte, ohne Unheil anzurichten, das taten Märchenhelden, weil sie es nicht besser wussten. Er kannte die Märchen, er wusste es besser. So etwas verstanden die anderen Jungs nicht. Es zog ihn nun seltener zu der Clique und bald nur deshalb, weil Mädchen hinzukamen. Eine vielversprechende, dann doch enttäuschende Wendung. Sie waren, wie die Mädchen in der Schule, weder Fisch noch Fleisch. Man konnte mit ihnen nicht reden. Man konnte mit ihnen nicht schweigen. Es wurde nur noch hysterisch gelabert. Als würden auch die Mädchen normalerweise anders reden. Als würden sie sich gerade dumm stellen. Man fühlte sich ständig gezwungen, sie zu verarschen. Denn sie machten es mit. Aber immer wieder fühlte man sich selbst verarscht. Daraus entstand wiederum eine seltsame Verbundenheit. Es waren schon Kumpels, wenn auch nicht ganz ernst zu nehmende. Als Frauen erst recht nicht. Magere Dinger. Die, die Eltern hatten, schufteten schon, schleppten Kohlen, wuschen, schoben die kleinen Geschwister im Kinderwagen durch die Gegend. Noch saßen die Allüren nicht, die sie sich abguckten. Wenn die Jungs sich über Brigitte Bardot oder Romy Schneider ausließen, nach Worten und Gesten ringend, schwiegen sie verächtlich. Denn sie, genauso hingerissen, hatten sich alles viel genauer eingeprägt.

Manchen Jungs ging es nicht nur um Mädchen, sie machten in Westberlin Geschäfte. Seife, Speck, Schallplatten. Einer aus der Clique war darauf angewiesen, er hatte vier kleine Brüder und die Mutter war krank. Ein anderer wollte sein Mädchen zum Eis einladen können. Zur Belohnung streifte sie ihn ein paar Mal mit ihren großen spitzen Brüsten, wie aus Versehen, wie mit ihrer sperrigen Handtasche. Das war es dann aber auch. Die Jungs gaben sich Mühe, ihrem Tun einen abenteuerlichen Anschein zu geben. Nicht nur, dass sie verbotene Tänze tanzten. Sie betrieben Schwarzhandel, Schmuggel, fast schon Spionage. Sie könnten in die Fänge der Menschenhändler, der Geheimdienste geraten, zigarrenrauchende Bosse könnten sie mit Geld, Drogen, Frauen verführen. Thomas wartete ab, ob es den Freunden so ergehen würde wie im Kino. Dann hätte auch er das von der Gesellschaft in ihn gesetzte Vertrauen verspielt, und was dann?

Ihm standen doch *alle Türen offen*, so die Brauns, Türen zu sauberen Räumen, die in ihm keine Neugier erweckten, dafür aber – das Gefühl erschien ihm sehr erwachsen – die Gewissheit, irgendwohin zu kommen, wenn er alles richtig machte. Eine Aufgabe, die lösbar war. Nicht für jeden, aber für ihn. Grund genug, diese Aufgabe lösen zu wollen. Nun verließ er die Clique, der er diese Einsichten verdankte. An diesen Arbeiterkindern, denen niemand ein Studium in Aussicht stellte, die die Polizei aufgriff, weil sie Boogie tanzten, begriff er sein Glück.

Er ging zur FDJ. Nach der Schule gab es etliche Zirkel und Treffen, da musste er sich um die Eltern nicht mehr kümmern. Das entsprach schließlich ihrer Opferbereitschaft. Bei der FDJ kam man auch mit Mädchen ins Gespräch. Wegen einer blonden Redakteurin ging er zu der Schulzeitung, wurde für sein Sprachtalent gelobt und zum Schreibzirkel geschickt. Er spürte kein Talent in sich. Nur die Fähigkeit, Worte aufzugreifen, wie *fleißig* und *lebensfroh*, und im richtigen Zusammenhang wiederzugeben. *Richtig* war, was keinen Tadel nach sich zog. Nicht anders als beim Erlernen einer Fremdsprache.

Dass er sich Geschichten erzählte, nachts, während des Unterrichts, andauernd, war eine völlig andere Sache. Dass er sich Dinge so lange vorstellte, bis die Zusammenhänge sich auflösten. Offene Türen, helle Räume, Leere, die ihn anzog und abstieß. Er suchte diese Schwebe. Er suchte sie in Westberlin, nun allein, um nicht reden zu müssen, lief an seltenen Nachmittagen stundenlang, bis alle Worte und Bilder von ihm abfielen. Tagsüber sah alles viel trauriger aus. Freilich gab es hier schönere Läden, Autos … freilich kam Neid auf. Aber so viel war noch kaputt, und ihm tat die Stadt leid. Seltsam, so ein Mitleid empfand er im Osten nicht. Er würde Ostberlin mit aufbauen. Aber hier – das war nicht mehr seine Sache. Hier erst fragte er sich, wie die Leute lebten, die er auf der Straße sah, wie es ihnen ging. Dieses Wundern über fremdes Leben ließ ihn immer weiter laufen, bis er vor Erschöpfung hätte jauchzen können.

Dass niemand wusste, wo er war. Dass kein Mensch sich um ihn kümmerte. Das entdeckte er hier als seinen natürlichen Zustand. Der Abstand von einer leeren Behauptung: *die Eltern.* Von ihren Behauptungen über seine Zukunft, Sprachstudium, Kulturfunktionärslaufbahn, für ihn denkbar nur als Fortsetzung des leeren Raumes, in dem er sich bereits befand, ebenfalls ihre Behauptung. Abstand, das war es, außerhalb stehen, Atem holen. Auf einem Spaziergang in Westberlin beschloss er, zur Armee zu gehen.

Den Spaziergang einfach auszudehnen, in dieser anderen Stadt zu bleiben, die doch ein einziger nebelhafter Ausweichraum war – auf die Idee kam er nicht. Sie war zu vertraut, wie ein Traum, um fassbar zu sein.

Die Brauns nahmen seinen Entschluss mit stiller Kränkung zur Kenntnis. Sie wollten ihn bei sich behalten, waren doch nicht ganz anspruchslos, als Student sollte er weiterhin seine sanften Hände auf ihre Schläfen legen und mit seinem stillen Wesen bestätigen, dass das Schweigen im Haus der normale Zustand war. Aber sie konnten ihm keinen Vorwurf machen. Was er tat, war so eindeutig *richtig*.

Insgeheim dachte er an eine Offizierslaufbahn. Was er sich darunter vorstellte, am Ende jener neuen Zimmerflucht? Ein Offizierskasino, Wünsdorf oder Leningrad. Lew Lwowitsch an einem langen feierlichen Tisch. Thomas würde ihn in fließendem Russisch begrüßen. In Uniform, mit Abzeichen. Lew Lwowitsch, strahlend, würde Thomas seiner Frau vorstellen. Eine schöne kluge Frau. Sie hätten keine Kinder.

Er kam 1960 zur Ausbildung. Rein körperlich kam er gerade so durch. Aber damit hatte er eine Aufgabe. Die Zermürbung war heilsam. Das Denken setzte aus, dann wieder ein, anders. Er leierte die Zeitung nicht mehr abends herunter, um die Brauns einzuschläfern, sondern las sie als erwachsener Mensch, um sich seinen Teil dazu zu denken: Alles wird immer schlimmer. Deutlicher noch als in der Schule gingen die großen Geschichten, der große Kampf in den Alltag über. Unterricht, Lehrbücher, Zeitungen, Reden – fette schwarze Worte dräuten, dröhnten auf einen ein.

Es hieß: *Judenmörder Eichmann steht vor Gericht.*

Es hieß: *Elf Millionen Juden sollte der »Organisator« Eichmann ausrotten.*

Die Zahlen wehrte er sofort ab. Solche Zahlen wehrte er immer ab. Fette Zeitungsnullen.

Es hieß: *Nicht einen, nicht zwei hat er vom Leben zum Tod gebracht, sondern sechs Millionen. Man muss die furchtbare Zahl zu einem Vergleich umdenken: fünfmal so viele jüdische Menschen, wie allein unser demokratisches Berlin an Einwohnern zählt.*

Er dachte um. Es leuchtete ein. Er sah Berlin wie zum ersten Mal: als Steinwüste, als Häuserhüllen. An der Leere las man Menschenmasse ab. Man rechnete …

Er dachte ganz deutlich: Was geht mich das an?

Sein Zimmernachbar Horst las *Nackt unter Wölfen.* »Es geht um Buchenwald, der kommunistische Untergrund versteckt ein jüdisches Kind und rettet es vor der Gaskammer … solltest du unbedingt lesen!«

Thomas lachte auf: »Das muss ich mir nicht antun!«

»Bist du wirklich so zynisch, wie du tust?«, fragte Horst.

Horst war der Einzige hier, den er mochte. Auch er hat keine Ahnung, dachte er, doch wovon, das wusste er selbst nicht. Warum er so wütend war. War es zynisch zu denken, das Wort *Jude* werde jetzt inflationär gebraucht? Durch die Wiederholung verlor es die Bedeutung. Nur hatte er sie niemals wirklich gewusst. Irgendeine alte Religion. Irgendein fernes Land. Das Wort *Jerusalem*, das in der Zeitung stand, war der Name einer mythischen Stadt mit zwölf Toren. Einer der vielen Namen der Stadt der Städte. Er las es ungläubig.

So deutlich war das Gefühl des Nichtangehens, dass er sich später genau daran erinnern konnte. Das Sehen ohne Sehen, das Starren auf einen klaren, glasklaren, bis zur Unsichtbarkeit klaren Gegenstand.

Mitte August herrschte auf einmal Alarmzustand. Ein Atomschlag? Ein Aufstand? Eine Invasion? Lag alles schon wieder in Trümmern? Kaum kommt man zur Armee, schon bricht der Dritte Weltkrieg aus … Dann die Meldung, dass die Grenze in Berlin geschlossen worden sei. Offenbar aus keinem weiteren Anlass als der üblichen Wühltätigkeit der Westmächte. Man atmete auf. Dann wurde man stutzig. Manche sogar panisch. Nicht wenige hatten Verwandtschaft … Lauter unbedachte Bemerkungen fielen. Würden sie gleich eingesetzt werden, um das Ding da hochzuziehen? Wäre das nun die allergrößte Verarschung – sich selbst einzumauern? Oder die letzte Chance, durchzukommen? In den ersten Stunden hörte, sah man Dinge, die man keinem zugetraut hätte, nackte Wut, Angst, Ratlosigkeit. Viele abwartende Mienen. Dann von einem Tag auf den anderen ein Chor der spontanen Begeisterung. Und die Begeisterten saßen einem im Nacken, kamen blöd, hakten nach. Man kannte das. Man wusste Bescheid. Sagte, was sie hören wollten.

Im Grunde waren alle so bekloppt wie die Jungs damals nach einem gelungenen Streich. *Das war eine Aktion! Hast du gesehen, wie die geguckt haben, als die Scheibe kaputtging? Wir haben's denen gezeigt. Nicht? Nicht?* Nur: Diesmal war es der Staat, der sich krampfhaft nach Spielverderbern umsah.

Sie sind doch alle bescheuert.

Er würde sein Ding erst einmal durchziehen, wenn sein Körper mitmachte. Eigentlich musste er froh sein, keine Wahl zu haben, hier festzusitzen, wo die unbewohnbare Stadt nicht einmal mehr in Reichweite lag. Er konnte gar nicht aussteigen. Auch wenn er nicht mehr wusste, wo es hinging. Irgendetwas studieren. Denn Offizier würde er nicht werden. Das als Einziges war ihm inzwischen klar.

Ende August kam ein Anruf: Herr Braun sei ernsthaft erkrankt. Widerwillig ließ Thomas sich beurlauben und fuhr nach Berlin. Die Brauns griffen wieder nach ihm, wollten ihn zwingen, wieder im Halbdunkel beim Kanapee zu verharren. Aber diesmal wollte er nicht still sein. Er wollte Fragen stellen. Zum Beispiel, was das denn mit dieser Mauer sollte.

Als er ankam, war es schon vorbei. Herrn Brauns Herz hatte versagt. Frau Braun war gerade vom Krankenhaus gekommen. Sie kochte Tee, murmelte, Thomas solle sich einen Keks nehmen. Das aufgestaute Schweigen wich einer leeren Stille. Stalins Bild fehlte. Schon lange? Thomas sah das Wohnzimmer und Frau Braun wie zum ersten Mal seit Jahren bei Licht. Trauriges Sommerabendleuchten. Reden war überflüssig. Er fuhr mit einer seltsamen Ruhe zurück in die Kaserne. Jetzt würde es Frau Braun vielleicht sogar besser gehen. Die Liebe der beiden war ein Erstickungskampf gewesen, den sie bestanden hatte. Sie war es, die immerhin zu sprechen versucht hatte, übungsweise in Herrn Brauns Schweigen einfiel.

Er stellte sich vor, sie übte jetzt im Stillen. Und wenn er das nächste Mal ins Wohnzimmer trat, würden sie sich wie normale Menschen unterhalten können.

Sie schrieb noch zwei Mal, es gehe ihr gut, dann versagte auch ihr Herz.

Thomas löste die Wohnung auf, er wollte sie nicht haben, die schöne Neubauwohnung, bist du wahnsinnig?, fragte Horst. Thomas wollte die Sachen nicht einmal durchgehen. Nicht in einer Schublade auf das Stalin-Bild stoßen, oder irgendwelche Fotos, Briefe, Papiere. Das ging ihn alles nichts an. Was Menschen mit ins Grab nahmen.

Was ging ihn überhaupt an, das war die Frage. Vielleicht die Sprache an sich. Er besann sich auf sein Talent. Bildete Sätze, wusste kaum mehr, ob Deutsch oder Russisch. Er schrieb sie ins Gedächtnis. Nicht auf Papier. Zunächst. Dann doch, wenn hundert Sätze zu einem zusammenfielen, den nur noch er verstand. Ein, zwei Sätze am Tag. Die er versteckte, weil sie ob ihrer Unverständlichkeit Argwohn erregt hätten. Ein Heft ließ er offen herumliegen, mit Sätzen, so banal, dass sie schon wieder genial waren. Als Alibi trat er dem Schreibzirkel bei, wo diese Texte gut ankamen.

Körperlich ging es ihm elend. Er hatte Atemnot. Zunächst nur nachts im Bett, und abends, wenn er schrieb. Das merkte nur Horst. Wie er blass wurde, wie sein Atem nachts aussetzte. Du machst dich fertig, sagte er, den ganzen Tag Übungen und dann schreiben wie besessen. Die Worte stiegen Thomas in die Kehle und staken dort, er würgte an ihnen, hoffte nur, wenn er schnell genug schriebe – aber da kam der Schwindel, so lustvoll, dass er sich schämen musste.

Er las Grammatiken, widmete sich wieder der fremden Kindheitssprache. Anders als Deutsch entzog sie sich der Logik, stellte Regeln auf, um sie zu brechen. Doch jede Abweichung folgte selbst einer Regel. Da entstanden wilde Verästelungen, Wurzeln, der singende, klingende Baum. Der trockenste Satz schien geheimnisvoll zu leben. Der Sinn der Worte war längst zweitrangig.

Oder wie kam es sonst, dass er sich seelenruhig anschickte, einen russischen Aufsatz über Eichmanns Verurteilung zu schreiben und das Wort *Jude* routinemäßig nachschlug? Es hieß *jewrei.*

Für einen Moment spürte er die rein geistige Befriedigung des Einblicks in einen Zusammenhang. Den zwischen ihm und Eichmann.

Er hatte es gewusst. Selbst und gerade als er so deutlich dachte: *Was hat das denn mit mir zu tun?* Er hatte sich selbst hinters Licht geführt. Er saß am Schreibtisch und sah durch sich selbst hindurch, durch einen Rücken, der etwas verbarg, durch das Verborgene hindurch, ein Nichts – und schlug hart auf. Er lag auf dem Fußboden. Er fand es gut, dort zu liegen, es war eine angemessene Reaktion. Er bekam auch hier keine Luft, bald käme der Schwindel: Er spürte, als sei es das letzte Mal, das warme dunkle Schwärmen seines Blutes. Und das hatte nun auch einen Sinn.

Hätte Horst ihn nicht gefunden und der Sanitäter ihm keine Spritze gegeben, so wäre er womöglich tot und Eichmann noch am Leben gewesen. Das wäre eine große Dummheit. Selbstmord war schlimmer noch als Selbstbetrug. Er konnte Eichmann gehorchen und ersticken, oder seinen Eltern – seinen wahren Eltern – gehorchen und weiter atmen. Lautlos an den Fußbodenbrettern. Er hatte die Wahl. Wäre das nur so einfach. Er kannte Eichmann; seine Eltern kannte er nicht.

Er versuchte, sich alles vor Augen zu führen. Aber er hatte es ja immer gewusst. Das Wissen war so alt wie er, ja viel älter, matt und schwer. Es steckte in seinen Knochen und ließ sich nicht lösen. Es half wenig, irgendwelche Zahlen zu wiederholen. Sich eine Stadt vorzustellen, fünfmal so groß wie Ostberlin.

Die Ärzte waren sich nicht einig, ob er an Asthma oder an Hysterie litt. Einer fragte ihn, ob er etwas auf dem Herzen habe, er wirke bedrückt. Der Tod seiner Eltern so schnell nacheinander müsse ein schwerer Schlag gewesen sein.

Ja, sagte er, und: Ich habe Angst, es nicht zu packen. In diesem Moment stimmte es auch – am Schlimmsten war es, so schwach zu sein und sich ausgesondert zu fühlen. Denn er war sich nun im Klaren darüber, wohin das führen konnte. Nein, er wolle sich nicht im Lazarett ausruhen, nach der Spritze gehe es ihm schon viel besser.

Er packte es, die nächsten sechs Monate. Bewarb sich erfolgreich an der Humboldt-Universität: Slawistik und Germanistik. Inzwischen war die Wehrpflicht wieder eingeführt, und ohne Unteroffiziersausbildung kam man kaum an einen Studienplatz. Er hatte alles genau richtig gemacht.

Kapitel 10

Was war er doch für ein Glückskind. Eine unverdiente Erbschaft auf dem Konto. Nichts ahnend boten *sie* ihm Entschädigung. Sein Leben lang hatte man es gut mit ihm gemeint, doch von ihm keine Ahnung gehabt. Aus Leid wurde ein Guthaben, das er nur in *ihrer* Währung einlösen konnte. Er nahm die Währung an. Den Studienplatz, das kleine Wohnheimzimmer, die phantasielose ärztliche Empfehlung: viel Bewegung und viel Ruhe. Er konzentrierte sich auf sein Körperleiden, das so viel handlicher war als seine Ursache. Eine Ärztin brachte ihm Atemtechniken bei. So konnte er den Schmerz in den Rippen lösen und die Anfälle überstehen, ohne (schade eigentlich) sich im Schwindel aufzulösen. Aber er kam sich dabei so alt vor, wie er still verharrte und in sich hineinhorchte. Nicht anders als Herr und Frau Braun.

Er hatte noch etwas Zeit, bevor das Semester losging. Von Berlin war nur noch der vertraute Teil geblieben. In ihm immerhin konnte er sich frei bewegen, war niemandem eine Erklärung schuldig. Er war ja schließlich erwachsen. Niemand würde jemals wieder vorgeben, seine Eltern zu sein. Er stand spät auf und las Zeitung, informierte sich mit einem autodidaktischen Eifer, auf den er sich etwas einbilden konnte. Es ging vor allem um einen gewissen *Globke*, Adenauers Staatssekretär, den hatte man als Verfasser der *Rassengesetze* enttarnt. Noch einmal wurden die Gräueltaten aufgeführt. Um es *denen da drüben* zu zeigen. Thomas las, um zu beweisen, dass er alles abkonnte. Er atmete tief und ruhig dabei. Er kippte nicht um. Er las die Nachrichten aus aller Welt. Er las die Kulturseiten, er las den Lokalteil. Er schrieb in sein Heft, schnell und unbeteiligt wie nach Diktat. Stand vorsichtig auf und kippte nicht um, lief in den Straßen umher, ging in die Kneipe und trank und kippte nicht um. Darauf konnte er sich etwas einbilden.

Dann fing das Semester an und er kannte die Rolle, die er zu spielen hatte. Die des Strebers, der spürt, wie morsch die Sprossen sind, die er erklimmt, wie es im Gebälk schon knistert. *Du musst sinken oder steigen …* Das Goethe-Wort war gerade in aller Munde. Er wollte nach oben, wo es um so doller krachen musste, um es aus nächster Nähe zu erleben, wenn es so weit war. Nicht anders als in der Armee. Nur, dass es hier auch Frauen gab. Die er anfangs sein ließ. Vielleicht wirkte das Natron aus der Armeespeisung nach. Und er genoss das Alleinsein gerade. Wenigstens in seinem Privatleben wollte er niemandem etwas schuldig sein. Nicht in Erklärungsnot kommen. Und nicht schweigen müssen, wie man in Gesellschaft schwieg. Wie mit Horst, die warme Wortkargheit, die irgendwann nur noch traurig war … Er war froh, aus dieser Freundschaft entlassen worden zu sein.

Die allgemeine Atmosphäre hatte sich entspannt. *Verdient die Jugend unser Vertrauen?,* fragte das vielbesprochene neue Jugendkommuniqué des Zentralkomitees – um laut und fröhlich *Ja!* zu rufen. Erfreulich: eine offizielle Stellungnahme für *die Liebe* und gegen *die klösterliche Moral.* Und gegen Tanzverbote: *Wir betrachten den Tanz als einen legitimen Ausdruck von Lebensfreude und Lebenslust … Welchen Takt die Jugend wählt, ist ihr überlassen: Hauptsache, sie bleibt taktvoll!*

Traurig aber wahr: Die absurde Maueraktion hatte gewirkt. Der Familienvater hatte sich ausgetobt: seinen Zaun errichtet, die Nachbarn beschimpft, es ihnen gezeigt. Nun besann er sich, beruhigte die erschrockenen Kinder, schenkte ihnen einen Fußball. Und sich ein Bier ein. Sah zu, gütig lächelnd, wie sie spielten, rief immer wieder *Schön aufpassen!* Horst hatte Thomas letzte Weihnachten mit nach Hause genommen, wo hätte er sonst hingesollt. Genauso einen Vater hatte Horst. Sogar die Westmusik durfte man aufdrehen – aber nachdem der Vater das fünfte Bier intus hatte, war plötzlich Feierabend.

So ungefähr würde das jetzt auch sein. Und doch ließ er sich mitreißen. An der Uni brodelte es. Ausgerechnet bei der FDJ – aus der er am liebsten klammheimlich ausgeschieden wäre – kam Leben in die Bude. In der Studentenzeitschrift kamen Gedichte und Geschichten wie ein Widerhall der inneren Stimme, die er so verschlüsselt aufs Papier brachte. Unter dem Künstlernamen Thomas Grünberg schickte er ein paar Texte hin, einer erschien und berührte ihn unangenehm, wie ein gekünsteltes Hüsteln, wenn andere klar ihre Stimmen erhoben. Als eitle, provokante Geste schien sein Name dazustehen. Jüdisch klingend, dachte er inzwischen, aber eben nicht eindeutig. Man lobte sein Sprachtalent.

Er wusste nicht recht, wo er hingehörte. Saß viel auf seinem Zimmer und hörte Musik. Keine Beat-Platten – wenn die Onkels da oben *zündende Rhythmen* guthießen, dann interessierten sie ihn nicht mehr –, sondern Schubert und *Das wohltemperierte Klavier.* Lew Lwowitsch hatte manchmal Bach gehört. Weil diese Musik das gute Deutschland war. Weil sie sich entzog, anders als die heldenhafte Musik des Alltags, sie entzog sich auf eine Weise, die unendliche Räume öffnete. Vor denen Lew Lwowitsch saß und sich rhythmisch schaukelte, vor der lädierten Schönheit, der alten Platte. Es hieß, auch Eichmann habe Bach geliebt. Welche Platte? Welche hatte Lew Lwowitsch? Kaum vorstellbar, dass beide sich das gleiche Rätsel stellten. Und nur Eichmann war Teil einer *Lösung* gewesen.

Inzwischen – oder: in Unikreisen – sprachen die Leute gern darüber. Unangenehm, wie sie die *Endlösung* bemühten, das neu entdeckte Wort in den Mund nahmen. Leise, schaudernd – das klang nach Ehrfurcht. Laut und empört – als wären sie selbst das Problem, das man damals lösen wollte. Der Jude: ein Menetekel des eigenen Opfertums. Anders trat er nicht mehr in Erscheinung.

Thomas hatte gehofft, von Globke etwas über die Juden zu erfahren. Schließlich hatte Globke bestimmt, wer Jude war. Aber *was* ein Jude war, teilte die Zeitung kaum mit. Als wüsste das jeder außer Thomas. Er las Bruchstücke auf, das dekorative Beiwerk der Berichte: Davidsstern, siebenarmiger Leuchter, ein Alphabet wie schwarze Flammen. Fremde Kultgegenstände. Er legte sie schnell wieder zurück. Sie verbaten sich die Berührung. In der *Berliner Zeitung* stand jede Woche eine kurze Notiz: *Gottesdienst der jüdischen Gemeinde.* Nur wo, das schrieben sie nicht. In der Rykestraße sollte es eine Synagoge geben. Um die Rykestraße machte er einen Bogen. Unter *Synagoge* verstand er eine Ruine, wie sie in der Oranienburger Straße stand; er musste immer an ihr vorbei, anders als die Häuserruinen aber schreckte sie ihn ab. Sie war so groß und feierlich und niemand hatte jemals darin gelebt. Sie erzählte ihm nur von einem Gott, den es nicht gab. Von Jerusalem, der himmlischen Stadt. Eichmann war in den Himmel gekommen.

Dass nur das blieb, die große leere Hülle. Dass er von seinen wahren Eltern niemals mehr erführe als das: ihre Religion. Nichts von ihrem Menschenleben.

Vom *Menschenleben* schrieb die Presse gern, vor allem im Hinblick auf seine Vernichtung, massenhaft, mechanisch, *zack-zack*, er wachte auf, schweißgebadet. Von solchen Dingen berichtete die Zeitung ausführlich. Zahlen und Ortsnamen konnte er sich einprägen. Die sprechenden Details (Israel … Sarah … Seife …), die anfangs wie schlecht erfunden wirkten, sich aber in jedem Bericht wiederholten, neue Selbstverständlichkeiten.

Er wollte keines dieser Worte in den Mund nehmen. Erst recht nicht *Jude.* Immer schlechter erfunden kam es ihm vor. So verschämt, verschlagen, wie man es aussprach. So hanebüchen die Varianten: *israelfreundlich, zionistisch.* Das Volk, um das es hier so verlogen ging, konnte es gar nicht geben. Seine Existenz anzuerkennen hieße, sich auf Teufelsglauben einzulassen. Auf Rassenkategorien, hatte ein Kommilitone argumentiert, als eine Kommilitonin behauptete, das Schicksal der Juden sei mit nichts zu vergleichen. Ihre verzweifelte

Unbedingtheit ließ alle erst einmal baff. Sie brach in Tränen aus, als der Kommilitone sie belehrte: Sie denke genau wie die Nazis. Das würde er wohl sagen dürfen, er sei selber Jude, seine Eltern hatten den Krieg in Mexiko überlebt. Alle nickten, als wüssten sie Bescheid, wieder einmal alle außer Thomas. Keine Verwandtschaft hatte er mit dem Kerl gespürt, nichts als Antipathie. Eine bissige Bemerkung entfuhr ihm: Wie bescheiden der Genosse dieses große Schicksal ablehne. Bissig im Ton, wenig geistreich. Aber eine Freundin des angegriffenen Mädchens bezeichnete ihn anerkennend als Ironiker.

Ein Ironiker also. So nannte man das?

In den öffentlichen Gesprächsrunden, die es an der Uni nun sogar zu unerhörten Themen wie »Freiheit im Sozialismus« gab, saß er in der letzten Reihe, zunächst still, staunend über all die Stimmen. Ließ dann Bemerkungen fallen, die alle Beteiligten ins Lächerliche zogen, aber so subtil, dass er keine Angriffsfläche bot. Er war den einen zu kritisch, den anderen zu lasch. Man stritt sich. Er geriet dabei in Panik – bis einer seiner Gegner ihn auf ein Bier einlud, um sich weiter zu streiten. Ebenso unerhört: Spaß am Streit haben. Sich dabei kennenlernen.

Ein Streitpartner empfahl ihm die offene Vorlesungsreihe des Chemieprofessors Havemann. Dass da ein Riesenandrang war, hatte Thomas gehört, aber Chemie war ihm ein Graus. Schließlich ging er doch hin. Es ging nicht um Chemie. Es ging um … alles. Hegel und Quantenphysik, Freiheit und Dogma, Geschichte und Zufall – mit jeder Vorlesung Stück für Stück zu einem lebendigen Zusammenhang gefügt, der keine Schranken setzte, die Notwendigkeit des Zufalls beließ alles im Wandel, undeterminiert.

Bis die Determiniertheit wieder mit Wucht einsetzte. Die Diskussionen spitzten sich zu. Wenige Wochen nach der letzten Vorlesung erhob die Partei Vorwürfe gegen den *Revisionisten* Havemann und entließ ihn aus ihren Reihen. Ihm wurde der Lehrauftrag entzogen. Proteste, Streit in der Studentenschaft, einzelne FDJ-Gruppierungen rebellierten, die Leitung erstickte alles in einer *offenen* Diskussion, in der eine wachsende Mehrheit sich *spontan* gegen Havemann aussprach.

Also war plötzlich wieder Feierabend. Der Obervati hatte die Schnauze voll. Thomas bereute es nun doch, sich keine Blues-Platten besorgt zu haben. Er müsste sich umhören. Bei seinen Streitpartnern, den paar, die wirklich Ahnung hatten. Aber er hatte wieder Schwierigkeiten, mit ihnen ins Gespräch zu kommen. Wem galt denn die kalte Schulter? Wirklich ihm? Wem spielte man den intellektuellen Waschlappen vor, der auf nichts Verfänglicheres anzusprechen war als die mittelhochdeutsche Lautverschiebung? Traurig. Aber Thomas war es recht, sich in wissenschaftlichen Formeln zu unterhalten. Über Unverfängliches, Bach zum Beispiel. Manchmal glaubte man sogar, sich zu verstehen. Sagen zu können: Eichmann war ein großer Bach-Verehrer. Es nicht zu müssen. Der Schallplatte, als sie zu Ende war, gemeinsam nachzulauschen. Dem Knistern.

Das man, wenn man hinhörte, immer noch vernahm. Selbst in der schalen Luft der FDJ-Sitzungen, wie das qualvolle Sterben einer Stromleitung. Er besuchte lieber Schreibzirkel. Seine auf die Spitze getriebenen Banalitäten stießen auf augenzwinkernde Anerkennung. Er veröffentlichte weiterhin unter dem Namen Thomas Grünberg. Das Spiel mit der Anspielung gefiel ihm. Und scheinbar den Frauen, den unheilbaren Zwischen-den-Zeilen-Leserinnen. Er gab sich unverbindlich. Das störte sie nicht. Man ließ sich Freiräume, hieß es jetzt. Die Zeiten hatten sich schon geändert, langsam lernte er, das zu genießen. Und war vielerorts gern gesehen – zwischen einigen Kreisen war er das einzige Bindeglied. Wohl nur wegen der schönen grünen Augen. Aber immerhin. Von allen angeworben – nur von der Stasi nicht. Er hätte sie abblitzen lassen. Das mochte niemand glauben, er war sich dessen sicher. Wieso kamen sie nicht? Konnte es sein, dass er doch nicht so mittendrin war wie er meinte, dass sich in seiner Gegenwart nichts von Bedeutung abspielte, gerade deswegen, weil alle dachten … War er ganz untauglich? Für die einen wie die anderen?

Sie konnten ihn alle. Hauptsache vögeln. Wo er wieder körperlich fit war. Was gab es sonst? Vögeln und grübeln. Der modernen Intelligenz fiel nichts anderes ein. Man grübelte so lange, bis man sich aufraffte, um zu vögeln. Dann lag man beieinander und grübelte. Aber die Frauen waren toll, das musste man schon sagen. Sie gingen ihres Weges, schön und selbstbewusst. Einige Selbstbewusste hatten ihn gleich über ein paar Sachen aufgeklärt. Wie es um die weibliche Lust bestellt sei. Schon wieder eine Sache, die sich nicht einfach ergab, nicht einfach klappte, nein, es war wie mit den Röhren, die man selbst reparieren, dem Klavier, das man selbst stimmen musste, man musste lauter ausgefallene Techniken beherrschen. Weil hier nichts funktionierte. Der weibliche Orgasmus war eine weitere lästige Unwägbarkeit des Lebens, Mangelware, ging es nicht auch ohne? Doch am Ende lebte man gerade für solche Komplikationen.

Ihm war es recht: Wenn er irgendeine Technik beherrschen musste, dann die. Ehrlich gesagt, es drohte sonst langweilig zu werden. Wie das Wichsen langweilig geworden war, wie er selbst – gerade – im Zustand höchster Erregung plötzlich neben sich stand und nichts empfand, nur Mühe. Nicht allein die Mechanik, selbst die Lust war Mühe. Es lag vielleicht an dem Bewusstsein – freilich dachte er viel zu viel nach, ein Wunder, wenn er nicht impotent wurde –, dass selbst dieses gewaltigste Gefühl die Außenwelt völlig unberührt ließ. Es reizte ihn fast noch mehr, das Gefühl in einem anderen Menschen zu erzeugen, kleine Erschütterungen auszulösen. Ein Nachspüren, Einkreisen, mal bedacht, behutsam, mal wütend, panisch. Sex als Grübeln. Die einzige Form, die zu Ergebnissen führte. Wenn diese ihm auch schleierhaft waren. Es war, als hätte jede Frau einen heimlichen Körper, den er nur stellenweise zu berühren bekam, der sich unabhängig vom Äußeren bewegte und innehielt, ein heimliches Gesicht, das lachte und weinte. Es war ein kleiner Sieg, im Dunkeln tappend diesen Körper zu fassen, das Gesicht zu erblicken. Wo kam sie her, diese Gestalt? Was hatte sie erlebt? Was dachte sie, wo wollte sie hin? Er würde es nie erfahren. Man stellte keine Fragen, er schaute nur, prüfend; schaute eine so zurück, unternahm er alles, damit ihr Blick entrückte. Und achtete darauf, dass seine eigene Erregung nicht überhandnahm, sie hätte ihn bei der Betrachtung gestört.

So kam er in den Ruf eines guten Liebhabers. Er konnte sich die Frauen aussuchen, die er beglücken wollte, es gelang ihm dabei, keine Erwartungen zu wecken. Oft wählte er gerade die scheuen grauen Mäuschen; er ahnte, welchen es guttun würde, es war mit ihnen umso reizvoller.

Am Anfang des Frühjahrssemesters im vierten Studienjahr fiel ihm eine Frau in seiner Kleist-Vorlesung auf. Gefiel sie ihm? Weil sie so ein graues Mäuschen war? War sie das überhaupt? Sie beschäftigte ihn nur am Rande; noch lief eine schöne Geschichte aus den Semesterferien. Aber in der Vorlesung saß er immer so, dass er sie beobachten konnte. Sie war klein, zierlich, ihre dunklen Haare lieblos kurzgeschnitten, sie trug schlechtsitzende Strickjacken und sackartige Röcke. Ihre Bewegungen waren manchmal schleppend, manchmal fahrig. Aber ihre Ruhe war gesammelt und wach. Sie schien niemanden zu kennen, sprach, wenn sie sprechen musste, mit gewürgter Stimme, kam und ging gesenkten Blickes und richtete während der Vorlesung die Augen durch die großen Fenster auf die Wipfel der Kastanien im Innenhof. Kein abwesender Blick, vielmehr anwesend bis zum Horizont. Einmal kam er zu spät und musste auf der Treppe vor dem Fenster sitzen, vor ihr. Er sah sich um und traf ihre Augen. Die ihn durchbohrten, so fix und streng, dass er erschrak. Sie grinste. Es war Lena.

Nach der Vorlesung gingen sie gemeinsam in die Mensa. Seltsam, hinter ihr zu stehen, auf ihren Bubikopf herabzuschauen, der genauso aussah wie damals, nur war sie damals größer gewesen als er. Und heute musste sie nicht mehr, auch nicht zu besonderen Anlässen, die verhasste Haarschleife tragen. Er musste auch grinsen. Wie schief die Schleife immer gesessen hatte – Galina Ossipowna, wohl weil sie selbst Offizier war, machte Lena noch korrekter zurecht als jedes andere Mädchen, glättete und zupfte geübt mit der einen heilen Hand; kaum wandte sie den Blick ab, war alles verrutscht, Socken, Schleife, durch die Gegend zerstreut, als bewegte sich Lena unentwegt im Taiga-Wind. Wie sie für das Mittagessen anstand … er wusste plötzlich wieder, wie es in der Schulspeisung gerochen hatte, nach süßem Brei und Sauermilch und fetter Brühe … stillstehen konnte sie nicht, es sei denn im Wald, auf der Pirsch. Aber in der Schlange vor der Essensausgabe hüpfte sie, schnitt Grimassen, mimte Ungeduld, Hunger, bodenlosen Ekel, wenn es nach Nieren roch.

Heute schlurfte sie vor ihm her, nur bemüht, rechtzeitig vorzurücken. Am Tisch setzte sie sich ihm gegenüber und sah ihn forschend an.

»Da hast du es doch noch nach Berlin geschafft«, sagte er. »Das hätte ich mir denken können.«

Sie lächelte verstohlen, das Grinsen brachte sie nicht mehr auf.

»Erzähl mal.«

Kurz nachdem Thomas Wünsdorf verlassen musste, waren ihre Eltern nach Ungarn versetzt worden, wo ihr Vater *in den Unruhen* starb, dann, vier Jahre später, nach Leningrad, wo ihre Mutter herkam. Dort lernte Galina Ossipowna einen Deutschen kennen und zog mit ihm nach Dresden. Nach einer Ausbildung als Druckerin hatte Lena in Berlin einen Studienplatz bekommen. Sie hatte schon immer fleißig Deutsch gelernt, las Goethe zusammen mit ihrer Mutter, die sich in Wünsdorf eine Werkausgabe besorgt und Weimar besucht hatte, weil sie Zwetajewa und Zwetajewa Goethe verehrte.

Sie sprach Deutsch mit ihm, als ob sie etwas beweisen wollte. Nur an einer leicht schrägen Erlesenheit der Sprache war sie als Russin zu erkennen. Ihre heisere Stimme war schwer zu verstehen – warm und angenehm, doch sie brach, als sie gegen den Mensa-Lärm ankämpfen musste. Was war das für ein Name gewesen? Zwetajewa? Musste man die kennen? Er beugte sich immer weiter vor, sie sich ebenfalls, sprach zu ihrem Teller, als sei es eine Kränkung, vor all den Leuten reden zu müssen.

Um sie zu erlösen, erzählte er von sich, die üblichen Sätze. Als er fertig war, sah Lena ihn an, als müsste es noch weitergehen. Und so kam es ihm auch vor. Es war ein angenehmes Gefühl: Gleich würde ihm alles Mögliche noch einfallen.

»Hast du eigentlich auch Stubenarrest bekommen, damals?«, fragte er. »Weil wir abgehauen sind?«

Lena schüttelte den Kopf. »Meine Mutter hat mir nur erklärt, dass man uns von heute auf morgen versetzen könnte. Das war gerade einer Offiziersfamilie passiert, der Sohn hatte sich mit einem Deutschen in der Kneipe geprügelt. Sie hat sich darauf verlassen, dass ich das verstehe. Und ich habe es natürlich verstanden.«

»Du weißt nicht zufällig, was aus Lew Lwowitsch geworden ist?«

Sie senkte wieder den Kopf.

»Ja, was denn wohl?«, zischte sie.

»Bitte?«

»Ich muss jetzt gehen.«

Er blickte ihr ratlos hinterher, ging dann und setzte sich unter den Kastanien auf dem Hof. Er war nicht einmal gekränkt, nur betroffen. Wie war aus dem kühnen wilden Mädchen eine derart scheue Frau geworden?

Beim nächsten Mal entschuldigte sie sich: Sie sollten sich mal in Ruhe unterhalten. Er stimmte zu – aber vielleicht habe sie heute Abend Lust, auf eine Feier zu gehen, in Prenzlauer Berg? Eine Bekannte von ihm, eine Schauspielerin vom BE …

Es würde ihr guttun, unter die Leute zu gehen, andere Kreise kennenzulernen, an der Uni waren alle so verkrampft. Wobei es nicht ganz seine Kreise waren, die Prenzlauer-Berg-Szene, die ein absoluter Geheimtipp war, er kannte nur ein paar Leute am Rande. Die Schauspielerin sollte, wie es aussah, die Feriengeschichte ablösen. Beate war schon Mitte dreißig, aber umwerfend schön, und sie bewegte sich längst in einer Welt, in die er hineingehören wollte. Die jungen Studentinnen hatten den Reiz für ihn verloren. Es zog ihn zu Menschen mit Geschichten, Geheimnissen – Menschen, die gelernt hatten, damit zu leben.

Beinah hätte er die Feier gar nicht erst gefunden. Sie fand im siebten Hof eines weitläufigen, nur teilweise noch benutzten Industriegeländes statt. Selbst im sechsten Hof war kein Zeichen von Leben, nur junge Birken wie Fähnchen auf den roten Mauern. Auf einer Seite, wo die letzte Sonne hinfiel, war das Pflaster aufgebrochen, ein Jungwald mit ersten Knospen hochgeschossen. Er spürte: Hier durfte er nicht sein. Das kindliche, abergläubische Gefühl, das mit dem Alter nur deswegen verschwunden scheint, weil man ihm unbewusst gehorcht. Dann sah er doch noch einen Durchgang, ein Trampelpfad führte durch das Dickicht. Er musste lächeln, sie glaubten wohl, wer den Weg fände, könne nur einer von ihnen sein.

Schon auf dem Trampelpfad hörte er Stimmen, eine Gitarre, roch das Lagerfeuer. Auf die Idee musste man erst einmal kommen – eine arkadische Idylle im alten Industriegemäuer. Doch es schien gleich so vertraut, woher denn, ein Barockbild, glückliche Schäfer, die in Roms Ruinen hausen. Ein enger Hof, voll von Menschen. In einem Schuppen brannte Licht, dort gab es Kartoffelsuppe. Zwei Frauen malten Pferde an die Wand, Kinder hockten am Lagerfeuer und brieten Äpfel. Eine Gruppe saß am Tisch vor dem Schuppen, welche waren gerade aus Prag zurückgekommen, erzählten von irgendeiner tschechischen Untergrundzeitschrift. Dort stand Lena und hörte zu.

»Da bist du schneller gewesen als ich«, sagte er, sie sah ihn verwundert an. »Natürlich! Du bist ja die Fährtenfinderin.«

Schon kam ein Bekannter auf ihn zu: Schön, dass du auch mal den Weg hierher gefunden hast. War Thomas wieder einmal der Allerletzte, der von solchen Dingen erfuhr? Und wenn er endlich irgendwo auftauchte, wussten alle: Es war Zeit, weiterzuziehen. Er lächelte, so leicht sei das wirklich nicht, ohne Kompass, und stellte Lena vor. Lena aus Leningrad. Von meiner Kleist-Vorlesung.

Nicht: *Meine Kindheitsfreundin. Von Wünsdorf damals.* Immer wieder in den letzten Tagen hatte er es vor lauter Überschwang irgendwem erzählen wollen. Jetzt verging es ihm. Solchen Bekannten gegenüber empfand er kein Mitteilungsbedürfnis. Lena lächelte, verschmitzt, erleichtert. Ja, man musste den Leuten wirklich nicht mit Geschichten aus der Kindheit kommen. Der Bekannte fragte schon nach Leningrad, dort habe er schon immer hinfahren wollen.

Thomas sah sich umsonst nach Beate um. Sie hatte extra gesagt, sie wolle zeitig wieder nach Hause gehen, sie habe eine

Probe morgen früh. Er hatte heute Abend mit ihr ins Kino gehen wollen, zum ersten Teil von *Krieg und Frieden.* Er ahnte schon: eine Komplizierte. Sie würde sich nicht entschuldigen. Er sollte dankbar sein, dass sie ihn in diesen Kreis eingeweiht hatte. Dabei hatte sie ihn womöglich wegen einer noch exklusiveren Feier versetzt.

Er holte zwei Bier im Schuppen und ging zu Lena zurück. Sie saß inzwischen am Lagerfeuer mit einem jungen Mann, der eine Glatze wie ein Mönch hatte. Es ging um *Der Meister und Margarita.* Thomas setzte sich daneben und reichte Lena ein Bier.

»Schön«, meinte der Mann, »dass das Phantastische wieder Einzug in die Literatur hält.«

»Das Phantastische? Ist das ein phantastischer Roman?«

»Ich denke, du hast ihn gelesen? Da kommt doch so einiges vor: ein Riesenkater, Vampire, fliegende Schweine, der Teufel ...«

»Ach«, sagte Lena, »du kennst das Leben in Russland nicht.«

Schweigen. Der Mann lächelte entschuldigend. Lena starrte ins Feuer, entdeckte ihr Bier, nahm einen tiefen Schluck und grinste die beiden an, breit wie ein Kind, das seine Zahnlücken zeigt. Sie hatte schlechte Zähne. Mit seinen hatte Thomas Glück gehabt.

»Es gibt eine sehr schöne Stelle«, sagte Thomas, Bulgakow kannte er, wenn schon nicht diese Zwetajewa, »da kommt Jesus vor Pilatus, er wird beschuldigt, sich als Gott auszugeben. Er behauptet, nichts davon zu wissen. *Andauernd folgt mir ein Mann durch die Gegend, ein gewisser Matthias, und schreibt alles auf, was ich sage. Einmal sah ich in seine Blätter und erschrak – was er da schreibt, das habe ich doch niemals gesagt!*«

Lena ging gegen elf, sie musste nach Treptow. Thomas unterhielt sich noch lange mit dem Mann; erst, als sie nach eins aufbrachen, fiel es ihnen ein, sich vorzustellen. Uwe. Verlagslektor.

Am Sonntag traf er Lena im Treptower Park. Es war kalt und grau, wenig Menschen waren auf der Uferpromenade unterwegs. Und schon bewegte sich Lena freier, ihre Stimme war wieder fest.

»Also«, fragte er auf Russisch, »was ist mit Lew Lwowitsch passiert? Wo ist er hingekommen?«

»Nach Kolyma, vielleicht.« Sie sprach sehr deutlich.

»Nach –?« Ihr beschwörender Ton reizte ihn, sollte er das etwa kennen?

»Ins Lager.«

Immer, wenn das Wort aufkam – das war selten –, dachte er sich: Lager kann vieles heißen. Und ein russisches *lager* muss kein deutsches *Lager* sein. »Das heißt ...«

»Das heißt: Ihn gibt es wohl nicht mehr.«

Das registrierte er mit Vorbehalt, als könne es ebenfalls vieles bedeuten.

»Aber warum? Doch nicht etwa, weil ...«

»Meine Eltern haben es niemandem gesagt!«

»Was denn?«

»Das du ein deutsches Kind bist. Die Geschichte ist ihm so rausgerutscht, das hat meine Mutter mir viel später erzählt. Niemand sollte es wissen, man hätte dich ihm weggenommen. Er hatte schon seine Befürchtungen, dass sie die Geschichte mit der Ostarbeiterin durchschaut hatten.«

»Dann ist er doch wegen mir ...«

»Nein, das glaube ich nicht. Sondern weil er Jude war. Es gab doch damals die Hetze wegen der ›zionistischen Ärzte‹. Er ist strafversetzt worden, dann vor ein Militärgericht gekommen. Sie haben ihm Spionage vorgeworfen. Meint meine Mutter.«

Jewrei. Das Wort, das einmal ganz am Anfang stand und Unbekanntes bedeutete. *Ihn.* Nur *ihn*, so schien es damals.

Thomas setzte sich auf eine Bank. »Lew Lwowitsch war Jude?«

»Du bist doch selbst Jude«, sagte sie so sachlich wie damals in der Hütte, als sie beim Kerzenschein erklärte, wie sie ihn retten würde. Und er spürte Kinderwut über ein Wort, mit dem die Anderen einem kommen. Es kann irgendein Wort sein, muss nichts Schlimmes, muss gar nichts bedeuten, nur, dass jemand es besser wissen will: was man ist. Er wollte alles abstreiten. Zumal nicht irgendein anderes Kind, sondern er im Unrecht war. Sie hatte ihm einen Vorwurf gemacht, dessen Tragweite er nicht einmal fassen konnte, nicht den üblichen lächerlichen Vorwurf, nein, sie hatte Recht.

Aber rechthaberisch sah sie nicht aus. »Das hast du mir doch erzählt. Und er meiner Mutter«, sagte sie kleinlaut, »dass du ein deutsches jüdisches Kind bist.«

»Was hat er denn erzählt?«

»Nur, dass du versteckt warst. In einer Kammer mit doppeltem Boden. Ich habe erst viel später verstanden, warum. Ich dachte, du weißt mehr.«

»Nein. Nur das. Langsam wird mir kalt.« Obwohl das gar nicht stimmte; er sagte es, weil er den Wind spürte, der vom Wasser kam. Als säße man am Schiffsbug. Aber Lena stand schon. »Wollen wir noch zum Ehrenmal schauen?«, fragte sie.

»Das muss ich mir nicht antun.«

»Ich mir auch nicht.«

Sie begleitete ihn noch zur S-Bahn.

Danach tat es noch lange weh. In den Rippen, wenn er atmete. Es hatte immer wehgetan, doch niemals richtig. Zu keinem Zeitpunkt hatte er das Richtige empfunden, nicht, wenn er an die Eltern dachte, an den Ziehvater, nicht bei seiner Zeitungslektüre, nicht in der Atemnot, nicht im Schwindel. Das nun war anders. Ein Wort von einem anderen Menschen, von der Welt, er spürte, wie er bisher von ihr abgeschnitten war. Immer war er der Verschonte gewesen. Er hatte immer nur in sich selbst gewühlt. Nun kam von weither der Wind, der alles auf diesem Erdteil sah, und schlug ihm ins Gesicht und weckte ihn aus der Ohnmacht. Ein Schmerz, dem sich auszusetzen guttat. Er betrank sich nicht, um ihn zu stillen, sondern ließ ihn das sein, was er war. Er schrieb nicht mehr und schlief allein. Als brauchte er nichts, als reichte der Schmerz, der Hoffnung machte auf etwas, was man nur belächeln konnte: auf *Erlösung*. Warum wäre er sonst aufgekommen?

Es wurde ein schöner Frühling, lang, schwer, voll. Thomas begegnete Uwe immer wieder auf Lesungen, bald trafen sie sich auch mal auf ein Bier. Nicht nur, um sich über Literatur zu unterhalten. Mit Uwe konnte man auch schweigen. Erst achtundzwanzig, war er doch reifer als die meisten, die sich in der Szene herumtrieben. Seit fünf Jahren schon verheiratet, mit drei Kindern. Sicher hätte Thomas auch mit Frauengeschichten kommen können, mit Uwe könnte man reden, wenn man Probleme hatte – aber wenn man keine hatte, spürte man kein Bedürfnis, anzugeben. Es hätte auch wenig zum Erzählen gegeben: Beate hielt Thomas hin, versetzte ihn, tauchte unverhofft auf Feiern auf, kam, falls sie kam, wenn er schon gehen musste. Er ließ es geschehen, lief ihr nach wie im Traum. Die anderen lachten schon über ihn, aber es gefiel ihm, für so romantisch gehalten zu werden.

Sich mit Lena zu treffen war auch nicht einfach, das war die Scheu, die man dem Tier lassen muss. Er lernte langsam, was ging. Spaziergänge. Als Erstes doch zum Sowjetischen Ehrenmal. Es zog sie an, um dort zu schweigen. Wer sollte ahnen, worüber man schwieg? Sie verschlug einem die Sprache, diese Macht, die Menschen in solch gigantischem Maßstab begrub. Unter roten Steinquadern *die eigenen Leute.* Lange Listen vergoldeter Namen. *Stalin hat mit Hitler paktiert. Als die Deutschen angriffen, fiel er in Ohnmacht. Er wollte es nicht wahrhaben. Es herrschte Chaos. Wir hätten fast den Krieg verloren.* Er hatte Lenas Stimme im Ohr. Wie eine innere Stimme, die Wahrheit spricht. Man fühlt etwas so Großes, dass man nicht mehr weiß, was: Wut, Ekel oder Ehrfurcht. So sitzt man am Denkmal zwischen glattpolierten Steinen, vor bronzenen Menschen, und empfindet endlich das Richtige am richtigen Ort: etwas Himmelschreiendes. Lena legte Blumen hin, kleine, wilde, in ihrer Hand zerdrückte Blüten.

Im Freien fiel die Hemmung von ihr ab, sie lief und sprach schnell. Er ließ sie reden. Er hatte kein Bedürfnis, von sich zu erzählen. Das war alles schon gesagt. Lena war enttäuscht. Aber eigentlich wollte sie selbst erzählen. Von dem Land, dessen Sprache er sprach. Wo er gelebt hatte, bevor die Erinnerung einsetzte. Es gibt nichts Deutscheres als die Sehnsucht nach ihm. Als den Glauben, die russische Seele zu verstehen, gar eine zu besitzen. Als die grimmige Einsicht, dass dort *ganz andere Zustände* herrschen. Die der Sehnsucht des Schwarzsehers keinen Abbruch tun. Er hatte sie nie stärker gespürt als jetzt, im kalten Hauch des Ehrenmals, die Kälte, die den Krieg gewann, der Wind aus Sibirien, wohin die Russen die Russen verbannten.

Die Russen sind die ersten, die unter den Russen leiden. Und die ersten, die sich dagegen auflehnen. Die Wahrheit sprechen. Einzelne, die gnadenlos über ihr Land herfallen. *Wolfsjagd.* Lena ließ ihm Wyssotskis Lied auf Kassette zukommen. Gnadenlos, wie diese knurrende Stimme alles zerfetzt. *Von den Russen lernen heißt siegen lernen. Ex oriente lux.* Lena trug ihm Gedichte vor. Wie die Russen ihre Dichter mit Haut und Haar verschlingen, sämtliche Strophen des *Ehernen Reiters* in sich tragen … auch darin liegt etwas Wölfisches. Was Lena vortrug, war nicht nur Puschkin, das waren nie gedruckte Gedichte, die seit Jahren, Jahrzehnten so kursierten: abgetippt auf der eigenen Schreibmaschine, abgeschrieben in der eigenen Schrift, in der eigenen Stimme gesprochen.

An Thomas scheiterte die Weitergabe; er behielt nur einzelne Zeilen. Das Gedicht als Ganzes schwebte außer Reichweite. Als müsse es erst geschrieben werden. Es reicht, was tust du mir an, das ist gemein, es ist mir zu viel, ich bin halt sehr deutsch, ich brauche Bücher, mit dem Minnesang ist es lange her, muss man so viel mit sich herumtragen, nach diesen Spaziergängen falle ich ins Bett und schlafe zehn, zwölf Stunden, ich kann mich danach an nichts erinnern, wo wir gewesen sind, wie du ausgesehen hast, nur diese Stimmen, was wollen sie mir sagen?

Er wusste nicht einmal, ob er das gesagt oder nur gedacht hatte.

Es war fast eine Erleichterung, Lena nur auf einer Feier, einer Lesung, auf dem Fabrikgelände zu treffen, Banalitäten auszutauschen. Er kam oft spät, Beate brachte seine Planung durcheinander. Lena ging früh nach Hause, nach den politischen Diskussionen, die Thomas immer gemieden hatte, weil das alles nichts brachte. Nun hörte er genauer hin – vielleicht tat sich wirklich was. Irgendwann musste sich etwas tun. Warum nicht jetzt? Wo ich kurz davor stehe, das eigene Leben in die Hand zu nehmen. *Die Zukunft gehört uns* – so etwas Unbestreitbares. Nun war ihm, als hätte er es immer glauben wollen, und jetzt durfte er. Vielleicht. Was auch immer er glaubte oder hoffte, er war nur ein kleines Rädchen bei dem, was passierte, überall auf der Welt. So versetzten ihn auch die Lagerfeuergespräche in einen unmöglichen Zustand, den er Lena zu erklären versuchte. Nicht am Lagerfeuer, dafür bot sich keine Gelegenheit; irgendwann, schon vor Mitternacht, war sie einfach weg. Es musste noch ein anstrengender Spaziergang verabredet werden.

Auf sein Zimmer wollte sie keinesfalls kommen, er musste darüber lächeln, für was hielt sie ihn denn. Zwischen ihnen war auch keine Verlegenheit aufgekommen, kein Balzspiel, keine Spannungen – jedenfalls nicht die üblichen. Hinterher konnte er sich kaum erinnern, wie sie aussah, unmöglich zu sagen, ob sie ihm gefiel. *Als Frau.* Worte, die sie mit einer unnachahmlichen Ironie aussprach.

»Lass uns einfach mal spazieren und *nicht* reden«, sagte er eines Tages, als sie in der S-Bahn nach Strausberg saßen. »Ich habe mit meinen Prüfungen genug Sachen im Kopf.«

»Bitte schön«, sagte sie. Und sprach kein Wort mehr, schlug Waldwege ein, verließ den Weg schließlich, um sich durch das Unterholz zu – schlagen konnte man nicht sagen, sie lief wie durch eine Wohnung, während er strauchelte. Immer wieder blieb sie stehen und schaute zu ihm zurück, einfach nur, um die Entfernung zu messen zwischen sich und dem Stadtmenschen. Ihm war, als hinterließe sie eine Spur, kaum mehr als ein Schimmer blasser Blattunterseiten, schon Teil ihrer Welt, in der man sich frei bewegte, er auch, wenn er ihr folgte.

Er lief jetzt nur einen Schritt hinter ihr; als sie auf einmal stehen blieb, stieß er mit ihr zusammen. Vor ihnen lag ein schmaler See. Wäre er Lena nicht derart auf dem Fuße gefolgt, dachte er, hätte es den See für ihn nicht gegeben. Sie wäre vor ihm verschwunden in einem Riss zwischen den Welten. So aber war auch er aus der Welt verschwunden.

Sie setzte sich auf einen Baumstamm und schaute auf das Wasser hinaus, ohne zu lächeln, aufzuseufzen oder sonst irgendein Zeichen des Sich-Ergötzens an einem schönen Ort von sich zu geben. Eine winzige Bucht mit sauberem Sand, versteckt zwischen Bäumen, doch mit zwei, drei Schritten durchs klare Wasser stünde man in der Sonne mit freiem Blick auf den See, der sich ohne Anfang oder Ende durch den Wald schlängelte. Lena setzte sich, weil es nicht mehr weiterging, und blickte auf den See, weil er vor ihr lag. Und schien darin vollkommen glücklich.

Thomas breitete eine Zeitung auf dem Baumstamm aus und setzte sich neben sie. Sie atmete schnell, er hatte es ihr vorhin nicht angemerkt, als sie mühe-, körperlos durch den Wald zu gleiten schien, sie roch auf einmal, doch nicht nach Schweiß, sondern warm und herb wie grünes Holz in der Sonne. Er wollte sich an sie drücken, wühlen, wie man plötzlich Lust bekommt, sich ans Gras, an den modrigen Boden, an einen Baum zu pressen, zu riechen, ein natürlicher Wunsch, längst unmöglich. Weil man zu alt ist? Bereits Mensch? Mitglied einer Gesellschaft? Weil man zum Waldboden *Dreck* sagt? Und ja nichts berühren will. Um sich die Hände nicht schmutzig zu machen? Aus Angst, etwas aufzustöbern? Kaputt zu machen? Blumen gehören in die Vase. Bäume vors Fenster. Die Erde in den Blumentopf. Aber warum?

Er griff nach ihr; sie stand sofort auf, wie um ihm zu entkommen, doch sie schlüpfte dabei aus ihrem Kleid. Sie drehte sich um. Sah zu, wie er sich viel umständlicher entkleidete. Drängte ihn an eine junge Erle, er hob die Hände, als ob er sich an ihr aufstützte, nicht umgekehrt, als sei es lebensnotwendig zu wissen, wie das beschaffen war, woran er sich stützte, er roch und horchte und forschte mit der Zunge, er tat, was er gut tat, doch ganz unbewusst, er betrachtete sich nicht, sie nicht. Er rutschte am Baumstamm herunter und grub das Gesicht zwischen ihre Beine. Sie schwankte wie die Erle, zitterte einmal heftig und wand sich aus seinen Händen. Dann gleich kniete sie vor ihm, griff nach ihm mit ihren starken, prüfenden Händen, zunächst nach seiner Brust, nach den flachen Warzen, eine kurze Feststellung, die Erinnerung daran, dass man einst den gleichen Kindeskörper hatte.

Benommen betrachtete er seinen Samen auf dem Moos. Das war so natürlich. Und durfte nicht sein. Was säte er aus?

Die sorgfältig ausgebreitete Zeitung war weggeweht. Lena war ins Wasser gegangen.

Er fuhr ins Wohnheim zurück mit dem dringenden Bedürfnis, allein zu sein. Ein so vollkommenes Glücksgefühl, dass er sich vornahm, Lena nicht gleich wiederzusehen. Es stellte sich die Frage, und das tat der Vollkommenheit keinen Abbruch: Hätten sie es vielleicht lassen sollen? So ging es ihm immer nach dem ersten Mal mit einer Frau. Nur diesmal viel heftiger. Er fragte sich, nachdem er zwölf Stunden geschlafen hatte, ob es genau richtig oder doch vollkommen verkehrt war, mit einer Freundin aus der Kindheit …

Aber es ging immer weiter, den ganzen Sommer lang im Wald. Im Wald, weil *niemand es zu wissen braucht.* Das erklärte sie ihm, nachdem er auf einer Feier den Eindruck gemacht hatte, als würde er sie anbaggern.

»Warum diese Heimlichtuerei?«, protestierte er. »Müssen wir uns für irgendetwas schämen?«

»Was ist das für eine Frage? Darum geht es nicht. Es geht einfach keinen etwas an.«

»Haben wir irgendetwas zu verbergen? Hast du irgendetwas zu verbergen?«

Zum ersten Mal sah er Tränen in ihren Augen, Wuttränen. »Denkst du, nur Schlimmes müsste man verbergen? Schlimmes muss man nicht verbergen, nur Schönes …«

Er wollte ihr fürs Erste entgegenkommen. Die Heimlichtuerei hatte auch ihren Reiz. Und er sah in der Situation durchaus einen gewissen Humor. Denn inzwischen glaubten auch die Allerletzten, dass er Beate rettungslos verfallen war. Wenn er strahlte, wenn er schwebte, hieß es: *Es hat ihn endlich erwischt.* Freilich. Er hatte etwas begriffen und ahnte, wie wichtig dies sein könnte: dass man in Demütigung Unterschlupf finden kann, Tarnung für das eigentliche Glück. Die Demütigungen würden kein Ende nehmen, aber er konnte einiges wegstecken, ohne sich gleich ausgelöscht zu fühlen. Er traf Beate weiterhin, begann sie kumpelhaft zu mögen. Brav, dachte er, wenn sie ihn wieder einmal sitzen ließ. Er stellte sich vor, was sie diesmal unternommen hatte, um ihm sein Alibi zu verschaffen, ob sie einen anderen traf, ein spontanes Essen für die Kollegen kochte oder in der Badewanne eingeschlafen war. Zwischen ihnen kam etwas Verschwörerisches auf, er merkte es am Lagerfeuer, als Lena sie argwöhnisch beäugte. Das machte ihn so glücklich, dass er die überraschte Schauspielerin vor allen Leuten auf den Mund küsste, aufstand und nach Hause ging.

Bald darauf bekam Beate eine Anstellung in Gera.

Tja, sagten die Freunde, was machst du da, Thomas?

Tja, sagte er, da gucke ich dumm aus der Wäsche.

Aber schon interessierte es niemanden mehr, denn die Situation in der ČSSR hatte sich zugespitzt. Staatsoberhäupter eilten zu irgendwelchen Verhandlungen, die marginale Lage der Meldungen in der Zeitung bzw. deren gänzliches Ausbleiben zeigte, dass sich etwas zusammenbraute. Ein Ruck nach vorne oder zurück, man wollte sich gefasst machen und wusste nicht, worauf.

Das ganze Jahr über hatte man in die Welt hinausgeschaut, weil sich dort etwas tat. Blutige, verzweifelte Dinge – woran wäre sonst zu erkennen, dass die Welt vor der Revolution stand? Jedenfalls wurde einem nichts anderes eifriger untergejubelt. Und dass all das schlussendlich von *uns* ausgehe, von unserem Beispiel, machtpolitisch sei unsere Rolle bescheiden, umso besser, aber ein deutscher Denker sei es, der kraft des Geistes die Welt derart bewegt.

Aber so viel hatte er begriffen: wie dumm alle aus der Wäsche guckten. Dass man nur Zuschauer war, vielleicht nicht einmal das. Da hatten andere die besseren Plätze. In Prag, Paris, Saigon, Memphis. Aber was, wenn es auch denen so ging? Was, wenn die Geschichte immer nur draußen in der Welt umhergeistert, immer nur draußen, vor der eigenen Tür höchstens Blut und Verzweiflung, soll das denn die Geschichte gewesen sein?

Dass irgendwo die Leute dümmer dastanden als hier, konnte

er sich aber schwer vorstellen. Man hockte und lauschte ängstlich, hing jedem Gerücht nach, was draußen vor sich gehe. Stumpf hoffend, fürchtend, dass es an einem selbst vorübergehen würde. Wie der primitivste Stamm am Arsch des Imperiums standen die Leute fellbehangen zwischen ihren Hütten, ließen die Keulen hängen und gafften Richtung Horizont, wo sich noch lange nichts bewegte.

Lena hatte sich rar gemacht, wegen des Kusses am Lagerfeuer, dachte er zunächst, tatsächlich hörte sie irgendwo Radio, abwechselnd westdeutsche, tschechische und russische Sender, fieberte und litt. Allein. Sie habe doch die Hoffnung, sagte sie ihm, Moskau würde diesmal das Richtige tun. Noch ein Ungarn dürfe es nicht geben. Das habe sie ja miterlebt. Sie glaube nicht, dass es dazu kommen würde. Sie müssten einen anderen Weg finden. Und damit wäre vielleicht auch der Bann gebrochen. Flüsterte sie ihm auf dem Hof der Uni zu und verabschiedete sich hastig, als hätte sie zu tun. Dabei hockte sie nur vorm Radio. Und wollte keinen Beistand.

Als sei das deine Aufgabe als Mitglied des sowjetischen Volkes. Deine Hirnwellen gegen Moskau zu richten. Dein Gebet als Sowjetmensch. Als Russin, doch Russin. Als täten sie wirklich den Willen des Volkes, und du müsstest nur das Richtige wollen. Auf den Gedanken kommen die Deutschen gar nicht erst. Das war alles schon mal. Aber ihr? Was bildet ihr euch ein? Dass es an euch liegt, die Welt zu retten! Das glaubt am Ende jeder Einzelne von euch!

Sie stand auf, ohne ihn anzusehen, und schleppte sich Richtung S-Bahn. Er durfte nicht hinterher. Sie hätte ihn dafür bestraft.

In der Früh wenige Tage später weckte ihn die Meldung vom *erfolgten Einmarsch*, ein Radiogezischel breitete sich im Wohnheim aus. Thomas stand auf, machte sich mit flauem Magen einen Tee, klopfte schließlich bei einem Freund an, um mitzuhören.

Dann fuhr er nach Treptow, obwohl er nicht einmal wusste, wo Lena wohnte. Überall Polizei. Radios liefen laut. An einer Hauswand, noch nass: *Dubček*. Schon war die Stadtreinigung zur Stelle. Hieß das: Etwas war geschehen? Oder: würde noch geschehen? Er lief in Treptow herum, ging in den Park, als könnte sie an ihre Spaziergänge gedacht, der Gedanke sie gerettet haben. Unweit des Sowjet-Denkmals eilten Soldaten mit einer Leiter zu einer Platane. Weit oben über der ersten Gabelung war Дубчек zu lesen. Zwei Soldaten hielten die Leiter fest, einer schwankte oben, die Rinde löste sich unter seiner Hand, der Baum warf ein paar braune Schalen ab, die aufgesammelt wurden, die Reste des Wortes gingen in der gescheckten Rinde unter. Was für eine absurde Aktion.

Lena könnte etwas getan haben. Er würde sie nicht wiedersehen. Wie betäubt lief er wieder Richtung Zentrum, registrierte weitere Zeichen, aber sie schienen immer mehr unterzugehen, immer weniger darauf hinzuweisen, dass etwas geschehen war oder würde. Geschehen waren: Zeichen. Er steuerte die alte Fabrik an, ohne sich viel zu versprechen. Trotzdem erschrak er über den Überwachungsapparat, der dort unübersehbar unauffällig aufgestellt war. Lauter Kettenraucher lungerten vor der Pforte herum oder hockten in ihren Autos. Er lief auf der anderen Straßenseite vorbei, ohne sich die dummdreiste Falle ein zweites Mal anzusehen. Er hielt es nicht mehr aus: Er musste etwas trinken. Er kehrte in der nächsten Eckkneipe ein, wo sie ein paar Mal Bier fürs Lagerfeuer geholt hatten. Sobald seine Augen sich an das schummrige Licht gewöhnt hatten, sah er bekannte Gesichter. An einem Tisch im Hinterzimmer saßen schweigend sechs Leute von der Fabrik, am Tresen Lena, weinend bei Schnaps, mit einem derart abweisenden Blick, dass Thomas sich sofort zu den Sechs setzte.

Endlich flüsterte einer: »Du kennst sie doch, oder? Die Russin von der Uni? Kannst du dich um sie kümmern?«

Er berührte ihre Schulter. »Komm, ich bringe dich nach Hause.«

»Nicht –« Aber sie ließ sich auf die Beine stellen. »Nicht nach Hause«, sagte sie auf der Straße.

Sie setzten sich in die nächste Straßenbahn, fuhren bis zur Endstation und liefen, bis sie auf offenem Feld standen.

Ich habe schon immer gesagt, dass daraus nichts wird. Es lag ihm auf der Zunge. Das innerste, zynische Ich erschrak über sich selbst. Und war doch nicht ganz zum Schweigen zu bringen. Lena wollte in Thomas einen Mitstreiter sehen. Sie stellte seine Gesinnung auf die Probe, wie damals schon, wenn sie Heldentaten plante. Nur war er nicht mehr der kleine Junge, der alles mitmachte. Und keine Heldentat fiel ihr ein, aber *inneren Widerstand* müsse man leisten. Sie verstehe seine Zurückhaltung nicht. Wo doch gerade er auf der Seite der Unterdrückten stehen müsse, wissen müsse, wohin so etwas führe. *Gerade er.* Da hörte es für ihn auf.

»Wir Juden sind bekanntlich feige und ironisch. Charakterschwach und passiv. Wir erkennen die Gefahr zu spät und leisten keinen Widerstand«, sagte er kühl und ruhig.

Das wirkte, viel zu gut, ihm war hinterher schlecht. Hätte er sie lieber angebrüllt. Aber er wusste nicht, was er sonst noch Hässliches, Schwarzes ausgekotzt hätte. Endlich war da jemand, der er sein Innerstes zeigen konnte. Und er konnte es doch nicht, weil hier wahr war, was draußen offiziell galt: Zweifel zersetzen. Wer sich für etwas Besseres hält, weil er nicht glauben kann, der gehört mit Recht geächtet.

Er hielt sich nicht für etwas Besseres. Er wollte nur am liebsten seine Ruhe haben. *Gerade er.* Ihn hatte auch etwas ergriffen – vielleicht ging es den anderen nicht anders –: eine Sehnsucht nach Entspannung. Die Losung war *Freiheit*, aber was war sie, wenn nicht Freiheit von Losungen? Die Losung war *Frieden*, aber was war Frieden, wenn nicht gedankenloser Alltag? Das war die Sehnsucht: ein Tag ohne Parolen, ohne Helden oder Opfer. Den ewigen Krieg für beendet erklären, nur damit er morgens aufstehen und einfach so, als Mensch, seinen Kaffee trinken konnte.

Nicht, dass er nur sich selbst bedauerte. Alle taten ihm leid, nur so war seine Haltung zu rechtfertigen. Die sich da mit ihrem Krieg abmühten. Lena, das kleine Mädchen mit großem Geheimplan. Sogar die Mitläufer – auf der Straße, rauchend in den stehenden Autos, oder mit Transparenten: *Wir solidarisieren uns mit der Zerschlagung der Konterrevolution.*

»Ja«, sagte Lena, »sie tun mir auch leid. Es ist alles nur eine Frage der Zeit.«

Er biss sich auf die Zunge. Seine Aufgabe war, sich um sie zu kümmern. Aber sie war scheu und bissig geworden, und der Herbst stand vor der Tür. Ein Herbstspaziergang ist unendlich trostlos, wenn man danach nicht zusammen in der Küche sitzen kann. Sich im Wald zu lieben war nicht mehr die Lösung aller Probleme, sondern eine schäbige Notlösung für ein einziges Problem: die Lust. Vor allen Dingen seine. Sie hatte gerade, sagte sie, nicht so viel. Aber sie griff ihm jedes Mal in die Hose, fingerte geschickt und mit einer Ungeduld, etwas zu bewirken. Das riss ihn mit, sie genoss es, ihn dabei anzusehen. Wie er sich rettungslos einer Sache hingab, wenn auch nicht der großen guten Sache.

Es gab nichts Schlimmeres, als danach in der Kälte zu hocken, in die er seine Wärme geschleudert hatte. Wärme stieg unablässig vom Gesicht, aus dem Mund und verschwand.

Die Rettung kam ganz einfach und wie durch ein Wunder. Er wäre niemals auf die Idee gekommen, sich einfach eine Wohnung zu nehmen. Durch den Prenzlauer Berg zu spazieren, durch die ruinösen Straßen, deren Verlassenheit ihm so vertraut erschien, in ein verlassenes Haus einzukehren. Aber er bekam eine solche Wohnung angeboten, von einem Bekannten, der wegziehen musste. In diesem kriegsversehrten Stadtteil, den der Staat nicht mehr retten wollte, aus dem die Alten wegstarben, die Jungen in die Plattenbauten zogen, da, bekam er zu hören, gingen so manche hin und suchten Obdach. Mit der Selbstverständlichkeit barocker Schäfer streunten sie, mit dem praktischen Sinn barocker Schäferinnen, die ihre Wäscheleinen in antiken Bögen spannten. Ein Traumbild – bevor er ihm ganz traute, hatte jemand anders die Wohnung aufgeschnappt. Aber daraufhin ging er spazieren, ohne Lena davon zu erzählen. Später würde er ihr berichten. Von dem Gefühl, mit dem er in die Wohnungen ging: Angst und Lust, dort etwas zu finden.

Er fand nur alles Mögliche an Hausrat, und schließlich: eine große Zweizimmerwohnung in einer entlegenen Ecke des Prenzlauer Bergs, so dass Lena sich hintrauen würde. Die Fenster und

Öfen waren in Ordnung, es gab Wasser und Strom. Vor nicht allzu langer Zeit hatten hier Leute gelebt und waren nach Lichtenberg in einen großen weißen Kasten gezogen. Er dachte wohlwollend an die weißen Kästen. Ohne sie gäbe es die Verlassenheit und den Wildwuchs nicht. Sie siebten die Kastenstädter aus der Stadt.

Er richtete sich ein, ein Schreibtisch, ein Esstisch, ein Bett, ein Regal, zwei Küchenstühle, ein Kanapee, es sollten schöne Möbelstücke sein und dafür brauchte man Geduld. Es musste nicht alles auf einmal sein. Lena würde ja vielleicht auch –

Totensonntag. Er heizte vor, kaufte Chrysanthemen, andere Blumen gab es nicht. Lena hatte ihm ein Plakat geschenkt, einen Caspar David Friedrich aus der Eremitage, »Auf dem Segler«, es hing nun über dem Bett. Auf dem Tisch Brot, Butter, eine Büchse Lachskaviar, Krimsekt auf dem Balkon. Er traf Lena auf dem Alex, wie immer am U-Bahn-Eingang gegenüber der Weltzeituhr, wo man zuschauen konnte, wie andere sich trafen. Es begann leicht zu regnen, wie bestellt, er überredete sie zu einem Stadtspaziergang in einem Viertel, wo niemand sie kannte.

»Es soll hier schöne Wohnungen geben«, sagte er, »die einfach leerstehen. Da zum Beispiel. Ein richtiger Obstgarten davor. Fast zugewuchert. Aber doch ganz in Ordnung, das Haus. Im ersten Stock Balkone. Hohe Decken. Das will ich mir mal anschauen!«

Wenn er sich einmal in das Dickicht stürzte, konnte sie schwer zögern, ja sie drängte sich geradezu vor. Sie machte die Wohnungstür auf, sah den gedeckten Tisch, die Kerzen – und blickte ihn erschrocken an.

»Das ist keine Falle«, sagte er gereizt. »Das ist mein neues Zuhause.«

Sie streifte durch die Wohnung, eine Katze in fremden Räumen. Er zündete die Kerzen an, seine Hände zitterten.

»Ja, doch, eine Falle«, sprach er in den Raum hinein, sie war im Schlafzimmer verschwunden. »Ich will, dass du hierbleibst.«

Schweigen, die Balkontür ging auf, die Kerzen flackerten, die Tür fiel zu, Lena kam mit der Sektflasche in die Küche.

»Trinken wir erst einmal auf die Wohnung!« Sie war ins Russische gewechselt, in den ihm vertrauten Ton des Feiernwollens, der alles gut machenden Geselligkeit, schnitt Brot, goss ein, stieß an.

»Das machst du doch so schön« – sie suchte noch einen Löffel, riss sämtliche Schubladen auf – »du bewegst dich so behände in der Küche wie eine richtige russische Hausfrau, nein, eine Gastgeberin, eine vornehme – schlag mich nicht!«

Sie lachte zum ersten Mal seit Monaten, erzählte und machte Witze. Als sie zum Wodka übergingen, wusste er: Sie würde hier leben, ja nicht nur das, eines Tages würden sie von hier gemeinsam aufbrechen, die Reise antreten, die irgendwann denkbar sein müsste, in ein Leningrad des reinen Vergnügens, Ballett und Eremitage und Newski, Touristenkitsch, doch so hatte Lew Lwowitsch immer von der Stadt erzählt. Lena würde über ihn lachen und ihm es doch gönnen müssen … Sie schwiegen nun. So, dachte er, würden sie schweigen, zusammen am Tisch nach russischem Brauch, um dann aufzubrechen. Erst in dieser letzten Schweigeminute ist man wirklich zu Hause.

»Die Wohnung ist sehr schön«, sagte Lena. »Aber sie soll deine Wohnung sein. Ich kann hier nicht mit dir leben.«

»Ich kann dich nicht zu deinem Glück zwingen.« Er wollte nicht, dass es so bitter klang.

»Genieße es doch, etwas Eigenes zu haben.«

»Ja, ich genieße es.« Er musste sich räuspern. Etwas Dumpfes stieg in seine Kehle, ein Groll, eine hilflose Zärtlichkeit, er wusste es nicht. Er atmete ein-, zweimal. »Aber weißt du« – er wusste selbst nicht, was er sagte – »ich möchte auch irgendwann mal ein normales Leben führen.«

Sie schwieg. Ging mit ihm ins Bett. War nicht mehr da, als er aus dem tiefen Schlaf erwachte, in den sie ihn immer versetzte. Später blieb sie manchmal zum Frühstück. Aber beim ersten Mal hatte sie ein Zeichen setzen wollen.

Vorm Beginn des neuen Jahres hatte sie eine eigene Wohnung in der Nähe gefunden, wo genau, wusste er nicht.

Er wollte ihr Zeit lassen. Es darf keinen Zwang geben, sagte sie, und er verstand es als absolut, als utopische Behauptung. Leider war die Kunde nicht zu den Panzerdivisionen in Prag durchgedrungen. Gehörte man zu denjenigen, die Zwang ausübten, konnte man sich nur schämen. Es war eine viel größere Schande als Unterwerfung, eine größere Blöße. Denn Zwang ausüben hieß: es müssen.

So Lena, die sich eine Weile lang noch zu den Politischen gesellte, in der Hoffnung, ihre Wut, ihren Hass auf sich zu ziehen. Sie tat ihnen nur leid. Niemand machte sie für irgendetwas verantwortlich. Sie litt auf die absurdeste Weise. Er wollte sie an den Schultern nehmen und wachrütteln. *Du setzt dich doch selbst unter Zwang!*

Sie sagte nur: Ja.

Er aber war auf die absurdeste Weise glücklich. Wegen der Wohnung. Weil sie manchmal dort schlief. Weil alle dachten, er trauere Beate nach, meinten, er würde noch sinnlos hoffen, oder wiederum: Er habe mit den Frauen ganz und gar abgeschlossen. Auf jeden Fall habe er sich endlich richtig verliebt. Er genoss es, die tragische Figur zu spielen. Alles würde schon werden. Und er fühlte sich dafür verantwortlich, den Armen, Ahnungslosen gegenüber. Er wollte nicht immer nur zersetzen. Dachte sogar an Worte wie *Heilung*, weil er so glücklich war und die Welt so unglücklich. Er hätte gern Hoffnung zum Ausdruck gebracht, aber immer, wenn er schreiben wollte, verwandelte sich alles in Galle. Als sei das die einzig brauchbare Tinte.

Uwe hätte er gern geholfen. Der, sonst alles und jeden miteinander versöhnend, gerade um Haltung rang. Eines Tages im September hatte sich ein unsympathischer Stammgast ihrer Stammkneipe zu ihnen gesetzt und die Unterschriftsaktion angepriesen – die Zustimmungserklärung zu den Maßnahmen in der ČSSR –, als handele es sich um einen Akt der Zivilcourage. Nach dem altbekannten Motto: Wir zeigen es ihnen. Dass er heute im Verlag unterschrieben habe, sagte Uwe, begann zu nicken und konnte nicht aufhören. Lächelte wie einsichtig. Nachdem der unangenehme Kunde weitergezogen war, legte Uwe den Kopf auf den Tisch. Auf seiner Rechnung, die Thomas beglich, standen gut zehn Bier und etliche Schnäpse, er saß schon seit dem Nachmittag da, war direkt von der Arbeit gekommen.

So betrunken sah ihn Thomas nie wieder. Es reichte, es einmal gesehen und begriffen zu haben: Uwe riss sich jeden Tag zusammen. Er wollte es nicht ewig tun müssen. Aber noch ging es: sich vorsichtig wieder vortasten, die Wut zügeln, nicht hassen, höchstens bedauern.

Uwe machte seine Russen-Reihe zu schaffen, die just in dem Moment offizielles Interesse erfuhr, als die anvisierte Leserschaft sich trotzig abwandte. Keine dankbare Aufgabe zurzeit, die deutsch-sowjetische Freundschaft. Aber eine wichtige, wie Uwe meinte, der er sich gern stellte. Gerade jetzt.

»Wenn man nur begreifen würde, was Freundschaft heißt«, sagte er leise. »Freundschaft heißt: Wissen, mit welchen Dämonen der Freund kämpft. Mit welcher Schuld er fertig werden muss. Und ihn dafür lieben und achten, nicht für irgendein Wunschbild. Ich bin überzeugt, dass die meisten Menschen verstehen, was Freundschaft ist. Man muss es ihnen nur deutlich machen. Da ist immer viel Angst im Spiel. Gerade in den oberen Etagen. Man kann sie nicht angreifen. Man muss sie beruhigen. Wie kann man der wahren Freundschaft den Schrecken nehmen? Doch nicht durch Sprüche auf Transparenten. Aber vielleicht durch Geschichten.«

Thomas lief frühmorgens nach Hause, es war März inzwischen, auf der Straße war es eiskalt und still, in der Luft lag ein Hauch, als würde alles lautlos atmen. Auf der Dimitroff-Straße inmitten dieses Schlafs wurde er plötzlich wach. Er dachte an die Geschichten, die Uwe erzählt wissen wollte. Er sah ein Buch vor sich, einen Roman, mit dem Titel *Nach Berlin.*

So sähe die Geschichte aus: Die Hauptfigur, T., sitzt im Zug und fährt von Berlin nach Leningrad, denn dort lebt Lew Lwowitsch, er lebt noch. In jedem zweiten Kapitel indes kämpft sich Lew Lwowitsch mit der 3. Stoßarmee nach Berlin durch. In der Gegenwart also sitzt T. im Zug, ihm gegenüber eine junge Russin, sie kommen ins Gespräch. Schließlich erzählt er ihr die Geschichte, die die von Lew Lwowitsch ist. Und sie, was führt sie nach Deutschland? Doch sie sind schon angekommen. Wir sehen uns sicher wieder, sagt sie und verschwindet im Gedränge am Bahnhof, aber er weiß ihren Namen nicht, und schon winkt Lew Lwowitsch am Ende des Bahnsteigs, groß und gebückt. Sie kehren in ein Café ein, denn Lew Lwowitsch ist bereits vom Weg zum Bahnhof erschöpft, sitzen lange beim Tee und sagten wenig und alles. Einmal vielleicht fällt das Wort *Kolyma.* Oder *Sobibor.* Oder *Blockade.* Und sie machen sich auf den Nachhauseweg, denn die Frau von Lew Lwowitsch hat ein Festessen gekocht. Das letzte Kapitel: Die Schlacht von Berlin, das Schlimmste kurz vorm Schluss, Lew Lwowitsch, dem schon alles egal ist, dringt mit seinen Männern in die Häuser, um Widerstandsnester auszuheben. Und findet in einem Haus ein Kind.

Thomas wachte auf. Lena war weg. Er machte sich einen Tee, setzte sich an den Schreibtisch, um auf den Zug nach Leningrad zu warten.

Am nächsten Morgen frühstückte sie langsam, las eine Zeitschrift am Küchentisch. In der Küche war es schon warm geworden, die Sonne fiel durchs Fenster. Zum ersten Mal wartete er darauf, dass sie ging. Denn der Zug fuhr schon, er sah sich am Fenster sitzen. Ihm gegenüber blätterte eine Frau in einer Zeitschrift. Er würde sie ansprechen. Oder sie ihn.

Und schon war Lena aufgestanden, sie hatte es auf einmal eilig, vergessen, dass sie Vorlesung hatte, sie suchte ihre Sachen zusammen und ihre Schritte klapperten hinter ihm hin und her, dann Richtung Tür, hielten und kamen zurück, ein Kuss streifte seinen Hinterkopf, die Schritte entfernten sich, die Tür knallte.

Thomas ging in das noch kalte Arbeitszimmer. Er lief schon in der Bewegung des Zuges. Die seit jeher für ihn etwas Unheilvolles hatte, seit der ersten dämmrigen Fahrt nach Westen, seit er das erste Mal nach Berlin fuhr und *noch nicht* wollte. Jetzt aber, da er ansetzte, diese Beklemmung zu beschreiben, löste sie sich auf. Der Zug schaukelte, ächzte, blieb mit einem Ruck auf der Strecke stehen, das Fenster stand offen, es war warm und roch nach Heu. Draußen wucherte es, weit und üppig, denn draußen war eine andere Sprache ... und selbst im Stillstehen war Aufbruch. Thomas ruhte dort, wo ihn nichts mehr einholte, das eigene Zögern nicht, nicht mehr *noch nicht*, nur *schon*. Diese Reise erst könnte Unheil bringen, er wusste es. Und empfand doch nichts als Neugier.

Kapitel 11

Er war unterwegs, und Lena merkte es. Noch wusste sie nicht, dass sie mitfuhr. Dass diesmal er zum Aufbruch rief, den großen Feldzug leitete. Sein Gebrechen hinderte ihn nicht mehr, sich in die Schlacht zu stürzen, er tauchte im Schwindel zwischen den Pfeilen auf den Schlachtplänen, den kargen Koordinaten, den hohlen Phrasen hindurch.

Lena schielte argwöhnisch nach den Karten auf seinem Schreibtisch, den Büchern vom Militärverlag.

»Gedenkst du unserer heldenhaften Armee?«, fragte sie.

»Ich will über Lew Lwowitsch schreiben. Wie er nach Berlin kam.«

Ihre Augen glänzten. »Wirst du alles erzählen?«

Ihm gefiel das Wort. »Ja, alles.«

Er erzählte die Geschichte. Nur die Frau im Zug ließ er aus.

»Hm, dann ist die Hälfte nur die Zugreise – wenn er ankommt, hört es auf? Wie willst du erzählen, was später passiert ist?«

»Im Zug schaut man aus dem Fenster. Man denkt nach. Lew Lwowitsch kämpft sich nach Berlin durch. T. weiß nicht, was er erlebt hat. Er weiß, was später passiert. Aber wenn wir bei Lew Lwowitsch sind, mitten in der Schlacht, da wissen wir auch kaum etwas. Das hat Tolstoi beschrieben – der Soldat mittendrin ist der Letzte, der begreift, was passiert. So habe ich zwei Figuren, Vergangenheit und Gegenwart, die beide wenig wissen. Aber sie gehen aufeinander zu.«

»Und das ist alles?«

»Was heißt alles, alles weiß ich nicht, alles weiß niemand, bloß das darf man heutzutage nicht sagen, vielleicht kann man also alles erzählen, wenn man zugibt, nicht alles zu wissen.«

»Was weißt du denn von Lew Lwowitsch?«

»Nur, dass er nachts weinte, das wusste er selbst nicht. Und er hatte Angst vor dem Wald. Er war bei der Befreiung von Berlin dabei. Und von Riga und Warschau, und bei den Seelower Höhen. Das weiß ich aber nur aus den Büchern.«

»Hast du nichts gefragt? Ich habe immer gefragt.«

»Dann erzähle du doch.«

»Lew Lwowitsch war ein guter Mensch«, begann sie, und er musste lächeln, weil nur Russen so etwas sagten. »Meine Mutter verstand sich gut mit ihm, sie waren ja beide Leningrader, aber eigentlich Balten. Er wurde in Leningrad geboren, aber seine Eltern kamen aus der Nähe von Riga, sie gingen dorthin zurück, als Lettland unabhängig wurde. Das war 1918. Er blieb in Leningrad und studierte. Er liebte die Stadt, meine Mutter sagte, er sei ein kultivierter Mann gewesen. Sie lud ihn zum Tee ein, aber er hat sie anfangs oft sitzenlassen, er war sehr – schüchtern. Wenn er kam, haben sie sich über deutsche Literatur unterhalten. Mit mir war er immer unheimlich gehemmt. Ich habe mich über ihn lustig gemacht. Viel später hat mir meine Mutter erzählt, wie er nach Riga kam und erfuhr, dass seine Eltern nicht mehr lebten. Mehr weiß ich nicht.«

»Ich aber.« Er schlug in seinem Notizheft nach. »Das Rigaer Ghetto wurde schon im Winter 1941 ›freigemacht‹, um Platz für deportierte deutsche Juden zu schaffen. Die fünfundzwanzigtausend lettischen Juden wurden im Wald von Rumbula bei Riga erschossen.«

»Ich habe geweint«, sagte sie, später an diesem Abend, oder am nächsten. »Als meine Mutter mir erzählte, was mit Lew Lwowitsch geschehen war. Ich habe geheult. Ich war zwölf oder dreizehn. Als Kind habe ich nie geweint. Aber mit dreizehn wollte ich immer nur weinen. Die Heldengeschichten, der Flieger, der fröhlich in den Tod geht, und nach ihm wird ein Kolchos benannt, und Kinder spielen dort und Getreide wächst, all das hat mich nicht mehr interessiert. Ich wollte alles tragisch sehen. Als ob ich dann Bescheid wüsste.«

»Typisch Mädchen.«

»Nein! Auch das Tragische reichte mir bald nicht mehr. Es musste schon tragische Ironie sein. Zum Beispiel, wenn es die eigenen Leute sind. Die deutschen Exilanten, die guten Kommunisten, die zu uns geflüchtet sind, weißt du, wie viele von ihnen in den Gulag kamen? Sie hätten ja schließlich Spione sein können. Im Hotel Lux lagen sie angezogen in ihren Betten, oder spielten Karten die ganze Nacht, und lauschten nach den schweren Stiefeln.«

»Und die aus dem Exil wiederkamen, haben kein Wort darüber gesprochen, das waren die Allerparteitreusten. Solche Leute haben mich erzogen. Jetzt verstehe ich das. Nein, ich verstehe das gar nicht.«

»Wusstest du, dass die sowjetischen Kriegsgefangenen, als sie aus den deutschen Lagern befreit wurden, auch in den Gulag kamen, oder gleich erschossen wurden? Sie galten als Verräter, denn warum hatten sie sich gefangen nehmen lassen? Das hat mein Vater miterlebt. Meine Mutter erzählte es, nachdem er schon tot war.«

»Ich weiß nur, dass sie als die Ersten in die Gaskammer kamen. An ihnen wurden die Öfen probiert. Damit es bei den Juden reibungslos lief.«

»Ich weiß«, sagte er, »was in Warschau geschehen ist. Als die Stadt befreit wurde, gab es sie schon nicht mehr. 1943 rief die jüdische Kampforganisation zum Widerstand im Ghetto auf. Seite an Seite mit den fortschrittlichen Kräften Polens überwand das jüdische Volk endlich seine Passivität. Der Aufstand dauerte von April bis September, dann wurde das Ghetto vernichtet. 1944 kam der Aufstand der Polnischen Heimatarmee. Die Stadt wurde dem Erdboden gleichgemacht. Die Deutschen wollten dort nach dem Krieg einen künstlichen See anlegen.«

»Ich weiß nur, dass wir vor Warschau standen und den Polen nicht halfen. Es war uns recht, dass sie zerschlagen wurden.«

»Jeder weiß vom Warschauer Ghettoaufstand«, sagte er, »aber weißt du von den Bielski-Partisanen? Es waren Juden, sie gingen in den Wald Naliboki und kämpften zusammen mit den roten Partisanen. Mehr weiß ich nicht.«

»Ich weiß nur dieses: Ein Cousin von meiner Mutter ging zu den Waldbrüdern. Es gab sie in allen baltischen Ländern. Sie kämpften gegen die Sowjets, sie wollten die Unabhängigkeit. 1941, als die Deutschen kamen, haben sie sie als Befreier begrüßt. Sie haben Pogrome durchgeführt, die ersten Juden umgebracht. Sie wurden in die SS eingegliedert. Als die Deutschen 1944 abzogen, gingen sie in den Wald zurück und kämpften wieder gegen die Sowjets. Zehn Jahre lang. Meine Mutter war fast stolz auf ihn. Und hasste ihn zugleich.«

»Meine Mutter hasste die Armee. Ich habe das sehr spät erst verstanden. Ich war so stolz auf sie, weil sie Kampffliegerin war. *Nachthexen,* sagte man. Sie flogen bei Nacht und schalteten im Anflug den Motor aus, die Deutschen sahen sie nicht und hörten sie erst, als die Bomben fielen … Sicher war sie auch stolz, immer noch. Aber sie hasste das Wort *Nachthexen.* Sie hasste Märchen. Das war kein Märchen, sagte sie. Die Fliegerinnen wurden nicht anerkannt, man wollte sie vergessen. Nur aus Stolz blieb sie in der Armee. Es war für mich schrecklich, als ich das verstanden habe. Das war in Ungarn, als mein Vater starb. Bis dahin wollte ich am liebsten selbst eine Offiziersausbildung machen.«

»Das wäre dir schlecht bekommen.«

»Ich habe lange darüber gerätselt, was das für *Russenkinder* im Heim waren, die Angst vor mir hatten. Kinder russischer Väter. Ich dachte an Liebesgeschichten, die nicht sein durften.«

»Auf dem Vormarsch sahen die Männer, was die Deutschen angerichtet hatten. Sie rächten sich an den Frauen, so hatten sie was davon.«

»Die Wüste besamen.«

»Leningrad wollten sie gar nicht erst einnehmen – sie hätten die Bevölkerung dann ernähren müssen. Stattdessen: aushungern lassen, dann dem Erdboden gleichmachen. Die deutschen Soldaten standen davor, die goldenen Türme am Horizont, und durften die Stadt nicht betreten. Denn sie sollte verschwinden.«

Ein einziges, nicht enden wollendes Gespräch an all den langen Winterabenden, ein gegenseitiges Übertrumpfen mit Gerüchten, mit Fakten, mit Anklagepunkten. Er wusste nun, warum diese Frau da im Zugabteil saß – nicht nur, um den Protagonisten erzählen zu lassen, nein, sie würde selbst erzählen, würde wühlen, provozieren, all die Fragen stellen, die er nicht beantworten konnte.

Sich selbst, die eigenen Leute anzuklagen, ist eine besondere Art von Arroganz.

»Bei uns liebt man die Juden nicht. Aber wir hätten sie niemals ausgerottet. Für uns Russen hat jedes Volk seinen Nutzen. Mögen sie jetzt *Sowjetvölker* heißen, das ändert nichts an der Sache. Jedem seine besonderen Fähigkeiten, seine Lieder, seine Tracht, seine schönen Frauen, sein Nationalgericht. Die Juden erzählen Geschichten, die Georgier singen, die Kosaken reiten. Die Samojeden essen Menschen. Die Deutschen sind ordentlich. Das weiß man zu würdigen. Aber jedes Volk kann immer auch gefährlich werden. Deswegen ist man ständig auf der Hut, als würde man wilde Tiere halten, mal sperrt man sie ein, mal züchtet man sie, mal erklärt man sie zu Freiwild, mal werden sie aufgesammelt und ganz woanders wieder ausgesetzt. Die Kalmücken, die Koreaner, die Tataren haben sie umgesiedelt. Uns Samojeden haben sie die Schamanen umgebracht. Aber niemals würden die Russen ein Volk ganz ausrotten. Denn es könnte sein, dass man es noch braucht.«

»Wir Deutschen sind immerhin konsequent. Und wollten ganz und gar auf uns Juden verzichten. Ihr Russen habt immer bloß dieselben Spielfiguren, die Völker auf dem Spielbrett hin- und hergeschoben. Großartige Vernichtungsschläge – aber zwischen den eigenen und den anderen könnt ihr nicht unterscheiden. Mit solchen Schlampereien wollten wir ein Ende machen! Wir wollten das ganze Spiel von vorne anfangen, mit Weiß nur, wir wollten alles vom Brett wischen, ja wir wollten ein neues Brett.«

Sie musterten einander feindselig und gingen dazu über, sich gegenseitig unter den Tisch zu trinken.

Thomas wachte verkatert auf, doch irgendwie befreit.

»Weißt du«, sagte Lena, »du könntest weg von hier.«

»Wie denn das?«

»Du könntest nach Israel gehen.«

Er musste lächeln. »Es wäre mir zu warm, dort in der Wüste. Und wie stellst du dir das vor? Verstehst du nicht, dass ich keine Beweise habe? Gar nichts weiß? Wo er mich fand, in welchem Haus, in welcher Straße?«

»Du kennst deinen Namen.«

»Wer weiß, ob das mein Name ist? Ich habe ihn erst gehört, als ich nach Berlin zurückging. Endlich mein richtiger Name, dachte ich. Jetzt bin ich mir nicht so sicher. Hat man ihn mir zurückgegeben? Oder irgendeinen deutschen, irgendeinen jüdischen Namen? Ein kleiner Witz der Militärbeamten. Glaubst du, dass mein wahrer Name irgendwo geschrieben steht? Auf irgendwelchen Papieren? Gestickt auf meinem Hemdchen, in waschfester Tinte, am Saum des Tuches, in das ich gewickelt war? Lew Lwowitsch wird alles vernichtet haben. Das sollte doch niemand wissen. Das ist mir recht so. Hauptsache, er hat mich gefunden. Hauptsache, ich lebe. Warum soll ich als *jüdischer Mitbürger* auftreten, hier oder sonst wo? Was soll ich denn in Israel? Ich bin doch glücklich hier. Ich bin glücklich wie ich bin, ich bin mit allem glücklich, wie es ist.«

Er sagte es, er konnte es sagen, weil er spürte, dass sie verzweifelt war, Mut brauchte. Er drehte sich im Bett um, drückte sich an sie und schlief wieder ein.

Du könntest weg von hier – war das Angst? Sie hatte etwas Verlassenes, als er sich an sie schmiegte. Oder war es nur, dass sie *alles* satthatte. Diese Abendgespräche taten ihr nicht gut, sie fraßen an ihr, während er sie ja mit dämonischer Befriedigung *verarbeitete.*

Er beschloss, den Gesprächen ein Ende zu setzen. Es war ihm nicht geheuer, zusammen, wie damals, an einer Welt zu basteln. Zumal diese Welt die Wirklichkeit und ein Albtraum war.

Unheimlich auch, so zwischen Lena und der Russin im Zug zu pendeln. Lena wusste nichts von der Frau im Zug, und niemand wusste von Lena. Es war Zeit, alle vor vollendete Tatsachen zu stellen. Noch jemanden in das Buch einzuweihen. Das zynische Bemühen der literarischen Beziehungen war genau das, was er nötig hatte – als kalte Dusche. Uwe hatte ihm schon Arbeit als Interlinearübersetzer vermittelt, Kostendeckung und Bodenhaftung. Thomas sagte also, als sie sich in der Stammkneipe trafen, dass ihr Gespräch über Freundschaft ihn lange beschäftigt habe, ja, ihm den Anstoß gegeben habe, selbst einen Roman anzufangen.

Er traf den richtigen Ton, nüchtern doch locker, verbindlich, doch nicht flehend. Uwe ebenso: zurückhaltendes Interesse, professionelle Wärme. Das begrüße er sehr, gerade jetzt seien neue Stimmen gefragt, gerade in der Zeit der verhärteten Fronten bedürfe es vielleicht eines »Naiven«, der ein erlösendes Wort sage.

»Wenn du so weit bist, würde ich mir gern eine Arbeitsprobe ansehen.«

Beim nächsten Mal legte Thomas eine Mappe auf den Kneipentisch. Mit trotziger, also laienhafter Geste. Das Manuskript lag zwischen ihnen wie ein Fehdehandschuh. Uwe lächelte nur und dankte und steckte die Mappe in seine Aktentasche. Beim Abschied lud er Thomas ein, am Wochenende zum Abendbrot zu kommen, seine Frau würde georgisch kochen.

Thomas fragte fast: Darf ich meine Freundin mitbringen? Er biss sich auf die Zunge.

Uwes Frau Ulrike übersetzte aus dem Georgischen. Sie kannten sich schon aus der Schule; als Ulrike die Möglichkeit bekam, in Tbilisi zu studieren, folgte Uwe nach. Schon ein halbes Jahr später wanderte sie mit ihm und einem Kind im Bauch über die Bergklöster. Die Einheimischen wunderten sich über die Deutschen, die mit ihren Rucksäcken durch die Berge zogen, zerlumpt, ja mit einem Kind unterwegs, und sich dabei für brave, glückliche Bürger hielten. Ulrike war eine, die alles durchzog: die Wanderung nach Dawit Garedscha, das Studium, die Karriere als Kulturfunktionärin. Nun waren es drei Kinder. Und alle immer wieder im Kaukasus, in Russland unterwegs. Die Wohnung war vollgestopft mit Souvenirs, Steine und getrocknete fremde Pflanzen, opulenter Schmuck, der ein Taschengeld kostete, und wertvolle Gegenstände, von Freunden und Diplomaten mitgebracht. Wie in einer Arche: diese Familie war ausersehen, sich selbst und alles Treibgut der Welt zu retten. Ulrike kochte Zauberspeisen, Speisen aus der Zukunft, rote, grüne, braune Pasten, die alle Geschmäcker in sich vereinten. Thomas aß, spürte die Enge, das ruhige Schaukeln, dachte, so kommt man in der Welt herum.

Es hätte dir dort gefallen. Du magst Uwe. Du magst Frauen wie Ulrike, so nüchterne, patente.

Sagte er nicht, als er nach Hause kam und Lena auf dem Sofa schlief, ein Buch in der Hand, selig wie ein Kind. Sie war ruhiger geworden, seit er die aufwühlenden Gespräche mied. Sie öffnete die Augen und lächelte ihn an: Sie hatte nichts verpasst.

Außerstande, weiter zu arbeiten, solange er kein Wort von Uwe hatte, streifte Thomas durch die Stadt, fuhr wieder mit Lena ins Grüne. Sie verließ sogleich den Weg, streifte ihre Kleidung ab. Das hatte er vergessen. Wer konnte noch nackt auf einer Lichtung stehen, ohne an Erschießungen zu denken? Sie lächelte, als sei sie gegen all das gefeit. Was er nicht glaubte: Er musste sie schützen, aber wie? Sie zog sich nicht wieder an, also zog er sich auch aus. Sonst wäre er hier *das System* gewesen. Er legte sich neben sie und konnte nichts als schauen. Wie achtlos sie dalag. Von allem befreit. Wie lang die Pause zwischen Atemzügen. Sie hatte es nicht nötig, ein Lebenszeichen zu geben.

Wann hat der Spuk ein Ende?, fragte er. Er dachte an ein normales Leben, an Uwe und Ulrike, wie selbstverständlich ihr Umgang miteinander. Noch erschien ihm das Buch als Weg dorthin: der Schritt ins Leben. Oder doch als der Spuk, der ihm den Weg verstellte. Uwe müsste ihn strahlend an der Tür begrüßen … ihm finster die Tür vor der Nase zuknallen … Er kniff die Augen zu, bis Lenas Körper verschwamm, und bat um ein wenig Klarheit. Was war es, was er betrieb?

Der nackte, vergnatzte, bei aller Sensibilität aktionslüsterne Individualismus, der aus dieser Innenwelt herausschaut und schon mit dem Antikommunismus kollaboriert.

So der Bericht des Schriftstellerkongresses, der mehrere Kollegen scharf rügte.

Als Thomas am nächsten Tag von einem langen Spaziergang heimkehrte, hatte Uwe einen Zettel hinterlassen, Thomas möge zu ihm kommen. Thomas machte sich auf den Weg, über seine eigene Gefasstheit überrascht. Und wie stand Uwe an der Tür? Mit finster-strahlendem Halblächeln.

Sie saßen in Uwes Arbeitszimmer, Ulrike brachte Tee, lächelte verschwörerisch, aber das war nur ihre Art, und ging zu den Kindern ins Wohnzimmer, wo ein Märchenfilm im Fernsehen lief.

»Ich danke dir für dein Vertrauen«, sagte Uwe. »Es ist sehr mutig, was du machst.«

Er sprach schnell und leise, als hätten sie sich von einer Gesellschaft entfernt und ihr Gespräch dürfte nicht auffallen.

»Na, wenn ich das gewusst hätte«, sagte Thomas, »ich hätte es wohl sein lassen.«

Das schien ihm Uwe nicht abzunehmen. Er sprach genauso leise weiter, bei ihm hieß das Erregung, den Drang, etwas Heiklem sanft und beharrlich beizukommen. Er könne es durchaus verstehen: dass die Zeit nach radikalen Worten verlange. Doch leider würde die Zeit das, was sie verlangte, bestrafen. Man könne sich fragen, ob solche Worte für den Roman unverzichtbar seien. Ob nicht vielmehr in der Form des Romans, in seiner … Bewegung eine Chance zu begreifen sei. Denn hier finde eine Reise statt, von Leningrad nach Berlin, von Berlin nach Leningrad, bei der es um einzelne Schicksale gehe. Das sei festzuhalten. Schon das sei ein Schritt, der einzige vielleicht, den man noch aufrecht wagen könne. Die Idee – also: die Form – des Romans eigne sich hervorragend für eine rein menschliche Botschaft, die gleichzeitig versöhne und sabotiere, genau die also, auf die es heute ankomme.

Thomas lief seltsam gehobener Stimmung nach Hause. Dabei war die kalte Gefasstheit keine Sekunde gewichen. Über den Gedanken, dass er mutig gewesen sei, staunte er noch. Er hatte geglaubt, diese Gespräche im Zug mit großem Geschick zu führen: Der Mann und die Frau verstanden sich auf Anhieb in diesem Streit, tauschten Stichworte aus, die man *so* oder *so* verstehen konnte. In welchem Tonfall fällt das Wort *heldenhafter Widerstand*? Ironie schwingt mit, so stellte er sich das vor, *Ironie* und *schwingen* klang gut. Doch als er alles noch einmal durchlas, schwang es nicht, es knarrte, und es war keine Ironie, sondern reine Bosheit, das musste jeden aufhorchen lassen, der in diesem Abteil mitfuhr. Ja, vielleicht war das *Vergnatztheit* – so kleinlich kam ihm sein Paar vor, wie sie über zig Millionen Tote zankten, wie sie sich reinsteigerten, ja aufgeilten an den Zahlen. Und als es um Lew Lwowitsch ging, klang das genauso grell und blechern, sein Verdruss, seine Verzweiflung, die doch die echte war. Wie konnte das sein, dass man die eigene Verzweiflung so tief empfand und die der Eltern … der wahren, der falschen … noch tiefer – und sobald man sie aussprach, war sie zweiter Aufguss, dünn und bitter. Auch die Wut des »Volkes« war schrill, wie sie sich in der Zeitung kundtat, doch sie hatte immerhin Masse und Größe. Groß und feierlich war auch die Geschichte, die *das demokratische Deutschland* sich erzählte. Und da wollte man mit seiner kleinen, krummen Einzelwut kommen? Man würde nur noch jämmerlicher scheitern als die Gesellschaft, an diesem Versuch, Unaussprechliches auszusprechen.

Und nun? Worum ging es denn? Um das Wort *Kolyma*? Oder *Rumbula*?

Es war ihm darum gegangen, dass Lew Lwowitsch zu reden begann. Und er sah nun, wie Lew Lwowitsch wieder verstummte, so hartnäckig wie die Brauns. Sie hatten nichts wissen wollen, während Lew Lwowitsch alles wusste, aber wie im Bunde schwiegen sie gemeinsam.

Lew Lwowitsch müsste man zumindest alles ansehen können – schon daran, wie er, groß und gebückt, am Ende des Bahnsteigs stand, als hätte er eine Reise zu viel gemacht in seinem Leben. Er hätte eine Aktentasche bei sich, festgekrallt wie ein Bündel Habseligkeiten. Wie eh und je würde er im eigenen Körper schlottern, schon auf dem Weg ins Café würde T. ahnen, dass Lew Lwowitsch sich nie wieder würde zusammenreißen, in die Offiziershaltung retten können. Darüber durfte er nun nichts sagen.

Bilder müssten es sein. Die er doch klar vor Augen hatte. Er konnte kaum wissen, was Lew Lwowitsch empfand, doch er sah ihn vor sich, wie er in eine zerschossene Stadt kam. Noch nicht Berlin. Riga. Und als die Stadt befriedet war, ging er hinaus zum Stadtrand, in den Wald. Es war wie ein Traum, der immer wiederkehrte, von einem immer wiederkehrenden Ereignis.

In diesem Traum lief er durch ein verlassenes Dorf. Er schien das Dorf zu kennen, vielleicht meinte er nur, es kennen zu müssen – lange schaute er nur und roch: verbrannte Balken, Flieder und Holunder. Erst als er das Ende des Dorfs erreichte, die letzten Häuser vor dem Wald sah, der Wald, wo die Gräber lagen, dachte er – und verstand erst später, *was* er gedacht hatte –: dass auch er verschwinden musste, wie all die Menschen hier. Dass sie gehofft hatten, zu spät, nach Osten zu fliehen. Eine Hoffnung, die er in manchen Augenblicken teilte, deren Widersinnigkeit er jetzt erst begriff. Läge auch ein ganzer Kontinent zwischen ihm und den Faschisten, der ganze sibirische Wald, er musste verschwinden, im Osten wie im Westen, und sein Verschwinden wäre allumfassend, nur leere Straßen blieben, Flieder und Holunder.

Als die Armee vor Warschau stand, würde er wissen, was vor sich ging, dass die Zerstörung sich vollzog und er nicht helfen durfte.

Und T. würde vor Warschau aus dem Zug schauen, und der künstliche See, von dem er wusste, Lew Lwowitsch dagegen nicht, würde lautlos herauffluten und sich über die Landschaft ausbreiten. Ein stiller See im Wald.

Was würde man sagen, wenn man alles sagen dürfte?

Würde man nicht auch dann von Bäumen reden?

Um seiner Zweifel Herr zu werden, machte Thomas sich einen Plan. *Generalplan Ost*, dachte er mit seiner schrillen Ironie. Eine aufwendige Maschinerie, unangreifbar, doch ohne Wehrhaftigkeit, ja geradezu pastoral. Eine reine Landschaft, in der wie zufällig andere Umrisse sich abzeichnen. Auch diese aufs Genauste angelegt, um nur von einem Standpunkt aus sichtbar zu werden. Durch eine Bemerkung der Frau würde sich die Landschaft in jene verwandeln: leer und grün bis an den Ozean. So leer, dass man die Millionen ahnte, die Millionen unter der Erde. Von hier nach Kolyma.

Das Gebilde stand. Die Maschinerie würde reibungslos laufen. Blieb nur das Schreiben: zwei Kapitel im Monat, das war machbar, ein Monat für den Feinschliff, bis Ende des Jahres also.

Lena blieb öfter weg, kam abends erst und war schon fort, als er aufwachte. Er setzte sich gleich an den Schreibtisch, und der Gedanke, er habe Lena nur geträumt, war schön und tröstlich: Abwesenheit und Gegenwart waren nicht zu trennen, Zeit und Raum verschwammen. Ein paar Stunden im Zug, eine Frühlingsoffensive – eine Woche verging ohne sie, eh er sich versah.

Als sie eines Abends vor der Tür erschien, stand auch all ihre Abwesenheit plötzlich vor ihm. Eine Kälte, die auch Erregung war. Er verbarg all das mit Mühe. Als sie sich am Küchentisch gegenübersaßen, sagte sie:

»Ich habe Urlaubssemester genommen. Ich arbeite in einer Druckerei. Als Nachtwächter.«

»Als Nachtwächter! Warum denn nicht wenigstens als Schriftsetzer, wenn du lieber arbeiten gehst? Oder als Dolmetscher, oder im Theater, im Verlag. Sie suchen doch auch gute Leute. Ich hätte mich nur umhören müssen. Oder wolltest du dich unbedingt in der Produktion bewähren …?«

»Ich wollte allein sein.«

Sie sagte es so heiter wie: Ich wollte am Meer sein.

»Also gut«, sagte er bestürzt. »Und sonst? Gehst du denn wenigstens manchmal in die alte Fabrik, oder wo treffen sie sich jetzt, bei Jonas im Hinterhof? Neulich wollte ich hin, aber ich bin abends immer so kaputt …«

»Ich war auch nicht mehr dort. Manchmal gehe ich spazieren. Aber meist bin ich einfach bei mir zu Hause.«

»Allein?«

Er sah sie in einem Raum sitzen, von dem er sich kein Bild machen konnte. Dann schwirrten Gestalten, grell, grotesk: Frauen schmiegten sich an sie, flüsterten und lachten, es ging um *Männer*; eine ganze Gesellschaft drängte in ihre Küche, Lena hatte für alle gekocht, der Tisch bog sich vor *sakuski*, *plov*, Stühle rückten, Lena ließ sich zuprosten, heiter und gelöst, gab sich erstaunt darüber, dass es immer mehr wurden, Gäste saßen auf dem Fußboden oder standen, legten Platten auf und tanzten, Lena lag allen in den Armen, immer länger, immer enger, je weniger geblieben waren, am Ende war nur noch Einer da, die Sonne schien, er gab vor, Gläser wegzuräumen und griff doch nach ihr, legte sie lachend und lallend aufs Bett.

Lächerlich, er wusste es. Und dass sie um seine Gedanken wusste, um ihre Lächerlichkeit.

»Wenn ich sagen würde, mir wär's lieber, du wärst nicht allein? Würdest du mir das glauben?«

»Weißt du, ich bin immer am liebsten allein gewesen. Ich kann in meinem Zimmer sitzen und bin glücklich. Ich fange an zu schweben, wie in einer Kapsel, im Weltraum. Ich brauche mich nicht zu bewegen, ich bin mit den Gedanken überall, ich bin mit allem verbunden. Aber niemand sieht mich, niemand kann mich berühren. Niemand weiß von mir. Ich kann stundenlang einfach – liegen, mir die weißen Wände anschauen. Ich bin zum ersten Mal wirklich frei.«

»Mir ist das nicht gut bekommen. Allein in einer Kammer zu liegen.«

Sie sah ihn trotzig an. Nie hatte sie zugeben können, zu weit gegangen zu sein. Auch damals, als *sie* die Waise sein wollte. Sie erzählte aber nichts mehr von ihrem weißen Raum. Sie räumte ab, wusch und trocknete das Geschirr und stellte alles in den Schrank, ein Vorwand, um immer wieder an ihm vorbeizulaufen, ihn mit der Hand, der Hüfte zu streifen. Dann setzte sie sich auf seinen Schoß, so selbstverständlich. Doch ihm war nun klar, aus welcher Überlegenheit sie sich zu ihm herabließ.

So ging es nicht ewig weiter. Thomas dachte an die Bewegung des Zuges, die Aufbruchsstimmung am Anfang, und kam sich sehr naiv vor. Was, wenn er nicht ankam? Nicht rechtzeitig. Etwas verpasste. Jemanden. Den Anschluss. Da er Schlaf darüber verlor, wurde das Buch erst am 3. Januar fertig, das machte ihm zu schaffen. Aber nach dem orthodoxen Kalender, so Lena, war es immer noch 1969. Er übergab Uwe das Manuskript: der Grund, weshalb ich deine Silvesterfeier verpassen musste. Er hatte getippt bis kurz vor zwölf, dann mit Lena angestoßen. Nun, zur Feier des Tages, hatte sie ihn zu einer russischen Weihnachtsfete eingeladen, Uni-Bekanntschaften von ihr kehrten nach Kaluga zurück und wollten ein letztes Mal die Sau rauslassen. Bei all den Leuten würde Thomas nicht auffallen, er durfte sogar Uwe mitnehmen. *Die eine Uni-Bekannte von mir hat mich auf so 'ne Russenfeier eingeladen – ich kenne die Leute nicht näher, aber es wird sicher lustig …* Er traf sich mit Uwe in der Kneipe, sie gingen bereits angeheitert hin. Eine Einraumwohnung, so überfüllt, die Leute hockten förmlich oben in den Regalen und hingen vom Kronleuchter. *Wo ist sie denn? Ich kenne hier sonst niemanden!* Endlich durfte er es laut sagen, übertrieben und neckisch, endlich durfte er sich durch die Menge kämpfen und sie auf die Wange küssen – zu schnell, um sie auch nur zu riechen –, wie sie in der Küche bei einer hektischen Fließband-Aktion Gläser spülte. Deutsche Bekannte, sagte sie zu der Frau, die trocknete, nahm ihr das Tuch ab und trocknete sich die Hände. Eine Blondine löste Lena an der Spüle ab, lächelte Thomas an, er erinnerte sich dunkel, dass sie ihn einmal angeflirtet hatte. Alle rot im Gesicht, außer Atem, eher vom Lachen als von der Arbeit. Eine eingespielte Brigade. Doch gute Freundinnen? Oder war Lena nur aufgeblüht unter Menschen, Landsleuten?

Lena drängte sich ans Buffet, machte ihnen zwei Teller zurecht und schenkte Wodka ein. Uwe lächelte, als kenne er das. Begegneten sie sich denn doch in irgendwelchen Kreisen?

»Wir haben uns einmal am Lagerfeuer unterhalten«, sagte Uwe, »auf dem alten Fabrikgelände.«

»Ja! Über Bulgakow. Und du bist Lektor.«

»Du erinnerst dich noch! Das ist schon anderthalb Jahre her, meine Güte, da habe ich auch Thomas kennengelernt. Ein ganz hervorragender junger Autor, hast du das gewusst, er hat mir gerade seinen ersten Roman vorgelegt.«

»Wirklich? *Molodez ty! Posdrawljaju!*« Als hätte sie niemals geahnt, dass dieser Typ einen Roman in sich habe, ja nie darüber nachgedacht, dass Romane irgendwoher kamen, von irgendwelchen Menschen, die vorm Buffet herumstanden. Als wäre dieser ihr kaum bekannte Mensch gerade Vater geworden und die Mitfreude übermannte sie – sie umarmte ihn, klopfte ihm auf den Rücken, küsste ihn aus Versehen am Ohr. Diesmal roch er sie, das schweißnasse Haar am Nacken, doch eh er sich versah, stand sie wieder vor ihnen und hob das Glas.

»Darauf wollen wir trinken!«

Thomas war rot geworden, Uwe amüsierte sich – doch eher über Lena, nicht mehr das ernste Mädchen am Lagerfeuer, sondern ein kaum zu haltendes Bündel Lebensfreude.

Lena sprach lange mit Uwe, es war schön, sie so reden zu hören, so gelöst und doch so geborgen, unter Menschen angekommen. Ein ernsthaftes Gespräch, das jedoch in keinen Abgrund führen würde, bei dem Lena niemals die Behauptung aufstellen würde: *Hitler und Stalin haben sich durchgefickt, deshalb sind wir alle Brüder.* Was sagte sie jetzt, im feierlichen Ton des Auswendiggelernten?

… *Die Zukunft bleibt durch die Vergangenheit determiniert, aber sie ist nicht endgültig und absolut determiniert. Der Mensch mit seiner aktiven Tätigkeit ist nicht etwa Spielball phantastischer blinder Zufälle, sondern umgekehrt: Von der Zufälligkeit der Ereignisse macht er praktischen Gebrauch, um zu erreichen, was er erstrebt. Gäbe es die Blindheit des Zufalls nicht, wir könnten mit unseren sehenden Augen die Welt nicht verändern. Die Freiheit des Menschen beruht gerade darauf, dass die Zukunft der Welt bestimmt werden kann, weil sie es noch nicht ist.* …

Das war doch Havemann, es ging doch um Quantenmechanik. War Lena damals dabei gewesen, im selben Hörsaal, und er hatte sie nicht gesehen, nicht erkannt? Erst zwei Jahre später. Die Blindheit des Zufalls. Vor der, wenn er recht verstand, man sich nicht fürchten musste.

Wie ein wahres Mauerblümchen fühlte er sich im Gespräch der Freunde aufgehoben und ließ den Blick schweifen. Das waren die Menschen, die sich in seiner Vorstellung in Lenas Wohnung drängten, ja vielleicht war dies hier sogar ihre Wohnung, sie erlaubte sich einen Scherz … er war bei ihr angekommen, lächelte alle an, auch mit den Männern fühlte er sich freundschaftlich verbunden, keiner von ihnen würde Lena ins Schlafzimmer tragen, keiner würde es jemals getan haben, denn er war nun hier und damit stand von allen möglichen Wirklichkeiten nur diese eine fest … jedenfalls wenn einer als Letzter ginge, würde er es sein. Er beobachtete die Leute heiter, sie hatten die Lebendigkeit von flüchtigen Skizzen, aus denen wer weiß was Geniales werden könnte … er wollte sie kennen, stürzte sich in Gespräche, ob deutsch oder russisch konnte er schon nicht mehr unterscheiden oder was er nun eigentlich mit solcher Inbrunst von sich gab, ob *Hitler und Stalin haben sich durchgefickt* oder *Wir sind alle Brüder.* Es war egal, er hatte endlich begriffen, es war nicht schlimm, er wollte Lenas Blick auf sich ziehen, ihr mitteilen, dass er verstanden hatte, er fand sie nicht, auch das war egal, es reichte, den anderen in die Augen zu schauen.

Uwe klopfte Thomas auf die Schulter, stolperte gegen ihn. So betrunken war er seit Unterzeichnung der Zustimmungserklärung nicht mehr gewesen. *Ich muss jetzt nach Hause.* Sie umarmten sich, weinten fast, offenbar war der Durchbruch, den Thomas gerade erlebt hatte, auch für Uwe spürbar, ja, er war vielleicht ein allgemeiner Durchbruch, sahen nicht alle so aus, als würden sie sich gleich in die Arme fallen? Er suchte Lena, fand sie nicht, aber es war egal. Er wusste, sie war dagewesen. Er wusste, sie war da.

Er wachte auf dem Kanapee auf, aus den Sesseln und vom Fußboden erhoben sich andere Gestalten und schleppten sich in die Küche, wo die Gastgeberin Tee ausschenkte. Alles wildfremde Leute. Schweigend aßen sie Hering und saure Gurken, als hätten sie zusammen ein großes Werk vollbracht. Anscheinend war Thomas dabei nicht unangenehm aufgefallen.

Es war eine schöne, schreckliche Zeit, das Frühjahr, als er auf Uwes Urteil wartete. Seit der Russenfeier war er auf den Geschmack gekommen: Er wollte sich ins Geschehen stürzen. Spaß haben. *Leben.* Solange Uwes vernichtendes Urteil ausblieb. Und Lenas. Freilich wusste sie noch nicht, dass ihr eine Entscheidung bevorstand. Wenn das Buch erschien, oder endgültig unterging, dann, sagte er sich, müsste er wählen, wie er weiterleben wollte. Und sie damit auch. Jetzt schon begann er sie zu prüfen. Wollte immer öfter, dass sie ihn begleitete, wenn das das richtige Wort war, sprich: dass sie wie zufällig auf derselben Veranstaltung erschienen, sich im öffentlichen Umgang übten und getrennte Wege gingen, um sich danach heimlich zu begegnen. Oft ließ sie sich darauf ein, hatte Spaß an dem Spiel, das für sie doch auch todernst war. Wie sie damals ihren Spaß am Kriegsspiel hatte. Er hoffte, man würde sie langsam miteinander in Verbindung bringen, ihnen eines Tages ihr Zusammensein einfach ansehen. *Ja, so ist das, man sieht sich immer wieder und auf einmal macht es Klick, seltsam, alles scheint so selbstverständlich, als ob man sich schon ewig kennen würde.* Niemand würde sich Gedanken darüber machen, es hieße höchstens, Thomas sei wohl endlich erwachsen geworden …

Lena würde ihm nichts vorwerfen können, vor allem würde es ihr endlich einleuchten, dass daran nichts Schlimmes war. Am Ende des Abends hieße es, *Holst du meinen Mantel auch?*, er hielte ihn hin, sie schlüpfte hinein, niemand würde anders als zerstreut-wohlwollend lächeln.

Aber er machte Fehler, er warb um sie. Und wenn sie auch nur einen zu bedeutungsvollen Blick von ihm auffing, machte sie sich rar. Mit einer taschenspielerischen Gewandtheit, die nur ihn verblüffte, weil nur er sie wahrnahm. Niemand sollte sehen, wie sie ihn abblitzen ließ. Er wünschte sich öffentliche Demütigung, wie er sie von Beate erfahren durfte. Er grollte Lena, dass sie sich dazu nicht hinreißen ließ, er grollte ihr, dass er es wünschte. Sie erklärte sich nicht, spottete nicht, machte ihm keine Vorwürfe. Sie versuchte, es auf ihre Art wiedergutzumachen, mit immer abenteuerlicheren Gesprächen, Ausflügen, mit (man kam als Russin nicht drum herum) ihren Kochkünsten. So unerträglich war es wie bei Frischverliebten. Sie konnte nicht anders, er nicht anders. Was, wenn *das* bereits die Normalität war?

Er begann, mit vollkommener Gleichmut absurde Dinge zu tun. Er wäre ihr niemals nachgelaufen, wenn sie ging, er blickte ihr nur hinterher, wie sie in der Baulücke zwischen Holundersträuchern verschwand, er sah nicht einmal deutlich, in welche Richtung sie abbog; mal schien sie nach rechts, mal nach links zu gehen. Manchmal sah er im Blättergewirr zwei Gestalten in entgegengesetzten Richtungen den Bürgersteig entlanglaufen; auch wenn er wusste, dass eine davon eine zufällige Passantin war, hielt er doch gleichzeitig beide für Lena. Er wunderte sich nicht einmal, dass sie sich aufspaltete, es war nur das sichere Zeichen dafür, dass es sinnlos wäre, ihr zu folgen. Aber wenn es ihn aus dem Haus zog, er sich in entfernten Stadtteilen rettungslos verlief, dann musterte er die Häuser, die Läden, ob sie wohl da drin verschwunden sei.

Eines Tages dämmerte ihm, wie lächerlich das war, die Lösung musste viel näherliegen … kurzentschlossen verließ er die Wohnung und ging die Treppe hoch, probierte die Türe und schritt durch die leeren Wohnungen. Jede Tür ging auf, jedes Mal das Gefühl – ängstlich, vergnügt –, nicht erwartet zu sein. Dabei lag eine immense, gegenstandslose Erwartung in diesen Wohnungen, von früheren Zeiten her, Nachhall jedes Besuchs, jeder Heimkehr. Er glaubte, diese Spannung würde sich steigern, in der allerletzten Wohnung würde sie Gestalt annehmen, hier würde Lena ihren Raum gefunden haben, ihre weißen Wände. Auch die letzte Wohnung war leer, er suchte sie lange ab. Und wusste, dass er etwas ganz anderes suchte.

Als er die neue Romanfassung abschloss, hatte er nicht beschreiben können, wie Lew Lwowitsch ihn fand. Es gelang ihm nicht, den einfachen Satz zu schreiben, den Fakt, der als Einziges feststand: *In einer Kammer unterm doppelten Boden versteckt fand er einen kleinen Jungen. Ein jüdisches Kind.* Das war doch der falsche Satz, etwas fehlte, er wusste nicht, welches Wort. Als könnte das, was fehlte, ein Wort sein.

Er hatte wachgelegen, das war ihm mit Lena vorher nie passiert. Erst seit sie ihm von ihrem weißen Raum erzählt hatte. Er war so schwer, konnte sich nicht rühren, sie nicht spüren, aber er schwebte. Er dachte über die Kammer nach, hätte darüber weinen wollen, aber weinen konnte er nicht. Schließlich verging ihm das Weinenwollen. Noch war der Raum da, weiß und leer. Verlor seinen Schrecken, ging auf, sanft und unbeirrt, in der Dunkelheit, im Licht.

Er ließ das Kind irgendein Kind sein, ließ es unter freiem Himmel liegen. Er wollte seine Sache hier nicht verhandeln. Er würde seine Pflicht an Lew Lwowitsch tun. Und würde zur jüdischen Gemeinde gehen und seine Eltern suchen.

Mitte März war Uwe so weit, sie saßen wieder in seinem Arbeitszimmer, er hinter seinem Schreibtisch, Thomas neben ihm, an der Schmalseite, es sollte nicht wie eine Vorladung wirken. Uwe sah sich das Manuskript, dann Thomas lange an.

»Ich würde nichts daran ändern«, sagte er. »Ich glaube, jeder Lektor möchte das gern einmal sagen. Wie es ist, so soll es sein. Mit allen Ecken und Kanten.« Er lehnte sich vor, als gehe es jetzt nicht mehr um ihn. Zusammen beugten sie sich über das Manuskript wie über eine Militärkarte. Es ging um die Umgruppierung, den strategischen Rückzug. Uwe, ein sympathischer Feldherr, ließ Müdigkeit spüren, Geduld und verhaltene Zuversicht. Er verriet keine Zweifel an der großen Sache. Anzunehmen war, dass er keine Hoffnung sah. Seine Vorschläge waren in einem nicht auszuhaltenden Maße konstruktiv.

Die Form gefiel ihm sehr, die dialektische Bewegung, die jeweilige Reise ins Feindes-, Freundesland. Oder das Feingefühl, mit dem Thomas im Großen und Ganzen das jüdische Thema behandelte, ohne Folklore- und Schtetl-Klischees, er ließ Lew Lwowitsch vor allem einen Menschen sein, das Schicksal seiner Familie Menschenschicksal. Seine Rettung des deutschen Kindes hatte somit eine ganz unpathetische Botschaft. Auch die schwierige Frage der stalinistischen Exzesse war sensibel gelöst. Herr und Frau Weiß waren als Figuren freilich noch etwas zu kalt, zu blass. Natürlich kannte man solche Genossen, gehärtet, versehrt von jener harten Zeit. Man musste den Funken suchen, der in ihnen lebendig geblieben sein musste. Der Ansatz war schon da. Was am Ende deutlich wurde, was festzuhalten war, war die Fähigkeit des Sozialismus, über die eigenen Fehler hinauszuwachsen – überhaupt die menschliche Fähigkeit zur Versöhnung. Die Erzählhaltung war nun viel ausgereifter.

Diese Frau im Zug allerdings … man mochte nicht auf sie verzichten, sie war eine reizende Antithese, das Gespräch, ja das Streitgespräch, war genau das, worauf es ankam. Aber ihre Meinungen schienen zum Teil unmotiviert, ihre wilden Gedankenflüge sprengten den Rahmen. Und als Figur war sie nicht ganz nachvollziehbar. Warum ließ sie sich auf die Hauptfigur ein? Was trieb sie an? Wohin ging ihre Reise?

Thomas legte das Manuskript auf seinen Schreibtisch.

»Ich kann nicht mehr«, sagte er. Lena sah ihn erschrocken an. Sie war blass, seit Tagen schon, in sich gekehrt, sie sprachen kaum noch miteinander, schlimmer noch als die Brauns, das musste bald ein Ende finden – es platzte aus ihm heraus, seine Künstlerqualen, nicht auszuhalten seien diese Mühen, er wolle ins Leben zurück … Lena schwieg, sie hatte das Buch ja nicht gelesen, er musste froh sein, dass sie *die Frau im Zug* nicht kannte, die nicht einmal gelungen war …

»Und vor allem: Ich habe nicht die Wahrheit erzählt. Lass das Kind irgendein Kind sein, dachte ich. Schön allgemeinmenschlich. Wer braucht die ganze leidige Geschichte. Wie Lew Lwowitsch meinetwegen lügen musste, wie er büßen musste, der wurzellose Jude, als seine Lüge aufflog: deutsches Blut sei russisches Blut. Die ganz große Lüge ist die, dass wir alle Brüder sind. Dass der Russe der gute Vater ist, der uns aus den Trümmern birgt. Er durfte es nicht sein. Fraternisierung war denkbar nur als Vergewaltigung. Ich war da die absolute Ausnahme, ein Wunder, ich war selbst die Lüge. Ich war das Bild, auf das selbst Uwe hereinfällt: Das Kind macht den Russen zum Vater.

Warum muss immer ein Kind herhalten? Warum muss immer ein Kind her? Warum setzt man überhaupt ein Kind in die Welt? Ist das nicht eine leere, egoistische Geste, wie ein Buch zu schreiben, um krampfhaft einen Sinn zu behaupten, der nun allen anderen einleuchten soll?«

Immer stummer schien Lena zu werden, immer müder in eine dunkle Ecke zurückzuweichen, er wollte fragen, was sie hatte, und klagte doch immer weiter über Lügen und Sinnleere, über diese Reise, bei der man nie ankam. Schließlich sagte er: »Ich möchte das Ding am liebsten verbrennen.«

Und sie lächelte schwach aber heiter, und sagte:

»Manuskripte brennen nicht.«

Er lag neben ihr wach, selbst, wenn er sich gerade verausgabt hatte, er drückte sich an sie, in sie, wusste nicht, ob er, ob sie dabei schlief oder wachte, diese Unruhe seine oder ihre war. Aber wenn er allein war, stand er neben sich, ruhig, und schaute nur zu.

Selbst als er den Brief las, den sie auf seinen Schreibtisch gelegt hatte. Er war nur einkaufen gegangen, sie musste ganz in der Nähe gewesen sein, ihn genau abgepasst haben, sogar beobachtet, wie er das Haus verließ. Sie hatte geschrieben:

Ich gehe weg. Suche nicht nach mir.

Er legte den Brief wieder auf den Schreibtisch. Der aufgeräumt war, da lag nur der Stoß Papier, ordentlich zugeschnürt, dreihundertachtundzwanzig Manuskriptseiten.

Ich habe Angst davor, hatte er zu ihr gesagt.

Du brauchst keine Angst zu haben, schrieb sie.

Als ob ich nicht wüsste, ob ich schön oder hässlich bin. Ich stehe auf einmal nackt da, wenn ich hässlich bin, werde ich gedemütigt. Wenn ich schön bin, werde ich vergewaltigt.

Sie schrieb: Du bist schön und man wird dich lieben.

Diesen Satz musste er nicht noch einmal lesen. Entsetzlich, wie schnell er begriff, dass sie endgültig weg war. Als wäre Verschwinden selbstverständlich. Er griff in die Schublade nach ihren anderen Briefen, Zetteln. Auch das musste nicht noch einmal sein. Er legte sie auf den Schreibtisch. Ein kleiner Haufen neben dem Manuskript.

Es war, als wäre sie gegangen, um das Buch nicht lesen zu müssen. Als hätte sie gewusst, was er damit vorhatte. Und beschlossen: Das Buch oder ich. Wortlos. Als hätte er es wissen müssen. Vielleicht hatte er gewusst, dass sie und das Buch nicht gleichzeitig in der Welt sein konnten. Und sie niemals in der Welt da draußen. Was für eine Feigheit.

Er legte den kleinen Haufen Papier in den Ofen. So machte man das. Er tat, was zu tun war.

Kapitel 12

Geblieben war der Roman. Er las ihn wie ein Unbeteiligter. Es war zu erkennen, was er hätte werden sollen. Aber er war bereits abgeschlossen, ohne es geworden zu sein.

Die Erzählhaltung, so Uwe, wirkte noch manchmal gebrochen, ein Misston schleiche sich ein, ein allzu befremdliches Bild. Vor allem diese Landschaftsbilder, teilweise sehr stimmungsvoll, dann wieder zu ausufernd, zu wirr und morbide.

Hier war Thomas in einen Rausch verfallen, hier kam ihm selbst beim wiederholten Lesen die Orientierung abhanden, so dass er nicht sagen konnte, ob er zu weit gegangen war. Uwe hatte diese Stellen aufgespürt, so instinktiv, wie Thomas' Tonfall ihn manchmal aufhorchen ließ, weil Thomas dabei war, abzuheben. Ein wahrer Freund sagt, wenn man zu viel getrunken hat.

Thomas wollte nur wild um sich schlagen, dem besorgt blickenden Freund eins auf die Fresse …

Doch dem Freund zuliebe tat er das Notwendige, sah es ein und war damit der freie, ethisch handelnde Mensch, der den Freund schützt. Denn Uwe hatte ihm versichert, dass er das Manuskript genauso vorlegen würde, wie Thomas es wollte. Thomas wusste aber auch, dass er mit einer unbesonnenen Aktion Uwes großen Schlachtplan, ja Uwe selbst gefährden konnte. Er ging ernüchtert an die Arbeit.

Das seien Kleinigkeiten, so Uwe, die man leicht zurechtrücken konnte.

Thomas hätte ihn gern eines Besseren belehrt: Man konnte jederzeit wieder bei null anfangen. Das war im Grunde alles. Aber er tat so, als glaubte er an die bewährte Technik. Und siehe, mit einem Federstrich ließen sich Probleme aus der Welt schaffen, verworrene und gemeingefährliche Äste stutzen, auf dass der Saft in die Früchte floss. Erstaunlich, wie sich die Kräfte umleiten, die Widerstände so einsetzen ließen, dass sie produktiv zur allgemeinen Bejahung beitrugen. Er sah durchaus ein, dass die Frau im Zug ein Problem war. Man musste sie rücksichtslos zusammenstreichen. Und wenn er schon einmal dabei war, warum sollte er ihr nicht gleich ein ganz anderes Aussehen verpassen, große Brüste etwa, auf die stand er sowieso. So hatte er auch nachts seine Ablenkung. Noch am Schreibtisch goss er sich Kognak ein, ließ die Brüste und sein Glied wachsen, ganz aus dem Handgelenk, alle Normen sprengen, ein Vorbild der Leistung, dabei hätte er als Erster betont, dass er auf die Erfahrungen des Kollektivs baute, es kam auf den Glauben an die Sache an. Und auf die Technik.

Danach trank er so lange, bis ihm glaubhaft erschien, dass all diese Vorgänge mit ihm nichts zu tun hatten. Und er tat dasselbe nach Abschluss des Lektorats.

Dann war er wieder nüchtern. Der Schreibtisch wieder leer. Und er kam wie zum ersten Mal darauf, dass etwas gewesen war. Jemand war gewesen. Ein Häufchen Papier war gewesen. Er hatte alles unterlassen, Lena festzuhalten. So verbissen unterlassen, wie man *alles unternimmt*. Er hatte alle Papiere geopfert, als wollte er sich von ihr befreien. Hatte in Wirklichkeit geglaubt, sie käme dann wieder. Der leere Tisch, das leere Zimmer – er hatte sie dort nicht getilgt, sondern hatte ihr einen Platz freigeräumt. Aber so leicht wie er ließ sie sich nicht kirre machen. Es hat keinen Sinn, nach mir zu suchen, hatte sie geschrieben. Gerade deswegen hätte er es tun müssen. Denn sie war gnadenlos den Menschen gegenüber, die sich Sinn vorschreiben ließen. Er hätte wühlen sollen, nach Namen, Adressen, Telefonnummern. Egal, was für eine traurige Figur er dabei abgab.

Er rief hier und da an, aber niemand ging ans Telefon. Oder wenn – dann wussten sie von nichts. Er stand vor Häusern, die ihm bekannt vorkamen, die Namen auf den Klingelbrettern, alle Namen, alle Häuser. Er klingelte, niemand öffnete. Er heftete Zettel an Türen. Niemand las sie. Trotzdem lief er weiter, so unbeirrt, als sei alles nur eine Frage der Zeit. Es war undenkbar, dass hier ein Mensch verschwand. Hier wusste immer jemand Bescheid. Aber wer? Alles stand irgendwo geschrieben. Aber wo? Womöglich steht im Haus nebenan ein Schreibtisch und auf dem Schreibtisch eine Schreibmaschine und in der Schreibmaschine steckt ein Blatt …

Und das würdest du dann lesen? Ein Blatt in einer fremden Schreibmaschine?

Er überlegte: Die richtige Antwort wäre wohl *nein*. Aber: *ja*.

Er sah sie am Fenster sitzen, so trotzig und verdrossen, wie er sie selten gekannt hatte. Gerade deshalb glaubte er an sie. Er stand ratlos vor dieser Gestalt. Sie kam immer wieder und wider Willen. Sie blieb und schien nicht bleiben zu wollen. Damit sie nicht gleich wieder ging, verwickelte er sie ins Gespräch, aber im Gespräch war sie ihm überlegen. Sie behauptete Dinge, die er nicht fassen konnte, stellte Fragen, die ihn in Verlegenheit brachten, wies ihn scharf zurecht. Trotzdem kam es manchmal zu Berührungen. Eine Brust konnte er entblößen, klein, so zart, dass er sie mit den rauen Fingerkuppen kaum noch spürte. Und weiter wusste er kaum, was geschah, was er fasste, unfähig, so fein zu spüren, mehr zu erhaschen als einen flüchtigen Druck, eine Wärme.

Oft war sie unansprechbar, kehrte ihm den Rücken zu. Doch wäre sie ihm zu Willen gewesen, wäre sie zu seiner Befriedigung erschienen wie die Vollbusige, er hätte es nicht mitgemacht. Denn so erst spürte er sie wieder, im Gegenhalten. Auch wenn er nur sich selbst vor den Kopf stieß: Ihm war, als hätten sie sich verstanden.

Als Uwe den Roman beim Verlag durchsetzen konnte, verstärkte sich Thomas' Eindruck von den undurchsichtigen Abläufen, in die er verstrickt war, in die alle verstrickt waren. Das Buch lag lange bei den Gutachtern, er verlor jegliches Zeitgefühl. Er übersetzte weiter interlinear, saß in seinem Zimmer und starrte die weißen Wände an. Manchmal gelang es ihm, mit den Gedanken überall, mit allem verbunden zu sein, der Raum ging auf und in die Bresche stürzte die Welt. Doch das war so schnell vorbei wie der einsame Orgasmus und genauso elend fühlte er sich danach: Er war ausgebrochen und kein Mensch war da. Hätte er sein Versteck, das ganze Haus gesprengt – wie Samson läge er verlassen zwischen Trümmern. Er unterließ es, an sich selbst zu rütteln. Hörte Musik, schlafwandelte durch ihre tröstliche End- und Ausweglosigkeit, die sich auf seine vier Wände übertrug. Das war sein Raum, immer dagewesen. Sein Schicksal: die Klausur, Freiheit als Einsicht, keine Entrückung, keine Ekstase, er hatte genug erlebt, er wollte nicht mehr.

Dabei besuchte er jede erdenkliche Veranstaltung, ließ sich zu jeder spontanen Feier, zu jedem Saufgelage mitreißen. Erstaunlich, wie viel Zeit das Szenedasein in Anspruch nehmen konnte. Und wie viel Zeit er trotzdem hatte, genug, um einen ganzen zweiten Roman nicht zu schreiben, genug, um sich erbärmlich zu freuen, wenn der Abend nahte, genug, um sich über die eigene Vorfreude zu ärgern. Ihn verdross gerade die Selbstverständlichkeit, mit der er sich nun in der Szene bewegte. Entweder er war mit Uwe unterwegs, dann wussten alle, dass er Schriftsteller sein sollte, oder er tauchte allein auf und man hielt ihn für einen schlichten Mitläufer. Denn er gab sich nun bescheiden. Andere, die er noch aus den Schreibzirkeln kannte oder die auch den Weg in den Fabrikhof gefunden hatten, sich mit ihm damals wie die Jungtiere gerangelt hatten, diese führten sich nun auf. Lasen mit großer Geste Gedichte vor einem Publikum, welches, im Wohnzimmer gedrängt, gebannt der Sprengung des engen Raums harrte. Thomas verkniff sich die kritischen Spitzen, zu fremden Texten äußerte er sich nunmehr so verhalten-wohlwollend wie Uwe, man schätzte ihn und hielt ihn für außer Gefecht.

Langsam wurden die jungen Schriftsteller übermütig, der alte Onkel Ulbricht war von einem jüngeren Onkel abgelöst worden, es war von Lockerung die Rede. Aber Thomas fühlte sich längst nicht mehr betroffen, selbst wenn Uwe im neuen Optimismus strahlte, Thomas' neue Änderungsvorschläge Gutachtern vorlegte, die er für deutlich aufgeklärter hielt. Thomas kam die ganze Haarspalterei des Sagbaren und Unsagbaren so belanglos vor wie die Regeln der Silbentrennung. Er arbeitete alles mechanisch ab. Ihm wurde zum ersten Mal bewusst, dass das Buch tatsächlich erscheinen würde, doch auch das schien längst einen anderen zu betreffen. Thomas Grünberg. Sein alter Name, sein Künstlername galt endlich auch offiziell. Den entsprechenden Antrag hatte er schon vor Monaten in einem Anflug von Übermut gestellt. Nicht sein alter Ausweis schien ausschlaggebend, sondern vielmehr die Fiktionen des Thomas Grünberg, auf denen sein literarischer Ruf beruhte. Mit denen er schon nichts mehr anzufangen wusste. Er verwaltete einen Nachlass. Und sah ein, dass die Welt nicht gerade darauf gewartet hatte.

Fast argwöhnisch las er die erste Zeitungsrezension: *Auf diese Geschichte hat die Republik gewartet.*

Eine wohlwollende Kritik nach der anderen erschien, eine Sorge nach der anderen erwies sich als unbegründet. Er wurde weder gedemütigt noch vergewaltigt. Von einem *autobiografischen Hintergrund* wusste nur Uwe. Niemand fragte danach. Zu treffend erschienen ihnen die Bilder: Sowjetoffizier mit deutschem Kind. Deutscher und Russin im Zug. Für gelebte Wirklichkeit hielt sie niemand. Als Bilder zweifelte niemand sie an.

Wie gut, dass das Kind doch kein jüdisches Kind war. Wie unerträglich wäre das Bild. Und der Autor, der es derart einsetzte, als Erfindung, als Kunstgriff. Als Erinnerung erst recht, als wahres Erlebnis. Welche Rolle müsste der Autor spielen, der so nützliche Dinge aus seinem Leben erzählte? Fromm verwursten würde man ihn. Er war froh, dass er es für sich behalten hatte. Denn er wollte doch … er hatte vergessen, was er wollte. Das machte nichts. Er fühlte sich vereinfacht, befreit.

Der Roman war im November erschienen; im Dezember fiel das berühmte Wort: *Es gibt keine Tabus mehr.* Auch das betraf ihn nicht.

Selbst wenn er alle Bücher hätte zurückrufen können, um Zettelchen reinzukleben, ein paar entscheidende, doch in dem ganzen Hin und Her leider untergegangene Worte wie etwa *Kolyma* als Druckfehler wieder einzufügen – der Tabubruch ließe sich nicht wiederherstellen.

Seit auf der 4. Tagung des Zentralkomitees jenes Wort gefallen war, wirkte Uwe gelöst, ja fast euphorisch. Erst jetzt erfuhr Thomas, wie viele Projekte Uwe in der Schublade hatte. Sein Roman war für Uwe ein Test gewesen; nun wollte er noch mehr wagen. So gut gelaunt war er, dass er bei sich zu Hause eine große Silvesterfeier veranstaltete, *dir zu Ehren,* sagte er scherzhaft. Uwe hatte lauter Russen eingeladen, aber nicht irgendwelche, darunter den Kulturattaché, zwei Stalinpreisträger und eine Nationalkünstlerin der Sowjetunion. Auch die georgische Elite war zugegen, der Konsul mit einer Kiste Saperawi, und schwärmte vom Buffet, bei dem Ulrike sich mit Hilfe der Konsulgattin übertroffen hatte. Uwes Autoren waren da, auch ein paar jüngere, unbekannte. Wohl die aus der Schublade. Sie musterten Thomas mit Neid und Hochmut.

Es störte ihn, so viele Menschen in Uwes Wohnung zu sehen. Es störte ihn, Russisch zu hören. Zumal es offizielle Russen waren, nicht solche, die in der Küche lachend Brote schmierten und Gläser spülten. Aber solche Russen hätten ihn verstanden, und das wollte er nicht. Es war besser so. Mit der Nationalkünstlerin, einer greisen Ballerina, einen Walzer zu tanzen und diesen herrlichen Wein zu trinken. Es war halt ein offizieller Anlass, der erste von vielen. Mit einer gewissen Wehmut sah er Uwes an die Wand gerückten Schreibtisch, voll von benutzten Gläsern, Tellern, zerknüllten Servietten. Als wäre es für immer vorbei mit den Gesprächen. Sie hatten seinen Schmerz gelindert, auch wenn Uwe nicht ahnte, welchen. Und jetzt war es schon mit dem stillen Schmerz vorbei. Er musste wieder eine Haltung finden. Seinen altbewährten Charme. Den er nun, den Wein im Glas schwenkend, fand und aufdrehte, so einfach ging das. Er genoss es, fröstelnd ohne Jacke auf den Balkon zu treten und durchs Fenster dem Trubel in der Wohnung zuzusehen. Als er wieder hereinging, ließ er sich von der Wärme mitreißen, von der Vorstellung, dass all diese Menschen es gut meinten, so ausgelassen feierten, weil sie es endlich gut meinen durften.

Er nahm seine Haltung ein, dachte an den Sekt danach, und ließ sich in den Kulturpalästen und Häusern der Literatur vorführen. Schon das Vorlesen war ihm ein Graus. Noch hatte er durch alle Revisionen hindurch die Stimmen im Ohr gehabt, die sagten, was er nicht durfte; nun aber, da er sie wenigstens mitschwingen lassen wollte, waren sie nicht mehr zu erhaschen. So legte er sich eine zumindest für die Zuhörer angenehme, sonore Stimme zu, der seine Nervosität einen eigenartigen Nachdruck verlieh. Das Schlimmste waren die Diskussionen, bei denen es immer um die deutsch-sowjetische Freundschaft ging. Um *Brüder* und *Väter*. Jedes Mal legte er sich ein paar Phrasen zurecht und fing doch an zu stammeln. Wie so oft, wenn es um Freundschaft ging, versagte die Sprache; wer auszieht, um mit dem Freund ein klares Wort zu reden, landet eh meist nur beim Bier.

Manchmal kamen provozierende Fragen, zu Sacharow, Solschenizyn, Brodsky, die seine Gastgeber in helle Aufregung, ihn jedoch in fast heitere Laune versetzten. Dann gelang ihm manchmal eine ruhige, klare Antwort, so diplomatisch wie schonungslos, die Provokateure und Provozierte gleichermaßen entwaffnete, alle in dem nicht unangenehmen Bewusstsein zurückließ, gemeinsam an einem spannenden Problem zu arbeiten. Hätte er das nur in dem Roman selbst geschafft …

Hin und wieder kam es mit den Provokateuren zu interessanten Gesprächen, danach, als es endlich etwas zu trinken gab. Sonst schwebte er nur im ideologischen Smalltalk, mimte den aufmerksamen Zuhörer, der die Ansichten seines Gegenübers auf sich einwirken ließ, womöglich Material sammelte, man sah ihm an, dass ihm nichts entging – dabei nahm er überhaupt nichts auf und war völlig leer.

In einem solchen Zustand an einem Abend im März erblickte er über die Schulter eines ergrauten Schullehrers hinweg eine Künstlerin, die er neulich auf einer Eröffnung kennengelernt hatte. Sie stand an der Bar, wartete auf ihr Bier und sah ihn nicht, aber er ahnte, dass sie seinetwegen da war. Hochgewachsen, üppig, von einer aufwärtsstrebenden Schwere, wie eine Marmorfigur, sie war doch Bildhauerin … aber keine Marmorhaut; ihre bloßen Arme, ihre Schultern und ihr Nacken hatten eine warme Farbe, golden? braun? rosa?, als würde sie den ganzen Tag in der Sonne stehen, auch jetzt noch, er sah, dass ihre Haut überall dieselbe warme Farbe hatte. Und wie in der achten Klasse stand er plötzlich mit einer Erektion vor dem greisen Lehrer und musste auf die Toilette flüchten. Er machte sich dann auf den Nachhauseweg, ohne noch einmal in ihre Richtung zu schauen. Er kam sich mies vor. Wegen der Lust, die so rücksichtslos war, gegen ihn, gegen sie.

Danach lief sie ihm immer wieder über den Weg. Editha Vogt. Er beruhigte sich wieder; schließlich hatte er schon lange »keine Frau gehabt«. Es war gut, solche Lust zu spüren, vollkommen natürlich: Er wollte leben, ganz normal leben. Diese Frau war ihm fremd, aber sie gefiel ihm, und er ihr, sie ließ ihn das seelenruhig spüren. Sie war kein Unschuldslamm – trotzdem schämte er sich ein wenig, sie hatte doch etwas Unberührtes. Er lud sie auf einen Kaffee ein, ins Kino, ging so vorsichtig vor wie seinerzeit mit den grauen Mäuschen. Er lernte sie erst einmal kennen. Sie war keineswegs so einfältig, wie ihr Phlegma glauben machte. Sie war talentiert und hatte sich durchgesetzt. Jedoch war das keine, die über Leichen ging. Vor ihr fielen die Hindernisse gewaltlos, sie nahm sie nicht einmal wahr. Was ihm besonders gefiel: Sie fand Ideologie weder gut noch schlecht, hatte einfach keine Meinung dazu, als wäre das so etwas wie Fußball mit seinen ewigen Statistiken und Strategien – sie zog sich aus der Affäre, indem sie kindlich vor sich hin glotzte. Das war doch eine Haltung.

Fest und klar umrissen schien sie. Er begann, die Stunden zu zählen, bis er sie wiedersah, das Begehren war umso stärker, weil ihm nichts im Weg zu stehen schien. Dass man sich gerade für das Unerreichbare entflammt, ist ein pubertäres Phänomen. Man wird erwachsen und berauscht sich am Greifbaren, da erst verfällt man mit Haut und Haar dem Lebenstrieb. Es ist eine Mär, dass gerade die Jugend voller Hoffnung sei. Wenn ihre gequälte Romantik wegfällt, scheint da erst alles möglich.

Die Leere der letzten Monate erwies sich als der Raum, in dem sich die Dinge fügten. Er war dankbar für diese Frau, die in diesem Moment so richtig war, gerade weil nicht die Frau fürs Leben – weil das nicht schlimm war, weder für sie noch für ihn. Durch sie wusste er, was er vom Leben wollte, dass es banal war, und erreichbar, und umso kostbarer: morgens einen warmen Körper an sich ziehen, gemeinsam durch die Stadt wandeln, in den Augen anderer zusammengehören, nachts, wenn niemand hinsieht, zusammengehören, ganz selbstverständlich. Er genoss die Selbstverständlichkeit wie einen Urlaub in einem exotischen Land, neugierig, wie es am nächsten Tag weiterginge, neugierig selbst auf die Kaufhallen, auf die U-Bahn. Ganz vorsichtig würde er sich vortasten.

Als sie das erste Mal miteinander schliefen, ging er so behutsam vor, dass sie sagte: »Du wirst mir schon nicht wehtun.«

Er hielt inne, lachte leise und tastete genauso umsichtig

weiter, als wolle er zunächst nur wissen, was dies nun sei. War er so sehr aus der Übung gekommen?, dachte sie, doch schon schien er es zu wissen. Sie war schon mit Männern zusammen gewesen, die über den weiblichen Körper aufgeklärt waren, aber was wussten sie denn von *Edithas* Körper? Dass er einer von vielen war – und so empfand er dann auch, heftig, grob und unbestimmt wie eine Menschenmasse. Jetzt spürte sie aber den eigenen Umriss, langsam aus dem Klotz geschält, immer schärfer im Leerraum, bis zum Schwanken, zum Einsturz, vor lauter Sorgfalt. Das tat erst weh.

»Und du?«, fragte sie, wenn sie wieder sprechen konnte.

»Das muss nicht sein.« Er zog sich zurück und betrachtete sie noch eindringlicher, wie ein halbfertiges Werk.

Das hatte sie noch nie erlebt. Dass ein Mann so erregt war und nicht zum Höhepunkt kam. Gut, das erste Mal ging oft daneben. Aber es war beim zweiten und dritten Mal genauso. Er drang in sie ein und genoss sie nicht anders als mit den Händen, keine Regung entging ihm, er horchte immer aufmerksamer, und am Ende lächelte er nur, als habe er erfahren, was er erfahren wollte. Stimmte etwas nicht? War er doch gebunden? Doch homosexuell? Oder war das irgendeine ausgefeilte altindische Technik, mit der er sie beeindrucken wollte? Sie war beeindruckt. Langte nicht mehr nach den Kondomen, das hatte unter den Umständen etwas fast Taktloses. Und stellte sich auf seine Huldigung ihres Körpers ein, seine esoterische Kenntnis ihrer einzigartigen Lust. Wenn er das mag. Bitte schön. Es gibt wahrhaftig Schlimmeres.

Aber einmal wurde sie wütend. Sie bewegte sich so grob, als sei sie irgendeine Frau und er irgendein Mann. Überrascht stieß er zurück und kam. Sie, mit all ihrer Lust liegen geblieben, begann hilflos zu lachen. Er irgendwann auch.

Danach wechselten sie zu Kondomen, mit all der damit einhergehenden menschlichen Unbeholfenheit. Das war ihr doch lieber, weniger abgehoben.

Eines Tages lag ein Zettel in seinem Briefkasten. Von *Uta.* Ob er sich an den netten Abend im Berliner Ensemble erinnere? Sie habe neulich daran denken müssen und Lust bekommen, mit ihm einen Kaffee zu trinken. Auf die alten Zeiten.

Welche *alten Zeiten*? Aber er erinnerte sich doch. Viel zu schnell. Die fröhliche Blondine, die neben ihm und Lena saß. Die mit ihm flirtete und sich schulterzuckend abweisen ließ, nichts für ungut. Der nicht ernstzunehmende Störfaktor. Wie grotesk, dass gerade solche Menschen wieder auftauchten, unverwüstlich, die Lockeren, die Ahnungslosen. Sie hatte eine Telefonnummer angegeben, er ließ sie lange liegen, warum sollte er sich das antun, den Smalltalk, die öffentliche Version eines Abends, an den er sich inzwischen ganz genau erinnern konnte.

Ein Abend, an dem ihn eine ganz bestimmte Angst ergriffen hatte. Ein Theaterbesuch, der jedem als schön in Erinnerung bleiben musste, weil in der Gruppe – immer kamen neue dazu, schon vorher in der Gaststätte, dann vorm Theater, Bekannte von Bekannten – ein sanfter Rausch entstand. Man kannte sich kaum, aber gleich kamen Gespräche, Freundschaften zustande. Solche Abende gab es damals nicht wenige, aber jedes Mal staunte man, wie leicht diese Stimmung aufkam, man sich unendlich wandlungsfähig fühlte. Und er genoss sie umso mehr mit Lena zusammen – zusammen war das falsche Wort.

Anfangs hatte er immer Angst gehabt, sich, sie zu verraten, und auch diese Angst genoss er. Er glaubte, versagen zu müssen, aber darauf war er schließlich stolz. Hatte er sie doch, und sie ihn, mit leuchtenden Spuren überzogen, jedem musste es klar sein, es war nicht anders denkbar, als dass jeder bereits wusste und wohlwollend schwieg.

An jenem Abend wurde er übermütig, half Lena aus dem Mantel, saß neben ihr im Theater, es fiel nicht auf, beide waren sie mit anderen Menschen ins Gespräch vertieft. Aber als es dunkel wurde, berührten sich ihre Ellenbogen eine Stunde lang, von dem Stück bekam er kaum etwas mit. Sie ging in die Pause, er ihr nach, sie unterhielt sich aufgeregt mit ihrer Freundin. Er wollte die beiden mit Sekt überraschen, wie man es eben tut mit zwei schönen Unbekannten, doch als er wiederkam, waren sie verschwunden, er stand da mit den drei Gläsern. Schließlich sah er sie am anderen Ende des überfüllten Foyers, wo sich die anderen versammelt hatten. Und er sah zwischen all den Menschen keinen Weg zu ihr. Ihn gab es noch nicht, oder nicht mehr. Nur andere Wege. Alles ist möglich. Aber er wollte nicht, dass alles möglich war, er wollte nur *dies*. Er kämpfte sich mit den Gläsern hindurch, richtete seine Vorwürfe an Uta, die sich nach der Pause neben ihn setzte, ihn immer wieder mit dem Ellenbogen, dem Knie, dem langen Haar streifte.

Nach der Vorstellung wich ihm Lena aus, als er beharrlich ihre Nähe suchte.

Einmal hatte er sie halb scherzhaft gefragt: Was würdest du tun, wenn ich dich vor allen Leuten plötzlich küssen würde?

Ich würde schreien.

Ihre Augen weiteten sich. Die Vorstellung schien ihr wirklich Angst zu machen. Sie schmiegte sich an ihn.

Schließlich rief er bei Uta an, um sich das Schlimmste anzutun, die Übelkeit zu spüren, die die Lockerheit der anderen in ihm weckte. Uta klang noch schlimmer als erwartet, eine hysterisch gut gelaunte Zicke. Er verabredete sich mit ihr auf einen Kaffee im Volkspark Friedrichshain, erwähnte ausdrücklich, dass er um acht mit seiner Freundin ins Kino gehen wollte. Er erkannte sie schon aus der Entfernung, halb von hinten, lange glatte Haare, Minirock, Stiefel, sie saß vorgebeugt, eine steife, künstliche Haltung, als schminke sie sich. Er sah schon einen sinnlich-gelangweilten Mund vor sich, kalte Rehaugen. Ein Frauentyp. Dass am Ende das nur übrigblieb. Ihm war schon schlecht, da sah sie ihn an. Der Mund verkniffen. Die Augen klein, ungeschminkt, entzündet. *Ihr* war schlecht. Er setzte sich schnell, rückte mit dem Stuhl näher. Er empfand nur eine warme Taubheit.

Sie sagte schnell und leise: »Lena ist in den Westen gegangen.«

Fast hätte er nicht verstanden. Aber sie hatte sehr deutlich gesprochen. Sie musterte ihn: nicht, ob er verstanden hätte, sondern wie er reagieren würde.

Das war es also, was irgendwo geschrieben stand, mit der

Schreibmaschine ausgeklopft, der Anfang eines Berichts. Der jetzt schon billig, erfunden klang. Musste man unbedingt wissen, wie es weiterging? Ging es einen etwas an?

Er fragte trotzdem: »Wie?«

»Mehr weiß ich auch nicht. Nur das. Das hat sie mir ausrichten lassen. Und dass ich Ihnen Bescheid geben sollte.« Wieder der verwunderte Blick, der ihn wog und für zu leicht befand. »Ich war ihre beste Freundin. Dachte ich zumindest. Aber ich wusste von nichts. Nicht einmal, dass es Sie gab. In dem Sinne.«

Er lächelte schief. »Vielleicht gibt es mich auch gar nicht.«

»Bitte?« Ihr Ton war scharf. Wahrscheinlich hatte sie gehofft, von ihm etwas zu erfahren. Und er redete dann nur Unsinn.

»Es geht mir genauso«, sagte er. »Ich wusste nicht, dass sie eine beste Freundin hatte. Ich wusste von nichts.«

Sie sah ihn ungläubig an.

»Blöde Kuh!«, stieß er aus, stand auf und ging. Ohne zu wissen, wen er meinte. Aber die Stiefel klapperten gleich hinterher. Jetzt glaubte sie ihm.

Sie saßen am Ententeich in der Kälte, erzählten, was es zu erzählen gab. Uta kannte Lena von der Uni. Eine Weile lang sahen sie sich fast jeden Tag, auf einmal nicht mehr so oft, Uta ahnte, dass sie einen Freund hatte, hoffte es sogar, denn Lena war einsam gewesen. Aber es war nicht Utas Art, nachzubohren oder Anspielungen zu machen. Hoffentlich kein verheirateter Mann … doch Lena verbot sich solche Sorgen. Uta konnte sich sogar ganz gut an Thomas erinnern, dass er ein paar Mal dabei gewesen war, aber sie wäre niemals darauf gekommen. *Du wirkst, entschuldige, eher wie der Typ Frauenheld.* Sie hatten sich das letzte Mal im Mai gesehen. Lena wollte unbedingt spazieren gehen, Uta musste ihren Freund versetzen, lief den ganzen Nachmittag mit Lena. Ihr lag offenbar etwas auf dem Herzen, aber sie stakste nur verbissen durch den Park und beschwerte sich über ihre Arbeit.

Sie musste am Tag darauf den Brief geschrieben haben.

Brief? Uta hatte keinen Brief bekommen. Lena war einfach

verschwunden. Uta hatte alles unternommen, sie wiederzufinden. Ohne auch nur eine einzige Spur zu finden.

»Ich habe gleich alles verbrannt und versucht, sie zu vergessen.«

»Wahrscheinlich hat sie das genau so gewollt. Du hast sie doch besser gekannt als ich.«

Es war Viertel vor acht, er ärgerte sich jetzt, dass die Zeit so knapp bemessen war, auch wenn sie einander ratlos, fast feindlich gegenübersaßen. Uta schien es ähnlich zu gehen. Falls er noch Fragen habe, falls er etwas erfahren sollte, solle er sich melden. Er versprach es, sie solle ebenfalls …

Als er mit Editha im Kino saß, fiel ihm gar nichts mehr ein. Er hielt ihre Hand, bis alles einschlief, seine Hand erschlaffte, wurde aber von irgendetwas gehalten, hatte sich verfangen. Danach spazierten sie noch ein wenig, er trieb immer weiter ab, wunderte sich, mit welcher Beharrlichkeit, welcher Kraft es an ihm zog, er selbst war leer wie ein Boot. »Bist du betrunken?«, fragte Editha lachend, als sie schief liefen, als er an ihr zerrte. Er zog sie an sich, wollte ihr Gewicht spüren, kentern.

Er war die Waise. An niemanden gebunden. Zufällig untergebracht. Nichts verband ihn mit diesem Land. Er konnte jederzeit wieder von null anfangen.

Ich wäre doch mitgegangen, Lena.

Er hatte sich die Frage nie gestellt. Aber er wusste die Antwort sofort, wenn man sie so stellte.

Das hatte Lena nicht getan.

Einmal nur … er wusste nicht mehr ihre Frage, nur noch seine Antwort: *Ich bin doch glücklich hier.* Was in jenem Moment so eindeutig richtig zu sein schien.

Nach Israel hatte sie gefragt, er erinnerte sich jetzt, wie abwegig der Gedanke des fernen Landes. Er hatte geglaubt, all der Kinderkram wäre längst erledigt. Wie hätte er sonst vergessen können, dass sie ihm schon vor zwanzig Jahren diese Frage gestellt hatte? *Du kannst hier nicht bleiben.* Hockte da mit Rotznase. *Du musst flüchten.* Da als kleiner Junge war er wütend geworden. Weil sie ihn retten wollte. Weil sie keine

Ahnung hatte von seiner Bedrängnis. Es ging um sie, ihre rätselhafte Not, ihr großes Abenteuer. Er hatte sie durchschaut und gewusst, dass sie scheitern würde. Dass es kein Entkommen gab. Es war überall gleich.

Er wollte nicht, dass ich gehe, er ist mir hinterhergelaufen und hat die ganze Zeit geflennt, »Ich will nach Hause«.

Aber er war ja damals mitgegangen. Und einmal auf der Flucht, glaubte er doch an einen Fluchtort. Erst recht, als alles scheiterte. Er glaubte leidenschaftlich. Deshalb trug er seinen Stubenarrest mit solcher Fassung. Davon erfuhr sie nichts, weil alles anders kam. Auch später nicht, denn er hatte es vergessen.

Und hatte sich die Frage niemals selbst gestellt. Das war das Entscheidende, nicht seine Antwort. Er hatte niemals nach einem Drüben gefragt, niemals nach einem anderen Ort. Er konnte es sich nicht vorstellen, auch jetzt nicht, so sehr er sich mühte: die Flucht, der Fluchtweg, das Schlupfloch, wo, in der Mauer, an der Küste, in den Lüften? Wie, in Dunkelheit, Kofferraum, Nachthimmel? Und was öffnete sich vor einem und war dann *die Freiheit*?

Er sah nur Lena, wie sie schwieg. Sah die Entschlossenheit, die man für sich behält, eine reine starke Flamme, ja keinen ranlassen, der sie mir löscht.

Er sah das Drüben nicht. Er sah sie dort weiter schweigen, ihre Flamme hüten. Hypnotisiert.

Es hieß doch, die nach drüben gingen, kämen niemals wirklich an.

Nicht nur er, nicht nur Uta, auch Lena tappte im Dunkeln.

Die Erkenntnis war tröstlich. Er hätte sie gern mit Uta geteilt. Und meldete sich doch bei niemandem. Er hatte verstanden: Er trug einen Kinderstreit mit Lena aus. Somit schien sie doch noch nah zu sein. Er hatte Stubenarrest. Deshalb sah man sich nicht. Er musste nur warten. Er wusste nicht recht, auf was. Er würde es wissen, wenn er die Wände lang genug anstarrte. Wenn man ihn in Ruhe ließ. Und es war ihm nur noch lästig, dass es jemanden gab, dem er etwas schuldig blieb. Eine saubere Trennung.

Am besten, er würde Editha sagen, er habe eine andere kennengelernt. Vielleicht würde sie sogar Uta kurz erblickt haben, als sie sich mit unverhoffter Umarmung verabschieden. Solche Geschichten kannte sie, das hatte sie durchblicken lassen, und nahm sie nicht so schwer. Sowieso hatte sie ihm von dem Haus im Harz erzählt und dass sie nicht mehr lange in Berlin bleiben wolle.

Aber am Ende (»Wir müssen miteinander reden.« »Aha. Wir müssen reden?«, sagte sie spöttisch und dann saß man sich gegenüber) erzählte er ihr alles, wie es nun einmal passiert war. Nicht aus einem besonderen Gefühl von Vertrauen heraus. Nicht, weil er die Geschichte loswerden wollte, oder weil er sich und seine Probleme für so wichtig hielt. Sondern einfach, weil es so war und er es in einer seltsamen wilden Ruhe für selbstverständlich hielt, das auch so zu erzählen.

»Es tut mir leid«, sagte er am Ende, weil sie schwieg.

»Nein, es ist gut, gut, dass du mir alles erzählt hast, ist richtig so.« Ihre Stimme war seltsam warm und schleppend, sie saß wie versteinert. Undenkbar, dass sie sich jemals wieder bewegen, er sie loswerden würde. Aber sie stand und legte ihm die Hände auf die Schultern, so wohltuend geistesabwesend wie eine Erwachsene einem Kind. Schon haben die Hände vergessen, worüber sie hinwegtrösten sollen, und damit vergisst auch das Kind, es nimmt ihn nur gierig auf, solange es ihn gibt, diesen Trost ohne Grund.

»Ich muss jetzt gehen«, sagte die warme Stimme. »Aber wir reden noch mal drüber, ja?«

Verdutzt ließ er sie gehen. Er hatte doch noch sagen wollen, dass es vorbei war.

Ihr war ganz merkwürdig, immer kälter. Als käme ein Wind, ein Wolkenschatten, ein Erdgeruch auf. Als die Kälte über sie hereinbrach, war alle Wärme in ihre Stimme gewichen, ihre Hände. Aber nicht mehr lange, sie musste schauen, dass sie wegkam. Ich lege mich hin, dachte sie, zu Hause angekommen, und schon lag sie wie weiche Lehmmasse. Sie musste fast lachen, so waren ihr als Kind die Lehmfiguren zusammengesackt, deren

Hilflosigkeit sie nicht wahrhaben wollte, die dahinsanken, sobald sie sie stehen ließ. Vielleicht hatten sie auch nur gedacht: Ich lege mich mal hin. Die Nieten. Aber der Kunstlehrer sagte: Du bist doch selbst schuld.

Sie wollte damals widersprechen. Aber wer sollte sonst schuld sein? Der Lehrer? Ein anderes Kind? Damals schon war es ihr vor allen Dingen wichtig, ehrlich zu sein. Doch sie hatte sagen wollen: Der Lehm ist schuld.

Nun rächte er sich, der Lehm. Sie war doch sonst nicht so. Nach einem solchen Gespräch lag sie nicht zwei Tage auf dem Sofa. Sie wusste, wie man das richtig machte. Was man sagte. Mit Wärme, mit Ruhe, mit Kraft. Sie stand dann immer ein bisschen neben sich. *Es ist gut, dass du mir alles erzählt hast. Niemand ist schuld.*

Auf einmal konnte sie keine Geschichten mehr hören. Selbst hatte sie keine Geheimnisse, und wenn es nach ihr gegangen wäre, würde sie von anderer Leute Geheimnissen gar nichts wissen, nicht einmal, dass sie überhaupt welche hatten. Was sollte sie damit anfangen? Sie hörte lieber gar nicht erst hin. *Ich habe zwei Ohren: da rein, da raus.* Man hielt sie deshalb gern für eine gute und verschwiegene Zuhörerin.

Männer vor allem. Männer litten immer unter irgendwelchen Geschichten. Betranken sich besinnungslos, lagen wach, hatten Albträume, hörten Stimmen, zertrümmerten Gegenstände, ihre Gipsmodelle, mehr als einmal. Was hatten sie denn? Eine Krankheit, einen Selbstmord in der Familie, eine Mutter im Koma, einen Nazi-Vater, ein Kind, das sie nicht sehen durften, Neider, die sie fertigmachten, Freunde, die sie verraten hatten. Oder schlicht und einfach Angst. Vorm Altern und Tod, vorm Wahnsinn. Irgendwann zeigte jeder seine Dämonen, und zwar mit großer Geste, nach dem Motto: Adieu, du siehst doch, dass ich … Oder: All das, mein Schatz, gehört jetzt dir.

Kein Wunder, wenn ihre Mutter mit Männern nichts mehr am Hut hatte. Unvorstellbar, dass sie sich auf solche Faxen einließe. Da war nur der Hans gewesen, so schön und so verschwunden wie in einem Märchen. Für Editha jedenfalls. Für

Margarethe, die keine Märchen mochte, war er ein ad acta gelegtes Foto. Daran war nichts Ungewöhnliches. Vielen fehlten die Väter. Das Leben ohne sie, dachte man an die Kriegsversehrten, die Krüppel und Alkoholiker, die in anderen Familien die Oberhäupter gaben, war in gewisser Weise einfacher. Doch in der Einfachheit wuchs die Neugier. Die sich nur nach außen richtete, denn im Haus, in der Zweisamkeit in Elend, war rein gar nichts zu holen. Editha spielte am liebsten mit den Jungs, später, immer noch kumpelhaft, schlief sie mit ihnen. Dann waren es Männer mit ihren Geschichten. Auch da lernte sie Lust. Nicht auf die Geschichten, aber auf die Dämonenbändigung. Die Männer wollten erlöst werden. Es war ihre Aufgabe, sie zu erlösen. Zumindest die Dämonen in die Schranken zu weisen. Zuallermindest ihre Unerschrockenheit zu zeigen den jeweiligen Hausgeistern gegenüber, ihrem Treiben die gleiche ironische Anerkennung zu zollen wie dem Eigenleben des männlichen Gliedes: Na was regt sich hier schon wieder?

Armes Vieh! Armes Ungeheuer!

Was war mit ihr los? Vielleicht reichte es ihr einfach. Der Punkt war gekommen. Ihr war die Lust nun doch vergangen. Jegliche Lust. Das hatte sie noch nie erlebt, dass sie nicht den Drang hatte zu stehen, sich zu strecken. Zu essen. Sie lag und sah durch die Küchentür, dort am Fensterbrett begannen Äpfel zu faulen. Aus Radebeul mitgebracht von einer Freundin. Sie konnte damit nichts anfangen, mit den Äpfeln, mit Radebeul, mit der Freundin nicht. Sie konnte sich nicht einmal etwas darunter vorstellen. Konnte sich gar nichts vorstellen. Außer manchmal, dass es klopfte. Dann stand sie mühsam auf. Niemand meldete sich. Einen solchen Zustand hatte sie nie gekannt. Sie lag wie unter einem Fluch. Der Gedanke war ihr zuwider. Sie war zu alt für Märchen. Denn sie hatte begriffen, dass sie ernst waren. Dass Menschen an Märchen zugrunde gingen.

Sie wollte nicht zugrunde gehen. Langsam richtete sie sich auf, ging aber lange nicht aus dem Haus. Draußen hing nichts mehr zusammen. Das Haus befand sich nicht mehr in der Straße, die Straße nicht mehr in der Stadt, die Stadt nicht mehr in dem Land, das Land nicht mehr in der Welt. Und all die Menschen da draußen bewohnten nichts, gingen nirgendwohin, bedienten keine Kundschaft, regelten keinen Verkehr, bekleideten keine Ämter, regierten nichts. Dass es das gab. Dass alles so auf der Kippe stand. Dass wenn auch nur einer ging, alles in Frage gestellt war.

So war es ihm wohl ergangen. Es war fast zum Lachen. Da ging so eine nach drüben – und nahm ihm jede Lebenslust – und er Editha jede Lust – und sie dem Nächsten … So könnte das ganze Land verbluten, das Leben zerrann, der Lehm sank dahin. So einfach war das. Das durfte doch nicht sein.

Es durfte nicht sein. Fuhr die Straßenbahn noch? Oder war etwa alles ausgefallen? Doch, sie rumpelte davon, zehn Minuten später schrillte die nächste um die Ecke – da fuhren noch Autos, liefen Menschen, die der Straßenbahn fast in die Quere kamen, doch alles ging seinen Gang. Editha rappelte sich hoch und taumelte aus dem Haus, es würde schon alles zusammenhängen.

Und wie: eine Straße wie aus dem Bilderbuch, zum Erlernen der Namen, der Dinge, des Lebens. Das Auto. Der Bus. Der Baum. Der Bäcker. Der Konsum. Die Wolke. Die Schulkinder. Der Volkspolizist. Der Fernsehturm. Das Flugzeug. Die sich kreuzenden Wege, das Perpetuum Mobile, der geregelte Gang, die lenkende Macht, Flieh- und Schwer- und Anziehungskraft, damit alle Bewegten die Wege einhalten … die Bahnen, die Rhythmen … langsam auch in ihr, eine Kraft. Ich bin das, was sich regt, was steht, was zusammenhält. Ich bin das Leben, dem er sich verweigert, mich gibt es noch, ich rege mich, ich gebe Gestalt, es macht mich wütend, wenn die Gestalt nicht hält, aber mein Halt wird um so stärker, ich greife um so fester, auch ins Leere … Ja nicht loslassen.

Sie spürte ihren Körper, wie er sich im Raum bewegte, voll von dieser Lust, und keinem anderen Körper begegnete. Kaum auszuhalten, wäre sie nicht draußen auf der Straße gewesen, hätte sie sich selbst angepackt, beinah tat sie es auch, als wäre das eine selbstverständliche Handlung, gängiger Ausdruck des unerträglichen Glücks, hier zu sein. Sie stieg in die Straßenbahn.

Sie stand bei ihm vor der Tür und sagte: »Komm, wir fahren nach Karow.«

Dort verschmähte sie die Wege, schlug sich durchs Unterholz, er benommen hinterher. Er kam kaum dazu, ein Wort zu sagen.

Eine Woche später erfuhr sie, dass sie im zweiten Monat schwanger war.

Sie dachte: Das Leben hat sein Recht eingefordert.

Sie dachte: Kein Wunder, dass es mir so komisch ging.

Sie verstand, dass Übelkeit zu einer guten Sache dazugehört.

Und sie dachte in den üblen Stunden an ihn, der sich unregelmäßig meldete, kurz angebunden und unverbindlich war: auf Abwegen, abtrünnig. Ein Agent, der in mein Leben eingedrungen ist, er hat was weiß ich eingeschleust. Um dann abzuhauen, das Scheitern schadenfroh aus der Ferne zu beobachten. Defätist! Saboteur!

Nachmittags ging es ihr besser. Ja, das gibt es wohl. Dass ein Zufall das Leben aus der Bahn wirft. Was nichts Schlimmes sein muss. Nur wenn ich so schwach wäre wie du. Aber ich bin stark genug. Und ich habe die Aufgabe verstanden. (Dich in die Gemeinschaft zurückführen, auf deine Fehler aufmerksam machen, der heilsamen Kritik unterwerfen. Über dich wachen, wenn du dich windest. Das Ungeheuer erlösen.)

Sie machte sich auf einen Zermürbungskrieg gefasst. Doch nichts davon.

»Ich bin schwanger«, sagte sie. »Ich werde das Kind behalten.«

Ein paar Mal in ihrem Leben hatte sie geglaubt, schwanger zu sein, und nichts als Schreck empfunden, und gewusst, dass sie abtreiben würde. Zahnarztangst, Ärger über den Körper, der sich so selbstständig machte, über den Mann, der das Problem nicht hatte – und dann falscher Alarm. Der Schreck war immer weniger geworden, neuerdings konnte man auch legal abtreiben. Nun hatte sie auch vor einem Kind keine Angst mehr.

Vielleicht war der Punkt einfach gekommen. Sie war immerhin fast schon dreißig.

Er sah sie mit dem festen, offenen Blick an, der gemeinhin als aufmerksam galt, bei ihm jedoch bedeutete, das hatte sie schnell kapiert, dass ihn prinzipiell gar nichts betraf. Ob er verstanden hatte?

Er sagte: »Ich lasse dich nicht im Stich.« Schwieg und sagte dann: »Ich lasse euch nicht im Stich.« Schwieg wieder. »Wenn du willst, können wir heiraten.«

»Und ich bleibe nicht in Berlin. Ich will hier kein Kind großziehen.«

»Das ist mir auch recht«, sagte er.

Wozu das Ganze?, fragte sie sich immer wieder in den nächsten Wochen, als die hektischen Vorbereitungen nur noch von Kotzanfällen unterbrochen wurden. Thomas erledigte geduldig Behördengänge, begleitete sie zum Arzt, kaufte ein, wischte ihr die Kotze weg. Wozu das ganze Drama? Wo er am Ende doch geblieben war, und alles hätte sein können wie gehabt. Seine Geschichte konnte sie nun nicht mehr ganz vergessen. Er sagte Ehrlichkeit dazu. Aber damit zwang er sie, unehrlich zu sein. Sie würde seinetwegen lügen. Würde von nichts wissen, was gegen seine Umsiedlung ins Grenzgebiet sprach: nichts von Bindungen im nichtsozialistischen Ausland, zu Grenzverbrechern, nichts, was auf Labilität, auf einer Anlage zur Flucht schließen ließe. Ob sie ihm das verzeihen könnte? Und er – dass sie in seine Geschichte eingriff? Aber wozu hatte er sie denn sonst erzählt?

Für Thomas dagegen gab es gar keine Fragen, alles war auf verblüffende Weise klar. Eine Tatsache, gerade weil sie für ihn unfassbar blieb, hatte alles verändert: dass er ein Kind bekam. Ehrlich gesagt, daran hatte er niemals gedacht. Er hatte verhütet, weil man das so machte, wie eine Geste, die Frauen einem abverlangten, eine Huldigung ihrer Fruchtbarkeit, über die er heimlich lächelte … und man war ja oft inkonsequent. Er hatte sich verhalten, als wären Kinder eine rein symbolische

Behauptung, über die er sich ereiferte. *Warum muss immer ein Kind her?* Aber offenbar konnte auch er ein Kind machen. Ganz ohne irgendein *Warum.* Alles schien sich damit komplett zu verschieben. *Das ist eine ganz andere Geschichte.* Aber welche?

Noch wusste er nicht. Er irrte durch die Gegend. So viel gab es zu erledigen, kaum zu fassende Vorbereitungen. Aber er schien noch um etwas anderes zu kreisen, alten Streit, alte Not, nun nie mehr zu lösen. Die Gewissheit, etwas versäumt zu haben, doch kein Amtstermin, kein Besuch, kein Bibliotheksbuch. Lief umher und suchte die Straßen ab wie nach einem Durchschlupf. Er hätte ewig so laufen können.

Und saß auf einmal im Zug und fuhr mit Editha in den Harz. Stieg in Wernigerode das erste Mal in die Schmalspurbahn. An diesem trüben Märztag sah sie aus wie jahrzehntelang auf dem Dachboden vergessen, Spielzeugbahn in tannengrüner Landschaft. Aber er lächelte, als sie sich in Bewegung setzte: Es war der Aufbruch, das Gefühl von: *schon.* Im Zug nach Berlin, im Zug nach Leningrad. Eine Frau saß ihm gegenüber. Der Dampf fing sich in den tiefen Wolken, ein langer wilder Pfiff warnte das dunkle Tal.

TEIL IV

Kapitel 13
1980

Ein Schild glitt vorbei: *Elend.* Dankbar schnappte Thomas das Wort auf, das er im Dämmerschlaf gesucht zu haben schien: Ich fühle mich … doch nur dumm erwischt, ein dumpfer Schmerz drang in den Schlaf ein, er schwankte, als der Zug in die Kurve kam und das Dorf linkerhand in seinem flachen Tal lag. Felder zogen vorüber, *die kleinste Holzkirche Deutschlands*, der Zug pfiff vor der Kreuzung und tauchte in den Wald und pfiff, die Straße wieder, und wieder Wald und der Zug pfiff, ein letztes Mal die Straße, die gesperrt war.

Und nichts als Wald und Zaun, neunzehn Minuten lang. Sieben Kilometer, mehrmals in der Woche, jahrelang, das reichte bis nach Leningrad

und eine Frau saß ihm gegenüber
doch nicht die
so vertraut
und doch nicht die
so schön, als hätte er sie ausgedacht
und doch
sie nicht
mit dem zerzausten blonden Zopf, den feinen Furchen im Gesicht
auf ihrem Schoß der blonde Kopf eines Kindes
das Lena hieß
er hatte einiges durcheinandergebracht, das wurde ihm längst
klar war nicht unbedingt das Wort

Aber das mit der *Mama* war doch nur ein Spiel. Besser das, als. Irgendwie musste ich doch. Ich musste mit jemandem reden können.

Das kleine Mädchen schlief. Sonst erzählte er immer, wenn er mit ihr im Zug saß. Zum Beispiel erzählte er:

Rechts muss Wietfeld sein.
Und da irgendwo der Herzynische Wald.
(All das stand auf keiner Karte.)

Doch was hatte er hier zu suchen? Saß da mit irgendwelchen Büchern auf dem Schoß. Goldene Lettern schickten ihre Triebe aus.

Aber keiner guckte hin, alle schauten aus dem Fenster.

Nur die Frau gegenüber lächelte, als wüsste sie Bescheid. Als wollte sie sagen: Wie ein kleiner Junge freut er sich! Eine Frau saß ihm gegenüber, wie oft, wie lange schon, wie viele tausend Kilometer, wie weit reichte es zurück? So vertraut. Er wollte sie ansprechen. Und wusste ihr doch nichts zu sagen.

MEIN ZIEHVATER WAR JUDE UND WAHRSCHEINLICH BIN ICH AUCH JUDE. UND ICH WILL NACH BERLIN FAHREN UND MEINE ELTERN SUCHEN.

Er öffnete die Augen. Hatte er überhaupt geschlafen? Jetzt jedenfalls war er hellwach. Er lag in Elis Bett, grotesk hineingequetscht. Der rote Kater schlief neben ihm. Eli war weg, aufgestanden, unbemerkt. Gestern hatte er sie vom Bahnhof nach Hause getragen. Als wäre er stark. Als wüsste er wohin. Durchs Dorf. Den Hang hinauf. Ins Haus, ins Bett. Ganz so, als kannte er sich aus. Bis sie fragte: Fahren wir zu Mama? Und er keine Antwort geben konnte. Er hatte ja längst mit dem Spiel aufgehört, gehofft, sie hätte es schon vergessen. Was könnte mieser sein, als mit der Vergesslichkeit eines Kindes zu rechnen?

Er war deshalb bei ihr im Bett geblieben. Weil er fühlte, dass sie das brauchte. Als ob er wüsste, was ein Kind braucht.

Notwendige Lügen. Wirklich notwendig? Im gegebenen Moment scheint das immer so. Wegen der äußerlichen Notwendigkeiten – doch auch das ist eine Lüge. Sie kommen von innen. So unerbittlich, und *harmloses Spiel* sagt man dazu. Mit was für Sachen spielst du denn?

Seit drei Jahren ein Behaupten von Tatsachen, welches Tatsachen schuf. Die – anders als seine Behauptungen, die ihm nackt und mies vor Augen standen – verborgen blieben, ein nicht zu ahnendes Ausmaß an Schuld. Seit drei Jahren wieder im Haus des Buches tätig, lieferte er wöchentliche Berichte über das Verhalten der Bibliotheksbesucher, aber nicht an Frau Wiese. Sondern, nach Anweisungen, die er zu Hause auf seinem Schreibtisch vorgefunden hatte, er legte sie in einen toten Briefkasten: ein hohler Baum am Brockenblick.

Ganz am Anfang, da galt er noch als Schriftsteller, hatten seine Notizen am Arbeitsplatz Argwohn erregt. Nun hatte man sich an ihn gewöhnt, und schließlich auch an sein Versagen; da er sich nicht mehr für etwas Besseres hielt, war man enttäuscht und schadenfroh und verhielt sich ungeniert vor ihm. Er vermerkte unauffällig, wer vor welchem Regal zögerte, wer welches Buch in die Hand nahm, wie die Gesichter sich selbstvergessen verzogen, wohin die Blicke schweiften. Wohin wohl die Leser mit dem Kopf reisten. (Niemand trat den Weg nach Rom an. Niemand würde Bruder T. begleiten.) Seine alte Erkenntnis: Was ich suche, verrät mich. Sie erschien ihm nun, einziger Trost, nur noch anmaßend und absurd. Die Absurdität wollte er *denen* durch übertriebene Akribie vor Augen führen. Und doch scheint das Nichtssagende immer etwas zu sagen. Schon die Aneinanderreihung stellt Zusammenhänge her, ich selbst beginne zu fabulieren und muss mich zügeln.

All diese Zusammenhänge sind Hirngespinste, beteuerte er zwischen den Zeilen, und die Berichte wucherten auf seinem Schreibtisch. Es ist doch denkbar, so dicht und wirr zu berichten, dass jeder Sinn darin untergeht. Oder liegt der einzige Sinn dieser Berichte darin, mich selbst, mein wirres Sinnen zu entlarven?

Vielleicht ging es nur darum, ihn zu beschäftigen. Zur Qualität der Berichte gab es keine Rückmeldung, sondern nur zur Menge; blieb einer aus, wurde er schriftlich gemahnt. Die Angst, den grauen Herrn in seinem Arbeitszimmer anzutreffen, oder eine Vorladung vorzufinden, schlug schließlich um. Es wurde unerträglich, dass er den Herrn nicht zu sehen bekam – um sicher zu wissen, dass er keine Einbildung war. Dass Thomas nicht von sich aus an diesen Berichten schrieb, um sie dann in ein Baumloch verschwinden zu lassen.

Von all dem wusste Editha nichts. Nur, dass Fremde im Haus

gewesen seien. Der Befund sei aber negativ ausgefallen: Thomas habe nichts zu verbergen. Sie hatte schon schwer daran zu schlucken gehabt. Sah aber ein, dass Panik unangebracht war – schließlich hatte sie keine Geheimnisse –, sondern vielmehr eine Geste des Trotzes: ihr Haus, wenn schon, für alle Leute öffnen. Hatte sie ja längst vorgehabt. Leben in die Bude bringen, Kinder zum Spielen, Dorfleute zum Unterricht – sie kamen aus Neugier, guckten sich um, missbilligten scheinbar, was Editha aus Opas schöner Gaststube gemacht hatte. So steif. Viel erfolgreicher war der Salon, da löste Alkohol etwaige Verspannungen. Und siehe, die Kollegen, die in Schierke Nobelurlaub machten, fuhren gern in dieses Nest. Also: ein paar Großstadtprominente, die Dorfprominenz mit dem Bürgermeister an der Spitze, Arbeiterkünstler, die Editha gerade förderte … In dieser künstlichen Mischung tauten die Leute auf, euphorisiert von den sozialen Widersprüchen, die sie gerade überwanden. Vor allem auch dank Thomas, der als Gastgeber sein Metier gefunden hatte, als Hobbyforscher, der mit den spannendsten Themen aufzuwarten wusste, gern sein Arbeitszimmer zeigte, das in seinem Chaos um seiner selbst willen eingerichtet schien.

Nach dem Besuch des Fremden hatte Editha darauf gedrängt, den Roman doch endlich zu veröffentlichen. Eine Instanz habe ihn schließlich für unbedenklich erklärt. Thomas lächelte über ihre Inbrunst – es war, als holte sie Versäumtes nach. Er blieb stur: Man könne ihn unmöglich herausbringen. (Dass es das Buch schon nicht mehr gab, erwähnte er nicht.) Er kündigte den Vertrag, begann, den Vorschuss zurückzuzahlen. Da machte Editha den erstaunlichen Vorschlag, das Manuskript in den Westen zu schmuggeln: Uwe, der ihm das Ganze eingebrockt habe, habe ihm ja praktisch ein Angebot gemacht. Ausgerechnet Thomas musste ihr die möglichen Konsequenzen klarmachen. Sie schwieg kindlich-trotzig. Fragte dann, ob wenigstens sie es lesen dürfte?

Er sagte, er sei noch nicht so weit. Sie fragte nicht wieder nach. Und er ging in der Rolle des *Amateurs-im-besten-Sinne* auf, melancholischer Hauch alter Bürgerlichkeit, das war gerade wieder im Kommen. Wenn man als eine derart klassische

Figur auftritt (aus einem Tschechow-Stück, vielleicht), fragt niemand, was einen antreibt.

Niemand schielte nach ihm, wenn er mit einem Stapel alter Bücher in der Schmalspurbahn saß. Das hatte er sich nur eingebildet. Er hatte ein Buch aufgeschlagen, nur aus Verlegenheit, um die Frau und das Kind nicht ansehen zu müssen. Die alte Schrift war ein undurchdringliches Dickicht. Er hatte unendlich viel im Kopf, sämtliche Seiten eines Buches übereinander gedruckt, unleserliche Schwärze. Bleisatz. Wie denn die Seiten, Zeilen, Worte wieder lösen?

Und Editha, neckisch: »Denke bloß nicht, dass du dich gleich mit deinen Büchern zurückziehen kannst! Morgen kommt der Meister. Und ich brauche deine Hilfe in der Küche.«

Er erhob sich nun aus Elis Bett und duschte sich, bis der dumpfe Nebel sich löste.

Editha saß am Küchentisch und bereitete Pfirsiche für die Bowle, neben ihr ein Haufen Brötchen, Butter und Aufschnitt. Er setzte sich hin mit seinem Kaffee und strich Brötchen. Sie sprachen nicht. Pfirsiche schälen war Präzisionsarbeit. Man schwieg versöhnlich, wie gestern beim Schweinebraten. Souverän gingen die Vogts über seine Entgleisung hinweg, er blieb verschämt zurück. Weil es gesagt war? Nicht gesagt? War es etwa egal, was er sagte?

»Wir fahren doch nach Berlin?«

»Wie bitte?«

Ein Kauderwelsch hatte er von sich gegeben, das Schweigen drückte die Worte bleiern ineinander. Jetzt könnte er sagen: *Ach, nichts.*

»Wir fahren doch nach Berlin?«

Bleisatz schmolz.

»Ja, wir fahren nach Berlin.«

Und er erinnerte sich:

Was ist das für ein Zettel?, hatte sie im Zug gefragt.

Margarethe hat mir die Adresse des Archivs herausgesucht, von der Jüdischen Gemeinde. Wirklich sehr nett von ihr.

Ja, klar, sie kennt doch alle Archive, hatte Editha gesagt. Etwas schwang dabei in ihrer Stimme: die verzweifelte Mühe,

Wärme zu hüten. Die Wärme, entschwindend, kam bei ihm an. Ein Augenblick Klarheit, Lichtung im Nebel, ein Fleck Landschaft, wie sie wirklich aussieht. Und er, für alle sichtbar, wie er war.

Das Pfeifen des Zuges, die Kurve und das Tal und wieder ein Pfiff und die Kurve und die Brücke über die Warme Bode und da wären wir wieder.

Sie tauchte die Pfirsiche ins kochende Wasser, um sie zu häuten. Mit einer Hand hielt sie jede grelle Kugel über die Kristallschale, zack, die Messerklinge blitzte und gelbe Monde fielen, alle gleich dünn, zack, als wäre nichts dabei. Da sah man erst, wie wichtig die Sache war, die Konzentration, die Leichtigkeit. Immer schön gegen den Handballen. Dass sie ja niemand ablenkt. Und sie schnitt sich nicht ins Fleisch, und es würde ein guter Abend werden. Die Pfirsichmonde zogen im Kognak. Die Gäste kamen um drei. *Abend* sagte man trotzdem.

Der Meister war gekommen, Edithas alter Professor. Er gab sich immer bescheiden, seine heitere Ruhe nahm den anderen Gästen die Scheu. Dieser doppelt geniale Mann: Er malte wie Bosch und Breughel und ließ diese schwarze Kunst als Staatskunst durchgehen. Nun ein beispielloses Monumentalbild des Slawenaufstands von 983. Ihr habt euch sicher unendlich viel zu sagen, so hatte Editha sie vorgestellt, damals beim ersten Salon. Thomas konnte dem dankbaren Meister wertvolle historische Hinweise geben, erörterte mit ihm die großen Zusammenhänge. Fragte jedes Mal nach dem Stand des Bildes und sah vor sich ein wimmelndes Panorama.

Heute ging er dem Meister aus dem Weg. Gerade die großen Zusammenhänge entzogen sich ihm in letzter Zeit. In der Häufung schmolzen die Dinge zu Klumpen. Wiederholungen fielen zusammen: Otto I., II., III., IV. Die Kaiser kreisten. Ein bunter Zug war unterwegs, ein Reigen auf der Wiese. Ihm war zum Erzählen nur das Kind geblieben, und entsprechend geriet das Erzählte. In einem unausweichlichen geschichtlichen Prozess wurde alles immer banaler, greller, falscher. Das Vergessen schuf immer eindeutigere Bilder.

All das stand ihm schon unerbittlich vor Augen, als sie Frau Barthel an der Brücke trafen. Er sah sich selbst mit leerem Blick: alles vor Augen, alles auf einmal: zusammengeschmolzen.

Das spielt sie doch nur, hatte Eli gesagt.

Jetzt sah er all diese Dinge ganz nüchtern.

Überhaupt blieb er den ganzen Abend nüchtern. Editha erzählte jedem, dass sie demnächst nach Berlin fuhren, endlich fahre auch Eli mit, und Thomas, der schließlich selbst Berliner sei. Fast hätte sie – nein. Sie erzählte nur, wie sie sich kennengelernt hatten, bei einem der schönen Leseabende damals. Dass sie endlich wieder ins Theater gehen würden. In den Tierpark. Einkaufen. Es war richtig, so zu tun, als ob es darum ginge. Um Großstadt. Eine Kostümbildnerin erzählte gerade von Heiner Müller. Thomas nickte aufmerksam und nahm doch ganz andere Dinge wahr. Elis Blick. Sich selbst inmitten dieser bunten Berliner. Das Kind beobachtete ihn, wie er einen neuen Tonfall, fremde Gestik, Modewörter übernahm. Die Berliner hatten sich verändert. Ihre Haare gewellt, zerzaust, gesträubt. Aber es war immer auch genauso wie damals, eine lärmende Menge Menschen, die man alle irgendwoher zu kennen schien, ein einziges übermütiges Lebewesen, das sich im Wohnzimmer, in der Küche, im Theaterfoyer niederließ.

Ein einziger langer Abend, eine einzige Gesellschaft, die immer wieder das Thema wechselte, sich umzog, kurze Röcke, lange Röcke, schwarz, bunt, alles war möglich, doch wichtig war ihm nur eines: die Vorstellung, dass unter ihnen eine sei, zu der ein geheimer Weg hinführte. Der Weg führte durch die Tür, auf den Gang, um die Ecke, nebenan, noch durfte er ihn nicht antreten, erst wenn er aufbrach, um nach Hause zu gehen. Doch er war schon zu Hause. Und die aufgekratzte Stimmung, nach der man süchtig werden konnte, war hier Simulation. Sie entstand aus der Schwierigkeit, die anderen einzuschätzen, selbst die Berliner schienen zu ahnen, dass so manches Gesicht verdächtig oft auftauchte und verdächtig schwer einzuordnen war. Das erfüllte ihre kühnsten Erwartungen an diesen Ort, reizte sie zu trotzigen darstellerischen Leistungen, obskuren

Witzen, Parodien, Finten, im Endergebnis zu dieser erstaunlichen Ausgelassenheit.

Eli sah Thomas unentwegt an. Er hatte ihre Frage immer noch nicht beantwortet. *Fahren wir zu Mama?* Sie könnte jeden Moment auf ihn zukommen, mit klarer Stimme die Frage wiederholen.

Wir sind Spione, Eli. Wir müssen so tun, als kennten wir uns nicht. Man lebt sein Leben lang in Deckung.

Wer ist der Mann? Ist das gefährlich?

Nein. Die Spiele mussten aufhören. Das war doch damals sein einziger Wunsch gewesen. *Ich will endlich ein normales Leben führen!*

Jemand erwähnte Rudolf Bahro. Thomas nickte aufmerksam und behielt Editha im Blick, ihre Lippen- und Handbewegungen. Langsam trocknete sein Mund aus. Es war nicht ersichtlich, ob Editha von ihm sprach. Er holte sich noch ein Glas Bowle, setzte sich hin und sah zu. Am Rande, umspült von den Schallwellen Berlins. So nüchtern war er, dass er keinem Gespräch mehr folgen, keinen Satz bilden, nicht stehen konnte, so nüchtern, da half es nicht einmal, die Kognakmonde auszulöffeln. Er saß in der Ecke und der Abend zog an ihm vorüber, in so groben Zügen inzwischen wie die Vorstellung einer Feier, wie es mal gewesen ist, wie es doch immer so ist, wie es doch wäre, wenn. Reine Vorstellung, fremde Menschen, eine unbekannte Adresse, eine nie betretene Wohnung.

Nein. Er wusste, wo er war.

Hier, im Haus überm Tal, das schon im Schatten lag. Hier oben schien noch die Sonne, hier war man schon bei Tageslicht betrunken, es gab zwar keine Sperrstunde, aber niemand wollte im Dunkeln unterwegs sein. Den Neuankömmlingen war die Befangenheit gewichen, sie würden singend zum Bahnhof zurückkehren – sie würden kichern, sich schubsen, hetzen, um den Zug nicht zu verpassen, herrlich, so zu tun, wenn man *eigentlich* nichts zu fürchten hat, bei Tageslicht. Wer alles bereits kannte, würde gemächlicher gehen, die Abendsonne genießen, melancholisch wie brave Kinder würden sie zum Bahnhof trudeln, schließlich schon so müde, dass es seine

Richtigkeit hätte, beim Anbruch der Dunkelheit zu Hause zu sein.

Noch aber tranken sie, noch waren sie *die Erwachsenen*, denn hier lief ein Kind herum. Mund und Augen aufgesperrt, als hätte es sich verirrt, weit verirrt, es lief beharrlich durch den Raum, hatte wer weiß wie viele Kilometer schon zurückgelegt. Und wo es auch hinlief und den staunenden Blick in die Höhe richtete, lächelten die bunten Erwachsenenwesen, sprachen es an, machten Platz oder bauten sich vor ihm auf mit rätselhaften Ausrufen und Fragen. Das Kind war so ganz anders, so völlig fremd hier, und hatte doch nichts zu fürchten. Die Sonne fiel durch die großen Fenster, brach sich in Wein- und Schnaps- und Brillengläsern, im Schliff der großen Kristallbowle.

Weil nicht wirklich Abend war, war Thomas noch so klar im Kopf, so kristallen klar wie das Bowleglas, das er ins Licht hob, das Funken an die Wände, in die Augen derer warf, die so dichtgedrängt vor ihm standen – er stellte das Glas auf den Beistelltisch hin. Er könnte es, man könnte es ihm kaputtmachen. Dem Kind hatte er damit ein Zeichen geben wollen. Doch er wollte nicht gesehen werden. Er gehörte nicht hierher. Er war fremder hier als das Kind, das nichts zu fürchten hatte, bei Tageslicht, während er seitwärts auf dem Sofa rutschte, in den Schatten hinein. Lächerlich, sich immer verstecken zu wollen, dieses Warten immer, bis sie sich auf einen stürzten – was hieß *immer*? als Kind? beim Versteckspiel? aber das waren doch Freunde gewesen? und sie hatten ihm doch nie etwas angetan? Nur gelacht und gejubelt: *Da hab ich dich!* Besorgt standen sie vor ihm, wenn der Schwindel ihn überkam. Eigentlich will man sich erwischen lassen.

Das Kind lief durch den Raum, drei-, vier-, fünfmal an ihm vorbei, beim sechsten Mal stürzte es sich auf die große blonde Frau, die am Kachelofen stand, im Gespräch vertieft, das Kind rannte auf sie zu, sie lachte auf, hob es in die Höhe, obwohl das Kind schon groß war, so stark war die Frau, sie hielt das Mädchen einfach in ihren Armen und erzählte weiter – und wurde rot vor Freude, als das Kindergesicht sich an das ihre schmiegte und ihm glich.

Wie kristallen klar, dass es *ihr* Kind war. Ihr Kind war sein Kind. Das Kind hatte von selbst sein absurdes Spiel durchschaut. Er lächelte und fühlte sich ganz leicht.

Übrig blieb er mit Editha in der Küche. Der Abend war gut geworden. Das sah er daran, wie sie die große Bowle an ihre Lippen hob und den Rest austrank.

»Ich war doch gar nicht so betrunken!«, stöhnte Editha am nächsten Morgen.

Und doch mussten beide den ganzen Tag kotzen.

»Aber das tut auch manchmal gut«, sagte Editha.

Recht hatte sie. Man war leer und leicht und wartete nur noch auf Erlösung. Spätnachmittags schlief man kurz auf dem Kanapee und war dann genesen. Das war die wahre *Nüchternheit*, so licht und klar, zugleich die zarte Haut und die scharfe Schneide. Doch stumpf würde alles wieder, die Nüchternheit würde stumpf und grau – oder stumpfte man nur selbst vor ihr ab?

Es galt, die noch scharfe Schneide anzusetzen. In die noch zarte Haut zu schlüpfen.

Sich schlicht und einfach erinnern: Wo bin ich und was ist passiert?

Die Lügen vergessen, als hätte ein Fremder sie erzählt.

»Spiel doch leise«, sagte er zu Eli, als Editha schon um acht ins Bett ging. »Deine Mutter will jetzt schlafen.«

Sie sah ihn an: Wen meinte er?

»Du weißt doch, dass das Mama-Spiel nur ein Spiel ist.« Stille Wuttränen in ihren Augen. Er sprach das Machtwort. Er hielt sich nicht mehr an ihre Regeln, sondern berief sich auf die Regeln des richtigen Lebens. Die musste er ihr erst schmackhaft machen. »Wir machen jetzt etwas viel Schöneres. Wir fahren alle zusammen nach Berlin.«

»Warum fahren wir eigentlich nach Berlin?« Sie klang, obwohl verheult, triumphierend. Dachte ihn zu entlarven.

Er erklärte ihr, dass es um seine wahren Eltern ging. Schließlich habe sie nach ihnen gefragt: Warum er sich nicht erinnern könne? (*Weil sie im Krieg geblieben sind?*) Er wolle wenigstens ihre Namen wissen. Mehr sagte er nicht. *Das Wort* sprach er nicht noch einmal aus. Noch nicht, so nicht. Nicht so wie Lew Lwowitsch, auf Augenhöhe, zitternd. Sätze, die nur einmal fallen, die ein Kind dann vor sich hin wiederholt, wer weiß was daraus macht. Nein, nicht so. Erst musste er selbst darüber klarwerden. Er wollte nichts Falsches mehr sagen.

Eli stellte keine Fragen. Er ahnte: Sie glaubte nicht an seine Eltern. Wer glaubte schon an sie? So ungewohnt gütig war Margarethes Lächeln an jenem Abend. Ihr Blick dagegen war fest und traurig. Als wüsste sie etwas, worauf er selbst kommen müsste. Dass nichts zu holen war, keine Schicksale aus der Statistik, keine Geschichten aus der Geschichte. Editha wusste es auch besser: *Man findet nicht immer was.*

Nun sah Eli ihn an, als hätte sie ihn durchschaut. Wir spielen nicht mehr *Mama*, hatte sie verstanden, wir spielen jetzt *meine Eltern.*

Er spürte eine solche Wut auf sie, in letzter Zeit immer wieder, er fühlte sich ihr ... ausgeliefert. Aber das war entsetzlich: *Er* war der Vater, ausgeliefert war sie. Wie konnte er nur die Dinge so verdrehen, er wusste wohl immer noch nicht, was Eltern waren, was ein Kind war, das war eine faule Ausrede. Dennoch ging seine hilflose Wut mit ihm durch. Er sagte kalt:

»Lass dir lieber ein neues Spiel einfallen.«

Und ging in sein Arbeitszimmer.

Es war sein Spiel und er musste es allein zu Ende spielen.

Ins Archiv würde er gehen, seinen Namen nachschlagen, vielleicht sähe er ihn schwarz auf weiß, auf einer Karteikarte, einer Liste. In einem Vorkriegstelefonbuch. Was er finden könnte, sagte er sich, wäre klein und endgültig, nichts, was in seinem Kopf wuchern könnte, wo er vom Hundertsten ins Tausendste käme: eine Jahreszahl vielleicht, eine ungültige Telefonnummer, eine Adresse. Und das Haus stünde leer, er würde durch alle Zimmer gehen, alle Kammern öffnen, um zu sehen, dass sie leer waren.

Dass es nur um seine Eltern gehe, war eine Lüge. Eine notwendige Lüge, um die andere Lüge zu beerdigen. Lena, aus der er etwas ihr Wesensfremdes gemacht hatte: *Mama.*

Er kannte all die Nummern, die er zu spät angerufen, all die Häuser, wo er zu spät geklingelt hatte. Er kannte Utas Nummer noch. Er wollte Uta sehen, an ihrem Gesicht die Wirklichkeit ablesen, die acht vergangenen Jahre. Und fragen, ob sie jetzt mehr wusste.

Wüsste er nur, Lena lebte in Wilmersdorf. Oder in irgendeinem Bad …heim, klein und grau am Ende der Welt. Sähe er sie nur, so klein und grau (wie war aus jenem Mädchen eine solche Frau geworden?). Oder klein und stolz mit ihrer reinen starken Flamme. Egal. Allein: egal. Zu zweit: egal. Wüsste er nur.

Und wenn es immer noch zu spät war, dann war es eben zu spät. Wenn wirklich nichts zu holen war, wenn in Berlin Menschen so spurlos untergingen – es wäre gut, das zu wissen. Wenn Berlin nur eine Stadt war, irgendeine Weltstadt mit einer Million Menschen und Straßen und Straßenbahn, kein *Zoo*, aber ein *Tierpark*, und alles kam in dieser Stadt vor, nur nicht *die Eltern*, wie ein kleiner Junge sich das vorstellt, nur nicht *die Mama*, wie ein kleines Mädchen sie sich ausmalt, aber alles bewegt sich weiter, alles hält zusammen. Er müsste nichts sagen, er müsste es dem Kind nur zeigen. Es wäre genug.

Hinter ihm ging die Tür auf, lautlos, er spürte es am Luftzug, da wollte sich jemand hereinschleichen. Ein neues Spiel. Lächelnd beschloss er, mitzuspielen. Wollte sie erwischt werden, wollte sie's nicht? Er stand auf und drehte sich um – und schon war sie weg.

Aufgescheucht stand er mitten im Raum. Die Wände gar nicht mehr auszumachen, über und über mit Zetteln, Bildern, Karten, Diagrammen beklebt, auf dem Fußboden ganze Stöße Papier, ausgebreitet nach einem System, das offenbar das Seine war. Auf dem Stuhl bei der Tür lag der Stapel neuer Bücher, der Goldschatz. Lange Zeit hatte ihn das Gefühl geplagt, seine Bibliothek sei unvollständig: Deshalb könne er den Zusammenhang nicht herstellen, deshalb fehle ihm das Bild, auf das es ankomme. Aber er ließ die neuen Bücher liegen. Es war zu spät. Er sah es schon ein.

Er sah es schon an der Europakarte, auf die er den Umriss des Waldes gezeichnet hatte, der nach jeder Quelle anders war. Eine topographische Karte hatte er auf die Unterseite einer Schublade geklebt, Wietfeld, 1929. Der fremde Herr hätte die Karte falsch verstanden. Wietfeld war ein beliebiger Ort. Denn *der* Wald war überall und nirgends. Er sagte die Namen gern auf: Hercynia silva, Hercynius jugum, Hercynius saltus, Bacenis silva, Buchonia, Arduenna, Naliboki, Rumbula. Neben der Karte hingen wüste Baumdiagramme, etymologische Herleitungen.

perk̑ᵘus**, *idg., Sb.: nhd. Eiche, Stärke, Kraft, Leben; ne. oak (N.); RB.: Pokorny 822 (1412/54), ind., ill., ital., kelt., germ., balt.; W.: lat. quercus, F., Eiche, Sommereiche, Eichel; W.: s. lat. Hercynia (silva), F., »Eichenwald«, hercynischer Wald … Föhre, Kiefer (F.); mhd. vorhe, sw. F., Föhre; nhd. Fohre, Föhre, F., Föhre, Kiefer (F.), DW 3, 1867; W.: s. germ. *forhist?, *forhistra?, Sb., Föhrenwald, Forst?; as. forest* 2, forst*, st. M. (a?, i?), Forst; mnd. vorst, vōrst, M.; W.: germ. *ferhwa, F., Leib, Leben; an. fjǫr, st. N. (a), Leben; W.: germ. *ferhwa, F., Leib, Leben; ae. feorh, feorg, st. M. (a), st. N. (a), Leben, Seele, Geist, Person; W.: germ. *ferhwa, F., Leib, Leben; ae. fierh-þ, ferh-þ (2), fer-þ (2), st. M. (a), st. N. (a), Geist, Seele, Sinn, Verstand; W.: germ. *ferhwa, F., Leib, Leben; afries. *ferch?, Sb., Seele; W.: germ. *ferhwa, F., Leib, Leben; as. fer-ah (2) 53, fer-h, st. N. (a), Leben, Seele, Geist, Verstand; W.: germ. *ferhwja, Sb., Lebewesen; s. as. firiho-s* 47, firhios*, st. M. Pl. (ja), Menschen; W.: germ. *ferhwa, F., Leib, Leben; ahd. ferah 27, st. N. (a), Leben, Herz, Seele; mhd. vërch, st. N., Leib und Leben, Fleisch und Blut; nhd. (ält.) Ferch, N., Leben, Blut, DW 3, 1527; W.: s. germ. *ferhwu-, *ferhwuz, st. M. (u), Leib, Leben; got. faír-ƕu-s 57=56, st. M. (u), Welt (, Lehmann F12); W.: s. germ. *ferhwja, Sb., Lebewesen; an. fir-a-r, M. Pl., Männer, Volk; W.: s. germ. *ferhwja, Sb., Lebewesen; ae. *fir-e, st. M. (a), Mann; W.: s. germ. *ferhwja, Sb., Lebewesen; ae. firas, M. Pl. (ja), Männer, Menschen; W.: s. germ. *ferhwja, Sb.,*

Lebewesen; ahd. firaha 3, st. M.Pl. (a?, ja), Menschen; W.: vgl. germ. *forhist?, *forhistra?, Sb., Föhrenwald, Forst?; ahd. forst 20, st. M. (a?, i?), Forst, Wald, Gehölz; mhd. forst, vorst, st. M., Forst, Wald; nhd. Forst, M., Forst, DW 4, 3; W.: vgl. germ. *fergunja-, *fergunjam, st. N. (a), Gebirge; got. fair-gun-i 22, st. N. (ja), Berg, Gebirge (, Lehmann F11); W.: vgl. germ. *fergunja-, *fergunjam, st. N. (a), Gebirge; germ. *fergunni-, *fergunniz, st. F. (i), Erde; vgl. ae. *fiergen-, *fyrgen-, *firgen-, Sb., Bergwald; W.: vgl. germ. *fergunni-, *fergunniz, st. F. (i), Erde; an. fjǫr-gyn, st. F. (i), Erde, Land.*

Mit jedem Schritt versinken, bis zu den Knöcheln, bis zu den Knien …

Er sammelte seine Zettel auf und legte sie in Kästen. Auch in den Bücherregalen gingen Sachgebiete wirr durcheinander. Hier klafften Lücken, dort lag alles kreuz und quer. Er sortierte die Querlieger in die Lücken. Unberührt ließ er den Stapel auf dem Stuhl bei der Tür.

Ein Satz ging ihm durch den Kopf, die ganze Zeit schon. Die Entdeckung der Zukunft. Die Geschichte ist die Entdeckung der Zukunft im Vergangenen. Hatte er das gedacht? Oder hatte das jemand gesagt? Einer der vielen Gäste vorgestern. Der Satz gefiel ihm. Gerade weil er so glatt war, sich so geschmeidig drehte, dass er keinen rechten Sinn ergab.

Er staubte all die Bücher ab, die nun geschlossene Reihen bildeten, und nieste heiter und zuversichtlich. Dann holte er den Staubsauger und saugte so unbeteiligt wie eine Putzkraft. Ein Luftzug wieder; er drehte sich um, die Tür stand einen Spalt offen. Jetzt sah er: ein Buch, zwei Bücher waren von dem Stapel verschwunden. Er grinste, drehte extra den Rücken zur Tür, gern konnte sie noch einmal kommen.

Nach und nach wanderte der Bücherstapel in Elis Zimmer, in ausgefeilten Geheimaktionen, die Thomas immer zerstreuter zur Kenntnis nahm. Es war gut, dass Eli ein neues Spiel hatte.

In zwei Wochen wollten sie fahren, bis dahin hatte er alle Hände voll zu tun: die Wetterseite des Hauses streichen, Gesprächen mit Margarethe ausweichen. Denn sie hatte beschlossen, mitzufahren. Eine tolle Idee, wie Editha fand. So könnten sie abends weggehen, endlich wieder ins Theater, endlich könnte Editha das rückenfreie Kleid anziehen, das sie letztes Jahr in Leipzig gekauft hatte.

Sonst würde Thomas sich um Eli kümmern müssen. Er würde Elis Blick spüren, auf der Straße, im Archiv, während er irgendwo telefonierte – er wäre versucht, doch noch ihr Spiel mitzuspielen, damit ihr trostloses, trotziges Gesicht sich aufhellte. Er sah ein, dass Margarethe mitkam, doch nun saß sie ihm im Nacken. Rief an und wollte ihn sprechen, wegen Kleinigkeiten, des genauen Tagesablaufs, was sie mit Eli besichtigen sollte. Als wäre sie damit überfordert, von der Reise überhaupt, sie schaffte es nicht einmal nach Walkenried, wo sie nun Rentnerin war und reisen durfte. (Selbst nach Rom hätte sie pilgern können!) Ja, nicht einmal nach Sorge, in ihr Heimatdorf. Doch das allein war es nicht. Sie wollte wieder mit ihm reden. Über die Ewiggestrigen, die bürgerliche Geschichtsschreibung, die westdeutsche Ostmediävistik? Und er durfte nun nicht nur mitreden, er war ihr scheinbar irgendetwas schuldig, irgendeine Auskunft, eine Antwort, ausgerechnet er, er sollte sagen, ob es richtig war … dass sie mitfuhr? Oder ob die Bücher die Richtigen waren. Umso weniger konnte er sich überwinden, auch nur ein Einziges aufzuschlagen.

Wenn Thomas nun am Schreibtisch saß, sah der Wald vorm Fenster nicht mehr wie Wald aus. Das war ein Dickicht im Hinterhof, hinter den Ästen morsches Gemäuer, und jenseits des Gemäuers Alleen. Autos rasten dort ins Zentrum, Ampel folgte Ampel. Er bemühte sich, Margarethes Zettel zu lesen, doch er raste schon selbst, er verstand nur die Straßennamen, eine Straße, eine Stadt schloss sich an die andere.

Er war einmal an einem Punkt angekommen, als er allein war, als nichts passierte, als er glaubte, es würde nie wieder etwas passieren. Das halbe Jahr, als er allein in seiner Berliner Wohnung lebte, alle Spuren vernichtet hatte, sein Buch bei den Gutachtern war. Sein Schreibtisch so leer, als hätte er alles Erdenkliche bereits geschrieben. Seine Wände so kahl, als hätte er unendlich viel verschenkt. Er hatte tagelang nicht gesprochen, er hatte es nicht nötig gehabt. Bis heute hätte er ausharren können, vielleicht hatte er wirklich bis heute ausgeharrt.

Kapitel 14

Taxi vom Hauptbahnhof, Neubauviertel, schon dagewesen? wann denn aus dem Boden gestampft? und wie vertraut dann der Rausch der großen Allee, die alles Richtung Zentrum schleuste, zum weiten Platz mit dem Weltraumschiffturm. Ensemble strenger Kästen, sofort erkannt, Umschlag eines beliebigen phantastischen Romanhefts. Linkerhand das nur aus Bildern bekannte: der Kastenpalast als blanke blinde Wand, Kupferglanz wie ein viel zu früher Sonnenuntergang. Die Erinnerung an eine Brachfläche schwand. Vorbei an mächtigen Fassaden, so verschmutzt und geschwärzt, als stünden sie seit Jahrhunderten so. Als hätte man sie niemals in Trümmern gesehen. Niemals als bloße Kulisse, zu Bildungszwecken aufgestellt, wo man als Student vor der Uni den Komparsen irgendeiner Massenszene gab. Nun war sie zu der alten Metropole geworden, die sie darstellte. Umso mehr mit diesem Luftschloss im Rücken. Der Atem der Stadt stand in den Straßenfluchten, auf den breiten Plätzen, wo die Tiefe die Trübung verdichtete. Dieser Dunst, und das Gegenlicht: Man sah den König erst, als man knapp an ihm vorbeifuhr. Den bronzenen Reiter auf dem Mittelstreifen vor der Uni. Mit hängendem Kopf, der Dreispitz schien ihm zu schwer – geschlagen sah der König aus, obwohl er so siegerhaft hier einzog. Er war schließlich auch allein. Und verschwand mit einem Ruck, als hätte er sein Pferd unwirsch zur Seite gerissen.

»Das ist doch der Alte –«

Der Taxifahrer machte ein abweisendes Geräusch und bog sogleich ab, hinter die Kulisse, unter die S-Bahn und über die Brücke mit eisernem Adler.

Eli erschrak: »Ein Riesenschiff.«

»Nein, das ist die Museumsinsel, da gehst du morgen mit der Oma hin.«

Alte Seitenstraßen. Hinter der großen Kulisse die kleine: des Traumes. Wo Thomas einst umhergeirrt war. Nun raste er durch, und die Empfindung blieb aus. Er drehte sich nach Eli um, um ihr Gesicht zu sehen. Sie hatte ein Bild von Berlin gehabt und das war nun die Wirklichkeit. Sie war wirklich hier, war das richtig so? Sie atmete tief, als versuchte sie, sich zu erinnern.

Die Linienstraße war in seiner Erinnerung lückenhaft; nun war sie geschlossen, Neubauten, nichtssagend: nichts, als dass Zeit vergangen, jedes Loch zugemauert worden war. Sie war sacht gebogen, so dass man nicht weit sah. Das war schon immer so gewesen. In den Neubauten brannte überall Licht; das Taxi hielt vor einem Altbau an.

»Wem gehört die Wohnung noch mal?«, fragte Thomas.

Editha ging vor ihm die Treppe hinauf und spähte nach den Namensschildern.

»Bekannten von meiner Freundin Petra, die sind wohl ... verreist ...« Ihre Stimme klang verzagt, Atemlosigkeit oder die Leere dieses Hauses »Das ist eh alles ziemlich inoffiziell hier. Wie deine alte Bude.«

»Das ist also der berühmte Prenzlauer Berg.«

»Ich bitte dich, Mutti! Wir sind hier in der Spandauer Vorstadt!«

Das alte *Sesam öffne dich.* Man irrt durch die Straßen, es ist zum Beispiel November und es fängt zu regnen an, man taucht in einen dunklen Eingang, wundert sich, dass das Licht noch angeht, es flackert, während man die Treppe hinaufsteigt, als hätte seit Jahrzehnten niemand Licht gemacht, niemand ist zu hören – und eine Tür geht auf und man tritt in eine saubere helle Wohnung, die Wände weiß, die Dielen abgezogen, ein paar ausgesuchte Möbelstücke, ein Teppich, den jemand aus Buchara mitbrachte, Siebdrucke, sorgfältig verteilte Kerzen. Kindlich-gelungener Zauberversuch.

Es gab sogar ein Kinderzimmer, Eli hatte es entdeckt und

stand an der Schwelle. Margarethe ließ sich im Wohnzimmer nieder, klein auf dem Kanapee. Editha ging gleich ins Schlafzimmer, ihre Schritte hallten im Gang, und legte ihren Koffer aufs Bett.

Sie hatte lauter schöne Kleider eingepackt, vor allem das Rückenfreie, das sie zu jedem Salon anziehen wollte, dann doch als zu gewagt zurücklegte.

»Ich habe im Lindenrestaurant reserviert. Soll ich *das Kleid* anziehen? Oder erst, wenn wir ins Theater gehen?«

Schon hatte sie alles auf dem fremden Bett ausgebreitet. Und auf einmal schien es möglich, sich darauf einzulassen, aufs Essengehen, auf Großstadt.

Er sagte: »Ich finde, es muss eine gewisse Steigerung geben.«

»Du hast Recht. Also heute Abend das kleine Schwarze.«

Sie spazierten zum Palast der Republik, Margarethe hatte sich entschuldigt. Thomas nahm Eli an die Hand, Editha hängte sich bei ihm ein und führte. Er ließ es geschehen, seine Schritte unentschlossen. Nicht, dass er den Weg nicht wüsste, vielmehr wurde er wie ein Hund tausender Wege gewahr. Von allen Seiten zerrten Gerüche an ihm. Es wurde dunkel, der Palast, keine Luftspiegelung mehr, strahlte von innen und gab alles preis, sachlicher Querschnitt protziger Ränge, alle Galerien, alle Marmorstufen, alle Lampen, alle Gläser auf den Gaststättentischen, alles zwischen Diskokugel und rotierender Tanzfläche, Volkskammer und Spreebowling. Ein gläserner Bienenstaat, er staunte nicht minder als Eli, die nie in ihrem Leben etwas derart Prächtiges gesehen hatte. Kurz vor ihrer Geburt hatte man angefangen zu bauen, damals, als hunderttausend junge Menschen das Stadtzentrum in einen friedlichen Ausnahmezustand versetzten. Und so friedlich wieder von dannen zogen, als genügte das Versprechen des Palastes.

Nun trat Eli ein. Das Interieur war schon ein wenig abgenutzt, aber das zeugte nur davon, in welchen Massen und mit welch guter Laune das Volk hier ein- und ausging. Das junge Volk vor allem. Auch Kinder, kleine Damen und Herren für diesen Anlass, selbst ihnen sah man die Hauptstadt an. Eli sah noch provinzieller aus als er und Editha. Aber in ihrem exzentrischen Kleidchen, das einmal ein Minikleid von Editha gewesen war, bewegte sie sich so entrückt und selbstverständlich wie beim Salon. Selbst am Tisch, als immer wieder in entfernten Ecken des weiten, vornehm flächigen Speisesaals blaues Feuer aufloderte und der Kellner schließlich mit Rechaud an ihrem Tisch stand und Flammen über die *Crêpes Suzette* löffelte, sah Eli aufmerksam hin, als hätte *sie* dies befohlen. Sie wunderte sich nicht, dass man die Speisen dem Feuer übergab, und dass es sie nicht verzehrte.

»Das können wir auch zu Hause machen! Beim nächsten Salon mache ich das.« Editha sann und spielte mit der winzigen Kaffeetasse, die in ihrer großen Hand unpassend aussah, sie aber so passend wie noch nie. Thomas ging zur Toilette, nur um sich dem Tisch wieder nähern zu können, Edithas Rücken von Ferne zu sehen, ihr Profil, wie geschmeidig sich alles fügte, wie das Licht ihr lag; wenn sie im Salon glänzte, war das nur ein Abglanz. Wenn sie hier geblieben wäre … aber sie wäre nicht geblieben.

Berlin war wie Halle oder Rostock oder Halberstadt. Berlin war wie jede andere Stadt, bloß noch mehr. Was war dieses *Mehr*? Berlin war keine Stadt aus einem alten Buch. Keine Stadt, wie Eli sie malte. Berlin war eine richtige moderne Großstadt. In Berlin gab es nichts Altes mehr. Papa hatte erzählt, wie er ankam und alles kaputt war. Wie Türme und Streben und Bögen sah das aus, und es waren doch nur nackte Reste. Wie hunderttausend Burgruinen. Das hätte Eli gern gesehen. Wie nur noch eine Wand stand und an der Wand sah man Tapeten, Bilder, Waschbecken, Spiegel. Da hatte Papa gespielt, als er Waisenkind war. Eli wäre gern Waise gewesen.

Thomas schlief tief, er wachte erst auf, als Editha vom Einkaufen zurückkam. Es war nicht einmal acht, und sie hatte schon Brötchen und Käse und Wurst aufgetrieben und breitete alles auf dem Küchentisch aus. Allerdings gab es keine Zeit für ein gemütliches Frühstück, denn Editha musste zu der Tagung. »Ihr müsst nicht wegen mir so hetzen, lasst euch Zeit«, aber

Thomas war die Hektik willkommen. Er musste Margarethe loswerden.

»Mutti, Thomas kommt schon allein zurecht, um Eli sollst du dich kümmern. Wie willst du Eli im Archiv beschäftigen? Ihr das Karteisystem erklären? Ihr sollt ins Pergamon-Museum! Da kannst du ihr endlich zeigen, dass Geschichte auch Spaß machen kann!«

Margarethe schwieg stur, mit geschürzten Lippen. Zog sich zurück wie hinter einen Riesenschreibtisch, Professorin emerita. Aber ihr Blick zu Thomas war hilflos. Als ob *sie* allein nicht zurechtkäme.

Eli sah aus dem Fenster.

»Macht das unter euch aus, ich muss mich jetzt beeilen.«

Thomas stand ebenfalls vom Tisch auf, Oma und Eli sollen sich einen schönen Tag machen, ein bisschen flanieren, wo es noch kühl und frisch sei, und dann ins Museum, er brauche ihre Hilfe nicht, mit Recherchen habe er schon seine Erfahrungen. Er hängte sich bei Editha ein und brachte sie zur Straßenbahn.

Auf der Oranienburger Straße blieb er stehen. Die Häuserfront linkerhand zog sich in die Ferne. Unweit ragten die Türme der Synagoge. Er müsste vorher ins Gewirr der Seitenstraßen einbiegen, das Archiv war gleich um die Ecke. Die Synagoge hatte er damals gemieden. Das unangenehme Gefühl, wenn er doch an ihr vorbei musste: beobachtet zu werden, wie er, sich duckend, nach ihr schielte.

Er trat von einem Fuß auf den anderen. Es war, als stünde jemand hinter ihm und röche seine Angst.

Hastig lief er los. Sonst kämen gleich Margarethe und Eli. Er bog in die Auguststraße ein, lief noch über die Kreuzung hinweg, wo er noch mal hätte abbiegen müssen. Er lief, als müsste er jemanden loswerden. Vielleicht Margarethe. Eine fremde, unverständliche Dringlichkeit, der er einen Schritt voraus sein musste, um überhaupt noch zu spüren, dass er in eigenem Auftrag unterwegs war. Denn sein Auftrag war auf einmal schwer zu fassen. Ein kleiner, abgegriffener Zettel. Hätte er bloß nichts erzählt.

Er wollte doch noch eine Runde ziehen. Flott, aber nicht gehetzt. Knapp vor rot über die Straße. Sich gelegentlich umdrehen, um nach Straßenschildern zu schauen, als wäre man hier fremd. Sich dabei vergewissern, dass der Verfolger, sollte es ihn wirklich geben, schon abgehängt war. Solche Fachkenntnisse hatte er sich angeeignet, oder nur eingebildet, absurdes Spiel. Und doch beflügelte es, je länger er lief, scheinbar unbeobachtet. Er sagte sich, dass er sowieso erst ankommen musste, der Weg ins Archiv so kurz nicht sein durfte, schlimm wäre es, wenn er gleich hinginge, noch ohne begriffen zu haben, wo er war, er könnte hineinspazieren, ein Buch bestellen, eine Akte, bereits kurze Zeit später mit tauben Fingern die richtige Stelle finden, Namen oder eben keine Namen, und nichts dabei spüren.

Und er hatte noch einen anderen Auftrag, einen anderen Zettel: mit Utas Nummer.

An der ersten Telefonzelle lief er noch vorbei, an der zweiten zwang er sich, stehen zu bleiben. Er nahm den Hörer, ein greifbares Ding, die Wählscheibe mit ihrem kleinen konkreten Gewicht, die er kreisen ließ.

Niemand ging ans Telefon. Doch als es klingelte, sah er eine leere Wohnung, in die jemand irgendwann zurückkehren würde. Eine Küche: Dort vor zehn Jahren saßen zwei Studentinnen beim Tee.

Eine kleine Runde noch, sagte er sich, aber der Bogen, den er schlug, war zu groß, um ihn an einem Tag zu schließen. Er lief schnell, sah alles gestochen klar und doch gar nicht, als eilte er etwas entgegen. Der nächsten Telefonzelle. Oder schnellte er rein mechanisch davon, da plötzlich losgelassen, oder war das Fliehkraft, zogen die Akten ihn doch und ließen ihn in diesem weiten Bogen fliegen? Dass er hingehen würde, stand fest, auf welchen Umwegen, war doch gleichgültig.

Er war glücklich. Deshalb lief er so schnell. Er war endlich allein, niemand wusste, wo er war. Er aber. Jetzt doch. Kastanienallee. Hatte sich irgendetwas verändert? Selbst die Plakatierung, wild oder offiziell, schien seit Jahren schon zu hängen. *Katze zugelaufen.* Er musste sehr genau hingucken, um in diesen verblassten Meldungen irgendeine neue Zeit zu erkennen. Diese Zeit sah einfach alt aus. Diese achtziger Jahre.

Und doch – die Zionskirche kündigte eine »Friedensdekade« an. Anscheinend ein Separatfrieden; rührend selbstgebacken sah er aus. Nicht die 3x3-Meter-Taube der offiziellen Anti-NATO-Kundgebungen. Thomas stand unentschlossen da. Der süßliche Religionsgeruch vertrieb ihn. In jeden grausamen Kaiserdom drang er ein, und gern, aber in eine *Friedenskirche*...? Lieber in die Oderbergerstraße. Dort war eine Szenekneipe gewesen. Nun eine Bäckerei. Die aber auch schon so alt aussah, dass er an seinen Erinnerungen zweifelte. Ein Schuster, eine Zierfischhandlung. Er kehrte um, lief um das Ziffernblatt Berlin herum zu der alten Fabrik, die er kaum verfehlen konnte. Sie stand noch; alle Eingänge zugemauert, ein Zaun drum herum. *Einsturzgefahr.*

Aber siehe da, die Spelunke, wo sie immer Bier geholt hatten, die gab's noch. Er lief schräg über die Kreuzung und stand vor der Tür. Sie hatte noch zu. Eine *Lesung* wurde angekündigt. Damals war die Szene nur hingegangen, um sich unters Volk zu mischen. Und jetzt – Kunstdrucke an den Wänden.

(*Du kennst sie doch, die Russin von der Uni, kannst du dich um sie kümmern?* Lena weinend am Tresen.)

Da kam ein Mädchen um die Ecke geschlendert, beäugte ihn, als stelle *er* eine Provokation dar. Kaum fünfzehn, die spindeldürren Beine steckten in einer engen schwarzen Lederhose, die Lederjacke klapperte vor Schnallen und Nieten, ihre Haare standen in die Höhe, blau wie Rechaudflammen. Sie guckte so dreist und böse wie die Omas, die nach ihr schielten. Es gab diese Fabelwesen wirklich, diese *Punks.* Die schwarzumrandeten Augen dieser Göre weiteten sich, weil er auf einmal so grinsen musste.

An der Ecke stand eine Telefonzelle. Er griff nach dem Hörer, die Scheibe kreiste, ganz in der Nähe schien es zu klingeln. Und niemand nahm ab.

Was ihn keineswegs entmutigte. Noch einmal sah er diese stille Wohnung, als säße er selbst in der Küche. Er musste Geduld haben. Denn wie lange wartete Uta schon auf seinen

Anruf? Er fühlte sich auf zuversichtliche Weise schuldig. Das hatte dieses Elfengör vorhin bewirkt. *Das hätte Lena sein können.* Obwohl sie ihr nicht ähnlich sah. *Trotzkopf. Wildes Kind.*

Ein Bild blieb von jenem Tag: die Platanenallee, der Soldat, der oben auf der Leiter wackelte, an das Wort Дубчек nicht herankam. Thomas stellte sich vor, es stünde immer noch. Wieder musste er lächeln. Er achtete auf die Häuserwände und sah schließlich, mit Befriedigung: *Solidarność.*

Der Bogen spannte sich weiter, er konnte jetzt nicht ins Archiv, nicht so. Eins nach dem anderen. Er war immerhin endlich bei sich angelangt. Konnte lachen über das Gefühl von heute früh: seine Schwiegermutter, oder sonst wer, sitze ihm im Nacken. Und wenn schon. Damals war es Lena, die sich von jenem Wort, mit dem er sie fatalerweise beeindrucken wollte, so derart beeindrucken ließ. *Du musst von hier weg. Wir können deine Eltern suchen.* Bis er nichts mehr davon wissen wollte. Sie war Margarethe so ähnlich! So stur, so fanatisch, so verbissen. Der Gedanke war befreiend. So schien alles klein und handhabbar. Eins nach dem anderen. Erst Lena aus der Schublade nehmen, die herauslektorierte Gefährtin. Er war so weit, auf ihre Fragen einzugehen. Dürfte er nur selbst die Frage stellen: ob sie gut angekommen war?

Er rief aus der nächsten Telefonzelle an. Und aus der Übernächsten. Setzte sich in ein Café. Die Stadt schwang in ihm nach. Er lief weiter.

Gegen fünf ging ein Mann ans Telefon. Er wusste nichts von einer Uta.

Eine Minute lang stand Thomas noch da und blickte über die Greifswalder Straße. Dort fing sein alter Kiez an. Von diesem Telefon hatte er oft Uwe angerufen. Hatte auf den Zeitungsladen geblickt, schräg gegenüber. Liefe er daran vorbei, könnte er bald in seine Straße einbiegen, von weitem schon die Holunderbüsche sehen, die sein Hinterhaus verbargen. Er eilte in die andere Richtung. Fragte schrill an einem Kiosk nach der nächsten Post und schlug dort im Telefonbuch nach. Utas Name war nicht zu finden. So leicht fiel es Frauen, unter dem Alias der Ehe unterzutauchen.

Er ging nach Hause, *nach Hause* dachte er seltsamerweise. Noch war niemand da. Er räumte in der Küche das gewaschene Geschirr weg, kochte einen Tee und setzte sich hin. Hätte er nur nicht aufgeräumt. Es gab hier nun keine Spur vom Leben mehr.

»Freunde von Petra … verreist …« Edithas Stimme verhallte im Treppenhaus, alle Wohnungen waren leer, *verreist* waren alle.

Die anderen kamen wieder, hatten sich schon auf der Straße getroffen, alle mit gefüllten Einkaufstüten. Besetzten die Küche, machten sich ans Abendbrot. Editha erzählte lang und breit von den schrecklichen Sitzungen. Margarethe machte den Mund auf. Doch Eli ließ sie Gott sei Dank nicht mehr zu Wort kommen. Pergamon, Babylon, Uruk. Ihr Tag, er musste dankbar sein, war gelungen. Ihr hatte nichts gefehlt. Schließlich brachte Editha sie ins Bett, räumte den Tisch und holte eine Flasche italienischen Rotwein hervor und gute Gläser und Kerzen aus dem Wohnzimmer. So entsteht erwachsene Feierlichkeit, womit man Kinder neidisch macht. So vertraut. Dass eine Frau ihm gegenübersaß, so greifbar. Wie selbstverständlich. Und dass sie keine Fragen zu stellen brauchte.

Sie fragte: »Hast du irgendetwas herausgefunden?«

»Noch nicht«, sagte er schließlich. Sein Verlegenheitslächeln war nicht als solches erkennbar, sah vielleicht sogar schlau aus. Jedenfalls schwiegen die beiden ratlos und respektvoll.

Erzählen sollte er, wenn er bereit war. Editha würde nicht nachhaken. Obwohl sie doch ganz froh war, zu wissen, was mit ihm los war. Der Schreck über seinen Ausbruch beim Sonntagsbraten war vergangen. Männer hatten immer irgendwelche Geschichten. Diese schien einiges zu erklären. Und hatte mit ihr persönlich nichts zu tun. Nur mit der Geschichte an sich, mit dem großen Schrecken, von dem sie, wie er, nichts mehr wusste, denn niemand erinnert sich an sein Geburtsjahr. Über diese Zeit, nach ihrer Erfahrung, war kaum etwas herauszukriegen. Längst hatte sie sich gesagt, es sei nicht der Mühe wert. Bis Thomas nun mit seiner Geschichte kam, die immer abgründiger wurde, an Dinge rührte, die nicht denkbar waren, bis sie sich fragte, ob diese Geschichte nichts anderes sei als die größtmögliche Geste, ein extravagantes Alibi oder einfach die unmäßige Antwort auf das schwarze Loch, aus dem sie beide entstanden waren – und für dieses blinde Vorpreschen musste sie ihn fast bewundern.

Eli lag wach. So viel Stadt und kein Wald, das war wie immer ohne Schlaf sein. Wie ein Bahnhof mit lauter Zügen, die nicht hielten. Das war das *Mehr* von Berlin. Große Blöcke, die auf sie einstürzten. Sie wollte nicht zurückweichen. Keine Angst zeigen. War das Angst? Nein, dafür war sie zu stolz. Sie hatte sich die Stadt nur anders vorgestellt. Doch wie? Alles stürzte auf sie ein. Dann trat sie mit Oma in das Pergamon-Museum und es war, als kämen die Blöcke auf eine seltsame Weise zu liegen. Quader und Säulen und steinerne Gestalten, an denen all die Stimmen abprallten, und doch so still und unberührt. Riesige Räume, dicht beieinander, ganze Reiche und Scharen von Göttern, Oma erzählte, bis sie atemlos war, aber Eli konnte sich das alles nicht merken.

Hoch oben in den Hallen, fast unter der Decke, waren große Bilder, schön gemalt: Felsen und Quader, die durcheinander unterm weiten Himmel standen. So sahen die Städte aus, als man sie vor fast hundert Jahren ausgrub.

»In Deutschland«, sagte Oma, »malte man schon immer gern Ruinen.«

Nach dem Frühstück blieb Thomas, als die anderen gingen, und räumte den Küchentisch ab. Er habe es nicht so weit, sagte er, er könne schon noch abwaschen. Er wollte allein sein in dieser Wohnung. In der Nacht war er an die Bettkante gerückt, wollte aufstehen und dem nachgehen, was er gestern hier empfunden hatte. So etwas wie – deutliche Abdrücke, überall. Negativbilder. Umrisse auf Polstern, Kissen, Laken.

Er ging in das Arbeitszimmer. Es hätte von Uwe sein können: Die Bücher erzählten die gleiche Geschichte, nur um ein dünnes Kapitel ergänzt, die paar Anläufe der letzten Jahre, die man genauso gut hätte lassen können. Und schließlich, er war sich nun sicher, hatten sie alles sein lassen, und waren *verreist* – sie: Frau, Mann und Kind, ihre Kleidung hing noch in den Schränken, am Kinderbett klebten bunte Abziehbilder, oben im Schrank lagen Brettspiele, Stofftiere, wenige, als hätte das Kind alles an Spielzeug mitgenommen, was es nur konnte. Obwohl die Eltern auf das Kind eingeredet hatten: drüben gibt es alles, und noch viel schöner. Selbst ließen sie alles stehen und liegen, denn auch wenn drüben alles schlechter sein sollte, nichts wollten sie mitnehmen. Das Kind aber ließ man gewähren. Nun standen die Ostspielsachen im Westberliner Schrank, das Kind hatte sie vergessen, nur die Eltern nicht. Das würden sie geahnt haben.

Was für eine gnädige Zeit, man durfte gehen, alles stehen lassen. Jahrelang stünde es. Alles stand. Alles wurde registriert, wer ging, wer blieb. Und weiter nichts. Niemand musste sich verstecken. Niemand wurde vernichtet. Man tat nur so, als ob nichts wäre. Das Staatsgeheimnis war Still- und Leerstand. Es käme kein neuer Krieg. Dieser Krieg war Frieden. Trostlose Tauben. In Polen auch nichts Neues, nur ein Scheingefecht mit diesen »Hitzköpfen der Solidarność«. »Provokation«, sagt derjenige, der Krieg gern hätte, könnte er sich nur dazu aufraffen. Der letzte Weltkrieg lief noch aus, immer schwächer, lau, geronnen. Wer hatte jetzt noch Ahnung von Vernichtung?

Wer, wenn nicht er? Rasch zog er seine Schuhe an, stürzte ins Freie. Hatte er gestern befürchtet, nicht bereit, taub zu sein – nun war er so weit, das Schlimmste zu erfahren oder eben nichts: das Nichts der Vernichtung wollte er sich vor Augen führen. Alles, nur nicht diese Lauheit. Er fand das Archiv sofort, klingelte übermütig, als müsste ein alter Freund aufmachen – da fiel sein Blick auf die Öffnungszeiten. Heute, Freitag, nur vormittags. Es war zehn nach zwölf.

Er stand noch eine Viertelstunde da, vielleicht käme doch noch jemand heraus. Aber der Archivar hatte mit preußischer Pünktlichkeit seinen Posten verlassen, oder ignorierte die Klingel, die Thomas noch zwei-, dreimal drückte. Im zweiten Stock lehnte eine alte Frau auf einem Kissen im Fenster. Ein ganz normales Wohnhaus. So, wäre man enteignet worden, stünde man vor dem eigenen Haus, läse man einen fremden Namen auf dem Klingelbrett, niemand würde aufmachen, denn alles wäre ordnungsgemäß und rechtskräftig.

Du kommst zu spät, würde man mit Recht sagen.

Würde zum Beispiel ein grauer Herr sagen, süffisant lächelnd, eine Erscheinung aus dem Nichts.

Thomas lief so schnell weiter, dass Passanten sich nach ihm umdrehten, er hatte ihn nicht, den Vernichtungsbeweis, er hatte keinen Halt. Kein schwarzes Loch, kein Sog, alles lief aus, längst grau. Wie viel wärmer war es in der Stadt als im Wald, alles leer, ausgebrannt, ein Brand, den die Häuserwände speicherten. Der Wind wechselte, er roch Speisen. Da war doch Leben überall. Er war diese Häuser nur nicht mehr gewöhnt, aneinandergereiht wie schwere Möbel und voll bis obenhin, alle Fächer voll mit Essen und Kleidung, Decken und Schuhen, Bildern und Geschriebenem. Ungeheure Karteien, kaum zu stemmende Stöße Berichte. Lächerlich, sich über ein geschlossenes Archiv zu beklagen, wenn man vor diesen endlosen Regalen stand.

Nicht endlos. Er bewegte sich am Rand entlang. Jede Querstraße mündete in eine wässerige Helligkeit, solches Licht fällt durch Schlieren in amtliche Räume, in den Aktenbestand. Er lief Richtung Licht, bis er die von hier unscheinbare Barriere sah, dann in dieser Entfernung an ihr entlang, er hatte vergessen, wie hatte er vergessen können, dass man sie hier sah? So alltäglich wie eine Mauer, die Hinterhöfe trennt, doch sie war das Endlose, immer lag sie linkerhand. Kurzentschlossen lief er auf sie zu, immer noch so schnell. Dann blieb er an der Ampel stehen. Unnötigerweise, denn weit und breit fuhr kein Auto. Sein Vorwärtsdrang hatte sich erschöpft, so natürlich, als wäre er angekommen. Bei sich nämlich. Bei der Erkenntnis: Man drang nicht einmal zur Grenze durch. Ob sie im Wald unterging, ob sie schon an der nächsten Kreuzung die Stadt durchtrennte – es war gleichgültig. Er war jetzt schon *nah dran* und war es schon immer gewesen. Ein alter Mann lehnte im Fenster. Thomas blickte so lange die Straßenschlucht hinab, bis alles sich drehte, er in einem tiefen Lichthof hinaufzuschauen schien.

Als er umkehrte, spürte er die Schadenfreude eines theoretischen Beobachters – dem das Eigentliche entging: Er war am Ziel. *Ich bin wirklich in Berlin*, dachte er. Als wäre es ihm verwehrt gewesen. So würde es denen gehen, die ausgereist, die gestorben waren, so würden sie staunen, diese grauen Straßen wieder zu betreten, könnten sie auf einmal kommen und gehen. Die Grenze lag immer nur im Rücken, die Grenze, zu der man nicht durchdrang, hob sich selbst auf. Er kam an, wie einer von ihnen ankäme. *Wie du.* Hatte er die Stadt zu früh verlassen? Hätte er nur noch diese Kilometer zurückgelegt damals, wäre er da schon geheilt gewesen? Unter der Hochbahn, spätnachmittags, aß er eine Currywurst. Er hatte oft hier gestanden, während er an dem ersten Roman schrieb, und vor allem in der Zeit danach: frierend warmes Essen in sich reingestopft, bereits bei Dunkelheit, fünf Uhr morgens oder nachmittags, verbrannte Zunge, kalte Füße, Benzingeruch auf dieser Verkehrsinsel, wo man am Stehtisch ausharrte, noch einen Kaffee trank.

Bleibt nur die Frage, sagte er sich: Welche Geschichte erzähle ich? Heute Abend, wenn man fragt. Denn das kann ich ja. Erzählen: Da war *nichts.* Erzählen: Da war *etwas.* Ein Etwas, das vernichtend wäre. Etwas, von dem ich schon einmal zu berichten versuchte und das doch dabei unterging: Ein Wort nach dem anderen fiel weg, war unaussprechlich, bis nichts blieb als diese grüne Landschaft. War nicht bereits alles gesagt?

Als er ankam, machte Margarethe gerade Kakao, so hektisch, als schriee Eli in höchster Not und nur Kakao könnte heilen. Aber Eli saß still am Küchentisch. Viel zu still. Margarethe schenkte auch ihm ein. Die Milch war verbrannt.

»Und?«, fragte sie.

Er war es doch leid, Geschichten zu erzählen.

»Dummerweise habe ich vorher noch einen Spaziergang gemacht. Das Archiv macht heute schon um zwölf Schluss, ich stand vor verschlossener Tür.« Und dann: »Um ehrlich zu sein, ich bin auch gestern gar nicht hingegangen.«

»Wie denn das?«, fragte sie scharf, als ob das rein unmöglich sei.

»Ach«, sagte er, »ich kriege einfach nichts auf die Reihe.«

Ihr Blick war nicht auszuhalten. Keine Spur von Verachtung, und doch war da ein Vorwurf, als hätte er sie hängenlassen, ja, als würde er sie geradezu quälen.

Sie besann sich: Es war ihre Aufgabe, ihm zu helfen. »Ich rufe ihn an. Er müsste eigentlich noch da sein. Im Hinterhof ist eine Synagoge, er ist auch Gemeindediener und heute und morgen ist ja Gottesdienst.«

Margarethe verließ flotten Schrittes das Haus. Ihren Kakao hatte sie nicht berührt. Mit einer geeigneten Aufgabe ging es ihr gleich viel besser. Synagoge, Gemeindediener. Das war zu viel. Da würde einer sitzen mit langem Bart und Käppi … Wie hatte er sich den Archivar vorgestellt? Wie Lew Lwowitsch, ja, zitternd, hager, zu groß für seinen Bürostuhl, so fehl am Platz wie Thomas selbst. Und Thomas war der ersehnten Begegnung ausgewichen. Sie wäre nicht auszuhalten, es sei denn ganz am Ende der Geschichte.

Doch der Archivar war ein Jude, den andere besser kannten als er.

»Morgen um vier«, sagte sie, als sie wiederkam. »Ich würde mitkommen, aber morgen muss ich selbst etwas erledigen.«

»Du kennst den Archivar?«

Sie fing zu stammeln an, er verstand nicht, warum, es ging nur um ihre akademische Laufbahn. Vor dem Krieg hatte sie Mediävistik studiert. Als Editha klein war, hatte sie einen Neuanfang versucht: Sie wollte in Magdeburg in Neuerer Geschichte promovieren. Er hatte den Faden schon verloren, so durcheinander erzählte sie, als sie sagte:

»Ich wollte über die Partisanen in Weißrussland schreiben. Ich erfuhr nämlich, dass es dort auch jüdische Widerstandsgruppen gab. Das fand ich *unheimlich interessant.* Da habe ich den Archivar angeschrieben. Er hat mir Kontakte nach Minsk vermittelt.«

»Naliboki«, sagte er. Ihre Blicke trafen sich überrascht: zwei Fachleute. »Du hast mir nie etwas davon erzählt.«

Und schon, da seine Stimme unfachmännisch zitterte, sah sie weg. »Ich habe die Arbeit nicht geschrieben, das Thema wurde abgelehnt.«

»Was denn sonst.«

»Ja, was denn sonst. Es war richtig so. Ich hatte den falschen Standpunkt.«

»Hat man dir gesagt.«

»Ich hatte den falschen Standpunkt«, sagte sie unbeirrt, und in diesem Moment kam Editha, wieder einmal mit Einkaufstüten, mit der Atemlosigkeit des Gelungenen, guter Dinge, bis sie sah, wie still und bleich Eli dasaß.

Sie waren den ganzen Tag nur herumgelaufen, Margarethe hatte Eli über die Geschichte Berlins aufgeklärt, ohne Pause, weil Eli um keine Pause bat, ohne auch nur einen Imbiss einzunehmen, weil Eli nicht sagte, dass sie Hunger hatte. Editha kniete sich hin und zog ihr die Schuhe aus, die Socken waren blutig, die Füße voller Blasen, die guten Stadtschuhe taugten nicht für solche Fußmärsche. Aber sie habe nichts gesagt, keinen Mucks von sich gegeben. Thomas stand hilflos im Hintergrund: Auch er war durch die Stadt gestürzt und hatte kaum einmal an Eli gedacht. Editha wusch und verband Eli die Füße und Margarethe zappelte mit den ihren, schuldbewusst, aber das nahm Editha auch noch übel. Warum sei Margarethe überhaupt mitgekommen, nur um Unruhe zu verbreiten, offenbar wisse sie nicht wohin mit sich, mit dem Kind. Ihr fiel nichts Besseres ein, als mit ihm eine achtstündige historische Stadtführung zu unternehmen, von der es völlig überfordert gewesen sei. In diesem Moment richtete Eli einen besserwisserischen Blick auf sie. Aber immer noch so blass.

Zuerst war die Oma ihr zu langsam gelaufen, Eli zerrte an ihrer Hand und hörte nicht zu, Oma erzählte von einem Ministerium, das hier gestanden habe und von einem Amt und von einer Kanzlei, und Eli stellte keine Fragen, weil es sie nicht interessierte. Sie wurde müde und zerrte nicht mehr und ging brav an Omas Seite und hörte, dass Oma längst von anderen Dingen sprach, die sie doch interessierten: Sie erzählte von

Wietfeld. Aber was? Alles ging in Elis Kopf durcheinander. Große graue Blöcke stürzten. *Ministerien.* Und doch war auch der Wald da. Da müsste er sein. Schön war das. Wie er grün zwischen den Blöcken wuchs.

Kapitel 15

Morgens lag Eli auf dem Fußboden, sie war aus dem Bett gefallen. Das war ihr noch nie passiert. Und Margarethe war schon über alle Berge. »Was muss sie denn so Dringendes erledigen? Egal, uns kann es recht sein, so können wir in aller Ruhe durch den Tierpark schlendern ohne irgendwelche Vorträge über die zoologischen Sammlungen der Hohenzollern.«

Wir, sie meinte auch ihn. »Ich habe einen Termin im Archiv«, wehrte er ab, sollte denn doch noch etwas dazwischenkommen, ihn noch einmal hindern, woran denn hindern? Vor allem daran, allein zu sein. »Allerdings erst um vier«, fügte er hinzu.

Denn sie schien vor allem *ihn* zu meinen. Hatte er ihr seinen Traum vom Zoo erzählt? Glaubte sie das erlösende Bild herzustellen, Vater-Mutter-Kind-und-Tiere, das in keinem Archiv zu finden war, auf das er sonst nicht gekommen wäre, *weil deine Frau dich manchmal besser kennt, als du selbst*?

Er beschloss, dass es richtig war. Nicht noch einmal seine Runden zu drehen. Auf welche Abwege wäre er da geraten, doch noch jenseits der Greifswalder, wen hätte er zufällig treffen, gar aufsuchen können, zumindest auf einen Gedanken wäre er gekommen, auf ein Bild, auf das er im Tierpark nicht käme, und das war gut so.

Sie liefen dort den Hauptweg entlang, Mutter-Vater-Kind. Eli ging nicht in der Mitte, weil sie mit einer Hand einen Luftballon hielt. Das Bild stimmte, es ging auf, er ging auf, er war nicht das Kind, er war der Vater, es war richtig so.

So war es denn egal, was er nachher im Archiv fand. Und wenn es egal war, würde er da nicht eher fündig werden?

Auf einmal schien er jemanden flüchtig zu erkennen. Er kam nicht dahinter. Dann doch: Ihm war, als sähe er sich. Von hinten, ein dunkelhaariger Junge mit einem Zeichenblock, der in das Raubtierhaus verschwand. Er machte sich klar, dass er jetzt der Vater war. Dabei hielt er nun den Luftballon. Er musste damit abseits stehen, weil Eli vor den Flamingos stand und der Luftballon sie scheu machte. Er stand da und spähte nach dem Kind.

Aus dem Raubtierhaus trat Uta. Sie hielt ein kleines blondes Mädchen an der Hand. Hinter ihr das andere Kind, das er gesehen hatte, mit einer alten Frau, die es nicht an der Hand hielt, denn sie trug schon eine Einkaufstasche und hatte nur einen heilen Arm. Sie liefen auf ihn zu und sahen ihn noch nicht, er stand da mit dem Luftballon. Erst als Eli angerannt kam, und Editha hinterher, um ihm irgendetwas von Flamingos zu erzählen, sah Uta hin und blieb stehen, und die anderen auch, Galina Ossipowna und das dünne dunkle Kind, aber das blonde Mädchen machte sich davon und Uta drehte sich zornig um. Thomas wandte sich ab. Als er sich wieder umsah, waren sie verschwunden.

»Kennt ihr euch?«

»Ich habe ständig das Gefühl, irgendwelche Leute zu kennen.« Seine Stimme zitterte. »Es ist wirklich schlimm.«

»Frag sie doch einfach.«

»Jetzt sind sie weg.«

Fünf Minuten später sagte Eli: »Guck mal, Papa, da ist das Mädchen mit dem Zeichenblock – jetzt ist sie schon wieder weg.«

Sie hatte Recht: Das dunkelhaarige Kind war ein Mädchen.

Thomas führte Eli noch an das Bärengehege, aber die Bären waren nicht zu sehen. Editha stellte sich zu ihnen. Sie blickten minutenlang auf die Felsen.

»Eigentlich muss ich los … Es wird schon knapp … Ich darf nicht zu spät kommen, Margarethe hat sich solche Mühe gegeben.«

»Ja, dann fahren wir halt mit, es ist eh viel zu heiß.«

»Ich bleibe hier«, sagte Eli so fest, dass Editha lachen musste.

»Darf ich auch bleiben?«

»Ja, du darfst auch bleiben.«

Thomas band Eli den Luftballon um das Handgelenk, sie sah ihn so ruhig an, als hätte sie ihm das Bleiben verboten. Er konnte sich nur umdrehen und Richtung Ausgang laufen.

In diese Richtung waren auch die anderen gegangen. Er stand wie vor einem Wimmelbild: Hier war das ganze Leben ausgebreitet, die Ordnung täuschte fröhliche Anarchie vor. Wenn sein Blick nirgends haften blieb, er seine Schritte nirgendwohin lenkte, einfach hinausspazierte – war das nicht vorzuziehen?

Kurz vorm Ausgang sah er das dunkle Mädchen am Elefantengehege, über ihren Zeichenblock gebeugt, während die anderen ungeduldig warteten.

Er trat zu ihnen. Hatte er an Utas Gestalt die Zeit ablesen wollen? Sie entsprach seinem Wunsch: immer noch schön, nun mit Dauerwelle, nach der Mode des neuen Jahrzehnts gekleidet – mehr verändert als Lenas Mutter. Als Kind schienen ihm alle Erwachsenen so alt, wie Galina Ossipowna jetzt war, so beherrscht und herrisch, so sehr im Recht, so müde.

Sie schienen auf ihn zu warten, sich schon verständigt zu haben – über ihn, über das Mädchen, das ohne hinzuschauen weiterzeichnete.

»Das ist meine Tochter Jacqueline«, sagte Uta, ihre Hände auf den Schultern der kleinen Blonden. »Und das –«

Sie sollte es nicht aussprechen. Auch wenn das hier ein Nennbild war. Das sind die Löwen. Das sind die Wölfe. Das ist der Papa. Das ist die Tochter. Denn *nicht nur Schlimmes…*

»Das ist Vera.«

Da sah sie hin, fast böse, man hatte sie gestört. Mit solcher Hingabe hatte sie gezeichnet, in solch gequälter Haltung, über das Blatt gekrümmt, als wollte sie es abschirmen. Jetzt betrachtete sie ihn mit dunklen Augen, weit und starr, waren das *ihre*

Augen? Wie war aus jener Frau ein solches Mädchen geworden? Als sie stand, ihm die Hand gab, sah er wieder sich selbst.

»Wir wollten gerade gehen«, sagte Uta.

»Ich auch. Ich muss leider …«

»Dann können wir ein Stück zusammengehen.«

Sie liefen Am Tierpark entlang, dann Alt-Friedrichsfelde Richtung Zentrum, liefen einfach.

»Wie geht's dir denn? Du bist wohl nicht mehr in Berlin?«

Er gab die Sätze von sich, die er zurechtgelegt hatte, für den Fall, dass er Bekannte träfe. Das Haus im Harz. In Ruhe schreiben. Eli inzwischen schon sieben. Links lief Uta mit Jacqueline im Kinderwagen, rechts lief Galina Ossipowna, sie schwiegen und beugten sich zu ihm, als steckten sie die Köpfe zusammen über ihn hinweg, und in dieser ratlosen Verständigung fühlte er sich aufgehoben. Vera lief hinterher, behielt ihn von hinten im Auge – er spürte es, so durchdringend war ihr Blick, sie las sein Gesicht von hinten, stülpte es sich auf. Er aber, Stümper, wollte sie von vorne sehen. Er drehte sich immer wieder um. Irgendeinen blöden Spruch gab man als Erwachsener immer von sich, *Na du?*, aber sie verbat es sich. Irgendeine Frage. *Wie alt bist du?* Er konnte es nicht. Sie würde antworten, würde antworten müssen. Immer war ein Kind gezwungen, etwas preiszugeben. Was es wusste, war nur da, um abgefragt zu werden. Sich an Uta wenden? Die üblichen Floskeln unter Erwachsenen. *Wie alt ist denn die Vera?* Wenn man sich nichts zu sagen weiß, müssen die Kinder als Gesprächsstoff herhalten.

Würden sie aus lauter Verlegenheit irgendwo einkehren müssen? Aber sie liefen an einem Café vorbei, an einer Eisdiele, setzten sich nicht rein, rückten keine Stühle zurecht, unterhielten sich nicht in gedämpften Stimmen, niemand am Nebentisch hörte hin, rätselte, verwirrt vom Gesprächsverlauf, niemand fragte sich, wie sie zueinander in Beziehung standen. Sie liefen einfach weiter, und so zu laufen schien ganz selbstverständlich. Es war gar nicht so heiß, sondern klar und luftig, Ostseewetter, ideal, um in den Abend hinein zu spazieren, an Tausenden von Menschen vorbei, unbeobachtet. Inzwischen hatte Uta angefangen zu erzählen, tastend zunächst, sie fand den richtigen

Ton, als sei er ein alter Familienfreund, nahm Vera an die Hand, um nicht so von ihr zu reden, als wäre sie nicht da, wie um sie selbst erzählen zu lassen. Aber Vera erzählte nicht, sie hielt Utas Hand, was ihn überraschte, so anhänglich wie ein kleines Kind, und wie sie jetzt von der Seite schaute, sah sie auch kleinmädchenhafter aus, verträumt und dusselig. Sie war neun, lebte bei der Großmutter, die nach Berlin zurückgekehrt war, *damals. Um deiner Mama zu helfen*, sagte Uta zu Vera, was doch der falsche Ton war, süßlich.

»Ihr war nicht zu helfen«, sagte Thomas, plötzlich wütend. Er sah Lena wieder still dasitzen, als er eines Abends *den Druck nicht mehr aushielt* und seine Künstlerqualen beklagte: seine Geschichte, die niemals wirklich zu erzählen war, niemals schön und niemals wahrhaftig. Immer stiller, immer kleiner schien Lena zu werden. Wie blass sie war. Was hatte er da gesagt? *Warum setzt man überhaupt ein Kind in die Welt?*

Sie hatte ein Zimmer in Adlershof gefunden. Im achten Monat erst rief sie ihre Mutter, die gleich zu ihr zog. Lena stillte Vera vier Monate lang, dann verschwand sie, als ihre Mutter mit dem Kind einkaufen war. Eine Woche später schrieb sie zwei kurze Briefe aus dem Notaufnahmelager Marienfelde.

Galina Ossipowna hob die Schultern. »Ich konnte sie schon damals nicht daran hindern, wegzulaufen, wie du weißt. Diesmal hat sie alles viel besser geplant.«

»Sie hat nicht nochmal den Fehler gemacht, mir Bescheid zu sagen.«

Vera hörte aufmerksam zu, man sah es daran, wie sie nur noch nach vorne schaute. Sie schien aber bereits Bescheid zu wissen; zwar hatte Uta den schonenden Ton angeschlagen, aber geschont worden war Vera nicht. Sie hatten sich wirklich verständigt. Alle drei. Alle vier: Mit Lena herrschte stillschweigendes Einvernehmen. Sie ließ einem nichts anderes übrig.

Es hatte noch ein Jahr gedauert, bis Uta Galina Ossipowna fand. Noch am selben Abend ging sie zu Thomas, obwohl kein Wort von ihm gekommen war. Aber er war schon weggezogen.

Eine Kühle wie damals trat in ihre Stimme, ein Wundern über ihn. *Vielleicht gibt es mich gar nicht.*

»Mit ein bisschen mehr Mühe hätte ich dich finden können.« Sie errötete leicht. »Ich hätte an deinen Verlag schreiben müssen. Ich habe dein Buch gelesen. Ist sie das, die Frau?«

»Ich weiß es nicht«, sagte er. »Ich weiß es nicht mehr.« Und, nach wenigen Minuten: »Habt ihr denn –?«

»Nein, kein Wort von ihr.«

Er stellte sich vor, sie liefe vor ihnen, zehn, zwanzig Meter voraus, sie sollten so tun, als kannten sie sie nicht.

Uta musste anhalten und Jacquelines Hut zurechtrücken; als sie wieder losliefen, ging er neben Vera. Sie machte es der Mutter gleich, geduckt in ihrem Parka, über ihre Flamme gebeugt. Du sollst so tun, als kenntest du mich nicht. Er lief und lief. Auf einmal nahm sie seine Hand. Er wagte kaum, sie anzusehen, dann doch, aus dem Augenwinkel. Sie schien völlig entrückt, ihr Gang hatte sich verändert, als ein Kind hatte sie nach seiner Hand gegriffen, nach der Hand eines beliebigen Erwachsenen. Da merkte sie seinen Blick, zog die Hand zurück und steckte sie in die Tasche; ihr Gang wurde wieder pubertär.

Ein kühler, muffiger Wind stieg auf: eine U-Bahn-Treppe. Thomas blieb stehen, spürte auf einmal, dass er keinen Schritt mehr gehen konnte.

»Ich muss leider«, sagte er, sie blieben stehen und sahen ihn erschrocken an. Uta sagte:

»Komm doch mit, wir backen nachher Waffeln bei mir.«

»Ich kann leider nicht, ich habe einen Termin.«

Fünf Minuten später stand er am Bahnsteig und schämte sich. Es war eine Lüge gewesen. Den Termin hatte er schon um eine Stunde verpasst. Eine verschlossene Tür, dunkle Fenster, graue Lichtstrahlen, in denen der Archivar umsonst gewartet hatte. Der Gemeindediener. Der Gottesdienst lief schon. (Die wöchentliche Notiz in der *Berliner Zeitung*. Schwarze Flammen in seiner Vorstellung.) Irgendeine uralte Gestalt: ein Tattergreis im Kaftan, sein weißer Bart umrankte eine zerbröselnde Thorarolle, verlöre sich in Spinnweben. So viele hätte er schon kommen und verschwinden sehen … Während des Gottesdienstes döste er vor sich hin, ob hundert Leute da saßen, ob fünfzig, ob fünf ebenso alte Greise, es wäre ihm längst schon, wie alles andere, gleichgültig…

Ein Zettel mit Adressen und Telefonnummern lag in Thomas' Tasche, und seine Adresse hatte er Uta in die Hand gedrückt.

Er stieg am Alexanderplatz aus. Müde wie er war, steuerte er das Centrum-Warenhaus an, er wusste nicht, wohin sonst, in die Wohnung konnte er noch nicht, nicht gleich danach. Und er konnte nicht noch einmal mit leeren Händen kommen. Ließ sich durch die Gänge treiben, stellte sich irgendwo an, rückte vor. Die helle Beleuchtung, das Geruch- und Stimmengewirr betäubten ihn, alles ging unter, die schweigenden Schritte, das Knirschen des Kinderwagens, die Schlucht der Allee vor ihnen.

Schwer beladen kam er an, seine Verspätung hatte nun ein Alibi. Der Tisch war gedeckt, das Essen warmgestellt. Eli las in dem Tierpark-Führer, oder tat so, als ob. Editha lehnte am Fensterbrett mit einem Glas Wein, zu angespannt, um sich zu setzen. Aber es ging nicht nur um ihn – Margarethe hätte um fünf zurück sein müssen, es war schon halb sieben. Um acht begann *Amphitryon* im Deutschen Theater, endlich der Ausgehabend zu zweit, Margarethe sollte auf Eli aufpassen. »Falls man das ›aufpassen‹ nennen kann. Wir essen jetzt halt. Wir schaffen es sonst nicht.«

Kurz nach halb acht kam Margarethe. Editha saß am Küchentisch in ihrem rückenfreien Kleid. Sie sagte kein Wort zu Margarethe, stand nur auf, zog die Stöckelschuhe aus und die Straßenschuhe an. »Wir müssen jetzt nämlich hirschen«, sagte sie.

Die Lichter wurden schon gedämpft, als sie sich zu ihren Plätzen durchrangen. Thomas versuchte gar nicht erst, dem Geschehen auf der Bühne zu folgen. Ihm war schlecht, mit vollen Mägen waren sie gerannt. Er atmete tief, schaute weg von der Bühne, deren Licht schmerzte, konnte langsam die Dunkelheit genießen, die Reihen gespannter Gesichter in den Rängen. Edithas Gesicht – er sah vorsichtig zu ihr hin. Sie hatte sich gesammelt, war völlig vertieft. Ihr Rücken ragte nackt und herrlich. Er hätte gern über ihn gestreichelt. Der Rücken tat ihm leid, die Blöße, und das schöne Kleid. Er rätselte über die Figuren auf der Bühne, ihre Beziehung zueinander, die Gesprächsfetzen, die sich auch noch reimten. Sie bewahrten ihr Geheimnis.

Als er die Allee hinuntergelaufen war, neben Vera, hatte Uta ihn kurz angelächelt, ja angestrahlt, staunend, ihn und Vera so zusammen zu sehen. Dann hatte Vera seine Hand genommen. Unwahrscheinlichkeit, Wunder, Fülle. Er quoll über. Er musste es jemandem sagen. Er konnte kaum warten, bis der Vorhang fiel.

Nach der Vorstellung liefen sie ein Stück an der Spree entlang. In der ersten Pause hatte Editha sich noch wegen ihrer Straßenschuhe geschämt, in der zweiten machte sie sich darüber lustig. Nun ging sie mit festem Schritt. Thomas war so müde, wie man es nur nach einer Rast sein kann. Er konnte sich an das Stück nicht erinnern, nur an das Licht und die Figürchen auf der Bühne, in historischer Kleidung, und an eine Euphorie, die er gespürt hatte.

»Das Mädchen, das wir heute im Zoo gesehen haben, das ist meine Tochter.«

Das war doch alles schon einmal gewesen, diese Frau, die weggegangen war, die Geschichte musste Editha schon vor langer Zeit hören, und jetzt noch einmal, und die Frau war immer noch weg, noch länger weg, noch mehr weg, sie hatte noch mehr zurückgelassen, immer mehr, einen Menschen, der aufwuchs, ein Mädchen, das aussah wie Thomas. Das einen so seltsam leeren Blick hatte, der Edithas Künstlerauge gleich aufgefallen war, als sie noch gar nicht wusste, was das Mädchen bedeutete: Abwesenheit. Die ins Leben trat und einen Namen hatte. *Vera.* Und *Lena.* Fremde Namen. Nie hatte sie etwas gegen Russen gehabt. Nur: Wenn man außen vor steht, vor einem unüberschaubaren Zusammenhang, scheint alles so schrecklich einfach. Einmal in der *Volksstimme* hatte sie einen Artikel über Antimaterie gelesen: Alles hat sein Gegenbild, alles gibt es zweifach, Editha und Anti-Editha, Eli und Anti-Eli, kein Weiß und Schwarz, kein Gut und Böse, keine Wertung, nur gegenseitige Auflösung, wenn zwei aufeinandertreffen.

Sie befreite ihre Hand, die Thomas noch hielt, ging zum Ufergeländer und würgte. Es kam nichts – die Übelkeit war unecht. Sie hatte sich in etwas hineingesteigert. Sie ging zurück und Thomas nahm wieder ihre Hand. Wie unmöglich, wie ungelenk die Hände zwischen ihnen baumelten, weil ihre Schritte nicht zusammenpassten. Aber ihre Hand noch einmal zu lösen kam ihr auch unmöglich vor, eine falsche Geste wie das Würgen. Er stand schließlich auch unter Schock. Er, der kein Lebenszeichen mehr erwartet hatte. Der nur noch den Namen hatte, um ihn verstohlen seiner Tochter zu geben. Apropos Gesten. Männliche Gefühle erschöpften sich oft in solchen erstaunlichen Symbolen. Als Frau wusste man sie nie genug zu schätzen, nahm sie als rätselhafte Ankündigung entgegen, aber für den Mann hatte es sich schon damit erledigt. Er lebte weiter sein Leben, von dem, wie er meinte, diese Geschichte nun losgelöst sei. Bis er eines Tages aus allen Wolken fiel. Man müsste ihm über die Schultern streicheln, zumindest den Druck seiner Hand erwidern, die so beharrlich die Ihre tätschelte, mit all der Zärtlichkeit, zu der er fähig war. Denn – sie hatte es am Anfang sehr wohl gewusst, sich nicht daran gestört, dann vergessen – diese Zärtlichkeit war eine Frage der Technik. In den letzten Jahren, so schien ihr, hatte sie es wieder gespürt, immer wieder war sie seiner Berührung ausgewichen. Und hatte sie im falschen Augenblick wieder gesucht.

Sie löste sich, lief schneller, mit weit ausholenden Schritten, er kam nicht hinterher. Er glaubte wohl, sie weinte, es war ihr recht, wenn er sie deshalb laufen ließ. Es war ein schöner Sommerabend, und sie war wieder einmal allein in Berlin, immer, wenn sie beruflich in Berlin war, lief sie zu Fuß, wenn es ging, von einem Termin zum anderen, und nachts, egal wie spät, ins Hotel zurück, ins leere Zimmer. Diesmal schliefen ihre Mutter, ihre Tochter in der Wohnung, schön, dass sie endlich mitgekommen waren, sich hatten überreden lassen – Editha hatte immer gedacht, sie würden hier nur stören, aber es war doch schön, so zu dritt. Ein Mann war überflüssig, selbst wenn sie nichts gegen ihn hatte, er für nichts konnte, wenn sie recht überlegte, im Stechschritt nüchtern geworden. Was sagte Margarethe immer, als Editha klein war und verzweifelt? Denken wir alles mal ganz nüchtern durch. Was war denn so schlimm? Sie war selbst kein unbeschriebenes Blatt. Anti-Thomasse hatte es genug gegeben. Auch sie könnte, wäre es physiologisch möglich gewesen, was ihr so, im Stechschritt, ganz abstrakt und plausibel erschien, durchaus unwissentlich Kinder in die Welt gesetzt haben. Da musste sie laut lachen. Ein Passant sah sie erschrocken an. Das ist das Unheimliche an Männern. Ist es ihnen selbst unheimlich? Sie wissen nicht, was sie säen. Sie können nichts dafür. Doch es geht auch ohne sie.

Wenn sie beruflich in Berlin war, wenn sie nachts zurück zum Hotel lief, war ihr manchmal, als sei sie allein auf der Welt. Und wenn sie dort am Fenster stand und die Stadt vor ihr lag in all ihrer Hässlichkeit, da dachte sie: Wie unmöglich, hier zu leben, aber wie scheint hier doch alles möglich zu sein. Die Hässlichkeit war die Freiheit. Einfach nach Berlin gehen, oder zum Beispiel ans Meer, nach Ahrenshoop, für immer, das Kind bei der Oma, der Mann irgendwo abgeblieben, oder doch noch da. Ja, er ginge nicht weg, er kam nicht vom Fleck, also bliebe er zurück mit dem Kind, ja mit zweien, ein schönes Bild, *Paul und Paula*, Stadt und Meer roch sie, warum nicht weggehen, alles zurücklassen, wenn ein Mann es tat, dachte sich niemand was dabei. Sie schritt durch die ausgestorbenen Straßen und empfand eine leise Angst und Lust wie als kleines Mädchen: als sie bei Dunkelheit allein durch den Wald ging, einen bekannten Weg, der nun ein fremder war, und sie damit allem entrückt, zum ersten Mal in ihrem Leben allein.

Da wurde ihr wieder schlecht. Dass sie auf solche Gedanken kam, nur wegen dieser Frau. Dabei hatte diese Geschichte genauso wenig mit ihr selbst zu tun wie die jüdische Geschichte, die ihren Mann gerade umtrieb. Womit sich doch leben ließ. Sie lief schon die Linienstraße hinauf, langsamer, alles war noch da, sie ging *nach Hause*, wie man es gerade in einer fremden Stadt sagt, ganz leise musste sie sich in die Wohnung schleichen, denn dort schliefen sie schon, ihre Mutter, ihre Tochter.

Bei diesem Gedanken wurde sie wieder ruhig, und wollte selbst schlafen.

Margarethe saß noch in der Küche. Ehrlich gesagt, sie störte doch. Mit strengem Blick, was bildete sie sich ein, wo sie doch wegen ihr fast zu spät gekommen wären, oder war das nur ihre Art, schuldbewusst. Auf dem Tisch lag ein großer Umschlag.

Thomas lief zum Alexanderplatz und wieder zurück. An Edithas festen Schritten hörte er, dass alles gut würde. So beschleunigte sie, wenn bei einer Wanderung Verstimmung aufkam, mühelos, als komme sie nur in ihren natürlichen Gang. Eine Stunde würde er ihr lassen, dann schliefe sie schon tief. Es wäre da ein Leichtes, seine Tasche zu nehmen und zu gehen – doch das dachte er nur mit jenem Teil des Gehirns, der für die Erfindung von Geschichten zuständig war. Dort lägen sie alle drei und schliefen, und er würde sich zu ihnen legen, das war die Vorstellung, die beruhigend, dann überwältigend aufkam. Zuversicht, plötzlich im Theatersaal gespürt, unverdienter Reichtum, Fülle, die Doppelung von allem, er darin aufgehoben.

Aber Editha und Margarethe saßen am Küchentisch, wo Papiere ausgebreitet waren. Editha kehrte sie zusammen, ruhig und schnell, und schon war der Umschlag verschwunden. Margarethe sah sie ängstlich an, Edithas Gesicht war ausdruckslos. Thomas spürte erleichtert, dass es nicht um ihn ging. Und es würde vielleicht gar nicht notwendig sein –

»Tja, Mutti, es gibt noch eine Sache zu besprechen. Noch eine Neuigkeit. Eins nach dem anderen. Jetzt ist Thomas dran.«

Er setzte sich. Was sich nachmittags auf der Frankfurter Allee, ja vorhin noch am Ufer von selbst erzählt hatte, war auf einmal unaussprechbar. Fast hörte er Eli im Nebenzimmer atmen, ihr leichter Schlaf drückte ihm auf die Kehle, der Schlaf der Nachbarn im Neubau nebenan, die Wohnung selbst lag im Halbschlaf und überall lauschten ihre Öhrchen, Lampen, Steckdosen, die Eifersucht verlassener Gegenstände. Das vertraute lästige Gefühl, worüber man die Schulter zuckt, bis man etwas zu besprechen hat, das in die Ohren der Gegenstände, in den Schlaf eines Kindes nicht dringen darf, und man sich selbst hasst, weil unfähig, etwas auszusprechen, was doch richtig, was gut und recht und ein Grund zur Freude …

»Man kann hier doch ganz normal reden«, sagte Editha leise und deutlich und ruhig. »Nichts ist verwanzt, und die Leute, die hier drin wohnen, sind verdammt noch mal nur an der Ostsee. Was soll das ganze Herumdrucksen und Getuschel?«

Aber Eli stand in der Tür.

»Leg dich wieder hin«, sagte Thomas, »wir gehen gleich schlafen.«

»Nein, ich will die Geschichte hören«, sagte Eli und kletterte auf seinen Schoß. Er hätte gerade eben sprechen können: Es ist so und so und ich muss in Berlin bleiben. Er hatte schon gespürt, wie gut, wie richtig, aber es ließ sich nicht mehr sagen. Er spürte nur Eli, und wie verlogen es war, jetzt die Arme um sie zu schließen und mit fester warmer Stimme über ihren Kopf hinweg zu sprechen.

»Kannst du dich an das Mädchen mit dem Zeichenblock erinnern, das wir im Zoo gesehen haben?«

Eli nickte.

»Sie ist meine Tochter. Also deine Halbschwester. Sie heißt Vera.«

Sie saß ganz still, er spürte nur, wie sie tief und langsam atmete, wie schlafend, wie lauschend.

»Er wusste nicht, dass es sie gibt«, sagte Editha mit warmer schleppender Stimme. »Weil die Mutter weggegangen ist, bevor sie geboren wurde.«

»Ich weiß«, sagte Eli.

Editha sah sie ratlos an. »Hast du verstanden? Du hast eine große Schwester. Und morgen«, sie suchte Thomas' Blick, »gehen wir sie besuchen.«

Er hätte rasen können, weil *sie* es so beschloss, so offen und ehrlich und ruhig, beinah wäre er aufgestanden und gegangen, weil das nicht auszuhalten war, wäre nicht ihr Blick gewesen. Starr und bittend, und so sah sie kurz auch Margarethe an. »Ein

Kind braucht doch einen Vater«, sagte sie, stand auf und ging ins Bett.

Es trat nicht ein, was er vorhin, an der Spree, sich vorgestellt hatte: dass Editha schlief, tief und ruhig. Lächerliche Vorstellung. Sie wälzte sich, er fing sie auf, sie ließ sich fangen.

Noch vor dem Frühstück ging Thomas zur Telefonzelle, um Galina Ossipowna anzurufen. Sein Herz schlug, als wäre es ein Unding, allein auf die Straße zu dürfen. Wie ein ganz kleiner Junge war er aufgewacht, nur noch bang und froh. Das war keine Berliner Nummer.

Und Galina Ossipowna sagte sofort: »Wann kommt ihr denn nach Wünsdorf?«

»Es muss heute sein, wir fahren morgen.«

»Wir erwarten euch.«

Das Russisch lag ihm schwer auf der Zunge. Aber Galina Ossipowna sprach seine Sätze zu Ende. Er war wie gelähmt, alles schwirrte um ihn herum.

Schon verschwitzt, duschte er sich ausgiebig, blieb noch im Bad und machte sich zurecht, er brauchte lange dafür, ja, wie ein schusseliger kleiner Junge.

Nebenan in der Küche machten Margarethe und Editha das Frühstück, schweigend, böse klappernd, er hatte schon im Vorbeigehen gespürt, dass sie nicht ansprechbar waren. Schließlich rief Editha mit all der angestauten Wut: »Sag mal, Mutti, nach *Dahlem* bist du gefahren und konntest nicht einmal eine Packung Tchibo mitbringen?«

Er verstand den Satz nicht. Und als er sich an den Tisch setzte – Eli wurde jetzt erst aus dem Bett geholt –, herrschte auf einmal Milde.

»Wir machen jetzt einen Ausflug«, sagte er zu Eli.

»Zu meiner Schwester.«

Sie sprach mit jener Überdeutlichkeit, mit der sie sonst immer von *der Mama* sprach. Was war das für eine Überzeugung, so anders als die Seine? Er war ganz und gar zerknirscht und wusste sich doch jetzt noch aufgehoben. Er verstand endlich die Christen, jene Fabelwesen mit ihrer unbändigen Lust auf Reue, auf Sünde. Was für ein Lustgewinn, in diesem Licht den eigenen Irrweg zu sehen, eine grelle Illumination in Gold und Zinnoberrot.

Blau und grün, die Busfahrt, hinter Staubschlieren, alles wuchs zu, und noch hatten sie die Stadt nicht verlassen, noch fuhren sie durch die Randbezirke, doch damals hatte kein Baum gestanden, damals vor fast dreißig Jahren, nur Gestrüpp und Gräser auf Schutt.

Der deutsche Teil von Wünsdorf war ihm fremd, hier war ein See, nie war er an diesem See gewesen. Galina Ossipowna wohnte in einer maroden Vorstadtvilla, genauso hatte er sich das vorgestellt – doch sie hatten nur ein Zimmer, ebenerdig, nach hinten raus. Ein gedeckter Tisch, der kaum Platz für Stühle ließ. Vera stand am Fenster. Er konnte ihr Gesicht nicht erkennen, vorm Fenster blendete das Laub, ein Flimmern fiel ins Zimmer. Während der Begrüßungszeremonie – man reichte sich die Hände, einen Blumenstrauß, feierliche Begegnung, Tag der Befreiung – blieb Vera am Fenster, als sei das dort ihr Posten. Ein Diener, der stumm beobachtet. Hatte sie gedacht, dass irgendwann der *Papa* kommt? Wohin, in ihrem Traum, hatte der Papa sie mitgenommen? Nun trat sie hinzu, reichte die schlaffe Hand, er wollte sich den flüchtigen Druck so zutraulich denken wie gestern. Eli hatte noch nie von einem anderen Kind die Hand gereicht bekommen, sie glotzte.

Als sie sich setzten, Vera am Kopf des Tisches, er auf das Sofa zu ihrer Linken, rutschten ihre Hosenbeine hoch, viel zu kurz. Das Sofa war mit einem fadenscheinigen Perserteppich bedeckt. Nachts würden sie es ausklappen und zu zweit drauf schlafen. Hinter ihm hing ein zweiter Teppich, es roch, als würde er Schimmelflecken verbergen. Gegenüber stand ein wuchtiger, mitgenommener Geschirrschrank. Wo sonst das handbemalte Teeservice, die guten Gläser gestanden hätten, war alles vollbepackt mit Kleidung, Einweckgläsern, Werkzeug. An der Wand hingen Zeichnungen, ein paar Bastkränze und bunte Palech-Lack-Löffel – den hellen Duft roch er trotz Schimmel, trotz Küchen- und Kanalisationsgeruch – und Galina Ossipownas Uniformjacke, steif vor Orden. Sonst war kein

Schmuck. War da nicht eine Villa in Dresden gewesen? Ein Wolga? Ein Kulturfunktionär?

Das Essen kam aus dem Gärtchen vorm Fenster, Tomaten und Gurken, Pfifferlinge und Dill, Schälchen mit Walderdbeerkompott, ein Einweckglas von ganz oben, Sommer '80, der Reichtum der Armut. »Das war doch nicht notwendig«, sagte Editha schwach. Und – so war es richtig – schlug ordentlich zu. Bratkartoffeln, so exquisit und knapp, wie die *pommes frites* im Palast der Republik.

Dass Thomas neben Vera sitzen und sie von der Seite ansehen durfte, war nett gedacht, aber er wusste es nicht zu nutzen. Sie sah geradeaus, keine Weigerung, sie hatte nur keinen Anlass, ihn anzusehen. Er betrachtete ihr Profil. Doch, sie sah Lena sehr ähnlich. Sie saß, als hätte er das so befohlen. Als ob er sie etwa malen würde. Sie war es nicht gewohnt, beobachtet zu werden. Sie sah auf ihren Teller, musste dann aber, weil sie kaum aß, doch aufschauen, und traf Elis Blick. Eli hatte sie unverwandt angestarrt, und Vera lächelte ein wenig: Sie nahm Elis Blick an. Kinderrecht, sich vorwandlos zu mustern.

Galina Ossipowna genoss das Recht der Greisin, obwohl sie so alt nicht war, ihr Blick so durchdringend wie damals, zusammengeschmolzen samt ihrem Arm. Margarethe sah auf einmal auch so alt aus. Doch wie ein Kind hatte sie die Beine um die Stuhlbeine geschlungen, um nicht zu zappeln. Editha war blass, in ihrem Gesicht traten die Vorväterfurchen hervor. Das hätte er nie gedacht, dass sie so unerbittlich. War doch sonst so. War sie doch selbst nicht. Es war schließlich die alte Geschichte mit diesen Vogts. Dass sie von nichts wissen wollten. *Das Leben verträgt sie nicht.* Sie saßen einander gegenüber und starrten auf den Blumenstrauß. Dann sah Editha ihre Mutter an und lachte leise. Er sah: Direkt über Margarethe hing Galina Ossipownas Uniformjacke. Und hätte ihr gepasst. Aber sie wusste nichts von dieser Ehre.

Editha griff nach ihrem Glas. Noch hatte niemand seinen Wein angerührt. Und die Gastgeberin musste doch den ersten Toast aussprechen. Sie aber blickte noch schweigend in die

Runde. Das war ein Unding, Editha immer mit ihrem Gastgeberin-Gehabe – aber er war wie gelähmt.

»Auf die deutsch-sowjetische Freundschaft«, sagte sie. Thomas wollte in den Boden versinken. Aber Galina Ossipowna lächelte.

Und der Schluck Wein nach der schlaflosen Nacht wirkte Wunder. Der schlechte Wein, der schmecken ließ, dass jeder Wein nur Fäulnis ist. Umso magischer das Irrlicht in ihm. Editha stürzte ihn hinunter. Sie habe denken müssen, wie sie das letzte Mal die russische Gastfreundschaft genossen habe, das sei bei den sowjetischen Truppen in Aschersleben gewesen, zum Tag der Befreiung, als das Denkmal eingeweiht wurde. Sie sei nämlich Bildhauerin, und Thomas habe für sie Modell gestanden, als der russische Soldat, der das deutsche Kind auf dem Arm trägt. Ein Bild, das sie vermieden hätte, hätte sie nicht gewusst, dass es aus dem Leben gegriffen, er das Kind gewesen sei.

Damals hatte sie das nicht sagen dürfen, hatte ihn immerzu angeschaut vor allen Leuten, nun platzte es aus ihr heraus, und Galina Ossipowna hörte zu.

Und Vera, verwundert, sah nicht Editha an, die erzählte, und nicht Thomas, um den es ging, sondern Galina Ossipowna, die alles wusste.

»Das jüdische Kind«, sagte Galina Ossipowna.

»DAS WEISS MAN DOCH NICHT.« Er saß wieder einmal in der guten Stube und verfiel bei einem einzigen Wort in blinde Wut. Er wollte sich auflehnen, ohne Sinn und Verstand, gegen alle, die Bescheid zu wissen meinten.

Oder wusste sie wirklich Bescheid?

»Was hat denn Lew Lwowitsch erzählt?«

»Dass er dich bei einer Hausdurchsuchung fand, in einer Kammer mit doppeltem Boden.«

»Das ist alles. Die ganze Geschichte. Im Grunde weiß man nichts.«

»Ja, man weiß nichts.«

Sie sprach sanft und trocken. War nicht in der Lage, bedauern zu können. Zu gewohnt war sie es, nichts zu wissen.

Dieser Stoikerin hatte Lena niemals etwas anhaben können. Ehrfürchtig, verzweifelt hatte sie damals einen stummen Krieg gegen ihre Mutter geführt. Und darin hatten sie sich verstanden.

Vera und Eli sahen einander an. Als hätten sie sich im Spiel geeinigt und um sie herum war alles …

Mit dem nächsten Schluck verwandelt. Er staunte nur noch, dass er hier war, und *sie*, und alle, das musste reichen für den Anfang.

Und er erzählte Geschichten von damals, und Galina Ossipowna erzählte, so harmlos klang es, als hätten alle nur Soldaten gespielt. Hier und dort tauchte Lena auf, kam von der Schule oder las ein Buch oder setzte sich an den Tisch, als wäre nichts dabei. Seltsam, auf Deutsch darüber zu reden, das Erlebte war nicht das Erzählte, zwischen ihnen war eine Fuge, er suchte sie, verlor den Faden, verstummte. Sowieso war Galina Ossipowna dran, sie sollte erzählen, was er nicht erlebt hatte.

Wie der Oberkommandierende nach Wünsdorf zog und aus der kleinen Kaserne fünf *Militärstädtchen* wurden, nördlich der Bahnlinie wucherte die Garnison *Wjunsdorf*. Wie sie nach Ungarn versetzt wurden, '56, ausgerechnet. Eine schwierige Zeit, alle nickten, sie lächelte, als hätten sie keine Ahnung. Es war ärgerlich gewesen, dass sie kein Ungarisch konnte. Obwohl ihr als Baltin hier und da ein Wort vertraut vorkam. Da fragte man sich doch erst recht, was man hier eigentlich anrichtete … In den Unruhen kam ihr Mann um. 1961 gingen sie nach Leningrad, dort lernte sie den Dresdner Kulturfunktionär kennen. Die Germanophile und der Slawophile. Das konnte nicht gutgehen. Aber in Dresden lebte es sich gut, bis Lena sie nach Berlin rief. Der Kulturfunktionär reichte die Scheidung ein. Sorgte aber dafür, dass niemand sie belangte, denn sie und das Kind konnten ja für nichts. Sie kannte niemanden in Berlin, ihr deutscher Schneider von damals vermittelte ihr das Zimmer in Wünsdorf.

Vera wusste all das schon. Für Margarethe und Editha war es unerhört, so zu sprechen, vor Kindern, vor wildfremden

Menschen, zwar hatte man immer eine heimliche Lust an der Vorstellung einer schlimmen Wahrheit, mit der die Russen Umgang hatten, aber so vor allen Leuten … Sie pressten die Lippen zusammen, als wäre der schlechte Wein schuld. Und tranken weiter.

Thomas stand auf, um Vera beim Abräumen zu helfen, obwohl sie eindeutig ihr eigenes System hatte, sie bewegte sich flink, lautlos. Galina Ossipowna war in die Küche gegangen, und er wollte dort ein Wort mit ihr wechseln. Nach Lew Lwowitsch fragen, wo war er hingekommen, wirklich nach Kolyma, und wo war er mit Thomas gewesen, bevor die Erinnerung einsetzte, auch in Leningrad, in Rumbula? Er fragte auf Russisch, aber zu seinem Erschrecken kam ein Gestammel raus, die Sprache war ihm fremd geworden.

Da kam Vera herein und holte die Torte, die auf dem Fensterbrett stand. Er kannte diese Torte. Lena hatte sie gebacken, wenn gar nichts mehr im Haus war, nur Mehl, Butter, Quark und ein Ei. Am gebräunten Baiser perlten goldene Tropfen. Vera trug sie auf, sie wurde allseits gelobt, so sollte das sein, in der großen Runde, aber damals buk Lena die Torte nur für ihn. Es war ein Spaß, aber ein trauriger, sie ganz allein zu bewundern, und zu zweit am selben Tag aufzuessen, denn am nächsten Tag schmeckte sie nicht. Solche Bräuche hatte Lena gehabt – und als er sah, wie Vera den Tee einschenkte, bei dieser Tätigkeit wieder flink und sicher war, wusste er: So war sie gewesen, so hatte sie mit Galina Ossipowna gelebt, mit ihren Teeritualen, und so lebte Vera weiter.

Ob es möglich wäre, nachher ein bisschen zu spazieren, zu den *Stätten meiner Kindheit*, fragte er auf Deutsch.

Man könne gern in die Richtung gehen, so könne sie sie zum Bus bringen. Aber dort, wo sie gelebt hatten, komme man nicht so einfach hin.

Nach dem Tee brachen sie auf. Editha erhob sich schwer, sah sich noch einmal um. Blieb vor der Wand stehen, an der Zeichnungen geheftet waren.

»Von dir?«, fragte sie Vera, die wieder still am Fenster stand.

Vera nickte.

»Gibst du mir eine?« Seltsam schalkhaft klang sie. »Irgendeine.«

Vera ging zum Schrank, öffnete eine Schublade, die überquoll, zog wahllos einen Haufen Blätter hervor, reichte ihn Editha.

»Ich werde sie jemandem zeigen«, sagte sie, »wenn du nichts dagegen hast. Einem Künstler, den ich kenne. Er kann dir helfen, wenn du einmal Kunst studieren willst.«

Vera zwängte die Schublade wieder zu und stand vorm Schrank, die Hände herrisch hinterm Rücken, als zeige sie eine Wunderkammer. Eli trat zu ihr, bereit zu bewundern. Vera lächelte auf sie herab, überlegte, reichte ihr ein Buch aus dem obersten Fach.

»Ein Märchenbuch!« Eli setzte sich auf den Fußboden damit.

»Schöne Sachen hat Vera, nicht wahr! Aber komm, Eli, wir müssen jetzt zum Bus!«

Beim Gehen würde das Reden wieder leichter werden, dachte Thomas, doch niemand sprach, der Tee hatte sie nur noch müder gemacht, noch betrunkener, und es war auch schön, nicht reden zu müssen, unter Linden zu gehen. Obwohl er diesen Teil von Wünsdorf nicht kannte, spürte er, wie der Weg dort hinführte, wo ihm alles wieder vertraut wäre, *nach Hause*, hatte er damals *nach Hause* gedacht?

Vorm Bus reichte Vera ihm die Hand. Aus dem Fenster sah er die beiden da stehen, ohne zu winken. Als wäre ein Verzicht auf Gesten vereinbart worden.

Eli saß hinter ihm, wie ging es ihr wohl, erstaunlich, die altkluge Ruhe der Kinder, alles ein Spiel, das sie ernst und achtsam betrieben. Thomas drehte sich um. Editha, am Gang, hatte die Augen geschlossen. Eli saß am Fenster und hielt ganz fest das Märchenbuch, groß und bunt, wie hatte es ihm entgehen können, dass sie es mitgenommen hatte. Editha öffnete die Augen.

»Eli, das ist Veras Buch!«

»Sie hat es mir geschenkt!«

»Das müssen wir zurückgeben.«

»Sie hat es mir geschenkt!«

»Ja, ich habe es gesehen«, sagte Thomas, obwohl er nichts anderes gesehen hatte als Editha: den Wunderkammerblick, und die stolze, wegwerfende Geste, mit der Vera das Buch reichte.

Er hatte das Zimmer noch deutlich vor Augen, die verschimmelten Wände, die fadenscheinigen Teppiche, alles, was von Russland blieb. Der Schlagbaum. Er stand außen vor. Kein Russe, kein Jude. Er hatte sich anders entschieden.

Der Zug am nächsten Tag war überfüllt; Editha musste mit Thomas auf dem Gang sitzen, Seite an Seite gedrängt, sie atmeten und ihre Rippen stießen aneinander, immer im falschen Moment. Bis er endlich ruhiger atmete, er drückte sich mit seinen Atemzügen an sie, bot ihr seine linke Seite an, lange bevor er den Arm um ihre Schultern legte. Sein Arm war schwer und zwang sie, den Kopf zu beugen. Sie stellte sich vor, er wäre ein wildfremder Mann, schlaftrunken, betrunken, nicht sie war gemeint. Sie musste nur aufstehen, sie musste es, ohne ihn auch nur anzusehen, und am Fenster stehen, endlich aus dem Fenster schauen auf dieser endlosen Fahrt.

Als wäre dann sichtbar, wie alles zusammenhing, überschaubar diese Ebene, die, sie hatte nie darüber nachgedacht, bis zum Ural reichte, die, von den großen Flüssen abgesehen, Elbe, Oder, Neiße, Weichsel, keine natürlichen Grenzen besaß. Sie war in ein Reich hineingeboren worden und hatte es sich nie vor Augen geführt. Weil so was ihr zuwider war, so zuwider, dass sie, um ganz ehrlich zu sein, es schon immer fast für ein Märchen gehalten hatte, was man über dieses Reich erzählt bekam. Für eine Marotte ihrer Mutter, immer weiter gegen etwas zu kämpfen, was in den grellsten Farben ausgemalt war und keinen menschlichen Maßstab kannte. Woher kam diese Inbrunst, so unangenehm nach innen gerichtet? Schauermärchen, hatte sie gedacht, die den Frieden schmackhaft machen sollten – als ob man das nötig hätte. Für Editha war der Frieden selbstverständlich, die Flussgrenzen auf dieser Ebene, alles *Bruderländer*, so selbstverständlich, ein Ländchen unter Ländchen zu sein, sie wollte leben und leben lassen, im menschlichen Maßstab, nichts zu tun haben mit einem mystischen Reich, das alles, selbst den Wald, der doch für nichts konnte, in barbarischen Kitsch verwandelte.

Sie stünde am Fenster und sähe die trüb fließende Landschaft, sie würde sich umdrehen, im Abteil säße niemand, auf dem Gang auch nicht, sie wäre allein im Zug, eine Frau allein am Fenster, und führe nicht nach Hause, sondern immer weiter ins zunehmend Graue, Angst verging, Lust verging, auch sie stand nicht mehr da, der Zug war leer.

Sie hob den Kopf, sah von Eli und Margarethe vier Knie, an deren Hilflosigkeit ersichtlich war, dass die beiden schliefen, und ließ den Kopf zurückfallen in diese unmögliche Haltung, den unmöglichen Halt dieses Armes. Wahrscheinlich war der Arm schon eingeschlafen, Thomas traute sich nur nicht, ihn wieder zu entfernen. Er lag taub um ein Nichts, Editha löste sich auf durch Mehrheitsbeschluss, das war ihre Haltung.

Doch um bei einer Haltung zu bleiben, war die Fahrt zu lang und umständlich. Sie mussten in Stendal umsteigen. Sie mussten dort Würstchen essen. Im nächsten Zug gab es Plätze für alle. Editha setzte sich gleich ans Fenster.

Eli war wieder hellwach. »Mutti, lies mir das Märchenbuch vor!«

»Lies mal bitte selber, du bist ein großes Mädchen.«

Eli las laut: »Friedrich Reinhold Kreuzwald. Est…«.

»Leise bitte, das nervt.«

Aber Eli konnte nicht leise lesen. Sie zischelte vor sich hin.

»Das nervt, ich möchte nachdenken. Schau dir doch lieber die Zeichnungen an.«

Das Wort *nachdenken* machte Thomas betroffen. »Hör mal, sie kann doch nichts dafür.«

»Es geht nicht darum! Es geht nicht immer nur um dich.«

Eli schlief wieder ein, den Kopf auf Edithas Schoß.

Inzwischen war der Zug fast leer, keine Stimmen waren zu hören. Man saß sich gegenüber, als müsste irgendwer irgendwas erzählen.

Editha sagte: »In Berlin hatte ich auch das Vergnügen, meinen Vater endlich kennenzulernen.«

Margarethe riss den Kopf hoch. »Doch nicht *hier.*«

»Es ist doch egal, wo. Es ist doch alles gleich. Zeig am besten einfach die Akte.«

»Nicht hier.«

»Dann zeig ich sie.«

»Ich habe sie versteckt.«

Editha lachte. »Wie dem auch sei. Mein Vater war nämlich –«

Eli hatte die Augen aufgemacht. Thomas hob die Hand; Margarethes Angst hatte ihn angesteckt. Editha aber wollte etwas erledigen, und was sie erledigen wollte, zog sie auch durch.

»Ich kenne die Geschichte schon«, sagte Eli und schloss die Augen wieder.

»*Du* kennst – du kennst alles schon! Und ich bin wieder mal die Allerletzte, die Bescheid weiß. Du kennst die Geschichte wohl auch schon, Thomas?«

Er schüttelte den Kopf.

»Gut. Mein Vater war nämlich SS-Förster.«

»*SS-Förster*!«, stieß Margarethe aus.

»Entschuldigung. Er ging erst ganz am Ende zur SS. Vorher hat er im Reichsforstministerium gearbeitet. Am Institut für Agrarwissenschaft und Agrarpolitik. Und an der Reichsstelle für Raumordnung. Stimmt das? Hießen sie so?«

»Ja, sie hießen so. Hast du verstanden, was man da gemacht hat?«

Editha schwieg.

»Sie haben in Dahlem das neue Europa entworfen.«

Dahlem, was war Dahlem? Ich kenne die Geschichte, hatte Eli gesagt. Da waren erst mal alle baff. Jetzt schwiegen sie wieder und Eli hatte immer noch nichts verstanden. Aber wer sagt, *Ich kenne die Geschichte*, darf keine Fragen mehr stellen. Sie dachte nach, aber alles war durcheinander. Alles, was vor *Wünsdorf*, vor *der Schwester* passiert war. Vorgestern, ja vorgestern war sie mit Oma durch die Stadt gelaufen. Oma erzählte von *Ministerien*, konnte nicht aufhören und lief und lief mit langsamen Omaschritten und Eli taten die Füße weh und sie hatte Angst, zurückzubleiben und etwas zu verpassen. Das war ihre größte Angst, seit sie in Berlin war. Sie versuchte, jedem Gespräch zu folgen, denn es könnte um den Grund gehen, weshalb sie dort waren, doch sie verstand wenig und merkte sich noch weniger. Sie hatte noch gedacht, es könnte um *Mama* gehen. Seit gestern wusste sie – was wusste sie? Das war das eine Spiel. Aber sie hatte ein neues Spiel, das ebenfalls mehr als ein Spiel war, denn die Oma spielte mit. Wietfeld. Aber Dahlem, was war Dahlem? Nun wollte die Oma vor ihr nichts erzählen. Erwachsene hörten plötzlich auf, mitzuspielen, und man konnte nichts machen.

Der Zug hielt in Wernigerode, sie liefen zur Schmalspurbahn.

Sag mir noch mal, wie das hieß, Mutti.

Lebensborn.

Papa trug sie, er glaubte, dass sie schlief, doch sie war ganz wach, die Kühle, der Waldgeruch, sie versuchte nur, sich zu erinnern und machte die Augen nicht auf. Dahlem war *drüben.* Dahlem war schön und grün. Es gab ein großes Haus, dort war Oma oft gewesen. Oder war das ein Märchen? Ein weiter schöner Blick. *Die Domäne.* Wie eine Lichtung in der Stadt. Oder war das in dem Buch? Als Oma jung war? Ein Mädchen? Ein kleines Mädchen? Sie und Sophie und ein großer Junge, der hieß Hans. Sie aßen Eis zusammen. Oma, war das hier? War das in Wietfeld, Oma?

Eli hatte nicht gesprochen, nur die Augen aufgemacht. Sie saßen im Zug und die Oma war schon ausgestiegen. Sie waren also schon *hier.* Und Eli wollte alles erzählen, ja sie wollte *hier* endlich aussteigen, alles zeigen, oder alles gezeigt bekommen, aber es war zu spät. Sie schlief.

Kapitel 16

Beim Frühstück fiel kein Wort. Es war, als wäre alles schon gesagt worden, aber das konnte ja nicht stimmen. Editha räumte auf, viel gründlicher als nötig. So blieb Thomas nichts übrig, als nach oben zu gehen, wie seit Jahren schon, um mit diesem Wust in seinem Arbeitszimmer zu kämpfen. Er ging langsam die Treppe hinauf, er hatte Muskelkater, er hatte keine Lust, was da oben auf ihn wartete, war eine böse Wucherung dieses Hauses, welches bewohnbar zu machen seine Aufgabe gewesen war. Ein Schwamm, ein Schimmel, was hatte er angeschleppt?

Die Tür des Arbeitszimmers stand offen und er sah, was er vergessen hatte: dass es schon aufgeräumt, der Schreibtisch leer war. Der Stapel neben der Tür war verschwunden – Thomas ging in Elis Zimmer. Was er suchte, lag verstreut auf dem Fußboden, alles auf einmal aufgeschlagen, er sammelte Margarethes Bücher auf, trug den Stapel in sein Zimmer und legte ihn auf den Schreibtisch.

Ein Stempel, durchgestrichen:

Institut für Agrarwesen und Agrarpolitik
Im Dol 27/29
Berlin-Dahlem

Ein zweiter Stempel:

Hans Ahr
Altes Forsthaus – Wietfeld

Mit einer Rune und Siebengestirn und *Gläubig dienen wir der Erde und dem großen Stirb und Werde.*

Der Name Hans Ahr.

Editha stand hinter ihm.

»Ja, das ist mein Vater«, sagte sie.

Wieder lasen sie im Buch der Germanen.

Immer ist die Landschaft eine Gestalt, ein Ausdruck und eine Kennzeichnung des in ihr lebenden Volkes. Sie kann das edle Antlitz seines Geistes und seiner Seele ebenso wie auch die Fratze des Ungeistes, menschlicher und seelischer Verkommenheit, sein. In allen Fällen ist sie das untrügliche Erkennungszeichen dessen, was ein Volk denkt und fühlt, schafft und handelt. Sie zeigt uns in unerbittlicher Strenge, ob ein Volk aufbauend und Teil der göttlichen Schöpfungskraft ist, oder ob das Volk den zerstörenden Kräften zugerechnet werden muß. So unterscheiden sich auch die Landschaften der Deutschen in allen ihren Wesensarten von denen der Polen und Russen – wie die Völker selbst. Die Morde und Grausamkeiten der ostischen Völker sind messerscharf eingefurcht in die Fratzen ihrer Herkommenslandschaften.

Der Sieger dieses Krieges wird sein Land und seine Landschaft gestalten wollen. Er will die Bilder der namenlosen Verwüstung, der endlosen Landschaften, das schaurige Elend der Massen, das gänzlich Unmenschliche der Bolschewisten loswerden durch eigenes Schaffen im eigenen gesunden und schönen Land. Wiederum wird ein Landschaftserlebnis so bitterer und böser Art, wie es das dieses Krieges ist, seine Abwehr finden in der Verwirklichung einer landschaftlichen Glückseligkeit im deutschen Land!

Und sie mussten wieder einmal lachen, noch viel länger als beim ersten Mal, und viel lauter, aber es hatte nichts Befreiendes. Das Lachen war alternativlos, denn keiner von beiden konnte weinen. Thomas ging keuchend zum Fenster, um es aufzumachen, und sah unten am Hang Margarethe. Sie blieb stehen und blickte befremdet zu ihm herauf: Ob er sie auslachte, wie sie sich dort hochquälte? Er konnte nicht aufhören.

»Du, stell dir vor, deine Mutter kommt gerade angelaufen.«

Aber Editha war wieder still, mit rotem Gesicht und tränenden Augen. Er atmete tief, spürte den Schmerz in Wangen und Kiefern und konnte sich die Verrenkung des Lachens schon gar nicht mehr vorstellen. Es klingelte nicht. Editha ging hinunter; Margarethe stand vor der Tür und sah aus, als ob sie wieder gehen wollte.

»Schön, Mutti, dass du uns endlich mal besuchen kommst!«

»Ich wollte euch nur etwas vorbeibringen. Dann gehe ich wieder.«

Sie blieb vor der Tür stehen, Editha ging mit ungeduldigen Schritten in die Küche.

»Kaffee ist noch da.«

Keine Antwort. Editha steckte den Kopf durch die Küchentür, sah Margarethe nicht mehr.

»Was soll das?«

Im Salon hörte sie Schritte. Da war Margarethe, schleppte noch an ihrer schweren Handtasche, eine Weigerung, es sich bequem zu machen, eine Unterstreichung der Mühe, mit der sie alles taxierte. Dabei schien sie das, was in den Räumen stand, kaum zu beachten, die Staffeleien, den Zeichentisch, die Zeichnungen und Tonmodelle. Als stünde alles noch in Kisten, nur die kahlen Wände sah sie. Und war zufrieden.

»Da hat man ganze Arbeit geleistet.«

»Siehst du, wir haben das Haus doch nicht verschandelt.«

Als Thomas mit dem Kaffee hereinkam, konnte man es sich an dem großen Tisch gemütlich machen. Margarethe schwieg. Als habe man sie gezwungen, hierher zu kommen, aber zum Reden könne man sie nicht zwingen. Oder als schuldeten die beiden *ihr* die Erklärung. Nein: als wisse sie alles schon, überhaupt alles, als habe sie es nicht nötig …

»Ach, rück es doch endlich raus, Mutti.«

Margarethe stand auf, hievte ihre Handtasche auf den Tisch, öffnete den Reißverschluss und zog eine Pralinenschachtel hervor, die sie auf den Tisch legte. Kaum, dass man sich über diese Geste wundern konnte – sie hatten ihr die Pralinen vor Jahren zu Weihnachten geschenkt –, da schob sie schon die Schachtel beiseite und kippte den Tascheninhalt auf die Tischplatte. Geldbörse, Brillenetui, Bleistifte, Füllfeder, Radiergummi, gebrauchte Taschentücher, Kleingeld, Schlüssel, Sicherheitsnadel, aufgesprungen, ein Apfel, verschrumpelt, Hustenbonbons, ausgewickelt, ein Pittiplatsch, ein Sprungseil, ein Reclam-Heft (*Res gestae Saxonicae*), eine S-Bahn-Fahrkarte. Sie achtete nicht darauf, sondern griff noch einmal in die Tasche, klappte mit geübter Geste den doppelten Boden hoch und zog einen Umschlag hervor. Der einen Stempel trug: *Berlin Document Center.*

»Da hast du ihn versteckt! Da wäre ich nie drauf gekommen.«

Margarethe räumte ihre Tasche schon wieder ein, den Umschlag und die Pralinenschachtel ließ sie liegen.

»Jetzt setz dich doch endlich!«

Thomas hob die Hand, wollte etwas abwehren, Margarethes Unruhe, die ihn sofort ansteckte, Edithas Plumpheit, sie hatte kein Feingefühl, er wollte den Zug aufhalten, der auf die falsche Schiene fuhr.

Margarethe griff nach der Pralinenschachtel, langsam und bedächtig, wollte sie Editha provozieren, es gelang ihr. Oder dachte sie gar nicht an Editha? Ihre Spannung war nun kalt und klar. Sie war ganz Wissenschaftlerin. In der Schachtel lag eine Mappe, wie Margarethe sie für ihre Forschungsthemen anlegte. Sie blätterte schnell, wie immer, wenn sie etwas beweisen, Recht behalten, das letzte Wort haben wollte. Bei einem Foto hielt sie inne, sah noch einmal in den Raum und nickte kurz und fest. Aber sie machte keine Anstalten, ihren Triumph oder auch nur das Bild mit den anderen zu teilen. Erst als sie neben ihr standen und sich über die Akte beugten, trat sie einen Schritt zurück und machte ihnen Platz.

Eine Jagdgesellschaft in einer Waldgaststätte. Thomas erkannte den Raum sofort. Als ob er an ihm Anteil hätte. Hatte er sich *Wietfeld* so vorgestellt? Nein, er hatte den Raum freigelegt, alte Tapetenschichten hatte er in großen Bahnen heruntergerissen, die letzten Fetzen eingeweicht, die Reste mit dem Spachtel abgekratzt, die unterste Zeitungsschicht von 1911. Reklamen, verschnörkelt wie die Werbepostkarten von der Waldschänke an der Lindewarte. Als nichts mehr war, hatte er eine tiefe Zufriedenheit empfunden mit den nackten Flächen, mit diesem grauen Stoff, der feucht und erdig roch, der alles werden konnte. Den man immer noch roch, im Ton und Gips des Ateliers. Und die kahlen Wände brachten die Erkerfenster erst zur Geltung, ihr Licht schluckte den Raum, so wie auf diesem Foto.

»Das ist mein Atelier – ich dachte, du hättest keine Fotos mehr vom Haus.«

Es war überbelichtet, aber Thomas sah, dass man den Raum sehr kitschig eingerichtet hatte. Muffig wie eine Puppenstube vom Dachboden, staubig und steif die Herren mit ihren Jagdbüchsen. Auf den ersten Blick gleichartig in ihrer Lodenaufmachung; auf den zweiten Blick sah man ein flirrendes Geflecht aus Macht und Untertänigkeit, angereiste Herren und angeheuerte Hinterwäldler, Jagdhierarchie, die Aufstellung in Reihen, eine ganz bestimmte Verteilung von Haltungen und Blicken, die man so nicht mehr kannte – auf den dritten Blick fielen die Abzeichen auf, die manche Herren trugen, Adlerflügelchen auf dem Lodenhut mit Gamsbart. Und in der Mitte, mit dem größten Gamsbart, doch ohne Abzeichen, die er nicht nötig hatte – so herrisch, wie er schaute, trotzig-schuldbewusster Blick eines feisten Jungen –, diese lächerliche Gestalt in kurzen Hosen, die in ihrer Lächerlichkeit erwischt auf Rache zu sinnen schien.

»Das ist doch *Göring*, Mutti!«

Editha rückte das Bild ins Licht und prüfte die Gesichter der Gruppe Herren, eins nach dem anderen, dann suchte sie die Ränder des Bildes ab.

»Das ist dein Vater, also mein Opa«, sagte sie. Ein schmaler Mann am linken Rand, er schien in die Schatten entweichen zu wollen, aber die weiße Kochmütze hob sein blasses Gesicht hervor. Er war hinter einem Sessel eingeklemmt, wo ein großer schlanker Mann gemütlich die Beine ausstreckte.

»Und das ist mein Vater.«

Er rauchte und betrachtete die Würdenträger, sein Gesicht von der Kamera abgewandt.

»Das ist doch mein Vater, oder? War er auch mit dem *Reichsforstminister* auf Jagd?«

Editha drehte sich um, aber Margarethe war nach hinten gewichen und hatte sich auf einen Stuhl gesetzt. Also nahm sie die restlichen Fotos aus der Mappe und legte sie nebeneinander auf den Tisch. Als ob sie arbeitete: Ihre Hand war ruhig. Nur im Rücken, da sie sich so unbequem beugte, war ein Zittern. Nichts Schlimmes war auf den ersten Blick zu sehen.

Keine Trophäen wie der Dicke vorhin. Abzeichen kaum auszumachen, die meisten Fotos stammten aus zivilen Zeiten. Steife Porträts, oder die aufwendige Angelegenheit der Vergnügung: Sonnenschirme, lange Röcke. Ja, so hatte Thomas sich das vorgestellt. Zumindest konnte er sich nicht erinnern, es sich anders vorgestellt zu haben. Eine andere Werbepostkarte: Ein großes Haus mit Giebelchen und Türmchen.

Josef Ahr – Ausflugsgaststätte
Altes Forsthaus Wietfeld

»Vater kam aus Wietfeld! Von der Konkurrenz! Was für eine Romeo-und-Julia-Geschichte. Schon feiner als unsereins, diese Ahrs. Keine Sozialdemokraten, das sieht man ihnen an. Der Junge im Matrosenanzug, das müsste mein Vater sein. Mutti?«

Margarethe fühlte sich nicht angesprochen.

Editha nahm den Umschlag vom Berlin Document Center.

»Wobei – ich kenne das schon. Magst du zuerst, Thomas?«

Er schenkte erst Kaffee ein, sah nach Margarethe, die sich zu ihnen setzte, so feierlich: Er hatte gebührend zu würdigen, was auch immer in dem Umschlag lag, wütend oder nur betroffen, hämisch oder angewidert, sie saß dort in Erwartung. Er räumte umständlich seine Tasse beiseite und wischte den feuchten Ring weg, den sie hinterließ. Dann blieb ihm nichts anderes übrig, als die Kopien aus dem Umschlag gleiten zu lassen.

Es war Hans Ahrs Personalakte von der Reichsstelle für Raumordnung. Personalnachweisung, Fragebogen über Wehrdienstverhältnisse, Besoldung, Kirchensteuer, Zeugnisse, Arbeitsvertrag, Lebenslauf (Förstliche Hochschule Tharandt, Reichsforstamt, ab 1940 in der Reichsstelle für Raumordnung), Taufschein, politisches Führungszeugnis, Empfehlungsschreiben, Fragebögen (*Stammen Sie von jüdischen Eltern oder Großeltern ab … Gehören Sie einer Loge an …*).

Thomas las alles noch einmal von vorne. Der Schauer, den die Briefköpfe erregten, die Hakenkreuzchen, Adlerflügelchen, er legte sich nicht, aber an nichts anderem ließ er sich festmachen, das Grauen schwebte frei. War etwas untergegangen in der Kopierschwärze, in den unscharfen Buchstaben, den grauen Streifen, zwischen den Zeilen?

Und noch einmal. Nun mit detektivischem Gefühl. Irgendwo in dieser Trockenheit mussten die Strukturen liegen. Ein verdorrtes Verbindungsnetz, verschüttete Kanäle. Allein das Beamtendeutsch war eine Ungeheuerlichkeit, faszinierend, die Blüten, die es trieb. Allein die Briefköpfe der Empfehlungsschreiben, sieben, acht Ämter zählte er, die eine abstrakte Totalität zu verwalten schienen.

Margarethe sah ihn unverwandt an, er spürte eine Wut, die keinen klaren Gegenstand fand, in ihr nicht und nicht in diesen trockenen Papieren. Er starrte auf die Tischplatte. Als er sie wieder ansah, schien sie sprechen zu wollen. Er blätterte die Papiere wieder durch, nur, um nicht reden zu müssen. Die Wut kam nicht wieder, er blieb leer zurück, wo war er stehengeblieben, die Briefköpfe der hohen Herren.

»Normalerweise fertigen sie keine Eilkopien an.«

»Wie bitte?«

»Im Berlin Document Center. Sie haben für mich eine Ausnahme gemacht. Ich habe gesagt, ich muss am Nachmittag nach Ostberlin zurück. Es war sehr freundlich von ihnen.« Und sie fing an zu weinen. »Überhaupt – alle Achtung, wie sie die Akten aufgearbeitet haben. Kein leichtes Unterfangen.«

Weinend beklagte sie das *Ämterchaos* von damals. Das Wuchern der Wissenschaft in Dahlem, die neuen Institute für Agrarwissenschaft oder Anthropologie, menschliche Erblehre und Eugenik, deren Fäden so undurchsichtig bis ganz oben liefen, verfehdete Protektorate Himmlers oder Görings. Und diejenigen, die sich dazwischen bewegten, wichtiger, als sie sich jemals hätten träumen lassen: Fachleute.

Aber das *erzählte* sie nicht, sie entleerte sich bloß wie vorhin ihre Handtasche. Thomas sollte, was sie nicht konnte: eine Geschichte daraus machen. Er schwieg, bis er zu schweben schien, von oben herabblickte – und reine Neugier empfand. Die Maschinerie lief an, die Bilder fügten sich.

Am besten mit dem Jungen anfangen. Mit zwölf oder dreizehn noch im Matrosenanzug. Ein sanfter Träumer. So hatten sie ihn kennengelernt, die zwei Mädchen, Margarethe und Sophie, die sich immer wieder in Wietfeld einfanden. Sonntags zum Eis. War es Sophie, die Margarethe zur Konkurrenz mitschleppte, oder verfiel Margarethe dem Reiz des Verbotenen? Wietfeld, obwohl abgelegen, warb mit seinem Kaisersaal und stach damit die Waldschänke aus. Josef Ahr war hier der große Herr. Nur mit den Weibern hatte er kein Glück, die Frau war ihm durchgebrannt und hinterließ als einzigen Stammhalter den Knaben Hans, in den alle Mädchen verliebt waren. Hans wollte kein Gastwirt werden. Sondern Förster, wie *sein* Großvater. Oder studieren, Geschichte, was sein Vater so verbissen als Hobby betrieb. Schon als Junge konnte er besser erzählen als sein Vater: wie ein großer Bruder für die kleinen Mädchen. Er wollte in die große Welt hinaus. Verstehen, wie alles zusammenhing. Es war die Zeit nach dem Großen Krieg, so hart und doch so aufregend. Denn während alles auseinanderfiel, taten sich Menschen zusammen in unzähligen kleinen Bünden, Verbänden und e. V.s, um die großen Fragen des Lebens zu stellen. Sie nannten sich *Adler und Falken* oder die *Artamanen*, die sich gelegentlich in Wietfeld trafen. Mit leichter Ironie sprach Hans insgeheim von ihrer Esoterik. Selbst nach seinem Beitritt waren das für ihn Spielereien. Doch gerade die genoss er auf seine Art. Ruhig und souverän, was die einflussreichen Genossen beeindruckte: Walter Darré, der spätere Agrarminister, wurde sein großer Förderer.

Lange Zeit war Hans nur noch selten in Wietfeld, er ging nach Tharandt und studierte Forstwirtschaft, weil der größere Zusammenhang nun gegeben war: das Reich. Und Josef Ahrs kleines Reich lebte auf; er war in der Parteikreisleitung aktiv. Überhaupt war das hier die große Zeit. Als Max Schmeling in Benneckenstein für die Olympischen Spiele trainierte, war sogar, so hieß es, der Führer zu Besuch und stieg in Wietfeld ab. Aber Göring auf der Lindewarte? Bei den Vogts, den Sozialdemokraten, die sich zähneknirschend in die neue Zeit fügten? Den Besuch hatte Hans, so schien es, als abstrusen Scherz eingefädelt, um seinen Vater zu ärgern, oder die Vogts, oder das war seine Art, ihnen eine Gefälligkeit zu erweisen, den Eltern des nicht gerade schönen aber schlauen Mädchens, an welches er sich so wohlwollend erinnerte. Er hatte den Reichsforstminister, mit dem er neuerdings beruflich zu tun hatte, als Ortskundiger auf dessen Jagdausflug im Harz begleitet, und schlug vor, in der gemütlichen Waldschänke das Mittagsmahl einzunehmen. Im Dorf sprach man noch lange davon. Wie die Autokolonnen durchbrausten. Mercedes, das hörte man schon an den Motoren.

So sah Margarethe Hans wieder, so verändert, erwachsen. Von Tharandt hatte Konrad Meyer ihn gleich als Experten für Aufforstung nach Berlin an die Reichsstelle für Raumordnung geholt. Sie wolle studieren, sagte Margarethe, als Hans vor der Tür stand und rauchte und sie eigentlich hätte abräumen müssen. Er sah auf sie herab. Er lachte über ihren Ehrgeiz, ihre Wissensgier. Und nahm sie doch auch ernst. Schließlich war er selbst ein Sonderling, obzwar ein schöner, und vermutlich der Einzige hier, der ihre Intelligenz zu schätzen wusste. Er empfahl sie nach Halle, um zu studieren, was er gern studiert hätte: Mediävistik.

Nach ihrem Studium holte Hans sie nach Berlin. Nach Dahlem, wo neue Institute wie Pilze aus dem Boden schossen. Die Publikationsstelle Dahlem am Preußischen Staatsarchiv betrieb Ostforschung. Dort kam Margarethe unter, mit ihren Mönchen, die ihr, Mitte zwanzig und noch unverheiratet, schon viel zu nahestanden. Weltabgewandt, immer weiter in den Osten hinein, bauten sie stille Ordnungen, die dem Reich dienten. Wie nun die Dahlemer Gelehrten. Von diesem grünen Bezirk war das Geschehen an der Ostfront weit entrückt. Hier herrschte die Stille der abstrakten Arbeit. Hier waren lauter Denker versammelt, alte, die ihr Lebenswerk endlich gewürdigt sahen, und junge, die zum rechten Zeitpunkt jung waren, um eine Stelle in einer der Villen einzunehmen, deren Eleganz so gediegen und dezent war, weitab des protzigen schwarz-roten Zentrums, in der kühlen Luft des Geistes unter großen alten Bäumen. Hans hatte vor allem am Institut für Agrarwesen und Agrarpolitik zu tun, in der Villa Aereboe, Im Dol. Hinten im Garten trank man Kaffee und blickte auf die weiten Felder der

Domäne: eine Landschaft, der man alles Unfreundliche entzogen hatte. Wie es einst den Mönchen vorschwebte. Sie genossen es, die zwei Harzer aus dem rauen Gebirge, und doch blieb eine leichte Ironie. Das hier war keine richtige Natur. Und es schneite hier nicht ordentlich. Man kam sich näher.

Man hatte nicht viel voneinander. Immer wieder war Hans im Osten auf Dienstreise. In Sachen Aufforstung. Bis schließlich solche Fragen, die den *Frieden* und die *neue Nachkriegsordnung* betrafen, auf die lange Bank geschoben wurden. Institute wurden aufgelöst. Als Margarethe im Sommer 1944 erfuhr, dass sie schwanger war, war Hans schon eingezogen worden. Sie schrieb es ihm, erhielt jedoch keine Antwort mehr. Er wurde schließlich bei Bobruisk vermisst gemeldet. Aber vorher hatte er noch etwas erledigt: Er hatte ihr einen Platz im Lebensborn-Heim *Harz* in Wernigerode gesichert.

Über den Lebensborn kursierten schon damals wilde Gerüchte. Ein Bordell der SS, hieß es. Ein Freudenhaus deutscher Reinlichkeit. Irgendwie stellte man sich einen großen weißen Saal vor. Einen Stall vielleicht. Zuchthengste. Zuchtstuten. Ährenkränze. Heu. Margarethe weigerte sich erst. Aber sie hatte keine andere Wahl. Und wäre dort um ein Haar nicht aufgenommen worden. Das war nämlich nichts als ein Heim für ledige Mütter, wie es sie schon vorher gab. Aber für besonders wertvolle ledige Mütter. Dass die SS-Männer ihre Saat weit und breit aussäten, wurde unter rassenhygienischem Gesichtspunkt geduldet, ja gefördert. Dafür musste man aber keinen Puff der Herrenrasse einrichten, sondern nur auf die tradierten sozialen Strukturen vertrauen, etwa dass ein Hauptmann über seine Sekretärin und ein Doktor der Rassenkunde über seine Stenotypistin verfügt. Da entsprach Margarethe freilich nicht ganz den Kriterien.

Aber wegen ihrer Verdienste erbarmte man sich ihrer, und sie durfte Editha dort zur Welt bringen, in der lichten, luftigen Villa, so bequem und so gut ausgestattet, die heute als Frauenklinik Wernigerode fast genauso aussah wie damals.

Heute wollte man davon nichts gewusst haben. Genauso war es in Sorge gewesen. Jahrelang hatte man die große Zeit genossen. Man lag wach im Dorf und lauschte auf die Mercedesse. Noch lange hatten sie davon erzählt. Und dann auf einmal nichts mehr. Wollten Margarethe Jahrzehnte später das Haus aufdrängen, das sie gar nicht haben wollte. Eines Tages kreuzte der Sorger Bürgermeister bei ihr auf, erzählte ihr, das Haus würde demnächst frei. Sie sagte ihm, sie wolle nichts damit zu tun haben, das solle ruhig der Staat behalten. Aber er ließ nicht locker. Das war offenbar sein neues Steckenpferd. Es war allen immer ein Dorn im Auge, dass *die* da drinsaßen, es war jetzt seine Idee, dass der Staat das schöne Haus nicht wiederkriegt, dass es in der Familie bleibt. *Sie brauchen sich um nichts zu kümmern*, sagte er. *Wir haben doch einiges gut bei denen, bei allem, was wir hier mitmachen.* Ein anderer hätte eine neue Wasserleitung ausgehandelt, einen Hort. Er wollte das Haus retten. Nicht wenige im Dorf hatten ihm das übelgenommen.

Margarethe zappelte mit dem Fuß, war in die übliche Erregung gekommen. Und als sei ihr gerade bewusst geworden, dass sie sich wie immer verhielt, hielt sie wieder inne.

Längst las Editha stirnrunzelnd selbst in den Papieren.

»Wo steht das denn mit der SS?«

»Das ist nicht aktenkundig. Zum Glück.«

»Was soll das nun heißen, woher weißt du denn, dass er, dass es so gewesen ist?«

»Er ist ganz am Ende beigetreten. So habe ich das von seinem letzten Brief verstanden.«

Beide fixierten einen Punkt über der Tischplatte, aber nicht denselben, etwa zwanzig Zentimeter auseinander, regungslos, nur die Augen zuckten schnell hin und her.

»Deshalb der Lebensborn, alles klar. Aber warum bist du mit mir nach Wietfeld? Deine Eltern hätten dich wohl nicht aufgenommen?« Ein kerniger Tonfall, als wäre das Problem aktuell und duldete keinen Aufschub, der schon sichtbar sich wölbende Bauch, und Editha in der Not herbeigerufen, um über dieses Problem das Machtwort zu sprechen, wer würde das dürfen, wenn nicht sie? »Mit einem unehelichen Kind, dazu noch von einem …«

Margarethe nickte.

»Und eine Abtreibung kam nicht in Frage? Aus Glaubensgründen?«

Margarethe schüttelte mit dem Kopf, heftig. »Nicht deswegen«, sagte sie schließlich.

Editha und Margarethe sahen vor sich hin, als ob sie liefen, und in zwanzig Zentimeter Entfernung liefen sie aneinander vorbei.

Der alte Ahr nahm Margarethe und die neugeborene Stammhalterin auf, fabulierte womöglich über eine Zusammenführung der Reiche Wietfeld und Lindewarte. Besann sich, floh im März 1945 Richtung Westen, den Amis in die Arme. Margarethe blieb mit dem Kind im einsamen Haus zurück, und Sophie kam, um ihr zu helfen. Sie, die Hübsche, hatte nicht geheiratet, die Kinderliebe war kinderlos, für Hans' Tochter hätte sie alles getan. So sehr hatte sie ihn geliebt. Margarethe vertrug die opferbereite Freundin nicht, die noch in einer Märchenwelt lebte, schimpfte auf die hohen Herren und ihren Krieg, und meinte auch die Kaiser in diesem kitschigen Kaisersaal, zu deren Füßen Sophie treugläubig glotzte. Wenn ihr der Atem ausging, setzte Sophies kindlich-zaghafte Stimme ein: die Stunde vorm Tagesanbruch sei die Dunkelste, die Rettung käme noch, die Wunderwaffe, Deutschlands Erwachen. Wenn Erwachen, erwiderte Margarethe, dann ein Böses, ihre Eltern hätten es schon immer geahnt. Sie ahnte nun selbst, ohne recht zu begreifen: was in Dahlem zwischen den Zeilen lag.

Die beiden holten ihre Lebensmittel in Braunlage, es war nicht weit, über die Warme Bode, über die Auen, wo man sich über den weiten Himmel freute und gleichzeitig fürchtete, seit Halberstadt verbrannt war. Als sie sich Anfang April auf den Weg machten, ahnte Margarethe schon, dass es das letzte Mal sein würde, so spürbar war die Angst und Unruhe. Auf dem Rückweg, außerhalb des Ortes, trafen sie einen Menschenzug, der sie am Wegesrand erstarren ließ. Offenbar Gefangene, die Uniformierte mit wütendem Gebrüll dahintrieben, unbegreiflicherweise, denn diese Menschen konnten kaum laufen, wandelnde Skelette, die Amerikaner standen an der Elbe, aber dieses Geisterheer galt es mit letzter Kraft davonzujagen. In seinem ganzen Ausmaß tauchte es aus den Nullen der Dahlemer Zahlenreihen hervor, um endgültig zu verschwinden. Sophie und Margarethe klammerten sich an die Rücksäcke voller Lebensmittel, als könnten die Hungernden über sie herfallen.

Die nächsten Tage waren unerträglich, Sophie zunächst noch im Glauben, die Amerikaner lasse man nur deshalb so weit anrücken, um sich mit ihnen in einem Überraschungsangriff gegen die Russen zusammenzuschließen … Dann, doch verzagend, wollte sie tiefer in den Wald gehen, die Verstecke der Kindheit suchen, ein Haus aus Ästen bauen, Pilze und Beeren sammeln, so könnte man zu dritt eine ganze Weile unbehelligt überleben.

Als das Dröhnen der Panzer auf der Straße hörbar wurde, flohen die beiden in entgegengesetzte Richtungen.

»Komm«, sagte Editha schließlich und erhob sich, »ich mache uns etwas zu essen.«

Thomas musste lange nach Eli rufen, er vermutete sie draußen, hatte sie nicht hereinkommen hören, doch schließlich ging er zur Treppe. Da kam sie schon mit finsterem Gesicht. Sie war den ganzen Vormittag auf sich allein gestellt gewesen. Wo man ihr doch hätte zeigen müssen, dass sich nichts verändert hatte, man nicht etwa mit anderen Geschichten beschäftigt war als mit den ihren. Als sie Margarethe am Küchentisch sah, leuchtete ihr Gesicht auf, aber die Oma war ganz in sich versunken. Alle schwiegen. Bis Margarethe geistesabwesend Elis Glas umwarf und Eli zu kreischen begann. Wütend, voller Schmerz. Dass sie so schrie, war unerhört. Und Editha, blass, schimpfte nicht, sondern griff sie rasch und behutsam wie eine Verletzte und trug sie draußen auf und ab. Margarethe starrte noch ohne Schuldbewusstsein vor sich hin. Auf einmal sah sie hoch und sagte scharf: »Er war nicht mit Göring auf der Jagd!«

»Wie bitte?«

»Hans war nicht mit Göring auf der Jagd. Er war Vegetarier.«

Der Schreibtisch war wieder leer, die Bücher verschwunden. Säße Thomas nur lang genug da, schaute er nicht hin, alles verschwände nach und nach hinter seinem Rücken. Da war jemand, die diese Bücher viel dringender lesen wollte als er. Als sei das ihr Geburtsrecht. Er erhob sich müde und ging in Elis Zimmer. Sie war nicht da. Die Bücher lagen wieder aufgeschlagen auf dem Boden. Er war wütend und hilflos. Es war keine Provokation, sondern für sie nur selbstverständlich. Er sammelte sie wieder ein.

Am Schreibtisch versuchte er sich zu beruhigen. Er nahm ein Buch pflichtbewusst in die Hand und prüfte es. Auf was, wusste er nicht genau, auf Echtheit, ein Original sei das, ein Zeugnis, sagte er sich, der Widerwille, den er dabei empfand, vermischte sich mit seiner Wut auf Eli. Dieser Runen-Stempel, so penibel-esoterisch. Immer oben rechts. Er befingerte die Ecke. Eine trockene Irritation trieb ihn ans Regal. Etwas war ihm vor langer Zeit aufgefallen und wieder entfallen. Er suchte den *Plinius.* Die unwissenschaftliche Ausgabe. Die Ecke des Vorsatzblattes, oben rechts, war säuberlich abgeschnitten. In das fehlende Dreieck hätte der Stempel genau gepasst. Er nahm *Die Zeit der Ottonen* in die Hand. Mit Goldschnitt, aus Sebastians Schatztruhe. Das Vorsatzblatt war beklebt, ein Rechteck bedeckte die Ecke, weiß auf weiß. Hatte er den Rand gelöst? Oder schon Sebastian? Er zog daran, sie ließ sich lösen, das schwere glatte Papier blieb heil. Siebengestirn.

Die zweite Reihe, die sich nach und nach gefüllt, die Geheimbibliothek, die er zusammengetragen hatte, war Hans Ahrs, und sie war nun vollständig.

Er setzte sich wieder hin und schlug das letzte der neuen Bücher auf, das eigentlich nur ein Aufsatz war, provisorisch in Karton geheftet. *Die Wehrwaldsiedlung.* Schlecht getippt auf dem Papier des vorletzten Kriegsjahrs, gebräunt wie im Ofen, fast unleserlich, aber sorgfältig hineingeklebt waren gestochen scharfe Fotos. Herren in Uniform standen um einen Tisch. Darauf war eine Landschaft. Ein Wald – das nächste Foto rückte näher heran –, der zwischen zwei Gewässern lag. Ein Fluss verband die zwei Seen, eine einsame Straße führte hindurch, sonst nur das Schwarz der Bäume. Nein, nicht nur das: Sah man länger hin, war der Wald voller Lichtungen, weit auseinander, verloren. Nicht verloren, kleine Wege führten von Lichtung zu Lichtung. Und auf jeder Lichtung, kaum auszumachen, war eine Siedlung. Damit verschob sich der Maßstab, es waren große Gewässer und ein Wald, durch den man stundenlang führe, auf einer großen Autobahn, anmutig geschwungen und gut asphaltiert, wie vergrößerte Bildausschnitte ahnen ließen, bis in der Vergrößerung alles schäbig wurde, der Schaumstoff der Bäume, der papierene Straßenbelag. Dann wieder aus der Vogelschau: ein neuer Tisch, das Modell einer einzigen Lichtung. Halb im Schatten der Bäume, es waren Riesen, Urwald, die Straße kaum zu sehen, kaum zu glauben, dass es hier überhaupt Straßen gab. Thomas spähte hinunter, so bekam er sie endlich zu sehen, die *Chauken* der Seen … doch hier war kein Mensch. Nichts war stärker zu spüren als Leere, meilenweit in jede Richtung, Wald und Wüstungen, wo waren all die Menschen hin? Sie waren noch nicht gekommen. Alles war neu. Bauernhöfe. Dorfanger. Vorgärten. Hell und sauber. Post und Schwimmbad. Glatt und gerade. Am Anger, wo sonst die Kirche stünde, ein hoher hölzerner Saal: das Parteihaus. Nicht weniger nüchtern als irgendein *Haus des Buches.* Sachliche Laternen. Briefkästen. Irgendeine öde Nachkriegssiedlung, die keine andere Geschichte hatte als die der Wohnungsnot. Ein beliebiger Ort – die Landschaft gab keinen Anhaltspunkt. Vielmehr waren solche Fragen hinfällig geworden. Die Menschen lebten einfach hier. Im Wald. Zwischen zwei Seen. Irgendwo in Europa in einer sagenumwobenen Germania. *Stand der Siedlung im Jahr 1994.*

Thomas klappte das Heft zu. Mehr musste er nicht wissen. Wahrhaftig nicht. Er wollte in die Küche, Suppe kochen, einkaufen, den Rasen mähen, alles andere als an diese Bücher denken. Wäre nicht Eli gewesen, die ihm voraus gewesen war, alles schon gesehen hatte. Er war selber schuld. *Suche dir lieber ein neues Spiel.* Er hatte ihr keine Geschichten mehr erzählen wollen. Und seitdem gab es eine Geschichte nach der anderen, Erklärung auf Erklärung, nun, wo er wusste, wie gefährlich das werden könnte, was man einem Kind erzählt. Tatsächlich war er kurz dem Glauben verfallen, das Erzählen und Erklären sei nur ein Spiel unter anderen, das man ein für alle Mal lassen könne. Könnte er das nur wieder glauben. Er saß da und versuchte es. Doch schließlich stand er auf und ging zu Eli.

Sie hockte auf dem Fußboden und starrte mit verheulten Augen vor sich hin. Er setzte sich auf einen Stuhl in sicherer Entfernung.

»Hör mal«, sagte er, »ich bin nicht sauer wegen der Bücher.«

Das ließ sie unberührt.

»Ich will nur nicht, dass du sie liest. Sie sehen schön aus, aber was da drin steht, ist nicht schön. Sie wurden von bösen Menschen geschrieben.«

Böse Menschen. Schrecklich, solch hilflose Märchenworte von sich zu geben.

Sie sah ihn an, gnadenlos fragend.

»Sie wollten für sich selbst ein Paradies bauen und dafür alle anderen Menschen umbringen und versklaven und ihnen das Land wegnehmen. Deshalb gab es den großen Krieg. Das habe ich dir ja alles schon erzählt. Dass … wir den Krieg verloren haben, da wurde Deutschland aufgeteilt und die Grenze wurde gebaut. Jedenfalls: Das sind die Pläne für ihr Paradies. Schöne Gärten, schöne Dörfer. Alles auf Leichen gebaut.«

Ihr Blick wurde starr, was war das für ein schrecklicher Spruch.

»Es sind aber nur Pläne. Diese … bösen Menschen wurden geschlagen. Und nichts davon wurde gebaut.«

Ein Flackern in ihren Augen. Das war doch – Enttäuschung.

Er ging wieder in sein Arbeitszimmer und schloss es ab.

Die Bücher stellte er in die zweite Reihe zurück. Hätte er nur nicht aufgeräumt. Nur die Unordnung der Fächer, in der er jede Veränderung sofort bemerkt hätte, hatte ihn sicher glauben lassen, dass seine Geheimbibliothek unentdeckt blieb. Obwohl, wenn er sich den fremden Herrn vorstellte, wie er da blätterte – er wünschte es sich sogar. Die für sich in Anspruch nahmen, alles wissen zu dürfen, und die doch, wie alle, von nichts wissen wollten – mit welchem Gesichtsausdruck läsen sie?

Thomas sah, als er einschlief, die Landschaft auf dem Tisch, er bemühte sich, näher zu treten. Er schwebte, alles lag ausgebreitet unter ihm, er stürzte, aber der Wald blieb gleich fern, die Lichtungen kaum auszumachen, noch sah er keine Häuser, keine Straßen. Das war besser so. Noch war nichts geschehen, so erschien das von hier oben. Von hier aus konnte er alles ungeschehen machen, denn er träumte. So verharrte er. Bis er auf einmal den Wald roch, und der Wald roch anders als der, den er kannte, nur nach sich selbst und nach dem Wasser. Und er wusste, dass das Russland war, er hatte es endlich wieder nach Russland geschafft und kam doch kein bisschen näher heran. Er spähte hinunter, wollte ein Haus ausmachen, ein Fenster, ein Zimmer dahinter, ein russisches Zimmer, mit Teppichen behangen, mit Tee- und Lackgeruch, er strebte nach unten, bis zur Erschöpfung, und kam nicht näher. Wenn er nur wüsste, wo er war. Der immer gleiche Ausschnitt Wald und zwei Gewässer, rechts und links. Zwei geschwungene bleigraue Flächen. Und er wusste es. Die Newa floss aus dem Ladogasee, floss zum Finnischen Meerbusen. Dort unten war Leningrad gewesen.

Er schlief.

Er erwachte spät, ausgeschlafen, allein. Kein Alleinsein wie sonst: Er lag im Bett und überall im Haus war Leben. Stimmen, Tritte. Geschirr klapperte im Gastraum. Mercedesmotoren heulten auf. Er war benommen durch den langen Schlaf, nur deshalb traute er sich hinaus. Niemand war zu sehen. Aus dem Saal mit Talblick, von den Wänden, die er freigelegt hatte, hallte nur noch das Klopfen eines Meißels. Und doch war alles noch da. Bei Tageslicht waren sie lästiger, diese Gäste, diese ganze Familienbande, man wusste, was das für welche waren. Das Schlimme war, dass man sich daran gewöhnte.

Im Halbschlaf noch am leichtesten. Ihm war, wenn er sich Mühe gab, als liege er gelähmt in dem Haus auf der Lichtung, den Stimmen vorm Fenster, den Gestalten auf der Wiese ausgeliefert. Doch es waren keine Menschen, keine Engel, keine Teufel, sie waren jenseits von Gut und Böse. Schlicht und einfach Fremde.

Margarethe kam nun jeden Sonntag zu Besuch, als wäre das schon immer so gewesen. Sie hielt keine Vorträge, gab keine Erklärungen, suchte keinen Streit, sie saß am Tisch und sann, es wurde nur das Notwendigste gesprochen, vom Wetter oder vom Essen, so entstand das Gefühl einer großen Vertrautheit.

Und noch öfter waren andere Gäste im Haus, mehrmals in der Woche lud Editha Leute ein, vielleicht, um die anderen zu vertreiben. Oder sie sollten sich einfach alle mal kennenlernen, Editha schien es darauf ankommen lassen zu wollen. Aber alle redeten aneinander vorbei.

Da waren auch noch die Seinen, stumm standen sie am Rande und sahen dem Treiben zu, niemals zusammen, mal kam Lena, mal Vera, sie wussten nichts voneinander, waren auf sich allein gestellt und sahen nach ihm und sahen ihn nicht, und er war gelähmt. Es gab sie doch, er hatte ihre Namen ausgesprochen, sie waren gekommen. Und er fand doch keinen Weg zu ihnen. Ihm fiel kein Wort ein, wenn er Lena sah, kein Wort an oder über sie, jetzt wo sie in Erscheinung trat, hier in diesem Haus. Es war vielleicht nicht notwendig. Sie war die Mutter und er der Vater: Es war kein Spiel mehr.

Vera stand am Fenster und schien Distanz halten, nur beobachten zu wollen. Und er wusste nicht, ob er das für bare Münze nehmen sollte. Was ein Kind sich wünscht, Annäherung oder Unantastbarkeit. Er wusste es nicht. Als hätte er nicht schon ein Kind, als wäre er nicht selbst Kind gewesen. Er schrieb jeden Abend an sie und schickte nichts ab.

So ging das tagelang. Er war zu nichts in der Lage. In der Bibliothek machte er keine Notizen mehr, es war physisch unmöglich, solche Belanglosigkeiten aufzuschreiben. Er wollte es drauf ankommen lassen. Abends räumte und putzte er, wie für die Gäste, oder den Gästen hinterher. Er kümmerte sich um

Eli. Sie benahm sich den ganzen Tag wie unter fremden Menschen, mal still und scheu, mal laut und kokett, immer schielend nach den Großen. Er konnte nicht verhindern, dass sie zu den fremden Würdenträgern hineinging. Ihnen ins Bild lief, möglich, dass sie ihr zulächelten, dass der Feiste in die Hocke ging, um mit ihr auf Augenhöhe zu sein. Er wusste nicht, wen sie sah.

Sie verbarg etwas vor ihm. Er sah sie immer wieder im Augenwinkel mit einem sperrigen Gegenstand aus dem Haus verschwinden, wenn er gerade zu tun hatte. Schon an ihrem Gang war ersichtlich, dass sie ein Buch trug, dringend lesen wollte. Was er vor wenigen Monaten noch begrüßt hätte: dass sie ein neues, eigenes Spiel haben könnte. Gelächelt hätte er über diesen zielstrebigen Schritt aus dieser Welt hinaus, hastig und stolpernd, als gelte es, einen Zug noch zu kriegen. Nun packte ihn das Grauen, aber er durfte sich nichts anmerken lassen. Er beobachtete sie unauffällig, bis er das Versteck erraten hatte: in der Abstellkammer, in einer seiner alten Bücherkisten. Er begriff sekundenlang nicht, welche Sprache das war, welches Buch, *Estnische Märchen.* Auf Russisch damals und nun auf Deutsch. Lenas Lieblingsbuch, Veras Märchenbuch.

Er brachte es am Abend in Elis Zimmer, um daraus vorzulesen. Sie schwankte zwischen Wut und Freude über die Aufdeckung ihres Geheimnisses. Sie gab sich geschlagen, sah er betroffen, tat sie es gern?

Zu alten Zeiten stand in Alutaguse ein schöner Hain, der Tontlawald hieß, den aber kein Mensch zu betreten wagte. Dreistere, die zufällig einmal näher gekommen waren und gespäht hatten, erzählten, sie hätten zwischen dichten Bäumen ein verfallenes Haus gesehen und um dasselbe herum menschenähnliche Wesen.

Der Schwedenkönig hatte mehr als einmal befohlen, den gefürchteten Wald zu fällen, aber die Leute wagten es nicht, diesen Befehl zu vollstrecken. Einmal hieb ein wagemutiger Mann mit der Axt in einige Bäume, da floss sogleich Blut, und man hörte Jammergeschrei wie von gequälten Menschen. Der erschrockene Holzfäller machte sich zitternd auf die Flucht; seitdem war kein noch so strenger Befehl, kein noch so reichlicher Lohn imstande gewesen, wieder einen Holzfäller in den Tontlawald zu schicken.

Einige Werst vom Tontlawalde lag ein großes Dorf. Ein verwitweter Bauer hatte unlängst wieder ein junges Weib genommen und, wie das wohl oft vorkommt, ein rechtes Zankeisen ins Haus gebracht, so dass Zwist und Hader kein Ende nahmen. Die von der ersten Frau hinterbliebene Dirn, Els geheißen, war ein sinniges, aufgewecktes Geschöpf. Dieser Ärmsten machte aber die böse Stiefmutter das Leben ärger als die Hölle, sie puffte und knuffte das Kind vom Morgen bis zum Abend und gab ihm schlechteres Essen als dem Hunde. Und da die Hose die Frau anhatte, so konnte die Tochter sich auf ihren Vater nicht stützen: Der Tölpel musste ja selbst nach des Weibes Pfeife tanzen.

Länger als zwei Jahre hatte Els dieses leidvolle Leben ertragen und viele Tränen vergossen. Da ging sie eines Sonntags mit anderen Dorfkindern aus, um Beeren zu sammeln …

Diese Geschichte unterschied sich in nichts von der damals hundertmal gehörten, sie glich der längst vergessenen in allem, dieses Märchen war wieder da, in dieser Zeit, in dieser Sprache.

Er wusste genau, wie es weiterging. Auch außerhalb des Buches. Es gab ein Land, von dem er immer neue Karten gezeichnet hatte, mit Bergen und Flüssen und Häfen, die immer anders waren. Aber sie *waren*. Über sie wurde nicht gestritten. Diese Landnahme musste man ihm und Lena lassen. Sich eine eigene Welt zu entwerfen, das war bei den hiesigen Zuständen das Mindeste, was einem zustünde. Sie teilen zu wollen, war die edelste denkbare Geste, denn sie war eindeutig besser als diese Welt. *Es gibt kein richtiges Leben im falschen.* Auch jetzt war der Gedanke schwer zu verdrängen: Wäre man nur gemeinsam in die gemeinsam entworfene Welt entkommen, wäre alles richtig verlaufen. Wie viele Verwicklungen und Lügen hätten vermieden werden können, wie viel Unrecht, an dem man schuldig geworden war. Aufrecht und in Eintracht hätte man gelebt.

Daran hatte er nie wirklich geglaubt. Vielleicht nicht einmal als Kind. Lena hatte er zugetraut, den Pfad dorthin zu finden. Er hatte geglaubt, immer außen vor stehen zu müssen. Als

Erster vertrieben, ja vertilgt zu werden, wenn man es geschafft hätte, das Paradies auf Erden zu errichten. Aber das stand doch nirgends geschrieben. Vielleicht wäre er dort willkommen gewesen, als einfacher Siedler am großen See.

Damit spürte er eine unerwünschte Macht. Und verstand: dass eine solch vollkommene Welt mit anderen nicht zu teilen war, ohne Gewalt überhaupt nicht zu teilen, genauso wenig wie ein Atomkern. Genauso vernichtend wäre ihre Kraft. Das hätte man längst wissen müssen. Das zumindest hätte er Lena sagen müssen, oder sie ihm. Für niemand anderen als sie hieß dieses Land *Eston.*

Eli begann, nach der Schwester zu fragen. Seltsam geziert, als hätte man sie dazu angetrieben. Was aß die Schwester gern? Was hatte sie gern gespielt, als sie so klein war wie Eli?

»Ich weiß es nicht«, sagte er. Er durfte das nicht noch einmal. Nicht noch ein Spiel spielen. Er sah Vera, wie sie Tee einschenkte, wie sie Zeitung las. Und musste sich immer wieder erinnern, dass er nichts wusste. »Wir müssen sie erst noch kennenlernen, wir werden schreiben, sie besuchen.«

Eli erzählte ihm also, wie es war, was die Schwester trug, wohin sie in Urlaub fuhr, was sie für Spielzeug hatte.

Das machte es nicht einfacher, Vera zu schreiben.

Es war eine große Erleichterung, dass Eli die Schwester so gefiel. Aber auch unheimlich. Wie selbstverständlich für sie noch eine Mutter, eine Schwester hinzukam. Dass ein Kind so unersättlich war.

Drei Wochen nach ihrer Rückkehr sagte Editha: »Sonntag kommt der Meister. Nur er.«

Seit drei Wochen war kein Wort über das Eigentliche gefallen. Sie sprachen andauernd miteinander, über Gartenarbeiten und Reparaturen, über die Schule, die bald wieder anfing, sie sprachen sehr freundlich. Als wollten sie sich keine Blöße geben den Gästen gegenüber. Thomas hatte zwischendurch gezweifelt, nun war er beruhigt. Der Meister kam, sie würden mit ihm sprechen.

Sie saßen zu viert am guten Esstisch, Eli das erste Mal bei einem solch förmlichen Anlass. Nicht, dass der Meister auf Formalitäten stünde. Er sprach trocken und freundlich wie ein guter Arzt. Man kannte die Fotos von ihm, auf denen er im Kittel vor den zuckenden, fiebrigen Figuren seiner Gemälde stand.

Editha sprach vor allem von Eli. Wie aufgeweckt, wie phantasievoll sie sei, wie gut sie schon lesen könne. Eli so zu loben sah Editha nicht ähnlich. Da es nachher um Vera gehen würde, sollte zuerst Eli im Mittelpunkt stehen. Vor schmerzlicher Zärtlichkeit hätte Thomas brüllen können. Eli saß still und war ganz Ohr oder vielmehr ganz Auge, ihr starrender Blick wurde immer ausgeprägter. Er musste an Vera denken, doch Veras Blick war auf tierische Art beherrscht. Elis Augen schienen immer weiter zu werden, gierig, fordernd, als sähe sie immer mehr, als stürzte sie auf etwas zu.

»Ich will Ihnen nachher etwas zeigen, das ist der eigentliche Grund – wir räumen schnell ab, Sie können sich schon mal im Atelier umschauen.«

In der Küche fiel es Thomas auf: Eli war nicht mehr dabei, obwohl es ihre Aufgabe war, mit aufzuräumen. Mit der gleichen schrecklichen Nachsicht ging Editha darüber hinweg.

Aber Eli war einem anderen Gastgeberinstinkt gefolgt und hatte dem Meister Gesellschaft geleistet. Sie hatte schon Skizzenblätter auf dem Tisch ausgebreitet.

»All das hat meine Schwester gemalt!«

In diesem Moment traten Thomas und Editha ins Atelier und der Meister lächelte sie fragend an. Und es war, als wachte Thomas auf, in die Angst hinein. Editha hätte sich mit ihm absprechen müssen, welche Geschichte sie erzählen würden, doch sie waren schweigend darüber hinweggegangen, als sei nichts: als gäbe es keine Geschichte? Oder keine Gefahr?

Editha setzte zum Reden an, doch er sagte: »Das ist eine lange Geschichte.« Und erzählte sie.

Noch am Abend schrieb Thomas an Vera. Beim Besuch seiner alten Bekannten habe es ihn und Editha sehr gefreut, sie kennenzulernen. (Beziehungen blieben lieber im Unklaren. Bestimmte Worte sollten lieber nicht fallen. Vater, Tochter, Mutter. Das würde Galina Ossipowna erklären müssen.) Edithas Lehrer wolle ihr helfen. Ihr sei ein Platz an der Kunstschule sicher. Vorsichtig deutete er an, dass er wieder einmal nach Berlin fahren könnte. Er glaubte zumindest, dass es zwischen den Zeilen läge. Was *zu sagen* wäre, konnte man sich immer noch überlegen. Fürs Erste musste die handfeste Tat reichen. Und Elis Brief, den sie ihm in die Hand gedrückt hatte. Bereits versiegelt in einem selbstgebastelten Umschlag, adressiert in Geheimschrift.

Seit sie zurück war, war Eli nicht im Dorf gewesen, hatte keins der anderen Kinder gesehen. Sie schien mit anderen Dingen beschäftigt, verbissen, vergnügt, sie wusste, dass die Schule bald anfing, und bereitete sich auf ihre Weise vor. Sie flüsterte leise vor sich hin und erzählte hinterher von ihrer Schwester. Sie wollte sie mit in die Schule nehmen.

»Das stört mich nicht, Thomas, wirklich nicht«, sagte Editha, als Eli einmal wieder mit *der Schwester* unterwegs war.

»Aber in der Schule?«

»Was hat sie da nicht schon alles erzählt?«

Ihr Gesicht blieb vom Hören und Sprechen unbewegt, eine offene flache Landschaft, auf der das Gras wogte, jene unaufhörliche Bewegung, die keine war.

»Ich mag keine Geheimnisse«, sagte sie.

»Und wenn sie von ihrem Opa erzählt?«

Nichts regte sich dort, nichts wehrte sich, bis an den Horizont.

»Wir könnten das Haus verlieren«, sagte er, und wie er es sagte, schrumpfte es jäh mit seinen Gästen und Stimmen, wurde unendlich klein und fern. »Wir müssten nach Berlin zurück«, und der Wald war nur ein dunkler Fleck auf der Karte, durchgerissen, und Berlin ein glitzernder Fleck, durchgerissen, das Land, durchgerissen, der Kontinent, durchgerissen, und jeder Riss machte Lust, ihn weiter aufzureißen, aufzureißen wie eine Tür.

»Dann sagen wir das Eli, sie soll entscheiden – nein, so geht das natürlich nicht.«

Er sagte Eli – Editha überließ es ihm, war er denn der Fachmann für Geheimnisse? –, dass Familiengeschichten nicht in die Schule gehörten.

Eli nickte ab und wusste es besser: kein Geheimnis ist von Dauer.

Sie ging in die Schule und wartete. Die anderen schielten nach ihr, wann sie denn mit Spielen anfangen würde. Sie wartete.

Ein Brief kam aus Berlin. Galina Ossipowna bedankte sich herzlich für Edithas Hilfe, Vera sei einverstanden, die Schule zu besuchen – *einverstanden*, Thomas sah, wie Vera dienerhaft dastand, sich beugte und fügte – sie seien auch jederzeit in Wünsdorf willkommen. Sein Unbehagen wuchs ob solch fader Worte, wie er sie selbst geschrieben hatte, er zwang sich zu der Erkenntnis: Sie waren aufrichtig gemeint.

»Wo ist mein Brief?«, fragte Eli.

»Es gibt nur diesen. Er ist für uns alle.«

Editha hielt ihn ihr hin. Eli schüttelte mit dem Kopf.

»Ich meine den Brief für mich.«

Aber in dem Umschlag war nichts weiter. Und sobald Eli allein war, begann sie zu suchen, unter dem Tisch, im Flur. Sie ging den Weg zum Briefkasten, den Trampelpfad entlang. Strich mit der Hand durchs hohe Gras. Das Dorf lag ihr zu Füßen. Sie hatte, was niemand hatte. *Ahnung*. Doch kein Brief lag irgendwo am Wegesrand. Und am letzten Hang, im Schatten des Dorfes, der Bäume an der Bode, der großen Bauernhäuser, wusste sie, dass es nichts zu finden gab, die Hoffnung auf den Brief war ein billiger Trick, der sie lockte, den immer gleichen Weg noch einmal zu gehen. Sie stand auf der Straße und wollte weiter laufen, ein Drang, wie sie ihn noch nie empfunden hatte, doch es ging nicht um Lust und es ging nicht um Suchen, sie wollte einfach immer weiter. Sie stand auf der Straße, rechterhand ging es nicht durch, vorher bog man ab, über die Brücke, der immer gleiche Weg, dachte sie zum ersten Mal, der immer gleiche Weg.

Kapitel 17

Es war, als hätte Eli sich die Schwester nur eingebildet. Es war gewesen, als wäre sie da, und nun, als wäre sie fort: Anstatt zu antworten, war sie aufgestanden und gegangen. Alle *gingen schweigend darüber hinweg.* Ein Spruch von Papa, den Eli jetzt verstand, denn es war, als stünde sie unter der Brücke und da oben gingen die anderen und schwiegen. Ihr Schweigen machte, dass Elis Stimme nicht etwa lauter, sondern gar nicht klang. Das war also *Verschweigen,* noch ein Wort von Papa. Man verschwieg, hatte er einmal gesagt, all die Menschen, die weggingen.

Schließlich brachte es nichts, von ihnen zu sprechen. Denn was war mit der *Mama* passiert? Papa hatte von ihr gesprochen. Vor Oma und Editha. Und da auf einmal war sie nicht Elis Mama. Sie war jemand anders. *Lena.* Den Namen sprach Papa tief und weich aus, *Ljena,* noch nie hatte er diesen Namen gesagt, die bunten Mama-Bilder schwanden, und Eli sah sie wirklich, sah sie flüchtig und fern, eine fremde Gestalt, die aufstand und wegging. Nicht einmal mehr Elis Geheimnis, sondern eine ganz andere Geschichte. Papas, die er nicht zu erzählen wusste. Es wurde überhaupt nicht mehr erzählt. Sondern ab und zu in einem heiteren falschen Tonfall behaupteten die Eltern etwas gemeinsam: Vera würde an eine Kunstschule geschickt. Man könnte sie wieder in Berlin besuchen. Eli glaubte den Eltern nicht, denn sie waren so traurig. Sie stritten sich nicht, waren sich immer einig, wenn sie miteinander sprachen. Aber miteinander sprachen sie selten. Nur wenn sie mit Eli etwas unternahmen, und das war freilich öfter als sonst. Als sollte sie nicht allein sein, nicht mit Papa allein und nicht mit Editha, nicht im Arbeitszimmer und nicht im Atelier, sondern sie gingen *als Familie* wandern und buken *als Familie* Plätzchen.

Aber Eli wollte lieber allein sein. Nicht einmal mehr zu Papa an den Schreibtisch. Nicht einmal mehr Modell stehen.

Denn *als Familie* waren sie so verlegen, so erschöpft.

In der Schule sahen die Kinder manchmal zu ihr, als sollte sie ansagen. Sie wollte nur eines sagen: Ich habe eine große Schwester. Aber das durfte sie nicht. Wenn man sie nicht ansprach, schwieg sie. Und wenn man sie ansprach, mit Lena, schwieg sie auch immer einen Moment lang. Das war der falsche Name und alle sprachen ihn falsch aus. Er hatte lange Zeit Eli allein gehört, als Geheimname, mit dem sie tun konnte, was sie wollte. Bis Frau Kiepert ihn zu benutzen begann, einfach so, als dürfte sie das. Frau Kiepert hatte alles verdorben.

Und kümmerte sich jetzt dauernd um Eli. Sie war auf die Idee gekommen, Eli interessiere sich ganz besonders für Bäume, und versuchte immer wieder, mit ihr über die Natur zu reden. Als sie im Oktober verkündete, es würde Freitag nach der Schule einen botanischen Ausflug geben, sie würden nämlich Pilze suchen, schielte sie nach Eli. Die still verharrte, wie ein Steinpilz, der übersehen werden will.

Seit dem Gespräch mit Papa war Eli nicht mehr im Wald gewesen. Nicht im Waldstück vorm Fenster und nicht auf den erlaubten Wegen. Da wollten ja die bösen Menschen hin mit ihrem Paradies. Eli wollte dorthin, wo noch niemand gewesen war. Außer vielleicht ihrer Schwester. Die nur Eli finden könnte, weil nur Eli gestand, dass sie fort war. Sie war nicht hier im Haus. Doch Eli verließ das Haus nicht. Diese Scheu. Sie hatte keine Nachricht erhalten, wusste nicht, was sie zu tun hatte. Warten?

Es war Zeit für den Ausflug, vor dem es ihr graute. Der Fußmarsch nach Tanne und von dort in den Wald. Frau Kiepert bestand nicht auf Zweierreihen, die Kinder seien schon alt genug und könnten sich frei bewegen, wie sie immer wieder verkündete, als ob sie sich damit ganz schön was traue. Eli wusste, was das hieß. Vor ihr schloss sich eine Gruppe zusammen, hinter ihr war eine Gruppe; an die Vorderen kam sie nicht heran, an die Hinteren fiel sie nicht zurück, sie durfte nicht rennen, auch nicht stehen bleiben, durfte nicht auffallen, nicht mehr, als sie ohnehin schon auffiel. Sie spürte Frau Kieperts Blick, strengte sich kaum merklich an, kam beinah an und fiel beinah zurück, und Frau Kiepert arbeitete sich langsam nach vorne.

Eli stürzte ins Gebüsch.

»Halt!« Das hallte. Macht und Angst, der Offizierston, war das wirklich Frau Kiepert?

Eli hielt.

»Lena, wo gehst du hin?«

»Pinkeln.«

Niemand lachte. Jeder sah Frau Kiepert neugierig an, als hätte er beinah das Gleiche gemacht wie Eli, und wollte nun wissen, was dann passiert wäre.

»Ihr dürft den Weg nicht verlassen! Das wisst ihr doch!« Das war nun eine flehende Zivilstimme. »Das macht ihr doch sonst nicht?« Alle schüttelten stumm die Köpfe, eindeutig gelogen. »Erst an der Pilzstelle! Ich habe eine Sondererlaubnis!« Sie rief es in den Wald hinein. »Aber geh doch, wenn du schon mal da bist«, zischte sie. Die anderen sahen neidisch hin, als Eli sich niederhockte und verschwand; Frau Kiepert scheuchte sie an ihr vorbei, ging schließlich selbst mit gutem Beispiel voran. Als Eli fertig war, musste sie am Ende gehen, wo sie ungern ging. Sie musste dann alle vor sich sehen, sie würden als Erste ankommen. Dabei wollte sie gar nicht dort ankommen, wo die anderen ankamen. Doch an der Spitze zu laufen war eigentlich noch viel dümmer; man hätte sich einbilden können, allein zu sein, spürte aber die Blicke im Nacken.

Es begann, leicht zu regnen. Durch die Gruppe ging ein erwartungsvoller Ruck – Frau Kieperts Ausflug lief nicht nach Plan. Ihr Gesicht wurde starr und optimistisch. Und der Regen hörte wieder auf. Sie waren angekommen: Eine Lichtung öffnete sich linkerhand. Die Kinder durften sich an ihrem Rand verteilen – doch nicht *in* den Wald! Die meisten Pilze gebe es am Waldesrand. Die anderen Kinder bildeten kleine Gruppen, denn sie wollten lieber miteinander reden. Frau Kiepert machte die Runde mit dem Pilzbuch. Sie musste viel Zeit mit den anderen verbringen, die sich nicht für Pilze interessierten, die lieber Quatsch machten, taten, als wollten sie in den Wald abhauen, so laut, das war nicht ernst gemeint, aber es brachte Frau Kiepert in Panik. Eli dagegen suchte still. Es war ihr endlich gelungen, niemanden vor sich und niemanden hinter sich zu haben. Niemandem hinterher und niemandem voraus zu sein. Die Kinder bildeten einen großen Kreis, jeder stand am Rand der Lichtung und schaute zu den anderen zurück oder nach außen in den Wald. Eli schaute nach außen. So, wie man es beim Pilzesuchen musste: ohne zu suchen. Das hatte Editha ihr beigebracht. Man machte den Kopf ganz leer, und sobald er leer war, trat alles in ihn hinein, das Verborgene wurde sichtbar, Braunlederglanz im Moos und zwischen vermodernden Ästen. Hellbrauner Glanz wie Buchenlaub. Hier wuchsen keine Buchen.

Papa hatte gesagt, einst sei alles Buchenwald gewesen. Der nun in ihren leeren Kopf trat, vom Urlaub auf Rügen, glatte graue hohe Stämme, rötliches knospendes Gezweig, der Blick hindurch, hinunter auf das Meer, *türkis*, sagte Editha, und Papa sagte, *so sah es auch mal bei uns aus.* Ihr war, als meinte er auch das Meer. Sie wollte dort sein, auf Rügen, in Berlin, überall, nur nicht hier. Damit verwischten die buchenfarbenen Flecken, also kniete sie sich richtig hin, atmete tief und machte den Kopf leer. Die Tränen fielen nicht und verwischten nichts mehr, sondern machten alles scharf wie eine Brille. Die lederne Laubfarbe glänzte auf, aus flachen Flecken wurden runde Köpfe, sie griff nach ihnen und drehte sie am Stiel aus der Erde. Dabei schienen sie einen anzusehen mit ihren leeren Köpfen. Sie harrten aus, sie griff hinein. Und wenn sie noch einmal hinsah, waren es immer mehr. Wie Ostereier, die nicht einfach da waren, die *irgendwer* versteckt hatte, aber doch nicht wirklich ein Hase, der einen Korb trug wie ein Mensch, sondern die Eltern, die es nicht zugaben, das war unheimlicher als ein Hase, der auf Hinterbeinen lief. Immer diese seltsame Ahnung, wenn sie Pilze suchte: *Irgendwer* hatte sie da hingetan, *irgendwer* wusste, wie sie leeren Kopfes nach diesen kleinen Köpfen griff, oder war dieser Irgendwer auch nur ein leerer Kopf?

Mit diesem Gedanken war alles wieder weg. Schon lange starrte sie vor sich hin, ohne etwas zu sehen: ein Nebel war aufgekommen. Die raue Baumrinde neben ihr glänzte feucht, schon der nächste Stamm war nur ein glatter grauer Umriss. Sie roch die Pilze, die sie nicht mehr sah. Hören konnte sie nur den eigenen Atem. Sie hockte noch ein paar Minuten da und ihr Lauschen, wie Nebel, fiel auf sie zurück. Dann, langsam, um ein unbändiges stummes Jauchzen auszukosten, drehte sie sich um.

Niemand. Auch hinter ihr waren nur Schatten, Stämme. Leeren Kopfes war sie in den Wald hineingelaufen. Sie atmete tief und lief weiter hinein. Lautlos, behutsam musste man gehen, nicht in ein Loch treten, in eine Schlinge, das war das Spiel. Unbändige Angst, oder war das wieder dieses Jauchzen, das lautlos bleiben musste? Langsam atmen, um nicht laut zu kreischen, aufzulachen, dann *tut sich der Boden auf! Eine Falle schnappt zu! Sirenen und Lichter!* Schritte zählen. Wo standen die Soldaten? Ein Schritt ins Nichts, sie sah den Boden nicht, ihr Atem stockte, fast hätte sie das Lachen ausgestoßen, den Schreckensschrei, aber sie war nur beinah gestolpert, war über einen Stein oder Ast geschritten und unversehens in die Tiefe. Nun trat sie noch vorsichtiger. Doch es lief sich gut im Nebel, ohne den Boden zu sehen, der nun weich und federnd war, sie schritt weit aus, keine Löcher, keine Äste, keine Fallen. Ging sie falsch? Hatte sie den Wald wieder verlassen, lief sie über die Lichtung, würde sie den anderen in die Arme laufen mit diesem dummen Jauchzen auf den Lippen? Sie lief und lief und hörte nichts, nach einer Weile erst wieder Stimmen, aber weit weg und hinter ihr.

Der Regen setzte wieder ein, ein feiner Regen, der sich mit dem Nebel sanft senkte. Er war nicht kalt. Sie hatte keinen Schirm, setzte keine Mütze auf, duckte sich nicht, so kam man aus dem Regen nicht raus, er tat einem ja auch nichts. Hinter ihr, weit weg, waren auf einmal Schreie, schrilles Kinder- und Lehrerinnengeschrei, sie verstand kein Wort, nur gespielte

Angst, dumme Panik vor dem Regen. Der doch nichts Schlimmes war, und allein zu sein war auch nichts Schlimmes. Ihre Schritte federten. Sie lief schneller, um nicht mehr hören zu müssen, aber die Schreie kamen noch einmal, noch dünner, und sie verstand nun das kaum Hörbare wie eine innere Stimme.

Kommt zurück!

Wir sind am Sperrstreifen!

Sie stand und lauschte und hörte schließlich sehr, sehr ferne Schreie, ob Menschenstimmen, oder Hunde, oder Vögel. Dann nichts. Das war es gewesen.

Sie lief weiter. Das war die einzige Frage: Wann würde es nicht mehr weitergehen? Aber es lief sich gut, und mit jedem Schritt wuchs etwas an, was kein Jauchzen mehr war, denn ein Jauchzen war etwas Kurzes, etwas auch nur kurz Auszuhaltendes, das aber war für immer, es war nichts als das Gefühl, fest auf eigenen Füßen zu gehen. Und die Angst? War nicht mehr zu spüren.

Der Nebel senkte sich, langsam und leicht, stieß auf keinen Widerstand, als falle er noch weit in die Tiefe, durch den Boden hindurch, den sie kaum mehr sah, nur das Stück vor ihren Füßen, möglich, dass er rechts und links jäh abfiel, es konnte sogar nicht anders sein. Aus der Angst war eine Ahnung geworden, ein Wissen ohne Schrecken, und das auch für immer. Sie lief mitten durch die Wolken und spähte unentwegt hinab. Denn bald rechts, bald links schienen sie sich zu lichten, das Dunkle kam fast zum Vorschein, das in ihrem Schatten lag. Eine weite dunkle Fläche, lange schien sie ungebrochen, dann lichtete auch sie sich, hier und dort nur, etwas glänzte auf, weit unten, ein See? Woher denn ein See? Oder war das nur die weiß-grau-schwarze Luft?

Auf einmal: Boden unter den Füßen, leuchtendes Moos- und Grasgrün, Feuchtigkeit perlte, Wurzeln griffen um sich. Zu ihren Füßen verflog der Nebel, mit jedem Schritt wuchsen die Bäume über ihren Kopf hinweg. Sie stieg herab aus dieser Wolke, die ohne Widerstand durch den Wald hindurchstrich, erstaunlich schnell, wo kein Wind sich regte. Der klare Wolkensaum zog über sie hinweg.

Die breiten glatten grauen Stämme standen weit auseinander, weit oben die ersten Äste, die sonnendurchströmten Kronen. Nach vorne, rechts und links sah sie weit durch den Wald ohne Höhen und Tiefen. Sie drehte sich um, von wo war sie herabgestiegen? Dort ging es auch nicht hoch, oder nur unmerklich, unendlich sanft der weite Hang. Sein Grün kaum mehr zu sehen, das Laub lag tief, und hing doch noch dicht in den Kronen, glänzend wie aus Holz geschnitzt, Täfelchen aus abertausend Hölzern. Das verwirrte den Blick. Eli drehte sich zurück, ob es dieselbe Richtung war, wusste sie nicht mehr, jedenfalls schien es leicht abwärts zu gehen. Es lief sich gut, quer durch das Laub, sie bahnte sich einen Weg, scharrte mit den Füßen, immer schneller, wühlte, damit das Rascheln kein Ende nahm, ließ die Blätter aufstieben. Niemand sah und niemand hörte es, sie spürte wieder das nicht lange Auszuhaltende, das Jauchzen.

Und erstarrte. Vor ihr lag ein Weg. Ein offizieller Weg, quer zu dem Ihren, dem gewühlten – breit und gerade, sie hatte ihn nicht gesehen, da die gleiche unberührte braune Laubdecke auf ihm lag. An seinem Rand floss ein kleiner Graben, zwischen Laub glänzte schwarzes Wasser. Hier blieb Eli stehen, als dürfte das nicht sein. Ein Weg. Sie ging zurück, schaute noch einmal hin. Aber jetzt, wo sie wusste, dass er da war, sah sie ihn.

Was nicht sein durfte, war ihr Weg. War sie, wie sie quer durch den Wald lief. Die anderen waren längst wieder im Dorf, das wusste sie jäh, waren Hals über Kopf aufgebrochen, als sie sie vermissten, waren gleich auf Soldaten gestoßen und die Soldaten hatten die Suche nach Eli übernommen, denn die Soldaten mussten sie schützen, oder etwas gegen sie schützen. Jemand war ins Dorf vorausgerannt, um allen zu sagen, was passiert war. Einer ins Dorf und einer auf den Wiesenweg, zum Haus, und Papa und Editha waren zu Hause und blickten aus dem Fenster und sahen gleich, dass jemand angelaufen kam. Ein Teller vom Mittag stand auf dem Küchentisch, mit einem zweiten Teller draufgestülpt.

War das hier der Weg, der vorm Haus aus dem Wald tauchte? Die Verlängerung des Wiesenwegs, den kaum jemand benutzte, weil er an der Bahnlinie endete – das hieß, er ging weiter, breit und gerade, aber man *durfte ihn nicht betreten.* Zwar war jener Weg von den Armeefahrzeugen aufgewühlt, *nicht betreten* war eigentlich etwas anderes, *nicht betreten* war dieser Weg unter der Laubdecke. Ihr war, als sei das sehr wohl der Wiesenweg, sie war weit gelaufen, an den Soldaten vorbei, ohne das Losungswort zu kennen, und dort auf ihn gestoßen, wo ihn wirklich keiner mehr betrat – sie spürte ganz sicher, dass er linkerhand gleich aus dem Wald tauchte, schon standen da die zwei Tannen, schon war das Essen zu riechen, schon zwei besorgte Stimmen zu hören, der unbetretene Weg führte vor die Haustür.

Eli trat leise an den Graben. Sie könnte den Weg ausspionieren. Sie musste ihn ja nicht nehmen.

Nach links schnitt er breit und gerade durch den Wald. Einen Moment lang war Eli schwindelig. Auf der anderen Seite wurde es steiler, hundert Meter nach rechts ragten Klippen. Vor ihnen war eine Kreuzung, dort standen ein Wegweiser und eine Tafel. Niemand da. Sie könnte schnell über den Weg flitzen und querfeldein den Hang hinauf. Und wäre weiterhin allein. Aber sie stand und schaute nach der Kreuzung mit dem Wegweiser. Vielleicht stand *Sorge* drauf. Vielleicht nicht. Sie wusste nicht, was besser wäre. Aber sie hatte noch nie wiederstehen können, einen Wegweiser zu lesen. Und eine Tafel stand auch noch vor den Klippen. Es zog sie hin, auch wenn es eine Falle war. Der Gedanke, in den Blättern auf diesem breiten Weg ihren Weg zu wühlen, diese Furche, die sich hinter ihr schloss, wie auf Wasser, dennoch unverkennbar Spur blieb – auch er war gefährlich und unwiderstehlich.

Von Ferne klang es: *Fliehet, flieht, wir sind im Tontlawalde!*

Und, noch ferner: *Dort müsste er sein, der Herzynische Wald.*

Da war sie, und der Wald war ein anderer. Die Stimmen klangen schon nicht mehr herüber, hatten gar nicht geklungen, waren doch nur erinnert, erinnert jetzt auch nicht mehr, die Worte wusste Eli nicht mehr, sie schwanden, weil hier die Wirklichkeit war.

Mit einem großen Schritt hatte sie den Graben überquert

und lief hinaus in die Mitte des Weges, denn wenn, dann wollte sie genau in der Mitte gehen. Doch abermals erstarrte sie.

An der Kreuzung bewegte sich jemand, kaum auszumachen, die Gestalt, doch ein Soldat im Tarnanzug? Nein, kein Soldat. Aber wer war hier sonst unterwegs: Spione, Banden, Menschenschieber?

Auf einem Picknicktisch saß ein Mädchen, die Füße auf die Bank gestützt, sehr gerade, als ob sie Ausschau hielte, und sah Eli an, wie lange schon? Eli wollte schnell verschwinden, rückgängig machen, was nicht rückgängig zu machen war: das Erwischtwerden.

Natürlich war das kein richtiger Schrecken mehr, nicht die Angst vor Spionen und Soldaten, es war nur ärgerlich, auf eine Fremde zu treffen, hier in *ihrem* Wald, oder schlimmer noch, auf eine Bekannte.

Vielleicht ging es dem Mädchen genauso?

Oder wollte sie erwischt werden?

Oder war sie sogar –? Eli hatte ja ein Mädchen gesucht, keine Fremde und keine Bekannte, ihre Schwester.

Dieses Mädchen war älter als Eli, vielleicht zehn, große dunkle Augen, kurze dunkle Haare, Parka und Cordhose. Sie war nicht ihre Schwester. Oder doch? Eli hatte schon vergessen, wie sie wirklich aussah. Also musste sie ganz genau darauf achten, ob das Mädchen *sie* erkannte. Das Mädchen zeigte keinerlei Überraschung. Aber auch kein Zeichen des Wiedererkennens. Sie sah Eli nur kühl und hochmütig an. Eli dachte: Sie will zeigen, dass es ihr egal ist. Sitzt ganz allein im Wald und will zeigen, dass sie niemanden braucht. Blöde Kuh, dachte sie und lief grußlos an dem Mädchen vorbei.

Da hörte sie eine Stimme, schmeichelnd. »Wo kommst du her?«

Eli drehte sich um. Das Mädchen sah nun schüchtern aus. Sie hatte nur etwas vorgemacht. Es war ihr nicht egal, ob Eli weiterging.

»Aus Sorge.«

»Sorge? Das kenne ich nicht.« Sie machte keinen Witz, wie andere Kinder, im Sommer, am Meer. Das Mädchen fand nichts dabei, Eli aber fand es plötzlich abartig: ein Ort namens *Sorge*. Etwas anderes fiel ihr nicht ein, zu *Sorge* aber auch nichts, nicht einmal mehr das Lachen darüber. Nichts war mehr, als was zu sehen war, das Mädchen, der Tisch, die Kreuzung im Wald, alles im hellen Laub.

»Und du?«, fragte Eli.

»Aus Wietfeld.«

»Wietfeld, das kenne ich.« Sie wusste wirklich – nein, auch das nicht mehr, jetzt wusste sie nur noch, was sie vor sich sah.

Das Mädchen schwieg. Glaubte sie ihr nicht, hatte sie nichts mehr zu sagen, war es ihr doch egal, musste Eli *Also, tschüss* sagen, würde das Mädchen gleichgültig nicken und Eli müsste weitergehen?

Doch auf einmal: »Kommst du mit?«, fragte das Mädchen wieder schmeichelnd, aber schnell, damit es beiläufig klang.

»Wohin?«

»Zu uns.«

Das Mädchen stand auf, breitbeinig auf der Bank, sie schaute herab und in die Ferne. Dann sprang sie hinunter und stand vor Eli.

»Komm«, sagte sie und lief schon über die Kreuzung. Auf der anderen Seite schnitt sich der Querweg in den Hang, rechterhand ragten die Klippen, der Weg stieg an und noch schneller stieg die Böschung rechts und links, ein immer enger werdender Hohlweg, mit eng gesetzten Pflastersteinen. In kaum auszumachenden Rillen wie von breiten Rädern lag Schlamm, doch in diesem Schlamm waren weder Fuß- noch Rad- noch Reifenspuren.

Gleich fiel Eli ein: sie hatte nicht nach dem Wegweiser geschaut und nicht nach der Tafel. Sie hatte aber etwas Besseres – das Mädchen, das sie führte.

»Wie heißt du?«, fragte sie.

Das Mädchen überlegte kurz. »Kiisika«, sagte sie viel zu bestimmt, als dass es ihr richtiger Name sein könnte. Er kam Eli so bekannt vor, war aber wohl nur ein Spielname. Ein Märchenname – aber das Märchen hatte sie vergessen.

»Und wie heißt du?«, fragte Kiisika.

Lena, ein schöner Name für ein schönes Mädchen, dein richtiger Name, Spielname, Erwachsenenspiele, die Mama der Schwester und nicht mehr die Ihre, die weggegangen war, Lena, wo gehst du hin, irgendeine Lena stürzte sich ins Gebüsch, aber das war jemand anders.

»Eli«, sagte sie.

»Eli ist ein guter Name.«

Sie waren oben angelangt, auf einem Höhenzug, der Weg war nur noch knietief eingeschnitten, Eli konnte sich auf allen Seiten umblicken und sah – Wald. Doch es war, wie vorhin, als sei sie schon sehr weit oben. Als ob sie beim Abstieg durch die Baumkronen in höhere Luftschichten blickte.

»Du hast aber schön viele Pilze!«, sagte Kiisika.

Eli hatte sie ganz vergessen. Nun spürte sie das Gewicht des Korbs und dass ihre Hand am Griff verkrampft war, sah die braunen Köpfe und dazwischen das Pilzbuch, das Editha ihr mitgegeben hatte, *die Frau Kiepert hat sicher keine Ahnung von Pilzen.* Das Pilzbuch, bei so vielen Ausflügen dabei, aufgeschlagen auf einem Picknicktisch im Wald, daneben die Tagesbeute, und die Giftpilze wurden aussortiert. Man ließ sie dort liegen. *Für die Verpflegung der Grenztruppen.* Papa lächelte schief, ihm waren selbst die guten Pilze nicht geheuer. Ihm lief das Wasser im Mund zusammen, wenn Editha sie briet, dann schob er sie nur auf seinem Teller herum.

Eli erinnerte sich an diesen Duft – und ihr fror und sie war hungrig und hatte ein schlechtes Gefühl. Sie hätte das Pilzbuch nicht mitnehmen dürfen, den Korb auch nicht, so weit weg von zu Hause. Wo war sie denn? Was hatte das Mädchen noch mal gesagt? Wie hieß das noch, der Ort, von dem Papa immer sprach, als wäre er schön und unmöglich zu finden, und Oma auf einmal, als wäre er schön gewesen … und dann wollte niemand mehr, was war denn dort passiert? Etwas Schlimmes? Und deshalb gab es die Grenze?

»Wie heißt der Wald?«, fragte sie. Der Name lag ihr auf der Zunge.

»Er hat keinen Namen. Das ist einfach der Wald.«

Nun war der Blick frei, auf der linken Seite lag eine lange Wiese. Hier an ihrem Anfang stand eine riesige Kastanie am Wegesrand und in ihrem Schatten ein Haus. Das hatte Eli doch gesucht, den Weg, der aus dem Wald trat, ein Haus mit einem Baum. Aber sie blieb stehen. Der Baum verbarg das Haus, sie ahnte, dass es aussah wie ein Haus aus einem Bild, das sie kannte und doch nicht kannte. Schöner als ein Haus im wirklichen Leben, und nicht zu betreten.

»Das ist Wietfeld«, sagte Kiisika. Ja, so hieß der Ort. Das Gefühl verstärkte sich: hier sein zu wollen, nicht zu können, nicht zu sollen.

»Dürfen wir da hin?«, fragte sie.

Kiisika lachte. »Ich habe doch gesagt, wir wohnen dort! Und wenn wir zum Abendbrot zu spät kommen, gibt es Ärger!«

Wieder die unangenehme Erinnerung, dass es Erwachsene gab. Die Mädchen gingen schon auf dem schmalen Weg zum Haus und tauchten in den Schatten der Kastanie. Im braunen, zu Krallen getrockneten Laub purzelten die Rosskastanien aus ihren grünen Stachelhüllen, Holzglanz, wächserne Glätte, so neu, man konnte nicht genug davon kriegen. Kiisika bückte sich und sammelte sie auf, aber Eli war nicht danach. Kiisika stiefelte quer durchs Laub und sah fragend nach Eli, die auf dem Weg zurückblieb.

»Morgen sehen sie nicht mehr so schön aus«, sagte Eli und fühlte sich damit älter als Kiisika, aber das taugte nicht als Ausrede für ihre Unlust.

Eine Frau richtete sich aus dem Laub auf und kam ihnen entgegen, sie hatte auf der anderen Seite des Baumes gehockt, Eli hatte sie nicht gesehen, weil der Baum so groß war, oder sein Schatten. Die Frau hatte Rosskastanien in einem Korb gesammelt. Eine Frau, eine Zivilistin in bunten Gewändern, wie die Frauen beim *Salon*, aber doch ganz anders, was waren das für Menschen, durften sie hier, durfte Eli überhaupt, aber die Frau, wie sie gemächlich quer durchs Laub lief, schien ganz und gar hierherzugehören.

»Na, Kiisika, hast du jemanden mitgebracht?« Ihr Ton war heiter, aber sie hatte gezögert. War es ihr doch nicht recht?

»Das ist Eli.«

»Hallo, Eli. Ich bin Eda.«

»Gibt es schon was zu essen?«, fragte Kiisika.

»Noch nicht, spielt lieber noch ein bisschen.«

»Was gibt es denn zu essen?«

»Das kommt darauf an, was wir so finden.«

»Wir haben Pilze.« Kiisika nahm den Pilzkorb aus Elis Hand, das war eine gute Idee, Eli sah stolz noch einmal hin, so viele und so schön. Aber das Pilzbuch. Durfte sie das? Die Frau stellte die Kastanien hin und nahm die Pilze entgegen, betrachtete sie, wieder diese Betroffenheit, nur kurz, sie lächelte langsam und sagte zu Eli: »Ich danke dir. Wollt ihr noch ein bisschen spielen? Wir rufen euch.«

Kiisika lief schon hinaus aufs Feld. Und all Elis Unbehagen schlug in blanke Angst um: die weite Fläche, das Mädchen, das aus dem Baumschatten tauchte und achtlos über das Gelände stürzte, das so ungeschützt, so trügerisch offen war. Was war hier passiert, was lauerte da, Zauberpfeile, Scharfschützen, Fallen, Drähte und Minen, Feuer fällt aus dem Himmel! Der Boden tut sich auf! Und Eli schrie.

Noch nie hatte sie so geschrien, tausendmal hatte sie das *Zonenspiel* angesagt und die anderen genussvoll schreien gehört, nun schrie sie aus echter Angst. So dass Kiisika stehen blieb, und sich kaum umzudrehen traute, und Eda Eli wie ein Gespenst anstarrte. War Eli verrückt? War sie blöd? Nein, *diese Menschen* hier waren blöd und verrückt, denn sie kannten die Regeln nicht. Sie wussten nicht, was hier passiert war. *Alles auf Leichen gebaut.*

»Das ist doch gefährlich, man kann nicht einfach so übers Feld laufen, wisst ihr das denn nicht?«, schrie Eli.

Edas Augen wurden weit. Sie kniete sich vor Eli hin und legte die Hände auf ihre Schultern.

»Was haben sie dir bloß angetan!«

Eli war zusammengebrochen bei diesem Wort, das sie nicht verstand. Sie war schwach, sie setzte sich ins Gras, als ob sie Schwäche spielte, was sie sich zu Hause längst nicht mehr erlaubte. Sie ließ sich ins Haus tragen, schloss die Augen, vergaß, zu schauen, vergaß, wo sie war.

Eda legte sie auf ein altes Sofa, mit kratzigem Rosshaar und harten Federn, und deckte sie mit einer weichen Decke zu. Sie lag dort sonderbar bequem und hörte Eda und das Mädchen flüstern. Sie dachten, sie schliefe, sie tat so, als schliefe sie, und musste lächeln. Dann waren die Stimmen weg und sie bereute, Schlaf vorgetäuscht zu haben. Sie wollte die Augen aufmachen und konnte es doch nicht, vergaß alles außer dieser wohligen Schwäche. Das Mitleid der Frau. Warum hatte sie Mitleid? Weil Eli Angst hatte. Warum hatte sie Angst? Sie hatte es schon wieder vergessen.

Ein Duft nach Essen stieg in den Raum, fremd aber nahrhaft, und ein wenig nach gebratenen Pilzen. Stimmen stiegen, das war so vertraut, dass ihr, als die Tür aufging und sie die Augen öffnete, auch das Zimmer vertraut erschien.

Und Kiisika, die ihr lachend die Decke wegzog, und die Treppe, und das Esszimmer, wo alle schon saßen, zehn, zwölf an einem großen Tisch, und flüchtig zu den Mädchen hinüberlächelten, liebe, doch nicht mehr mitleidige Lächeln. Kiisika zerrte Eli vorbei zum Katzentisch, der in einer Ecke stand, so dass sie auf die komplizierte dunkle Täfelung blickten, mit zwei blütenartigen Wandleuchten und dazwischen ein blinder Spiegel. Das hatte Kiisika wohl so eingerichtet, wie sie alles auf dem Tisch noch einmal richtete, diese erstaunliche Menge trüber Goldrandteller, schweres Silberbesteck und -kerzenständer. Mit großer Zeremonie räumte sie um, füllte erst Elis Teller, dann ihren, von den Schüsseln am Erwachsenentisch, Eli musste sitzen bleiben. »Das sind deine Pilze!«, sagte Kiisika, aß aber selbst keine. Sie hielt Ansprachen, erhob das bleikristallene Glas, füllte die Teller immer wieder, nur für Eli, die alles über sich ergehen ließ, die unverständlichen Reden, das unidentifizierbare Essen (eine sämige weiße Suppe, Grünzeug, kleine krosse Vögel).

Auf einmal schwieg Kiisika und prüfte sie und sagte: »Du bist müde.«

Sie führte Eli hinaus, und Eli ließ sich gern führen, benommen grinsend, an dem Erwachsenentisch vorbei, wo man sich noch leise unterhielt. Auf dem Tisch standen dreizehn Schüsseln, zwölf fast leer, die eine fast unberührt, es waren Elis Pilze. Eda stand auf und lief mit ihnen die große Treppe hoch, Täfelung, Tulpenleuchter, blinde Spiegel, immer weiter hoch, bis die Treppe schmal und steil wurde. Dort ging Eda zu einem Schrank und holte Bettwäsche, die sie Kiisika gab.

»Den Rest müsst ihr alleine schaffen«, sagte sie, küsste Kiisika auf die Wange und Eli ebenfalls. Eli stieg mit Kiisika die schmale steile Treppe hinauf. Die Tür, zu der die Treppe führte, war so klein, dass nur ein Kind hindurch konnte.

Als sie aufwachte, wusste sie genau, wo sie war. Das kleine Dachzimmer gegenüber dem des fremden Mädchens. Und sie wusste, im Gegensatz zu gestern, wo sie herkam: aus Sorge. Und sie konnte sich an den Weg erinnern.

Aber wo war dieses Wo?

In dieser Kammer, die nicht ihr Zimmer war, nicht das Gästezimmer bei Oma, keine fremde Wohnung in Berlin, kein Sommerbungalow, kein FDJ-Zelt. Niemand wusste, wo sie war. Papa und Editha nicht. Sie ging ans Fenster. Eda saß mit Kiisika an einem Gartentisch im Gras. Niemand wusste, dass sie wach war. Sie wussten nicht, die Frau und das Mädchen, dass sie ihnen zusah. Hier lag das offene Feld. Wohl auf der anderen Seite stand die Kastanie vor der Haustür. Wenn sie das Haus verließe, sähen sie sie nicht. Schnell und leise müsste sie gehen, denselben Weg zurück. Aber sie war sich doch nicht mehr so sicher. Denn sie war ja nicht mehr *hier*. Sie musste schon *drüben* sein. Und wie käme man von dort zurück?

Die Frau wüsste es. Eli durfte keine Angst haben. Sie musste fragen.

Und sie lief die schmale steile Treppe hinunter und die breite getäfelte Treppe, sie lief so schnell sie konnte, verfehlte fast die Stufen, fand es aber auch schade, dass die Fenster, Türen und Zimmerfluchten an ihr vorbeirauschten, dass sie das Haus, in das sie mit geschlossenen Augen hineingetragen worden war, nicht mehr richtig sehen würde.

Um das Haus herum lief sie langsam, sie drückte sich an die Hauswand unter den Fenstern und vergaß, sich das Haus einmal von außen anzusehen. Es war noch nicht zu spät, zurückzugehen, zurück zum Weg, den Weg zurück. Sie kam an einem Vorbau vorbei, einem baufälligen Wintergarten, von Glyzinien zerdrückt. Davor saßen sie am verwüsteten Frühstückstisch, Eda las, Kiisika befreite mit einer Gabel die Wespen aus dem Honig. Und sah Eli und lächelte scheu, obwohl sie älter war. Und Eda, die ja erwachsen war, lächelte sie nicht auch so scheu?

»Hast du gut geschlafen?«, fragte Eda. Eli nickte und spürte, dass Eda das schon wusste, ebenfalls wusste sie, woran Eli sich erinnert hatte und woran sie dachte.

Sie setzte sich zu ihr und ließ sich ein Brot schmieren und sah doch nur sie an und nicht Kiisika, um nicht zu vergessen, dass sie eine Frage stellen wollte. Sie hielt das schwere Stück Brot in der Hand und spürte, dass sie fragen musste, bevor sie hineinbiss.

»Wo bin ich denn?«

Eda lächelte, diesmal verschmitzt.

»Du bist hier«, sagte sie.

»Ich meine – bin ich drüben?«

»Du bist hier«, wiederholte die Frau, nun sanft und ernst, Eli spürte das Mitleid wieder und das machte sie trotziger.

»Und wie komme ich wieder nach Hause?«

Kiisika heulte auf. »Nein! Du darfst noch nicht nach Hause. Wir wollten spielen! Wir haben gestern nicht gespielt!«

Eli erinnerte sich – wie peinlich, wie dumm. Sie hatte Angst gehabt vor dem offenen Feld. Als würde man den Sperrstreifen nicht gleich erkennen, an Schildern und Zäunen, Posten und Hunden. Sie war weit durch den Wald gelaufen und hatte nichts dergleichen gesehen. Sie hatten das ganze Feld nun für sich, und hinter ihm den Wald, wo gab es das? Nicht einmal Auf der Lindewarte: So weit der Hang auch war, man wusste, dass es dort nicht mehr weiterging, und dort zum Kontrollpunkt nach Tanne und dort hinab ins Dorf. Hier könnte man aber endlos laufen. *Hier* war endlos.

»Du hast noch Zeit«, sagte die Frau.

»Gut«, sagte Eli, »dann spielen wir.«

Und Kiisika zerrte sie schon an der Hand, aufs Feld hinaus. Kurz empfand Eli noch diese Angst, fast genüsslich, als ob sie Zone spielte und jemand anders sagte an.

»Willst du ans Meer oder in die Berge?«, rief Kiisika zu Eli.

»In die Berge!«

»Wir gehen zuerst ans Meer!« Kiisika lief weiter, quer über die Lichtung. Eli empörte sich, sie hatte gestern immer wieder an Berge gedacht und wollte jetzt Berge spielen, aber ihr blieb nichts anderes übrig, als Kiisika hinterherzulaufen durchs hohe Gras, das nass und kalt bis ans Knie schlug. Der dunkle Waldrand war schon nah, erstreckte sich weit nach rechts und links. Kiisika rannte hinein, ohne auch nur den Schritt zu verlangsamen. Es war unfair, das Mädchen ließ sie nicht nach Hause gehen, das Mädchen lief so schnell, das Mädchen spielte Meer. Eli stolperte und fiel flach auf den Bauch.

Sie rappelte sich langsam auf, blieb knien und keuchte. Sie hockte im Sand. Vor ihr stieg der Boden, Gräser und Sanddorn und vorm weißen Himmel windflüchtige Buchen. Und das Mädchen, das einen Moment lang stehen blieb, ihre Schuhe auszog, bevor sie hinter der Düne verschwand. Eli sprang auf, dachte nicht mehr daran, nicht spielen zu wollen, jetzt wo sie den kühlen Sand spürte und das Land dort vorm Himmel enden sah, man musste so schnell es ging hinauf, dorthin, wo man das Meer sähe.

Und wenn man das Meer sah, weit und grauglänzend unterm hellen Himmel, musste man sich in den Sand setzen und in fiebriger Ungeduld die Schuhe ausziehen, hier oben schon, um barfuß hinunter und gleich in die Brandung zu laufen. Nass bis an die Taille kehrten sie zurück und zogen sich aus, hopsend, gelähmt vor lauter Hast. Gingen dann doch erst einmal langsam am nassen Sand entlang, beobachteten die eigenen verschwindend leichten Abdrücke, langten nach Steinen, um dann mit gemessenen Schritten immer tiefer ins Wasser zu laufen, bis es sie um die Hüften fasste und spüren ließ, dass es sie trug. Es war nicht warm und nicht kalt. Eli hätte stundenlang in ihm stehen können, wie im leichten Regen, im Nebel.

Kiisika rief, winkte Eli heran, sie zerrte an einem Ruderboot, das mit verblasstem Namenszug am Strand lag. Zusammen zogen sie am Tau, bis die Wellen den Bug trugen, dann standen die Mädchen rechts und links und schoben mit aller Kraft, tief hinübergebeugt in die Wellen hinein, die an ihren Beinen brachen. Kiisika sprang hinein und gab Eli die Hand. Eli folgte.

Kiisika ruderte mit erstaunlicher Kraft, so schnell, oder es waren die Wellen, die sie emporhoben, dann in ihre Täler stürzen ließen, Kamm auf Kamm und Tal auf Tal, immer weiter weg vom Ufer. Eli klammerte sich fest, doch ohne Angst, sie spürte, mit welcher Kraft das Meer sie trug, mit welcher Behändigkeit es sie warf und fing. Anfangs sah sie nichts als Wasser und Gischt. Dann hatte sie sich an die Bewegung gewöhnt. Als sie oben ankamen, reckte sie sich und schaute sich von diesem Ausguck um. Und sah nur Wellen und weißen Himmel, das Ufer hatten sie längst hinter sich gelassen.

Wo waren sie denn? Was war am allerweitesten? Sie dachte an den Nordstrand, an Kap Arkona und das Meer davor, das Meer, auf das man nicht weit hinaus durfte, überall reckten die Eltern ihre Hälse nach ihren Kindern, und nach den Eltern blickten die Soldaten. Wie hätte man den Blicken entkommen sollen? Einmal war Eli zwanzig Meter vorm Strand auf eine Sandbank gestoßen, sie konnte weit auf ihr laufen, knietief im Wasser, sie lief so schnell sie konnte, ergriff die Chance und entfloh zumindest dem elterlichen Blick. Sie sähen sie nur noch als Kindform, nicht wiederzuerkennen, dann als Farbfleck, als Lichtreflex – als sie sich ganz unsichtbar fühlte, drehte sie sich um und erschrak: sie sah ihre Eltern nicht.

Und so erschrak sie jetzt. Sie musste nach Hause, aber das Mädchen ruderte so schnell, das Mädchen spielte Meer. Nein, kein Spiel. Das *war.* Eli spielte besser als alle, und doch war es niemals geschehen: dass es so war. Dass sie *dort* war. Sie war immer nur mit dem Kopf dort gewesen. Nur im Kopf tat sich der Boden auf. (*Große Flammen! Große Wellen!*) Nur im Kopf: *die Mama.* Die Schwester. Nur so lange, wie alle mitspielten. So lange, wie sie sich Dinge ausdenken konnte. Was immer schwerer werden würde. Sie hatte wohl immer gewusst, dass Spielen nur Spielen war, gewusst und nicht wissen wollen. Und zugleich immer *das hier* geahnt. Irgendwoher gekannt: ein Mädchen, das das Meer im Schächtelchen trägt, das kühle, weite, wirkliche Meer.

Das Mädchen grinste und preschte voran, unmöglich, zu ihr *Ich will nach Hause* zu sagen, sie war größer als Eli, sie würde lachen, jetzt schon warf sie den Kopf hochmütig zurück, Eli bewunderte sie, und wollte ihr doch Paroli bieten.

Sie klammerte sich noch fester an den Bootsrand und schrie: »Ich will in die Berge!«

Kiisika drehte sich um, lächelte verschmitzt und schüchtern, und riss das Boot um. Vor ihnen lag das Ufer, sie schossen darauf zu, die Wellen hatten sich gelegt. Es roch nicht nach Meer, nur nach Wasser und Stein, das Wasser war so klar, dass man die Kiesel auf dem Grund sah, rund und bunt, und das Ufer war ein Streifen Geröll vor einem dunklen Tannenwald. Als Eli sich umdrehte, sah sie mit einem Blick das ganze Ufer und den ganzen See, klein und rund, himmelblau unterm grauen Himmel, vom dunklen Wald umfasst. Sie stießen an den Steinstrand.

Der Wald war nicht groß; bald traten sie aus ihm heraus. Vor ihnen lagen ein tiefes Tal und schroffe, schneebedeckte Gipfel, auch hinter den Kindern, hinter Wald und See, trat das Hochgebirge hervor. Die Berge waren immer schon da gewesen, gestern schon hatte Eli sie geahnt. Schon auf den See hinabgeblickt? Sie gingen auf einem Trampelpfad am Hang, am Tal entlang, über eine karge Wiese. Es war weder warm noch kalt. Nach einer Weile trat die Sonne aus den Wolken, ihre Schatten lagen scharf auf den Hängen, Bäche glänzten auf, unten im raubraunen Tal der vielsträhnige Fluss, weiße Gipfel blendeten, und Eli ahnte jetzt erst ihre Größe. Die Steine, die dort oben lagen, waren ganze Felsen, weit größer als die Schnarcherklippen, größer als der Ilsestein, und schon die Steine auf dem Seegrund, waren sie auch so groß gewesen und sahen aus wie bunte Kiesel? Ihr schwindelte, sie blieb stehen, und Kiisika grinste sie an.

»Pass auf«, sagte sie, »hier oben ist die Luft dünn.«

»Das stört mich doch nicht«, sagte Eli.

»Na dann los! Gleich wird es richtig schön.«

Nach einer Viertelstunde waren sie an einer Spitze angelangt. »Wir klettern noch auf den Felsen«, sagte Kiisika, und das Tal lag zu ihren Füßen, steingrau und tannendunkel und raugrünbraun wie Flechten, ein hohes Tal, wie man vom Felsen aus sah, das hier jäh in ein tieferes abfiel, zwischen steileren Bergen. Im tiefen Tal war es grün, ein sattes Grün von Gras und Laub, und die Felsen waren weiß, und darüber stand keine Wolke. Es war ein langes Tal und öffnete sich in diesiger Ferne: Dort lag vielleicht eine Ebene.

»Was ist dort?«, fragte Eli leise.

Kiisika zuckte mit den Schultern, als ob die Frage sie überraschte. »Italien, glaube ich.«

»Warst du schon mal da?«

»Ja, ja, doch, schon. Ich bringe es bloß immer durcheinander. Jetzt weiß ich es wieder. Venedig ist irgendwo links. Ich weiß was! Wollen wir?«

In diesem Moment rief Eda, als stünde sie hinter ihnen: »Kinder! Es ist so weit!«

»Oh Mann!«, rief Kiisika. »Immer, wenn es richtig schön wird!« Und sie flog den steilen Felsenweg hinab, als wollte sie sich in die Tiefe stürzen, oder doch nur heftig protestieren, Eda anflehen, die aber nirgends zu sehen war. Kiisika raste den Hang entlang, den gleichen Weg zurück, alles ging viel schneller, Eli keuchte, strauchelte, sah nichts als die Steine, die ihren Füßen entgegenflogen, und das stille Wasser, in das Kiisika schimpfend stapfte, ihren gebeugten Rücken vor sich im Boot, das schaukelnde Grau, die hohe Düne, sie sprangen heraus und schoben das Boot an Land, tief vornübergebeugt, die Wellen brachen an ihren Beinen.

»Es ist so weit!«, rief Eda, Kiisika schimpfte wieder, unverständlich, Eli stürzte fast, fing sich, sie strampelten sich auf der Wiese ab, das nasse Gras schlug an ihre Beine, und das Ruderboot, vom Gras verschlungen, bewegte sich kaum von der Stelle.

»Lass es doch einfach stehen«, sagte Eda, die belustigt vor der Kastanie stand. Sie drehte sich um und ging ins Haus, aus dem es schon nach Essen roch, Kiisika hinterher, aber Eli blieb stehen. Ob sie nicht wollte, nicht durfte? Wer sagte, ob sie durfte? Wer sagte ihr denn, was sie wollte? Sie hatte das Haus sehen wollen, einmal richtig von außen. Kiisika sah sich fragend nach ihr um, sie kam näher, aber der Baum stand so nah am Haus, sie musste durch die Äste spähen und sah nichts als Astschatten, helle Fenster im Zwielicht, sie musste doch nach Hause, es wurde schon dunkel und sie eilte zur Tür, die Kiisika aufhielt.

So verging eine Woche. Immer wieder der Gedanke, nach Hause zu müssen, immer von früh bis spät das Spiel, das Meer, die Berge, die Steppe, die Fjorde, Westen und Osten, Norden und Süden. Wo hatte sie sonst immer hingewollt? Sie wusste es nicht einmal mehr. »Warst du schon einmal in Rom?«, hatte sie Kiisika gefragt, nach dem ersten Tag am Meer und in den Bergen. Fast wäre sie beim Essen eingeschlafen, sie stellte sich vor, wie sie einschlief und noch einmal, wie gestern, hochgetragen wurde. Der Gedanke machte sie glücklich. Aber ein anderer Gedanke regte sich leise, als müsste sie vielmehr aufstehen und hinauslaufen, als müsste sie endlich laut werden, etwas sagen oder fragen, ja, fragen, aber was, das wusste sie nicht. Sie fragte stattdessen: »Warst du schon in Rom?« »Rom?« – ein hilfloser Blick, was war Rom noch mal, Kiisika kam immer durcheinander. »Ach ja«, sagte sie und erzählte etwas von Eis und Kanälen, von Schlössern an Seen, und Eli hatte sich Rom anders vorgestellt, bloß wie und woher denn? Und sie schlief schon fast, als sie all die Treppen hinaufstiegen, die breiten und die schmalen, in die Kammer, in die nur die Kinder durften.

Die Spiele immer in diesen Dachkammern, das Umräumen und das Aufräumen, denn das mussten sie selber. Immer die Erinnerung beim Aufwachen, das Vergessen beim Frühstück, der sanfte Blick der Frau, Kiisikas Eile, das Spiel, das Meer, die Berge.

Am Morgen des siebten Tages aber aß Kiisika langsam und betrübt. Als sie fertig war, blieb sie sitzen, stürzte nicht aufs Feld, und Edas Blick ruhte auf Eli, seine Sanftheit war wieder Mitleid.

»Eli«, sagte sie, »du musst jetzt doch nach Hause.« Kiisika ließ den Kopf hängen, zog die Schultern zusammen.

Sie sprach es aus, das Wort, das Eli sonst immer beim Frühstück vergaß, und noch einmal war es, als wachte sie auf: als läge sie im Bett, die Augen noch zu, und spürte doch schon *ihr* Haus, ihr Zimmer, den Gang und die Treppe, unten lüfteten die Eltern schon und klapperten in der Küche, bereiteten das Haus und den Tag, alles für sie. Zwar hatte sie jetzt die Augen geöffnet, vor ihr der Baum und die Wiese, aber alles lag wie noch hinter ihren Lidern, die Lichtung, der Wald, das Meer, die Berge, all das sah sie mit geschlossenen Augen, die sie nur noch zu öffnen brauchte und sie sähe ihr Zimmer und hörte Papa die Fenster aufreißen und röche den Kaffee aus der Küche.

Dann sah sie alles von oben, sie lag nicht im Bett, sondern schwebte über dem Haus, immer weiter, ein Schneeregen fiel, der Waldweg lag zerwühlt von Fahrzeugen, unten auf der Straße war Stau, Scheinwerfer blitzten, aber das warme Licht im Küchenfenster war schon nicht mehr zu sehen. Abgase stiegen und in den Autos, den LKWs, im Bus nach Königshütte stand Zigarettenrauch, die Fahrzeuge standen, alles stand Grau in Braun im Morgengrauen. Und nun, da sie zum ersten Mal fragte, wirklich fragte, *Warum eigentlich?*, sah sie die zwei Zäunchen, wie aus Draht gebogen, die sich bergauf und bergab durch den Wald zogen und in der Ferne verschwanden, die klapprigen Türmlein und hässlichen Lampen und dazwischen der leere Streifen, der lange Saum abgeschafften Raumes.

All das stand nun vor ihr auf dem Tisch, Eli stand davor und Eda neben ihr, aber Kiisika lief unter dem Baum herum und trat wütend nach Kastanien. Sie wollte die Landkarte nicht sehen, das Modell, wie eine Eisenbahnlandschaft, das an die Stelle des Frühstücks getreten war. Eli schaute herab, und Eda sah sie erwartungsvoll an. Sollte sie den Weg finden? Sie begann, tief und laut zu atmen. »Wo sind wir?«, fragte sie.

»Wir sind hier.« Leicht spöttisch wies die Frau um sich: die Lichtung.

»Drüben?« Ihr stockte der Atem. Es musste doch so sein, und wie käme sie denn zurück?

»Hier.«

Eli schaute herab und verstand nichts, nur, dass sie hier die Sonne spürte und die Wiese roch und ihr *Zuhause* doch dort unten war, irgendwo, gleich hinter der Pappwand steckten *Papa* und *Editha.*

»Und wie komme ich von *Hier* nach *Dort*?«

Eda sah sie an, als müsste sie es selbst wissen. Eli beugte sich vor. Dort unten musste das Haus sein. Sie versuchte, es sich vorzustellen. Aber ihr Bild von vorhin – wie sie im Bett lag und hörte, wie Papa und Editha wach und munter waren und glaubten, dass Eli schlief – war gelogen. Sie war seit einer Woche weg. Dort unten säßen sie still, oder stritten sich, oder weinten, könnten sie weinen? Sie beugte sich vor, war es dieses Haus dort? oder jenes? aber wenn sie nah herankam, gab es nichts mehr zu sehen: jedes Haus ein Holzwürfel, jeder Baum ein Stück grüner Schaumstoff. Irgendwo zwischen diesen Pappmachéwülsten, in diesem Gewirr aus grauen Straßen und grünen Flächen, unter dieser Staubschicht stand das Haus. Dort lebten Papa und Editha, von dort war sie gekommen, sie musste den Weg doch wissen. Aber nach all den Wegen mit Kiisika wusste sie diesen nicht mehr. Sie spürte die Sonne und den Wind. Meer und Berge und Steppe schlossen sich an die Lichtung an – aber das da unten lag ganz woanders, weiter als Venedig und weiter noch als Rom: dort nämlich, wo niemand hinwollte. Dort waren sie zu Hause. Warum eigentlich? Es war Edithas Heimat. Mama, die nicht Mama war, hatte Papa zurückgelassen (war sie nun *hier*?). So war er mit Editha mitgegangen, ins Haus gleich hinter dem Zaun. Sie hatten alles falsch gemacht, sie hatten sich dort ihren Platz gesucht, unauffindbar in einem kleinen Landstrich von unglaublicher Hässlichkeit, wie Eli jetzt mit Wut und Verzweiflung sah, wie sah das denn aus, *auf Leichen gebaut*, wie mies, ein kleines hässliches Land, das sich auch noch mit einer Mauer umgab, die von hier aus so mickrig aussah, doch allein dieser Streifen, sie wusste es, war unüberquerbar. Stünde sie mitten auf jener langen Lichtung, sie würde den Schutz des Waldes nie erreichen.

»Wie soll das denn gehen, das kann ich nicht, das geht nicht, das ist doch nicht möglich«, wiederholte sie, ihre Stimme zitterte, dann wurde sie immer fester. »Unmöglich« war die Lösung, der rettende Einfall.

»Kann ich denn nicht hier bleiben?«

Eda legte den Arm um ihre Schultern und streichelte ihr über die Haare. »Was haben sie dir bloß getan?«, murmelte sie.

Wer? Papa? Editha? Mama? Oma? Was hatten sie getan? Was war eigentlich passiert? Eli schwankte. Schluckte und schwieg. Sie wollte Eda nicht widersprechen. Die doch nicht streng wäre, niemandem gegenüber.

»Und –«, dann könnte doch auch Papa kommen, und Editha. Sie musste danach fragen, damit die Frau verstand, dass sie nichts getan hatten.

Aber wenn sie hätten kommen können, wären sie längst hier.

»Es gibt hier nur für dich Platz. Für keinen anderen Menschen. Du kannst nicht für immer bleiben. Irgendwann musst du unter Menschen gehen. Aber bleibe erst einmal hier.«

Die Frau betonte das *Hier*, als müsste Eli wissen, was es hieß. Eli sah auf den Tisch hinunter, spürte die Sonne und den Wind und wusste: Hier war der Ort, wo sie nur die Augen schließen musste, damit ein Land verschwand.

Dann gingen sie in den Wintergarten, und Eli wunderte sich sehr, denn darin befand sich ein Künstleratelier. Dort stand ein Mann mit einem Haufen Lehm.

»Und nun –«

»Das kenne ich doch!« Eli wusste sofort, was er tun würde, und es war, als hätte sie fast selbst diesen Einfall gehabt, der alles gutmachen würde.

Sie stellte sich gleich hin und sah aus dem Fenster, wo Kiisika zunächst zuschaute, scheu und rot vor Freude – mit bewunderndem Blick, wie Eli so lange still stehen konnte – dann hin- und herrannte, Räder schlug und versuchte, Eli ein Lächeln zu entlocken. Und in ihr stieg ein Lächeln hoch, ein Lachen, ein Jauchzen, doch sie verzog keine Miene. Sie wusste, was sie zu tun hatte. Sie kannte das, alles war vertraut und hatte seine Richtigkeit.

Seltsam war nur, wie schnell es ging, Kiisika war nicht mehr als zehnmal hin- und hergelaufen und hatte zwanzigmal gewinkt, da sagte der Mann schon: »So.« Und Eli drehte sich um und sah das Ding an, das sie schon die ganze Zeit im Augenwinkel hatte. Es war genauso groß wie sie und glich ihr wie aus einer Form gegossen, keine Spur, dass Hände sein Grau gestaltet hatten, nur eine glatte Oberfläche, die jede Falte ihrer Kleidung, jede Knochenmulde wiedergab.

Eda nickte zufrieden. »*Diese* Eli schicken wir nach Hause.«

Und die wahre Eli – Kiisika nahm sie an die Hand und zog sie übers Feld, ungestüm und fürsorglich. Sie war älter als Eli. Wie viel älter, ahnte Eli jetzt erst: So viel konnte sie, was Eli nicht konnte. Den Weg ans Meer, in die Berge finden. Eli konnte sich nur führen lassen. Sie konnte Kiisika nichts zeigen, keinen Ort, kein Buch, kein Spielzeug und kein Spiel. Kiisika zeigte ihr alles. Sie wurde dessen nie müde, sie wurde auch nie herrisch, obwohl Eli kleiner war. Sie sorgte sich um sie. Als die ersten Wochen vergingen und Kiisika kein einziges Mal die Geduld mit ihr verlor, sich nicht mit ihr langweilte, sie niemals wegschickte, nicht mit ihr schimpfte, nicht ernsthaft, sich auch nicht ernsthaft lustig machte, ihr niemals die Freundschaft kündigte, wusste Eli, dass *das* Freundschaft war. Und als sie dann allein in ihrer Kammer lag, konnte sie vor Glück nicht einschlafen. Sie wollte Kiisika alles fragen, alles erzählen – aber sie wusste nicht, was.

»Hast du dir manchmal eine Schwester gewünscht?«, fragte sie einmal, als sie vor dem Schlafengehen in Kiisikas Zimmer aufräumten.

Kiisika sah sie an, erstaunt, verständnislos. Sie überlegte lange. »Nein«, sagte sie langsam. »Aber jemanden zum Spielen.« So vertieft war Eli in dieser Freundschaft gewesen, dass es ihr nicht aufgefallen war: Es gab hier keine anderen Kinder. »Mit den Erwachsenen ist es nicht das Gleiche. Sie bringen mir Sachen bei und machen auch mal einen Ausflug mit mir, aber es ist nicht das Gleiche.«

»Und deine Mutter?«

Wieder dieser Blick, der blitzschnell von Eli in die Ferne rückte und keinen Halt fand. Doch eh Kiisika sich eine Blöße gab, zuckte sie mit den Schultern.

»Ach«, sagte sie, »so etwas haben wir hier nicht.«

Eda war nur eine Frau.

All die Leute waren nur Männer und Frauen. Nicht: der Mann von der und die Frau von dem. Nicht Bruder und Schwester. Nicht Opa und Oma. Sie waren Freunde.

Eli achtete nur manchmal auf die Erwachsenen. Sie bevölkerten das Haus, lasen in der Bibliothek, spielten Klavier, kochten und werkelten im Garten, es war schön, dass sie da waren, sie machten das Haus zum Heim. Sie gingen spazieren, zu zweit und zu dritt. Und oft allein – sie wanderten einzeln ans Meer, in die Berge. Manchmal kamen einer oder zwei von ihnen mit, wenn Eli und Kiisika aufbrachen. Sie erzählten den Mädchen Dinge, auf die sie nicht achteten, erklärten, wie die Berge entstanden waren, sie sprachen die Sprachen der Städte, aber Kiisika hörte nicht hin, Eli also auch nicht. Abends saßen sie beisammen an dem großen Tisch, manchmal mit Musik, im Sommer auch draußen auf der Wiese. Die Leute hier waren so vornehm, so verhalten, sie lachten nicht laut und zankten sich nicht, sie wurden nicht betrunken, nicht böse und nicht übermütig, und ihre Stimmen waren niemals ängstlich. Von ihrem Tisch klang nur leises Lachen und Gemurmel und nach einem langen Tag schlief Eli oft dabei ein.

Und wenn sie so einschlief, dachte sie an Zuhause, an den Salon, sie hörte, viel klarer, die lauten Stimmen von damals, euphorisch und gereizt, packend und pedantisch, voller Heiterkeit und Angst.

Wenn sie an Zuhause dachte, dann so, als wäre sie in ein Spiel vertieft. Es war alles noch da. Papa und Editha warteten. Das Essen stand auf dem Tisch. Noch aber wollte sie nicht. Nur noch dieses Spiel zu Ende spielen.

Eines war das Mama-Spiel. Als sie erfuhr, dass es hier *so was* nicht gab, hatte sie wieder damit angefangen. Eda, die sie so bewunderte, war keine Mama.

Manchmal gab es Besuch, meist einzelne Reisende, die von weither kamen. Man kannte sie nicht, man nahm sie auf, saß beisammen, sie erzählten. Kiisika wollte nie zuhören.

Wo die Gäste herkamen, gab es so etwas wie Mütter vielleicht doch.

Hier war doch überall *Drüben.* Dessen war sie sich sicher. Und Mama-nicht-Mama war doch nach Drüben gegangen. Sie war, Eli ahnte es, eine endlose Reise angetreten, sie war kein Mensch, der sich irgendwo niederließ. Wie Kiisika und Eli würde sie immer wieder morgens aufbrechen, schlafen würde sie nicht immer am gleichen Ort. Also könnte ihr Weg auch einmal hierherführen.

Eli schielte nach dem Erwachsenentisch, wenn Besuch da war. Meist irgendein dunkel gekleideter Mann. Wenn sie schon nicht zuhören durfte, konnte sie sich alles selbst ausdenken.

»Vielleicht ist er ein Mönch. Vielleicht erzählt er gerade von den Kaisern«, flüsterte sie zu Kiisika.

»Was sind denn *Kaiser*?«

»Das sind die Herrscher.« Kiisika zuckte mit den Schultern. »Sie bauen die schönen Städte und führen Krieg.«

»Was ist *Krieg*?« Kiisika klang immer gereizter.

»Wo jemand ein anderes Land haben will, und dann kämpft er mit den Leuten dort, und ganz viele kommen um.«

Kiisikas Blick war ausdruckslos.

»Hunderte von Millionen von Menschen sterben!« Aber auch damit konnte Kiisika nichts anfangen. Eli überlegte, was sie interessieren könnte. »Und die Kaiser reisen immer. Von Tilleda nach Wallhausen. Von Goslar nach Ilsenburg.«

»Das können wir doch auch.«

»Und die Klöster! Da kommen die Mönche her. Sie beten die ganze Zeit zu Gott.«

»*Gott*?«

»Den gibt es nicht wirklich. Er ist so etwas wie der Kaiser von der Welt, bloß man sieht ihn nicht. Weil es ihn ja nicht gibt, aber die Leute damals haben an ihn geglaubt, und schöne Dinge für ihn gemacht. Die Mönche saßen in den Klöstern und haben Bücher gemalt…«

»Was sind denn diese Mönche?«

»Na ja … Brüder. Aber nicht wirklich Brüder. Einfach Menschen, die zusammenleben.«

»Das tun *wir* ja.«

Solche Gespräche schienen Kiisika zu wurmen. Weil sie das alles nicht kannte. Seit Eli nach Kiisikas Mutter gefragt hatte, fragte Kiisika immer wieder, mit gespielter Gleichgültigkeit, wie das denn so sei, was es mit Eltern auf sich habe.

Erst zuckte Eli mit den Schultern: Das sei so selbstverständlich, das könne man nicht erklären. In Wirklichkeit wollte sie nur Zeit gewinnen, denn alles ging in ihrem Kopf durcheinander.

Es sei wie bei den Tieren, sagte sie schließlich, da täten sich Männlein und Weiblein zusammen, um ein Kind zu machen, das seien dann Eltern.

Sie sagte es zwar, aber wenn sie darüber nachdachte, verstand sie nichts darunter. Sie wiederholte nur etwas, was ihr einmal erzählt worden war.

Editha hatte es erzählt.

Editha, die die anderen in Sorge ihre Mutter nannten. Die wie Papa immer da war, und immer da gewesen. Aber Eli hatte geglaubt, es besser zu wissen. Geglaubt, die Mama sei die Niedagewesene.

Jetzt wusste sie, wie es in Wirklichkeit war. Im Sommer hatte sie alles ganz plötzlich erfahren und es war schlimm gewesen, aber nun, wenn sie wieder daran dachte, war es nicht mehr schlimm. Und es war, als habe sie es immer gewusst. Schon immer hatte sie mit ihren Eltern gelebt, mit ihrem Vater und ihrer Mutter, mit Thomas und Editha. Und zur gleichen Zeit gab es die Mama, die nicht ihre Mama war. Von der lange niemand wusste, nur sie und Papa, und nur Papa hatte sie gekannt. Und es gab die Schwester, von der lange niemand wusste, auch Papa nicht, und auch die Mama kannte sie nicht. All das gab es auf einmal. Hier erst stand es so deutlich vor ihr: das Neben- und

Durcheinander. Niemals würde sie verstehen, wie die Dinge zusammenhingen, das Meer mit den Bergen, oder auch nur die Zimmer in diesem Haus. Hier lernte sie, damit zu leben.

Kiisika wollte Ausschau nach Tieren halten, die gerade ein Kind machten, aber sie vergaß es gleich wieder.

Manchmal fragte Kiisika auch nach anderen Dingen *bei euch*. Nach der Grenze etwa, von der sie eine zwar vage, aber doch ganz andere Vorstellung zu haben schien. Aber immer verlor sie gleich wieder das Interesse, als hätte sie nur aus Höflichkeit gefragt.

Eli begann immer öfter von sich aus zu erzählen. Nicht nur, weil Kiisikas Gleichgültigkeit sie ärgerte. Mit der Zeit wurde die Erinnerung klarer, und ein Gefühl, als sei sie mit der ganzen Haut noch *dort* und doch nur mit dem Kopf hier. Wenn sie die Augen schloss, lag das *Dort* noch vor den Lidern. So, mit geschlossenen Augen, sah sie alles klarer, als sie es jemals gesehen hatte.

Papa hatte einmal gesagt, dass die, die nach Drüben gingen, niemals wirklich ankamen. Jetzt verstand sie das.

Mit der Zeit geschah es immer öfter, selbst mitten in der Wüste, oder in den großen Städten: als stünde sie kurz vorm Aufwachen, das hieß, als läge sie gelähmt und lief doch, schwamm doch, flog. Dieses Gefühl war nicht unangenehm. Es machte sie waghalsig, dass ihr Körper irgendwo sicher zu liegen schien, endlich tat sie es Kiisika gleich und stürzte einfach voran. Bis der Ruf zum Essen kam. Jedes Mal war ihr, als müsste sie *jetzt* aufwachen, sie wachte aber nicht auf. Sie saß nur wieder mit Kiisika am Katzentisch und erinnerte sich an alles. Sie begann von Drüben zu erzählen, oder schwieg, weil sie sich Fragen stellte. Sie schielte nach dem Erwachsenentisch.

Eines Tages stellte sie fest, dass sie so groß war wie Kiisika. Drei Jahre waren vergangen und Kiisika hatte sich nicht verändert. Eli sah nun so alt aus wie sie.

Dann, vielleicht ein Jahr lang, war es am schönsten. Zwar hatte Kiisika nie spüren lassen, dass Eli jünger war. Aber nun vertraute sie ihr Pläne an, zeigte ihr, um was und wie es ging. Meist ging es darum, den Ruf zum Essen nicht hören zu müssen. Es ging darum, sich *draußen* versorgen zu können. In den Bergen übernachten, eine Höhle finden, ein Feuer machen, geklaute Würste grillen. Immer hielt sie nach einer solchen Höhle Ausschau, und Eli half ihr nun dabei. Sie gingen immer andere Wege, als wenn Erwachsene mit waren, kleinere Wege, die Kiisika suchte. Und Eli suchte sie nun auch.

Es ging um die Einrichtung ihrer Dachkammer, um die Einhaltung des Erwachsenenverbots, das von der steilen schmalen Treppe aufwärts galt. Niemand stellte es in Frage. Kiisika dagegen in komplizierten Aktionen schlich sich in irgendein unteres Zimmer, oder schloss sogar eine Tür auf, und nahm etwas mit nach oben, das nicht dorthin gehörte, das sie aber aufgrund eines noch komplizierteren Spiels unbedingt zu brauchen behauptete. Solche Aktionen waren im Grunde nur Anlass für endlose Überlegungen, wie die Dachkammer und die Beute vor einem Gegenschlag sicherzustellen seien. Aber niemand stieg durchs Fenster, niemand setzte auch nur einen Fuß auf die Treppe. Es kam nur zu langen Gesprächen mit Eda, vielmehr schwieg sie lange und sah Kiisika leicht belustigt an und wusste ganz genau, dass Kiisika nachgeben würde, und Kiisika gab nach. Man stritt sich nicht. Man erzwang nichts, man drang nirgends ein. Nur Kiisika in ihren Launen. Und die Stimmen, die zum Essen riefen, drangen überall hin.

Anfangs war Eli stolz darauf, dass Kiisika sie bei diesen Aktionen mitmachen ließ, aber auch erleichtert, wenn Kiisika am Ende nachgab, das entwendete Buch, den Spiegel, die Geige, das große Küchenmesser wieder an seinen Platz brachte, Kopf hoch, als sei das alles genau so geplant gewesen. Mit der Zeit begann es sie zu ärgern. Sie verstand sich selbst nicht. Sie wollte Eda nicht sinnlos trotzen, sie nicht zornig machen. Aber dass Kiisika einfach so nachgab … und so leicht abzulenken war. Wenn es doch einmal zum Zank kam, gelang es den Erwachsenen jedes Mal, sie mit Essen, Musik, einem Ausflug, einem neuen Spiel von allen bösen Gedanken abzubringen. Nicht, dass Eli Böses denken wollte.

Auf einmal, so schien es, war sie einen Kopf größer als Kiisika. Und stieß mit diesem Kopf an den Sturz ihrer Zimmertür. Ihre Füße drückten ans Bettgestell. Kiisika konnte es nicht verstehen.

»Meine Mutter ist auch sehr groß«, sagte Eli und dachte an Editha.

Das verstand Kiisika erst recht nicht, warum Eli unbedingt groß sein musste, bloß weil ihre Mutter groß war. Aber sie verstand, dass Eli es nicht mit Absicht tat, ja darunter litt, weshalb Kiisika sich wieder benehmen konnte, als sei sie die Große, die die Dinge in die Hand nahm. Sie rannte hin und her, räumte die Kammer um, polsterte den Türsturz und organisierte sogar den Raub eines größeren Bettes. Als sie es nach oben schleppten, merkte Eli, dass sie nun die Stärkere war. Über den Diebstahl sah man hinweg. Das Mitleid in Edas Augen galt nun Kiisika.

Denn all ihre Mühen nutzten nichts. Eli passte gerade noch in die Dachkammer, mit dem unerträglichen Gefühl, sich ausstrecken zu wollen, mit allen Gliedern und mit dem Kopf den Raum zu sprengen. Sie tat es nicht, sie ahnte, dass es nur wehtun würde. Aber wenn sie zu lange bei sich hockte, oder bei Kiisika, wurde sie ungebärdig, warf den Kopf zur Seite, streckte Arme oder Beine und stieß Sachen um. Und Kiisika war hilflos und wütend.

Eines Morgens beim Frühstück wollte sie nicht mehr mit Eli reden, die am Abend zuvor ihre Muschelsammlung vom Tisch gewischt hatte.

»Was ist hier los?«, fragte Eda.

Es platzte aus Kiisika heraus. Wie Eli zum Tollpatsch geworden war, wie wild sie sich bewegte und alles kaputt machte.

Aber Eda sagte: »Eli wächst, sie kann nichts dafür. Sie braucht ein neues Zimmer.«

Kiisika heulte und flennte. Unfair sei das, unfair, wiederholte sie. Aber wer immer nur *unfair* sagt, hat schon gestanden, dass es anders nicht geht. Eli ahnte: Das war alles schon einmal passiert, immer wieder war es passiert. Immer wieder war Kiisika aus allen Wolken gefallen.

Eli bekam ein Zimmer ein Stockwerk tiefer. Es war zweimal so groß wie die alte Kammer, die Decke war dreimal höher. Am ersten Morgen blieb Eli lange im Bett liegen und schaute zur Decke und aus den hohen Fenstern. Kiisika weigerte sich zunächst, mit hereinzukommen. Und sie ließ Eli nicht mehr nach oben. Ihre Wege trennten sich an der schmalen Treppe. Oben war die Tür nun dreifach verbarrikadiert und mit immer mehr Schildern versehen. *Betreten strengstens verboten.* Dort gehörte alles nun Kiisika. Eli hörte, wie sie oben hin- und herlief und umräumte. Dennoch, und obwohl ihre Sachen nun hier standen, konnte sie nicht wirklich glauben, dass ihr altes Zimmer dort oben aufgelöst war. Es war, als gäbe es das Zimmer noch, so eingerichtet wie immer. Und das Zimmer in Sorge gab es noch. Sie musste nur die Treppe hoch. Sie musste nur –

Sie tat es nicht. Das neue Zimmer gefiel ihr so gut. Ein Eckzimmer: Ein Fenster schaute aufs Feld, aus dem anderen blickte sie durch die Kastanienäste zum Weg, der an die Haustür führte, und sah, wer dort ein- und ausging. Und im Winter, wenn die Äste kahl waren, sah sie den Hauptweg, der am Rand der Lichtung entlangführte und hier in den Wald tauchte.

Sie hatte zu Hause so gern in ihrem Zimmer gelesen. Das war lange her. Sie holte nun Bücher aus der Bibliothek und rätselte über sie. Vielleicht hatte sie das Lesen verlernt. Denn sie verstand nicht recht, worum es ging. Es war fremd und langweilig. Seitenlang wurden die Zimmer einer Wohnung beschrieben, oder eine Hauswand, von Rosen überwuchert, oder wie ein Gewitter aufzog. Und sie suchte doch ein ganz bestimmtes Buch: Papas Buch, von dem Wald mit den vielen Namen, von den schönen Städten und den Kaisern und von dem Reich, an dem etwas Schlimmes war, aus dem die bösen Bücher stammten, oder war das ein anderes Reich – woher sollte sie das wissen?

»Gibt es ein Buch über die Kaiser?«, fragte sie Eda. »Gibt es Bücher über die Geschichte?«

»Nein. Das haben wir alles abgeschafft.«

Eli rätselte weiterhin über die Bücher. Schließlich war sie

auch gern allein in ihrem Zimmer. Als Kiisika das sah, wollte sie doch bei ihr im Zimmer spielen, und dann war Eli noch lieber allein. Sie wollte es sich nicht anmerken lassen, vor dieser einzigen Freundin, die zugleich jünger und älter war, immer jünger und immer älter. Kiisika merkte das, ihr Stolz war verletzt. Sie war nun öfter allein unterwegs. Allein kam sie aus den Bergen wieder, sonnengebrannt von den Höhen.

Allein fand Eli den Weg nicht, auch nicht den Weg ans Meer. Nur ein Flüsschen, am Ende der Wiese, das flach und breit über Kiesel floss. Wenn sie mitten in diesem Fluss stand, im knöcheltiefen, kühl-warmen Wasser, vergaß sie das Meer, sie lief stromaufwärts, aber die Quelle fand sie nie. Überall lief sie und fand doch nur Wald, Täler und Höhenzüge, Klippen und Bäche, Teiche und Sümpfe, Trampelpfade und breite Hohlwege. In diesem Wald, der keinen Namen hatte. Nicht Hercynia silva, Hercynius jugum, Hercynius saltus, Bacenis silva, Buchonia, Arduenna, Tontlawald. Deshalb, dachte sie, war er der eigentliche Wald.

Die Kreuzung mit dem Wegweiser fand sie nicht mehr. Überhaupt gab es keine Wegweiser. Aber immer, wenn Abendbrot war, stand Eli plötzlich wieder vor dem Haus. Ansonsten traf sie niemanden. Und doch könnten hier andere Menschen unterwegs sein. Auch wenn sie niemals Spuren sah. Vielleicht nahmen sie immer gerade den Parallelweg. Jeder wollte *für sich sein.* Aber vielleicht würde man sich eines Tages treffen. Es könnten Menschen sein, die sie kannte, Papa, Mama, Editha, die Schwester. Man würde sich nur kurz grüßen, in der Stille kein lautes Gespräch führen, das wäre hier unnötig und störend. Sie dachte gern an diese Menschen. Vielleicht lief auf einem dieser Wege ein Mädchen, das so aussah wie sie. Vielleicht liefen dort alle gemeinsam.

Sie war gern in diesem Wald unterwegs, fast lieber als mit Kiisika in den Bergen, auch wenn sie niemals hinausfand, selbst von den Klippen nicht über ihn hinausblicken konnte, nichts sah als die sanften Züge dieses Gebirges, das doch nur Vorgebirge war. Am ersten Tag war es ihr gleich so ergangen: Sie war zum ersten Mal gern allein gewesen. So schien ihr nun das

Haus auf der Lindewarte genauso nah oder fern wie jenes. Und genauso möglich schien es, beim Anbruch der Dunkelheit ohne jegliches Wollen auch dort anzukommen. Wenn sie so lief, war sie ganz unbesorgt und ruhig.

In dem Haus inzwischen aber nicht mehr. Etwas baute sich in ihr auf, ein heißes Gefühl, das man nicht aushalten konnte, das blitzartig vergehen müsste, und doch nicht verging. Sie suchte nach der Ursache in ihren Gedanken und fand sie nicht; sie suchte den Ursprung in ihrem Körper und fand ihn dort, wo ihre Hand von sich aus zu ruhen kam, in ihrem Schoß. Ein winziger Punkt, sie staunte darüber. Längst hatte sie aufgegeben, mit ihren Händen jemals zu zaubern, wie die anderen das konnten: einen Weg, einen Tisch mit Speisen auf dem Weg, eine Aussicht auf eine neue Landschaft. Das Gefühl, da sie es nun lenken konnte, war nicht mehr wie Schreck, sondern reines Jauchzen, und es blieb auch etwas, wenn das Nichtauszuhaltende verging, ein festes Gefühl, ein Gefühl für immer, dass in ihr unermessliche Räume waren. Und so war es auch in ihrem Zimmer gut auszuhalten.

Eher als unter den Leuten. Denn ein ähnliches, aber unschönes Gefühl war unter ihnen da, Trotz und Wut und Reizbarkeit. Sie spürte andauernd ihren Körper, Kopf bis Fuß, und wie er zu wachsen schien, anderen Körpern entgegen, immer schien sie beinah in andere hineinzustolpern, so wie sie damals Möbel umstieß, aber sie wich ihnen aus, ihr war, als sei diese wachsende Haut unendlich dünn gespannt und müsse bei der leichtesten Berührung platzen. Und es war unerträglich, wie Kiisika bei jeder Gelegenheit auf ihren Wanderungen sich einfach auszog, irgendwohin pinkelte und dabei den Arsch herausstreckte oder über einer Rinne am Hang die Beine spreizte, das Becken vorschob und den Kopf reckte, um den Strahl zu bewundern, der auf dem Weg vor Elis Füßen auslief, es war fast höhnisch, wie sie ihren nackten Körper verrenkte. Eli wusste, dass sie das jahrelang auch so getan und sich nichts dabei gedacht hatte. Aber es war ihr jetzt peinlich.

Einmal stand Eli vor diesem Rinnsal und hatte den ganzen Tag schon mit einer Wut gekämpft, wenn das Wut war, gegenstandslos, doch alle Gegenstände umfassend, alles in der Nähe schien sich gegen sie zu richten und in der Ferne war alles flach und stumpf. Vor ihr ein steiniger Weg, der dunkle Fleck, Kiesel, die gegen ihre Beine schlugen, als das Mädchen den Hang herunterhüpfte. Tränen stiegen in Elis Augen, ihr Bauch verkrampfte, und es half nichts, in die Ferne zu schauen, ins Tal, zu den gegenüberliegenden Gipfeln. Das Gefühl im Inneren, der Schmerz im Bauch drückte alles flach und spröde.

Nach dem beschwerlichen Nachhauseweg, in ihrem Bad vorm Abendbrot, entdeckte sie Blut auf ihrem Schlüpfer. Der Schreck war groß und kalt. Aber zugleich schien alles logisch, sogar richtig: Die dünne Haut war geplatzt. Sie fühlte keine Spannung mehr, sondern Schwäche – sie war am Verbluten. Eda rief, dass das Essen fertig sei. Elis einziger Gedanke war, dass niemand es erfahren durfte. Noch nicht, dachte sie, als sie einen Waschlappen zwischen ihre Beine schob. Sie würde am Tisch sitzen und kein Zeichen von Schmerz oder Schwäche von sich geben, bis es nicht mehr ging, und sie in einer Blutlache umfiel, und dann wäre es zu spät, und diese ewig sanften leisen Menschen würden endlich aufschreien und weinen, denn sie wäre tot, sterben konnte hier nur sie.

So schwach wurde sie doch nicht, aber die Bauchschmerzen wurden schlimmer, sie stocherte nur in ihrem Essen herum. Kiisika, die sie auf dem Nachhauseweg andauernd geärgert hatte, saß still und besorgt. Nun tat sie Eli leid, sie war ja nur ein kleines Mädchen.

Nach dem Essen ging Eda mit Eli hinaus, an die frische Luft, sagte sie, und fragte, was denn los sei.

An der Luft ging es Eli schon besser. Dass sie dabei war, zu verbluten, die tragische Geschichte, die sie während des Essens zurechtgelegt hatte, das erzählte sie nun doch nicht. Sie spielte alles herunter, ein bisschen Blut, nichts weiter. Aber ihre Stimme zitterte.

Eda überlegte lang und ernst. Das sei nichts Schlimmes, sagte sie. Das bedeute nur, dass sie langsam erwachsen werde.

Sie verstummte wieder und überlegte, und Eli ahnte das eigentlich Schlimme, die eigentliche Logik und Richtigkeit, als hätte sie es vom ersten Moment gewusst: Es ging nicht darum, dass sie sterben musste, sondern sie musste gehen. Sie spürte die ganze Schwäche wieder, und setzte sich auf die Frühstücksbank und legte den Kopf auf die Knie, weil er schwer war und sie das Mitleid in Edas Augen nicht sehen wollte – oder war es Ekel, ja, Ekel, wie Eli sich vor Kiisika ekelte, sie hatte immer geahnt, in letzter Zeit immer mehr, wie leicht es wäre, den Abscheu der schönen Menschen zu erregen.

»Das ist nichts Schlimmes«, sagte Eda schließlich, sie hatte alle Wärme und Kraft in ihre Stimme gelegt, »das ist sogar etwas Schönes.«

Sie setzte sich neben Eli und legte einen Arm um ihre Schultern. »Alles halb so wild, du kriegst dann halt immer einen Kräutertee und Bandagen für deine schweren Wunden.«

Und es war auch halb so wild. Unbegreiflich, aber nicht unbegreiflicher als viele Dinge. Was Eli am meisten beschäftigte, das waren Edas Worte. Vor allem, dass am Erwachsenwerden etwas Schönes sei. Sie hätte den Satz wieder vergessen, wäre nicht der falsche, süßliche Ton gewesen. Als würde man mit einem Kind reden. Dieser Ton, verbunden mit dem dumpfen unheldenhaften Schmerz im Bauch, als ob etwas dort verfiel und zerfloss, machte ihr große Unlust. Gerade an solchen Tagen schloss sie sich Kiisika an und Kiisikas Ablehnung der Erwachsenen. Die zwar auch so überspannt war wie der falsche Ton, jedoch auch ernst zu nehmen, denn Kiisika hatte sie seit ewigen Zeiten betrieben.

Trotzdem begann Eli an anderen Tagen die Erwachsenen zu studieren: um zu verstehen, was sie selbst werden würde. Sie wollte sich nichts anmerken lassen. Auf keinen Fall Fragen stellen. Sie wollte alles selber herausfinden.

Vor allem, sie sah es ungern ein, musste bei ihnen der Sinn und die Lösung jenes Nichtauszuhaltenden liegen, jenes Gefühls im Körper, von dem sie sich sagte, dass es nicht schlimm, sondern schön sei, dabei aber den süßlichen Ton spürte. Das Gefühl löste sich nämlich niemals ganz auf, sie konnte es doch nicht restlos lenken.

Sie beobachtete die Erwachsenen vom Katzentisch aus, konnte aber nichts entdecken.

Sie dachte in ihrem Zimmer nach. Sie las in ihren Büchern. Ein paar hatte sie doch noch gefunden, die sie halbwegs zu verstehen schien. Deren Autoren sie irgendwoher kannte. Eichendorff, Tieck, Raabe. Alte Märchen, alte Geschichten, sagten die anderen abschätzig, wehmütig. In den Märchen, in den alten Geschichten, wenn von einem Mädchen die Rede war, tat es sich am Ende mit einem Mann zusammen. Es gab eine Hochzeit. Und damit, so schien es, war das Mädchen erwachsen. Denn wenn die Geschichte weiterging, bekam es selbst ein Kind, konnte also kein Kind mehr sein, kein *es*, längst *sie*. Das waren die Angelegenheiten, die Eli versucht hatte, zu erklären, an denen sie schon damals gescheitert war, diese Dinge, *die es hier bei uns nicht gibt*.

Einmal sagte Eda, da war wieder der süßliche Ton: »Bei uns, würdet ihr sagen, lebt man wie Brüder und Schwestern.«

Das verstand Eli nicht, das gab es hier gerade nicht, Brüder und Schwestern. Aber Eda wusste schon nichts mehr zu sagen, als hätte sie sich selbst durcheinandergebracht.

Eli beobachtete die Männer und Frauen. Wer mit wem vom Tisch aufstand. Wer mit wem spazieren ging. Wer teilte ein Zimmer? Niemand. Es sei denn – sie hörte im Halbschlaf, wie die anderen auf ihre Zimmer gingen, sich leise unterhielten und gute Nacht wünschten, oder kaum hörbar hinter geschlossenen Türen ein wenig weiterredeten. Nie hatte sie nach der Bedeutung dieser Geräusche gefragt: Es war der Schlaf, der sich mit all diesen leisen Stimmen ankündigte, das Zeichen, dass man nun nichts mehr verpasste, wenn man schon im Bett lag, es war tröstlich und beruhigend. Jetzt aber war ihr, als ob sie gerade etwas verpasste, und wenn sie diese Stimmen hörte, war sie hellwach, desto wacher, je leiser sie wurden. Und desto deutlicher schien sie eine Stimme zu vernehmen, die des Künstlers.

Körperlos schienen die vertrauten Stimmen, wenn sie sie nachts hörte, sie wusste, die Erwachsenen waren entkleidet, wie sie, und so waren dies die Stimmen unvorstellbarer Formen. Je länger sie horchte, desto stärker spürte sie den eigenen Körper, als stünde er auf und ginge umher, um einem anderen zu begegnen. So stand sie wirklich auf, nach einiger Zeit, lief lautlos im Korridor umher und horchte. Aber irgendein unvorstellbares Weitergehen fehlte noch. Eine Begegnung, vor der sie auch zurückschreckte. So war es, wenn sie diese Stimme hörte, fast ein Zusammenstoß, aber nur fast.

Und diese Stimme war nebenan. Im Zimmer der dunklen kleinen Frau, die selten sprach und so gern tanzte. Ja, sie war manchmal mit in die Berge gekommen, und stand irgendwann auf einem Felsen oder mitten auf der Alm und tanzte, langsam und entrückt: Kiisika machte sich heimlich lustig über sie. Eli auch, als Kiisika älter war als sie; später nicht mehr. Der Künstler sah dieser Frau immer zu. Und Eli hatte sich gefragt, was er sah. Aber das hatte sie schon wieder vergessen, seit sie so oft allein unterwegs war. Ob die Frau jetzt in ihrem Zimmer vor ihm tanzte? Tanzte sie in ihrem Zimmer? Auch wenn sie allein war? Was tat sie überhaupt, wenn sie allein in ihrem Zimmer war, was tat man da?

Seit zwei Jahren schon blickte Eli aus ihrem Fenster auf einen großen Ast herab, breit und eben, mit Querästen zum Greifen, Plätzen zum Sitzen mit Lehnen und Fenstern, nur einen großen Schritt entfernt, aber sie hatte sich einmal hinausgelehnt und der Schritt war doch zu groß. Das war aber gleich am Anfang gewesen und sie war inzwischen gewachsen. Diesmal sah sie, dass sie diesen Schritt schaffen würde, und sie sah auch einen Ast darüber, fest und handlich, dessen Zweige bei Wind sogar an ihr Fenster schlugen, sie kam leicht an ihn heran, klammerte sich oben mit beiden Händen fest, während sie den großen Schritt tat. Und Schritt für Schritt vor zur nächsten Astgabel lief. Hier konnte sie gut sitzen, die Beine baumeln lassen, die Arme auf einem Querast ruhen und den Kopf auf den Armen, als lehne sie in einem Fenster, und ihr gegenüber war das Fenster der dunklen Frau.

Beim ersten Mal war die Frau allein. Sie zog sich aus, schien aber noch nicht ins Bett gehen zu wollen. Tanzen wollte sie auch nicht. Es war zu warm. Ihre langen schwarzen Locken lagen wie ein schweres Tier an ihrem Rücken. Sie griff nach hinten und drosselte das Tier. Sie hob es von ihrem Nacken und faltete es zu einem Bündel zusammen. Lange saß sie vorm Spiegel und probierte verschiedene Weisen, die Haare hochzustecken, immer komischer, bis sie sich nur noch anlachte im Spiegel. Dann ging sie ins Bett.

Niemand kam, auch am nächsten Abend. Sie steckte gleich die Haare hoch und holte lauter Gläser aus einem Schrank hervor, die sie auf dem Tisch aufreihte und betrachtete, immer wieder in die Hand nahm und hin- und herwendete. Sie schienen schmutzig, als ob dort etwas lebte oder wuchs. Dann ging sie ins Bett. Am nächsten Abend las sie im Sessel vorm Fenster, so, dass Eli fast über ihre Schulter lesen konnte. Es war eines jener Bücher, die Eli fremd und langweilig fand. Eli dachte: Diese Frau zu beobachten, das ist wie eins von diesen Büchern zu lesen. Der Frau war dabei nicht langweilig.

Dann endlich schaute sie hoch, als hätte sie etwas gehört, und Eli hörte es auch, ein Klopfen, aber die Frau saß noch und stemmte das schwere Buch noch nicht zur Seite und kam nicht aus dem schweren Sessel hoch. Schließlich stand sie doch und ging zur Tür, nackt, wie sie war, und ließ ihn herein. Und er zog sich auch aus und sie legten sich aufs Bett mit den Rücken zum Fenster, eine Armeslänge auseinander, zwischen ihnen das friedliche schwarze Tier. Bis er, so wohlig-widerwillig, wie sie vom Sessel aufgestanden war, sich doch rührte, das schwere schlafende Tier ans Kopfende des Bettes verlegte. Der Rücken lag frei. Und ebenso gemächlich begann er, ihn zu streicheln. Eli hielt den Atem an, was denn jetzt passieren würde, sie musste sich alles einprägen, aber er fuhr nur mit der Hand am Rückgrat auf und ab, manchmal machte er den Umweg über Schulter, Arm und Taille, oder schob seine Hand von unten an das Schulterblatt, so dass es sich leicht hob, seine Hand schmiegte sich an diesen Flügelansatz.

So war das auch am nächsten Abend und am übernächsten. Auf Armeslänge, den Rücken auf und ab und auf und ab. Und auf einmal wusste Eli: Es würde nichts passieren. Es passierte schon. Das war es. Aber was? Sie lehnte sich vor, immer weiter vor, als könnte das reichen, um das Unkenntliche zu erkennen.

Auch dann, als seine Hand ruhte, flach auf dem Rücken der Frau. Eli beugte sich vor, verlor fast das Gleichgewicht, konnte sich fangen.

Er drehte sich um, es hatte geknackt und geschnarrt. Er lag halb umgedreht und blickte aus dem Fenster. Das Licht im Zimmer brannte, Eli wusste, dass man da drin nichts sehen würde, nichts als den hellen Raum gespiegelt in den Fensterscheiben, aber das Licht lag schwach auf ihrem Gesicht und ihr war, als sähe er sie. Er stand auf und ging immer noch gemütlich langsam zur Lampe, aber Eli rappelte sich schnell hoch und stand schon vor ihrem Fenster, als das Licht ausging. Dort wartete sie, bis sie längst keinen Ton mehr hörte, und trat dann durchs offene Fenster.

Schon beim Frühstück sah sie, dass Eda es wusste, einfach so, so wie Eli selbst.

Und Eli wusste, was Eda nun sagen würde, genau, wie Eda es wusste.

Kiisika war stumm und ängstlich, wie damals nach der ersten Woche, aber sie schien das Ganze nicht so recht zu verstehen, immer wieder nicht.

»Es ist nicht schlimm«, sagte die Frau, »überhaupt nicht.«

»Ach ja«, sagte Eli, »es ist nicht schlimm, sondern schön.« Ihre Kehle schloss sich um diese Worte.

»Du gehst jetzt unter die Menschen.«

Sie standen vom Tisch auf, keiner hatte etwas gegessen. Die Frau legte ihre Arme um Elis Schultern. Kiisika hatte die Hände in die Hosentaschen gestopft. Eda sah sie an und sie sah woandershin.

»Komm«, sagte Eda. Kiisika drehte sich um und sah Eli kurz und feindselig an. Dann stürzte sie übers Feld davon.

»Kiisika!«, rief Eda, aber Eli wusste, dass Kiisika bis ans Meer laufen würde. Sie würde ins Boot steigen und rudern. Rudern und rudern, heulend und schniefend, bis das Ufer hinter ihr verschwand. Und sie tat Eli leid.

»Das ist nicht schlimm«, sagte sie.

Der Künstler war aus dem Wintergarten gekommen und

stand auch neben Eli und schaute mit ihnen, wie Kiisika übers Feld verschwand. Er blickte kurz über Eli hinweg Eda an und sie ließ ihren Arm von Elis Schultern gleiten und trat weg. Er strich einmal mit der Hand über Elis Rücken.

War das Schmerz? Wie im Feuer schmolz ihr Körper zusammen und wurde leicht und ging auf, es trug sie, das Feuer, das Licht, die Luft, einen Moment lang ließ sie sich tragen, staunend, dann glaubte sie es nicht und schlug mit den Armen, mit Flügeln, schwarz und spitz. Sie war eine Schwalbe. Und wusste doch nicht, wie eine Schwalbe fliegt. Aber Fliegen war wie Fallen, sie stürzte ins Blaue, weg vom Haus mit seinem Baum, vom Garten am Feldrand, wo zwei winzige Figuren standen. Da schon schlug sie nicht mehr panisch mit den Flügeln, sie glitt, sie schnellte durch die Luft. Sie war so weit oben, dass die Landschaft still und ausgebreitet lag, sich gar nicht zu bewegen schien. Doch Eli sah nun, weit unten, ein kleines Mädchen, das durch den Wald rannte. Sie sah das Mädchen, das zum Meer lief, doch das Meer sah sie nicht. Eli holte sie ein, dann flog sie über sie hinweg.

Kapitel 18
1980

Thomas wusste, wo Eli war. Es blieb bei allen Vernehmungen unaussprechbar. Der graue Herr erschien in seinem Arbeitszimmer, rauchte ratlos und kam nicht darauf.

Thomas sah sie auf einem Waldweg, in einer Stadt, in den Bergen, zwischen vier weißen Wänden, so hatte er Lena gesehen, immer wieder, ganz deutlich und gar nicht so weit weg. Nur war sie von dort niemals zurückzuholen.

Also half das Wissen nichts und hinderte ihn sogar daran, Editha zu helfen. Sie hatte die Kontrolle verloren. Wollte es nicht wahrhaben, als die Suche eingestellt wurde. Starrte die Soldaten an, als wüssten sie etwas. Und die Soldaten wichen ihrem Blick aus, als schämten sie sich. Editha drang in die Kreisleitung und sogar in die Kaserne, wollte die Zuständigen zur Rede stellen und sagte, als sie nicht kamen, die Wahrheit über alles: die Beamten, die Soldaten, die Freiwilligen Helfer, ihre Waffen, ihre Hunde, ihre Mordanlagen. Beinah wäre auch sie verhaftet worden. Hätte Thomas nicht ausnahmsweise den kühlen Kopf bewahrt. Er tat genau das Richtige und organisierte alles. Was er da alles versprechen musste. Aber Editha sah ihn an mit Verachtung. Er stand ihr nicht bei. Er half ihr nicht wirklich.

Richtig wäre gewesen: zusammen durchzudrehen.

Oder wollen wir einen Panzer kapern?, fragte er am Küchentisch.

Und sie lachte. Es war richtig, es gesagt zu haben. Aber zu spät.

Niemand konnte behaupten, er hätte nicht das Richtige getan. Was dabei in ihm vorgegangen war, konnte man nicht wissen.

Zwei Wochen, nachdem Eli verschwunden war, kam ein Brief aus Wünsdorf. Vera hatte geschrieben. Selbst geschrieben.

Sie sollten sie wieder besuchen kommen. Das sagte sie selbst, einfach so und nicht zwischen den Zeilen: Es waren nur drei Zeilen, und die hatten deutlich mehr Mühe gekostet als die Zeichnungen, die sie umrandeten, mit einem Geheimalphabet verflochten.

»Dann fahren wir doch«, sagte Editha schließlich, denn niemand hätte sagen können, er hätte ihr nicht geholfen. Ob das aber –

Wäre es nicht besser, Vera in dem Glauben zu lassen, sie habe noch eine Schwester?

In der Nacht lag Thomas wach, alles drang auf ihn ein, das Verlorengegangene, die erpressten Versprechen, bis das Unerträgliche sich auflöste: Alles, alle waren auf einmal da, ganz nah, wenn nicht recht greifbar, alle neben- und übereinander, sie hoben sich nicht gegenseitig auf, Lew Lwowitsch und Thomas' Eltern, die Wahren und die Falschen, Hans und Margarethe, Editha und Lena, Eli und Vera. Er wusste mit dem Teil seines Hirns, der in letzter Zeit immer das Richtige tat, dass es nur an seiner Übermüdung lag, dass auch er endlich durchdrehte, aber das Gefühl war nicht zu leugnen, war vertraut: das Bewusstsein des Reichtums. Er hatte alles. Nur nicht beisammen. Alles, alle waren nah, in Reichweite, er musste nur aufbrechen.

Es war ein Uhr, als er das Haus verließ. Er hatte noch viel Zeit, bevor es hell wurde. Noch viel Zeit, bevor Editha aufwachte. So weit war es nicht, er hatte die Karte im Kopf und war diesen Weg doch immer wieder gegangen. Er versank in den Boden, bis zu den Knöcheln, bis zu den Knien. Er roch den Grund, die Halme, die er zertrat, hörte Wasser rieseln, spürte den Sog an seinen Füßen. Der Widerstand bewies, dass der Weg richtig war. Hätte er nur längst den Mut gehabt, ihn zu Ende zu gehen. Denn schon wurde der Boden wieder fest und federnd. Und er staunte, wie leicht es sich lief, angenehm schwindelnd, auf dem trockenen Laub zwischen großen glatten Stämmen.

Und Editha stand alleine da und musste alles organisieren. Diesmal tat sie alles richtig. Behielt die Nerven, schimpfte nicht auf Beamte oder Hunde.

Aber der Bürgermeister teilte ihr mit, ihr sei das Aufenthaltsrecht im Sperrgebiet leider entzogen worden. Er habe sich für sie eingesetzt, es handele sich hier um eine Familientragödie, nicht etwa um eine Erbanlage zur Republikflucht. Einen Monat Zeit habe er für sie ausgehandelt. Traurig sah er aus, und seine Würde war angeschlagen, man machte seine Pläne immer wieder zunichte, seine Bestrebungen, das Leben hier ein klein wenig schöner zu gestalten.

In Editha war nichts als das Gefühl, im fahrenden Zug zu stehen, auf dem Gang, sie war allein im Zug, nein, auch sie war nicht da, der Zug war leer.

Auch die Katzen waren abgehauen. Zuerst Theophanu, dann Heinrich.

Margarethe wollte so lange zu ihr ziehen. Editha sagte, sie käme allein zurecht.

Sie schrieb an Vera. Sie überlegte es sich lange. Sie hasste Lügen. Wenn schon, dann eine große Lüge, mit der man lange leben konnte. Sie schrieb, Thomas sei mit Eli in den Westen gegangen. Es gehe ihnen gut. Man müsse Geduld haben, man würde sich eines Tages schon wiedersehen. Denn so wie jetzt könne es in diesem Land nicht lange weitergehen. Vera käme an die Kunstschule. Editha würde sie dort besuchen.

Editha bemalte eine große Leinwand. Sie hatte seit langem nicht mehr gemalt, und noch nie ein Monumentalgemälde. Sie hätte es längst tun sollen. Denn die großen Figuren, grob hingeklatscht, gerieten verstörend und gespenstisch, ganz anders als ihre handfesten Bronzen. Sie waren für nichts zu gebrauchen, kein Denkmal, kein Springbrunnen, so war es richtig. Sie malte, was sie sah: ihr Atelier, voller Menschen, ein Salon halt, mitten drin die hohen Herren, die Jäger, der Feiste in der Bildmitte, und an der Seite saß ihr Vater und schaute zu, und Margarethe von der anderen Seite, hilflos und schuldbewusst, und zappelte mit dem Fuß, und Eli und Vera standen verloren herum, und Thomas suchte jemanden, und irgendwo unter den feierlich gekleideten Menschen war Lena, wie auch immer sie aussah, eine große Vera, und irgendwo, warum nicht, waren Thomas' Eltern, alle passten doch zusammen in einen Raum. Und die Katzenkaiser jagten im Kreis.

Der Meister, das letzte Mal zu Besuch, schaute zu. Ihre Technik war abenteuerlich, aber er sagte nichts dazu, es wäre ihr auch egal gewesen.

»Das wird man eh nie ausstellen«, sagte sie.

Er betrachtete seine Schülerin in stolzer Bestürzung.

Als das Gemälde fertig war und der Meister es bewundert hatte und wieder abgereist war und ein Meter Schnee lag, wünschte sie, sie hätte Vera kommen lassen können. Denn dann wäre jemand da gewesen. Besser, als wenn die ganze Zeit jemand da zu sein schien.

Die Tür ging auf und Eli kam herein. Es war, als ob Editha wach würde. Sie war wohl weggenickt in der Wärme des gekachelten Herds in ihrem Rücken. Da stand Eli im Herbstparka, mit dem leeren Pilzkorb.

»Ist dir nicht kalt?«, fragte Editha. »Komm doch an den Herd, setz dich, ich mache dir einen Kakao.«

Aber Eli blieb am Tisch stehen und setzte nur den Korb ab. Darin lag das Pilzbuch.

»Komm mit«, sagte Eli, »ich will dir etwas zeigen.« Dieser zweifelnde, hoffende Ton, so vertraut, diese Frage, tausendmal gestellt, wenn man gerade keine Zeit hatte. »Komm doch mit!«

Und diesmal hatte sie Zeit, und sogar große Lust, mitzukommen, ganz ohne Mantel, alles stehen und liegen zu lassen, einfach aufzubrechen, wie Thomas.

»Ich will dir etwas zeigen!«

»Nicht jetzt«, sagte Editha, so sanft wie nur möglich. »Später. Ich muss noch etwas erledigen.«

»Das sagst du immer.«

»Aber es stimmt nun einmal. Spiele noch ein bisschen. Ich komme dann schon. Ich will ja sehen, was du mir zeigen willst.«

»Wirklich?«

»Wirklich.«

Dieser starre, ungläubige Blick. Wie Thomas. Wie Vera. Dann lächelte Eli schief, und verschwand.

Hier war nichts mehr. Aber draußen ging das Leben weiter. Was sagte Thomas doch immer? *Kein richtiges Leben im falschen.* Dann gibt es halt kein *richtiges Leben.* In der Stadt gingen Lichter an, Autos rasten die Alleen entlang, die Straßenbahn kreischte um die Ecke, Vorortbusse wälzten sich durch den Schneematsch, der Atem dampfte, Vera schenkte einen Tee ein.

Editha packte ihren Koffer. Fuhr die ganze Nacht durch, die Züge waren fast leer, doch sie verschwand nicht, sie fuhr nicht einfach immer weiter, sie fuhr ein für alle Mal nach Berlin.

Kapitel 19
1987

Eli, lange nach ihrem Abbild, seit wenigen Minuten selbst Abbild eines Vogels, aber immer noch sie selbst, erblickte endlich das Dorf. Sie erkannte es sofort von oben, wie auf einer alten Karte. (Auf den neuen Karten stand es nicht.) Und sah sogar die Stelle am Hang, wo zwei Bäume aus dem Wald traten und mit ihnen das Haus.

Sie sah auch und zum ersten Mal die Grenze, die es schon immer gegeben hatte, die man nur von oben so deutlich sah und doch auf keiner Karte. Dort wollte sie doch zuerst hin. Um es Papa zu erzählen, dachte sie. Sie stürzte auf diese hellgrüne Schneise zu, was gab es dort so Schreckliches. Und wunderte sich: ein Flüsschen, das sich durch Auen schlängelte, alles blühte, und sie kannte diesen Ort doch, und freute sich. Ein jäher Schmerz, ihr Körper ging noch einmal auf.

***

Wünsche allzeit ruhige Schichten.

Es war Wolfgangs letzte Schicht. Sein letzter Tag *am Kanten.* Das ganze Jahr war wie ein einziger Tag gewesen. Nichts war passiert, nichts hatte sich verändert, er stand am Rand einer endlosen Schneise, bergauf, bergab, bis zum Brocken hinauf. Die dunkle Kuppe, wie am ersten Tag, war verlockend und enttäuschend. Nie käme man hin. Er grübelte über einen Abgangsspruch nach, eine Altersweisheit.

Mit ihm war etwas passiert. Er hatte zwanzig Kilo zugenommen, weil man so viel essen konnte wie man wollte. Zu Hause durfte man nur eine Scheibe Wurst aufs Brot legen. Seine Eltern gerieten sonst in Panik und Rage. Das war ihre Art, ihn zu lieben. Sie fürchteten, er könnte alles auf einmal verschlingen und es gäbe dann nichts mehr und er wüsste nicht, sich zu ernähren. Jetzt würde er studieren, darauf waren sie zwar stolz, aber noch immer war das kein Beweis, dass er allein zurechtkäme. Er wollte ja Germanistik studieren, so was Unpraktisches. Daran war Kuno schuld, mit seinem Trakl.

Wolfgang fühlte sich immer unwohler in seiner Haut. All die stählerne Disziplin der Volksarmee hinderte ihn nicht daran, dauernd an sich herumzumachen, irgendwelche Sekrete herauszupressen, pissen, scheißen und wichsen, spucken und Pickel ausdrücken mit der dürftigen Lust der Notwendigkeit. Das muss doch alles raus, sagte er zu Kuno. Im Grunde war es Angst, endlich einmal ganz eigene Angst, die die Besorgnisse der Eltern lächerlich erscheinen ließen.

Nur auf dem Schießplatz fühlte er sich wohl. Die Nervosität fiel von ihm ab, er hatte das Gefühl, immer richtig zu liegen. Besser war es, man schoss öfter daneben, im Fall der Fälle wäre der Fehlschuss dann glaubhaft. Aber die Entfernung zwischen sich und einem entfernten Gegenstand augenblicklich aufzuheben – zu treffen –, das berauschte. Auch wenn der Rausch mit der größten Angst einherging: ihn einmal hier auf seinem Posten zu spüren, hier draußen an der Warmen Bode.

Gleich in der ersten gemeinsamen Schicht hatte Kuno gemeint, Wolfgang würde sich in den toten Winkel stellen, um ja keinen zu sehen, um nicht schießen zu müssen. Damit hatte Kuno seinen Postenführer, den *Alten*, erwischt. Das hätte Wolfgang nicht durchgehen lassen dürfen. Aber Kunos ruhiger, altkluger Blick verunsicherte ihn auf seltsam befreiende Weise. Seitdem stritten sie stillschweigend um den totesten Winkel.

Und jede Schicht blieb ruhig. Der Wald im Westen sah hinterhältig still aus. Aber natürlich waren überall Leute unterwegs, auf beiden Seiten, sie fuhren die Wege ab, bauten und bauten ab, suchten Spuren, hatten alles im Blick – von denen ganz zu schweigen, die quer durch die Linien schlüpften, und zwar in beide Richtungen. Wohl kamen welche von drüben durch, immer mal wieder, spazierten in die Orte hinein, tranken Kaffee, schauten sich um und machten ihre

Notizen. Welche trafen wichtige Menschen nachts im Wietfelder Forsthaus, erteilten Informationen und erhielten ihre Anweisungen.

Im Hinterland fuhren die Urlauber Ski oder aßen Eis. Das waren die Menschen, die man schützte. Da konnte es einem warm ums Herz werden, zum Beispiel wenn man sich die Eis-Esser als kleine Kinder vorstellte. Sonst fand man sie manchmal zum Kotzen, auch wenn sie einen beim Ausgang freundlich und respektvoll, ja sogar mit peinlicher Dankbarkeit begegneten. Sie löffelten Sahne, während man dieser Angst ausgesetzt war. An der vordersten Front des Dritten Weltkrieges. *Am Kanten.*

Es gab *Provokationen.* Drüben fuhren Busse vor, Touristengruppen stiegen aus, glotzten, riefen Sprüche, gaben den Hitlergruß, schmissen Schnapsflaschen oder Zigaretten über den Zaun. Geschossen wurden aber nur Fotos. Die Leute vom Bundesgrenzschutz fotografierten die Grenzsoldaten und sie fotografierten die Leute vom Bundesgrenzschutz. Oft gleichzeitig und aus wenigen Metern Entfernung. Das fand Kuno witzig, Wolfgang fand es schlimm.

»Stell dir einfach vor, es wären scharfe Frauen«, sagte Kuno. Er versuchte immer auch die Auenlandschaft einzufangen und ärgerte sich, dass er die Fotos nicht behalten durfte. Er fand es künstlerisch, immer wieder dieselbe Baumgruppe, dieselbe Flussbiegung bei jedem Wetter und Licht festzuhalten.

Wolfgang sagte: »Ich bin froh, wenn ich keinen mehr angucken muss und keiner mich mehr anguckt.«

Es war abartig, dieses Herumgeknipse in der Landschaft, gerade in diesem schönen Abschnitt an der Warmen Bode, wo von den Grenzanlagen fast nichts zu merken war. Obwohl sie so vertraut waren wie die Kasernengänge, und jeden Zentimeter dieser Auen hatte man auf Streife zertrampelt.

Das war also das Jahr gewesen, Angst, Ärger und Langeweile. Und Gedichte, die man wiederholte, wie Befehle, die aufputschten. »Als mein Opa im Gulag war«, sagte Kuno, »er war ja damals nach Russland geflüchtet und kam '37 ins Lager, hat das seinen Verstand gerettet. Die Russen verstehen das.

Alles auswendig, alles im Kopf, das kann niemand sehen, das kann dir niemand wegnehmen.«

Ewig wiederholt, blieben die Zeilen dennoch unberührt, wie diese abertausend Mal betretene, abertausend Mal abgelichtete Landschaft.

Ich kam gegangen zuo der ouwe

Immer wieder kam man.

Vom lauen Himmel Spatzen stürzen
In grüne Löcher voll Verwesung.
Dem Hungrigen täuscht vor Genesung
Ein Duft von Brot und herben Würzen.

»Das fetzt, oder?«, sagte Kuno. »Verwesung-Genesung. Das könnte von Joy Division sein.«

Wenn Wolfgang sich verändert hatte, dann vor allem wohl durch Kuno. Notwendiges Wissen bekam der Postenführer von seinem Posten – zum Beispiel, dass es Bands wie Joy Division gab. Kuno war noch im ersten Dienstjahr. Da hatte man die Schikanen über sich ergehen zu lassen, die man im zweiten Dienstjahr den Nächsten antun sollte. Die Rituale waren Wolfgang peinlich, wenn auch für ihn selbst nicht mehr so demütigend. Der Druck, *der Alte* zu sein, den *Zwischenpissern* zu zeigen, wo es langging, das war auch nur die Angst, sich eine Blöße zu geben. Mit Kuno stand er auf gleichem Fuß, auch wenn Wolfgang im Postenpaar die Verantwortung trug. Er trug sie ungern. Darin verstanden sie sich.

Ein Glück, dass er mit Kuno zusammen diese Abgangsschicht schieben durfte. Mit jedem anderen Posten hätte er all die Rituale durchziehen müssen, die Zigarre in seiner Brusttasche zu Ende rauchen, obwohl ihm von so etwas schlecht wurde. Kuno würde sie nun ausrauchen dürfen, während er selbst den Abgangsspruch niederschrieb, über den er noch nachgrübelte, um Kuno mit seinem Tiefsinn zu beeindrucken, er würde den Zettel kleinfalten und in das Glasröhrchen der Zigarre stecken und einbuddeln oder in einem Astloch verstecken. Von all den Bräuchen konnte er nur mit diesem etwas anfangen. Die Sprüche fand man überall, wenn man sie suchte, und mit Kuno konnte man das. Ganz am Anfang hatte er Kuno den Spruch gezeigt, den er während seiner Jungfernschicht in der Furche einer Baumrinde gefunden hatte: *Wünsche allzeit ruhige Schichten.* Der Wunsch hatte sich erfüllt und er war dankbar.

Und doch war die Ruhe zuweilen nicht auszuhalten. Zum letzten Mal die Landschaft vor ihm, friedlich wie ein Foto. Was dort alles passieren könnte, was dort alles unterwegs war. Er selbst hatte nie etwas gesehen, war immer zur falschen Zeit am falschen Ort gewesen.

Einmal hatte Kuno von Macbeth erzählt, von Birnham Wood, dem Wald, der auf das Schloss marschiert. Danach schlief Wolfgang schlecht, er träumte, dass die Fichten anrückten und mit entsetzlich weichen Armen auf ihn eindroschen.

»Ich habe nicht einmal richtig geschossen«, sagte er nun.

»Du hättest eh danebengeschossen. Selbst wenn wir das nicht so abgesprochen hätten.«

»Ich? Nee. Ich zeig's dir.«

Kuno lachte. »Willst du was beweisen?«

Wolfgang sah Kuno fest an, er sollte das ruhig glauben. Wolfgang wusste jetzt, dass es sein musste, er musste sich seiner Angst stellen, hier draußen in der Welt etwas zu *treffen.*

»Wir dürfen nicht einfach so rumballern. Du willst am letzten Tag endlich aufmucken, das ist es.« Aber so gefiel Kuno die Sache. Er sah nach rechts, nach links, nach oben.

»Das da.«

»Die Schwalbe?«

Wolfgang traf.

Den Vogel selbst hatte er kaum gesehen, nur den blitzschwarzen Bogen seines Fluges, der plötzlich abbrach. Ein Geflatter, wo es hinfiel, konnte er nur erraten. Drüben. Im hohen Gras. Das einen Atemzug später in Bewegung geriet. Die Angst packte ihn. Die Erfüllung der Angst. Bewegung, als ob etwas Großes sich wälzte. Er sah nicht, was da lag. Nur das Schwanken der Halme, ein rotes Zittern wie Feldmohn.

Danksagung

An meinen Agenten Axel Haase und meine Lektorin Katharina Picandet für ihren Glauben an das Buch und für das feinfühlige Lektorat.

An Emma Braslavsky, Birgit Kreipe und Reinhard Kettner für ihre Kritik zum Manuskript, an Lutz Nitzsche Kornel und Paul Alfred Kleinert für literarische und historische Anregungen.

An Sören Marotz, Manfred May und Carin Kreuzberg für ihre Hilfe bei historischen Fragen. An die Mitarbeiter und Mitarbeiterinnen des Landesarchivs Sachsen-Anhalt in Magdeburg und Wernigerode, der Harzbücherei in Wernigerode, des Bundesarchivs und des Deutschen Rundfunkarchivs Babelsberg für ihre Unterstützung bei meinen Recherchen.

An die Kunststiftung Sachsen-Anhalt für die großzügige Unterstützung.

An das Bergwaldprojekt im Nationalpark Harz für die Möglichkeit, Urwald anzupflanzen.

Vor allem an die Bewohner und Bewohnerinnen des damaligen Sperrgebiets, die ihre Geschichten und Erfahrungen mit mir geteilt haben: Ralf Tronnier (†), Inge Winkel, Werner und Sieglinde Illig, Ottfried Wüstemann, Bernd Wolff (auch für wichtige literarische Anregungen) und Karin Wedler, die mir den Mönchsweg gezeigt hat.

Alle Figuren und Begebenheiten des Romans sowie manche historische, topographische und raumzeitliche Eigenheiten sind frei erfunden.

Aus folgenden Quellen wird zitiert (teils leicht abgewandelt):

Tagespresse der DDR (*Neues Deutschland, Berliner Zeitung, Neue Zeit, Volksstimme*).

Cäsars Germanisches Tagebuch. Mit ergänzenden Berichten aus Strabo, Plutarch und Plinius, Velhagen & Klasings deutsche Lesebögen Nr. 225, Bielefeld, Leipzig 1938.

Robert Havemann, *Morgen. Die Industriegesellschaft am Scheideweg. Kritik und reale Utopie,* Fischer Taschenbuch Verlag, Frankfurt a. M. 1982.

Robert Havemann, *Dialektik ohne Dogma? Naturwissenschaft und Weltanschauung,* Büchergilde Gutenberg, Reinbek bei Hamburg 1971.

Wolfgang Hilbig, *Gedichte,* S. Fischer Verlag, Frankfurt a. M. 2008.

Gerhard Köbler, *Indogermanisches Wörterbuch,* (5. Auflage) 2014.

Fr. R. Kreutzwald, *Estnische Märchen,* übersetzt von Ferdinand Löwe, Verlag Perioodika, Tallinn 1981.

Publius Cornelius Tacitus, *Werke. Erste Abteilung: Die kleineren Schriften. Auf Grundlage von H. Gutmann's Übersetzung neu bearbeitet von W. S. Teuffel,* Verlag der J. B. Metzler'schen Buchhandlung, Stuttgart 1858.

Dietmar Werner, Hrsg., *Bergmannssagen aus dem Harz,* VEB Deutscher Verlag für Grundstoffindustrie, Leipzig 1988.

Heinrich Wiepking-Jürgensmann, *Die Landschaftsfibel,* Deutsche Landbuchhandlung Berlin 1942.

Wladimir Wyssotski, *Zerreißt mir nicht meine silbernen Saiten. 100 Lieder und Gedichte,* Aufbau-Verlag, Berlin 1989.

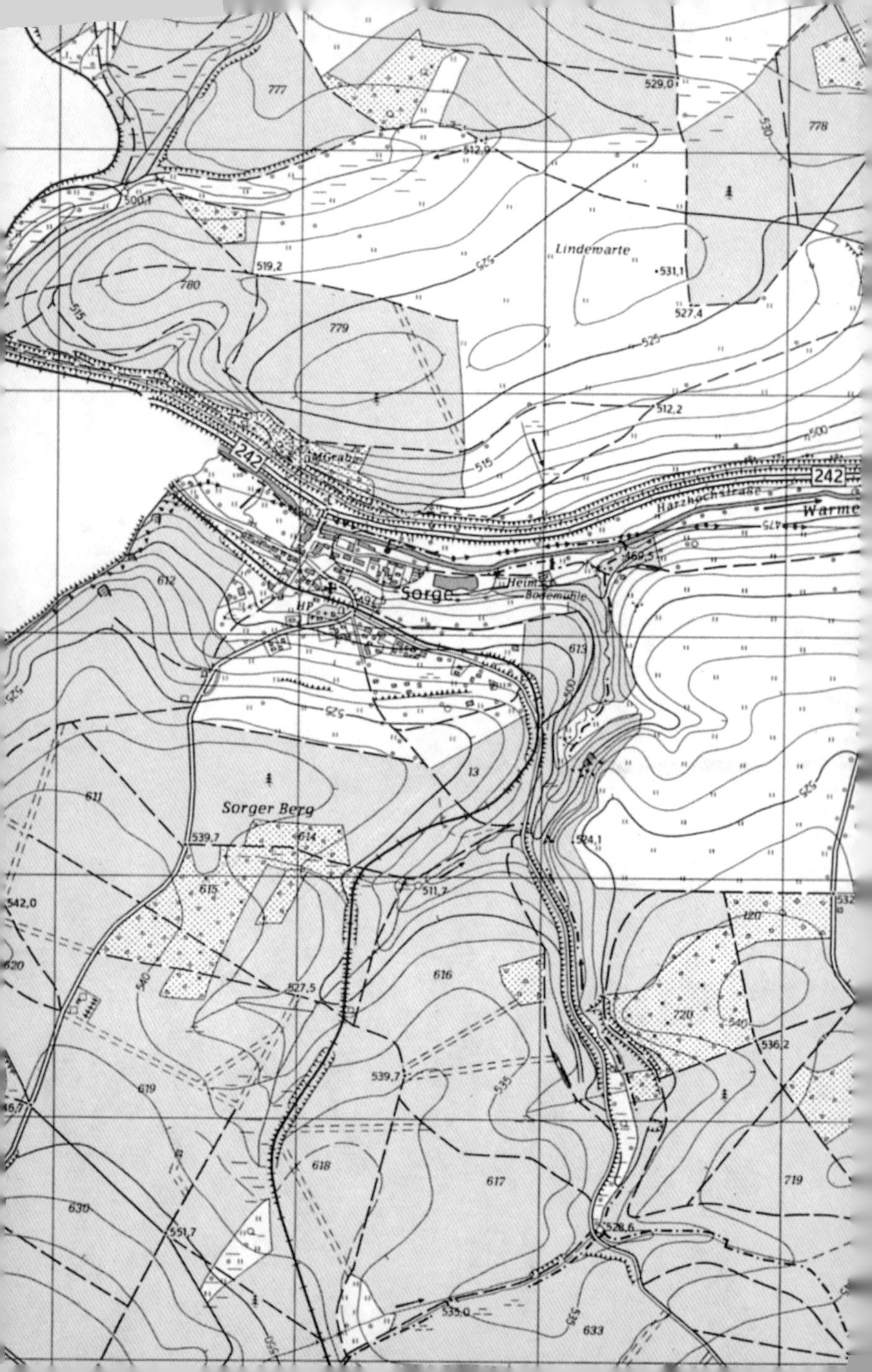

Lindewarte
Sorge
Heimsch
Bodemühle
Sorger Berg
Harzhochstraße
Warme
242
Grabe
HP